DAVE COUSINS
TOD.ERNST

DAVE COUSINS

TOD.ERNST

Aus dem Englischen von Anne Brauner

VERLAG FREIES GEISTESLEBEN

FÜR JEAN-CLAUDE LIN UND ANNE BRAUNER,
OHNE DIE ES DIESES BUCH NICHT GÄBE.

LEBEN - ES GIBT NICHTS SELTENERES
AUF DER WELT.
DIE MEISTEN MENSCHEN
EXISTIEREN, WEITER NICHTS.

OSCAR WILDE

EINS: DIE LEICHE

Das ist nicht meine erste Leiche, aber irgendetwas stört mich an ihr. Es könnte an dem gruseligen pinken T-Shirt des Mädchens liegen – ich meine, in so was will ich nicht tot überm Zaun hängen! Oder es ist der Spruch, der in schwarzen Spraydosenbuchstaben auf dem T-Shirt steht: LIVE FAST, DIE YOUNG. Die Tatsache, dass sich ihr Wunsch so eindeutig erfüllt hat, lässt mich frösteln.

Aber ich weiß, dass es nicht das T-Shirt ist, das mir eiskalte Schauer über den Rücken jagt und mein Herz zum Rasen bringt. Sondern dass das tote Mädchen auf dem Edelstahltisch bis auf die Kleidung genauso aussieht wie ich.

Nein, schlimmer …

Sie IST ich.

Das ergibt keinen Sinn, oder? Wie kann ich tot sein und gleichzeitig total schockiert hier rumstehen? Gute Frage. Glaubt mir, sie schwirrt mir auch gerade durch den Kopf – unter anderem.

Als Erstes denke ich: Ich träume! Kann doch gar nicht anders sein, denn ich muss dazu sagen, dass ich splitterfasernackt bin! Das muss einer dieser Albträume sein, in denen man in die Schulkantine geht und sich wundert, warum alle lachen und mit dem Finger auf einen zeigen, bis man an sich herunterschaut und merkt, dass man vergessen hat, sich anzuziehen.

Also werde ich ja wohl gleich aufwachen, oder?

Ich versuche, den bohrenden Zweifel zu verdrängen, der in meinem Hinterkopf vermeldet, dass ich nie auch nur ansatzweise etwas wie das hier geträumt habe, aber was sollte es bitte schön sonst sein? Wenn ich da tot auf der Bahre liege, was macht das dann aus mir hier? Ein Gespenst? Einen Geist, der verflucht ist, unter den Lebenden zu spuken, bis mein vorzeitiges Ende gerächt wird?

Das glaube ich nicht, schließlich haben wir bereits festgestellt, dass ich nackt bin – und nicht durchsichtig. Wäre ich tot, würde ich kaum merken, wie kalt es hier ist, dabei habe ich eine mega Gänsehaut, das könnt ihr mir glauben.

Mit anderen Worten, wenn ich kein Geist bin und das Ganze kein Traum ist, dann muss es – ich zögere, das Wort auch nur zu denken – WIRKLICHKEIT sein. Wenn ich aber akzeptiere, dass das alles tatsächlich geschieht, muss ich auch die Angst und die Panik zulassen. Ganz zu schweigen von einem Haufen Fragen, zum Beispiel: *Wo zum Teufel bin ich hier? Und wie bin ich hergekommen?*

Eins ist jedenfalls sicher: In unserer Schulkantine bin ich nicht, eher in einer Art Leichenhalle. Ich habe zwar noch nie eine von innen gesehen, aber die kalten Edelstahloberflächen, die gekachelten Wände und die herumliegenden Leichen weisen mit tödlicher Sicherheit darauf hin. Voll das lustige Wortspiel, was?

Schon gut, ich finde es auch nicht zum Lachen. Die meiste Zeit versuche ich, nicht auf die stillen Ausbuchtungen in den beiden Leichensäcken zu schauen, die auf den Rollwagen neben meiner Doppelgängerin in dem pinken T-Shirt liegen. Einen verrückten Augenblick lang bin ich in Versuchung, den Reißverschluss des einen Sacks aufzuziehen und nachzusehen, ob die Leiche darin auch so aussieht wie ich, doch ich halte mich zurück. Mir ist nicht klar, was mich mehr verstören würde – wenn es so wäre oder wenn jemand Fremdes darin läge.

Da wir gerade von verstörenden Dingen reden … Was läuft hier eigentlich für eine grauenhafte Musik? Es klingt wie Beatles-Hits auf Panflöte oder so. Wahrscheinlich soll das beruhigend wirken – als Hintergrundgeräusch, damit den Bestattern die Arbeit mit den Sägen und Bohrern, die da hinten auf Aluminiumschalen liegen, leichter von der Hand geht. Doch was ist aus dem Respekt vor den Toten geworden? Warum tut man diesen Leuten, die ohnehin einen schlechten Tag erwischt haben, so etwas an, während ihre Eingeweide rausgesaugt werden? Musik ist wichtig – und so ein Schund trifft mich in der Tiefe meiner Seele!

Ich muss mich konzentrieren.

Okay, ich bin in einer Leichenhalle. So weit, so sonderbar.

Die nächste Frage, die sich aufdrängt, lautet: *Wie bin ich bloß hier gelandet?*

Bei dem Versuch, mich zu erinnern, fühlt sich mein Gedächtnis seltsam wattig an, als würde ich durch ein schmutziges Fenster in einen dunklen verrauchten Raum blicken. Ich erkenne schattenhafte Figuren, die sich bewegen, und höre gedämpfte Stimmen, aber ich kann mir kein Bild davon machen, was geschieht.

Meine letzte klare Erinnerung stammt von heute Morgen, als ich meinen Frühstückstoast verbrannt habe.

Einen Moment lang rieche ich ihn buchstäblich – den trockenen Rauch, als wäre jemand hereingekommen, der gerade noch an einem Lagerfeuer stand. Und plötzlich habe ich das deutliche Gefühl, nicht mehr allein im Raum zu sein.

Der Verdacht wird durch ein höfliches Räuspern in meinem Rücken bestätigt.

Da fällt es mir wieder ein – ich bin NACKT!

Jetzt *muss* ich doch wirklich AUFWACHEN, oder? Ich meine – *Hallo*?

«Möchtest du vielleicht das hier überziehen?» Eine männliche Stimme, war ja klar. Ein weißer Laborkittel schwebt in mein Sichtfeld. «Ich sehe nicht hin, versprochen.»

Ich ziehe das dargebotene Anstandshemd über und knöpfe es unbeholfen zu, während meine Ohren vor Scham rot anlaufen.

Schließlich drehe ich mich um und sehe ihn an.

Ich will ganz ehrlich zu euch sein: In den Horrorbildern in meinem Kopf kommt kein Turniertänzer vor.

Außerdem bezweifle ich, dass dieser Typ, der ein rotes Seidenhemd, eine schwarze Weste und eine etwas zu knapp geschnittene Hose trägt, wirklich Turnier tanzt. Er sieht nur so aus.

«Hallo.» Für einen Moment blendet mich sein Lächeln, und das meine ich nicht metaphorisch. Der Typ hat die weißesten, perfektesten Zähne, die ich je gesehen habe. Sein Teint in dunklem Orange und der gepflegte Kinnbart verstärken diese Wirkung noch.

Er macht nicht den Eindruck, als wäre er sonderlich verärgert, peinlich berührt oder auch nur überrascht, weil er ein nacktes Mädchen in seiner Leichenhalle entdeckt hat. (Ich gehe davon aus, dass er hier arbeitet.) Vermutlich war er auf dem Heimweg von einem Salsakurs oder dergleichen und wollte nur noch mal kurz nach den Leichen sehen.

«Hi!» Ich lächle zurück und winke ihm aus unerfindlichen Gründen zaghaft zu. «Tut mir leid, ich …» Als ich merke, dass ich nicht erklären kann, was ich hier mache, verstumme ich. Stattdessen stelle ich eine Frage. «Arbeiten Sie hier?»

Er nickt und lässt den Blick mit einer Miene durch den Raum schweifen, die man nur als tiefe Zuneigung deuten kann. «Ja! Hier findet der ganze Zauber statt! Gefällt's dir?»

«Äh … jep, es ist … toll!» Ich werfe einen flüchtigen Blick auf das tote Mädchen.

«Ach ja, das war bestimmt ein ganz schöner Schock.»

Ich lache. «Das können Sie laut sagen!»

Er lächelt, als wolle er mir versichern, dass es eine absolut vernünftige Erklärung gibt. Kein Grund zur Sorge. Gleich amüsieren wir uns darüber, und dann können alle wieder nach Hause gehen.

«Was es doch für Zufälle gibt?!», sage ich. «Wenn dieses scheußliche T-Shirt nicht wäre, könnten wir Zwillinge sein.»

«Allerdings!» Jetzt sieht er mich bekümmert an.

Vielleicht hätte ich die Kleidung des toten Mädchens nicht kritisieren sollen. Das war ein bisschen unsensibel, über so etwas macht man sich nicht lustig.

«Sie werden es mir nicht glauben», sage ich zu dem Mann und setze ein reumütiges Lächeln auf. «Aber ich weiß nicht mehr, wie ich hergekommen bin!»

Er runzelt seine makellose Stirn und neigt den Kopf. «Du bist gestorben, Darling. Wie soll man deiner Meinung nach sonst hier landen?»

ZWEI: EINER MUSS STERBEN

Okay, nicht aus-
flippen! Sicherlich gibt es eine logische Erklärung. Bloß
weil mir gerade keine einfällt, heißt es nicht, dass es
keine gibt. Ich muss nur ruhig bleiben und atmen. (Aber
wie soll das gehen, wenn ich tot bin?)

«Hier, trink das.» Die Hand, die mir das Wasserglas
reicht, ist gebräunt und streckt sich aus einem blutroten
Ärmel, der von einem Manschettenknopf in Form zweier
gekreuzter Sensen zusammengehalten wird. «Flüssigkeitsmangel kann zum Problem werden, also trink
möglichst viel Wasser.»

Ich sitze auf einem harten Kunststoffstuhl, wie es sie
auch in unserer Schule gibt, und wähne mich kurz im
Sanitätsraum. Ich rieche Desinfektionsmittel und andere
fremde Gerüche, die nur in Arztpraxen und Kliniken
vorkommen, doch in Wahrheit weiß ich, wo ich bin ...

«Was ist passiert?»

«Du bist ohnmächtig geworden, Darling.»

Das kommt hin und wieder vor. Außerdem neige ich
zu Panikattacken. Und manchmal muss ich mich übergeben. Ehrlich, meine Talente sind unerschöpflich.

Nachdem ich noch einen Schluck getrunken habe,
sehe ich auf und blicke in ein gebräuntes Gesicht mit
strahlend weißen Zähnen.

«Einfach nur atmen!», sagen die Zähne, und ich spüre
eine beruhigende Hand auf meiner Schulter. «Du wirst

dich noch ein Weilchen komisch fühlen. Das bringt das Sterben so mit sich.» Als der Mann glucksend lacht, hört es sich an, als würde etwas Festes, Klebriges durch den Ausguss gespült.

Ich nicke. «Geht schon. Ich wache bestimmt gleich auf.» Das wollte ich eigentlich nicht laut sagen.

Der Leichenbestatter seufzt. «Dabei lief es doch ganz gut.»

Mit zusammengekniffenen Augen schaue ich ihn an.

«Leugnung», sagt er. «Das kostet *unendlich* viel Zeit. Je eher du die Dinge akzeptierst, meine Liebe, umso schneller geht's weiter.»

«Weiter? Sie haben mir gerade mitgeteilt, ich sei tot! Wo soll ich denn bitte hingehen?»

«Ich habe gesagt, dass du *gestorben* bist – von Totsein war keine Rede.»

«Da gibt es einen Unterschied?»

Der Mann lacht. «Das will ich meinen! Wenn du tot wärst, wäre unsere Unterhaltung recht einseitig, findest du nicht?»

«Ich bin also lebendig?»

«Und wie.»

Ich sehe an mir herunter, um zu prüfen, ob alles dort ist, wo es hingehört, und ich nicht mittlerweile verblasse oder so. Ich spüre, wie der Sitz aus Hartplastik in meine Beine schneidet und wie glatt und kalt das Wasserglas in meiner Hand ist. Ich kann aufstehen – okay, vielleicht doch nicht so eine gute Idee! – und mich wieder hinsetzen. Ich kann sprechen, und soweit ich das beurteilen kann, atme ich noch. Ich halte kurz die Luft an, nur um zu wissen, wie es sich anfühlt, erneut einzuatmen. Mir scheint, ich bin tatsächlich noch hier.

Aber sie auch, mein totes Ich.

«Und wenn ich lebendig bin, wer oder was ist sie dann?»

«Meine Güte, du stellst vielleicht Fragen!» Wieder lässt der sonnengebräunte Mann seine weißen Zähne aufblitzen. «Darling, ich fürchte, das arme Kind auf dem Rolltisch bist du.»

«Aber Sie haben gerade gesagt ... Also, wie kann das Mädchen ich sein, wenn ich doch hier sitze und mit Ihnen rede?»

Das Lächeln schwächelt. «Es tut mir leid, aber ich habe keine Zeit für lange Erklärungen. Belassen wir es dabei, dass es auf der Welt nicht ganz so zugeht, wie man es dir weisgemacht hat.»

Witzig! «Das erklärt aber noch lange nicht, warum es mich doppelt geben kann!»

Der Leichenbestatter seufzt schwer. «Nichts für ungut, meine Liebe, aber du hast noch nicht ganz verstanden, worum es hier geht. An deiner Stelle würde ich mich darauf konzentrieren, dass es noch eine lebendige Ausgabe von dir gibt, und die Frage, die dir auf der Zunge brennen sollte, wäre: *Das ist eine wunderbare Neuigkeit, Gerry. Was soll ich jetzt machen?*»

«Gerry?»

«Sorry, habe ich mich etwa nicht vorgestellt? Wie unhöflich.»

«Sie heißen *Gerry*?»

«Eigentlich Gerald, aber das klingt so offiziell, findest du nicht auch? Ich habe mich nie so richtig wie ein Gerald gefühlt … außer einmal …» Für einen kurzen Moment geht sein Blick glasig in die Ferne, doch dann blinzelt er und sieht mich an. «'tschuldigung! Wo war ich doch gleich?»

«Das ist eine wunderbare Neuigkeit, Gerry. Was soll ich jetzt machen?»

«Fantastisch!» Er klatscht in die Hände. «Du gehörst auf die Bühne! Falls du die nächsten vierundzwanzig Stunden überlebst, heißt das.»

«Wie bitte?»

«Ich gebe dir mehr oder weniger vierundzwanzig Stunden. So lange brauchst du eigentlich nicht, aber es erleichtert den Neustart, und warum sollte man es den Leuten unnötig schwermachen, nicht wahr? Das ist dir doch sicher auch klar. Hey, das ist ja das reinste Gedicht! Ich bin so was von begabt, stimmt's?»

«Hilfe, jetzt mal langsam! Was heißt das, Sie geben mir vierundzwanzig Stunden? Um was genau zu tun?»

Jetzt funkeln seine Augen. «Du darfst die letzten vierundzwanzig Stunden deines Lebens wiederholen, aber diesmal solltest du versuchen, nicht zu sterben.»

Ich starre ihn an. «Sie meinen … wie eine Zeitreise?»

«Ha! Was für eine Vorstellung!» Gerry schüttelt den

Kopf. «Nein – das, was du als *Zeit* bezeichnest, ist wohl leider nur ein menschliches Gerüst für Ordnung und Begrenzung und außerdem ...» Er hält inne, um das passende Wort zu suchen. «Relativ.»

Mein Kopf wird ganz heiß, während ich all diese Informationen verarbeite.

«Gut, wie spät ist es jetzt?» Gerry zeigt auf eine Wanduhr, die mir bisher nicht aufgefallen ist. Meine Freundin Tash hat genau die gleiche in der Küche. Ihre Mutter hat sie bei Ikea gekauft.

«Fünf vor halb zwölf.»

«Aber in New York ist es erst fünf vor halb sieben.» Er lächelt. «Wenn wir nach New York fliegen würden, wäre das tatsächlich eine Zeitreise, weil wir eher ankämen, als wir losgeflogen sind.»

«Aber das sind nur ... Uhren!»

Gerry wirkt enttäuscht, doch dann hellt sich seine Miene auf. «Magst du Videospiele?»

«Ja, ich spiele manchmal mit meinem Dad.»

«Dann stell dir das Ganze als Videospiel vor. Du stirbst und bekommst ein Extraleben, damit du auf das letzte gespeicherte Level zurückgehen und von vorne beginnen kannst.»

«Das heißt, ich kehre zum heutigen Morgen zurück und fange noch mal an?»

«Hurra! Sie hat's begriffen!» Gerry klatscht in die Hände. «Aber diesmal musst du versuchen, deinen Tod zu verhindern, Darling.»

Ich will ihn schon darauf hinweisen, wie lächerlich, um nicht zu sagen unmöglich das ist, doch dann fällt mein Blick auf meine tote Ausgabe, die reglos auf der Bahre liegt, und die Worte verdorren mir auf der Zunge.

«Was ist denn letztes Mal genau passiert? Wie bin ich … nun ja, gestorben?»

«Ach nee», sagt Gerry. «Ich soll aus dem Nähkästchen plaudern?»

«Ja, los, verraten Sie es mir! Wurde ich ermordet? Überfahren? Oder von einem Stier auf die Hörner genommen?» Ich werfe einen Blick auf die Leiche. Äußerlich sind keine Verletzungen erkennbar, aber was heißt das schon?

Gerry schlägt in gespieltem Entsetzen die Hand vor den Mund. «Du meine Güte, was hast du für eine grausige Fantasie!»

«Also? Was ist mir zugestoßen?»

Gerry schwebt zum Spülbecken und füllt mir Wasser aus dem Hahn nach. «Wieso bist du so vom Tod besessen, Darling?» Er wirbelt herum und reicht mir das Glas. «Konzentriere dich lieber auf das Leben.»

«Sie wissen gar nicht, wie ich gestorben bin, oder?»

«Es würde dir sowieso nichts nützen, das zu wissen», antwortet er mit einem Lächeln, das andeutet, dass er sehr wohl Bescheid weiß, es aber für sich behält.

«Doch. Wenn ich zum Beispiel wüsste, dass es bei einem Verkehrsunfall passiert ist, würde ich mich nicht ins Auto setzen.»

«Ja, aber das würde dich dennoch nicht zwangsläufig retten. Kann sein, dass du beim letzten Mal verunglückt bist und es diesmal etwas ganz anderes ist – dein blutrünstiger Stier zum Beispiel.» Er erschauert. «Einiges ist festgelegt, aber längst nicht alles. Sieh es mal so: Je mehr du diesmal änderst, umso besser. Es geht vor allem um Entscheidungen. Um da zu landen, wo du hingehörst, musst du alles richtig machen. Eine falsche Entscheidung, und du bist wieder hier und hast nichts mehr zu lachen. Da, schon wieder – Reim, Reim, Reim –, ich kann einfach nicht anders!» Kichernd klatscht er in die Hände.

«Aber wenn ich keine Ahnung habe, was ich beim letzten Mal getan habe, wie soll ich es dann ändern? Es könnte passieren, dass ich von Anfang an alles einfach wiederhole!»

«Das ist vollkommen richtig.» Die Vorstellung bereitet Gerry sichtlich Kummer. «Ist dir bewusst, wie viele Entscheidungen der Mensch jeden Tag trifft? Tausend! Zehntausend! Von den kleinen, was es zum Frühstück gibt, bis zu den großen, die das ganze Leben verändern.» Er geht zu der Instrumentenschale und nimmt eine große Edelstahlsäge in die Hand. «Wir sind Gewohnheitstiere, Alex – in neun von zehn Fällen tun wir immer das Gleiche. Wir haben Vorlieben, Vorurteile, Lieblingsfarben, abergläubische Vorstellungen … die alle unterbewusst unsere Entscheidungen beeinflussen.» Gerry hält inne und begutachtet seine Zähne im Spiegel des Sägenblatts. «Also, ja, wahrscheinlich begehst du die gleichen Fehler wieder, aber du hast dennoch die Chance, es besser zu machen. Die wenigsten Menschen bekommen diese Gelegenheit, du solltest dich glücklich schätzen. Auserwählt.»

«Und wieso ich?»

«Wieso nicht du? Schicksal. Schwein gehabt. Manchmal steckt kein Grund, keine Logik dahinter, wer lebt und wer stirbt. Ehrlich gesagt, ist es eine Lotterie, und du, meine Liebe, hast das Glückslos gezogen.» Klirrend lässt er die Säge wieder in die Schale fallen. «Um das Warum solltest du dir keine Gedanken machen.»

«Worum denn dann?», frage ich, ohne zu wissen, ob ich die Antwort wirklich hören möchte.

«Überlege dir, was du mit dieser seltenen und ziemlich wunderbaren Möglichkeit anfängst. Wie oft bekommt man schon eine zweite Chance im Leben, geschweige denn im Tod?»

Obwohl Gerry lächelt, werde ich das Gefühl nicht los, dass er mir etwas verheimlicht.

Ich massiere meine Schläfen, um die Kopfschmerzen zu lindern, die sich hinter meinen Augen zusammenziehen.

«Selbstverständlich kann ich dir nur garantieren, dass du überlebst, wenn du jemanden findest, der deinen Platz einnimmt.»

«Was!?»

«Tut mir leid, Alex, das hätte ich vielleicht eher erwähnen sollen.» Er lächelt kurz. «Einer muss sterben,

24

so ist das Leben beziehungsweise der Tod nun mal!»
Er schmunzelt und zuckt mit den Schultern, als hätte
er darüber keine Macht. «Außerdem brauche ich eine
Leiche, Darling. Ich muss mein Soll erfüllen.»

Ich sehe ihn fassungslos an.

«Kein Grund, so geschockt zu gucken. Ständig sterben Menschen, zwei pro Sekunde sogar. Was glaubst du
denn, was passieren würde, wenn niemand mehr stirbt?
Man könnte sich kaum noch bewegen, so voll wäre es,
und es gäbe weder genug zu essen noch zu trinken. Und
im Bus müsste man die ganze Zeit stehen!»

Allmählich sickern die Konsequenzen dessen, was
er sagt, durch die Mauer der Verdrängung, die mein
Gehirn aufbauen möchte.

«Sie wollen behaupten … Wenn ich nicht selbst
sterben will, muss ich JEMANDEN UMBRINGEN?»

DREI: DAS ZEICHEN

Gerry legt mir sanft eine Hand auf den Arm. «Oh, so darfst du das nicht sehen! Du musst niemanden eigenhändig *ermorden*, du musst nur einen ... aussuchen.» Das Gefühl der Zuwendung wird durch das Funkeln in seinen Augen ein wenig beeinträchtigt.

«Und der- oder diejenige stirbt dann an meiner Stelle?»

Gerrys Zähne glänzen im grellen Lampenlicht.

«Aber dann bin ich ja doch schuld! Auch wenn ich nicht selbst abdrücke!»

Er strahlt mich an. «Betrachte es als Selbsterhaltungstrieb – so wie wenn man nach rechts und links schaut, bevor man die Straße überquert. Man springt ja auch nicht ohne Fallschirm aus einem Flugzeug. Du sorgst einfach für dich, das ist vernünftig.»

Fast hat er mich so weit, aber noch nicht ganz. «Trotzdem würde ich nur überleben, weil ein anderer stirbt. Es wäre, als ob man jemandem den Fallschirm klaut und ihn aus dem Flieger schubst!»

«Hmm», erwidert er stirnrunzelnd. «Hauptsache, du sorgst vorher dafür, dass das Opfer das hübsche pinke T-Shirt überzieht.»

«Was?»

«Das pinke T-Shirt.» Er zeigt auf das tote Mädchen. «Das ist das Zeichen.»

Sprachlos sehe ich ihn an.

«Ich muss erkennen können, wen du ausersehen hast, statt deiner zu sterben», sagt Gerry. «Einige Kollegen bevorzugen etwas Dunkleres – einen schwarzen Fleck auf einem Zettel oder Krähen auf einem Fenstersims, aber das ist alles so trostlos und schaurig! Ich favorisiere etwas, das mehr Pfiff hat, aber mein Humor ist vielleicht ein wenig abgründig.» Er grinst.

«Noch mal zum Mitschreiben: Wenn ich möchte, dass jemand mich ersetzt und für mich stirbt, soll ich ihm oder ihr das pinke T-Shirt geben?»

«Du musst natürlich schon dafür sorgen, dass es auch angezogen wird.»

«Und wie soll ich das genau machen?»

«Wie genau, kann ich dir auch nicht sagen, aber dir wird schon etwas einfallen. Es geht hier ganz akut um dein Leben und deinen Tod, Darling! Wenn du selbst im äußersten Notfall keine Lösung findest, hast du es offen gesagt nicht verdient zu leben!»

Vor lauter Panik ziehe ich die Schultern hoch und kann kaum noch atmen. Ich spüre, wie mein Herz sich windet und gegen den plötzlichen Druck ankämpft.

Dann ermahne ich mich, dass das Ganze nicht real sein kann. Das ist doch der Beweis: *Ich soll jemanden auswählen, der sterben soll, und ihm dafür ein pinkes T-Shirt überziehen!* Ein klassisch unsinniger Traum, oder nicht? Deshalb gibt es auch keinen Grund zur Panik. Ich muss einfach weiter mitspielen und abwarten, bis der typische Albtraummoment kommt, in dem ich in den Abgrund springen soll und vor Schreck aufwache.

Als ich den Blick wieder hebe, lacht Gerry.

«Was ist so lustig?»

«Wenn du dein Gesicht sehen könntest!» Er wischt sich eine Träne von der Wange. «Eine Minute lang bist du mir auf den Leim gegangen, nicht wahr? *Das pinke T-Shirt ist das Zeichen* – als ob!» Er lacht bellend und schlägt mit der Hand auf den Rollwagen aus Edelstahl. «'tschuldigung, Darling. Hier unten gibt es nicht viel zu lachen – wir müssen uns amüsieren, wenn wir können.»

Ich weiß nicht, ob ich sauer oder erleichtert sein soll. «Ich muss also keinen Ersatz für mich finden?»

«O doch, der Teil stimmt. Wie gesagt, Alex: Jemand muss sterben. Und wenn du es nicht sein willst ...», er tippt sich an die Nasenspitze, «wäre es eine hervorragende Idee, eine andere Person dafür zu finden.»

Mir wird erneut eng um die Brust.

«Aber du kannst dir das Zeichen aussuchen – es mag sein, was immer du willst. Du musst sie dem oder der Glücklichen nur überreichen. Es spielt keine Rolle, ob die Person den Gegenstand dann wegwirft oder zurückgibt – das Zeichen steht nach der ersten Berührung.»

«Das T-Shirt hat nichts damit zu tun?»

«So kann man das auch nicht sagen. Vergiss nicht, je mehr du veränderst, umso besser – diesem T-Shirt würde ich an deiner Stelle dringend aus dem Weg gehen.» Gerry lächelt. «Was soll es nun sein? Was hast du denn so?» Er zeigt auf das tote Mädchen.

Ich kann den Blick nicht von ihm losreißen. Schlägt er gerade wirklich vor, was ich vermute?

«Es muss etwas sein, das du dabeihattest, als du gestorben bist», sagt Gerry und weist mit dem Kinn zur Bahre. «Schau mal nach, was du in deinen Taschen findest.»

Das ist hoffentlich wieder ein Scherz, doch ich fürchte, Gerry meint es todernst. «Mir kann nichts passieren, oder? Wenn man die Taschen der eigenen Leiche durchsucht, ist es schließlich eher so, als würde man seinem früheren Ich begegnen, nicht wahr?»

Gerry kichert kurz und schrill. «Deine Fantasie möchte ich haben! Eine Begegnung mit seinem früheren Ich! Wirklich unmöglich!»

Klar, und ansonsten läuft alles völlig normal ab, was?

Ich gehe vorsichtig auf die Leiche zu und hoffe, dass sie sich als unecht erweist – eine raffiniert ausgestattete Schaufensterpuppe oder eine Wachsfigur –, doch je näher ich komme, umso menschlicher wirkt sie. Mein Kopf fühlt sich mit einem Mal schwer und schwebend zugleich an, und ich muss mich seitlich an der Bahre festhalten. Als ich den kalten Stahl berühre, wird es jedoch schlimmer, realer.

Ich wende den Blick von dem schrecklich vertrauten, aber leblosen und grauen Gesicht ab und strecke die Hand zu der Jeanstasche des Mädchens aus. Fast glaube ich, dass die Gestalt ruckartig aufwacht und mich packt, sobald ich sie berühre. Doch vielleicht ist das eben der Moment, auf den ich die ganze Zeit warte und der mich aus diesem wahnsinnigen Albtraum reißt?

Nachdem ich tief Luft geholt und mich gewappnet habe, zittert meine Hand so sehr, dass es mir erst beim dritten Versuch gelingt, die Finger hineinzustecken.

Das Mädchen bewegt sich nicht.

Weil sie tot ist.

Und ich stehe gezwungenermaßen immer noch hier und hole *mein* Handy aus der Tasche meiner eigenen Leiche. (Ernsthaft – kann es noch gestörter werden?) Ich tippe aufs Display, aber es bleibt dunkel und reagiert nicht.

Obwohl ich weiß, dass ich ein Zeichen finden soll, suche ich insgeheim auch nach möglichen Hinweisen auf die Todesursache oder zumindest darauf, was in den letzten Stunden passiert ist.

In der Handyhülle steckt, wenig überraschend, eine Busfahrkarte zu meinem Wochenendjob, hin und zurück. Weiter hole ich meinen Honiglippenbalsam, ein Taschentuch und einen gelben Post-It-Klebezettel aus der Tasche. Wenn das kein Hinweis sein soll! Aber als ich das Papier entfalte, finde ich nur einen blauen Kulikrakel, als hätte jemand überprüft, ob der Stift funktioniert.

Ganz unten in der Tasche ertaste ich einen runden Klumpen und muss die Hand ganz hineinstecken, um ihn herauszuholen. Ich spüre durch den Stoff, wie fest das Bein des Mädchens ist, hart und schrecklich kalt. Erschauernd packe ich den Gegenstand und ziehe meine Finger schnell zurück.

Als ich die Hand öffne, ist es ein Ring, den ich nicht wiedererkenne. Er ist scheußlich – ein grünes wasserspeierartiges Wesen, das die Zunge herausstreckt – und gehört bestimmt nicht mir. Keine Ahnung, warum sich jemand so etwas zulegen sollte oder was zum Teufel es in meiner Hosentasche macht. Gleichzeitig erscheint mir der Ring wiederum nicht als besonders bedeutsam oder hilfreich, um zu beleuchten, wie ich gestorben bin. Es sei denn, der Ring ist verflucht? Vor einer Stunde hätte ich darüber noch gelacht, aber jetzt bin ich mir nicht mehr sicher.

Als ich mich über die Leiche beuge, um die andere Tasche zu untersuchen, weht mir etwas entgegen, das mich an den Obdachlosen an der Bushaltestelle erinnert. Einen schrecklichen Moment lang fürchte ich, es wäre der Geruch von verwesendem Fleisch, doch dann registriere ich den Alkohol – mein totes Ich stinkt nach Schnaps!

Dabei trinke ich nicht mehr. Seit dem letzten Mal. Aber vielleicht ist das der Grund, warum alles den Bach runtergegangen ist? Kürzliche Erfahrungen haben Folgendes ergeben:

Alkohol + Alex = komplette Katastrophe.

Bierbedingte Blindheit würde auch den schlechten Geschmack bei der Wahl des T-Shirts erklären.

«Ich will dich ja nicht drängen, Darling», sagt Gerry. «Aber die Zeit ist heute Nacht nicht auf unserer Seite.»

Ich bin schwer in Versuchung zu erwidern, dass er eben noch bestritten hat, es gebe so etwas wie Zeit überhaupt, aber ein rötliches Mal auf dem linken Handrücken des Mädchens lenkt mich ab. In meinen Augen sieht es wie ein Hase aus, mit einem Klecks als Gesicht und zwei langen Ohren. Zunächst halte ich es erschrocken für verschmiertes Blut, doch so eine kleine Wunde konnte nun wirklich nicht tödlich sein.

In der anderen Tasche finde ich nur meinen Schlüssel mit dem Schlüsselring in Form eines Drachens, der Flagge von Wales.

«Perfekt!» Gerry klatscht in die Hände. «Der Drache des Schicksals. Wie überaus passend!»

«Das soll das Zeichen sein?»

«Warum nicht?»

Ich betrachte den roten Filzdrachen mit den großen Augen und dem albernen Lächeln. «Und das gebe ich nun der Person, die meinen Platz einnehmen soll, und die stirbt dann?»

Gerry lässt die Zähne aufblitzen. «Einfach, oder?»

Grauenhaft einfach und total wahnwitzig. Gott sei Dank ist es nur ein dämlicher Traum.

«Jetzt kommt noch etwas Wichtiges, Alex.» Gerry packt meine Schultern und zieht ein ernstes Gesicht. «Du musst dich daran erinnern, was hier geschehen ist. Du musst daran *glauben*!»

Meine Wangen werden heiß. «Ja, natürlich!» Obwohl ich bereitwillig nicke, ist mir das alles plötzlich sehr unangenehm. «Äh ... und wenn es mir kurz entfällt oder wenn ich beim Aufwachen glaube, es sei alles nur ein Traum?»

«Echt? Ich hätte dich für klüger gehalten.» In seiner Stimme klingt nun eine gewisse Schärfe mit. «Dieses Traumding ist ein blödes Klischee, Alex. Wenn du es vergisst oder verdrängst, wirst du höchstwahrschein-lich genau das Gleiche tun wie vorher und das gleiche Ergebnis erzielen.» Er weist mit dem Kopf auf das tote Mädchen.

«Aber das kann ja eigentlich nicht passieren, oder? Das kann ich doch gar nicht vergessen!»

«Es gibt leider keine Garantie, denn das hängt davon ab, wie dein Gehirn mit einem eventuell noch vorhan-denen Sterbetrauma umgeht.» Gerry zeigt auf das Glas, das ich in der Hand halte. «Trink das Wasser lieber aus. Der Flüssigkeitspegel kann in Bezug auf die Schmerzen bei einem Neustart viel ausmachen.»

«Schmerzen?»

«Du bist gestorben, Darling. Da geht's nicht einfach ohne Nebenwirkungen weiter.» Er lächelt. «Hattest du schon einmal einen Kater?»

Ich nicke und zucke bei der Erinnerung zusammen.

«Tja, ich muss gestehen, so wird es im Allgemeinen wahrgenommen. Wenn du aufwachst, fühlst du dich wie nach einer sehr harten Nacht!»

«Na super!»

«Besser als die Alternative, das kann ich dir versichern. Oh, und noch etwas: Beim Aufwachen hast du die ersten fünf Stunden nach dem Neustart bereits verschlafen, also würde ich mich an deiner Stelle ranhalten. Bist du bereit?»

«NEIN!»

Wie eine Flut rauscht Schwärze von allen Seiten auf mich zu. Als Letztes sehe ich ein blendend weißes Lächeln in der Luft hängen, das unmittelbar von dem Gefühl begleitet wird, als hätte mir jemand voll ins Gesicht geschlagen.

1 DAS ALEXANDRA-SYNDROM

Ich höre Gesang. Lieblich. Besänftigend, vielleicht ein Engelschor. Mein Körper schwebt, sinkt zurück in den Schlaf ... und in warmes dunkles Vergessen ...

Eine Kreissäge von Gitarre bricht kreischend in das Wiegenlied hinein und holt mich zurück. (Ich habe diesen Song aus gutem Grund zum Wecken ausgesucht.) Obwohl ich eigentlich die Augen lieber immer noch nicht aufschlagen würde, kann ich die innere Alarmglocke, die mich schrillend auf etwas hinweist, nicht ignorieren. Es ist dringend und benötigt meine Aufmerksamkeit.

Es geht um die Toilette.

Ich taumle aus dem Bett quer durchs Zimmer und fluche, weil mein Schädel so furchtbar wehtut und mir mein aufgewühlter Mageninhalt hochkommt.

«Wo zum Teufel kam das denn her?»

Meine Stimme hallt durch die Kloschüssel.

So muss sich der weltschlimmste Kater anfühlen.

Abgesehen davon, dass ich nichts trinke.

Seit dem letzten Mal.

Es sei denn ...

Doch in dem Moment, wo ich mich an letzte Nacht erinnern will, fühlt es sich an, als hätte mir jemand eine Axt in den Schädel gerammt und würde versuchen, sie wieder herauszuziehen. Ganz schlecht. Glaubt mir.

Ich wanke zum Waschbecken und lege meinen

feuchten Kopf einen Augenblick lang auf meine zittern-den Arme. Als ich aufschaue, blickt mir ein totes Mäd-chen aus dem Spiegel entgegen, mit blutunterlaufenen Augen in tiefen Höhlen, die Haut so blass, fast durch-sichtig – ein Geist. Die hohläugige verwesende Leiche meines früheren Ichs. Offenbar werde ich krank.

Aber was kann ich nur haben, dass ich so furchtbar aussehe und mich genauso fühle?

Sofort türmen sich unliebsame Vorschläge wie schmut-ziges Geschirr in mir auf: Gehirntumor, Herzinfarkt oder irgendeine bisher unentdeckte Krankheit, bei der man sich fühlt, als hätte jemand einem einen Holzpflock durchs Auge gestoßen und das Gehirn rausgetrieben.

Das passt. Ich werde an einem seltenen Fall von Gehirnablösung krepieren. Damit werde ich berühmt.

Tot, aber berühmt.

Auf jeden Fall schaffe ich es auf die Titelseite der *Hardacre Gazette*: STADT TRAUERT UM TOTE SCHÜLERIN. Mein Gesicht wird in unserem Vier-tel auf Katzenstreusäcken abgebildet, und anerkannte Ärzte schreiben Artikel oder geben Vorlesungen über mich. Vielleicht benennen sie das Leiden nach mir – zum Beispiel die «Ernst-Erkrankung» oder das «Alexandra-Syndrom» oder «Morbus Alexis»? Das klingt gut, finde ich, wenn man davon absieht, dass ich vorher daran sterben muss.

Meine Kopfschmerzen treiben den Holzpflock eine Umdrehung weiter.

Es könnte natürlich auch am Schlafmangel liegen. Um halb zwölf war ich noch wach – ich erinnere mich daran, weil ich in Tashs Küche auf die Wanduhr geschaut habe.

Was rede ich denn da? Gestern Abend war ich gar nicht bei meiner Freundin Tash. Ich war … Bilder von Orten und Menschen gehen mir bruchstückhaft durch den Kopf, aber sie sind zu vage und zu fern, um sie festzuhalten. Sie können auch gar nicht stimmen, weil ich gestern Abend hier war – allein. Anscheinend habe ich Wahnvorstellungen.

Mein Hals fühlt sich an, als hätte ich Glasscherben gegurgelt. Kopfschmerzen und Durst bis zum Umfallen? Irgendwo habe ich gelesen, dass dies klassische Symptome für etwas ganz Schreckliches sind. Ich nehme die Zahnbürsten aus dem Becher und halte ihn unter den Wasserhahn. Das Wasser schmeckt nach Minze und etwas körnig, ist aber trotzdem einfach himmlisch. Ich trinke den Becher aus und fülle ihn erneut.

Vielleicht fehlt mir nur Flüssigkeit.

Aber Flüssigkeitsmangel ist keine ausreichende Erklärung für diese entsetzlichen Schmerzen. Und wenn es nun doch ein Tumor ist?

Ich gehe lieber wieder ins Bett.

Aber etwas nagt in meinem Hinterkopf und will sich durch die Kopfschmerzen und die Übelkeit bohren, beharrlich und drängend, als wollte es mir sagen:

DAS MUSST DU DIR ANHÖREN – JETZT!

Als ich die Uhrzeit auf meinem Handy sehe, fluche ich.

ARBEIT! Natürlich! Wie konnte ich das vergessen? Warum sollte ich sonst an einem Samstag um zehn vor sechs aufstehen?

Trotzdem merkwürdig – ich hätte schwören können, dass heute Sonntag ist.

Um genau zu sein, kann ich mich daran erinnern, dass ich gestern aufgestanden bin, um arbeiten zu gehen.

Doch sobald ich diese Erinnerung festhalten will, entgleitet sie mir.

Ich prüfe das Datum. Eindeutig Samstag, schon wieder! Anscheinend verfliegen die Wochen im Nu, wenn das Leben eine lustige Achterbahnfahrt ist wie meins.

Bevor ich noch einen Gedanken fassen kann, fängt mein Handy erneut zu trällern an.

2 MEIN HELD

Das dürfte Dad sein, der hören will, ob ich die Nacht überlebt habe. Wenn er auswärts arbeitet, ruft er morgens sofort an. Er macht sich Sorgen, wahrscheinlich weil wir nur noch zu zweit sind und ich, wie er andauernd betont, sein Ein und Alles bin. Die Frau zu verlieren ist schlimm genug, aber Frau *und* Tochter – das würde er wohl nicht überleben.

«Hey, Dad!» Ich lege meine beste Good-Day-Sunshine-Stimme auf, aber heute Morgen klingt sie ein wenig wolkenverhangen. Vielleicht merkt er es nicht.

«Ich wollte nur mal sehen, ob du auch aufgestanden bist. Nicht dass du zu spät zur Arbeit kommst.» Ich höre sein Grinsen durchs Telefon. «Alles in Ordnung?»

«Jep, alles bestens. Damit du es weißt, ich bin schon seit fünf Minuten wach.»

Er lacht. «Geht es dir wirklich gut? Du hörst dich nicht so an.»

Ich fühle mich, als hätte mir jemand eine Axt in den Schädel gerammt, Dad, was möglicherweise zu einem Aneurysma führen wird, wäre die ehrliche Antwort darauf, aber Ehrlichkeit ist nicht automatisch die beste Strategie. «Ich bin noch nicht richtig wach … So in der Übergangsphase.»

Noch ein Lachen. «Das Gefühl kenne ich. Ist Tash schon auf?»

«Ja, sie duscht gerade.» Ich werfe einen schuldbewussten Blick auf den stummen Duschkopf über der Badewanne – wie gesagt, Ehrlichkeit ist nicht immer das einzig Wahre. Trotzdem habe ich ein schlechtes Gewissen, wenn ich lüge, und eigentlich habe ich meinem Vater auch nicht ausdrücklich gesagt, dass Tash bei mir übernachten würde. Er geht einfach davon aus, weil wir das normalerweise so machen, wenn er auswärts arbeitet. Natürlich brauche ich keinen Babysitter mehr, zu zweit macht es eben mehr Spaß. Und, auch klar, Dad fühlt sich besser, wenn er weiß, dass ich nicht allein bin.

«Und wie ist Nantwich so?», frage ich, um das Thema zu wechseln.

«Ach, weißt du, wie das Paradies mit einem Billighotel.»

«Schön! Und weißt du schon, wann du zurückkommst?»

«Wieso? Damit du alle rechtzeitig rausschmeißen kannst, wenn du eine Party gibst?» Er gluckst, aber darin schwingt ein Hauch von Wehmut mit, als wünschte er sich beinahe, ich würde genug Leute für eine Party kennen, selbst wenn die Wohnung darunter leiden müsste.

«Ha, klar! Also, weißt du zufällig, wie man Blutflecken vom Teppichboden entfernt? Ich frag nur so.»

«Ich denke, bis Sonntagnachmittag sollte ich es schaffen», sagt er. «Damit bleiben dir noch gut sechsunddreißig Stunden, um das Blut rauszuwaschen! Um wie viel Uhr fängt das Konzert heute Abend noch mal an?»

Meine Schultern verkrampfen sich.

«Kommt drauf an, wie lange Tash braucht, um sich schönzumachen. Sie würden es nicht wagen, ohne sie anzufangen.»

Diesmal lacht er nicht. Ich spüre, wie seine Angst die Entfernung überbrückt und wie er unsichtbar die Arme nach mir ausstreckt. «Du weißt, ich bin nicht gerade glücklich, dass ihr in diesen Club gehen wollt.»

«Das ist doch nur ein Konzert, Dad. Außerdem spielt Tokyo Girl!»

«Ich weiß, aber pass auf dich auf, ja?»

Fast wünsche ich mir, Dad würde es mir verbieten. Und das würde er wohl selbst liebend gern tun, aber gleichzeitig denkt er, dass ich etwas unternehmen und rausgehen soll – wie eine glückliche normale Jugendliche, falls es so was überhaupt gibt.

«Vergiss nicht, was Dr. Hiaasen gesagt hat», meint Dad. «Wenn du einen Anflug von Panik spürst ...»

«Ich weiß, Dad! Mir passiert schon nichts, außerdem ist Tash dabei. Sie weiß, was sie tun muss.»

«Ruf mich an, wenn ihr wieder zu Hause seid. Wann ist es zu Ende?»

«Keine Ahnung, ich schätze mal, so gegen halb zwölf.» Ich weiß selbst nicht, warum ich das gesagt habe, denn in Wirklichkeit habe ich keinen Schimmer, wann wir da rauskommen. «Aber es kann etwas dauern, bis wir wieder hier sind, also mach dir keine Sorgen, wenn ich vor Mitternacht noch nicht angerufen habe.»

«Nehmt ein Taxi», sagt Dad. «Ich habe dir Geld hingelegt.»

«Okay, danke. Es ist wirklich alles gut, kein Grund zur Sorge.» Während ich mich das sagen höre, bin ich nicht sicher, ob ich damit meinen Vater oder vielleicht mich selbst überzeugen möchte. Was bescheuert ist. Schließlich geht es nur um ein Konzert.

Tokyo Girl ist *unsere* Band – sie gehört zu Tash und mir. Ihretwegen haben wir uns überhaupt erst angefreundet, als wir feststellten, dass wir beide auf Tokyo Girl stehen. Sobald Tash erfahren hat, dass die Band in unserer kleinen Popelstadt auftreten, war klar, dass wir hingehen müssen – nicht einmal ich habe auch nur eine Sekunde darüber nachgedacht. (Oh, jugendlicher Leichtsinn …)

«Dad, ich muss mich langsam mal beeilen und Tash aus der Dusche holen.»

Doch mein Vater ist noch nicht bereit, die Verbindung zu kappen. «Funktioniert der Boiler einigermaßen? Denk bloß dran, das Fenster aufzulassen!»

Seit Wochen drängt Dad den Vermieter, dass er den Boiler reparieren lässt. Das Teil fällt andauernd aus, und seit Kurzem ist Dad überzeugt, dass Kohlenmonoxid austritt. Vor zwei Wochen sind wir beide vor dem Fernseher eingeschlafen und mit schrecklichen Kopfschmerzen aufgewacht. Seitdem läuft Dad durch die Wohnung, schnüffelt wie ein Bluthund und besteht darauf, dass die ganze Zeit die Fenster aufstehen.

«Geht schon, Dad. Du glaubst nicht, was wir zu hören bekämen, wenn bei Tash das Wasser plötzlich kalt würde!»

Er lacht und legt endlich auf.

Ich weiß, ich habe Glück, weil sich jemand um mich kümmert, aber manchmal macht es mir zu viel Druck, dass sein Glück und seine geistige Gesundheit von mir abhängen! Deshalb denke ich viel über meinen Vater nach: wie sich das, was ich tue, auf ihn auswirkt. Wenn ich zum Beispiel sterben würde – damit würde er nicht gut zurechtkommen.

Andererseits ist es leicht, anderen die Schuld für die eigenen Probleme in die Schuhe zu schieben. Ohne Dad wäre ich nicht einmal hier, und das meine ich keineswegs rein biologisch. Um diese lange und traurige Geschichte kurz zusammenzufassen: Meine Mutter hat uns praktisch sitzengelassen, gleich nachdem sie mich rausgepresst hat. Dad hat alles aufgegeben, um mich allein großzuziehen.

Als ich klein war und versuchte, mit den ersten grundsätzlichen Dingen klarzukommen – also zum Beispiel mehr als zwei Schritte zu machen, ohne auf den Po zu fallen, aufs Klo zu gehen, solche Sachen –, da war mein Vater mein Held. Ich schäme mich keineswegs, das zuzugeben. Gut, ich hatte keine Vergleichsmöglichkeiten, aber ich begriff, dass der Mann sich viel Mühe gab und mir einen Großteil seiner Zeit opferte. Ich war glücklich, das Leben mit Dad war gut.

44

Doch die Jahre vergehen, man wird älter, und die Dinge verändern sich. Das geschieht nicht über Nacht, eher ganz allmählich, bis einem eines Tages dieses alberne Zeug, die Kosenamen und die Witze, die nur Insider verstehen, auf den Wecker gehen. Plötzlich merkt man, dass der Held auch nicht auf alles eine Antwort hat und nicht jedes Problem lösen kann, ja, dass er nicht einmal dafür sorgen kann, dass einem nichts passiert.

Diese unliebsame Erkenntnis kam mir ungefähr zur gleichen Zeit, als mir auffiel, dass die Welt außerhalb meiner gemütlichen kleinen Kindheitsblase groß und erschreckend war und nicht alle automatisch mit mir befreundet sein wollten – oder wenn doch, dann nicht unbedingt aus den richtigen Beweggründen.

Aber als sich langsam alles, worauf ich vertraut und woran ich geglaubt hatte, in Luft auflöste, gerade da erschien Tash auf der Bildfläche.

Ich entdeckte sie eines Abends vor unserer Siedlung, wo sie wie ein schlecht gelaunter Gartenzwerg auf der Mauer saß. Da es eiskalt war und ich sie von der Schule kannte, fragte ich sie, ob sie mit reinkommen wollte. Tash meinte, ich solle mich verziehen, doch ich sah, dass sie geweint hatte, und setzte mich einfach neben sie. Nach einer Weile brach sie ihr Schweigen.

Sie erzählte mir, dass sie nicht nach Hause wollte, weil es dort ständig Streit mit ihrer Mutter und ihren Schwestern gab. Schließlich konnte ich sie doch überreden, mit zu mir zu kommen, aber Tash brauchte vor allem jemanden, der ihr zuhörte. Wir bildeten so etwas wie unsere eigene kleine Therapiegruppe – wir schimpften, jammerten und machten Pläne, aus der Stadt abzuhauen … Das Übliche eben. Wir waren so verschieden, dass unsere Mitschüler nicht kapierten, warum wir uns angefreundet hatten. Dabei ist genau das der Grund, weshalb es funktionierte: Wir hatten beide etwas zu bieten, was die andere jeweils brauchte.

Unsere Wohnung bot Tash einen freundlichen Unterschlupf, während ihre unverdrossen lodernde Wut meine aufkommende Paranoia und meine Angstvorstellungen zurückdrängte. Sie verdrehte die Augen oder wütete, sie würde sie es mit der ganzen Welt aufnehmen, und zwar mit links, und schon fühlte ich mich stärker, nur weil sie bei mir war. Tash war wie ein Lagerfeuer in der Wildnis. Selbst wenn ich dort draußen tausend unbekannte und ungesehene Dinge spürte, die mich quälen wollten, fühlte ich mich sicher, solange ich in ihrer Nähe war.

Es war wie früher mit meinem Vater.

Ich will in keiner Weise kleinreden, was Dad für mich tut, und ihm nicht zu nahe treten, aber es ist nun mal eine Familienbeziehung, und er hat die Aufgabe, mich zu lieben. Tash dagegen ist einfach meine Freundin, ohne Verpflichtungen, ohne Blutsbande, und wir sind Schwestern, weil wir es so wollten, was etwas vollkommen anderes ist.

Ich schließe den Toilettendeckel und greife endlich zum Handy. Normalerweise schreibe ich Tash morgens direkt als Erstes, aber heute ist mir etwas dazwischengekommen.

Eine Nachricht wartet schon auf mich. Sie wurde kurz vor ein Uhr heute Morgen abgeschickt:

Was für ein Abend 😔
Val ist wirklich der Wahnsinn 😳
Muss dir total viel erzählen. 😀
Nacht, Süße 🐨 🍪 🌑 🎧

Tash steht total auf kleine Bildchen.

Tief in meinem Bauch rührt sich die Schlange der Eifersucht. Das war bereits das dritte Mal in dieser Woche, dass Tash mit Val weg war. Ich scherze schon, dass sie Tashs neue beste Freundin wird, nur ist das leider gar nicht lustig.

Jetzt verdränge ich den Gedanken und setze meine Daumen in Bewegung:

Schön, dass ihr es schön hattet 😀

Vielleicht sollte ich ein Emoji mit *zwei* Gesichtern suchen? Haha!

Ich schreibe Tash weiter:

Ich bin krank 😷 🤢
Kotze voll 🤮 🥀
Schwanger vielleicht? 😄
Fühle mich total irre. 😵 😝
Ehrlich, das mein ich todernst.
XO.

Todernst. Angeblich sagt ein Bild mehr als tausend Worte, aber dieses eine Wort wird Tash mehr sagen als tausend Emojis.

Tash und ich haben die Regel aufgestellt, dieses Wort niemals zu gebrauchen. So werde ich in der Schule gehänselt. Mein Nachname ist Ernst – man muss kein Genie sein, um «Tod» voranzustellen und es lustig zu finden.

Womit ich das verdient habe? Tja, vielleicht weil ich alles immer extrem tragisch nehme. Auch die Panikattacke vor ein paar Monaten während der Vollversammlung in unserer Aula könnte etwas damit zu tun haben. Aber es liegt wohl vor allem daran, dass ich bei einer Party betrunken ausgeflippt bin und dann einen auf sterbenden Schwan gemacht habe. Das ist der eigentliche Grund, warum sie mir das für den Rest meiner Zeit an der «Hardacre-Anstalt für Analphabeten» (nicht der richtige Name) nachrufen werden.

Aber es ist *wirklich* sonderbar. Nicht nur die Kopfschmerzen und das Kotzen, da ist noch etwas. Das Gefühl, als hätte ich die Welt noch schlechter im Griff als sonst – als würde die Schwerkraft nicht so gut funktionieren wie sonst.

Irgendwie fühlt es sich an, als wäre meine Situation nicht nur beschissen, sondern tatsächlich todernst – das ist das einzige Wort, das diesen Zustand treffend beschreibt.

3 MEINE NEMESIS

Die Versuchung ist groß, wieder ins Bett zu gehen, mir die Decke über den schmerzenden Kopf zu ziehen und abzuwarten, bis das alles vorbei ist. Doch die Vorstellung, den Tag eingemummelt vor dem Fernseher zu verbringen, ist nicht so verlockend wie sonst. Ich weiß nicht, ob es daran liegt, dass ich das Gefühl nicht loswerde, etwas sehr Wichtiges vergessen zu haben, oder an dieser merkwürdigen Vermutung, nicht richtig hier zu sein.

Albern, ich weiß! Natürlich bin ich hier. Das bin *ich*, die vom Bad in die Küche geht. Ich bin es, die das Licht anschaltet und den Wasserkocher aufsetzt. Wäre ich nicht hier, könnte ich den kalten Linoleumboden unter meinen nackten Füßen nicht spüren und den Gestank in der Spüle nach totem Dachs, der im Siphon klemmt, nicht riechen.

Trotzdem. Ich fühle mich losgelöst, als würde ich mich selbst durch ein Fenster sehen oder auf einem Bildschirm – jedenfalls nicht im richtigen Leben.

Wie gesagt … komisch.

Ich schalte das Radio ein, um ein bisschen Leben und eine andere menschliche Stimme in die Bude zu bringen. Eigentlich macht es mir nichts aus, allein zu sein, aber ich weiß auch nicht, heute Morgen fühle ich mich aus unerfindlichen Gründen irgendwie … verfolgt. Das liegt teilweise an Tash beziehungsweise daran, dass sie nicht da ist. Ohne sie fühlt sich die Wohnung zu groß und zu leer an, was eigentlich ein Witz ist, denn sagen wir es mal so: Wenn wir eine Katze hätten, könnten wir sie nicht im Kreis schwingen.

Ich stecke zwei Brotscheiben in den Toaster und drehe das Radio lauter.

Der DJ heißt Baz oder Cliff und labert ständig totalen Schwachsinn. Im Moment redet er über Bauarbeiten auf der Umgehungsstraße. Wetten, gleich sagt er so was wie *Die stehen da Stoßstange an Stoßstange* und spielt dann «Pull up to the Bumper» von Grace Jones. Obwohl, wenn ich so darüber nachdenke, hat er das gestern schon gespielt. (Dad steht auf Musik der Achtziger, und darum kenne ich den Song – falls ihr euch das gefragt habt.)

Aber als ich mir einen Teller aus dem Schrank hole, zieht er das durch – Wort für Wort!

Mein Herz erschauert. Wahnsinn!

Jetzt warte ich, ohne wirklich zu glauben, dass er den Song spielt, und gleichzeitig in dem *Wissen*, er macht es doch.

Er regelt die Musik leise nach oben und übertönt sie mit seinem Gequatsche: «Der ist für alle, die im Verkehr steckengeblieben sind. Runter vom Stresspedal, Leute, lehnt euch zurück und genießt einen absoluten Klassiker …»

Unmöglich!

Das kann doch nicht wahr sein!

Wie erstarrt lausche ich «Pull up to the Bumper», das

in unserer Küche erklingt. Sogar für diesen DJ ist das eine Umdrehung zu viel. Als hätte er seine Sendung von gestern aufgezeichnet und würde sie einfach noch mal abspielen.

Mein Handy reißt mich mit einem Pling aus der Schockstarre. Wahrscheinlich Tash mit weiteren Details von ihrem tollen Abend mit Val.

Val ist mein Racheengel. Mein Todbringer. Meine Nemesis.

Schon gut, ich weiß. Echte Menschen haben keine Nemesisse.

Ist das der richtige Plural, wenn es überhaupt einen gibt? (Wie zum Teufel schreibt man das? Ohne Val würde ich das gar nicht wissen wollen.)

Val – die schwarze Wolke an meinem Toy-Story-Himmel, das Steinchen in meinem Schuh, der Wurm in meinem Apfel. Ihr habt vielleicht schon mitbekommen, dass Val nicht gerade ganz oben auf der Liste meiner Lieblingskontakte steht?

Kein Problem, denn Tash springt hier nur zu gern für mich ein. Ihr solltet sie hören:

Oh, Wahnsinn, Süße, das GLAUBST du nicht, was Val getan / gesagt / angehabt / getrunken hat.

Tash zufolge ist das Mädchen *sooooo* unfassbar *suuuuper.* Ein Mädchen, dessen außergewöhnliches Supersein (und ja, ich weiß, das Wort gibt es gar nicht) man nur mit all diesen zusätzlichen Buchstaben beschreiben kann. Aber so ist Val, so einmalig, dass ihr zu Ehren neue Wörter erfunden werden müssen – sie hat's *verdient*. Die drei Millionen, die gerade im Umlauf sind, können ihrer unglaublichen Einzigartigkeit nicht Genüge tun.

Das hört sich ganz schön verbittert an, was?

Verbittert und schräg und vielleicht ein kleines bisschen psychotisch? Jep, ich weiß, tut mir auch leid. Keine Ahnung, wen ich mehr hasse: Val, weil sie mir meine beste Freundin abspenstig macht, oder mich selbst wegen dieser Eifersucht.

Das Schlimmste ist – und ihr wisst es hoffentlich zu schätzen, dass ich euch Einblick in die tiefste Finsternis meiner Seele gewähre und Gefahr laufe, mich lächerlich zu machen –, also, was wirklich total ärgerlich ist: Ich verstehe, warum Tash sie mag. Val ist tatsächlich super, sie ist selbstbewusst und lustig, sie hat glänzende lange schwarze Haare und große Augen. Da ihre Familie aus Rumänien stammt, hat sie auch noch einen coolen Akzent à la sexy russische Spionin. Wie soll *ich* dagegen anstinken?

Ich wappne mich und lese die Nachricht.

Doch Tash ist die Fürsorge in Person.

Süße! 🌚
Bleib 🏠 im Bett & 🎬
Du musst heute Abend fit sein 🦠 🦅 🤸 🐚
XO XO

Ich will antworten, zögere aber und schaue auf der Suche nach Inspiration für eine interessante oder witzige Entgegnung zum Fenster. Dort sehe ich aber nur mein eigenes Spiegelbild, blass und gespenstisch und mit einem dümmlichen Gesichtsausdruck.

> Danke, Schatz 💋
> Geht schon bisschen besser 😊
> Schleppe meine verfaulende Leiche aus dem Bett zur Arbeit.
> Lass dich beim Wickeldienst nicht im Stich. 💩💀😊
> XO

Ich hänge noch Bilder von einer Windel, einem alten Frauengesicht und einem grünen Teufelsding dran. Ehrlich, bei der Hälfte weiß ich nicht, was sie bedeuten sollen.

Mit Val, dem durchgeknallten Partygirl, kann man vielleicht geil die Nacht durchmachen, aber das ist nicht schwer. Ob man wirklich gut befreundet ist, zeigt sich bei weniger glamourösen Dingen, wie zum Beispiel dann, wenn man einem inkontinenten Rentner eine Erwachsenenwindel anziehen muss. Wenn man vom Totenbett aufsteht, damit die andere ein Heim voller nörgelnder alter Leute nicht mutterseelenallein waschen, anziehen und füttern muss. Das ist *echte Freundschaft*.

Ich tippe auf «Senden» und bin ganze drei Sekunden lang mit mir zufrieden.

Wem mache ich hier etwas vor? Unsere gemeinsame ehrenamtliche Arbeit im Altenheim wird Tash kaum eine Nachricht an Val wert sein, etwa:

OMG! Was für ein Morgen! 👀
Muss dir unbedingt erzählen, was Alex beim Frühstück gemacht hat. 🌙 🍪 🔫 🍩 🍞 📞

Hört sich nicht so toll an, was?

Tokyo Girl live im Pandemonium dagegen, das bietet Stoff für einen ganzen Haufen Emojis *und* die perfekte Gelegenheit, mit Tash wieder in die Spur zu kommen.

Was ist also das Problem?

Es gibt keins. Ich habe ein komisches Gefühl, wenn ich an heute Abend denke. Nicht der Rede wert.

Zwei Sekunden, bevor zwei Scheiben rauchender Kohle aus dem Toaster springen, steigt mir der Brandgeruch in die Nase. Fluchend reiße ich die Fenster auf und wedle den Rauch nach draußen, damit ja der Alarm nicht losgeht. Gestern war es genauso – man sollte meinen, ich wäre lernfähig.

4 BITTE BLEIBEN SIE SITZEN,
BIS DER BUS VOLLSTÄNDIG
ZUM HALTEN GEKOMMEN IST

Um 6:38 Uhr an einem Samstagmorgen ist der Bus Nummer Drei so gut wie leer. Sechs weitere Zombies, die sich vor dem Morgengrauen aus dem Bett gequält haben, sehen mir beim Einsteigen zu.

So dämlich, um diese Zeit wach zu sein, sind nur geistesabwesende Clubber, die verschwitzt und mit glasigem Blick nach Hause fahren, während sie immer noch zu dem langen Ausklang des letzten Songs dieser Nacht nicken. Und außerdem die arbeitende Bevölkerung – Mindestlohnsklaven der Friedhofsschicht. Reinigungspersonal und Krankenhauspförtner, Lagerarbeiter und Fabrikmalocher. Allen steht die gleiche Frage auf die Stirn geschrieben: *Was mache ich hier eigentlich?*

Eine Frau in einem Putz-Overall blickt von ihrem Buch auf und grüßt mit einem verhaltenen Lächeln. Ich nicke zurück und stelle fest, dass sie *Harry Potter* liest – eine kurze Flucht in eine andere Welt, in der man Besen zum Fliegen benutzt statt dazu, den Dreck anderer Leute aufzufegen.

Nachdem ich mir im oberen Deck einen Fensterplatz in der Mitte ausgesucht habe, klingelt auch schon mein Handy. Tash, wer sonst?

«Hey, Süße, wo bist du?»

«Im Bus.» Ich rede leise, weil ich es peinlich finde, wenn man im Bus in sein Handy schreit. Aber das dürfte heute kein Problem sein, weil Tash nicht fürs Zuhören geboren ist.

«Geht's denn? Du hättest dich besser krank melden sollen.»

«Ich konnte das doch nicht alles dir überlassen.» (Seht ihr's? Also stimmt für Alex, sie ist die Beste!)

«Wow, Danke! Ich bin echt mega aufgeregt.» Aus den Hintergrundgeräuschen schließe ich, dass sie ebenfalls auf dem Weg zur Arbeit ist. «Was für ein Abend! Du hättest mitkommen sollen, Süße.»

Sie hat recht, das hätte ich besser gemacht.

«Val hat uns doch tatsächlich umsonst ins Pandemonium geschleust!»

«Wow!»

«Kann man wohl sagen!» Tash sprudelt Emojis in die Leitung. «Val kennt den Türsteher. Echt, die Frau kennt einfach jeden!»

Ich verkneife mir die naheliegende Bemerkung.

«Und rate mal, wer gespielt hat? Einfach mal *Prayer for Halo!*»

«Echt.» Ich mag *Prayer for Halo*. Ich hätte wirklich mitkommen sollen.

«Du ahnst nicht, was Val noch gemacht hat!»

Bestimmt was Tolles.

«Sie ist auf die Bühne geklettert!»

Okay, das würde man von mir tatsächlich nicht zu sehen bekommen.

«Und dann – das glaubst du nicht – ist sie geradewegs zu Marco gegangen und hat die Arme um seinen Bauch gelegt, während er gespielt hat!»

«Marco?»

«Marco Lee!» Ich höre ihr an, wie fassungslos sie ist. «Der geilste Bassist auf unserem Planeten!»

«Ach, *der* Marco. Ich dachte, du meinst den anderen Marco, der bei Coop arbeitet.»

Tash schnalzt missbilligend mit der Zunge, aber sie ist viel zu begeistert von ihrer Geschichte, um aufzuhören. «Egal, Val tanzt da oben hinter Marco, und dann kommen die Leute von der Security und schleppen alle von der Bühne. Ich dachte schon, jetzt wird Val verhaftet oder rausgeworfen, aber sie hat Marco einfach einen Kuss auf die Wange gegeben und ist von der Bühne gesprungen – mitten in die Menge!», erzählt Tash wie ein Fangirl aus der Siebten bei einer Signierstunde von Boys 'R' Us. «Ich so: Wahnsinn! Und wenn sie sie nicht auffangen?»

Ja, das wäre eine wahre Tragödie gewesen.

«Ich sag's dir, Süße, du hast was verpasst!»

«Jep.»

«Und du?», fragt Tash. «Hast du gestern noch was gemacht?»

Bevor ich antworten kann, feuert mein Brummschädel eine weitere Salve durch meine Stirn. Als ich vor

Schmerzen die Augen schließe, schwimmt ein Bilder-
fetzen von weißen Kacheln oder auch von Zähnen über
meine Netzhaut. Der Anblick kommt mir vertraut vor,
als müsste er mir etwas sagen.

«Alex? Bist du noch da?»

Ich öffne die Augen – leicht überrascht, weil ich
immer noch im Bus bin. «Ja, ich bin hier.» Ich betrachte
mein Spiegelbild in der Scheibe, doch die beleuchteten
Fenster der Geschäfte und Wohnungen schieben sich
über mein geisterhaftes Gesicht, bis ich mich erst nicht
mehr scharf und dann gar nicht mehr sehe.

«Also, was hast du denn nun gestern gemacht?», fragt
Tash beharrlich.

Ich könnte ihr sagen, was sie Tolles verpasst hat, weil
sie nicht bei mir war, nämlich einen adrenalingesteu-
erten Abend, an dem ich meine Bücher und CDs neu
sortiert habe.

Als ob.

«Heute Abend Tokyo Girl, ja?», sage ich stattdessen
und schüttle den eisigen Schauer ab, der mich durch-
fährt.

«Unbedingt!»

Der Ausblick verändert sich, nachdem wir das Labyrinth der Siedlung verlassen haben, und ich verspüre
allmählich eine immer stärkere Beklommenheit. Dem

Bus scheint es ähnlich zu gehen. Mit einem Eifer, als müsste er dem Ort entkommen, bevor jemand die Räder abschraubt, rast er den Hügel hoch und kriegt genügend Schwung, sodass er es schafft, die klebrigen Straßen, die ihn anscheinend festhalten wollen, hinter sich zu lassen.

Ich stecke meine Ohrhörer wieder ein und lehne den Kopf ans Fenster. Meine Lider sind schwer und brennen, weil ich zu wenig geschlafen habe, und es schadet sicher nicht, sie ein Weilchen zu schließen.

Es ist dunkel, und ich bekomme keine Luft. Ich will mich bewegen, doch vergeblich. Ein Gewicht lastet auf meiner Brust und drückt mich zu Boden. Ich muss schreien, doch als ich den Mund öffne, geschieht gar nichts.

Ruckartig werde ich wach, peinlich berührt.

Wie lange habe ich wohl geschlafen? Habe ich etwa geschnarcht oder meine Haltestelle verpasst?

Ich wische über die beschlagene Scheibe, bis ich hindurchsehen kann.

Bäume. Große Häuser mit langen Auffahrten und teuren Autos. Also bin ich fast da.

Der nächste Song ist von Tokyo Girl. Ich finde ihn super, aber im Moment möchte ich lieber nicht an heute Abend denken, also fasse ich in die Tasche und drücke auf die Handytaste, mit der der Track übersprungen wird.

Ein Schauer läuft mir über den Rücken, als ich mich

an einen Traumfetzen erinnere: an das Gefühl, nicht atmen zu können. Grauenhaft.

Haus Ulmenblick, Heim für Lebenserfahrene (nicht der offizielle Name) liegt auf einer Hügelkuppe mit Aussicht auf die Stadt, als würde es sie beherrschen. Früher war das tatsächlich so, als Hardacre nur aus versprengten Bauernhöfen im Tal und kleinen Häuschen bestand und der Gutsbesitzer mit seiner Familie in Haus Ulmenblick residierte. Am Empfang hängt ein Porträt von ihm, vor dem ich mich wahrhaftig fürchte. Mit den Koteletten und seinem Rüschenhemd wirkt er wie der Teufel in Person, und sein Blick strahlt die Warnung aus: *Ihr, die ihr hier eintretet, lasst alle Hoffnung fahren!*

Ein dumpfes Geräusch, jemand flucht. Als ich aufschaue, dreht sich die Harry-Potter-Leserin auf ihrem Platz um. Unsere Blicke treffen sich, und sie entschuldigt sich mit einem kleinlauten Lächeln. «Ich habe meinen Ring fallenlassen. Siehst du ihn vielleicht? Ich glaube, er ist unter deinen Sitz gerollt.»

Ich schaue in die trüben Schatten an meinen Füßen, ohne den Ring zu entdecken.

«Moment.»

Ich rutsche herunter, gehe im Gang in die Hocke und leuchte mit dem Handy in das Dickicht aus Schuhen und Taschen. Als wir um eine Kurve biegen, rollt etwas hinter einer weggeworfenen Chipstüte hervor und trudelt Richtung Rückbank.

Ich verfolge den Ring im Krebsgang und schnappe ihn mir, bevor das Ding wieder außer Sicht rollt. «Hab ihn!»

Ich bin immer noch in der Hocke, da macht der Bus plötzlich einen Satz nach vorn und schlingert so heftig, dass ich umfalle.

Nach einem lauten Knall explodiert plötzlich eine Scheibe, und Glassplitter fliegen durch die Luft. Ein dicker Ast schlägt ein Fenster ein, er windet seine Zweige wie hölzerne Fangarme durch den Bus und krallt sich in die Decke. Wehende Blätter, knackendes Holz und Staub wirbeln durch die Luft.

Schließlich kommt der Bus mit einem Ruck zum Stehen und schwankt auf seinen Rädern.

Jemand flucht. Ich wahrscheinlich.

Nach einem Augenblick vollkommener Stille ruft der Fahrer von unten und will wissen, ob jemand verletzt ist. Ich höre die Panik in seiner Stimme, als er mit donnernden Schritten die Treppe hocheilt. Er sagt etwas über ein Motorrad – er musste ausscheren, um auszuweichen, ist dabei auf den Bürgersteig geraten und gegen einen Baum gefahren.

Auf einmal merke ich, dass die anderen Fahrgäste mich anstarren.

«Dein Platz», sagt die Harry-Potter-Frau und streckt einen zitternden Finger aus.

Ich drehe den Kopf dorthin, wo ich eben noch gesessen habe.

Die Fensterscheibe ist zerstört, und ein Ast, dicker als mein Arm, hat sich in den Sitz gebohrt, und zwar mit so viel Wucht, dass er den grünen Bezug, die Kunststoffpolsterung und den Holzrahmen satt durchstoßen hat und auf der anderen Seite hervorsticht.

Hätte ich noch dort gesessen, wäre ich ebenfalls aufgespießt worden.

5 WO BIN ICH NUR
MIT MEINEN GEDANKEN?

Ich starre wie gebannt auf das Loch im Sitz, das der Ast gerissen hat. Er hätte genau mein Herz getroffen, das gerade auf und ab hüpft wie ein Shih Tzu auf dem Trampolin.

Um ein Haar wäre ich gestorben.

Aus irgendeinem Grund schockiert mich das nicht so, wie man meinen könnte. Erneut blitzt ein Bild auf: das meiner Leiche auf einer Bahre in einer Leichenhalle … Ich spüre in meiner Kehle, dass sich mein Frühstück wieder auf den Weg nach oben macht – wie Ratten, die aus einem überlaufenden Abflussrohr fliehen.

«Geht's? Alles in Ordnung?» Der Busfahrer ist blass, und die Hand, die er mir auf die Schulter gelegt hat, zittert.

Ich nicke, obwohl es mir schlecht geht und nichts in Ordnung ist.

Der Fahrer teilt uns mit, dass ein neuer Bus geschickt wird und der Krankenwagen unterwegs ist. Er möchte, dass ich auf die Sanitäter warte, aber ich will nur noch hier weg – fort von meinem ramponierten Sitzplatz. Ich starre auf die Polsterung, die aus dem Loch quillt, auf das gesplitterte Holz und den zerfetzten Stoff. Wenn ich noch dort säße, würde es auch aus mir herausquellen …

«Ich muss zur Arbeit!», platze ich heraus, taumle die

Stufen hinunter und halte mich am Geländer fest, weil meine Beine wie Wackelpudding sind.

Die Türen sind offen, und draußen auf dem Bürgersteig stehen Fahrgäste und Passanten, die den Unfall beobachtet haben und helfen oder vielleicht auch nur Fotos machen wollen.

Ich dränge mich hindurch und zwinge meine Beine, mich aufrecht zu halten und so lange weiterzugehen, bis ich die Unfallstelle hinter mir gelassen habe.

Beinahe wäre ich gestorben, aber es macht mich auch fertig, dass ich *wusste*, es würde irgendetwas Schlimmes passieren. Das war mir schon beim Aufwachen klar.

Soll ich das vielleicht lieber mal erklären?

Einen klassischen Horrorfilm hat ja wohl jeder schon gesehen. Und diese Szene ist auch bekannt: Mitten in der Nacht bleibt ein Auto auf einer einsamen Straße liegen. Ein paar Freunde steigen aus und gehen zum nächstgelegenen unheimlichen Häuschen, um Hilfe zu holen. Während sie darauf zugehen, sagt einer von ihnen: *Äh, Leute, ich habe ein schlechtes Gefühl*. Die anderen fallen über ihn (oder sie) her, weil er oder sie Angst hat, aber man weiß schon, dass sie am Ende des Films alle tot sein werden.

Tja, dieser Typ beziehungsweise dieses Mädchen bin ich. Die Szene spielt sich in Dauerschleife in meinem Kopf ab und tauscht immer wieder die Location aus, je nachdem, was ich gerade machen will. Es fühlt sich wie ein eingebauter Sabotage-Mechanismus an. Sobald ich etwas vorhabe, macht mich meine bösartige Fantasie verrückt, bis ich von einer nahenden Katastrophe derart überzeugt bin, dass ich eine Panikattacke bekomme und nicht mehr in der Lage bin, das Haus zu verlassen.

Der heutige Morgen war eine Warnung – die Kopfschmerzen, die Übelkeit ... Auf die Art und Weise hat mein Körper mir geraten, wieder ins Bett zu gehen und mich unter der Decke zu verstecken.

Nur weil ich Tash so dringend sehen wollte, habe ich nicht darauf geachtet. Und das kommt dabei heraus.

Erst am Tor von Haus Ulmenblick fällt mir auf, dass ich immer noch den Ring der Harry-Potter-Leserin umklammere. Ich hatte ihn mir vorher gar nicht angesehen, doch jetzt erkenne ich, wie hässlich er ist. Der eingefasste Stein besteht aus einem grüngesichtigen Wasserspeier, der die Zunge rausstreckt. Wie kann man nur so etwas tragen?

Doch wenn die Frau ihn nicht aus Versehen fallen gelassen hätte ...

Wenn ich nicht am Boden herumgekrochen wäre, um ihn zu suchen ...

Wäre ich jetzt tot.

Mit einem Mal ist dieser abscheuliche Ring das schönste Ding auf der ganzen Welt.

Ich sollte ihn zurückgeben, das wäre das Mindeste. Wenn ich das nächste Mal in der Stadt bin, gebe ich ihn am Busbahnhof ab. Bis dahin muss ich ihn sicher aufbewahren.

Als ich den Ring tief in die Jeanstasche stecke, flackert erneut das Bild meiner Leiche auf einer Bahre auf.

«Ja, ich hab's verstanden!», sage ich laut. «So hätte es laufen können. Ist es aber nicht, also halt die Klappe!»

Doch was mich wirklich verstört, ist die absurde Annahme, es sei kein Unfall, dass der Ast den Sitz durchbohrt hat, auf dem *ich* normalerweise gesessen hätte. Das ergibt keinen Sinn, ich weiß, aber die Idee klebt wie Kaugummi in meinem Hinterkopf.

Ich rede mir gut zu, dass ich sonst einfach Pech gehabt hätte, dass es purer Zufall war.

Auf keinen Fall konnte es sich um einen Mordversuch handeln.

Allein die Vorstellung ist total lächerlich.

Oder?

Meine Hand zittert, als ich den Mitarbeiterausweis ans Tor von Haus Ulmenblick halte. Es ist sowieso schon unheimlich, im Dunkeln hier anzukommen, an der perfekten Location für einen Horrorfilm. Gruselig, wie das alte Haus am Ende der verschatteten Auffahrt lauert, umgeben von turmhohen Ulmen, die im Wind rauschen.

Darum fluche ich wahrscheinlich auch ausführlich und mache beinahe mir in die Hose, als mir eine Gestalt aus der Finsternis entgegentorkelt.

Ein Hausbewohner im Schlafanzug läuft mit nackten Füßen über den Rasen und schlurft auf mich zu.

Augenblicklich kommt meine umfassende Pflegeausbildung für Senioren zum Einsatz, und ich schließe messerscharf, dass der Mann nicht hierhergehört. (Beeindruckt? So soll das sein.)

«Äh ... Hallo?»

Beim Klang meiner Stimme zuckt er zusammen.

Ich lächle. «Geht es Ihnen gut?»

Der Rentner runzelt die Stirn und senkt den Blick auf seine Füße. «Ich bin auf dem Rasen», sagt er mit verwirrter Miene.

«Das stimmt. Ohne Pantoffeln ist es bestimmt sehr kalt.»

Ich überlege, ob er ein Demenzpatient ist. (Stellt euch euren Verstand wie ein Zimmer vor, in dem eure Erinnerungen ordentlich auf Regalen gestapelt sind. Eines Tages platzt die Demenz wie ein ungezogenes Kleinkind herein und wirft alles auf den Boden. Das ganze Zeug gerät durcheinander, wird mit Buntstiften bekritzelt und verschwindet in einem Spalt im Fußboden.)

«Wir dürfen nicht auf den Rasen.» Jetzt klingt der Mann beunruhigt.

Ich muss ihn wieder ins Haus schaffen, bevor er sich eine Lungenentzündung holt.

«Dann gehen wir besser rein, oder? Ich mache Ihnen einen schönen heißen Tee zum Aufwärmen.» Sanft fasse ich seinen Ellbogen.

Es ist, als würde eine Falle zuschnappen. Wahrscheinlich *will* er gar nicht zuschlagen, sondern mich nur abschütteln. Wie auch immer, das Ergebnis ist das gleiche: Ich habe eine dicke Lippe und schmecke Blut.

Fluchend schaue ich ihm hinterher, als er erneut über den Rasen torkelt.

Ernsthaft? Ich wäre im Bus beinahe zu Kebab geworden, da hat mir das hier gerade noch gefehlt!

Aber ich kann den Mann nicht einfach frei herumlaufen lassen.

Ich folge ihm in sicherem Abstand und hoffe, dass er die Kraft verliert und ruhig zurückkommt. Ein Plan B fällt mir gerade nicht ein.

Dieser erscheint in Gestalt meiner Chefin.

Ich höre sie schon kommen, bevor ich sie sehen kann — mit klimperndem Schmuck und einem neonblauen Seidenschal, der sich wie ein Umhang hinter ihr aufbauscht, kommt sie angerauscht. Marianne ist sehr klein, knapp einsfünfzig, doch was ihr an Größe fehlt, gleicht sie mit Breite, Farbe und Lärm aus.

«Wollen wir vielleicht ausbüxen, Derek?» Keine Sirene könnte den alten Mann ruckartiger zum Stehen bringen als Mariannes Stimme.

Derek wirkt regelrecht geschockt, als wäre er gerade aufgewacht und wüsste nicht, wo er ist.

«Wir können doch nicht zulassen, dass Sie weggehen und in Schwierigkeiten geraten, oder?» Marianne spricht mit allen, als wären sie fünf Jahre alt. Auch wenn sie schimpft, lächelt sie wie in einer Fernsehsendung für Kinder.

Derek schüttelt wenig überzeugt den Kopf.

«Gut, dass du da warst, Alexandra!» Marianne schenkt mir ihr typisches Lächeln, doch dann runzelt sie die Stirn. «O je, du blutest ja an der Lippe! Das war doch nicht etwa Derek, oder?»

«Nein! Ich, hm, mein Bus ist gegen einen Baum gefahren, gerade eben, auf dem Weg hierher. Ich bin mit dem Gesicht auf den Vordersitz geschlagen.» Was soll ich machen? Einen verwirrten alten Mann verpetzen? Ich habe gesehen, wie Marianne die Bewohner behandelt, wenn sie sich unbeobachtet glaubt.

«Dein Bus!» Sie reißt die Augen auf und ist die Fürsorge in Person. «Ach du meine Güte! Bist du sicher, dass du heute arbeiten kannst?»

Einen Augenblick lang bin ich in Versuchung ... Seit ich aufgewacht bin, habe ich ein schlechtes Gefühl, was diesen Tag angeht, und bisher hat sich die Vorahnung mehr als bewahrheitet. Aber ich muss dringend mit Tash sprechen.

«Ja, geht schon», antworte ich. «Ich helfe Ihnen, Derek ins Haus zu bringen.»

Sie lächelt. «Ach, das schaffe ich schon allein. Geh lieber nach oben. Natasha fragt sich bestimmt, wo du bleibst. Wir verstehen uns gut, Derek und ich, nicht wahr, Derek?»

Der alte Mann gibt keine Antwort. Sein Blick schweift in die Dunkelheit, als hätte er dort etwas vergessen und könnte sich nicht mehr daran erinnern, was es war oder wo er es hingelegt hat.

Ich habe ein schlechtes Gewissen, weil ich ihn mit ihr allein lasse, aber sie ist die Chefin, was soll ich machen?

6 «DAS MACHST DU IMMER SO»

«Du siehst ja vielleicht fertig aus, Süße!», sagt Tash am anderen Ende des Speisesaals.

«Danke.»

«Bitte.»

Das ist unser gewohntes Geplänkel, aber ich muss trotzdem lächeln.

Dann schnappe ich mir einen Stapel Müslischüsseln vom Küchenwagen und bringe Tash auf den neuesten Stand meines lustigen Vormittags.

«Das ist ja fürchterlich! Geht's denn einigermaßen?» Sie kommt quer durch den Raum und umarmt mich.

«Ehrlich gesagt, fällt es mir sehr schwer, nicht komplett auszuflippen! Schon als ich aufgewacht bin, fühlte sich alles sehr merkwürdig an. Kein Witz, das meine ich … ganz ernst.» Unsere Blicke treffen sich – sie weiß, was ich beinahe gesagt hätte.

«Ich habe dir geraten, zu Hause zu bleiben», sagt Tash und fährt fort, die Tische fürs Frühstück zu decken.

«Aber ich wollte dich nicht im Stich lassen.»

«Wenn das so ist – meinst du, du könntest auch diese Schüsseln auf den Tischen *verteilen*? In fünf Minuten geben wir das Essen aus.»

«'tschuldigung!» Ich setze mich in Marsch. «Ich muss nur andauernd an diesen Ast denken – es war, als hätte er direkt auf mich gezielt!» Die Worte sprudeln hervor, bevor ich richtig darüber nachgedacht habe.

Tash hält in ihrer Frühstücksvorbereitung so lange inne, bis ich mir ihren Gesichtsausdruck gut einprägen konnte. «Alex! Ich weiß, du denkst, die ganze Welt hat es auf dich abgesehen, aber überleg mal, was du da sagst! Wenn dir jemand den Tod wünschen würde, gäbe es tausend einfachere Methoden.»

Wie üblich hat Tash recht.

Trotzdem.

… es ist dunkel, und ich spüre das Gewicht der Körper, die von allen Seiten gegen mich drücken. Kann nicht atmen, kann mich nicht bewegen. Ich will schreien, brüllen, aber in meinen Lungen ist nicht genug Luft …

Ich erschauere.

«Alex?» Tash beobachtet mich.

Kopfschüttelnd ringe ich mir ein Lächeln ab. «Tut mir leid! Ich …» Doch ich weiß selbst nicht, was gerade geschehen ist, und kann es noch weniger erklären.

Ehe ich länger darüber nachdenken kann, wird die Tür aufgestoßen, und die alten Leute drängen in den Speisesaal.

«Los geht's», murrt Tash. «Halt dich ran.»

In der nächsten Stunde schenke ich Tee und Kaffee aus, hole Toast und Haferbrei und werde von der Hälfte der Bewohner mit *Alice* angeredet, weil es ihnen nicht in den Kopf geht, dass ein Mädchen Alex heißen kann. (Ist mir egal, ich habe schon Schlimmeres gehört.)

«Du da!» Eine makellos gekleidete Dame mit silbernem Haar schnipst mit den Fingern, um meine Aufmerksamkeit zu erregen. Tash meint, auf so etwas sollte ich gar nicht reagieren, aber das bringe ich nicht übers Herz.

«Hallo Nerys. Wie geht es Ihnen heute Morgen?» Ich ziehe es vor, auf Grobheiten mit ausgesuchter Höflichkeit zu reagieren, damit die Leute sich schämen und netter werden. Es klappt nur selten, aber ich gebe die Hoffnung nicht auf.

Mit ihrem Verhalten bestätigt Nerys genau meine bisherigen Erfahrungen. Sie ignoriert meine Begrüßung und gestikuliert angewidert mit der Hand über ihrem Teller. «Hätte ich Brot haben wollen, dann hätte ich Brot bestellt. Ich hatte um Toast gebeten. Dieses dumme Gör hört einfach nie zu.»

Nerys meint Tash und hat vielleicht sogar recht, aber das bringt mich trotzdem auf die Barrikaden. Ich habe den starken Verdacht, dass sie Tash nicht mag, weil sie schwarz ist. Da sie sich letzte Woche beschwert hat, Tash habe ihr verbrannten Toast serviert, hat Tash ihr heute wahrscheinlich einen zu kurz getoasteten gebracht.

«Sie ist auf einem Ohr taub», sage ich zu Nerys, bevor ich es mir verkneifen kann. «Wahrscheinlich haben Sie zu ihrer schlechten Seite gesprochen. Sie müssen schreien, damit sie Sie versteht.» Ich nehme den beanstandeten Toast wieder mit. «Gleich gibt es frischen.»

Fünf Minuten später komme ich auf dem Weg zur Küche an Tash vorbei.

«Was hat Nerys bloß heute Morgen?», fragt sie. «Sie schreit mich die ganze Zeit an.»

Ich erkläre ihr mein Geflunker von eben.

Tash lacht, und ein boshaftes Funkeln strahlt in ihren Augen. «Oh, okay, cool!»

Bei meiner Rückkehr in den Speisesaal höre ich Nerys schon an der Tür. Sie regt sich furchtbar auf und schnauzt Tash an, die absichtlich alles falsch versteht.

«Ja, das ist schon schade. Aber zum Glück ist nur ein Ohr betroffen», sagt Tash.

«Ich sagte, ich möchte mehr MARMELADE!», brüllt Nerys.

«Zum Frühstück gibt es keine Limonade», erwidert Tash, ohne mit der Wimper zu zucken, die Unschuld in Person.

Nerys sieht aus, als wäre sie kurz vorm Platzen.

Im Vorbeigehen fängt Tash meinen Blick auf und grinst.

Einen Augenblick lang kann ich so tun, als hätte sich nichts verändert und alles wäre, wie es sollte. Für kurze Zeit vergesse ich sogar den Vorfall im Bus und alles andere.

Dann haben wir das Frühstück hinter uns.

Während sich der Saal leert, kehren die Gedanken, die ich erfolgreich verdrängt habe, zurück und machen sich in der Stille breit.

Ich hole Tash ein, die mit einem Stapel schmutziger Teller auf dem Weg zur Küche ist. «Ich dachte ...»

«Das hatten wir doch gerade erst!»

«Ich meine ja nur, wegen allem, was schon passiert ist. Wärst du sauer, wenn wir da heute Abend nicht hingehen würden? Mein Vater ist nicht da, wir könnten bei mir bleiben, uns mit Junkfood vollstopfen und Horrorfilme gucken! Wie früher.»

Tash antwortet nicht. Sie stellt die Teller ab und sortiert sie in die Spülmaschine, bevor sie mich ernst ansieht.

«Süße! Das ist der Auftritt von Tokyo Girl!» Sie packt meine Schultern. «Sie kommen HIERHER! In unsere öde Kleinstadt! HEUTE ABEND!»

«Weiß ich.»

«Und wenn sie nun nie wieder nach England kommen? Und selbst wenn, werden sie nie wieder HIER auftreten! Das könnte deine letzte Chance sein, sie zu erleben. Und die willst du wirklich vergeuden? Du willst zu Hause bleiben und alte Filme schauen?»

«Ich weiß, es ist ja auch nur ...»

Ich folge ihr zurück in den Speisesaal.

«Ich hab's kapiert, dass du einen schlechten Tag hast», sagt Tash. «Nach deinem Morgen würde jeder ausflippen. Aber es war nur ein Unfall und keine Warnung davor, dass die Welt dich umbringen will!»

Sie rollt den Müsliwagen in die Mitte. «Das machst du immer so, weißt du? Sobald wir etwas planen, bekommst du Angst. Du redest dir ein, du wärst krank, oder hast eine deiner ‹schlimmen Vorahnungen›. Erinnerst du dich an die letzte Kirmes? Du wolltest auf kein einziges Karussell, weil du ‹wusstest›, dass irgendwo eine Schraube locker war. Oder als wir nach London fahren wollten, da hast du geträumt, es gäbe ein Zugunglück, und wir sind hier geblieben. Kommt dir das bekannt vor?»

«Es tut mir leid!»

«Alex! Es geht hier nicht um mich – du bist es, die mir Sorgen macht! Es darf einfach nicht sein, dass du dir das entgehen lässt – schon wieder! Heute spielt Tokyo Girl!» Sie steckt die Hand in die Tasche ihrer Arbeitshose und reicht mir eine kleine rechteckige Plastikkarte. «Außerdem habe ich schon Vals Ausweis für dich ausgeliehen.»

Natürlich, das hatte ich vergessen. Val ist schon achtzehn, noch ein Gummipunkt für sie.

Ich betrachte die Karte. Da ist sie: Valentina Tereshkova. Sogar ihr Name hört sich nach russischer Spionin an. Und wie kann *irgendwer* auf diesem dämlichen digitalen Ausweisfoto derart gut aussehen?

«Niemand glaubt, dass ich das bin, Tash! Ich sehe ihr überhaupt nicht ähnlich!»

«Wenn du die Brille abnimmst und denen sagst, dass du deinen Pony rauswachsen lässt, passt das schon. So genau sehen sie nicht hin. Oh, und vergiss nicht, das du Rumänin bist.»

«Was? Ich spreche kein Wort Rumänisch!»

«Echt, Alex! Du musst die Sprache doch nicht können! Val spricht sie auch nicht.» Tash schüttelt den Kopf. «Worüber haben wir gerade gesprochen? Ich dachte, du freust dich?»

«Ja, tue ich auch. Danke! Aber ich mache mir eben Sorgen, das ist alles.» Ich stecke den Ausweis in die Tasche. «Was ist, wenn ich wieder eine Panikattacke bekomme? Das will ich dir nicht noch mal antun. Ich dachte einfach, es wäre besser, wenn ich nicht hingehe. Lieber zu vorsichtig als zu leichtsinnig, nein?»

«Nein!» Tash zeigt mit einem Marmeladenmesser auf mich. «Wenn du es nicht einmal versuchst, kommst du nie weiter. Das garantiere ich dir.» Sie lächelt. «Ich lasse es nicht zu, dass du zu einer alten verrückten Einsiedlerin wirst, die tausend Katzen hält und die alle Kinder für eine Hexe halten.»

Ich muss lachen. «So schlecht hört sich das doch gar nicht an. Ich wollte immer schon eine Katze haben. Das könnte mir echt Spaß machen – eine überfahrene Katze an mein Gartentor hängen und den kleinen Scheißern Angst einjagen!» Ich grinse, doch Tash will nichts davon hören.

«Mach ruhig Witze, Süße, aber es ist dein Leben, und aus meiner Sicht ist es nicht so lustig.» Mit einem Seufzer wendet sie sich ab. «Ich gehe heute Abend zu Tokyo Girl, Alex, und ich fände es toll, wenn du mitkommst. Aber ich werde dich nicht zwingen.»

Es ist noch nicht lange her, da hätte Tash nicht so schnell aufgegeben.

«Ach, räumt ihr immer noch das Frühstück weg, Mädels?» Marianne erscheint ganz plötzlich wie ein Geist aus einem Märchen (allerdings ohne die Rauchwolke). Sie wirft einen missbilligenden Blick auf die halb abgeräumten Tische. «Könnte eine von euch bitte in Zimmer Zwölf vorbeischauen? Thelma ist gerade aus dem Krankenhaus zurückgekommen und muss zur Toilette.» Ihre Stimme wird immer leiser, bis sie die letzten Worte nur noch flüstert, als wäre es peinlich, sie laut auszusprechen.

Ich fange Tashs Blick auf. Sie hasst den Klodienst.

«Ich mache das.»

«Danke, Alex!»

«Bitte schön!»

Tash lächelt, aber plötzlich kommt mir unser altes Geplänkel überholt vor.

In den Gängen von Ulmenblick herrscht ein gewisses – sagen wir mal – Aroma. Marianne hat in regelmäßigen Abständen Lufterfrischer installiert, doch auch sie können den Geruch nicht vollständig überlagern, der einem sofort sagt, dass hier nur alte Menschen wohnen. Damit meine ich gar nicht den Hauch von Lavendel und Urin – ich meine den Tod. Die Luft ist davon erfüllt, als würde der Sensenmann höchstpersönlich in den Fluren lauern, sich in den Schränken und unter den Betten verstecken und sich im Badezimmer auf einen stürzen.

Ein Schauer läuft mir über den Rücken.

Das war gruselig! Was zum Teufel ist mit mir los? Das kommt vermutlich daher, dass ich den Klauen des Todes so knapp entronnen bin. Trotzdem, mach dich locker, Mädchen!

Vor Zimmer Zwölf klemme ich die Bettpfanne fester unter den Arm und klopfe.

7 MEINE NEUE LIEBLINGSBEWOHNERIN

«Herein!» Die Stimme ist schwach, aber bestimmt, und sie hat einen starken Akzent – Newcastle, würde ich sagen.

«Thelma?» In Haus Ulmenblick reden sich alle mit Vornamen an.

Die alte Frau im Bett nickt und schenkt mir ein zahnloses Lächeln. Sie ist sehr klein. Oder das Bett ist riesig, aber das glaube ich nicht.

Ich lächle zurück. «Ich heiße Alex. Wir sind uns noch nicht begegnet, oder?»

«Freut mich sehr, Alex. So gerne ich dich näher kennenlernen würde, gibt es doch gleich eine Überschwemmung, wenn ich nicht sofort ins Bad gehe. Eine Flutwelle – falls du verstehst, was ich meine?»

Ich grinse. Könnte sein, dass ich gerade meine neue Lieblingsbewohnerin getroffen habe.

«Keine Sorge, ich habe das Richtige dabei!» Als ich Thelma die Bettpfanne zeige, runzelt sie die Stirn.

«Wenn es dir nichts ausmacht, möchte ich doch lieber auf die Toilette gehen. Ich bin nicht mehr aufs Töpfchen gegangen, seit ich drei war, und will damit gar nicht erst wieder anfangen.»

«Okay! Wie Sie möchten. Nur weil Marianne gesagt hat ...»

«Die will, dass ich im Bett bleibe», schnaubt die alte Frau. «Das macht weniger Ärger. Aber auch weniger Spaß, oder?»

Als ich Thelma aus dem Bett hole und auf die Beine helfe, holt sie scharf Luft und verkrampft den Kiefer vor Schmerzen.

«Sie sind sicher, dass Sie das wollen?»

Sie nickt. «Ich brauche nur meinen Wagen.»

Ich ziehe den Rollator hinter der Tür hervor.

«Werde bloß nicht alt, Alex, Liebes!», sagt Thelma und umklammert die Griffe. «Wenn du mich so siehst, wirst du es nicht glauben, aber ich war das fitteste Mädchen in meiner Schule. Bin immer allein klargekommen!» Sie mustert mich von oben bis unten. «Wenn ich wollte, könnte ich dich sogar jetzt noch mit bloßen Händen erwürgen! Das heißt, wenn ich mich nicht an diesem dummen Ding festhalten müsste, weil ich sonst auf den Rücken fallen würde!»

Ich lache und stelle mir eine jüngere Ausgabe von Thelma vor. Ich male mir aus, wie ihre Haut glatt und straff wird und wie ihr weißer Flaum sich als dunkles, welliges, kräftiges Haar um ihr Gesicht legt.

«Das liegt an diesem verflixten Körper», sagt sie und schlurft in den Gang. «Er bröselt mir einfach weg und lässt mich trotzdem nicht sterben. Ich kann dir sagen: Wenn ich wüsste, wie ich den Stecker ziehen könnte, wäre ich überglücklich!»

Ich bin entsetzt.

«Jetzt guck nicht so! Verwechsle Atmen nicht mit Leben! Sieh mich doch an, ich bin in diesem nutzlosen Geripppe gefangen. Aber hier oben stimmt's noch.» Sie hebt die Hand und tippt sich seitlich an den Kopf. «Ich habe noch alle Tassen im Schrank. Manchmal wünschte ich, ich würde wie Derek in La La Land leben und allen befehlen, das Klassenzimmer aufzusuchen und zum Unterricht zu kommen!» Sie grinst mit zahnlosem Lächeln und mit Haaren am Kinn. «Das wäre schön! Angeblich ist die schlimmste Strafe, wenn man einem Häftling eine Zelle mit Aussicht gibt. Es ist die reine Folter zuzusehen, wie die Welt ohne einen weitermacht, und man weiß, dass die da draußen ein Leben haben, während man selbst auf ein kleines Zimmer verbannt ist und wartet, bis jemand einen zum Klo bringt.»

Sie bleibt stehen und fixiert die Toilettentür, die nur noch wenige Meter entfernt ist.

«Das ist kein Leben, Alex, aber ich will mich nicht beschweren. Ich hatte eine tolle Zeit und mehr Spaß, als ich hätte erwarten dürfen. Aber jetzt bin ich bereit zu gehen und Platz für euch Junge zu machen.» Mit frischer Entschlossenheit geht sie weiter, angespornt von der Ziellinie.

In ihren Worten liegt kein Funken Selbstmitleid. Es ist schlicht die Wahrheit.

Aber sich zu wünschen, man wäre tot – ich erschauere.

★

Wir sind zurück, der Tsunami konnte abgewendet werden.

«Lass mich nur kurz verschnaufen, dann können wir mit dem Anziehen weitermachen, falls du noch Zeit hast, mir zur Hand zu gehen, Liebes.»

«Selbstverständlich.»

«Ich glaube nicht, dass ich dich hier schon mal gesehen habe», sagt Thelma und schneidet eine Grimasse, als ich ihr aufs Bett helfe.

«Ich arbeite nur samstags. Ehrenamtlich.»

«Du wirst nicht dafür bezahlt?»

Ich schüttle den Kopf.

«Hey, das ist doch nicht richtig! Du weißt aber schon, dass die Sklaverei abgeschafft wurde?»

Ich muss lachen. «Meine Freundin Tash arbeitet auch hier. Sie will auf die Krankenpflegeschule gehen und braucht ‹grundlegende Erfahrungen› für ihre Bewerbung. Ich bin hier, um ihr Gesellschaft zu leisten.»

«Das ist sehr nett von dir. Ihr seid offenbar richtig gut befreundet.»

«Jep.»

Aber eine *richtig* gute Freundin würde mit ihrer besten Freundin zu dem Konzert der Band gehen, auf die sie beide stehen, und nicht wegen einer «bescheuerten Vorahnung» kneifen.

Als Tash meinte, sie werde mich nicht zwingen, hat sie mir ein wenig den Druck genommen. Die Enttäuschung in ihrer Stimme und ihr bekümmerter Blick sind mir jedoch nicht entgangen. Andererseits: Wie enttäuscht wäre sie erst, wenn ich tatsächlich mitkäme und dann eine Panikattacke hätte? Wenn ich ihr so den Abend verderben würde? Wenn man darüber nachdenkt, bin ich ebenso rücksichtsvoll wie sie und entlasse *sie* aus der Verantwortung. Genau genommen bin ich also *wirklich* eine richtig gute Freundin. Außerdem muss Dad sich dann keine Sorgen machen. Das heißt, ich bin eine gute Freundin *und* eine rücksichtsvolle Tochter. Bravo! Manchmal muss man eben eine schwere Entscheidung treffen, um das Richtige zu tun.

Wem mache ich eigentlich etwas vor? Das ist der *leichte* Weg – zu kneifen und sich zu verstecken. Und das kann ich am besten. Auch wenn ich mir einrede, es ginge mir um Tash oder um meinen Vater, wissen alle, was für eine tolle Lügnerin ich bin.

Plötzlich merke ich, dass Thelma mit mir redet. «'tschuldigung! Ich war …»

Sie zeigt lächelnd auf einen schmalen Kleiderschrank in der Ecke ihres Zimmers. «Ich sagte gerade, dass mir heute nach ein wenig Glanz zumute ist. Im Schrank hängt eine rote Bluse, wenn du die kurz holen könntest, Alex?»

Das Oberteil ist nicht zu übersehen und ist so ausgefallen, dass es sich kaum beschreiben lässt. Aber ich versuche es trotzdem, so gut ich kann: Die Bluse ist aus einem glänzenden Material genäht und mit der Skyline von Manhattan bedruckt. Schon das ist mehr als auffällig, es hat das … gewisse Etwas. Aber das ist längst nicht alles: Die Fenster in den Gebäuden sind mit Pailletten verziert. Es müssen Hunderte sein. Und Thelma meinte, ihr wäre nach «ein wenig Glanz» zumute.

«Wow!»

«Zu heftig?»

«Überhaupt nicht! Was soll man auch sonst an einem Samstagmorgen im Aufenthaltsraum tragen?»

«Du hältst mich bestimmt für bekloppt – so ein altes Mädchen –, als würde man einem altersschwachen Gaul neue Hufeisen geben. Aber mir war immer ziemlich egal, was die anderen dachten. Mir geht es besser, wenn ich etwas Schönes anziehe, mir die Haare mache und ein bisschen Lippenstift auflege!»

«Nein, Sie haben ja recht.» Ehrlich gesagt, sind mir aufgedonnerte Frisuren und Lippenstift persönlich eher peinlich, und ich hätte nie den Mut, so ein Oberteil zu tragen.

Mein Vater hat sich früher oft Sorgen gemacht, weil es in meinem Leben keine Frau gab – also eine Mutter oder eine Oma. Eine Zeit lang hat er meiner Meinung nach hauptsächlich eine Freundin gesucht, damit ein weibliches Wesen bei uns ein- und ausging. Nach sechs Monaten voller katastrophaler Versuche konnte ich ihn endlich davon überzeugen, dass wir gut allein klarkommen würden. Doch er hat weiterhin versucht, diese Mutter-Tochter-Angelegenheiten zu kompensieren, die mir seiner Meinung nach fehlten.

Kurz nach meinem dreizehnten Geburtstag brachte Dad mir eine Ausgabe der *Vogue* mit. Nach dem Abendessen sahen wir uns das Magazin gemeinsam an, kamen aber nur bis zu dem vierseitigen Artikel mit der Überschrift «Geheimtipps für besseren Sex». An dieser Stelle murmelte Dad, das sollten wir für später aufheben, und flüchtete in die Küche, um den Abwasch zu machen.

Er hätte sich keine Sorgen machen müssen, denn alle Lücken in meinem Training «Wie werde ich eine erwachsene Frau?» wurden von Tash ausgefüllt – sie wuchs in einem Haushalt auf, in dem die Luft anscheinend mehr Lockstoff als Sauerstoff, mehr Östrogen als Oxygen enthielt. Nur zu gern flüchtete Tash daher zu uns. Hin und wieder frage ich mich dennoch, wie es mit einer Mutter oder zum Beispiel mit einer Oma wie Thelma gewesen wäre.

Die alte Frau hebt die Arme, damit ich ihr das bauschige Nachthemd ausziehen kann. Ohne den Stoff sieht sie noch kleiner aus, verletzlich wie ein Küken; ihre schlaffe, durchsichtige Haut ist so dünn, dass man das Netz der Adern und Knochen darunter sehen kann.

«Ich wollte immer schon nach New York», sage ich und nehme die Bluse vom Bügel.

«Hey, dann musst du dahin!»

Ich lache. «Tja, irgendwie kann ich mir nicht vorstellen, dass was daraus wird.»

«Wieso nicht?» Thelmas Stimme ist kurz gedämpft, während ich ihr das Oberteil über den Kopf ziehe. Als sie wieder auftaucht, blinzelt sie und richtet ihren strengen Blick auf mich. «Was hält dich davon ab?»

«Also, Geld zum Beispiel.»

«Geld!», schnaubt Thelma. «Die Wurzel alles Bösen, wonach alle Narren streben.» Sie zeigt mit ihrem krummen Finger auf mich. «Ich gebe dir einen Rat, Liebes: Lass es nicht zu, dass dir Geld oder der Mangel daran je in die Quere kommt.»

«Außerdem fliege ich nicht gerne. Ich habe kein Vertrauen in dieses große Metallding am Himmel, das niemand dort festhält!» Ich grinse sie an.

Doch Thelma bleibt ernst. «Aye, pass bloß auf, Alex. Angst darf nicht dein Leben bestimmen. Wenn du immer schon nach New York wolltest, dann fahr hin. Wozu ist das Leben sonst da, wenn wir uns unsere Wünsche nicht erfüllen? Wer nicht leben will, kann auch gleich sterben.»

Einen Augenblick lang blinkt das Bild der Leiche auf der Bahre in meinem Kopf wie eine schwache Glühbirne.

Ich schüttle es ab. «Es ist jetzt auch keine lebenslange Sehnsucht, so nun auch nicht», erwidere ich. «Ich dachte nur, na ja, könnte cool sein.»

Thelma sieht aus, als wollte sie noch mehr dazu sagen, doch dann ändert sie ihre Meinung. «So, noch ein bisschen Lippenstift zur Untermalung. Oder findest du das zu dick aufgetragen?»

«Thelma, mit diesem Top können Sie gar nicht zu dick auftragen!»

Sie grinst und spitzt die Lippen.

★

Nach zwanzig Minuten ist die Verschönerung rundum gelungen, und ich schiebe Thelma im Rollstuhl zum Aufenthaltsraum.

Sie erzählt mir eine Geschichte, wie sie auf einer Party betrunken über Bord gegangen ist, doch ich werde von der Musik abgelenkt – obwohl eine solche Bezeichnung für dieses Gedudel wirklich nicht angemessen ist.

Es ist die Sorte Schund, nach der man sich die Ohren ausspülen möchte. Eine dieser grässlichen Coverversionen, in dem ein Instrument die Gesangsmelodie übernimmt – Beatles-Hits auf Panflöten. So in der Art. Die musikalische Entsprechung eines Diätshakes, fad, künstlich versüßt und ohne die geringsten Nährstoffe. (Und glaubt mir, Leute, Musik nährt die Seele!)

«Hilfe! Was ist das?»

«Was ist was, Liebes?»

«Dieser scheußliche Lärm, den uns jemand als Musik verkaufen will!»

Thelma neigt den Kopf wie ein Vogel. «Tut mir leid, ich höre nichts. Meine Ohren sind allerdings auch nicht mehr das, was sie mal waren.»

«Glück gehabt!»

Ich überlege, aus welchem Zimmer der Krach kommen könnte, doch dann hört er auf, von einem Moment auf den anderen. Aber er hinterlässt ein unangenehmes Echo in meinen Ohren, als hätte ich die Klänge vor gar nicht langer Zeit schon einmal gehört. Leider weiß ich nicht mehr, wo. Mein Gehirn hat die Erinnerung wahrscheinlich mitsamt den anderen traumatischen Erfahrungen der jüngsten Zeit blockiert, um mir weitere Qualen zu ersparen.

Ich stelle mich wieder auf Thelmas Geschichte ein, doch das Echo klingt nach.

8 DOPPELTER WORTWERT

Der Aufenthaltsraum ist nach dem Frühstück im Schlummermodus, und nicht einmal Thelmas Auftritt als menschliche Discokugel kann den allgemeinen Stumpfsinn durchdringen.

«Bah, sieh dir das an!», murrt sie. «Hier ist es ja wie im Wartezimmer des Todes!»

Ich betrachte die erschlafften Bewohner, die in Übereinstimmung mit dem eintönigen Dudeln des Fernsehers schnarchend in ihren Sesseln hängen.

Nur am Fenster gibt es Anzeichen von Leben, wo Tash mit drei alten Frauen Karten spielt. Wir versuchen immer, die alten Menschen zu irgendwelchen Unternehmungen zu animieren – Karten- oder Brettspiele und sogar Origami und gemeinschaftliches Singen. (Nicht alles gleichzeitig, obwohl das vielleicht auch ginge?) Grundsätzlich geben wir alles, damit sie wach und interessiert bleiben, bis Marianne auftaucht, weil sie etwas gefunden hat, wo wir uns ihrer Meinung nach «nützlich» machen können.

Ich wende mich Thelma zu. «Was möchten Sie denn gerne tun?»

«Tja, ich hätte nichts gegen einen Ausflug in die Stadt. Ist eine Weile her, seit ich mir die Läden angesehen habe. Vielleicht verbunden mit einem weinseligen Mittagessen und dann ab in den Zug nach Newcastle, damit ich rechtzeitig zum Anpfiff da bin.»

«Wie wäre es mit einer Partie Scrabble?»

Als Thelma den Kopf hebt, sehe ich die Enttäuschung hinter dem Lächeln. «Aye, warum nicht? In der Stadt ist jetzt sowieso zu viel los, verschieben wir das auf später.»

Um ehrlich zu sein, bin ich auch kein großer Fan von Scrabble, aber Tashs Gruppe ist schon mitten im Spiel, und außerdem habe ich so eine Ausrede, mehr Zeit mit Thelma zu verbringen. Ihr Status als neue Lieblingsbewohnerin hat sich weiter gefestigt, seit sie ihre Megaglitzerbluse trägt.

Ich schiebe sie zu einem der sechseckigen Tische und bereite das Scrabble-Spiel vor, während mir durch den Kopf geht, was Thelma zum Thema «Leben und Tod» gesagt hat. Ich bin nicht dumm – ich verstehe die Botschaft. Ich weiß, was ich tun *sollte* und tun *muss*. Verdammt, ich *will* es ja auch! Aber es ist leicht, die Dinge theoretisch zu begreifen, und schwer, sie umzusetzen.

«Kann ich noch mitspielen?» Als Nerys sich einen Stuhl heranzieht, fallen ihr beim Anblick von Thelmas Bluse fast die Augen aus dem Kopf, doch sie sagt nichts.

«Hi, Nerys, klar. Je mehr, desto besser.» Ich lächle, obwohl sich Nerys nicht zum Spaß zu uns gesellt hat, sondern weil sie gewinnen will.

Ich verteile die Holzbänkchen und lasse den grünen Beutel mit den Buchstaben herumgehen.

Ohne Zeit zu verschwenden, legt Nerys das erste Wort. JAGD.

«Doppelter Wortwert, weil es das erste Wort ist, das gelegt worden ist, also zwanzig», verkündet sie und vergewissert sich, dass ich die richtige Zahl auf dem Block eintrage.

«Als ich klein war, habe ich Kaninchen gejagt», erzählt Thelma und senkt den Kopf tief über ihre Buchstaben. «Unser Sydney hat immer gebettelt, ich sollte ihn mitnehmen, aber dann hat er sich aufgeregt, wenn wir welche gefangen haben! Und *ich* habe von meiner Mutter einen drübergekriegt, weil ich ihn zum Heulen gebracht habe.» Sie schüttelt den Kopf und kehrt widerstrebend in die Gegenwart zurück.

Nerys hüstelt, das geht ihr alles zu langsam.

«Ich kann da oben EXTRA anbauen!», ruft Thelma fröhlich und verstreut die Buchstabensteine bei dem Versuch, sie vom Bänkchen aufs Brett zu befördern. «Legst du die Dinger für mich hin, bitte?»

Nerys freut sich nicht gerade, weil Thelma mit diesem pfiffigen Beitrag ihr X loswird und immerhin dreizehn Punkte erhält.

Als ich Thelmas Ergebnis aufschreiben möchte, steht es da schon, und das ist … sonderbar.

Ich wende mich wieder den Buchstabensteinen zu, doch mein Blick wandert immer wieder zu dem Block. Ich kann mich nicht erinnern, die Zahl dorthin geschrieben zu haben.

«Lass dir Zeit», sagt Nerys und tippt ungeduldig mit dem Finger an ihr Bänkchen.

«Wetten, sie hat was richtig Gutes, Alex?», sagt Thelma und zwinkert mir zu. «Sie hat Angst, dass du ihr den Platz zum Anlegen verbaust und ihr alles verdirbst.»

Thelma hat recht, Nerys hat tatsächlich schon ein Wort im Sinn. Sie will das X in EXTRA nehmen und MAXIMAL anlegen, was ihr den doppelten Wortwert und damit achtunddreißig Punkte einbringt.

Eine Hitzewelle erfasst mich. Ich blinzle.

Wo kam das denn her?

Es war, als könnte ich zusehen, wie das Ganze ablief, direkt vor mir auf dem Tisch.

Einen Augenblick lang scheint der Aufenthaltsraum zu flackern, als würde das Licht ausgehen, doch die Lampen sind gar nicht eingeschaltet. Einzig die Sonne strahlt durch die Fenster. Ich zupfe am Kragen meines Arbeitskittels und spüre, wie klamm die Haut darunter ist. Wahnsinn, wie heiß es hier ist!

Meine Kopfschmerzen kehren auch zurück. Ist es vielleicht doch ein Tumor? Das könnte erklären, warum ich unsinnige Dinge sehe. Wahrscheinlich steht mein Gehirn unmittelbar vorm Kurzschluss, und meine letzte Aktion in den armseligen sechzehn Jahren auf diesem Planeten besteht darin, kopfüber auf einen doppelten Wortwert zu fallen.

Oder … vielleicht ist es nur eine Erinnerung an das letzte Spiel. An einem Ort wie diesem verliert man leicht den Überblick, denn ein Samstag gleicht dem nächsten.

Und wie hätte ich sonst, bitte schön, wissen können, was Nerys vorhat? Nein, ich kann in keinem Fall vorhersehen, was sie legen wird.

Bedenkt man die zwei Möglichkeiten, ist diese definitiv die beste.

Die beiden alten Frauen warten zwischenzeitlich immer noch auf mich.

«Sorry!» Obwohl ich versuche, mich auf die Buchstaben zu konzentrieren, tanzen sie wie Fliegen über ein Fenster und weigern sich, Ruhe zu geben.

Reiß dich zusammen, Alex, das sind nur Buchstaben. Aus Buchstaben macht man Wörter, schon vergessen?

Stimmt, also, okay, ich könnte das E in EXTRA nehmen und ESEL legen. Na ja, das ist nicht gerade ein Zug, der meine Gegnerinnen zum Schlottern bringt, und noch dazu nicht sehr originell. Aber immerhin komme ich damit auf das Feld mit dem doppelten Wortwert. Und es ist ein Wort, das ich sogar im Schlaf buchstabieren kann.

Warum machen meine Finger dann nicht mit?

Weil ich gerne sehen möchte, was passiert, wenn ich Nerys die Möglichkeit zum Anlegen überlasse. Ich glaube zwar nicht, dass sie mit ihren Steinen das Wort MAXIMAL bilden wird, aber wer weiß?

Und wenn doch?

Wäre das cool?

Oder total unheimlich?

Es lässt sich leicht herausfinden.

Ich füge ein A, ein N und ein S an das G von JAGD und sichere mir spektakuläre sieben Punkte.

Doch ich schreibe sie nicht direkt auf, weil ich Nerys nicht aus den Augen lasse. Es kann ihr gar nicht schnell genug gehen, ihre Steine auf dem Brett zu platzieren.

Jetzt kommt's.

M und A links neben das X von EXTRA und rechts I-M-A-L.

Mein Herz bleibt stehen, ich schwöre.

«Das macht achtunddreißig für mich, Alice!»

Ich kann mich nicht rühren.

Sie beobachten mich.

«Geht's dir nicht gut, Liebes?», fragt Thelma. «Du bist ganz blass geworden.»

Ich befeuchte meine Lippen. «Doch, es ist nur ...»

Mir geht's gar nicht gut. Mir geht's so was von schlecht, das ist unbeschreiblich.

Immerhin kenne ich jetzt die Antwort auf die Frage, ob es cool oder unheimlich ist. Eindeutig unheimlich, hundertprozentig UNHEIMLICH. Es ist kein bisschen cool!

Und es geht weiter ... Gleich bietet Nerys mir ein Bonbon an. Ein extrastarkes Pfefferminzbonbon.

Das Wissen überfällt mich mit einer absoluten Sicherheit, so wie ich weiß, dass heute Samstag ist und A der erste Buchstabe im Alphabet.

Ich kann nichts dagegen tun.

«Hier, nimm eins», sagt Nerys und kramt in ihrer

Handtasche. «Die bringen mich immer wieder hoch, wenn mein Kreislauf mich im Stich lässt.»

Sie schiebt eine Packung *Extrastarke Pfefferminzbonbons* über den Tisch.

Das ist zu viel für mich.

«Entschuldigen Sie mich kurz?» Mein Magen macht nicht mehr mit. Ich schlage die Hand vor den Mund und renne zur Toilette.

9 ES GIBT EIN WORT DAFÜR

Ich beuge mich über
das Waschbecken und spritze mir kaltes Wasser ins Gesicht.

Wie war das nur möglich?

Woher konnte ich *wissen*, was Nerys tun würde?

Unheimlich ist gar kein Ausdruck!

Ich kann nicht aufhören zu zittern.

Dann hebe ich den Kopf und streiche mir die feuchten Strähnen aus dem Gesicht. Das Mädchen im Spiegel wirkt gespenstischer und schemenhafter als je zuvor.

Wie geschieht mir?

Ich spritze mit noch mehr Wasser, aber als ich die Augen schließe, sehe ich erneut das Bild der Leiche auf der Bahre. Doch diesmal verschwindet es nicht sofort wieder. Weitere Bruchstücke werden an die Oberfläche geschwemmt, die ich ebenso wenig verstehe: Ein Typ mit Bart und glänzenden Zähnen; ein kalter Plastikstuhl, der in meine nackten Beine schneidet; und dieses Gefühl, nicht atmen zu können ...

Die Panik breitet sich aus wie schnell trocknender Beton. Ich sehne mich danach, zu schlucken und den Kloß in meinem Hals loszuwerden, doch alles ist wie zugeschnürt. Es fühlt sich an, als würde ich von einer Riesenfaust zerquetscht. Meine Arme und Beine werden steif und kribbeln, bis eine vollständige Taubheit eintritt. Ich habe das Gefühl zu sterben – und dann wieder nicht. Es ist nur eine Panikattacke. Als ich merke, dass ich die Luft anhalte, atme ich aus und zwinge mich, tief durchzuatmen.

Langsam.

Aus.

Und ein.

Aus.

Und ein.

Meine Sinne werden überschwemmt mit dem bitteren Geschmack von Desinfektionsmitteln und anderen … Aromen. Was mich daran erinnert, dass tiefe Atemzüge in einer engen Toilette vielleicht keine gute Idee sind. Wenigstens habe ich die Panik mittlerweile in den Griff bekommen.

Doch irgendetwas ist immer noch da. Ich spüre, wie es sich durch den Tumult der widersprüchlichen Bilder, die mir im Kopf herumschwirren, nach vorne drängen und über dem Getöse und der Verwirrung bemerkbar machen will. Es winkt und gestikuliert wie wild, als hätte es mir etwas Dringendes zu erzählen. Ich sehe geradezu, wie es die Lippen bewegt, doch ich bin zu weit weg.

Als die Tür aufgerissen wird, zucke ich zusammen.

«Was ist los?», fragt Tash. «Ich habe gesehen, wie du rausgerannt bist.»

Ich lasse noch mehr Wasser aus dem Hahn in meine Hand laufen, während ich überlege, wie ich das Geschehene in Worte fassen soll.

«Das glaubst du mir nie.»

Tash zieht eine Augenbraue hoch.

Ich schildere ihr, was beim Scrabble passiert ist.

Sie lacht. «Mensch, Alex! Das kennt doch jeder. Man nennt das ...» Sie runzelt die Stirn. «Es gibt einen Begriff dafür. Was Ausländisches.»

«Déjà-vu?»

«Genau!»

Ich schüttle den Kopf. «Das war anders. Es ist nicht so, dass es passiert ist und ich *danach* das Gefühl hatte, ich hätte es schon erlebt – ich wusste es *vorher*!»

Tash zieht die Augenbrauen noch ein Stück höher. «Was? Jetzt kannst du auch noch die Zukunft vorhersagen?» Sie lehnt sich ans Waschbecken und verschränkt die Arme. «Und, was sage ich als Nächstes?»

Ich denke nach, aber da ist nichts.

«Weiß ich nicht.»

«Natürlich nicht. Weil sich das alles nur in deinem Kopf abspielt, Süße! Du drehst ein bisschen durch.» Sie lächelt. «Wahrscheinlich setzt der Schock von heute Morgen im Bus jetzt erst ein.»

Sie hat recht, ich weiß. Außer ...» Aber das ist nicht das erste Mal.» Es ist mir gerade erst klar geworden, und ich wünschte, ich wäre weiterhin ahnungslos. «Heute Morgen lief das Radio, und ich wusste vorher, was der Typ sagen würde – *und* welchen Song er als nächsten spielt.»

«Welcher Sender? Radio HAM?»

«Ja.»

«Da hast du's!», schnaubt Tash. «Der Typ hat doch nur zwei CDs, der spielt immer das Gleiche ab.» Sie legt mir eine Hand auf den Arm. «Jetzt mal ernsthaft, das sind Déjà-vus, wirklich! Und du siehst das eben alles sehr alexmäßig.»

Tja, was sonst?

Die Alternativen schießen in mir hoch wie Wasserleichen im Kanal. Ich unterdrücke sie und schöpfe noch eine Hand voll Wasser. «Ja, wahrscheinlich hast du recht.»

«Genau. Habe ich dich jemals enttäuscht?»

Ich ringe mir ein Lächeln ab.

«Das sieht schon besser aus!» Tash grinst und nimmt mich in den Arm. «Komm, wir gehen zurück. Wenn Marianne uns beide hier erwischt …» Sie zuckt mit den Schultern und zieht dann die Augenbrauen hoch. «Obwohl du sie vermutlich kommen siehst, da du ja in die Zukunft schauen kannst.»

Ich muss lachen, denn die Vorstellung, ich könnte irgendetwas vorhersagen, ist total lächerlich – im wahrsten Sinne des Wortes.

Wir lachen immer noch, als wir in den Flur hinausgehen – wo wir direkt auf Marianne stoßen. Ein weiteres Zeichen dafür, dass Tash recht hat.

«Oh! Mir war nicht klar, dass wir so viel Zeit haben,

um zusammen aufs Klo zu gehen.» Mariannes Blick straft ihre muntere Stimme Lügen. «Obwohl ich natürlich einsehe, dass ihr nicht *beide* im Aufenthaltsraum gebraucht werdet. Das sehen wir doch richtig, oder?»

«Wir spielen Spiele mit den alten Leutchen», erklärt Tash. «Wir wollen doch nicht, dass sie einfach nur vorm Fernseher pennen. Oder machen wir da was falsch?» Ich zucke innerlich zusammen und hoffe, unsere Chefin hat nicht gemerkt, dass Tash sie nachgemacht hat.

«Wenn ihr Zeit zum Spielen habt, dann schlage ich vor, dass wir eine von euch auch im oberen Stockwerk einsetzen können.»

«Oben?»

«Ja, Alexandra. Ich möchte, dass du für mich in den dritten Stock fährst und einen Wäschekorb nach unten bringst.»

Na gut … *Das* habe ich nun wirklich nicht kommen sehen.

Ich bitte Tash, Thelma und Nerys zu sagen, dass sie ohne mich weiterspielen sollen. Die fragen sich sicher auch, wieso ich so plötzlich davongerannt bin. Hoffentlich sind sie mit dem Spiel fertig, wenn ich zurückkomme, damit ich keine peinlichen Erklärungen abgeben muss.

Einen Augenblick lang finde ich es verlockend herauszufinden, ob ich visualisieren könnte, wer von beiden gewinnt. Das klappt natürlich nicht.

Ich mache mich auf den Weg.

Im dritten Stock leben die Demenzpatienten, und ich

finde es furchtbar, dass ich dahingehen muss. Es fühlt sich wie ein Land verlorener Seelen an, die körperlich an die Gänge von Ulmenblick gefesselt sind, während ihr Verstand vergeblich nach Antworten auf Fragen sucht, an die sie sich nicht mehr erinnern können.

Nachdem ich mich vergewissert habe, dass Marianne mich nicht beobachtet, gehe ich am Aufzug vorbei und nehme die Treppe. Ihr könnt mich für verrückt erklären, doch ich denke nicht daran, Leib und Leben einem Metallkasten anzuvertrauen, der an einem Stück Draht hängt. Nach den Ereignissen dieses Morgens ist ein Aufzug vielleicht immer noch besser als ein Bus, steht aber für mich trotzdem ganz unten auf der Liste.

Außerdem hat mich der ganze Scrabble-Quatsch so nervös gemacht, dass ich kein Risiko mehr eingehe.

Wahrscheinlich mache ich aus einer Mücke einen Elefanten, wie Tash meint, aber es ist nun mal so, und ich kann es nicht einfach abschütteln, dass sich der Vorfall im Aufenthaltsraum nicht wie ein Déjà-vu anfühlt …

Sondern wie eine Erinnerung.

10 DIE WORST-CASE-
SZENARIO-PICTURE-SHOW

Da der dritte Stock rund um die Uhr abgeschlossen ist, braucht man einen Mitarbeiterausweis, um hinein oder hinaus zu gelangen. Die meisten Leute, die hier oben leben, verlassen nie das Stockwerk. Laut Marianne dient die Maßnahme der Sicherheit der Bewohner, aber für mich hört sich das nach Gefängnis an.

Ich drücke die Ausweiskarte an das Lesegerät und ziehe die Tür auf.

Der Mann springt aus dem Nichts.

Es ist mein alter Freund Derek von heute Morgen, der jetzt in Anzug und Krawatte über mir aufragt, als würde er auf einen Maskenball gehen.

«Was glaubst du, wie viel Uhr wir haben, Miss?» Seine Augen quellen comicartig hinter seinen dicken Brillengläsern hervor. «Der Unterricht beginnt um Viertel vor neun. Du bist zu spät.»

Einen Augenblick lang bin ich wahrhaftig sprachlos – bis mir wieder einfällt, wo ich bin. Logik darf man im dritten Stock nicht erwarten, obwohl diese Tatsache wenig tröstlich ist. Eine Wiederholung von heute früh hätte ich mir gern erspart.

«Äh ... wie bitte?» (Na, jetzt habe ich es ihm aber gegeben.)

Derek greift brummend in seine Jacketttasche, und ich zucke zusammen – und bin erleichtert, als er nichts Bedrohlicheres als einen gelben Post-It-Block herausholt. Er kritzelt etwas auf den obersten Zettel und reicht ihn mir. «Wir sehen uns beim Nachsitzen!»

Ich richte den Blick auf das klebrige Papier, auf dem gar nichts steht außer einem blauen Kulikrakel, als hätte jemand geprüft, ob der Stift noch schreibt.

«Ach, da sind Sie ja, Herr Direktor!»

Ich kenne den Mann nicht, der uns im Gang entgegenkommt und ruft, doch er trägt die in Haus Ulmenblick vorgeschriebene Kluft aus Hose und Arbeitskittel. Marianne nennt das «eine Vision in Sonnengelb», während Tash und ich bei der Farbe an etwas ganz anderes denken …

Der Typ hat zwar die gleiche Kleidung an wie ich, vermittelt aber einen ganz anderen Eindruck. Im Gegensatz zu mir hat er nämlich einen gewaltigen Bart und trägt ein Bandana um den Kopf; seine Erscheinung wirkt wie eine Mischung aus Pirat und Biker im OP-Kittel. Ich denke: *Er sieht aus wie ein Mitarbeiter, aber wer weiß das hier oben schon? Und was soll der «Herr-Direktor»-Scheiß?*

«Ist die Tür abgeschlossen?», fragt er und sieht mich an.

«Ich glaube schon.»

«Sie sind in der Hauptversammlung gefragt, Herr Direktor», sagt er zu Derek.

Der alte Mann reißt die Augen auf und eilt mit

flatterndem Jackett durch den Flur davon. Er trägt Pantoffeln zum Anzug.

Der Bärtige, dessen Namensschild ihn als CARL ausweist – also werde ich ihn jetzt auch so nennen –, wendet sich mir zu. «Wieso bist du nicht mit dem Aufzug gefahren?»

Da ich annehme, dass Carl sich nicht für das Pro und Kontra der verschiedenen Fortbewegungsmittel zwischen den einzelnen Etagen interessiert, das mir durch den Kopf geht, beschränke ich mich auf die Antwort: «Äh, ich gehe lieber über die Treppe. Gutes Training.» Wen juckt das überhaupt?

«Nimm nächstes Mal den Lift.» Carl schaut dem davoneilenden Derek nach. «Er hat rausgefunden, dass die Tür nicht sofort schließt, und lauert am Eingang darauf, dass jemand kommt. Dann flitzt er nach draußen. Darum benutzen wir den Aufzug. Ohne Mitarbeiterausweis funktioniert er nicht.»

Ich nicke, obwohl ich jetzt schon weiß, dass ich für den Rückweg auch wieder die Treppe nehmen werde.

«Was willst du denn nun eigentlich hier?»

«Ach ja. Marianne hat mich hochgeschickt, damit ich einen Wäschekorb runterbringe.»

Carl verzieht das Gesicht. «Na, da musst du in deinem letzten Leben aber etwas verbrochen haben. Okay, komm mit.»

«Und was soll das mit dem Herrn Direktor?», frage ich und gehe schneller, um mit Carl Schritt zu halten.

«Derek ist dement.»

«Hab ich mir gedacht.»

«Die Krankheit ist bei jedem unterschiedlich aus-geprägt», erklärt Carl. «Derek war früher Schulleiter und hält diesen Ort nun für seine Schule! Alle, die hier rumlaufen, sind in seiner Vorstellung Schüler oder Lehrerkollegen. Wenn man ihm sagt, wo er wirklich ist, kapiert er es nicht und regt sich auf. Am besten spielt man einfach mit.»

«Du meinst, wir sollen ihn anlügen?»

«Marianne bevorzugt das Wort *Umleitung!*» Carl zieht eine Augenbraue hoch. «Aber du hast recht, wir lügen. So geht es ihm gut. Glaub mir, keiner will, dass Derek in Stress gerät.»

Ich berühre meine dicke Lippe und denke: *Da liegst du nicht falsch, Mann!*

Carl hält kurz an, um bei einer alten Dame reinzu-schauen, die am Fußende ihres Bettes sitzt und einen Stoffhasen auf ihrem Schoß hält. «Ist alles in Ordnung, Savita?»

Die Frau antwortet nicht und gibt nicht zu erkennen, ob sie ihn gehört hat.

Wir gehen weiter. «Derek wird nicht damit fertig, wo er jetzt ist und wie er lebt. Im Kopf kehrt er in eine Zeit zurück, in der es ihm gut ging, in der er alles im Griff hatte. Man könnte sagen, er blockt die Wahrheit ab, um sich zu schützen.»

«Ist er die ganze Zeit so?»

«Nein, hin und wieder landet er tatsächlich in der *Wirklichkeit*.» Carl malt Anführungszeichen in die Luft. «Aber das ist dann kein Spaß. Er regt sich furchtbar auf und wird manchmal sogar gewalttätig.»

Ich kann mir nicht vorstellen, wie es ist, wenn man plötzlich herausfindet, dass die Vorstellung, die man sich von seinem Leben macht, eine einzige Lüge ist, und die Welt, in der man zu leben glaubt, gar nicht existiert. Kein Wunder, dass Derek immer abhauen will.

«Hier ist es», sagt Carl und öffnet eine Tür zu einem kleinen Raum, der dringend gelüftet werden müsste. «Du musst mit dem Güteraufzug in den Keller fahren.»

Der Typ ist von Aufzügen besessen, denke ich.

Dann schaltet er das Licht ein, und vor mir steht der «Wäschekorb». Das Wort wird dem Teil in keiner Weise gerecht. Es ist größer als ich – ein riesiger Metallkäfig auf übergroßen Einkaufswagenrollen, gestopft voll mit schmutziger Bettwäsche.

«Viel Spaß», sagt Carl, doch ich höre ihn kaum.

In meinem Kopf läuft die *Worst-Case-Szenario-Picture-Show* ab – wie eine Reihe von Trailern für billig produzierte Horrorfilme mit Titeln wie *GEFANGEN IN DER HÖLLE* oder *STAHLTROSSEN*. Die Hauptperson sieht jeweils aus wie ich: kreischend, während der Aufzug an zerfetzten Stahlkabeln in die Tiefe saust; beziehungsweise keuchend, weil es in dem Metallsarg bald keine Luft mehr gibt.

Die Lampen flackern, und ich werde wie bei dem Scrabble-Spiel von einer Hitzewallung übermannt.

Nein, bitte! NICHT SCHON WIEDER!

Ich will nicht darüber nachdenken, was Carl als Nächstes sagen oder tun könnte. Wenn ich nicht daran denke, wird es auch nicht passieren.

Doch Carl sagt gar nichts.

Muss er auch nicht, weil meine Ängste sich nicht auf ihn beziehen.

Diesmal ist es der Aufzug.

Wenn ich darin stecke, wird etwas Schreckliches passieren – das spüre ich.

Um sicherzugehen, dass ich es auch richtig verstanden habe, blitzt das Bild meiner Leiche auf der Bahre wieder auf.

«Ja, ja, ich hab's kapiert!» Ich merke erst, dass ich das laut gesagt habe, als ich Carls Miene sehe.

«Dich meine ich nicht. Ich … ach egal.» Ich schenke ihm ein Lächeln, das hoffentlich freundlich und verständig wirkt, und nähere mich dem Rollwagen.

11 ZURZEIT GESTÖRT

Kein Grund zur Panik. Es muss doch eine Möglichkeit geben, den Mist runterzuschaffen, ohne den Aufzug zu benutzen.

Mir ist bewusst, dass ich mich hier lächerlich mache. Das ist alles *nur in meinem Kopf,* und es kommt darauf an, *was ich wirklich tue,* blabla. Gleichzeitig ist das Gefühl, etwas Schlimmes würde in diesem Aufzug geschehen, so stark, so *real,* dass ich es nicht ignorieren kann, sosehr ich es mir wünsche. Freiwillig betrete ich diesen Aufzug ebenso wenig, wie ich mich von einer Klippe stürzen würde.

Wie ein Bauarbeiter, der sich auf seinen Job vorbereitet, umrunde ich den Rollwagen.

Ich könnte ihn nach und nach leeren und die Wäsche zu Fuß herunterbringen. Es würde Stunden dauern, und ein Teil der Bettwäsche sieht total verdreckt aus, doch etwas Besseres fällt mir nicht ein.

Tja, *dem Mutigen gehört die Welt* und so, aber ich bin nicht mutig, im Gegenteil. Schon lustig, wie viele aufmunternde Sprüche es auf der Welt für uns Feiglinge gibt. Wenn man darüber nachdenkt, haben wir sie wirklich am nötigsten. Die Mutigen und die Frechen wagen bereits alles Mögliche wider besseres Wissen, während wir, die wir uns vor Schiss in der Ecke verkriechen, jede Unterstützung gebrauchen können.

Ich schinde Zeit.

Im Übrigen, selbst wenn ich die Wäsche irgendwie nach unten befördere, würde Marianne verlangen, dass ich sie in den Wagen zurücksortiere, damit er zu dem LKW gefahren werden kann, der die Wäsche abholt.

Könnte ich den leeren Wagen möglicherweise seitwärts die Treppe hinunterschaffen?

Kann das wirklich gut gehen? Ich stelle mir vor, wie er die Treppe hinunterpoltert wie ein Bob, der außer Kontrolle geraten ist, und dabei Mitarbeiter und Bewohner unter sich begräbt.

Doch dann, als ich unter der Hoffnungslosigkeit meiner Lage fast zusammenbreche, habe ich eine Erleuchtung. Ich weiß nicht, warum ich nicht eher darauf gekommen bin.

Nur weil der Rollwagen mit dem Lift transportiert werden soll, muss ich noch lange nicht dabei sein. Es ist sicher möglich, von außen die Knöpfe zu drücken und meinen Mitarbeiterausweis zu aktivieren. Sobald der Aufzug unterwegs ist, kann ich die Treppe runterlaufen und den Wagen im Keller in Empfang nehmen – beziehungsweise auf den lauten Knall warten, wenn er unkontrolliert runtersaust, und «Siehst du!» sagen.

So könnte es funktionieren!

Als ich den Wagen in Bewegung setzen will, rollt er seitlich weg wie ein widerspenstiger Einkaufswagen mit einem schiefen Rad, der sich nicht mehr steuern lässt.

«Es ist leichter, wenn du ziehst», sagt Carl, nachdem er mir eine Minute lang zugesehen hat.

«Vielen Dank», sage ich mit einem ironischen Lächeln.

«Immer gerne.» Das Lächeln hat er auch drauf.

Wir sind eine glückliche Familie hier in Ulmenblick.

Jetzt bewegt sich das dumme Ding endlich, und ich gehe rückwärts zum Lastenaufzug, doch dann –

«Entschuldigung, Miss!»

Ernsthaft? Schon wieder?

Derek ist am anderen Ende des Flurs aufgetaucht und kommt auf mich zu. «Wo wolltest du damit hin?»

Ich stehe am Lift, drücke den Knopf, um ihn hochzuholen, und höre, wie das Metallungeheuer in den Tiefen des Hauses erwacht und sich knirschend, ächzend auf den Weg nach oben macht.

Nun muss ich den Wagen nur noch in dem Moment, in dem die Türen aufgehen, in die Kabine schieben und den Knopf drücken – am besten, bevor die Türen wieder zugehen und ich mitgefangen bin. Leider ergibt sich jetzt die zusätzliche Schwierigkeit, das alles zu schaffen, bevor Derek mit dem Lift die Reise in die Freiheit antritt.

Ich riskiere einen Blick um die schmutzige Wäsche herum. Wo ist er?

Ganz schlecht.

«Ja, ich rede mit *dir*!» Jetzt zeigt er auch noch mit dem Finger.

Und wo zum Teufel ist Carl, wenn man ihn braucht?

Hinter mir klingelt der Aufzug, und ich höre, wie die Türen zur Seite gleiten. Als ich den Wagen mit einem Ruck nach hinten ziehen will, verdreht sich erneut das blöde Rad, und der Wagen schwingt nach links statt rückwärts.

«Bleibst du wohl stehen!», schreit Derek. «Ich *rede* mit dir!»

Fluchend gebe ich dem vermaledeiten Rad einen Tritt und wuchte den Wagen wieder in die richtige Richtung. Doch zu spät, Derek packt meinen Arm, und ich bereite mich seelisch auf den nächsten Schlag vor.

Aber ihm steht die Verwirrung ins Gesicht geschrieben.

Außerdem sieht er mich gar nicht an, sondern blickt über meine Schulter hinweg in den Aufzug.

Offenbar ist da jemand – Marianne, wie ich mein Glück kenne …

Doch als ich mich umdrehe, ist niemand im Aufzug.

Wahrscheinlich, weil er gar nicht da ist, sondern nur –

Ein Loch.

Ein schwarzes Viereck mit zwei dicken, verdrehten Stahlkabeln, die in der Leere schwingen.

Aus der Dunkelheit weht ein schwacher Ölgeruch.

Mit einem Mal zittere ich am ganzen Körper. Ich will nicht darüber nachdenken, was passiert wäre, wenn Derek mich nicht festgehalten hätte. Doch meine Gedanken lassen sich nicht aufhalten …

Bildhaft stelle ich mir vor, wie ich rückwärts in den leeren Schacht taumle und wie ich auf die dicken Stahlkabel falle, die sich wie Käsedraht in meinen Körper schneiden. (Das wäre ungefähr so, als würde man einen dreieckigen Käse durch einen Tennisschläger drücken.) Dann wäre da natürlich noch der Rollwagen, der mich auf meinem Fall durch die drei Stockwerke begleiten würde und mir – vorausgesetzt, ich überlebe den Sturz wie durch ein Wunder – den Rest gäbe. Von einer halben Tonne eingepisster schweißgetränkter Bettlaken und muffiger Handtücher zermatscht zu werden steht nicht gerade ganz oben auf der Wunschliste für meinen letzten Auftritt hier auf Erden.

Derek hält mich immer noch fest, und ich wehre mich nicht, als er mich vom Rand fortzieht. Dann wirft er einen Blick in den Schacht und sucht nach dem nicht vorhandenen Aufzug wie nach einem ungezogenen Schüler, der sich hinter dem Fahrradschuppen versteckt hat.

«Das ist nicht richtig», sagt er schließlich, und ich verstehe, warum sie jemanden mit diesem Wahrnehmungsvermögen zum Schulleiter befördert haben.

Er richtet sich auf und dreht sich zu mir um. «Du solltest nicht hier sein.»

«Das denke ich allmählich auch!»

Als ich versuche zu lachen, packt mich Derek an den Schultern und kommt mir mit seinem Gesicht gefährlich nahe. «Um ein Haar wärst du gestorben!» Das sagt er, als handle es sich um eine Tatsache, die ihm gerade wieder eingefallen ist.

«Ja, wahrscheinlich ... das wäre ich wohl, wenn Sie mich nicht festgehalten hätten. Sie haben mir das Leben gerettet! Ist Ihnen das klar?» Es schnürt mir den Hals zu, als ich kapiere, wie wahr das ist, und ich habe das dringende Bedürfnis, diesem wunderbaren, verwirrten alten Mann um den Hals zu fallen. Ganz ehrlich, in diesem Augenblick ist Derek mein Lieblingsmensch auf dem gesamten Planeten.

Alle kommen gleichzeitig. Gerade stand ich noch mit Derek vor einem Loch in der Wand, und jetzt werden wir von allen Seiten von Bewohnern und Mitarbeitern bedrängt.

Carl erscheint als Erster. «Was hast du gemacht?»

«ICH?» *Meinst du, außer dass ich beinahe in den sicheren und grausigen Tod gestürzt wäre?* «Ich habe nur auf den Knopf gedrückt.»

Stirnrunzelnd blickt er in den gähnenden Abgrund. «Wo ist der Lift?»

«Das, mein Freund, ist die entscheidende Frage!»

«Die Türen dürfen sich eigentlich nur öffnen, wenn der Aufzug angekommen ist.»

«Ach ja? Wir müssen also nicht an den Seilen herunterklettern?»

Carl wirft mir einen bösen Blick zu.

«Entschuldigung! Schieb es auf die hysterische Erleichterung einer Überlebenden. Wenn Derek mich nicht festgehalten hätte, wäre es aus mit mir. Der Mann ist ein Held.»

Leider fühlt sich der Mann des Augenblicks von den vielen Leuten am offenen Aufzugschacht massiv gestört, wedelt mit den Armen und will alle in den Klassenraum zurückscheuchen.

Doch da Carl seinerseits der Meinung ist, dass er das alleinige Recht hat, anderen zu sagen, was sie tun sollen, gefällt es ihm gar nicht, wie Derek sich aufspielt. Sie schreien und gestikulieren nun beide, während zahlreiche Bewohner der dritten Etage, ohne sie zu beachten, wie aufgezogene Spielzeugfiguren ziellos herumwandern.

Endlich rauscht Marianne in bauschigem Chiffon herbei, und der Flur leert sich wie durch ein Wunder. Sie holt einen Schlüsselbund hervor und schließt die Aufzugtüren. Nach einer weiteren Umdrehung leuchtet die Anzeige auf: ZURZEIT GESTÖRT.

«Wie ärgerlich!», sagt sie.

Ich widerstehe der Versuchung, ihr zu erläutern, wie unangemessen dieser Ausdruck ist, und erzähle ihr stattdessen nur, was passiert ist – und dass Derek mir das Leben gerettet hat.

Sie lächelt, doch dann setzt sie eine besorgte Miene auf, inklusive einer hochgezogenen Augenbraue. «Aber wie geht es dir, Alexandra? Das war doch sicher ein schwerer Schock.»

Ich behaupte, es gehe mir gut, was in diesem Augenblick sogar stimmt. Ich bin in Hochstimmung und schwimme auf einer Welle der Euphorie, weil ich noch am Leben bin.

Marianne meint, um die Wäsche solle ich mir keine

Sorgen machen (wäre mir nicht eingefallen), und schickt mich wieder nach unten.

Der Schock setzt am ersten Treppenabsatz ein.

Eine Gegenströmung wie aus dem Nichts.

Es haut mich um.

Als mir die Beine wegsacken und mir schlagartig die Bedeutung des Geschehenen bewusst wird, kann ich mich gerade noch am Geländer festhalten.

Bis heute ist noch keine meiner bösen Vorahnungen, die mich immer wieder mit einem mulmigen Gefühl überfallen, in Erfüllung gegangen – es sei denn, man zählt das Scrabble-Spiel und den Song im Radio dazu. Doch das war etwas anderes, weil es nicht wirklich wichtig war. Aber eben ging es um Leben und Tod!

Ich hätte mein Leben verlieren können. Schon wieder!

Und wenn ich darüber nachdenke, ist es nicht das erste Mal, oder? Seit dem Aufwachen fühle ich mich sehr seltsam und konnte es nur nicht deuten. Bis jetzt. Das sonderbare Gefühl war eine Warnung. STEIG NICHT IN DEN BUS! GEH NICHT ARBEITEN!

Das ist *nicht* gut.

Das ist *gar nicht* gut.

Wie Tash bereits sagte, sollte sich das alles nur in meinem Kopf abspielen. Wenn es so wäre, könnte ich es eines Tages abstellen und mich besser fühlen.

Doch wenn meine Vorahnungen sich nun bewahrheiten, verlasse ich am besten nie wieder die Wohnung!

Mit einem Mal habe ich die Welt nur noch minimal

im Griff, als könnte ich jederzeit den letzten Halt verlieren und weggespült werden.

Tash muss mich mit ihrer nüchternen Logik wieder erden.

Sie soll mir einbläuen, dass ich zu viel in die Vorfälle hineininterpretiere und Verbindungen herstelle, wo keine sind. Tash soll mir versichern, dass es sich um ein paar verrückte Zufälle handelt und so etwas ständig und überall passiert.

12 «SECOND CHANCE»

Weil es kurz vor Mittag ist, suche ich zunächst in der Küche nach Tash, doch da ist sie ebenso wenig wie im Speisesaal. Vermutlich sollte ich mit dem Tischdecken beginnen, aber ich muss wirklich dringend mit ihr reden, bevor meine wachsende Panik mich endgültig in ein Wrack verwandelt.

Der Aufenthaltsraum ist meine letzte Hoffnung. Von der Tür aus sehe ich mehrere müde Geschöpfe in ihren Sesseln, doch Tash ist mit ihrer Kartenspieltruppe verschwunden. Auch Nerys ist gegangen, nur Thelma ist allein zurückgeblieben und sitzt noch immer im Rollstuhl an dem Tisch mit dem angefangenen Scrabble-Spiel. Mein Herz erschauert, weil sie nach vorn gesunken ist und das Kinn auf die Brust gelegt hat. Ich weiß zwar, dass sie wahrscheinlich einfach nur eingeschlafen ist, aber ich hätte mich in dieser Hinsicht nicht zum ersten Mal geirrt. Es schnürt mir die Brust zu, während ich mich durch die Stühle zu ihr hindurchschlängle.

«Hey, Thelma!»

Sie wird ruckartig wach, reckt die geballten Fäuste und funkelt mich an. «Hau ab, du verdammter Faschist!»

Ich weiche hastig zurück. So wie der Morgen bisher verlaufen ist, gehe ich kein Risiko mehr ein.

Als die alte Frau ihre Fäuste bemerkt, verzieht sie verwirrt das Gesicht und lässt den Blick durch den Raum schweifen, bis er auf mich fällt. «Oh, hallo Alex!»

«Tut mir leid, ich wollte Sie nicht wecken.»

«Hab nur mal kurz die Augen zugemacht.» Sie sieht sich erneut um. «Anscheinend habe ich nicht viel verpasst. Hier ist genauso viel los wie immer.»

«Sie wissen nicht zufällig, wo Tash abgeblieben ist?»

«Keine Ahnung, Liebes. Als ich eingenickt bin, waren alle noch da. Sie kommt bestimmt gleich wieder.»

Am liebsten würde ich sofort durch die Flure rennen und Tash suchen, aber viel Sinn hätte das nicht. Haus Ulmenblick ist riesig, und es gibt die verschiedensten Möglichkeiten, von A nach B zu gelangen. Da warte ich besser hier und verfluche die Regel, die Handys im Dienst verbietet.

«Ist irgendwas, Alex?» Thelma lässt mich nicht aus den Augen.

Kann sie mich vielleicht beruhigen? Sie hatte vorhin schon sehr vernünftige Ansichten und kommt bodenständig und sachlich genug rüber. (Na ja, «bodenständig» ist bei der Bluse wahrscheinlich das falsche Wort, aber ihr versteht schon, was ich meine.)

Ich erzähle Thelma von dem Aufzug … und auch vom Bus. Sie reißt die Augen so weit auf, als würden sie gleich herausfallen, über das Scrabble-Brett rollen und Nerys' doppelten Wortwert zunichte machen.

«Du könntest tot sein!», sagt sie.

Ich nicke und zucke auf eine heldenhafte Art mit den

Schultern, als wäre es nichts Besonderes. Dann ziehe ich mir einen Stuhl heran und setze mich, bevor meine Wackelpuddingbeine mich verraten.

«Und wissen Sie was? Ich wusste, dass es so kommen würde. Also nicht genau, aber ich hatte ein ganz schlechtes Gefühl.»

«Das kommt aus dem Bauch.» Thelma nickt. «Mein Vater hat immer gesagt, der Kopf kann dir einen Streich spielen und das Herz kann dich täuschen, aber auf deinen Bauch solltest du hören.» Sie lächelt. «Er war ein blöder Mistkerl, mein Vater, aber auf diesen Ratschlag habe ich mich immer verlassen.»

«Und was ist, wenn einem der Bauch die ganze Zeit nur schreckliche Sachen sagt? Dann geht man doch nicht mehr aus dem Haus.»

Thelma runzelt die Stirn und sieht damit deutlich normaler aus.

«Ehrlich gesagt ...», fahre ich zögerlich fort, «war das noch nicht alles. Es ist wahrscheinlich nicht wichtig. Und sicher gibt es auch dafür eine vernünftige Erklärung ...»

Sie beugt sich weiter vor.

Deshalb erzähle ich ihr jetzt, was beim Scrabble geschehen ist.

«Du hast genau gewusst, was sie legen würde?»

«Ja! Es war wie eine Erinnerung, weil ich ihr schon einmal dabei zugesehen hatte! Tash meint, es wäre ein Déjà-vu – aber so hat es sich nicht angefühlt. Und dann ist das mit dem Aufzug passiert und ...»

Anscheinend habe ich mein Publikum verloren. Thelma kramt unter der Decke auf ihrem Schoß, als würde sie etwas suchen. «Red weiter, Alex, ich höre dir zu.»

«Okay, also, heute Morgen lief das Radio, und ich wusste, was der Typ sagen würde – Wort für Wort.»

«Hey, die Gabe hätte ich auch gerne.» Sie hält eine zusammengerollte Zeitung in der Hand, und ihre Augen glänzen, wie ich es noch nicht gesehen habe.

«Mir kommt es eher wie ein Fluch vor.»

«Wieso?»

«Solange das alles nur in meinem Kopf ist, hat es nichts mit der Wirklichkeit zu tun, oder? Aber wenn es nun auf einmal in Erfüllung geht?»

«Dann ist es doch die Wirklichkeit, meinst du?»

«Ich will das nicht denken, aber nach diesem Morgen …»

«Wir könnten es überprüfen.»

«Wie bitte?»

Thelma versucht, die Zeitung aufzuschlagen, doch ihre Finger sind von der Arthritis so verkrümmt, dass sie die Seiten nicht auseinanderfalten kann. Ich biete ihr meine Hilfe an.

«Seite sechs», sagt sie. «Und jetzt richte deinen zauberhaften Blick darauf und spüre, ob dir etwas auffällt.»

Es ist das Rennprogramm für das Pferderennen um Viertel nach eins in Warwick.

Der Groschen fällt.

«Sie glauben ernsthaft, ich könnte Ihnen sagen, welches Pferd gewinnt?»

Thelma hat so viel Anstand, peinlich berührt zu wirken. «Nur wenn du wirklich in die Zukunft blicken kannst. Wenn das Pferd, das du auswählst, nicht gewinnt, weißt du, dass du dir keine Sorgen machen musst.»

«Und wenn doch?»

«Dann haben wir ein paar Mäuse, um den Schock ein wenig abzumildern, nicht wahr?» Mit glänzenden Augen drängt sie mir die Zeitung auf.

Soll ich das wirklich tun?

Wenn ich damit beweisen kann, dass meine Vorhersagen eine Verkettung verrückter Zufälle waren – dann ja, zum Teufel!

Nachdem ich stockend Luft geholt habe, konzentriere ich mich auf die Liste der Pferde, die um Viertel nach eins beim Garmouth-Handicap-Wettrennen in Warwick starten. Für alle zwanzig gibt es ein kleines Bild mit den Farben, die der Jockey tragen wird, sowie die jeweiligen Wettquoten.

Nummer 6 (rot mit weißer Schärpe): Blackham's Wimpey, Quote von 2/1

13 (blau mit gelbem Kreis): See No Evil Hear No Evil, Quote von 3/1

7 (uni blau): Second Chance, Quote von 6/1

10 (schwarz-weißes Schachbrettmuster): Dark Party, Quote von 7/1

Das letzte Pferd ist:

8 (grün und gelb): Lap of Gods, Quote von 100/1

Während ich die Liste ein paar Mal überfliege, weiß ich auch nicht, was ich erwarte – vielleicht, dass wie zuvor die Lampen flackern oder mir schrecklich heiß wird.

Nichts.

«Ich glaube, das klappt nicht.» Das allein ist doch eigentlich schon ein gutes Zeichen, oder?

«Man soll nichts erzwingen», sagt Thelma. «Du hast gesagt, es ist sonst einfach so passiert. Entspann dich und versuche es noch mal.»

Ich atme ein paar Mal tief durch und lasse meine Augen einmal ins Leere schauen, bevor ich die Liste noch einmal durchgehe.

Blackham's Wimpey, Second Chance, Dark Party ...

Moment.

Ich blicke noch mal nach oben.

Second Chance.

Dieses Pferd hat bereits beim ersten Überblick meine Aufmerksamkeit erregt, aber ich habe nicht darauf geachtet. Jetzt kommt es mir vor, als würden die beiden Worte auf der Seite aufleuchten, hüpfen und NIMM MICH! schreien. Es ist der Ausdruck – *Second Chance* –, der eine Bedeutsamkeit ausstrahlt, die wie für mich bestimmt ist.

Nachdem ich die Liste ein weiteres Mal überflogen habe, bin ich mir ganz sicher.

«Du hast eins, stimmt's?» Für jemanden, der behauptet, ohne Brille so gut wie blind zu sein, bekommt Thelma ganz schön viel mit.

«Vermutlich bilde ich mir das alles nur ein.» Ich muss schlucken, so durstig bin ich auf einmal. «Aber das Pferd Nummer Sieben, ‹Second Chance›, hat etwas, das mich immer wieder darauf zurückbringt.»

Thelma nimmt mir die Zeitung ab und schaut sich die Liste an. «Sechs zu eins — keine schlechte Quote.» Sie wirft mir einen interessierten Blick zu. «Das kann man schon mal wagen, oder was meinst du?»

«Sie wollen wirklich eine Wette platzieren?»

«Und ob! Was wäre das denn für ein Test, wenn wir es nicht probieren würden? Man muss dazu stehen und Worten Taten folgen lassen! Und was glaubst du, wie wir uns fühlen würden, wenn du den Gewinner gefunden hättest und wir nicht auf ihn gewettet hätten?» Sie lässt die Augenbrauen tanzen. «Natürlich teilen wir uns den Gewinn, und ich bin gerne bereit, für den Einsatz aufzukommen — schließlich hast du das Talent und überhaupt!» Sie grinst. «Komm, wir gehen zu Raj.»

«Zu wem?»

«Zu Raj, dem Gärtner, der hat da was auf seinem Ei-Ding, wo man wetten kann. Das hat er schon mal gemacht.»

«Aber das geht nicht! Wir dürfen mit den Bewohnern nicht nach draußen.»

«Ich dachte, du machst das ehrenamtlich», schnaubt Thelma. «Was soll Ihre Durchlaucht denn machen? Dich rauswerfen?»

«Und was ist mit dem Mittagessen? Ich muss die Tische decken.»

«Das können doch die machen, die dafür bezahlt werden», antwortet Thelma. «Es tut gut, ab und zu gegen die Regeln zu verstoßen. Nutze die Gelegenheit, ein bisschen zu leben. Kann doch sein, dass es dir gefällt!»

«Ja, aber …»

«Man findet immer einen Grund, etwas nicht zu tun, wenn man nur gründlich danach sucht, Liebes. Außerdem willst du doch einer alten Frau einen letzten Ausflug in die Freiheit nicht abschlagen, oder etwa doch? Die letzte Chance, frische Luft zu atmen, die Sonne im Gesicht zu spüren und den Wind in den Haaren.»

«Ist ja gut! Ich bringe Sie hin.»

«Hey, das ist wirklich ganz besonders nett von dir, Alex. Aber nur, wenn es dir wirklich nichts ausmacht.» Sie grinst. «Keine Sorgen wegen Marianne. Bevor jemand merkt, dass wir weg waren, sind wir längst wieder da. Vertrau mir.»

13 ONE FOR SORROW

Als wäre sie ein kleines Kind auf dem Weg in den Park, kann es Thelma nicht schnell genug gehen, dass ich sie aus dem Aufenthaltsraum schiebe.

«Wir müssen noch eben in mein Zimmer, um die Kohle zu holen», flüstert sie verschwörerisch, während ich prüfe, ob die Luft im Flur rein ist. «Falls jemand fragt, sagst du, dass du mich für ein Nickerchen in mein Zimmer zurückbringst. Beziehungsweise nein, wir sagen, ich muss aufs Klo. Den Job nimmt dir bestimmt keiner weg.»

Ich hoffe zwar, dass wir unterwegs Tash begegnen, doch niemand kommt uns entgegen.

Nachdem wir auf dem langen Weg zu ihrem Zimmer nicht aufgehalten wurden, steuert mich die alte Frau durch Gänge, von deren Existenz ich noch nie gehört habe, in die tiefsten Tiefen des Gebäudes.

Früher, als Ulmenblick noch mehr an *Downtown Abbey* erinnerte als an *Die wandelnden Toten*, war hier sicher eine große Dienerschaft beschäftigt. Im Souterrain liegt eine ganze Etage mit Räumen, in denen sie gearbeitet haben, und genau dorthin führt mich Thelma.

«Niemand geht je hier runter. Wenn man irgendwohin will, ohne aufzufallen, ist das der beste Weg.»

Die Flure sind trübe und unheimlich beleuchtet und erinnern mich an die Londoner U-Bahn, weil die Wände und Decken mit den gleichen vergilbten weißen Kacheln gefliest sind. An einer Stelle hängt eine Tafel mit einer Aufstellung der Zimmer und kleinen Lämpchen, die der Dienerschaft einst zeigte, wo sie gebraucht wurde. Früher war das sicherlich der letzte Schrei der Technik, doch mittlerweile ist die Tafel schwarz angelaufen, die Kacheln sind mit der Zeit gesprungen und die Fugen nach über hundert Jahren dunkel vor Schmutz.

«Wie komme ich nur darauf, dass Sie das nicht zum ersten Mal machen?»

«Ich weiß überhaupt nicht, was du meinst!» Thelmas fröhliches Gackern hallt durch den gefliesten Gang und jagt uns durch den Tunnel wie ein verrücktes Gespenst.

Schließlich gelangen wir in einen alten Wintergarten aus Holz und Glas an der Rückseite des Hauses.

«Wir sind gleich da», sagt Thelma, während die Räder ihres Rollstuhls quietschend über den Boden gleiten.

Durchs Fenster sieht der Himmel wie ein Kinderbild aus – Kartoffelbreiwolken, die auf einem schlumpfblauen Meer treiben.

Doch als wir auf der Rampe in den Garten herunterrollen, saust ein Schatten über den Rasen, und die Temperatur sinkt merklich. Ein Teil des Kartoffelpürees sieht jetzt aus wie in Soße getunkt, und die Ulmen rund ums Haus hören sich an, als würden sie uns auslachen.

Dieser Teil des Außengeländes ist vollkommen zugewachsen. Nichts als Gestrüpp. In den hüfthohen Brennnesseln, den zotteligen Hecken und den dornigen Brom-

128

beersträuchern wimmelt es geradezu vor summenden Insekten. Ich war noch nie sonderlich scharf auf zu viel Natur, in der so einiges nur darauf wartet, einen umzubringen.

Ich sollte nicht hier sein.

«Ich sehe dich!», ruft Thelma plötzlich.

Erschrocken rechne ich damit, dass Marianne hinter einer Hecke hervorspringt.

Doch Thelma zeigt auf einen schwarz-weißen Vogel, der durchs Gras hüpft. «Eine Elster! Unsere Mutter hat immer gesagt, Elstern soll man grüßen, wenn man eine sieht.»

«Wieso?»

«Ein altes Gedicht: One for sorrow, two for joy.»

«Davon habe ich schon mal gehört.»

«Ja, mehr ist auch nicht dran.» Thelma zuckt mit den Schultern. «Unsere Mutter hat immer gesagt, eine Elster allein würde Unglück bringen – so ähnlich wie in dem Gedicht.»

«Aber wieso soll man sie dann grüßen?»

«Weil sie einen in Ruhe lassen, wenn man ihnen zeigt, dass man sie bemerkt hat, meinte unsere Mutter. Eine dumme Angewohnheit, sonst nichts. Fällt mir schon gar nicht mehr auf.»

«Und was bedeutet es, wenn die Elstern zu fünft sind?» Ich zeige auf eine Reihe schwarzer Vögel – sie sitzen auf dem durchhängenden Telegrafendraht, der das alte Haus mit der Außenwelt verbindet.

«Hallo, das sind doch keine Elstern, Alex, das sind Krähen.» Sie kichert. «Die hocken da wie in dem Film *Die Vögel*. Hast du den gesehen? Von Alfred Hitchcock, dem ‹Großmeister der Spannung›, wie sie ihn genannt haben!»

Ich kann gerade nicht antworten, weil ich die Vögel im Auge behalten muss, doch ich erinnere mich, dass Dad den Film gesehen hat, in dem alle Vögel der Stadt auf einmal die Menschen angreifen. Die Spezialeffekte waren echt schlecht, aber man bekam trotzdem Angst. Thelma hat recht, genauso sieht es hier aus.

Während ich zuschaue, kommen drei weitere Krähen hinzu.

«Sollen wir vielleicht umkehren?»

«Hast du wieder eine böse Vorahnung, ja?»

Um ein Haar wärst du gestorben, sagt Derek in meiner Erinnerung. Er hat recht. Einmal kann man Pech haben, aber zweimal …? Abgesehen davon sind aller schlechten Dinge drei.

«Was denkst du denn, was passieren wird?» Thelma lässt den Blick durch den Garten schweifen. «Die größte Gefahr, die mir hier draußen je begegnet ist, bestand darin, vor Langeweile zu sterben!»

«Ich weiß es nicht, und das ist genau das Problem. Es ist nur so ein Gefühl, dass *irgendetwas* Schlimmes geschehen wird.»

«Tja, keiner weiß, wann seine Stunde schlägt. Das Klavier kann jederzeit runterfallen.»

«Welches Klavier?»

«Das sagt man so», erklärt Thelma. «Das heißt, man kann noch so vorsichtig sein, und trotzdem kann immer etwas Unerwartetes oder Blödes passieren, das man nicht hat kommen sehen.»

«Wie ein Klavier, das vom Himmel fällt?»

«Aye!» Sie nickt. «Oder ein Bus, der gegen einen Baum fährt! Darum muss man im Hier und Jetzt leben und aus jeder Minute das Beste machen. Man weiß schließlich nie, ob es nicht die letzte ist.»

«Und wenn dieses Klavier nun hier draußen auf uns wartet?» Ich schaue zu den Vögeln hoch. Mittlerweile sind es doppelt so viele, ich schwöre. «Oder wenn Ihnen etwas passiert, nur weil Sie bei mir sind?»

Thelma lächelt. «Das Risiko gehe ich ein, Liebes. Ich habe einige der besten Dinge in meinem Leben erlebt, wenn ich Angst hatte. Für mich war das immer ein Zeichen — wenn ich mich vor etwas gefürchtet habe, wusste ich, dass ich es wahrscheinlich tun sollte.»

Während ich sie über den Rasen schiebe, lasse ich die Vögel nicht aus den Augen.

«Die beobachten uns!»

«Aye, bestimmt.»

«Machen sie das immer?»

Thelma gibt keine Antwort.

Plötzlich wird mir bewusst, wie still es ist — es ist wie eine aufgeregte Erwartung, als würde der Tag den Atem anhalten, weil gleich etwas geschieht.

Und so kommt es auch.

Nur nicht so, wie ich dachte.

Da ich nur die verdammten Vögel im Blick habe, die sicherlich jeden Moment im Sturzflug angreifen, um uns die Augen rauszupicken, bemerke ich die wahre Bedrohung gar nicht.

Thelma erkennt sie als Erste.

«Guck dir diesen Riesenköter an!»

Ich schwenke mit meiner Aufmerksamkeit so ruckartig um, dass ich fast ein Schleudertrauma bekomme.

Thelma hat zwar von einem Hund gesprochen, doch was da übers Gras galoppiert, sieht eher wie ein kleines Pferd aus. Unabhängig davon, was es nun tatsächlich ist, lässt sich nicht übersehen, dass dieses Vieh uns auf dem Kieker hat – es sieht aus wie eine ferngesteuerte Rakete mit Zähnen.

Eine Million Funken sprühen in meinem Kopf, schätzen die Lage ein, wägen unsere Chancen ab und erstatten dann Bericht mit einer Empfehlung, wie nun sinnvoll vorzugehen wäre.

Renn, so schnell du kannst, lautet die einstimmige Meinung.

Aber was wird aus Thelma?

Als ich klein war, sagte Dad, ich sollte ruhig stehenbleiben, wenn ein Hund auf mich zukäme. Angeblich verfolgen sie einen nur, wenn man wegläuft. Also sollte ich vielleicht *wirklich* wegrennen – in der Hoffnung, den Höllenhund von Thelma wegzulocken.

Und wenn er den Köder nicht schluckt?

In der Zeit, in der ich stillgestanden bin und mit mir gerungen habe, statt irgendetwas zu *tun*, hat der Hund bereits die Hälfte der Strecke zurückgelegt. Wir können nicht mehr weglaufen. Thelma hätte es in ihrer Jugend vielleicht geschafft, aber heute doch nicht, gefangen in einem Rollstuhl, der vor allem durch mich bewegt wird.

Ich überlege, sie rauszuholen und mit ihr auf dem Arm abzuhauen, doch auch dafür ist es zu spät, zumal ich mich dann tatsächlich in Bewegung setzen müsste. Im Augenblick verweigert sich aber mein Körper, Angst lähmt meine Glieder.

Das Riesentier kommt rasch näher und steuert direkt auf Thelma zu. Ich sollte schreien und mich zwischen den Hund und die alte Frau werfen.

Das wäre das Richtige.

Ich tu's aber nicht.

Ich mache gar nichts.

Und schaue nur zu … als der Hund heranstürmt und seine gewaltigen Pfoten auf Thelmas eierschalenzarte Schultern stemmt.

Die alte Frau hebt die Hände, um sich zu schützen, doch sie hat keine Chance.

14 KNAPP ENTRONNEN

Ich kann nicht hinsehen und kneife die Augen zu, doch die Geräusche kann ich nicht ausblenden – das nasse Sabbern von Speichel auf Haut, das Mahlen des Kiefers.

«Aye, ich freue mich auch, dich zu sehen», sagt Thelma. «Aber ich brauche keine Gesichtswäsche, du stinkst zu sehr aus dem Maul!»

Ich öffne die Augen.

Der Hund steht immer noch mit den Vorderbeinen auf Thelmas Schultern, und seine glänzenden Zähne sind nur wenige Zentimeter von ihrem Gesicht entfernt. Inzwischen sind mir aber zwei Dinge klar geworden, nämlich:

a) hat der Hund nicht vor, der alten Frau die Kehle rauszureißen, und

b) scheinen die beiden sich ganz gut zu kennen.

Meine Erleichterung, dass wir nicht in Stücke gerissen werden, ist jedoch gedämpft. Ich schäme mich, weil ich dachte, der Hund würde uns angreifen, und habe ein schlechtes Gewissen, da ich rein gar nichts getan habe, um mich zu wehren und uns zu verteidigen. An mir liegt es jedenfalls nicht, dass wir, Thelma und ich, uns noch bester Gesundheit erfreuen.

Da ertönt plötzlich ein lauter Pfiff, und die Hundeohren zucken. Ein junger Typ mit Springerstiefeln kommt aus dem Unterholz. Als er den Hund zu sich ruft, zieht sich das mächtige Tier sichtlich widerstrebend von Thelma zurück.

«Hallo Thelma, wie geht's?»

«Es ging mir deutlich besser, bevor dein blöder Hund mich vollgesabbert hat!»

«Das dürfen Sie nicht sagen, Sie verletzen seine Gefühle!» Der Mann lächelt. «Oh, ein super Top! Es funkelt voll.»

«Ich schaue mal, ob ich dir auch so eins in Khaki besorgen kann.» Thelma lacht. «Das ist übrigens Alex. Alex, darf ich dir Raj und Luigi vorstellen?»

Wir nicken einander zurückhaltend zu.

«Moment mal! Der Hund heißt wirklich Luigi?», frage ich erstaunt.

Raj murmelt etwas von Mario Kart und schnappt sich die Griffe von Thelmas Rollstuhl. Er schubst mich nicht wirklich weg, aber doch so gut wie.

Das nehme ich persönlich, als wollte er meine Fähigkeiten als Thelmas auserwählte Rollstuhlschieberin anzweifeln. Wir sind gut klargekommen, Typ, bis du hier aufgekreuzt bist, wenn du also bitte …

Plötzlich wird mir bewusst, dass Raj wahrscheinlich meinen ruhmlosen Moment totaler Lähmung beobachtet hat. Er hat recht, ich bin nicht geeignet, Thelmas Rollstuhl zu steuern, und im Grunde genommen auch nichts anderes. Außer vielleicht einen Einkaufswagen, der bis oben hin mit Scham gefüllt ist?

«Hoher Besuch! Was verschafft mir die Ehre?», fragt

Raj, während er uns den Weg durch die Bäume entlangführt.

«Das Rennen um Viertel nach eins in Warwick», antwortet Thelma.

«Hast du etwa einen heißen Tipp?» An diesem Punkt bezieht Raj mich grinsend und zwinkernd mit ein – aber wenn er mich auf seine Seite bringen will, muss er sich schon etwas Besseres einfallen lassen.

«Vielleicht», sagt Thelma und zwinkert ihrerseits.

Als Raj das sieht, wirft er mir einen forschenden Blick zu. «Das heißt, du hast dich mit dem Rennprogramm beschäftigt?»

Ich starre ihn an. Sehe ich wirklich so aus, als hätte ich nichts Besseres zu tun, als über Rennprogrammen zu brüten? (Das ist eine rhetorische Frage.)

«Nein, wir haben das einfach im Gefühl. Nicht wahr, Alex?»

«Jep.» So kann man es auch nennen.

Schließlich gelangen wir zu einer bröckelnden, von Efeu überwucherten Mauer mit einem verrosteten Tor in der Mitte. Ich halte es auf, während Raj Thelma hindurchschiebt, dicht gefolgt von dem riesigen Hund. Ich halte Abstand und lasse Luigi nicht aus den Augen. Nur weil ich mich eben geirrt habe, heißt das noch lange nicht, dass Thelmas Klavier nicht irgendwo außer Sichtweite hängt, jederzeit bereit herunterzufallen.

Es fühlt sich an, als würden wir hinter dem Tor

einen geheimen Garten betreten. In der Mitte des weitläufigen ungepflegten Rasens, der früher vielleicht als Labyrinth gestaltet war, steht ein gewaltiges Gewächshaus. Die Hälfte der Scheiben fehlt und wurde durch Bretter oder eine blaue Kunststoffschicht ersetzt, während das verbliebene Glas mit Schimmel überzogen und fleckig ist und die Farbe von den splitternden Rahmen abblättert. Ein Blick ins Innere zeigt einen großen Aufsitzmäher und weiteres Werkzeug für die Gartenarbeit.

Raj führt uns seitlich an dem Haus vorbei; wir betreten es durch eine Tür am anderen Ende.

Wow! Der Ausdruck «Höhlenmensch» bekommt eine völlig neue Bedeutung.

Dieser Teil des Gewächshauses ist abgetrennt. Neben den Schaufeln und einer Werkbank, auf der eine zerlegte Heckenschere liegt, sowie Säcken mit Kompost und Fässern mit Unkrautvernichtungsmitteln steht ein abgewracktes Sofa für Raj, ein riesengroßer Fernseher und eine Kollektion von Spielkonsolen.

«Ist das ein Sega?», rutscht es mir beim Anblick einer alten Konsole heraus.

«Spielst du?», fragt Raj und manövriert Thelmas Rollstuhl, während Luigi schnurstracks auf das Sofa zuschießt und sich der Länge nach ausstreckt, sodass kein Zentimeter Platz bleibt.

«Nicht wirklich, aber mein Vater ist voll der Nerd. Ehrlich gesagt, stehe ich mehr auf Musik und Filme.»

Das stimmt nicht so ganz, denn ich spiele manchmal stundenlang mit Dad. Als *The Last of Us* herauskam, haben wir ein ganzes Wochenende nichts anderes gemacht. Aber mit dieser Info gehe ich normalerweise nicht hausieren, weil es mein Image als schräges Girl noch befördern würde.

Raj wirkt nicht übermäßig enttäuscht. «Hey, Thelma», sagt er und fährt den Fernseher hoch. «Ich habe ein neues Spiel, das gefällt dir bestimmt.»

«Ach, ich weiß nicht, Raj, Schatz. Bei dem letzten, das du uns besorgt hast, haben meine Finger sich geweigert, die Knöpfe zu drücken.»

«Ja!», sagt er. «Aber das hier ist anders. Man spielt es auf einer anderen Konsole – auf der Wii.»

«Und wie soll das gehen?»

«Man muss nur den Stick schwenken, auf die Finger kommt es nicht an.» Raj reicht Thelma einen Wii Controller und bindet die Schlaufe um ihr Handgelenk. «In dem Spiel gibt's Ninjas und ganz viel Kung Fu!»

Ein boshafter Funke blitzt in den Augen der alten Frau auf. «Ah, jetzt sprichst du *meine* Sprache!»

So gern ich das bizarre Schauspiel einer vierundneunzigjährigen Rentnerin genieße, die *Wii Ninja Showdown* spielt, so läuft uns doch die Zeit davon. Eigentlich wollten wir nur kurz vorbeischauen und dann wieder gehen.

«Äh, Thelma? Sollen wir nicht mal die Wette platzieren?»

«Aye! Stimmt, Alex. Lass uns erst das Geschäftliche erledigen, dann trinken wir Tee und ich kann ein paar Leute verhauen!»

«Setz dich doch», sagt Raj und zeigt aufs Sofa. «Schmeiß ihn einfach runter.»

Ich sehe den Hund an. Er erwidert den Blick.

«Danke, ich stehe lieber. Wir bleiben sowieso nicht lange, oder, Thelma?»

«Wir haben es doch nicht eilig», meint Thelma und probiert vorsichtig ein paar Schwenker mit dem Wii-Controller aus. «Wir sind gerade erst angekommen und haben noch nicht Tee getrunken!»

«Aber ich muss zurück und Tash helfen, die Tische fürs Mittagessen zu decken.»

«Dafür ist es wahrscheinlich schon zu spät», sagt Raj und sieht auf die Uhr. «Das Essen wird um zwölf ausgegeben, nicht wahr?»

«Es ist schon nach zwölf? Shit! Das gibt bestimmt Ärger!»

«Aber dann bleib doch einfach hier, wo es schön ist.» Raj lächelt.

«Ich gehe nirgends hin, bevor ich nicht meinen Tee getrunken habe», sagt Thelma. «Raj kocht den besten Tee aller Zeiten. Liegt ihm vermutlich im Blut.»

Ich zucke zusammen, denn das ist rassistisch, doch Raj macht es anscheinend nichts aus.

«Ein schlichtes Vergnügen, eine gute Tasse Tee», sagt Thelma. «Wenn sich so eine Gelegenheit bietet, sagt man nicht Nein. Die Leute sind viel zu sehr auf die großen Dinge im Leben fixiert, während es doch die kleinen, die alltäglichen sind, die wirklich wichtig sind. Wie zum Beispiel eine Kanne Tee.»

«Aber …»

«Hey, was ist das denn?», fragt Thelma unvermittelt.

«Was? Ich höre nichts.» Außer meinem Herzen, das laut in meinem Brustkorb wummert.

«Ich auch nicht! Keinen Ausbruchsalarm, keinen Suchtrupp! Nur das angenehme Zischen des Wasserkochers!» Sie grinst. «Jetzt setz dich einfach, hör auf mit dem Stress und gib dich den einfachen Freuden des Lebens hin.»

Raj holt sein Handy aus der Tasche. «Also, Warwick um Viertel nach eins, richtig? Wie viel – das Übliche?»

«Nein, heute das Doppelte. Keine Sorge, so viel habe ich noch.»

«Zwanzig Pfund, bist du sicher?»

Thelma sieht mich an.

Ich nicke.

O ja, ich bin sicher, dass *Second Chance* gewinnt, denn das Ganze strahlt eine furchtbare Unausweichlichkeit aus. Ich fühle mich wie ein verurteilter Häftling in den letzten Stunden vor der Hinrichtung. Bis das Rennen gelaufen ist, kann ich noch auf einen Aufschub hoffen, doch sobald das Pferd über die Ziellinie galoppiert ist, hat es keinen Zweck mehr zu leugnen. Keine Ahnung, was ich dann tun soll.

«Okay, wir bleiben auf eine Tasse, aber dann muss ich zurückgehen.»

«Das hört sich schon besser an!» Thelma grinst und wendet sich wieder dem Fernseher zu. «So, wen darf ich jetzt verhauen?»

15 EINE SPÄTE AUFHOLJAGD

Hättet ihr mir heute Morgen erzählt, dass ich auf einem Plastikstuhl in einem Gewächshaus sitzen und Tee aus einem Becher trinken würde, der die Form von Darth Vaders Kopf hat – und dass dies alles im Beisein einer alten Frau passiert, die im Rollstuhl *Wii Ninja Showdown* spielt –, dann hätte ich vorgeschlagen, dass ihr besser mal euren Kopf untersuchen lassen solltet. Doch der heutige Tag war bereits in so vieler Hinsicht sonderbar. Es ist eindeutig ein Tag wie kein anderer.

«Und was meinst du?», fragt mich Raj. «Schmeckt der Tee so gut wie angekündigt?»

«Jedenfalls habe ich schon schlechteren getrunken. Obwohl es vielleicht doch der *schlimmste Becher* ist ...» Ich proste ihm mit Darth Vaders Kopf zu.

Er lacht. «Ich hatte den Eindruck, dass dir die dunklen Seiten des Lebens liegen, deshalb dachte ich, er könnte dir gefallen ... Aber was ist nun mit dem Tee?»

«Ja, er schmeckt richtig gut. Was ist es für eine Sorte? Oder ist es eine Familienmischung, die seit Generationen überliefert wird? Uups, 'tschuldigung, das war rassistisch! Damit wollte ich nicht sagen ...»

«Nein, nein, du hast vollkommen recht, es ist wirklich eine uralte Mischung aus meiner Heimatstadt.» Raj holt eine Schachtel mit Teebeuteln aus Yorkshire aus dem Schrank. «Ich komme aus Bradford, bin da geboren und aufgewachsen. «

«Dich mache ich fertig!», ruft Thelma. Sie starrt auf den Bildschirm und schwenkt wie wild den Controller.

«Stell dir mal vor, wie sie gewesen sein muss, als sie jünger war», flüstert Raj. «Im echten Leben!»

«Ich finde sie jetzt auch ganz toll! Nicht jeder kann einen Haufen Pailletten tragen und cool aussehen!»

Raj lacht, als eine elektronische Fanfare aus der Konsole dröhnt und auf dem Bildschirm ein Feuerwerk explodiert.

«Hey, was habe ich gemacht? Soll das so sein?»

«Du hast ein Extraleben gewonnen», sagt Raj. «Das ist was Gutes.»

«So so, ein Extraleben, was?» Thelmas Augen funkeln, als sie uns angrinst. «Damit könnte ich bestimmt einiges anstellen!»

Huh! Das habe ich doch kürzlich schon einmal gehört, etwas über *ein Extraleben wie in einem Videospiel*. Wahrscheinlich von Dad, der redet so.

«Wir sollten jetzt wirklich gehen», verkünde ich und fühle mich wie der letzte Spielverderber, weil ich die Paillettenmörderin rauszerren will.

Doch Thelma wehrt sich nicht. «Aye!» Sie seufzt. «Anstrengender, als man denkt, so viele Leute zu verhauen!»

Sie lächelt, aber ich sehe auch, wie sich der Schmerz in ihre Züge zurückfrisst.

«Ist euch klar, dass das Rennen in fünf Minuten beginnt?», fragt Raj. «So lange könnt ihr doch noch bleiben und zuhören.»

Der Schreck fährt mir in die Glieder. «In *fünf Minuten?!* Wie lange sind wir denn schon hier?»

«Ungefähr eine Stunde.»

«Die Zeit verfliegt, wenn man Spaß hat, Alex!», ruft Thelma.

«Und ich bin so was von tot – nach allem, was mir heute schon passiert ist.»

«Dann kannst du auch noch bleiben und dir das Rennen anhören», sagt Raj. «Schlimmer kann es doch nicht werden, schließlich können sie dich nicht zweimal umbringen.»

Aus unerfindlichen Gründen erwarte ich, dass er in die Hände klatscht und kichert. Natürlich macht er das nicht.

Keine Ahnung, warum ich das eben gedacht habe.

Raj hat recht – wenn ich zurückkomme, kriege ich in jedem Fall Ärger. Zehn Minuten mehr oder weniger spielen dabei auch keine Rolle.

Wir drängen uns um das Radio, als der Reporter die Pferde und die Jockeys aufzählt. Im Augenblick könnte mein Herz ihnen einen harten Wettkampf liefern, wetten? Es rast dahin wie ein Vollblutpferd, aber es fühlt sich eher wie in einem alten Western an, in dem jemand um sein Leben galoppiert, weil er vom Sheriff und seinen Leuten verfolgt wird.

Thelma drückt meine Hand, als der Name «Second Chance» fällt.

Ich spüre, wie sie zittert. So viel Spannung ist sicher nicht gut für ihr Herz – oder auch für meins.

Das Pferd gewinnt, ich weiß es genau.

Danach muss ich mich der Tatsache stellen, dass alle schlimmen Dinge, die ich mir immer vorstelle, wirklich wahr werden.

Und dann … was soll ich dann nur machen?

«Es geht los», sagt Raj.

Ich habe noch nie ein Pferderennen im Radio gehört, eine atemlose, chaotische Wörterhetze ohne Punkt und Komma. Als im Hintergrund die Hufe donnern, stelle ich mir vor, wie Erdbrocken hochfliegen und die Jockeys in einem Wirrwarr von Farben in den Steigbügeln stehen.

«Er ist Dritter», murmelt Raj und krault gedankenverloren den Hund.

«Er lässt sich Zeit», meint Thelma.

Der Stuhl bohrt sich in meine Beine, als ich mich dichter über das Radio beuge. Wenigstens habe ich diesmal eine Hose an.

Wie komme ich denn auf diesen Gedanken?

«Allmählich sollte er sich etwas beeilen», sagt Raj.

Letzte Nacht saß ich auf einem ähnlichen Stuhl, aber

mit nackten Beinen, sodass ich den kalten Kunststoff gespürt habe.

«Ich weiß, was er vorhat», sagt Thelma. «Er nutzt den Windschatten und überlässt den anderen die Arbeit.»

Was soll das mit *letzter Nacht?* Gestern war ich zu Hause im Bett.

«Er hat zu lange gewartet», murmelt Raj.

Ich habe ein Glas Wasser getrunken.

Das hat mir dieser Typ mit den Zähnen und der gebräunten Haut gegeben ... Und dazu hat er etwas über Flüssigkeitsmangel gesagt.

«Streng dich an, Junge, du schaffst das!» Thelma versucht ihn anzufeuern.

Ich wünschte, ich könnte mich erinnern, woher ich ihn kenne.

«Er legt einen späten Sprint ein. Keine Sorge, er macht die anderen nur müde.»

Obwohl ich lieber nachdenken würde, konzentriere ich mich auf das Rennen.

Masked Avenger liegt in Führung vor Blackham's Wimpey und Second Chance.

«Los jetzt!», knurrt Thelma und schwenkt die Faust vor dem Radio – immer noch auf Prügelkurs.

Jetzt kommt Second Chance, überholt auf der Innenbahn, aber hat er zu lange gewartet?

Schön wär's ...

«Jetzt beweg dich!», ruft Thelma.

Auf gleicher Höhe mit Blackham's Wimpey.

«Schneller», feuert Raj das Pferd an.

Ich ergebe mich in mein Schicksal.

Second Chance auf der Überholspur.

Ich bin verflucht.

Er ist Masked Avenger auf den Fersen.

Dem Untergang geweiht.

Beide Jockeys greifen zur Peitsche, preschen Richtung Ziel.

Hundertprozentig.

Sie überqueren die Ziellinie, der Favorit Masked Avenger mit der Quote von neun zu vier gewinnt vor Second Chance und Blackham's Wimpey auf dem dritten Platz …

Es dauert ein, zwei Sekunden, bis mir wieder bewusst wird, dass «Second Chance» aus meiner Sicht gar nicht gewinnen sollte.

Das ist gut! So habe ich es mir gewünscht.

Am liebsten wäre ich aufgesprungen und hätte die Faust gereckt.

Wahnsinn! Ich habe nicht auf den Gewinner getippt. Das bedeutet, ich weiß auch nicht vorher, was geschehen wird. Alles andere war Zufall. Es geht mir gut, ich bin vollkommen normal! (Na gut, wir wollen's nicht übertreiben, aber trotzdem, yeah!)

★

Luigi begleitet uns bis zu dem Törchen in der Mauer. Thelma schaut sich noch einmal um und genießt die Aussicht, als würde sie sie nie wiedersehen. Ich habe ein schlechtes Gewissen, weil ich sie zurückbringe, doch nachdem die erste Freude verflogen ist, hat sich ein neues Unbehagen eingeschlichen – wie wenn man nachts eine Stunde zu spät nach Hause kommt.

«Es tut mir leid, dass Ihr Geld weg ist.»

Thelma winkt ab. «Ach, mach dir keinen Vorwurf, Alex. Ich kann es schließlich nicht mitnehmen, oder? Außerdem finde ich immer noch, dass es gut investiert war. Wir haben bewiesen, dass du auch nicht besser im Tippen bist als dreibeinige Alte wie ich.» Sie lacht. «Alles in allem ein sehr gelungener Ausflug, finde ich. So ein Gerät würde ich mir auch gern zulegen. Hast du mitgekriegt, dass ich ein Extraleben gewonnen habe?»

«Ja, das habe ich gesehen.»

Die alte Frau kichert. «Zu schade, dass ich kein echtes gewinnen kann. Ich würde direkt an der Stelle von vorn anfangen, als ich noch alles konnte.» Sie hebt den Kopf und zwinkert mir zu.

Und dann passiert es.

16 DAS KLAVIER FÄLLT HERUNTER

Ich hatte damit gerechnet, dass uns irgendetwas erwischen würde und zum Beispiel ein steinerner Wasserspeier vom Dach fällt, ein Schwarm Killerkrähen uns angreift oder ein blutrünstiger Höllenhund …

Eigentlich hätte ich wissen müssen, dass die größte Gefahr in meinem Kopf lauerte, an den knarzenden Seilen zog und nur auf den richtigen Moment wartete.

Hätte man das Pech, direkt unter einem echten Klavier zu stehen, wenn es herunterfällt, dann müsste man schon sehr viel Glück haben, um zu überleben und von den erlittenen Schmerzen berichten zu können. Als mein metaphorisches, nicht reales Klavier runterknallt, ist die Wirkung ähnlich verheerend.

Wäre das hier ein Comic, würden bei dem Aufprall des Instruments alle Tasten durch die Luft fliegen und mir dann auch noch auf den Kopf fallen. Als zusätzlichen komischen Effekt würde man eine Melodie aus absteigenden Noten hören, die jeweils ein weiteres Puzzlestück verkörpern.

Boing! d: Ich, tot auf einer Bahre.

Knack! cis: Ich, nackt in der Leichenhalle.

c: Gerry, der salsatanzende Leichenbestatter, ganz

Zähne und Studiobräune. Und: *Trink das, dann geht's dir besser.*

h: *Du bist gestorben, Darling. Wie soll man deiner Meinung nach sonst hier landen?*

b: *Ich habe gesagt, dass du gestorben bist – von Totsein war keine Rede.*

a: *Ein Extraleben wie in einem Videospiel.*

gis: *Aber diesmal musst du versuchen, deinen Tod zu verhindern.*

g (noch ein Halbton tiefer, der drohendes Unheil andeutet): *Und wenn es mir kurz entfällt?*

fis: *Dann wirst du höchstwahrscheinlich genau das Gleiche tun wie vorher und das gleiche Ergebnis erzielen.*

Und so weiter …

Nacheinander donnern die Bruchstücke der Begegnung in der Leichenhalle wie ein ohrenbetäubender Wasserfall auf mich herab und enden auf einem letzten tiefen a, leicht schief, eher ein dumpfer Aufschlag als ein Ton. Lustig.

Allerdings ist mir nicht zum Lachen zumute.

Ich bekomme kaum Luft und halte mich an den Griffen von Thelmas Rollstuhl fest, um nicht auf die Knie zu sinken.

Am Wegrand liegt ein umgefallener Baumstamm. Taumelnd lasse ich mich darauf nieder. Thelma muss ihren Rollstuhl selbst so drehen, dass sie mich ansehen kann.

«Alex, Liebes, was ist denn?»

Ich kann nicht sprechen.

Nur den Kopf schütteln.

Es ist wie die Übertragung des Pferderennens vorhin – als würde ich von dem plötzlichen Schwall meines Wissens totgetrampelt.

Jetzt verstehe ich das – diese Bruchstücke, die Klänge und Gerüche … *Darum* ging es: Es war der Versuch, zu mir durchzudringen.

«Alex?»

«Geht schon!», keuche ich mühsam. Doch das ist gelogen und Thelma ist nicht dumm.

«Ich hole jemanden!»

«NEIN! Bitte!» Es ist verboten, hier draußen zu sein, das bringt uns in Teufels Küche!

Ist es nicht absurd, dass ich mir Sorgen mache, weil ich mich von der Arbeit fortgeschlichen habe – wo ich doch gerade herausgefunden habe, dass ich letzte Nacht in einer Leichenhalle mit meinem eigenen toten Körper konfrontiert war und mit einem Mann geredet habe, der mir ein Extraleben schenken wollte?!

Ich gebe ein Geräusch von mir, etwas zwischen Lachen und Schluchzen.

Thelma runzelt noch mehr die Stirn.

Ich lächle. «Alles okay!»

Das stimmt nicht. Ich meine … ich bin tot!

Nein, ich bin *gestorben*. Das ist etwas anderes.

«Alex?» So wie Thelma mich beobachtet, muss ich das wohl laut gesagt haben.

«'tschuldigung! Äh ...» Wo soll ich mit der Erklärung anfangen? *Hey, Thelma, Sie glauben mir nie, was ich gestern Abend erlebt habe!*

Genau, sie würde es mir niemals abkaufen.

Wenn mir jemand so etwas erzählen würde, würde ich denken ...

Oh!

Ich fange an zu lachen.

Plötzlich ist mir vor lauter Erleichterung und Albernheit schwindlig.

«Alex?»

Ich lache aus vollem Hals, schütte mich aus vor Lachen.

«ES WAR EIN TRAUM!», sage ich zu Thelma. «Nur ein blöder Traum.»

Prompt meldet sich Gerry zu Wort: *Echt? Ich hätte dich für klüger gehalten. Dieses Traumding ist ein blödes Klischee, Alex.*

Aber selbstverständlich war es ein Traum! Wenn das kein Traumszenario ist, was dann?

Thelma sieht mich an wie einen spinnerten Säufer auf einer Parkbank.

«Tut mir leid, ich habe mich gerade erst an das verrückte Zeug erinnert, das ich gestern Nacht geträumt habe. Einen Augenblick lang dachte ich, das wäre echt. Es hat mich total fertig gemacht!»

«Na ja, Träume sind manchmal so», sagt Thelma und nickt bedächtig. «Das erklärt vielleicht auch diese bösen Vorahnungen von heute.»

«Was meinen Sie damit?»

«Träume sind harter Tobak, Liebes. Auch wenn man sich nicht einmal genau daran erinnert, können sie einen den ganzen Tag lang verfolgen.» Thelma lehnt sich zurück und streicht die Decke über ihren Knien glatt. «Vorgestern Nacht habe ich geträumt, ich hätte mich mit unserer Mavis gestritten, und dabei habe ich in der Hitze des Gefechts ganz schreckliche Sachen gesagt. Bei uns ging's immer heiß her, aber so ist das unter Schwestern nun mal. Egal, ich habe mir immer wieder gesagt, dass es nur ein Traum war. Schließlich ist Mavis schon zehn Jahre tot! Aber ich hatte den ganzen Tag lang ein schlechtes Gewissen.»

Das macht echt Sinn. Ich habe auch gar nicht vorhergesehen, was *genau* geschehen würde, sondern hatte ein mieses Gefühl wegen der Dinge, die im Traum passiert sind.

«Worum ging es denn überhaupt in dem Traum?», fragt Thelma. «Du bist ganz schön durcheinander, das habe ich gemerkt.»

Ich zögere. «Sie werden mich für dumm halten, weil ich dachte, es wäre Wirklichkeit.»

«Ich habe nichts gegen ein bisschen Blödheit!» Sie lächelt. «Dann gibt's wenigstens etwas zu lachen.»

Während ich Thelma von der Begegnung in der Leichenhalle erzähle, sehe ich es alles wieder vor mir, spüre die Kälte und schmecke die bittere metallische Luft – wie real es doch war! Gleichzeitig streiche ich über die raue

Baumrinde, als hätte ich Angst, der Stamm würde sich unvermittelt in eine kalte Aluminiumtrage verwandeln.

«Ach, ich wünschte, meine Träume wären auch so aufregend», sagt Thelma am Ende.

Das ist die richtige Einstellung! So sollte ich das sehen, statt auszuflippen und den Panikknopf zu drücken. Ich denke jetzt einfach: *Wow, supercooler Traum!*

Denn Träume können einem nichts tun, weil man immer aufwacht, bevor es richtig schlimm wird, nicht wahr? So funktionieren Träume nun mal!

«Schon mal darüber nachgedacht, ob dein Unterbewusstsein dir damit einen Stups geben will?», fragt Thelma und sieht mir in die Augen, bevor ich wegschauen kann. «Träume zeigen uns an, worüber wir nicht nachdenken wollen und wovor wir uns fürchten. Wenn du träumst, du würdest sterben, siehst du deinen eigenen Tod. Aber dann gibt der Typ dir noch eine Chance. Ein Extraleben!»

«Und?»

Thelma seufzt. «Und vielleicht sollst du auf diese Weise begreifen, dass sich das Leben heute abspielt, in diesem Augenblick! Nicht morgen oder nächste Woche. Wenn du es immer weiter verschiebst, könntest du sterben, bevor du richtig gelebt hast.»

Es nervt, wenn etwas plötzlich so klar erscheint, nachdem jemand den Finger darauf gelegt hat.

«Sie glauben, es liegt daran, dass ich heute Abend lieber nicht zu dem Konzert gehen will?»

«Das hast du gesagt, Liebes. Es kommt alles aus deinem Kopf.» Sie zuckt mit den Schultern. «Was soll da eigentlich passieren?»

Jetzt könnte ich Thelma erzählen, was beim letzten Mal geschehen ist, als Tash und ich uns eine Band anhören wollten. Ich könnte ihr eine Liste der Worst-Case-Szenarien runterrattern, die mein Verstand in den vergangenen drei Monaten aufgestellt hat. Doch daraus ragt, wie eine riesige Werbefläche und eingerahmt von Neonlampen, ein einzelnes Bild heraus, das ich nicht ignorieren kann.

«Ich mache mir Sorgen um meinen Dad. Wenn mir etwas zustoßen würde, weiß ich nicht, was er tun würde.»

Thelma drückt meine Hand. «Man kann sein Leben aber nicht zugunsten anderer Menschen leben, Alex. Dein Vater würde bestimmt nicht wollen, dass du an einem Samstagabend allein dasitzt! Du bist sechzehn, das ist das richtige Alter, um dummes Zeug zu machen und sich zu amüsieren. Wetten, das hat dein Vater in dem Alter auch getan?»

«Keine Ahnung. Er hat sein Leben zum Großteil damit verbracht, zu Hause zu sein und mich großzuziehen.»

«Aye, weil er dich liebt. Das bedeutet: Er will, dass du glücklich bist. Jedes Mal, wenn du vor Angst einen Rückzieher machst, stirbst du ein bisschen, Liebes. Das Leben ist zum Leben da und nicht dazu, sich im Luftschutzkeller einzuschließen.»

«Aber wenn mir etwas passiert ...»

«Und wenn dir nichts passiert? Wäre das nicht noch schlimmer? Wenn du neunzig wirst, aber zu ängstlich warst, um irgendetwas zu unternehmen? So ein Leben wünscht sich dein Vater sicher nicht für dich.»

Ich weiß, dass ihr Standpunkt vernünftig ist ... Trotzdem. «Ich habe zu viel Angst vor einer neuen Panikattacke. Damit würde ich Tash das nächste Konzert versauen.»

«Und was wäre, wenn du wirklich Panik bekommst? Es würde dich nicht umbringen. Wenn du dir weiter solche Sorgen machst, wird ein Angstanfall nur immer wahrscheinlicher. Also hör auf damit!»

«Das hört sich so einfach an.»

«Weil es einfach ist. Wieso machst du es dir so schwer?» Thelma lächelt.

17 VERSPRECHUNGEN, VERSPRECHUNGEN

«Süße!» Tash rennt auf mich zu und schlingt die Arme um mich. «Ich habe das mit dem Aufzug gehört. Geht's einigermaßen?» Sie löst sich von mir und hält mich auf Armlänge von sich weg, als wollte sie nachsehen, ob ich noch vollständig vorhanden bin. «Wo warst du denn? Wir dachten, du wärst nach Hause gegangen.»

Sie wirkt müde und gestresst, und ihr Arbeitskittel weist zahlreiche fragwürdige Flecken auf … Mir dämmert, dass jetzt nicht der optimale Zeitpunkt ist, um mit der lächerlichen Geschichte anzukommen und ihr entgegenzuschmettern: *Hey, ich hatte einen wahnwitzigen Traum, in dem ich gestorben bin und wieder auferweckt wurde.*

«Nach dem Beinahe-Unfall war sie ganz schön durch den Wind», sagt Thelma. «Ein bisschen Ruhe hat ihr gutgetan.»

«Wieso bist du nicht zu mir gekommen?»

«Ich habe dich gesucht, Tash, aber keiner wusste, wo du warst.»

Tash verzieht das Gesicht. «Das war bestimmt, als Marianne mich mit den Bettpfannen losgeschickt hat. Drei nacheinander! Drei!»

«Tut mir leid!»

«Du kannst doch nichts dafür. Aber was war denn nun mit dem Aufzug? Bist du sicher, dass du es verkraftet hast?»

«Mir geht's gut. Ich möchte lieber nicht darüber reden.»

Tash mustert mich mit schmalen Augen. «Das beweist nur, dass du total von der Rolle bist. Seit wann willst *du* über so etwas nicht reden?»

Ich muss lachen. «Vielleicht habe ich mich neu erfunden.» Ich werfe Thelma einen flüchtigen Blick zu. «Wenn man dem Tod nur knapp entronnen ist, bringt einen das zum Nachdenken. Man kapiert, dass wir nie wissen werden, wann das Klavier herunterstürzt.»

«Das Klavier? Ich dachte …»

«Das ist so eine Redensart. Es geht darum, dass wir alle jederzeit sterben können. Deshalb müssen wir jeden Moment nutzen und das Beste daraus machen.»

Ich kann mir nicht vorstellen, dass Tash ihre Augenbrauen noch dichter zusammenziehen könnte. «Du hörst dich wirklich sehr sonderbar an, Alex. Und bei dir will das echt was heißen.»

«Danke.»

«Gerne.»

Während dieses Gesprächs schiebe ich Thelma durch den Gang und sehe nur ihren gefleckten Scheitel, den der weiße Flaum spärlich bedeckt. Dennoch weiß ich, dass sie gut zuhört.

«Alex hat mir von dem Konzert erzählt, zu dem ihr

heute Abend geht», sagt sie. (Die Gute sticht aber auch in jedes Wespennest!)

«Konzert? Ach, Sie meinen den Auftritt von Tokyo Girl?» Tash lacht und schaut mich an. «Du kommst mit?» Sie wirkt überrascht und erfreut – glaube ich zumindest.

«Zu Tokyo Girl? Das kann man sich doch nicht entgehen lassen. Natürlich komme ich mit!» Mein Lächeln fällt zittrig aus, und ich bin nicht sicher, ob Tash mir das abnimmt. «Bis dahin geht's mir wieder gut», höre ich mich noch sagen.

«Und ob», sagt Thelma.

So dumm bin ich nun auch wieder nicht – natürlich merke ich, dass ich hier etwas verspreche, das ich eventuell nicht halten kann. Mein Problem löst sich nicht einfach in Wohlgefallen auf, nur weil ich im Garten spazieren war und mir gute Ratschläge von einer alten Dame im Glitzertop geholt habe. Bei der Zusage, dass ich mitkomme, wenn im Pandemonium Tokyo Girl auftritt, ist die Wahrscheinlichkeit nach wie vor am größten, dass ich als Erste die Grenze zur Panik überschreite.

«Was für eine schöne Überraschung!» Marianne erscheint mal wieder wie aus dem Nichts – der übliche Trick. «Ich hätte nicht gedacht, dass Sie aus dem Bett kommen und so quirlig unterwegs sind, Thelma. Und was für eine zauberhafte Bluse!» Als sie sich zu mir umdreht, wappne ich mich für die unvermeidliche Frage bezüglich meines Verschwindens. «Wir waren der Meinung, du wärst nach Hause gegangen, Alexandra! Wie geht es dir denn jetzt?»

Wie nett! Also doch kein Verhör ... Vielleicht nehmen die Dinge von nun an ja eine positive Wendung.

Ich antworte, dass es mir besser geht, was ja wohl auch stimmt.

«Prima», sagt Marianne. «Es wird langsam Zeit für den Nachmittagstee, meinen Sie nicht auch, Thelma?»

«Nun, ich bin immer für eine Tasse zu haben», antwortet Thelma mit einer deutlich damenhafteren Stimme als sonst.

«Dann wollen wir es Ihnen mal gemütlich machen», erwidert Marianne und macht Anstalten, mir heute schon als Zweite die Kontrolle über den Rollstuhl streitig zu machen. (Man könnte glatt Komplexe bekommen.) «Wir denken, ihr Mädchen könnt Tee kochen.»

Doch ehe Marianne sie fortschieben kann, nimmt Thelma meine Hand und drückt sie. «Du schaffst das, Alex», sagt sie entschlossen. «Ich glaube an dich. Na los, mach uns stolz.»

Marianne sieht sie verblüfft an. Vermutlich wundert sie sich, wieso Thelma mir so engagiert zuredet, Tee zu kochen.

18 DÜNNE GOTH-HEXE

Die Vorbereitung für den Nachmittagsimbiss in Ulmenblick besteht vor allem aus der richtigen Logistik, aber Tash und ich sind wie ein eingespieltes Formel-Eins-Team, wenn es um Tee und Kekse geht.

«Willst du später zu mir kommen, damit wir uns für heute Abend fertig machen können?», frage ich und hole die Teekannen aus dem Küchenschrank, während Tash so viele Schokoladenplätzchen aufreiht, dass man den Hadrianswall damit nachbauen könnte.

«Äh …, ja, super!» Da ist er wieder, der angedeutete Zweifel in ihrer Stimme.

Tash will mich bei dem Auftritt nicht dabeihaben. Sie erwartet, dass ich ihr mit meinen Panikattacken den Abend verderbe – wie beim letzten Mal.

Ich möchte keine klettige ehemalige beste Freundin sein, mit der Tash nicht ausgehen will, aber das bringe ich so nicht über die Lippen. Im Gegenteil, ich möchte Tashs beste Freundin sein, die sie dringend allen vorstellen will. Jemand, mit dem sie Spaß hat und an die sie als Erste denkt, wenn sie irgendwohin gehen will.

Mist! Das ist ja eine Beschreibung von Val.

Ich will VAL SEIN!

Neeeeiiiinn!

Na gut, vielleicht nicht Val persönlich, aber mehr wie sie und weniger wie ich. Das würde schon reichen.

Tash reißt eine Packung Linzerkekse auf. «Eigentlich wollte ich es dir erst später sagen.»

Jetzt kommt's.

«Ich habe dir doch erzählt, dass Val den Türsteher vom Pandemonium kennt, stimmt's?»

«Und?» Die Alarmglocken in meinem Kopf sind so laut, dass ich dabei Tash kaum verstehen kann.

«Val meint, sie kann uns vielleicht backstage bringen, sodass wir die Band kennenlernen können!» Als Tash sich zu mir umdreht, grinst sie und strahlt großäugige Emoji-Begeisterung aus. «Alex — wir treffen Kenji!»

Okay, damit hatte ich nicht gerechnet.

Das ist SUPER, unfassbar SUPER.

Doch mir fällt nichts Besseres ein, als sie zu fragen: «*Val* kommt mit?»

«Das macht dir doch nichts aus, oder?»

«Weiß *sie*, dass *ich* dabei bin?»

«Ja, klar.» Aber Tashs Stimme klingt ein wenig zu fröhlich.

«Ist ihr das etwa egal?»

«Du meinst, weil du sie letztes Mal als ‹dünne Goth-Ziege› beschimpft hast?»

«Genau genommen Hexe, nicht Ziege.» Ich bestücke die Kannen mit Teebeuteln. «Aber ehrlich gesagt, würden sich die wenigsten Leute aufregen, wenn man sie als dünn bezeichnen würde — oder als Goth. Schließlich zieht sie sich mit Absicht so an.»

Bei besagtem Zusammentreffen habe ich zum letzten

Mal Alkohol getrunken. Ich hatte Angst gehabt, auf die Party zu gehen und Val kennenzulernen, und geglaubt, ein Drink würde mich beruhigen. Gewirkt hat er jedenfalls, nur nicht ganz so wie beabsichtigt. Wenn es euch tatsächlich interessiert, gibt es sicher noch Videos auf YouTube. (Nein, schaut sie euch lieber doch nicht an, ich habe es mir anders überlegt.)

Tash verteilt eine Packung Kekse mit Feigenmarmeladenfüllung auf die Platten. «Ihr würdet merken, dass ihr euch mögt, wenn ihr einander noch eine Chance gebt. Das sage ich nicht nur dir, sondern auch Val.»

Also kann Val mich genauso wenig ausstehen wie ich sie. Das hat etwas angenehm Symmetrisches.

«Ich habe gesagt, ich, Quatsch, *wir* würden uns gegen acht vor dem Club mit Val treffen. Einverstanden?»

«Meinetwegen.» Der riesige Wasserkocher aus Edelstahl zischt und spritzt, während ich den Tee in den Kannen aufgieße.

Jetzt verstehe ich das alles. Tash dachte, ich kneife wie immer, und hat sich für den Auftritt mit Val verabredet. Als Tash heute Morgen sagte, sie würde auf jeden Fall hingehen, hatte sie also bereits vorgesorgt.

Ich mache ihr keinen Vorwurf. Wie oft habe ich Tash schon sitzen lassen? Aber jetzt ist genau das eingetreten, was ich schon immer befürchtet habe – und in meinem tiefsten Inneren habe ich gewusst, dass es eines Tages so weit sein würde.

Das ändert jetzt alles. Wenn ich mich nicht überwinde, heute Abend ins Pandemonium zu gehen, erlebt Tash einen weiteren DU-GLAUBST-MIR-NIE-WAS-PASSIERT-IST-ABEND mit Val. Wenn sie hinter der Bühne an Tokyo Girl herankommen, müssen die Emoji-Entwickler ein neues Symbol erfinden, das ausdrückt, wie unglaublich toll das ist.

Doch es ist noch nicht zu spät, ich kann immer noch etwas unternehmen. Dafür muss ich bloß mein Versprechen halten und hingehen.

Es ist nur ein Konzert, ein schöner Abend, an dem ich mit meiner besten Freundin meine Lieblingsband erlebe.

Ganz einfach, wie Thelma gesagt hat.

«ALEX!»

Ich höre Tash im selben Moment, in dem ich fühle, wie sich das kochende Wasser aus der überlaufenden Teekanne über meine Hand ergießt.

«Was ist heute mit dir los, Süße?» Tash hält meine verbrühte Hand unter den kalten Wasserhahn und schaltet voll auf zukünftige Krankenschwester um. «So eine Verbrennung kann eine Narbe hinterlassen. Du musst die Hand noch mindestens zehn Minuten unter das Wasser halten.»

«Tut mir leid, ich habe nachgedacht.»

«Du denkst zu viel! Sag ich doch die ganze Zeit.» Tash

lädt die Teekannen auf den Rollwagen, während sich meine Hand allmählich in ein Eis am Stiel verwandelt.

«Zehn Minuten, echt? Das Wasser ist eiskalt und tut mehr weh als die Verbrennung.» Ich krümme und spreize die Finger, damit das Blut weiter kreist.

«Da, man kann es schon sehen!» Tash prüft im Vorbeigehen meine Hand. «Ich habe dir doch gesagt, das gibt eine Narbe.»

Sie hat recht, denn auf dem Handrücken läuft die Haut rosa an, und der Fleck erinnert mich an einen Hasen. Ein Klecks fürs Gesicht und dazu zwei lange Ohren.

Nein …

UNMÖGLICH!

Die Küche schwindet aus meinem Bewusstsein, ich sehe nur noch den Fleck auf meiner Hand.

Aber jetzt beuge ich mich über eine Tote in der Leichenhalle und betrachte *ihre* Hand … Und da ist es. In meinem Traum.

In dem Traum, den ich *letzte Nacht* hatte!

«Alex? Geht's?»

Ich blinzle – und dann bin ich wieder zurück in der Küche.

Ich schüttle den Kopf, so schlecht geht's mir.

Wie kann man etwas träumen, das noch gar nicht geschehen ist?

Kann man nicht. Es ist unmöglich.

19 ... UND WENN ES NOCH
SO BLÖD ERSCHEINT

«Ich weiß nicht, ob es wirklich unmöglich ist, Liebes.» Thelmas Tasse klappert gegen die Untertasse auf ihrem Schoß. «Ungewöhnlich, das schon – aber unmöglich?» Sie schüttelt den Kopf.

Wir verstecken uns in der Mitarbeiterumkleide, nur Thelma und ich, nachdem ich sie im Aufenthaltsraum gefunden und mitgeschleift habe, während niemand hinsah. Ich musste *unbedingt* mit jemandem reden, und Marianne hat Tash zum Teeservieren abkommandiert.

Ich hole den gelben Post-it-Zettel aus der Tasche. «Der war auch drin, in der Hosentasche meines toten Ichs! LETZTE NACHT! In meinem verdammten TRAUM!»

Thelma nimmt mir das Stück Papier ab. «Was soll das sein?»

«Ein Vermerk wegen Nachsitzen von Derek. Er hat ihn mir gegeben, weil ich zu spät gekommen bin – HEUTE MORGEN!»

Ich habe die Jeanstaschen ausgeleert, und alles ist da, was ich in der Leichenhalle dabeihatte.

«Das ist in der Tat merkwürdig», sagt Thelma mit Blick auf die Gegenstände, die ich auf die Bank gelegt habe. «Und was ist mit diesem süßen Kerlchen?» Sie streckt die Hand nach dem Filzdrachen an meinem Schlüsselanhänger aus ...

«NICHT ANFASSEN!» Ich packe ihr Handgelenk, ohne zu wissen, warum.

Thelma japst erschrocken.

«'tschuldigung!» Ich lasse sie los, aber erst nachdem ich den Schlüssel wieder an mich genommen habe. «Alles okay? Es tut mir wirklich leid, das war ein Reflex.» Ich starre den Drachen in meiner Hand an, mit seinen großen Augen und dem witzigen Lächeln. Alex? Geht's noch?

Thelma reibt sich das Handgelenk. «Mach dir um mich keine Gedanken. Die Zeiten sind längst vorbei, als ich noch geklaut habe.»

«So war das gar nicht gemeint. Aber …» Auch nach alldem, was bereits geschehen ist, wird sich *das* richtig blöd anhören.

Andererseits bin ich ihr eine Erklärung schuldig.

«Wissen Sie noch, was ich über den Mann in meinem Traum erzählt habe? Den in der Leichenhalle? Gerry.»

«Der Typ in Orange?»

«Ja.» Ich zögere, weil ich kaum glauben kann, was ich gleich laut ausspreche. «Es ist mir erst wieder eingefallen, als Sie die Hand nach dem Drachen ausgestreckt haben, aber … Also, Gerry hat gesagt, ich könnte mir jemanden suchen, der mich vertreten kann.»

«Wie, der dich vertreten kann?»

«Jemanden, der an meiner Stelle stirbt.»

Thelma reißt die Augen auf.

«Angeblich muss ich denjenigen nicht eigenhändig

umbringen, sondern ihm nur das hier übergeben.» Als ich die Faust öffne, grinst der Drache uns an. «Gerry meinte, es wäre das Zeichen. Ich weiß, das ist alles ganz und gar lächerlich, aber als Sie den Anhänger beinahe berührt haben, habe ich mich erschrocken.»

Thelma sieht zu, wie ich den Schlüssel in die Hosentasche meiner Jeans stecke, die am Haken hängt. «Du glaubst wirklich, ich würde sterben, wenn ich ihn anfasse?»

Ich lache, aber damit kann ich niemandem etwas vormachen. «Das ist verrückt, oder? Wahrscheinlich bin *ich* verrückt.»

«Das hast du nur geträumt, Alex. Du weißt doch, wie Träume sind.»

Ich zeige ihr den Wasserspeierring aus dem Bus. «Aber wieso habe ich in der Nacht von Dingen geträumt, die ich heute zum ersten Mal gesehen habe?» Allmählich habe ich das Gefühl, von dem unheimlichen Gesicht persönlich ausgelacht zu werden.

Thelma schlürft ihren Tee. «Möglicherweise kanntest du die Frau doch schon und hast es vergessen. Und Derek schickt ständig alle möglichen Leute zum Nachsitzen.» Sie nimmt den Schokokeks von der Untertasse. «Die Frau saß vielleicht früher schon einmal im Bus, und bei der Gelegenheit hast du den Ring wahrgenommen, ohne es so richtig zu merken, und im Unterbewusstsein gespeichert.» Nachdem sie den Keks eingetunkt und abgebissen hat, zittert ihr Kiefer beim Kauen.

Möglich wär's. Es würde zu meinem tückischen Verstand passen, mir diesen Streich zu spielen.

«Aber was ist damit?» Ich zeige Thelma die hasenförmige Verbrühung auf meinem Handrücken.

«Ui, das sieht nicht gut aus. Tut weh, was?»

«Ja, aber was mich mehr beschäftigt, ist die Tatsache, dass ich gestern davon geträumt habe, obwohl es doch eben erst passiert ist.»

Thelma mümmelt nachdenklich. «Hast du schon mal daran gedacht, dass du die Dinge vielleicht nicht ganz wirklichkeitsgetreu erinnerst? Kann es nicht sein, dass dein Verstand dir vor lauter Angst falsche Informationen vorspiegelt?»

«Sie meinen, ich habe gar nicht von dem Brandmal geträumt, sondern glaube das nur?»

Sie nickt. «Falls es wirklich darum geht, dass du dich vor dem heutigen Abend fürchtest. Wenn dein Gehirn dir erfolgreich einredet, du wärst letztes Mal bei dem Konzertbesuch gestorben, und die Geschichte mit all diesen Beweisen belegt …» Thelmas Hand fährt über die Gegenstände, die auf der Bank liegen. «Dann wäre das ja wohl ein aussagekräftiges Gegenargument, nicht wahr?»

«Könnte man sagen.»

«Das Unterbewusstsein kann ein fieses Kerlchen sein. Es kennt dich zu gut, es ist mit deinen Schwachpunkten vertraut und weiß, welche Knöpfe es drücken muss.»

Ich möchte ihr nur allzu gern glauben, aber ich

bezweifle, dass ich grundlos von diesen Dingen geträumt habe. So viele Zufälle gibt's doch gar nicht.

Ganz abgesehen vom Scrabble, das mir schon den ganzen Morgen durch den Kopf geht und das ich nicht länger ignorieren kann, sosehr ich es mir wünsche.

Es ist, wie wenn man als Kind sein Zimmer «aufräumt», indem man alles in einen Schrank wirft und die Unordnung nicht mehr sieht. Aber dann war es doch zu viel Zeugs, und das Schloss war aus dem Ein-Euro-Laden, und Dad hat es mit zu kurzen Schrauben montiert, und prompt – natürlich ausgerechnet, wenn Dad im Zimmer ist – platzt die Tür auf, und alles kommt in einer Riesenlawine herausgeschossen. Beladen mit schlechtem Gewissen.

«Ich muss einfach immer daran denken», sage ich mit einem schnellen Blick zu Thelma. «Wenn ich nun *wirklich* ein Extraleben geschenkt bekommen hätte und das alles tatsächlich zum zweiten Mal mache ... dann würde es erklären, warum ich wusste, welches Wort Nerys beim Scrabble legen würde ... *und* welcher Song im Radio gleich gespielt würde.»

Eigentlich hatte ich gehofft, es würde sich lächerlicher anhören, wenn ich es laut sage. Hat aber nicht ganz geklappt.

Thelma tunkt erneut ihren Keks in den Tee und merkt nicht, dass eine Ecke abbricht und hineinfällt. «Doch du hast nicht gewusst, welches Pferd das Rennen gewinnt.»

Einen Augenblick sehe ich einen Hoffnungsschimmer, aber dann –

«Das liegt daran, dass wir beim letzten Mal keine Wette abgeschlossen hätten. Dieses Mal hat es nicht funktioniert, weil ich wegen der Vorahnungen, von denen ich Ihnen erzählt habe, ausgerastet bin und Ihnen davon erzählt habe. Anscheinend kann ich nur die Dinge ‹vorhersagen›, die ich schon gemacht habe – weil ich mich dann daran erinnere.»

Sie nickt. «Aber diesmal machst du ein paar Dinge anders.» Plötzlich hellt sich Thelmas Miene auf. «Das ist doch was Gutes! Dieser Gerry hat gesagt, du sollst einiges verändern.»

«Stimmt, aber es reicht nicht. Ich habe trotzdem das gleiche Zeug dabei wie mein totes Ich in der Leichenhalle.»

Thelma steckt sich das letzte Keksstückchen in den Mund.

«Vielleicht gehen wir falsch an die Sache ran», meint sie und bespuckt mich beim Sprechen mit Krümeln. «Tun wir doch mal eine Minute so, als wäre das tatsächlich alles wahr. Wie du bereits sagtest, würde es eine Menge erklären.»

«Abgesehen davon, dass es unmöglich ist!»

«Ach ja? Sherlock Holmes hat einmal gesagt: ‹Wenn man alle Möglichkeiten ausgeschlossen hat, dann ist das, was übrig bleibt, die Wahrheit, und wenn es noch so blöd erscheint.›» Grinsend trinkt Thelma einen Schluck

Tee, prustet und wirft einen empörten Blick in die Tasse. «Was zum Teufel schwimmt denn da drin?»

«Sie wissen aber schon, dass Sherlock Holmes nicht wirklich existiert hat?»

Mit einem Stirnrunzeln winkt Thelma ab. «Ich habe immer daran geglaubt, dass es mehr Dinge auf der Welt gibt – und jenseits davon –, als wir alle wissen.» Sie kneift die Augen zusammen. «Nur die Menschen sind so arrogant und glauben, sie wüssten über alles Bescheid.»

Fasst das nicht zusammen, was Gerry gesagt hat?

Thelma steckt die Finger in die Tasse und holt sich die eingeweichten Kekskrümel.

«Man muss doch nur einen Blick auf die Geschichte werfen. Die alten Griechen zum Beispiel, die waren auch nicht dumm, aber sie glaubten, der Bauch könnte sich im Körper frei bewegen. Stell dir das mal vor!» Sie lacht. «Da kann man sich denken, dass sich in tausend Jahren die Menschen der Zukunft über uns kaputtlachen, weil wir bestimmte Dinge geglaubt und einfach nicht kapiert haben.» Sie leckt die Keksreste von den Fingern und schüttelt den Kopf. «Wenn du mich fragst, gibt es heute viel zu viele selbst ernannte Experten, die uns alles Mögliche weismachen. Ich habe mich immer lieber auf meine eigenen Augen und Ohren verlassen.»

«Das würde bedeuten …»

Thelma hebt die Hand. «Denk nicht darüber nach, was es bedeutet oder auch nicht. Ob es wahr ist oder nicht. Das kannst du sowieso nicht ändern. Es ist, was es ist, ob es dir nun gefällt oder nicht. Du hast im Augenblick nur die Wahl, wie du damit umgehst.» Sie gibt mir einen Stups vor die Brust. «Es geht darum, was du TUST, nicht, was du DENKST. Das ist alles, was am Ende zählt.»

«Und was soll ich jetzt machen?»

«Das, was dieser Gerry gesagt hat. Such dir einen Ersatz.»

Sie beliebt wohl zu scherzen.

Deshalb lache ich – so unspaßig, wie man es eben macht, wenn etwas überhaupt nicht lustig ist.

Doch Thelma meint es ernst. «Du hast es selbst gesagt, du musst nicht einmal persönlich jemanden umbringen. Du musst nur diesen niedlichen Schlüsselanhänger weitergeben. Wahrscheinlich wäre der Empfänger entzückt.»

«Bis er tot umfällt.»

«Aye, genau.» Thelma wendet den Blick ab.

Endlich fällt der Groschen, und ich begreife, was sie vorhat. «Sie leiten mich um!»

«Was ist das denn, Liebes?»

«So behandeln sie die dementen Bewohner im dritten Stock. Die Pfleger spielen jede Fantasie mit, um die Leute bei Laune zu halten. Und genau das machen Sie mit mir, Thelma, stimmt's? Sie glauben rein gar nichts davon!»

«Nein, ich habe dir doch schon gesagt, es spielt keine Rolle, was ich glaube. Und es spielt auch keine große Rolle, was *du* glaubst! Es kommt vielmehr darauf an, was du mit der Situation anfangen wirst. Du kannst dich dazu entschließen, gar nichts zu tun, aber auch das ist eine Entscheidung. Willst du dieses Risiko wirklich eingehen? Du könntest heute Abend sterben, wenn du nicht irgendetwas unternimmst.»

«Und jetzt wollen Sie, dass ich mir eine Stellvertreterin suche?»

Ich fasse es nicht, welche Wendung unser Gespräch genommen hat. Gleichzeitig habe ich doch selbst genügend daran geglaubt, um Thelma davon abzuhalten, den Drachenring zu berühren, oder?

«Ich spiele nur kurz den Advocatus Diaboli», entgegnet Thelma. «Also stelle ich dir mal eine Frage: Meinst du, unter den Tausenden von Einwohnern dieser Stadt gibt es niemanden, der seine Frau schlägt oder Kinder belästigt? Keine Mörder und Vergewaltiger? Es gibt wenig Gerechtigkeit auf der Welt, Alex. Unschuldige Menschen leiden und sterben, während die reichen Dreckskerle steinalt werden, weil sie die Leute ausbeuten und sogar mit Mord davonkommen!» Ihre Augen glühen.

«Kann sein, aber …»

«Und wenn du dich zwischen einem von denen und dir entscheiden müsstest und nur einer von euch am nächsten Morgen aufwachen darf, dann willst du mir doch nicht erzählen, dass nicht einer von diesen Kerlen an erster Stelle stehen würde – und nicht du, oder? Ich glaube, ich wüsste, wie dein Vater entscheiden würde, wenn er hier wäre …»

Dad! Allein der Gedanke an ihn schnürt mir die Brust zu. Wenn er morgen nach Hause käme und mich tot vorfände ...

«Aber was heißt das genau? Ich kann ja nicht einfach zum nächsten Gefängnis gehen und mir einen aussuchen wie ein Hündchen im Tierheim.»

Thelma lacht. «Aye, da hast du wohl recht, Liebes.» Nach einem Blick in ihre Teetasse beschließt sie, dass davon nicht mehr viel Freude zu erwarten ist, und stellt sie auf die Bank. «Ich würde dir gern etwas anderes vorschlagen. Etwas, das leichter zu bewerkstelligen ist.»

Sie hat wieder dieses Funkeln in den Augen – wie vor ein paar Stunden, als sie dachte, ich wüsste, welches Pferd gewinnt.

Thelma wischt die Krümel von ihrer Decke und hebt den Kopf. «Wie wäre es mit mir? Ich melde mich freiwillig.»

20 ES IST KEIN MORD,
WENN DAS OPFER SICH ANBIETET

Das hätte ich kommen sehen müssen. Habe ich aber nicht.

«NEIN!» Das Wort fliegt wie Husten über meine Lippen. «Kommt nicht infrage.» Ich sehe Thelma unsicher an und überlege, ob sie möglicherweise scherzt, obwohl ich die Antwort bereits kenne. «Auf keinen Fall!»

Thelma legt mir eine Hand auf den Arm und lächelt, als hätte sie genau das von mir erwartet. «Beruhige dich, Liebes. Hör mir doch erst mal zu, bevor du wieder durchdrehst.» Die Haut in ihren Augenwinkeln kräuselt sich, als sie grinst. «Stell es dir wie eins deiner anderen Experimente vor. Wie beim Pferderennen. Du gibst mir den Schlüssel und wir schauen, was passiert.»

«Aber …»

Thelma hebt einen gekrümmten Finger. «Wenn nichts geschieht, weißt du mit Sicherheit, dass die Begegnung in der Leichenhalle nur in deinem Kopf stattgefunden hat. Dann lebst du einfach so weiter.»

«Und wenn Sie tot umfallen?»

«Dann wissen wir endgültig, dass es kein Traum war!»

«Trotzdem wären Sie dann TOT!»

Sie lacht. «Du hättest mir einen Gefallen getan. Vielleicht hätten wir uns gegenseitig einen Gefallen getan.»

Thelma lehnt sich im Rollstuhl zurück und hebt die verschränkten Hände. «Sieh mich doch an, Alex. Es ist ja gut und schön, die Menschen auch nach ihrem Verfallsdatum in Gang zu halten, aber Leben kann man das nicht nennen. Jeden Abend, wenn ich ins Bett gehe, hoffe ich, dass es das letzte Mal war. Und ich bin immer noch hier und halte daran fest wie eine besoffene Oma auf einer Hochzeit.»

Wenn ich bedenke, wie glücklich und lebendig sie beim «Verhauen» in Rajs Gewächshaus war!

Doch die anderen Bilder gibt es auch: Thelma vornübergesunken in ihrem Rollstuhl, ganz allein im Aufenthaltsraum; oder ans Bett gefesselt und verzweifelt hoffend, dass jemand sie noch rechtzeitig zur Toilette bringt.

«Kannst du dir vorstellen, wie es ist, wenn man sich nicht mehr selbst waschen kann? Wenn man es nicht einmal allein auf die Toilette schafft? Ich will nicht irgendwann den ganzen Tag im Bett liegen müssen und warten, bis ein armes Mädchen wie du kommt und mich sauber macht. Heutzutage bin ich nur noch eine Last. Ich kann mich nicht daran erinnern, wann ich zum letzten Mal etwas Sinnvolles getan habe.»

«Heute zum Beispiel? Ohne Sie hätte ich das alles nicht durchgestanden.»

Thelma lächelt, und ich sehe ihr rosa Zahnfleisch und den verschmierten Lippenstift. «Und ich bin dir sehr dankbar, dass ich die Gelegenheit habe, mich noch einmal so zu fühlen, Liebes. Ehrlich gesagt, habe ich mich seit Jahren nicht so gut amüsiert.»

«Dann machen wir es nächsten Samstag genauso. Wir besuchen Raj und wetten aufs Neue. Oder wir schleichen uns in die Stadt, wie Sie gesagt haben.»

Thelma schmunzelt. «Das ist wirklich sehr nett von dir, Alex, aber ich habe mein Leben hinter mir und bin bereit zu gehen. Und wenn das bedeutet, dass du lebendig bleibst, was könnte besser sein? Du verleihst meinem Tod einen tieferen Sinn, und das können nicht viele von sich behaupten.» Sie grinst, aber jetzt ist auch ein Hauch von Verzweiflung in ihrer Stimme zu hören, und das schmerzt mich.

In ihren Worten liegt eine schauerliche Logik.

Zu neunundneunzig Prozent bin ich davon überzeugt, dass nichts passieren würde, wenn ich ihr die Schlüssel gebe.

Okay, vielleicht nur zu fünfundneunzig Prozent.

Warum tue ich es dann nicht einfach?

Dann wüsste ich es wenigstens, nicht wahr?

Und wenn sie sterben würde, hätte ich ihren Wunsch erfüllt und ihrem Frust und ihren Schmerzen ein Ende bereitet. Es wäre ein Akt der Gnade und Freundlichkeit. Schließlich kann man es nicht als Mord bezeichnen, wenn eine Sterbende ausdrücklich darum bittet.

Ich muss ihr nur den Drachen geben, das ist alles.

21 GENAU DAS GLEICHE WIE LETZTES MAL

Kennt ihr das: wenn man sich so sehr in Einzelheiten verliert, dass man das große Ganze – und das, was es bedeutet – nicht mehr im Blick hat?

Ich bin kurz davor, Ja zu sagen, aber dann …

Vielleicht liegt es daran, dass mir sechzehn Jahre lang der Unterschied zwischen Richtig und Falsch eingebläut wurde? Dass man Spinnen lieber fangen und aussetzen als mit dem nächstbesten Buch erschlagen sollte (wie Tash das macht)? Es ist etwas Körperliches, als würden alle Zellen schreiend die Zusammenarbeit verweigern, weil es falsch ist.

«Es tut mir leid, Thelma, aber ich kann das nicht!»

Während ich auf ein neues Gegenargument und eine Reihe vernünftiger Erwägungen warte, denen ich nichts mehr entgegensetzen könnte, lächelt Thelma nur traurig und sinkt in sich zusammen. Mit einem Mal wirkt sie erschöpft, ihr Blick verrät, dass sie Schmerzen hat. Selbst wenn ich nicht zugestimmt habe, ihr das Leben zu nehmen, habe ich offenbar ihren letzten Hoffnungsschimmer abgetötet.

Das ist doch verrückt. Wieso fühle ich mich schuldig, weil ich jemanden *nicht* umgebracht habe? Als wäre ich nicht so schon durcheinander genug.

«Was war noch mal die Alternative, wenn du dir keinen Ersatz suchen willst?», fragt Thelma und zerrt aus den Tiefen ihrer Enttäuschung noch ein Lächeln hervor.

«Tja, ich sollte wohl genau das vermeiden, was mich letztes Mal umgebracht hat.»

«Und was war das?»

«Ich kann mich nicht erinnern.»

«Du weißt gar nicht, wie du gestorben bist?»

Als sie das so sagt, rührt sich etwas in meinem Gedächtnis: Es ist dunkel und jemand sagt meinen Namen. Ich will reagieren, kann aber nicht, weil ich nicht genug Luft bekomme, um zu sprechen. In dem Moment, wo ich mich darauf konzentrieren will, ist es schon wieder verflogen.

«Ab und zu blitzt ein bisschen was auf, aber es reicht nicht, um etwas zu erkennen.»

«Es gibt also nicht den geringsten Hinweis darauf, was passiert ist?» Es hört sich an, als wäre ich faul und bequem und sollte besser aufpassen, wenn ich mich noch mal auf einer Bahre in der Leichenhalle wiederfinde.

«Dann ist das wohl so und wir müssen rausfinden, was du überhaupt alles gemacht hast, damit du es diesmal anders machen kannst. Nichts leichter als das!»

Ich wünschte, sie würde nicht ständig betonen, wie einfach alles ist.

«Erzähl mal, was du normalerweise tust, wenn du hier rauskommst.» Thelma lehnt sich im Rollstuhl zurück, als wäre sie Sherlock Holmes und würde eine Zeugin verhören.

«Ich fahre mit dem Bus nach Hause.» Als ich mich einen Augenblick lang aufgespießt auf dem Sitz sehe, läuft mir ein Schauer über den Rücken. «Und dann ist meistens Dad da und wir trinken zusammen Tee. Heute würde er mir erklären, wie es Hardacre Albion gelungen ist, ihr Heimspiel mit 0:3 gegen ein Team vom Tabellenende zu verlieren.»

Thelma zuckt zusammen. «Oh, ihr seid Albion-Fans? Das tut mir echt leid für euch, Alex.»

Es fühlt sich komplett fehl am Platz an, über Dad und Fußball nachzudenken – viel zu vertraut und normal für einen Tag wie diesen. Auf einmal überkommt mich eine tiefe Sehnsucht, und ich wünsche mir mehr als alles andere auf der Welt, dass Dad schon da wäre, wenn ich nach Hause komme. Wenn ich heute Nacht sterbe, sehe ich ihn nie wieder. Diese Vorstellung verstärkt die Dringlichkeit. Wenn mich irgendetwas antreibt, diese Sache durchzustehen, dann der Gedanke, wie es Dad ergeht, falls ich es nicht schaffe.

«Also fährst du nach Hause?», fragt Thelma.

«An diesem Wochenende muss Dad aber arbeiten. Das heißt, wahrscheinlich fahre ich zurück, trinke Tee und schicke ihm eine Nachricht. Dann ruft er mich an und erzählt mir, wie sich Hardacre Albion vor heimischem Publikum komplett blamiert hat und eine 0:3-Klatsche gegen einen Abstiegskandidaten kassiert hat.»

Thelma schenkt mir ein zahnloses Grinsen.

«Als Nächstes sehe ich nach, was es zu essen gibt, und schiebe zum Beispiel eine Pizza in den Ofen, während ich unter die Dusche springe.» Man merkt erst, wenn man jemandem sein Leben in allen Einzelheiten darlegt, wie unfassbar langweilig, um nicht zu sagen deprimierend es ist. Ich bin sechzehn und so sieht mein Samstagabend aus.

«Und dann isst du etwas und machst dich fertig, um rauszugehen?», fragt Thelma, die es eilig hat weiterzukommen.

«Nein! Heute habe ich doch Tash eingeladen, damit wir uns zusammen aufpretzeln können.» Ich zögere, weil mir etwas eingefallen ist. «Wobei ich nicht sicher bin, ob es beim letzten Mal auch so war.» Ich spüre geradezu, wie mein Gehirn arbeitet. «Tash hat damit gerechnet, dass ich mich rausrede und nicht mitkomme, und ich hätte andererseits nicht gewusst, dass Val auch hingeht. Normalerweise hätte ich mir tatsächlich eingeredet, dass ich wieder in Panik gerate, und hätte wie immer gekniffen.» Ich sehe Thelma eindringlich an, als mir die Tragweite bewusst wird. «Ich glaube nicht, dass ich zu dem Konzert gegangen wäre!»

Wir sind die ganze Zeit davon ausgegangen, dass ich dort gestorben bin, aber was ist, wenn das gar nicht stimmt?

Es fühlt sich an, wie wenn man das passende Wort in einem Kreuzworträtsel findet – plötzlich fallen einem alle anderen Lösungen auch ein. Je länger ich darüber nachdenke, umso mehr bin ich davon überzeugt.

«Es liegt nur an all dem Neuen, was heute passiert ist – also die Unfälle und die Gespräche mit Ihnen und all das andere –, dass ich nun meine, ich soll doch hingehen. Letztes Mal wäre das nicht so gewesen.»

«Dann bist du wohl zu Hause gestorben», sagt Thelma.

Mein Lächeln fällt in sich zusammen. Die Vorstellung ist grauenhaft, aber keineswegs ausgeschlossen. Schließlich verunglücken mehr Menschen in ihrer häuslichen Umgebung als woanders. Die Leute wähnen sich in Sicherheit, obwohl der Tod in Wirklichkeit in jedem Zimmer lauert.

In welche Todesfalle bin ich also gestolpert? Ist möglicherweise jemand eingebrochen und hat mich umgebracht? Oder habe ich mich selbst durch einen Stromschlag getötet? Einen Brand ausgelöst? Es ist viel wahrscheinlicher, dass ich an einem Apfelschnitz erstickt bin oder tot umgefallen bin, weil ich krank war, ohne es zu wissen.

Der Boiler!

Und wenn Dad recht hat und *wirklich* giftige Dämpfe austreten?

Die Erinnerung fällt mir wieder ein, wie ich keine Luft bekomme … und reglos im Dunkeln auf dem Boden liege … und jemand meinen Namen ruft. (Angeblich ist der Hörsinn der letzte, der im Tod versagt.) Ich bin davon ausgegangen, dass ich im Club war, aber wenn ich nun einer Kohlenmonoxidvergiftung zum Opfer gefallen bin? Die Stimme könnte von einem Nachbarn oder einem Sanitäter stammen – oder es könnte sogar Dads Stimme sein.

Alles passt zusammen, und ein solcher Tod wäre noch dazu typisch für mich – kein bisschen dramatisch, spektakulär oder heroisch. Nein, ich wäre gestorben, wie ich gelebt habe, im Schlafanzug vor dem Fernseher. Das öde, enttäuschende Ende eines verschwendeten und unauffälligen Lebens.

Ich teile Thelma meine grausige Theorie mit.

«Ihr müsst eurem verflixten Vermieter die Hölle heiß machen!», ruft sie. «Wenn ich so etwas höre, kriege ich wirklich zu viel. Dem könntest du doch den Drachen überreichen.» Sie schüttelt den Kopf. «Na, wenigstens weißt du jetzt, was du zu tun hast.»

Die Ironie ist mir nicht entgangen. Die ganze Zeit denke ich, meine schlimme Vorahnung sollte mich davor warnen, heute rauszugehen, während es jetzt so aussieht, als sollte ich genau das unbedingt tun.

Was meinte Thelma noch mal? Angst wäre auch ein Zeichen? Ich kann euch nämlich sagen, dass meine Angst im Moment greller aufleuchtet als eine Werbetafel auf dem Las Vegas Strip.

Es ist ja schön und gut, hier herumzusitzen, Pläne zu schmieden und sich wie eine Heldin zu fühlen, *weil das, was ich tun muss, «vom Schicksal bestimmt» ist*. Die eigentliche Frage ist aber immer noch nicht beantwortet:

Bin ich wirklich dazu in der Lage, die Stufen zu jenem Club hinunterzugehen, wenn es so weit ist? Oder setzt dann wie üblich mein Worst-Case-Szenario-Selbstverteidigungs-Mechanismus ein und überfällt mich draußen auf dem Bürgersteig vor dem Pandemonium – erstarrt in den Klauen einer neuen Panikattacke, während alle anderen in der Schlange mit ihren Handys den Moment für die Nachwelt festhalten? *Die Alexandra-Ernst-Show, Folge Vier.*

22 NOCH ETWAS,
DAS ICH NICHT KOMMEN SAH

Gerade als ich Thelma in den Aufenthaltsraum zurückschieben will, kommt Tash herein.

«Hier habt ihr euch also versteckt!» Tash blickt von mir zu Thelma und wieder zu mir. (Wir dürfen die Bewohner nicht in die Umkleide mitnehmen.) «Ist dir eigentlich klar, dass es schon halb vier ist? Zeit, nach Hause zu gehen.»

Dass wir so lange fort waren, hatte ich gar nicht gemerkt. Ich fluche. «Der Tee!»

«Hab ich alles schon weggeräumt.»

«Ganz allein?» Auch zu zweit ist es eine Höllenarbeit.

Tash zieht den Arbeitskittel aus und stopft ihn in eine Plastiktüte. «Was sonst?»

«'tschuldigung, ich ...» Wie soll ich ihr das bloß erklären?

Tash holt eine Dose Körperspray aus der Tasche. «Du kommst doch heute Abend immer noch mit, ja? Oder hast du es dir anders überlegt?» Sie wirkt nicht gerade begeistert bei der Aussicht, doch ich mache mir klar, dass sie gerade eine lange Schicht hinter sich hat und ihre Ruhe haben will.

Thelma nickt mir aufmunternd zu.

«Yeah, auf jeden Fall, ich bin dabei!»

Tash hat den Blickwechsel beobachtet und wendet sich an die alte Frau. «Das haben wir Ihnen zu verdanken, nicht wahr? Wie haben Sie das geschafft? Ich rede schon seit Monaten auf sie ein.» Doch in ihrem Tonfall liegt etwas, das eine Alarmglocke schrillen lässt.

Vermutlich hat Thelma es ebenfalls gemerkt. Peinlich berührt, beginnt sie ihre Decke zurechtzuzupfen. «Ich? Gar nichts habe ich gemacht. Höchstens zugehört, das hilft manchmal auch schon. Wenn man das Ganze einmal durchspricht.»

Tash wirft die Dose in die Tasche zurück. «Worüber habt ihr denn geredet?»

«Über nichts!», antworte ich rasch. «Dummes Zeug, du würdest mich nur auslachen.»

«Ach ja?» Tash sieht mich an. «Nach dem Tag, den ich hinter mir habe, könnte ich etwas Lustiges vertragen.»

Anscheinend habe ich keine andere Wahl. Abgesehen davon, dass ich Tash die Wahrheit schulde.

Anfangs bin ich noch nervös und verlegen, doch je länger ich rede, umso mehr fühlt es sich wie eine richtig gute Geschichte an – zumindest besser als die von Val, wie sie sich in die Menge fallen ließ.

Zum Schluss warte ich darauf, dass Tash lacht und den Kopf schüttelt oder wenigstens schnaubt und die Augen verdreht.

Sie starrt mich an. «Du hast dich mit ihr rausgeschlichen, um auf ein Pferd zu wetten?»

Echt jetzt? Ist das das Einzige, was Tash dazu einfällt? Und das ist für sie das Wichtigste?

«Als Test, ob du wirklich die Zukunft vorhersagen kannst?»

«Na ja ... ich meine – so wie du das sagst, hört es sich bescheuert an.»

Da ist es tatsächlich, das Schnauben. «Wie würdest *du* es denn sagen, Süße? Es würde mich interessieren, ob jemand das sagen kann, *ohne* dass es bescheuert klingt.»

Da hat sie wohl recht.

Tash schüttelt den Kopf. Jetzt fehlt nur noch das Augenrollen, doch ich habe das Gefühl, dass Tash dazu nicht in der Stimmung ist.

«Und *das* habt ihr den ganzen Tag gemacht? Während ich für dich eingesprungen bin und Ärsche abgewischt und vollgeschissene Laken gewechselt habe, hast du dich mit deiner neuen Freundin rausgeschlichen, hast dir ein Pferderennen angehört und mit dem Gärtner Tee getrunken!»

Allmählich frage ich mich, ob Tash so sauer auf mich ist, weil ich nicht *sie* um Hilfe gerufen habe.

«Wirklich, Alex, weißt du eigentlich, was du da sagst? Du willst mir weismachen, du wärst gestorben und würdest den heutigen Tag noch mal erleben! Was soll das heißen? Dass du plötzlich eine Zeitreisende geworden bist? Moment – dieser Typ in der Leichenhalle kam nicht zufällig aus einer blauen Polizeizelle?»

«Hab ich nicht gesagt, es würde sich blöd anhören?»,

erinnere ich sie. «Ich erwarte nicht, dass du mir glaubst. Schließlich bin ich mir nicht einmal sicher, ob ich mir selbst glaube!»

«Und darum hast du auch nichts zu mir gesagt, was?» Ihr Blick zuckt hinüber zu Thelma. «Erzählen Sie mir nicht, dass Sie ihr das abkaufen!»

«Ich erzähle dir, was ich Alex auch gesagt habe», antwortet Thelma achselzuckend. «In dieser Welt geschieht sehr viel mehr, als uns allen klar ist.»

«Das kann nicht wahr sein! Sie sind genauso schlimm wie Alex!» Da, jetzt verdreht sie auch die Augen. «Und was war das noch? Du kannst dir jemanden suchen, der dich vertritt? Und dafür musst du demjenigen nur deinen Hausschlüssel geben?»

«Ich weiß! Das konnte ich auch erst nicht glauben.»

«Aber jetzt schon?»

Was soll ich dazu sagen? Bevor Tash hereingekommen ist, fand ich es alles ganz schlüssig – irgendwie. Jedenfalls wusste ich, was ich tun würde, und jetzt bin ich wieder verunsichert.

Solche Zweifel kennt Tash nicht. «Das ist totaler Schwachsinn, Süße, und das weißt du auch! Du bist nur …» Sie verzieht das Gesicht, während sie nach dem richtigen Wort sucht. «Was weiß ich? Manchmal denke ich, du willst nur die Aufmerksamkeit und das ganze Theater. Glaubst du wirklich, dieser Quatsch würde dich irgendwie interessanter machen?»

«Was? Nein!»

«Du *weißt*, du bildest es dir nur ein, Alex. Den Mist hast du dir ausgedacht, weil du Angst hast, vor die Tür zu gehen. Wenn du nicht mitkommen willst, sag mir einfach die Wahrheit. Du musst dir nicht so eine beknackte Ausrede zurechtlegen.»

«Und was ist mit dem Busunfall und mit dem Aufzug? Meinst du, das hätte ich mir auch ausgedacht?»

«Zufall! So was gibt's. Trotzdem hat die Welt es nicht ausgerechnet auf dich abgesehen!»

Wie lange hat Tash das alles in sich reingefressen, statt mir zu sagen, was sie wirklich denkt?

«Wetten, dass du heute Abend nur mitkommen willst, weil sie gesagt hast, dass du nur so überleben kannst?» Tash zeigt auf Thelma.

«Ich wollte bloß helfen», sagt Thelma. «Das arme Mädchen war außer sich. Du machst es dir leicht, wenn du das einfach für Blödsinn erklärst. Dir sind diese komischen Sachen ja auch nicht passiert!»

«Es gibt keinen Grund, sie auch noch darin zu bestärken», brummt Tash frustriert und wendet sich wieder an mich. «Du weißt, dass es nichts mit der Wirklichkeit zu tun hat, Süße. Oder?»

Ich zögere.

Sie flucht und schüttelt den Kopf, «Na gut – dann beweise ich es dir eben.»

Als Tash zur Garderobe geht und meine Jeans vom Haken nimmt, halte ich es erst für eine Aufforderung, mich umzuziehen.

Ich bin so blöd.

Schließlich kenne ich Tash und hätte mir denken können, was sie vorhat.

Aber ich habe keine Ahnung.

«Also», sagt sie und sieht mir in die Augen. «Jeder, der deinen Drachenring berührt, stirbt an deiner Stelle, stimmt's?»

«Ja, jedenfalls hat das …»

Endlich fällt der Groschen.

Zu spät.

Tash lächelt und steckt die Hand in meine Jeanstasche.

23 RESTLOS ERLEDIGT

«NEEEIIIINNNN!» In meinen Gedanken dehnt sich dieses Wort zu einem langen, ängstlichen Schrei.

Nun könnte ich behaupten, es würde alles in Zeitlupe ablaufen, doch so ist es nicht, im Gegenteil: Alles geht ganz schnell. Mein Herz kommt nicht mehr mit.

In dem Wissen, dass ich zu spät komme, reiße ich Tash die Jeans aus der Hand, und durch diese Bewegung fliegt der Drachenring aus der anderen Tasche. Klirrend fällt er auf den gekachelten Boden und kreist dort weiter.

Unsere Blicke treffen sich.

Da ich weiß, was Tash tun wird, brauche ich nicht nachzudenken.

Ich schubse sie mit voller Kraft weg.

Sie flucht vor Schreck, während sie rückwärts taumelt und über die niedrige Bank stolpert. Schließlich bleibt sie in den Klamotten hängen, die sich an den Haken häufen.

Das ist mir ganz egal.

Ich bin schon am anderen Ende der Umkleide, hebe den Schlüsselbund auf und stecke ihn tief in die Tasche meiner Arbeitshose.

Erst danach drehe ich mich um und sehe nach Tash.

Sie liegt mit dem Kopf und den Schultern auf dem Boden. Die Beine haben sich in der aufgehängten Kleidung verheddert. Fluchend und tretend versucht sie, sich zu befreien. Unter anderen Umständen wäre das sehr lustig.

«Das wollte ich nicht!» Als ich ihr aufhelfen will, stößt Tash mich fort und reißt sich schließlich mit einem Ruck los. Dann steht sie auf und betastet ihren Hinterkopf und prüft, ob er blutet.

«Es tut mir leid, Tash.»

«Das kannst du dir sparen!», faucht sie mich mit zusammengebissenen Zähnen an und versucht dabei noch, ihre Wut zu zügeln.

«Ich … Also, das konnte ich nicht riskieren. Wahrscheinlich wäre dir nichts passiert, ich weiß, trotzdem …»

«… schmeißt du mich lieber um und riskierst, dass ich mir auf dem Boden das Genick breche.» Ihre Augen funkeln angriffslustig. «Weil mir *das* ja gar nicht wehtut, wie?»

«Entschuldigung! Ich bin in Panik geraten.»

Sie drängt sich an mir vorbei und schnappt sich ihre Tasche. «Ich bin raus.»

«Was?»

«Aus dieser Sache», gestikuliert sie in meine Richtung. «Es reicht mir mit dir, mit diesem SCHEISS! Es steht mir bis hier!»

«Tash! Bitte!»

«Du bist immer schon ein bisschen verrückt gewesen, Alexandra *Todernst*. Und ja, eine Zeit lang war das ganz niedlich. Du warst viel interessanter als die zickigen

Prinzessinnen, und wir hatten echt viel zu lachen. Aber mittlerweile …» Sie schüttelt den Kopf. «Es ist Samstagabend, Alex. Ich habe den ganzen Tag Scheiße und Pisse weggewischt. Auf noch mehr Theater kann ich verzichten. Ich will ausnahmsweise einfach nur Spaß haben und mir eine Band ansehen. Du lebst in einer Fantasiewelt, Süße.» Ihr Blick wird weicher. «Mir ist klar, dass du Probleme hast, aber du musst auch etwas dagegen unternehmen. Geh zum Therapeuten. Ich habe alles versucht, aber ich kann dir nicht mehr helfen. Und ich will nicht dein Psycho sein – ich will nur deine beste Freundin sein.»

«Genau das will ich auch.»

Sie zögert kurz, sodass ich wieder Hoffnung schöpfe, doch dann verhärtet sich ihr Blick erneut.

«Ich hab dich lieb, Alex, das weißt du, nicht wahr? Aber im Moment will ich gerade nichts mit dir zu tun haben, tut mir leid.»

Tash hebt die Arme als Zeichen dafür, dass ihr nichts mehr dazu einfällt, und verlässt die Umkleide.

24 DIE NACHT,
ÜBER DIE WIR NICHT REDEN

Heute ist ja schon viel geschehen, aber das gibt mir den Rest.

Auch wenn ich tief in meinem Inneren möglicherweise wusste, dass Tash so denkt, doch wie sie das gesagt hat …

Mir ist übel.

Ich zittere.

Wie lange hat sie es in sich hineingefressen, nichts gesagt und es immer weiter mit mir ausgehalten? Kein Wunder, dass sie sich eine neue Freundin gesucht hat. Das werfe ich ihr gar nicht vor. Wenn ich mich am Hals hätte, würde ich mich auch nach etwas Besserem umsehen.

«Lauf ihr hinterher, Alex!» Fast hätte ich vergessen, dass Thelma noch hier ist.

«Das ist sinnlos.» Ich kenne Tash, die muss erst mal runterkommen, wenn sie sauer ist. Am besten lasse ich sie in Ruhe und gönne ihr einen schönen Abend ohne Theater – mit anderen Worten: ohne Alex.

Genau das wollte ich unbedingt verhindern.

Es war mehr im Spaß, als ich mir zuvor klargemacht habe, dass ich Val ähnlicher sein möchte. Doch seit ich weiß, was Tash von mir hält, ist es nicht mehr so lustig.

«Tut mir leid, Liebes, ich hätte mich nicht einmischen sollen. Aber ich wollte dir nur helfen.»

Ich senke den Blick auf die alte Frau im Rollstuhl. «Wir müssen hier weg. Bewohner sind in den Mitarbeiterräumen nicht zugelassen.»

Thelma nickt und nimmt ihre Teetasse von der Bank.

Auf dem Rückweg zu Thelmas Zimmer rekapituliere ich noch einmal, was gerade geschehen ist.

Unglaublich, dass ich Tash umgestoßen habe – sie hätte sich ernsthaft wehtun können!

Und das nach allem, was Tash für mich getan hat. Nachdem sie meine Paranoia und meine Paniknummern mit so viel Geduld ertragen hat. Oder auch, als ich betrunken ihre Freunde beschimpft habe – in der Nacht, in der sie angegriffen wurde.

Tash redet nicht darüber und hat mir auch nie Vorwürfe gemacht. Vermutlich fiel es mir deshalb leicht, so zu tun, als wäre nichts geschehen, doch damals hat es angefangen. Zwischen uns hat sich etwas verändert. Und wisst ihr, was das Witzigste daran ist? An dem Abend hat Tash auch noch Val kennengelernt. Ist das nicht eine super Pointe?

An jenem Abend hatte Tash mal wieder, wie so oft, versucht, mich zu überreden, ein normales Leben zu führen und nach Einbruch der Dunkelheit aus dem Haus zu gehen. Zu einer Party bei einem Mitschüler – ganz zwanglos, wie sie meinte.

Obwohl ich von Anfang an ein schlechtes Gefühl hatte, ließ Tash nicht locker. Sie kam sogar vorbei, um mich abzuholen. Im Auto ihrer Schwester. Tashs Schwester fährt, wie sie redet: hundert Meilen in der Stunde, mit dem Gesicht zu dir und mit wilden Gesten. Als wir ankamen, war ich schon kurz vorm Durchdrehen.

Das Haus war klein und vollgestopft mit Leuten, die ich nicht kannte. Ihre Korbballkumpels nahmen Tash sofort in Beschlag, und ich blieb allein im Hinterhof zurück. An einer Seite führte ein Tor auf die Straße hinaus. Ich wollte eine Runde spazieren gehen, nur um meine Nerven zu beruhigen und mich zu entspannen. Eigentlich war ich wild entschlossen zurückzugehen, doch schon nach zehn Metern hielt plötzlich ein Bus an, der Dreier, der direkt zu unserer Siedlung fährt. Ich stieg ein, noch bevor ich weiter darüber nachdachte, was ich da tat. Ich schrieb Tash eine Nachricht, dass es mir nicht so gut ging und ich deshalb nach Hause fahren würde. Schließlich hatte ich keine Ahnung, dass Tash ihr Handy im Wagen ihrer Schwester vergessen hatte.

Sie lief durch die Straßen, um mich zu suchen, als ein aufgemotzter Golf mit einer Horde Typen auftauchte, die sie belästigten. Tash hat sie zum Teufel geschickt, doch sie sind ihr weiter gefolgt. Als die Dinge aus dem Ruder liefen, erschien mit einem Mal Val wie eine Superheldin und hat sie gerettet. Im wahrsten Sinne des Wortes. Val ist Meisterin im Kickboxen oder so was. Nachdem sie zwei von den Typen ausgeschaltet hatte, beschlossen die anderen, sich lieber zu verziehen.

Versteht mich bitte nicht falsch, ich war heilfroh, dass Val gekommen ist. Ich leide immer noch unter Albträumen, in denen ich mir ausmale, was Tash alles hätte passieren können, wenn sie nicht aufgetaucht wäre. Ich wünschte so sehr, nichts von alldem wäre geschehen, zumal ich allein schuld bin.

«Ich würde mir Natashas Worte nicht zu sehr zu Herzen gehen lassen, Alex», sagt Thelma und zerrt mich zurück in meinen aktuellen Albtraum. «Das hat sie sicher nicht so gemeint.»

«Da kennen Sie Tash schlecht.»

«Kann sein, aber ich habe eine gewisse Menschenkenntnis. Außerdem sind wir im Grunde so verschieden auch nicht.»

Da hab ich sie also wieder – die Weisheit der Weißhaarigen. Ich hätte die Schnauze halten sollen. Hätte ich Thelma nicht ins Boot geholt, dann hätte ich nicht die Hälfte meiner Schicht versäumt und Tash wäre nicht sauer auf mich geworden. Vielleicht wäre es dann nicht so weit gekommen.

«Die Menschen bekommen Angst, wenn sie mit Dingen konfrontiert werden, die sie nicht verstehen», fährt Thelma fort. «Und aus Angst sagen sie dann Sachen, die sie eigentlich nicht so meinen.»

«Tash fürchtet sich nicht so schnell.»

«Da wäre ich mir nicht so sicher, Liebes. Es kommt mir so vor, als wäre Tash eher praktisch veranlagt, jemand, der sein Ding durchzieht. Du bist nachdenklicher. Und manchmal kommen die Macher nur schwer mit Situationen klar, die einiges Nachdenken erfordern. Sie würden lieber alles direkt regeln und werden nervös, wenn sie keine Lösung sehen. Und dann werden sie wütend.»

Ihre Worte wecken bei mir erneut die Zweifel, ob Thelma mir wirklich glaubt oder ob sie nur die Chance beim Wickel gepackt hat, einen öden Samstag aufzupeppen, indem sie den irrigen Wahnvorstellungen einer Helferin nachgab. Aber so läuft das nicht – man spielt nicht mit dem Verstand anderer Leute!

Thelmas Zimmer fühlt sich kleiner an als in meiner Erinnerung und sehr dunkel.

«Du kannst mich gerne schnell ins Bett packen, Alex. Ich glaube, ich mache ein Nickerchen und lade meine Batterien wieder auf.»

Vielleicht verschläft sie den restlichen Tag einfach.

«Sollen wir nicht vorher kurz bei der Toilette vorbeifahren?»

«Mach dir keine Sorgen, Liebes, dafür kann ich später jemand anderen anklingeln. Geh du ruhig nach Hause und mach dich schön für das Konzert.»

«Jep, so richtig sehe ich mich da nicht mehr.»

«Warum denn nicht?»

«Sie haben doch gehört, was Tash gesagt hat. Sie will mich gar nicht dabeihaben.»

«Du gibst also auf?»

«Ich gebe doch nicht auf! Ich verhalte mich … so, wie jeder vernünftige Mensch das machen würde. Mit anderen Worten: nicht wie die Verrückte, in die ich mich hier verwandelt habe.»

«Aber du kannst nicht zu Hause bleiben, weil du dann stirbst!»

«Quatsch! Tash hatte vollkommen recht. Ich fasse es nicht, dass ich mir eingeredet habe, an diesem Leichenhallenunsinn wäre wirklich was dran! Ich habe mich derart in das ‹Tun-wir-kurz-mal-So› hineingesteigert, dass ich den ‹Als-ob-Teil› ganz vergessen habe.»

Thelma hält meinem Blick stand, bis ich wegsehe. Ich glaube, ich habe sie beleidigt, und bekomme ein schlechtes Gewissen, aber schließlich ist es mein Leben, das hier auf der Kippe steht.

«Lassen wir das beiseite», sagt sie schließlich. «Aber was ist mit Natasha? So eine Freundin findest du nicht jeden Tag. Du kannst dich nicht zurücklehnen und hoffen, dass sich alles von selbst regelt. Für gewisse Dinge muss man kämpfen, also raff dich auf und tu was!»

Ich bin kurz davor, sie daran zu erinnern, dass nichts geregelt werden müsste, wenn sie sich nicht eingemischt hätte.

Andererseits weiß ich selbst, dass es nicht stimmt.

Sicherlich geht es Tash seit Monaten so, und heute ist eben alles übergekocht.

«An deiner Stelle», sagt Thelma, «würde ich zu diesem Club gehen und mich darum kümmern, dass ich meine beste Freundin behalte. Aber ich habe mein Leben ja schon gelebt.» Sie sieht mich streng an. «Es geht hier um *deines*, und du musst die Entscheidungen treffen. Ich sage dir nur eins: Falls du diesen Tag lebend überstehst, wirst du vielleicht eines Tages so alt sein wie ich und in einem Rollstuhl sitzen. Obwohl deiner dann vermutlich schweben wird wie in diesen Filmen.» Sie versucht sich vergeblich an einem Grinsen. «Dann willst du ganz bestimmt nicht in diesem Schwebestuhl über dein Leben nachdenken und bereuen, was du alles versäumt hast.»

Für einen Augenblick nehme ich ihr das beinahe wieder ab. Doch so was sagen die Leute ständig. Noch so ein motivierender Spruch auf einem Poster mit süßen Kätzchen, der sich tiefschürfend und bedeutsam und klug anhört, bis man wirklich darüber nachdenkt.

Viele Menschen bereuen Dinge, die sie gesagt oder getan haben. Ich auch. Ich bereue, dass ich Thelma überhaupt etwas erzählt habe. Hätte ich den Mund gehalten, würde Tash vielleicht noch mit mir reden.

Man macht es sich zu leicht, wenn man die Tatsachen so lange verdreht, bis sie einem in den Kram passen. Darauf falle ich nicht noch mal rein.

«Na gut. Danke für den Rat.» Ich drehe mich zur Tür.

«Alex, Liebes?» Thelma liegt im Bett und lässt mich nicht aus den Augen. «Danke, dass du mir heute Gesellschaft geleistet hast. Es tut mir von Herzen leid, wenn ich deine Lage noch verschlimmert habe, aber ich möchte mich trotzdem bei dir für einen der schönsten Tage meines Lebens bedanken. Und damit meine ich nicht erst die Zeit, seit ich hier gelandet bin.»

Am liebsten wäre ich sauer auf sie, aber es gelingt mir nicht. Mir ist klar, dass ich Thelma die Schuld in die Schuhe schieben will, weil es leichter ist, als meine eigenen Versäumnisse einzugestehen. Sie hat es nur gut gemeint. Auch wenn Thelma mich angestachelt hat, weil sie sich dabei amüsiert hat, wollte sie mir sicherlich nur helfen. Wahrscheinlich hielt sie es für das Beste, mir meinen Wahn nicht auszureden, bis ich das alles selbst verstanden habe.

Alles klar, jetzt fühle ich mich erst recht wie eine dumme Kuh.

Ich setze ein gezwungenes Lächeln auf und schlucke hinunter, was ich eigentlich sagen wollte.

«Das freut mich», sage ich stattdessen. «Schön, dass Sie einen guten Tag hatten, und wie gesagt, wir können es ja nächste Woche genauso halten. Vielleicht habe ich dann mehr Glück beim Wetten.»

«Lass uns einen Deal machen», schlägt Thelma vor. «Wenn du heute Abend zu der Band gehst und dich mit Natasha verträgst, gehen wir nächste Woche raus und suchen uns ein neues Abenteuer. Na, wie klingt das?»

«Wie Erpressung?»

Diesmal ist das Lächeln echt.

«Aye, aber versprochen ist versprochen?»

«Meinetwegen.» Doch ich kreuze die Finger hinter dem Rücken. Also gilt es nicht.

25 ZEIT TOTSCHLAGEN

Ich hätte gedacht, es würde mir schwerfallen oder wäre gar unmöglich, mit dem Bus zurückzufahren. Es hätte mich überhaupt nicht gewundert, wenn ich in Panik geraten wäre oder wie gelähmt auf dem Bürgersteig gestanden hätte, während der Bus mit offenen Türen wartet und die anderen Fahrgäste mir böse Blicke zuwerfen.

Doch so war es gar nicht. Ich bin eingestiegen wie ein ganz normaler Fahrgast und sitze jetzt hier, sonderbar entspannt. Weder habe ich böse Vorahnungen noch das Bedürfnis, mich alle zwei Minuten umzuschauen, ob jemand im Bus vorhat, mich zu ermorden.

Dennoch möchte ich jedes Mal, wenn ich an Tash denke, am liebsten die Stirn gegen die Scheibe schlagen. Aber ich rede mir ein, dass ich es wiedergutmachen werde, irgendwie, und sie im Moment am besten in Ruhe lasse, um ihr auf diese Weise meine wahre Freundschaft zu beweisen. Wenn man jemanden liebt, muss man loslassen, war das nicht so?

Außerdem bin ich enttäuscht, weil ich auf den Gig mit Tokyo Girl verzichten muss, was jedoch durch die Erleichterung, nicht in dieses Höllenloch von einem Club hinabsteigen zu müssen, wieder wettgemacht wird.

Während ich aus dem Fenster schaue, versuche ich, die schmerzhafte Verbrühung auf meinem Handrücken zu ignorieren, deren sanftes Pochen mich ständig daran erinnert, dass ich heute schon genug Zeit mit all dem eingebildeten Unsinn verschwendet habe. In der Zwischenzeit habe ich mir mein reales Leben durch diese Sache völlig ruiniert. Tash hat recht, ich muss professionelle Hilfe suchen. Oder mich vielleicht gleich einer hirnchirurgischen OP unterziehen und eine Lobotomie vornehmen lassen.

Ich konzentriere mich auf die Straße – die Autos, die Geschäfte und die Menschen auf dem Bürgersteig, die ihr Leben leben. Ich wünschte, meines wäre so leicht wie ihres. Ohne innere Stimmen, ohne Visionen. Aber vielleicht geht es den anderen ja auch so schlecht? Wir können einander nicht in die Köpfe sehen, deshalb haben wir keine Ahnung. Was weiß ich, vielleicht diskutiert der Jugendliche mit dem Kopfhörer auf dem Sitz vor mir gerade auch mit sich selbst. Was könnte seine innere Stimme ihm sagen? Meine fleht mich an, nicht in die Wohnung zurückzukehren, und labert die ganze Zeit etwas von kaputten Boilern und Kohlenmonoxidvergiftung.

Eigentlich *muss* ich ja auch nicht nach Hause gehen.

Vielleicht hatte Thelma recht? Es ist wichtiger, was ich tue als was ich glaube. Das hat mir eingeleuchtet, bevor Tash mich aus vollen Rohren mit der Wahrheit, wie sie sie sieht, beschossen hat. Insofern hat sich außer dem klaffenden schwelenden Loch in meinem Herzen nichts geändert. Ich muss Thelmas Rat nur so weit abändern, dass ich weder nach Hause noch in den Club gehe.

Aber wohin dann? Außer Tash habe ich keine «Übernachtungsfreunde», und ich darf wohl davon ausgehen, dass mir dieser spezielle Fußbodenplatz ein Weilchen nicht zur Verfügung steht. Wie wär's mit dem Hostel in der Stadt? Doch die werden einer Sechzehnjährigen kaum ein Zimmer geben.

Als der Bus plötzlich einen Satz nach vorn macht, zieht sich mein Herz zu seinem Schutz zusammen, aber der Fahrer hat nur an einer Haltestelle scharf gebremst.

Ein Mann in einem zerknitterten Anzug steigt ein und hält das Handy ans Ohr.

«Dafür habe ich jetzt keine Zeit!», schimpft er, ohne die Lautstärke zu drosseln. «Halt die Klappe und hör zu.» Natürlich setzt er sich in meine Sitzreihe auf der anderen Seite des Gangs und beglückt seinen Gesprächspartner und alle anderen Fahrgäste mit seinen Weisheiten.

Ich stecke meine Ohrhörer ein, um ihn auszublenden. Da fällt mir etwas ein …

In der Leichenhalle hing eine Uhr an der Wand, die gleiche wie bei Tash in der Küche. Der salsatanzende Bestatter hat wiederholt versucht, mir sein Konzept von Zeit zu erklären. Er zeigte auf die Uhr und meinte, wenn es bei uns fünf vor halb zwölf ist, dann wäre es in New York fünf Stunden früher. Der springende Punkt ist, dass ich letztes Mal um fünf vor halb zwölf bereits tot war. Das bedeutet: Wenn ich heute bis zu dieser Uhrzeit überlebe, bin ich in Sicherheit! Dann hätte ich das Richtige getan, um am Leben zu bleiben.

«Du hörst mir überhaupt nicht zu», schreit der Typ gegenüber – in einer Pause zwischen zwei Songs – in sein Telefon. «Ich habe dir gesagt, was du tun sollst.»

Ich überlege, im Bus sitzen zu bleiben und in der Innenstadt auszusteigen. Samstags schließen die Geschäfte erst um sieben, und ich könnte dort die Zeit totschlagen, Tee trinken oder mir eine Pizza gönnen. Vielleicht finde ich sogar ein schönes Versöhnungsgeschenk für Tash.

Außerdem gibt es ein Kino im Einkaufszentrum, in das ich gehen kann, wenn die Geschäfte zuhaben. Der letzte Film läuft sicher mindestens bis elf, und dann kann ich mir von Dads Geld ein Taxi leisten. Bingo!

Meine Worst-Case-Szenario-Stimme jammert, es wäre keine gute Idee, an einem Samstagabend mit all den Säufern und Spinnern in der Stadt herumzuhängen, aber ich entgegne, sie soll die Schnauze halten.

Leider sage ich das dann manchmal laut – so wie jetzt.

Der böse Blick von dem schreienden Handy-Typen brennt mir fast das halbe Gesicht weg – doch es kann auch die Hitzewallung meiner eigenen Verlegenheit sein.

Anscheinend ist es ein erstes Anzeichen von Verrücktheit, wenn man mit sich selbst spricht. Ich hätte zwar gedacht, es wäre ein klarer Hinweis auf mentales

Ungleichgewicht, wenn man glaubt, man sei gestorben und hätte von einem Bestatter mit Sonnenstudiobräune ein Extraleben geschenkt bekommen, aber was weiß ich?

★

Dad ruft an, als ich durch die Tür des «Einzelhandelspalastes meiner Träume» (nicht der wahre Name) trete, und ich freue mich schrecklich, seine Stimme zu hören. Gleichzeitig muss ich mich richtig anstrengen, meine in der Gewalt zu behalten.

«Geht's dir gut?», fragt Dad, der stets mit irgendeiner Hiobsbotschaft rechnet. «Du hörst dich ein bisschen erledigt an.»

«Stimmt», krächze ich. «Ich glaube, ich habe gerade … eine Fliege verschluckt.»

«Wie oft habe ich dir gesagt, du sollst nicht mit offenem Mund herumlaufen!» Er lacht. «Hast du die Fußballergebnisse gesehen?»

«Noch nicht.»

«Ist vielleicht auch besser.»

«Sag bloß nicht, dass wir null zu drei gegen das Tcam vom Tabellenende verloren haben!»

«Ich dachte, du wüsstest von nichts.»

«Hab bloß gut geraten.» Oder? Vielleicht habe ich mich auch vom letzten Mal an den Spielstand erinnert.

«Ja, leider ist es nichts Besonderes», sagt Dad mit einem bitteren Lachen. «Wir sollten Wetten abschließen, aber ich bringe es nicht fertig, gegen sie zu setzen. Abgesehen davon, dass die Quote mies sein dürfte.»

Ich erwäge kurz, ihm von meinem Wettabenteuer heute Mittag zu erzählen, entscheide mich dann aber dagegen.

«Und, wo bist du gerade?», fragt Dad. «Ziemlich laut da.»

«Im Einkaufszentrum, ich wollte ein bisschen bummeln.»

«Wie war es bei der Arbeit? Hattest du eine gute Schicht?»

«Normal.» Dad darf nichts von den Geschehnissen in Ulmenblick erfahren.

«Oh, wenn du schon in der Stadt bist, geh doch im Megastore vorbei», sagt er. «Sie haben mir heute Morgen eine Mail über den Verteiler geschickt. Offenbar gibt es ein paar signierte Scheiben einer neuen Limited Edition von der Band, zu der du heute Abend gehst.»

«Tokyo Girl?»

«Genau.»

«LIMITED EDITION? SIGNIERTE SCHEIBEN?»

«Ein geheimes Minialbum zur Tour, stand da.»

Wieso weiß ich nichts davon? Wahrscheinlich, weil ich in den letzten Wochen einen großen Bogen um alles gemacht habe, was mit Tokyo Girl zu tun hatte. Jedes Mal, wenn ich einen ihrer Songs gehört oder etwas über die Band gelesen habe, hat sich mein Sorgenapparat eingeschaltet.

Ein signiertes Limited-Edition-Album von Tokyo Girl! Also, das wäre wirklich ein super Versöhnungsangebot für Tash.

Aber da Val sie leider heute Abend schon backstage zerren will, lernt sie die Band wahrscheinlich direkt kennen und kommt mit signierter Unterwäsche oder etwas ähnlich Tollem nach Hause. Es sei denn, wie ich insgeheim denke und hoffe, Val hat einfach total angegeben.

Ach, zum Teufel, wenn Tash die Scheibe nicht haben will, behalte ich sie eben selbst.

«Hey, Danke, Dad. Das ist wirklich eine äußerst brauchbare Info.»

«Super! Schön zu hören, dass ich noch zu etwas nutze bin.»

«Immer.»

«Und, freust du dich auf die Band?» Ich höre, wie die Sorge in seine Stimme zurückkriecht.

«Klar, das wird bestimmt gut.» Ich bin kurz davor, ihm zu sagen, dass ich gar nicht hingehe, doch dann fragt er sicher, warum. Er würde sich Sorgen machen, weil Tash und ich uns gestritten haben, und mein neuer Plan für den Abend würde ihm mit Sicherheit nicht gefallen. Mein Vater macht sich Gedanken, ganz unabhängig davon, was ich tue, und deshalb belasse ich es bei dem, worüber er sich ohnehin schon Sorgen macht.

«Na ja, pass halt auf, ja? Und schreib mir, wie das Taxiunternehmen heißt, sobald ihr auf dem Heimweg seid.»

«Okay, mach ich alles, aber ich weiß nicht, wann der Gig zu Ende ist. Flipp nicht aus, wenn ich dir erst spät schreibe.»

Er lacht gezwungen. «Was soll das denn heißen? Ich flippe nie aus!»

«Wie du meinst, Dad. Ich muss jetzt mal aufhören. Danke für den Tipp mit dem Album.»

«War mir ein Vergnügen. Viel Spaß heute Abend und bis morgen. Hab dich lieb.»

«Ich habe dich auch lieb, Dad.»

Die Verbindung ist beendet.

Ich schlucke den Kloß in meinem Hals herunter und gehe zu den Aufzügen.

Natürlich sehen wir uns morgen. Wieso auch nicht?

26 LIMITED EDITION

Tash findet meine Vorliebe für CDs und DVDs verschroben, obwohl ich nicht glaube, dass sie dieses Wort benutzen würde. Sie versteht nicht, warum man etwas kaufen soll, wenn man es auch streamen oder downloaden kann, doch zu einer signierten Limited Edition würde auch sie nicht Nein sagen.

Ich dagegen stehe voll auf gute Plattenläden (schuld daran ist Dad), selbst wenn es ein seelenloser Megastore ist wie dieser hier. Mir läuft nach wie vor ein Schauer über den Rücken, wenn ich den Laden betrete und die vielversprechenden vollen Regale sehe. Es gibt immer eine Chance, dass meine neue Lieblingsband dabei ist. Oder ein Film, der mein Leben verändert. In so einem Geschäft kann ich Stunden verbringen, ohne etwas zu kaufen, doch das macht gar nichts. Zum Glück für meine Finanzen, um die es ungefähr so schlecht steht wie um mein Sozialleben, macht mir das Stöbern schon genug Spaß.

Aber heute will ich etwas Bestimmtes und muss mich beherrschen, nicht zu rennen. Als ich in das anheimelnde Neonlicht des Megastore eintauche, habe ich mir allerdings bereits eingeredet, dass alle signierten Tokyo-Girl-CDs schon seit Stunden ausverkauft sind und ich auf Tashs Freundschaftsdiagramm so tief wie nie zurückgeplumpst bin.

Auf der Suche nach dem Tokyo-Girl-Logo lasse ich

den Blick über die Regale schweifen, weil ich keine Ahnung habe, wie das Cover dieser CD aussehen könnte. Na, ich bin ein toller Fan! Leider habe ich vergessen, Dad nach dem Titel dieses Mini-Albums zu fragen.

Selbstverständlich ist es nirgends zu finden. Ich suche weiter, eher aus Verzweiflung als in der Hoffnung auf Erfolg, und natürlich steht nichts hinter dem kleinen Plastiktrennschild mit dem Aufkleber TOKYO GIRL.

Ich will schon auf die Knie sinken und enttäuscht die Decke anheulen, als ich ihn sehe – am Ende der vielen Ständer drückt er einen riesigen Stapel CDs an seine Brust und führt ein rotes Namensschild an einer Schnur um den Hals spazieren. Ein Verkäufer. Er ist groß, hat fettige schulterlange Haare und trägt eine schwarze Skinnyjeans und zerschlissene Converses. Sein pinkfarbenes T-Shirt, das er dazu trägt, schockt ein wenig, bis ich ihn von hinten sehe. Oben ist ein Logo draufgedruckt, und darunter stehen die Tourdaten.

Ein Wahnsinns-Tokyo-Girl-Tour-T-Shirt, ausgerechnet!

Volltreffer!

Falls es noch irgendwo signierte Exemplare der besagten Limited Edition gibt, der Typ wird es wissen.

«Äh, hallo?» Ich habe mal wieder Herzrasen.

Als er sich umdreht, sehe ich, dass er ein nettes Gesicht hat. Einer, der gern lächelt, das hatte ich zugegebenermaßen nicht erwartet. Doch da er ein Tokyo-Girl-T-Shirt trägt, muss er eine Seele haben, so viel steht fest. Sein Lächeln und, ja, auch seine Augen, die dazu passen, lenken mich allerdings von meinem Vorhaben ab (ich bin sozial unbeholfen, nicht tot – zumindest noch nicht).

«Äh.» (Ja, ja, ich bin eine Meisterin der Verführung.) «Sie haben nicht zufällig noch ein Exemplar der signierten Limited Edition, oder?» Den Bandnamen zu erwähnen ist überflüssig, außerdem merkt er auf diese Weise sofort, dass ich ein glühender Fan bin – als ob ich jemals über etwas anderes reden würde!

Er strahlt mich an. «Meinst du das TG-Live-and-Remixed-Album?»

«Genau.»

Als er auf die Regale im Buchstabenbereich T zeigen will, verlässt mich der Mut.

«Da habe ich schon geguckt, da sind keine.»

«Oh.» Sogar wenn er ein trauriges Gesicht zieht, ist es irgendwie herzerwärmend. «Eben hatten wir noch zwei hinter der Kasse. Ich schau mal für dich nach.»

«Danke!»

Als er den CD-Stapel auf eine Ablage stellt, sehe ich das T-Shirt zum ersten Mal von vorne.

LIVE FAST DIE YOUNG zieht sich in schwarzen Buchstaben im Sprühdesign über seine Brust.

Der Typ sieht meinen Blick und grinst. «So heißt die Scheibe!»

War klar.

Er redet weiter, doch seine Stimme klingt mit einem

Mal weit weg und verzerrt, als wäre ich unter Wasser getaucht.

Die Regale und der Lärm im Megastore treten in den Hintergrund und lösen sich auf, und an ihrer Stelle nehme ich kalte, weiße Kacheln und den Geruch von Desinfektionsmitteln wahr.

Nur das pinke T-Shirt bleibt. Leider lächelt mich jetzt nicht mehr der junge Mann an, sondern ich blicke auf mein eigenes totes Gesicht, mit geschlossenen Augen und einer Haut so grau wie schmutziger Schnee.

Ich falle, ich verschmelze mit dem Boden … Und dann macht jemand das Licht aus.

27 MEIN DATING-RATGEBER

«Geht's wieder?»

Ich schaue in zwei lächelnde blaue Augen.

«Möchtest du ein Glas Wasser?»

Ich nicke und erinnere mich, dass mir erst neulich jemand mit einem viel unattraktiveren Gesicht ein Glas Wasser gereicht hat.

«Ich würde sagen, du bist ohnmächtig geworden.»

Dafür gibt es noch ein Nicken, denn das passiert mir schon mal. Ich falle in Ohnmacht, ich gerate in Panik. Möchtest du gelegentlich mit mir ausgehen?

Ich glaube nicht, dass ich das laut gesagt habe. Hoffentlich nicht.

«Dieses T-Shirt?», frage ich, bis ich meine verklebten Lippen nicht mehr auseinanderkriege.

Der junge Mann mit dem Lächelgesicht lächelt. «Ich habe die Band letzte Woche im Koko in Camden gesehen. Da habe ich's her, das offizielle Tour-T-Shirt. Sie spielen heute hier im Pandemonium, da gehe ich noch mal hin.»

Ich nicke wieder. «Ja, ich auch.»

Wieso habe ich das gesagt?

«Cool. Da verkaufen sie die T-Shirts. Du kannst dir eins holen.»

«Ich habe was gegen Pink.»

Sein Lächeln fällt in sich zusammen.

«Ich meine ... also ... Es steht mir nicht. Ich trage es nicht gern.» Die Farbe meiner Wangen würde mir sicher mit Freuden widersprechen. «Bei dir sieht es jedenfalls super aus.» Meine Haut wird brennend rot. Schon besser.

Sein Lächeln schleicht sich zurück. «Danke.»

In Pink möchte ich nicht tot überm Zaun hängen …

Es sei denn, es gäbe das Tour-T-Shirt meiner Lieblingsband nur in dieser Farbe.

Dann würde ich es natürlich auch anziehen.

Dann würde ich tot darin überm Zaun hängen.

«Äh, hättest du etwas dagegen, wenn ich mich in diesen Eimer übergebe?»

(Übrigens hoffe ich, dass ihr euch Notizen macht, denn das werde ich wohl veröffentlichen. Titel: *Mein Dating-Ratgeber*.)

Das ist ein Test. Wenn man sich vor seinen Augen übergibt und er trotzdem bei einem bleibt, kann man auf ihn bauen.

Das ist doch auch schon was, oder?

Okay, falls ihr auf die Idee kommt, ich würde jetzt mit diesem kuscheligen, lächelnden Typen, in dessen Gegenwart ich gerade ohnmächtig geworden bin und gekotzt habe, zum Gig gehen, muss ich euch leider enttäuschen. Nachdem er sich vergewissert hat, dass ich mich wieder erholt habe, hat Michael – so heißt er nämlich – mir das letzte LIVE-FAST-DIE-YOUNG-Mini-Album verkauft, die signierte Limited Edition mit Remixen und Livetracks von Tokyo Girl, und sich dann eilig verabschiedet. Er meinte, er würde später im Pandemonium nach mir Ausschau halten – aber bestimmt nur, damit er mir ausweichen und gehörig auf Abstand bleiben kann.

Mittlerweile habe ich das Geschäft verlassen und sitze auf einer der Bänke ohne Lehne, wie sie in jedem Einkaufszentrum herumstehen. Sie sind extra so gestaltet, dass sie einen vom Sitzen abhalten, doch ich lasse mich hier trotzdem nieder, trinke kleine Schlucke aus einer großen Wasserflasche und wehre mich gegen die aufkommende Panik.

Das T-Shirt hat alles verändert.

Es bedeutet, dass ich letztes Mal sehr wohl im Club war.

Und dort gestorben bin.

Das heißt, mit meiner bösen Vorahnung lag ich die ganze Zeit goldrichtig. Als SIEHST-DU-Nummer bringt mir das aber leider gar nichts.

Ich gehe diesem Gedanken bis zu seiner unvermeidlichen, scheußlichen Schlussfolgerung nach, die da lautet, dass heute Abend bei dem Tokyo-Girl-Konzert etwas passieren wird – bei einem Konzert, das Tash sich ansieht.

Als wollte es diese Einsicht noch unterstreichen, drängt ein Bild aus der Leichenhalle an die vorderste Front meines Bewusstseins, diesmal aus einer neuen Perspektive. Ich betrachte nicht mehr die entsetzlich vertraute Gestalt auf der Bahre, sondern richte meinen

Blick dahinter. Schließlich war ich nicht die einzige Tote, oder? Auf den Rollwagen in der Nähe lagen noch zwei Leichensäcke.

Zuvor hatte ich zu viel Angst, um nachzusehen, wer es war, doch jetzt glaube ich es zu wissen. Das ist *mein* Traum, *meine* Warnung, *meine* Vision, wie immer man das nennen mag, deshalb haben die anderen beiden Leichen ebenfalls etwas zu bedeuten. Ich war in der Vorstellung gefangen, es gehe um mich allein, und habe nicht eine Sekunde daran gedacht, dass andere auch in Gefahr sein könnten. Doch zweifellos lagen drei Leichen in der Halle, da wir zu dritt dort waren. Die Dreierfreundschaft, die Tash sich wünscht, sollte niemals fruchten, sondern war von Beginn an zum Scheitern verurteilt.

Obwohl ich noch immer nicht akzeptiere, dass ich gestorben sein soll und den Tag von vorn erlebe, überlege ich, ob an der Sache nicht doch *irgendetwas* dran ist. Ich bin zu erschöpft, um länger dagegen anzukämpfen, das Beweismaterial ist einfach erschlagend. Außerdem hatte ich recht, was den Bus und den Aufzug und das Scrabble-Spiel betrifft. Und wenn sich meine Ahnung nun ebenfalls erfüllt? Das Risiko darf ich nicht eingehen.

Mein Handy zeigt an, dass es schon fast sieben ist. Da Tash meinte, wir sollten uns mit Val um acht vor dem Club treffen, ist sie sicher noch zu Hause. Ich muss sie anrufen.

Und was soll ich genau sagen?

Wie könnte ich Tash dazu bringen, heute Abend nicht ins Pandemonium zu gehen? Wenn ich mir etwas ausdenke, stellt sie direkt einen Bezug zur Leichenhalle her, und was sie davon hält, hat sie klar gesagt.

Ich muss selbst hingehen und sie irgendwie davon abhalten, den Club zu betreten. Unterwegs kann ich mir immer noch überlegen, was ich sage.

Das ist zugegebenermaßen nicht der beste Plan, aber wir sind hier nicht im Film oder in einem Buch, wo die Heldin auf eine tolle Idee kommt und alle Probleme löst. Das hier ist das wahre Leben, in dem ich keinen Schimmer habe, was ich tun soll, wenn ich ankomme. Trotzdem gehe ich los, weil ich nicht einfach dasitzen und Däumchen drehen kann.

28 MAN SOLLTE NIE ZURÜCKKEHREN

Das Pandemonium – der Club, in dem Tokyo Girl heute Nacht auftritt – liegt recht verborgen in der Altstadt am Ende einer schmalen Straße hinter den Schienen. Tagsüber kann es leicht passieren, dass man an den Absperrgittern vorbeigeht und das dunkle Aushängeschild an der Mauer sowie die Stufen zu dem unterirdischen Eingang übersieht. Doch heute Abend ist das rote Neonschild hell erleuchtet und wirft ein dämonisches Licht auf die Menschen vorne in der Schlange, die darauf warten hinunterzugehen.

Angeblich soll man ja nie zurückkehren, zum Beispiel an einen Tatort, zu einem gezündeten Feuerwerkskörper oder zu einer alten Liebe und so weiter, aber ich bin trotzdem hier.

Stellt euch folgende Szene vor: Ihr seid bei einem Konzert und bemerkt auf einmal eine gewisse Unruhe im hinteren Teil des Saals. Ihr denkt, es geht um eine Rauferei oder jemand hat zu viel getrunken. Dann drängt ihr euch durch die Gaffer und seht ein Mädchen auf dem Boden, sehr jung, in Jeans und Lederjacke. Sie wirkt nicht betrunken, aber offenbar hat sie Angst. Ein Türsteher beugt sich über sie und versucht sich daran zu erinnern, was er im Erste-Hilfe-Kurs gelernt hat. Das Mädchen sagt, es habe Schmerzen im Brustkorb und könne nicht atmen und sich nicht bewegen. Sie glaubt, sie hat einen Herzinfarkt, während der Türsteher wünschte, sie wäre betrunken oder aggressiv – damit könnte er umgehen.

Dann kommen die Profis, richtige Sanitäter mit Rettungsausrüstung, deren Jacken mit den reflektierenden Streifen im Neonlicht verrückt spielen. Sie bringen das Mädchen durch einen Tunnel von Zuschauern, die das Ganze filmen, auf einer Trage hinaus. (Die Qual dieser YouTube-Videos wird sehr viel länger anhalten als ihr Unwohlsein auf der Trage. Das könnt ihr mir glauben.)

Hinten im Rettungswagen wird das Mädchen untersucht – ein unverhofftes Schauspiel für die Raucher, die vor dem Club stehen. Ihre Freunde halten sich im Hintergrund, voller Sorge und ein wenig verlegen.

Nachdem die Sanitäter sie untersucht haben, erklären sie ihr, dass alles in Ordnung ist. *Nur eine Panikattacke. Zu heiß, zu voll. Denk beim nächsten Mal daran, genug Wasser zu trinken – kein Wunder, dass dir in der Jacke zu warm geworden ist. Wo wohnt ihr?,* fragen sie. *Wir bringen euch hin.*

Damit ist der Abend für die Mädchen zu Ende. Als der Rettungswagen losfährt, hören sie noch, wie die Band, die sie hören wollten, im Club mit einer vollen Dröhnung loslegt.

Meine Arme und Beine werden steif, als ich die Straße überquere. Als wüsste mein Körper Bescheid und würde alles geben, um mich rein physisch davon abzuhalten, den gleichen Fehler noch einmal zu machen. *Siehst du, da hat der Rettungswagen geparkt, und über diesen Bürgersteig wurde ich getragen, vorbei an den vielen Rauchern.* Doch jetzt sehe ich hier nicht nur den Schauplatz, wo ich eine von vielen Peinlichkeiten erlebt habe, sondern einen Ort, an dem ich sterben könnte.

Tash fehlt mir mehr denn je. Wäre sie bei mir, würde sie mir erklären, dass das Gefühl der Leichenstarre, das sich in mir breitmacht, nur der Beginn einer Panikattacke ist. Sie würde mich ablenken und immer weiter reden lassen. Vor allem wüsste ich, dass Tash sich um mich kümmern würde, egal was geschieht. Sie würde mich sicher nach Hause bringen.

Doch Tash ist nicht hier.

Es ist gerade erst acht Uhr, und die Schlange zieht sich bis um die Ecke, sodass Tash und Val, wenn sie in den letzten Minuten gekommen wären, noch hinten anstehen würden.

Tokyo Girl begeistert eine wilde Mischung von Fans. Gepiercte Punks in Leder mit gefärbten Haaren warten neben Indie-Hipstern, die Strickjacken und Zahnspangen tragen, während dünne gothmäßige Val-Klone im Schatten posieren. Es gibt sogar ein paar eingefleischte Fans mit Gesichtsbemalung und Day-of-the-Dead-Ausstattung, wie sie die Band in dem «Revenant Romantic»-

Video getragen hat. Es ist eine Prozession der gestörten, demoralisierten und entrechteten Jugend unseres bemitleidenswerten Landes. Das sind wirklich *meine* Leute, bei denen ich mich erstaunlicherweise ungewöhnlich heimisch fühle.

Gleichzeitig ist mir peinlich bewusst, wie fertig ich im Vergleich zu ihnen aussehe. Ich trage immer noch die Jeans und das abgeranzte weiße T-Shirt, das ich heute Morgen zur Arbeit übergezogen habe. Mit Dads alter Bikerjacke darüber komme ich mir wie eine Zugabe aus *Grease! – The Musical* vor. Auch wenn dies meine Leute sind, lassen sie es sich nicht nehmen, mir abwertende Blicke zuzuwerfen, während ich auf der Suche nach Tash und dem Wundergirl an der Schlange entlanggehe.

Ungefähr auf der Hälfte spielen ein paar Mädchen einen Song von Tokyo Girl auf dem Handy und singen dazu. Als sie beim Refrain sind, grölt die Hälfte der Leute bereits mit. Es klingt grässlich und wunderbar zugleich. Ich bemerke das Lächeln auf meinen Lippen und bin mit einem Mal von leidenschaftlicher Hoffnung durchdrungen. Doch am Ende der Schlange kann ich immer noch keine Spur von Tash oder Val entdecken.

Ehrlich gesagt, bin ich auch ein bisschen erleichtert. Mir sind die magischen Worte noch nicht eingefallen, mit denen ich Tash erklären könnte, warum sie nicht mit ihrer besten Freundin zu einem Auftritt ihrer Lieblingsband ins Pandemonium gehen sollte. Ich hatte eigentlich darauf gesetzt, dass mir unterwegs schon etwas einfallen würde, doch die spärlichen Ideen waren wenig inspirierend. Dabei hätte ich den Mangel an Inspiration sogar gerne in Kauf genommen, wenn ich ihn mit den lächerlichen Lösungsmöglichkeiten vergleiche, die ich mir in meiner Verzweiflung aus dem Hirn presste.

Irgendwann dachte ich schließlich ernsthaft daran, mit einem Anruf einen Bombenalarm auszulösen. Immerhin würden dadurch alle, einschließlich der Band, gerettet werden. Das war eine Überlegung wert, fand ich.

Also überlegte ich an dieser Stelle weiter.

Glücklicherweise siegte die Vernunft, und ich sah ein, dass ich wahrscheinlich aufgespürt und festgenommen werden würde. Das hätte auf jeden Fall eine Geldstrafe, möglicherweise sogar Gefängnis zur Folge und würde einen Eintrag ins Vorstrafenregister nach sich ziehen. Was Dad dazu sagen würde, wollte ich mir gar nicht erst vorstellen. Doch entscheidend war vor allem, dass es wahrscheinlich nichts genutzt hätte. Die Veranstalter wären entweder dahintergekommen, dass es ein Bluff war, und hätten den Anruf als schlechten Scherz abgetan oder eben alles durchsucht, ohne fündig zu werden. Auf diese Weise hätte ich nur erreichen können, dass der Gig mit Verspätung begann.

An diese Idee verschwendete ich insgesamt fünf Minuten.

Die nächste Möglichkeit – okay, legen wir die Karten auf den Tisch: so ziemlich die einzige andere, auf die ich kam – hatte mit der ersten eine gewisse

Ähnlichkeit, war jedoch nicht so gefährlich. Harmlos war sie aber auch nicht, denn es ging genialerweise darum, Feueralarm auszulösen. Nachdem ich hierbei ebenfalls die Vor- und Nachteile gründlich abgewogen hatte, kam ich zu dem Schluss, dass alle wohl in den Club zurückkehren dürften, nachdem die Feuerwehr den Verdacht auf einen Streich bestätigt hätte. Wahrscheinlich hätten sie auch ein Überwachungsvideo, auf dem zu sehen ist, wie ich den Alarm auslöse, und schwupps, lande ich wieder in der gemütlichen Zelle auf der Polizeiwache.

Bleibt Plan C, der mir zuletzt noch einfällt: weniger kriminell, aber erfolgversprechender und trotzdem gefühlt ganz unten auf der Liste. Dafür müsste ich (scheinbar «zufällig») auf Tash und Val stoßen und so tun, als sei ich deswegen hier, weil ich mich entschlossen habe, ganz allein zum Konzert zu gehen. Drinnen würde ich dann eine Panikattacke vorspielen (oder wirklich eine bekommen, wenn man bedenkt, wie es mir zurzeit geht). Man würde mich raustragen, und Tash würde hoffentlich wie beim letzten Mal mitkommen.

Mir ist allerdings bewusst, dass diese Idee nur funktioniert, wenn ich das Höllenloch tatsächlich betrete und mich vor allen Leuten zum Affen mache. Außerdem würde ich so Tashs Treue und Vertrauen ausnutzen, und wenn sie je die Wahrheit darüber erfährt, ist das der letzte Nagel an dem Sarg, in dem dann die Reste unserer Freundschaft ruhen und begraben werden. Doch wenn mir bis zu ihrem Eintreffen hier keine bessere Idee kommt, wird es das wohl werden.

Ich sehe noch mal auf mein Handy. Mittlerweile ist es zwanzig nach acht. Wo zum Teufel bleiben die beiden?

Dann fällt mir etwas ein …

Mädchen wie Val stehen nicht Schlange.

Mädchen wie Val kennen den Türsteher.

Val und ihre Freunde gehen direkt rein.

Verdammt.

Ich habe die ganze Zeit am falschen Ende der Schlange gewartet, und während ich hier in der Dunkelheit wieder zurückgeschlichen bin, sind Tash und Val bestimmt nach vorne durchmarschiert und schon drin.

Ich kann gar nicht aufhören zu fluchen.

Und dann stelle ich mich hinten an.

29 ABSTIEG IN DIE HÖLLE

Ich höre das stumpfe Dröhnen der Musik durch die Ritzen im Asphalt. Es fühlt sich an, als wäre die Erde unter uns lebendig, als wäre sie ein wildes knurrendes Tier, das aus der Tiefe springt und oben die Menschenschlange mit seinem Feueratem zum Glühen bringt. Zugegeben, es kribbelt ein bisschen vor Aufregung, doch das Grauen überwiegt.

Ein kühler Hauch von Schicksal weht mich an. Obwohl ich mich redlich bemüht habe, Dinge zu verändern und nicht wieder die gleichen Fehler zu machen, stehe ich hier freiwillig Schlange, damit ich genau an jenen Ort komme, der mich letztes Mal umgebracht hat. Offenbar bin ich verrückt.

Doch so unsinnig das erscheinen mag und so wenig ich das Ganze verstehe oder erklären kann, besteht kein Zweifel daran, dass sich meine Vorahnung in Bezug auf den Bus und den Aufzug bestätigt hat. Das war echt, das ist passiert. Deshalb kann ich diesmal nicht erneut darüber hinweggehen.

Wie oft hat Tash mich «gerettet»? Sie war diejenige, die neben mir auf dem Boden in der Aula saß und meine Hand hielt, während die ganze Oberstufe nach der Versammlung an uns vorbeikam. Tash wusste, dass sie sich genauso über sie wie über mich lustig machen würden – einfach, weil sie zu mir gehörte. Ich bin wie eine Krankheit, mit der sie sich durch ihre Freundschaft zu mir angesteckt hat. Und dann die Nächte, in denen Tash bei mir übernachtet und mit mir blöde Filme geschaut hat, obwohl sie viel lieber auf eine Party gegangen wäre, vor der ich zu viel Angst hatte! Ich kann sie nicht mehr zählen.

Die Zeit ist reif, mich zu revanchieren und ihr etwas davon zurückzugeben. Falls Tash hier also auch nur minimal in Gefahr geraten könnte, muss ich sie rausholen. Tash ist wichtiger als alles, dagegen kommt auch das gemeine Worst-Case-Szenario nicht an, das in meinem Kopf herumspukt. Allerdings bereitet es mir gewaltige Probleme. Das schon.

Mein schreckhaftes Gedächtnis erinnert mich daran, was mich unten an den Stufen erwartet und wie heiß und schweißgetränkt es drinnen ist – vollgestopft mit Menschen, die einen antatschen. Die Luft ist so schlecht, dass man nicht atmen kann, und das macht mich besonders fertig. Luft zu bekommen ist mir so wichtig, dass ich davon geradezu besessen bin. Leider ist mein Körper in diesem Punkt willens, sich mit meinen Gedanken zu verbünden, denn schon beim ersten Anzeichen von Problemen drückt die unsichtbare Faust der Angst langsam zu, und meine Lunge schaltet in Panikmodus.

Wenn ich nur daran denke, fange ich schon an zu zittern. Es beginnt mit meinen Armen, aber kurz darauf schüttelt es mich am ganzen Körper.

Ich konzentriere mich auf die Atemübung, die Dr. Hiaasen mir beigebracht hat.

Langsam und regelmäßig.

Sanft und ruhig.

Aus … und … ein.

Die Schlange schiebt sich vorwärts.

Das Pärchen vor mir trägt die komplette Day-of-the-Dead-Verkleidung, die Gesichter weiß geschminkt. Der Mann hat sich für den klassischen Schädel mit schwarzen Augen entschieden, was ohne Brille deutlich furchterregender wirken würde. (Als ob ich nicht selbst eine hätte.) Aber das Mädchen hat kunstvoll verschlungene Muster in Blau und Grün auf ihre Stirn und Wangen gemalt und trägt wie in dem Video ein zerschlissenes Hochzeitskleid mit einem Strauß verwelkter Rosen.

«Weißt du, was Pandemonium bedeutet?», fragt er sie und zupft an dem roten Band seines Zylinders.

Das Mädchen gibt ein unverbindliches «Mmm?» von sich, ohne den Blick vom Handy zu lösen.

Ihr Freund merkt es anscheinend nicht. «Wörtlich übersetzt bedeutet ‹Pandämonium› *alle Dämonen*», sagt er und setzt den Hut wieder auf. «Als der Teufel vom Himmel fiel, brauchte er einen Ort zum Leben und baute sich etwas, wo er mit seinen Freunden abhängen konnte. Das hat er dann Pandämonium genannt.»

Das Mädchen schaut ihn an. «Und du sagst also, hier wohnt der Teufel?»

‹Nein, so auch wieder nicht. Sie haben den Club nur danach benannt, wo er lebt.»

«Und wo ist das?»

«Keine Ahnung. Nirgends. Ich meine, den Teufel gibt es doch gar nicht, oder?»

«Das heißt, der Club ist nach jemandem benannt, der nicht mal existiert? Wie blöd ist das denn!»

Der Typ kann einem leidtun. Vermutlich wollte er das Mädchen mit seinem Wissen beeindrucken, und jetzt steht er wie ein Depp da.

Das bringt mich in Versuchung, ihm beizustehen. Gestern hätte ich ihm noch zugestimmt – klar, den Teufel gibt es nicht. Er wurde nur erfunden, um die Menschen in Schach zu halten. Kontrolle durch Angst. Sagt man den Leuten, sie würden für die Ewigkeit qualvoll in einer heißen Hölle schmoren, wenn sie sich nicht an die Gesetze halten, dann gehorchen sie in Nullkommanichts. Man könnte sich die Hände reiben, wie gut das funktioniert. Angst ist Macht, wer wüsste das besser als ich?

Das hätte ich wohl gesagt, als ich letztes Mal in dieser Schlange stand, doch jetzt bin ich mir nicht mehr so sicher. Gerry hat mir erklärt, dass es auf der Welt nicht ganz so zugeht, wie man es uns weismacht, und nach dem heutigen Tag halte ich alles für möglich. Am liebsten würde ich der Frau im Hochzeitskleid sagen, dass ihr Freund der Wahrheit möglicherweise näher gekommen ist, als er selbst weiß, doch solche Gedanken sind jetzt wirklich wenig hilfreich. Mich braucht man nicht daran zu erinnern, dass ich buchstäblich in die Hölle hinuntersteige – trotzdem Danke.

Die Schlange hat mich mittlerweile auf die oberste Stufe mitgeschleppt. Mein Herz flattert im Brustkorb wie ein Vogel im Käfig, und meine Glieder sind vor Angst so steif, dass ich wie eine Actionfigur laufe.

Als ich den Fuß auf die erste Stufe setze, spüre ich die live gespielten Bässe durch den Beton. Anscheinend steht die Vorband bereits auf der Bühne.

Ich hole mein Handy aus der Tasche und überprüfe mein Ticket. Da fällt mir etwas ein …

Während ich die ganze Zeit gedacht habe, dass ich gerne ein bisschen mehr so wie Val wäre, habe ich glatt vergessen, dass ich ja so tun soll, als wäre ich tatsächlich sie, wenn ich reinkommen will. Ich betrachte den Ausweis, den Tash mir gegeben hat – und, ehrlich, ich glaube fast, das winzige digitale Foto von Val grinst mich boshaft an.

Das *kann* nicht gut gehen. Tash hat gesagt, Val kennt den Türsteher, verdammt! Auch wenn ich die Brille abnehme, weiß er ganz genau, dass ich nicht Valentina Tereshkova bin. (Und würde ich mich nur durch die Brille und die Frisur von Val unterscheiden, hätte ich gewiss nicht solche Probleme.)

Also werde ich gleich wegen Angabe falscher Personalien verhaftet. Sie werden Dad anrufen, und wie ich ihn kenne, fährt er die Nacht durch, um möglichst schnell herzukommen. Er wäre nicht halb so sauer, wenn es sich nur darum handelte, dass ich verhaftet worden wäre und ihn von der Arbeit abgehalten hätte, sondern er würde sich vor allem darüber aufregen, dass ich ihm vorgelogen habe, der Gig sei für alle Altersstufen zugelassen. (Dad hält viel von Vertrauen.)

Am schlimmsten wäre aber, dass ich rausgeworfen würde, bevor ich überhaupt reingekommen bin. (Ja, ich weiß, streng genommen ist das gar nicht möglich, doch wenn es um Versagen auf der wichtigsten oder der höchsten unwahrscheinlichsten Ebene geht, bin ich hochbegabt, Leute!) Jetzt ernsthaft, das wäre absolut schrecklich. Wie soll ich Tash retten und sie rausholen, wenn ich vor der Tür stehe?

Ich werfe einen Blick über die Absperrgitter und sehe das Sicherheitspersonal unten an der kurzen Treppe – einen Mann und eine Frau. Vielleicht geht es doch gut, wenn ich an die Frau gerate?

Soll ich vielleicht mit Akzent sprechen? Mit Vals sexy Stimme, die nach russischer Spionin klingt?

Nein!

Was habe ich mir nur gedacht – das lasse ich schön sein!

Nur weil mich eine böse Vorahnung quält, plane ich, den Club zu betreten und Tash mithilfe eines Tricks nach draußen zu locken?

Sie wird mich hassen, denn sie wird begreifen, warum ich hier bin und was ich vorhabe. Es dürfte ihr nicht gefallen.

Doch es gelingt mir nicht mehr, das Bild der Leichensäcke in der Leichenhalle zu verdrängen.

Manchmal weiß man es einfach.

Selbst wenn es das Letzte ist, was man tun möchte. Selbst wenn einen niemand versteht und alle einen dafür hassen werden. Nichtsdestoweniger weiß man manchmal, was man tun *muss*, weil man sonst nie wieder in den Spiegel sehen kann.

Die nächste Stufe.

Was hat Thelma noch mal gesagt? Angst wäre auch ein Zeichen? Sie zeigt einem, was man tun soll?

Ich muss meine innere Thelma finden.

Ich zucke zusammen, als plötzlich der Lärm scheppernder, durchdringender Beckenschläge hinter der Tür ertönt, die für den nächsten Einlass geöffnet wird. Das herausdringende Licht ist rot und feurig. Ich spüre die Hitze, und ich sehe tatsächlich Rauch, der kräuselnd in die frische Luft zu uns hinausweht.

Das Problem ist: Ich bin nicht Thelma. Ich kann mir noch so sehr wünschen, dass ich mehr von ihr oder von Val hätte, doch das ändert nichts daran, wer ich wirklich bin.

Inzwischen habe ich die Hälfte der Treppe geschafft und bin mit meinen Schultern auf gleicher Höhe mit dem Bürgersteig. Die Wände rücken näher und schließen das Licht aus, während mir zur Begrüßung der Gestank von Urin und Erbrochenem aus dem Mauerwerk entgegenquillt. Von vorne und von hinten spüre ich den Druck der menschlichen Körper, und ich muss mich ermahnen weiterzuatmen.

Langsam.

Aus.

Und ein.

Aber ich kann nur den Mief der Treppe in meine Lungen ziehen.

Das Day-of-Dead-Pärchen nimmt eine weitere Stufe.

Ich zögere, weil ich den Druck der Anstehenden in meinem Rücken spüre.

Drinnen kann es nur noch schlimmer sein.

Es beginnt mit einem Gefühl, als ob sich meine Schultern in Beton verwandeln, dann breitet es sich bis zur Kehle aus, sodass ich nicht schlucken kann und die Zähne zusammenbeiße. Es schnürt mir die Brust zu, das Atmen fällt mir schwer. In meiner Panik hole ich flach und hastig Luft, mir wird schwindelig, und mein Kopf fühlt sich zu schwer für meinen Hals an.

Ich weiß, es ist nur ein Angstanfall, aber gleichzeitig bohrt der Zweifel in mir, und ich denke, dass es diesmal *doch* etwas anderes ist, dass ich sterbe, wenn ich hier nicht rauskomme.

Und zwar SOFORT!

Es ist, wie wenn mein Körper plötzlich das Kommando übernimmt. Ich kann mich nicht wehren, ich werde einfach mitgerissen. Mein Gehirn folgt einem Notfallprotokoll.

Ich kann nichts dagegen tun, ich stürme die Stufen wieder hinauf, dränge mich durch die Menschenmasse und schürfe mir bei meiner verzweifelten Flucht den

Arm an der Mauer auf. Es fühlt sich wie Ertrinken an, als würde ich mit brennender Lunge und weichen Beinen um mich treten, damit ich wieder an die Wasseroberfläche komme.

Ich werde es nicht schaffen ...

Doch plötzlich entkomme ich dem Gedränge des Pulks und taumle auf den Bürgersteig. Ich stolpere und lande auf den Knien. Der Inhalt meiner Tasche ergießt sich unter dem Gejohle der Anstehenden auf den Boden.

30 ALEX ZWEI

Mit gesenktem Kopf sammle ich hektisch meine Siebensachen zusammen und fluche leise vor mich hin.

«Die ist dir runtergefallen.» Die Stimme gehört zu einem Paar abgelatschter blauer Doc Martens mit roten Schnürsenkeln.

Mein Blick wandert nach oben über eine gestreifte Strumpfhose und eine schwarze superkurze Jeans zu einem lächelnden Gesicht, das von grellgrünem Haar eingerahmt wird. Das Mädchen zeigt mir die signierte Limited-Edition-Tokyo-Girl-CD, die ich für Tash gekauft habe.

«Wo hast du *die* denn her?»

«Aus dem Megastore in der Stadt.»

Sie betrachtet die CD eindringlich und dreht sie in ihren Händen, als könnte sie nicht fassen, dass sie echt ist. «Die ist ja signiert!»

«Jep.»

Ein Typ in einem *Prayer-For-Halo*-T-Shirt beugt sich zu uns herüber. «Wo hast du die gekauft?»

«Im Megastore», antwortet das Mädchen für mich. «Sie ist signiert.»

Der Kerl flucht beeindruckt. «Wahnsinn! Lass mich mal sehen.»

Als die Schlange weiterrückt, schließt der Typ auf und nimmt dabei meine CD mit.

«Coole Jacke», sagt die Grünhaarige.

Das soll sicher ironisch sein, aber ihre Miene wirkt aufrichtig.

«Danke», erwidere ich argwöhnisch. «Hab ich meinem Dad geklaut.»

Das Mädchen grinst. «*Running home in stolen shoes*, was?» Das ist eine Zeile aus einem Song von Tokyo Girl.

«Uups, das ist mir noch nie aufgefallen!»

Da habt ihr's – meine Leute!

Die Anspannung weicht ein wenig aus meinen Schultern.

«Gehst du nicht rein?», fragt das Mädchen und erinnert mich daran, dass alle, die noch draußen stehen, meinen dramatischen, peinlichen Ausbruch aus der Schlange beobachtet haben.

Ich gebe ihr keine Antwort – weil ich noch nicht weiter gedacht habe.

«Unglaublich, dass sie hier sind!», sagt das Mädchen. «Tokyo Girl ist meine Lieblingsband, seit ewigen Zeiten!»

Der Typ verdreht die Augen. «Na ja, seit einer Woche.»

Sie schlägt ihm fluchend auf den Arm. «Als ob, ich stehe seit ihrem ersten Mini-Album auf sie.»

«*Permanent System Damage*», sage ich, ohne nachzudenken.

Ihre Miene hellt sich auf. «Mit *Speed Dial Junkie*, stimmt's?»

«Der beste Track!»

«Ich finde die ersten Sachen besser, aus der Zeit, als

sie noch keinen Plattenvertrag hatten», sagt ihr Freund. «Die findet man heute kaum mehr.»

«Meinst du *TG Zero Zero One?*», frage ich. «Mit Kenjis Bruder am Schlagzeug?»

Ihm fällt die Kinnlade runter – buchstäblich.

«Ha! Da hast du's!» Die Grünhaarige schlingt mir lachend einen Arm um die Schulter. «Wie heißt du, Schwester? Ich bin Kym.»

«Äh … Alex.»

«Ich auch», sagt ihr Freund und schaut sich erneut meine CD an.

«Merkst du was? Er ist wirklich kein bisschen originell», sagt Kym lachend. «Keine Angst, wir nennen ihn von jetzt an einfach *Alex Zwei.*»

Alex Zwei hört es entweder nicht, oder es ist ihm egal.

Mit einem Mal merke ich, dass ich erneut von der Schlange aufgesogen worden bin und bereits gefährlich nah wieder an der Treppe stehe.

«Äh, ich sollte jetzt wohl gehen, also …» Ich weise mit dem Kopf auf die CD.

Kym schnappt sie Alex Zwei aus der Hand. «Hey, kannst du noch eben deine Meinung zu etwas sagen, worüber wir uns nicht einigen können?», bittet sie mich und gibt mir die CD zurück. «Dieser Knallkopf hier meint, in *Go Go Girl* geht es um Kenjis Freundin. Ich sage die ganze Zeit, dass Kenji den Song über seine Schwester geschrieben hat, aber er glaubt mir einfach nicht.»

Es ist, als würde man einem ausgehungerten Hund

ein frisches Steak unter die Nase halten. Die Frage ist unwiderstehlich. (Falls ich jemals in einer Quizsendung auftreten sollte, was natürlich niemals geschehen wird, wäre Tokyo Girl mein absolutes Spezialgebiet.)

«Seine kleine Schwester ist gemeint, yeah. Er hat ihr den Song zum Geburtstag geschenkt.» Ich lächle Alex Zwei entschuldigend an. «Tut mir leid.»

«Entschuldige dich doch nicht!», sagt Kym und lacht.

Alex Zwei wirkt nicht überzeugt.

«Wenn du dir den Text anhörst, wird es eigentlich ganz deutlich.»

«Ja, genau, Alex Zwei», sagt Kym und stupst ihn an. «Wenn du *zuhörst*.»

Er zuckt mit den Schultern. «Glaubst du, dass sie die CD im Club verkaufen? Ich will die auch haben. Und ein T-Shirt.»

Bei dem Gedanken an das pinke T-Shirt läuft mir ein Schauer über den Rücken, und ich löse mich langsam aus der Reihe.

«Bei dir geht es immer nur um Klamotten», sagt Kym. «Du bist so ein Poser!»

Damit hat sie ihn getroffen. «Und wenn ich deiner Meinung nach kein richtiger Fan bin, wieso habe *ich* dann das Live-King-Tut's Bootleg?»

«*Tokyo Wah Wah!*» Es sprudelt unwillkürlich aus mir heraus. «Auf dem sie *Big Nothing* von Elliott Smith covern?»

Alex Zwei grinst.

«Hey, kennst du die KXFM-Session? Auf YouTube?», frage ich.

Er schüttelt den Kopf.

«Das musst du dir unbedingt anhören, es ist ein bisschen wie eine Akustikversion von *Fascist Killing Machine*. Man glaubt nicht, dass es funktionieren kann, ist aber so.»

Das Gespräch fesselt mich dermaßen, dass ich wieder auf den Stufen stehe, ohne zu wissen, wie ich dahin gekommen bin. Jetzt werden meine Beine steif – höchste Zeit, mich zu verkrümeln, bevor ich mich erneut blamiere.

«Hauptsache, sie spielen heute Abend *Home Song*», sagt Kym, ehe ich mich davonstehlen kann. «Den finde ich absolut fantastisch!»

«Dieser Satz über den Geruch, wenn man die Haustür öffnet», sage ich.

«Oh mein Gott, ja! Bei dem Song möchte ich immer weinen.»

Obwohl ich mich den beiden wirklich sehr nahe fühle, bedrängen mich die Wände. Ich muss hier weg.

«Und du?», fragt Kym. «Wenn ein Song heute Abend unbedingt gespielt werden muss, welcher wäre das für dich?»

Ich befeuchte meine trockenen Lippen mit der Zunge. Darauf antworte ich noch, dann bin ich weg. «Na ja, nachdem du dir *Home Song* bereits reserviert hast, würde ich *Smash Glass in Case of Emergency* nehmen.»

«Oh Mann, genau!» Kym sieht aus, als wollte sie mir um den Hals fallen, dreht sich dann aber um und boxt Alex Zwei auf den Arm. «Siehst du! Die kennt sich voll aus! Hör zu, da kannst du dir eine Scheibe von abschneiden!»

Ich merke, wie meine Gedanken versuchen, mich wieder wegzuziehen, und mit einer weiteren Panikattacke drohen, indem sie mir Bilder von den Schrecknissen vorgaukeln, die mich drinnen erwarten, oder mich mit meinem wertlosen Fake-Ausweis verhöhnen. Doch ausnahmsweise erscheinen die Stimmen weit entfernt und nicht wirklich wichtig – ich höre nicht hin, so gefangen bin ich von Tokyo Girl und dem, was Kym und Alex Zwei dazu sagen.

Auf einmal kommt keine weitere Stufe mehr, ich bin unten angekommen. Die Frau in der schwarzen Security-Jacke hält die Hand auf. «Ticket?»

«Äh … ja. Moment. 'tschuldigung!»

Während Kym und Alex Zwei ihre Eintrittskarten vorzeigen, mache ich mich an meinem Handy zu schaffen. Meine Hände zittern mehr denn je.

Sie wird merken, wie nervös ich bin, und sich zusammenreimen, dass mein achtzehnter Geburtstag noch vor mir liegt. Zu spät fällt mir auf, dass ich die Brille nicht abgenommen habe. Jetzt glaubt sie mir nie, dass ich Val sein soll!

Kym und Alex Zwei warten auf mich. Mir wäre es lieber, sie würden schon reingehen, damit sie meine

Demütigung nicht miterleben. Ich hätte wissen sollen, dass es so toll nicht weitergehen konnte. Auch wenn ich noch so sehr das Gefühl habe, dass dies meine Leute sind, ist mir doch klar, dass *ich* hier nichts zu suchen habe.

Die Frau scannt das Ticket auf meinem Handy und gibt es mir zurück.

Ich erwarte die Frage nach dem Ausweis.

«Ist noch was?», fragt sie, während die Menge mich von hinten schubst.

«Nein! Tut mir leid! Danke.»

Alex Zwei öffnet die Tür, und Kym zieht mich über die Schwelle.

Jetzt bin ich drin.

Geschafft!

31 GRANNY YODA

Ich weiß, dass mein Stolz auf diesen kleinen Erfolg in keinem Verhältnis dazu steht, was ich bisher erreicht habe. Schließlich bin ich nur eine Treppe hinunter und durch eine Tür gegangen. Andererseits möchte ich einwenden, dass es für ein Mädchen zwar nur ein paar Betonstufen sind, aber für die Alexheit ist das ein riesiger SPRUNG, das könnt ihr mir glauben – und das alles habe ich ohne Tash geschafft.

Offenbar war ich so in die Unterhaltung mit Kym und Alex Zwei vertieft, dass ich vergessen habe, wo ich bin. Hätte ich mit Tash in der Schlange gestanden, wäre es mir wahrscheinlich nicht gelungen, so sehr loszulassen. Ich hätte gewusst, dass ich im Notfall kneifen konnte und dass Tash mitgekommen wäre. Kym und Alex Zwei haben mich behandelt, als wäre ich ganz normal, und vielleicht fiel es mir deshalb auch leichter, tatsächlich normal zu sein. (Was immer das bedeuten mag.)

Selbstverständlich ist der Augenblick meines persönlichen Triumphs nur von lächerlich kurzer Dauer. Als Alex Zwei die Tür öffnet, die in den eigentlichen Club führt, fühlt es sich wie ein Sturz in den Abgrund an. Ich weiß wieder, wie das Pandemonium zu seinem Namen gekommen ist …

Wir werden in einen Hexenkessel aus Körpern gesogen, die sich im Rhythmus der rockigen Musik winden. Es ist dunkel, heiß und stickig. Die Luft schmeckt dünn und verbraucht, und die rot gestrichenen Wände schillern vor Schweiß. Falls der Designer oder wer auch immer wirklich eine Art Hölle schaffen wollte, ist ihm das meiner Meinung nach gelungen.

«Mann, ich liebe es hier!», schreit Kym und tanzt mit erhobenen Armen in die Menge.

Ich dagegen bleibe starr am Rande des Getümmels stehen und weiche dann wie ferngesteuert an die Wand zurück. Wie blöd von mir zu denken, ich könnte hier durchhalten!

«Alles okay?», fragt Alex Zwei und beugt sich vor, damit ich ihn verstehen kann. «Ich gehe nur schnell rüber und besorge mir eine CD, bevor sie ausverkauft sind.»

Ich sehe ihm nach, als er sich zu dem Tisch mit den Fanartikeln weiter hinten durchkämpft, während die Worst-Case-Szenario-Stimme mich innerlich anschreit, SOFORT ABZUHAUEN, bevor es zu spät ist.

Soll ich das wirklich tun, damit ich mich auch ja nicht vor Kym und Alex Zwei blamiere?

Ich stelle mir mein Zimmer vor: das saubere leere Bett, eine frische Brise weht durchs Fenster herein, die Ruhe ist himmlisch … Na ja, das ist übertrieben, aber der Lärm, wenn die Leute über uns sich anschreien und mit Gegenständen bewerfen, ist im Vergleich zur dröhnenden Musik im Pandemonium das reinste Grillenzirpen in einer lauen Sommernacht.

Wenn ich mich rühren könnte, würde ich mich in

der Tat umdrehen und zum Ausgang rennen, doch mein Körper hat sich anscheinend komplett verabschiedet.

Das ist nur so 'ne kleine Panikattacke, sagt Thelma, die plötzlich wie eine gespensterhafte Oma Yoda aus dem Star-Wars-Universum vor mein geistiges Auge schwebt. (Ich sag's euch, verabreicht Yoda nur ein bisschen Lippenstift, und schon könnt ihr die beiden nicht mehr auseinanderhalten.)

Ist doch ganz einfach, sagt sie. *Warum machst du es dir so schwer?*

Ich lasse den Blick schweifen – so viele tanzen, ganz rot im Gesicht.

Kym fällt mir ein, wie glücklich sie sich hineingeschlängelt hat.

Nur weil ich Angst habe, kann ich nicht weiter weglaufen. Was will ich überhaupt mit diesem Kampf beschützen? Ein Leben in meinem Zimmer, vor dem Fernseher, in dem ich mir alte Filme anschaue, die ich schon hundert Mal gesehen habe? Will ich wirklich den Rest meines Lebens als Alexandra (Tod-)Ernst verbringen? Wenn ja, kann ich auch gehen und auf dem Nachhauseweg ein paar streunende Katzen mitnehmen.

Ich glaube, ich habe Thelmas Geheimrezept endlich kapiert. Sie hat keine Angst vor dem Tod, weil sie bereits gelebt hat. Während ich mich bis in alle Ewigkeit fürchten werde, solange ich nicht den Mumm aufbringe, *irgendetwas* zu tun.

Oma Yoda nickt grinsend und schwebt über der

tanzenden Menge. Dabei rockt sie in ihrem Rollstuhl zur Musik, ich schwöre.

Soll das jetzt so weitergehen? Mein Worst-Case-Szenario im einen Ohr und eine Yedi-Rentnerin im anderen? (Wird man vielleicht so, wenn man ohne Mutter aufwächst? Müssen sich die Wahnvorstellungen auch noch blöderweise auf Star Wars beziehen?)

Worauf wartest du?, fragt Oma Yoda. *Ich glaube nicht, dass du nur hier bist, um Witze zu reißen.*

Sie hat recht, ich bin hier, damit meine beste Freundin die Halle nicht in einem Leichensack verlässt und ein Bestatter im Seidenhemd sie aufschneidet, während er zu Beatles-Hits auf Panflöten Salsa tanzt.

Ich muss etwas tun, bevor ich auch noch das bisschen Mut verliere, das Thelma mir verliehen hat.

Doch wie zum Teufel soll ich Tash hier finden? Wahrscheinlich hängt sie schon backstage mit der Band herum und findet alles ganz TOLL. Oder sie steht mit Val direkt vor der Bühne. Tash tummelt sich bei Konzerten am liebsten im Moshpit, nahe der Band, wo sie ausgelassen tanzt; nur aus Rücksicht auf mich bleibt sie normalerweise weiter hinten. Diesmal hält niemand sie zurück, und ich frage mich kurz, ob sie ohne mich nicht besser dran ist.

Doch jetzt geht es nicht um mich, sondern darum, ihr das Leben zu retten, auch wenn ich darin möglicherweise nicht mehr vorkomme. Nicht vergessen: Tash ist wichtiger als alles andere.

Ich löse mich von der schützenden Wand und werfe mich ins Gewühl.

Die Bühne ist weit weg zwischen zwei riesigen Boxentürmen aus übereinandergestapelten Lautsprechern, was vermutlich erklärt, warum ich jeden Beat bis in die Zähne spüre. Die Vorband kündigt den letzten Song an, während ich mich langsam nach vorne arbeite.

Der Besitzer des Clubs hat wirklich keine Kosten gescheut, das Pandemonium als Dämonenhaus zu gestalten. An den Backsteinsäulen der Bar hängen Satansmasken, und über dem Ganzen schwebt ein großer goldener Dreizack. Alle vorhandenen Flächen sind rot gestrichen, sodass die Besucher in ein teuflisches grellrotes Licht getaucht sind – wahrscheinlich ist das genau der Sinn der Sache.

Von den Spiegelsäulen blicken mich albtraumhafte Fratzen an, als ich mich durch die Zuschauer zwänge. Man kann unmöglich erkennen, was echt oder gespiegelt, wer vor oder hinter einem ist. Unter den vielen Menschen suche ich verzweifelt nach Tash, doch es ist zu dunkel und zu wild. Wahrscheinlich ist sie ja in der Nähe von Val. Man sollte meinen, jemand, der so toll ist wie Val, hätte ein eigenes Spotlight oder ein Reality-TV-Team auf den Fersen, damit man sie leicht erkennen kann – aber nein.

Sobald die Vorband den letzten Akkord rausgehauen und *Cheers* in die Mikros gemurmelt hat, entsteht ein Run auf die Bar. Ich werde von der Strömung erfasst und erst in die eine, dann in die andere Richtung mit-geschleift. Dabei bekomme ich Ellbogen in die Rippen, einige Leute treten mir auf die Füße, und ich werde von allen Seiten geschubst.

Als unverhofft eine Säule Schutz bietet, drücke ich mich mit dem Rücken an sie. Der Schweiß läuft mir unter Dads Lederjacke den Rücken herunter. Und genau davor hat mich der Sanitäter letztes Mal gewarnt …

Es ist der Wahnsinn. So finde ich die beiden nie, und selbst wenn – will ich Tash wirklich mithilfe eines Tricks hier rausbringen?

Und was ist mit all den anderen? Mit Kym und Alex Zwei? Mit Michael aus dem Megastore? Und was mit der blöden Val und den vielen anderen Menschen, die ich gar nicht kenne? Wenn ich tatsächlich davon überzeugt bin, dass hier heute Abend ein Unglück geschieht, muss ich doch eigentlich alle nach draußen bringen, oder?

Klar, und warum gehe ich nicht kurz zu Hause vorbei und zwänge mich in einen Superman-Anzug mit Cape? Ehrlich!

Manchmal muss man den Hintern hochkriegen, sagt Oma Yoda. *Jetzt UNTERNIMM endlich was! Hmm?* (Ja, ich weiß, dass Thelma nicht so redet, aber sie ist meine Vision, also haltet die Klappe!)

Ich treffe eine Entscheidung.

Besonders toll finde ich sie nicht. Nein, löscht das – ich finde sie grauenhaft. Sie könnte locker als schlechteste

Entscheidung durchgehen, die jemand in einer kurzen Zeitspanne voller mieser Möglichkeiten getroffen hat.

Doch wie die alte Dame schon sagte ...

Also drücke ich mich von der Säule ab und unternehme etwas.

32 «SMASH GLASS
IN CASE OF EMERGENCY»

Unglaublich, dass ich das ernsthaft durchziehe.

Nicht denken – handeln. Darum geht's, richtig?

Trotzdem läuft es darauf hinaus, dass ich verhaftet und des Clubs verwiesen werde.

Danach muss ich Dad in die Augen schauen und den enttäuschten Blick aushalten, den ich mir gut vorstellen kann. Wenn ich ihm erkläre, warum ich das tun musste, wird er mich verstehen. Vielleicht.

Doch nachdem ich mich nun entschlossen habe, etwas zu unternehmen (etwas unfassbar Dämliches, mit dem ich mich jedoch heldenhaft edelmütig aufopfere), finde ich das einzige Ding nicht, das ich dafür dringend benötige! Typisch. Wenn ich nicht so viel Angst hätte, würde ich mich über die Absurdität des Ganzen kaputtlachen.

Ich gehe durch die Tür in den vergleichsweise ruhigen Gang, der zu den Toiletten und zur Garderobe führt. Der Ausgang liegt direkt vor mir. Fünf Schritte, und ich wäre draußen in der frischen Abendluft – mit dem makellosen Status einer gesetzestreuen Bürgerin.

Aber ich bin damals von der Party abgehauen, und wir wissen, wie das ausgegangen ist. Damals habe ich

Tash böse im Stich gelassen. Und mich selbst auch. Aus Fehlern soll man lernen, nicht wahr?

Deshalb biege ich rechts ab und finde nach kurzem Suchen, was ich an der Wand vor den Toiletten vermutet habe: einen kleinen roten Kasten mit der fetten schwarzen Aufschrift FEUER und einer einfachen Anweisung. SCHEIBE EINSCHLAGEN – HIER DRÜCKEN. Das mache ich dann mal, schließlich tue ich nur, was da steht, nicht wahr?

Zunächst stelle ich mich in der Schlange vor der Garderobe an und überlege, wie ich das bewerkstelligen soll, ohne gesehen zu werden.

Wie wäre es mit einem Ablenkungsmanöver?

Das ist so ein Moment, in dem man gut noch jemanden gebrauchen könnte.

Ich versuche, Oma Yoda heraufzubeschwören. *Okay, du bist dran. Hast du eine brillante Idee für mich? Und komm mir ja nicht damit, ‹Gewalt zu gebrauchen›.* Aber Thelma spielt nicht mit – sie erscheint nur unaufgefordert.

Ich gebe Dads Lederjacke und meine Tasche an der Garderobe ab und stecke den blauen Abholzettel in die kleine Geheimtasche meiner Jeans. (Heute morgen in der Leichenhalle habe ich da nicht nachgesehen, oder?) Doch das ist gerade gar nicht so wichtig.

Kaum habe ich die Jacke abgegeben, da bereue ich es bereits. Ich zittere in meinem dünnen T-Shirt, doch vielleicht liegt es auch nur an der Angst.

Während ich darauf warte, dass es im Gang leerer wird, gebe ich vor, meine Handynachrichten zu checken, aber jedes Mal, wenn ich einen Schritt auf den Feuermelder zugehe, wird lärmend die Tür geöffnet, und jemand Neues kommt herein.

Je länger ich hier warten muss, umso mehr verlässt mich der Mut, und die protestierende Stimme in meinem Kopf wird lauter. Aber dann …

Ausnahmsweise – vielleicht sogar zum ersten Mal – lächelt mir das Schicksal zu.

Die Tür am Ende des Gangs wird mit einem Knall geöffnet, und ein vielbeiniges Ungeheuer stürmt aus dem Club herein. Mindestens fünf Jungs und zwei Mädchen sind ineinander verkeilt, doch es ist weniger eine ernst zu nehmende Auseinandersetzung als Gefummel und «Lass-dass!»-Rufe. Dennoch schauen alle hin.

Einige Sekunden lang bin ich ebenso überrascht wie alle anderen, bis mir wieder einfällt, warum ich hier bin. Mein Zeitfenster besteht aus einem winzigen Spalt, der jederzeit zugeschlagen werden kann. Ich muss JETZT zur Tat schreiten.

Während ich zu dem roten Kasten an der Wand schleiche, hole ich meinen Schlüssel heraus. (Darin liegt bestimmt eine gewisse Ironie.) Der Filzdrache sieht mich traurig und enttäuscht an, als könnte er nicht glauben, was ich vorhabe. Ich bin ganz seiner Meinung.

Und zögere.

Das Gekappel der Jungs und Mädchen entspannt sich bereits. Die Frau vom Einlass trennt die Gruppen mithilfe eines riesigen Türstehers und schickt die Streithähne in zwei gegenüberliegende Ecken.

Das ist meine letzte Chance ...

Ich beschwöre die Erinnerung an die ausgefüllten Leichensäcke herauf und zwinge mich zu einem tiefen Atemzug in der kalten klinischen Luft der Leichenhalle mit ihrem säuerlichen Gummiaroma.

Nicht meine beste Freundin, denke ich – *nicht, wenn ich es verhindern kann.*

Ich ramme den Schlüssel durch die Scheibe.

Es hätte mich nicht erstaunt, wenn er abgeprallt wäre, doch das Glas zerbricht beim ersten Versuch.

Und dann ...

Passiert gar nichts.

Nur mein Herz wummert so laut, dass ich es in der Kehle spüre.

Ich hatte mit Sirenen gerechnet. Oder mit Blaulicht ... Ich wage es kaum zu sagen: Ich dachte, die Hölle bricht los.

Nada.

Die Musik dröhnt weiter durch die Wände, als ein Mädchen aus der Toilette kommt und mich sieht – mit dem Schlüssel in der Hand vor der zerbrochenen Scheibe des Feuermelders. Sie reißt die Augen auf.

Höchste Zeit zu verschwinden.

Ich warte nicht ab, ob das Mädchen meldet, was

sie gesehen hat, sondern gehe möglichst schnell an der Truppe der Raufbolde vorbei. Hinter ihnen reiße ich die Tür auf und kehre in den Club zurück.

Im Tumult meiner Gefühle – Ungläubigkeit, weil ich es wirklich getan habe; Angst, dass das Mädchen mich bei der Security verpfeift – herrscht vor allem Wut vor. Ich fühle mich betrogen! Da habe ich so mit mir gerungen, und was ist dabei herausgekommen? Nichts!

Wozu gibt es Feuermelder, wenn sie im Ernstfall nicht funktionieren? Ich wusste immer schon, dass dieser Club die reinste Todesfalle ist. Mir ist ganz danach, eine scharf formulierte E-Mail an die Behörde zu schicken, die für die Sicherheit und Gesundheit an diesem Ort zuständig ist. Und wenn jetzt wirklich ein Feuer ausgebrochen wäre?

Bei der Idee schleicht sich das Grauen eisig in meine Magengrube. Kann es sein, dass genau das heute Nacht passieren wird?

Da mich diese Vorstellung mindestens ebenso ablenkt wie die Angst vor dem Sicherheitspersonal, achte ich gar nicht darauf, wo ich hinlaufe.

Im nächsten Moment stoße ich mit Volldampf mit einem Typen zusammen, der von der Bar kommt.

Das dritte Newtonsche Gesetz besagt, dass es zu jeder Kraft (Aktion) eine gleich große Gegenkraft (Reaktion) gibt. Mit anderen Worten:

Unbeholfener Trampel + drei große Biere = mit eiskaltem Bier getränkte Alex.

Einen Augenblick lang verschlägt es mir vor Schreck den Atem.

Der Typ rastet total aus, was verständlich ist – obwohl ich doch betonen muss, dass er bis auf ein paar Spritzer auf seiner Jeans wunderbarerweise verschont geblieben ist. Ich dagegen stehe vom Hals abwärts kurz vorm Ertrinken.

«Sorry, sorry, sorry!», rufe ich und suche nach Kleingeld, damit er neues Bier kaufen kann. Der Typ nimmt es, hält mir noch einen Vortrag, dass ich in Zukunft besser aufpassen soll, und stapft davon.

Ich bleibe wie vom Donner gerührt stehen und nehme am Rande wahr, dass die Umstehenden mich anstarren und auslachen. Da packt jemand meinen Arm, und mir wird schlagartig wieder bewusst, warum ich es so eilig hatte …

33 IRGENDWIE UNVERMEIDLICH

So musste es kommen. Meine spontane Bierdusche ist ein passendes Finale für diesen katastrophalen Abend. Ich drehe mich zu der Person um, die mich geschnappt hat –

«Alex! Ich suche dich schon die ganze …» Kym macht große Augen, als sie sieht, in welchem Zustand ich bin, und flucht. Dann lacht sie und flucht noch mal.

«Hi!» Ich nicke Alex Zwei zu, der aus unerfindlichen Gründen rot geworden ist und meinen Blick meidet.

Ich erkläre den beiden, was geschehen ist, natürlich ohne die Sache mit dem Feuermelder zu erwähnen.

«Irgendwann bin ich bestimmt wieder trocken», sage ich, während das kalte Bier unter den Bund meiner Jeans rinnt. «Geht schon!»

«Ehrlich gesagt, nein, Alex.» Kym runzelt die Stirn. «Du hast wahrscheinlich keine anderen Sachen dabei, oder?»

Ich schüttle den Kopf.

«Dein T-Shirt ist jetzt nämlich ganz schön durchsichtig.»

Ah! Das erklärt, warum Alex Zwei mich nicht ansehen kann und ein Haufen anderer Jungs mich anstarrt. Und ich dachte, es liegt daran, dass es so was von out ist, sich mit Bier überschütten zu lassen.

Ich verschränke die Arme vor der Brust und überlege, ob ich meine Lederjacke von der Garderobe holen soll, aber die kann ich ohne etwas darunter auch schlecht tragen. Außerdem würde ich damit an den Tatort zurückkehren.

«Nimm doch das, wenn du magst.»

Ich ahne bereits, was es ist, noch bevor ich den pinkfarbenen Stoff in Alex' Fingern sehe.

«NEIN!» Eigentlich wollte ich nicht schreien. «Ich meine, das gehört dir, du hast es gerade erst gekauft.»

Alex Zwei weiß immer noch nicht, wo er hingucken soll. «Ich glaube, du brauchst es dringender.» Mittlerweile ist er dunkelrot im Gesicht.

«Alex!» Kym nimmt ihm das T-Shirt ab. «Du musst das anziehen, glaub mir!» Sie packt mich erneut am Arm und zerrt mich durch die Menge.

Dann erst kapiere ich, dass wir auf dem Weg zu den Toiletten sind, und bleibe ruckartig stehen.

Kym denkt, ich will einfach das T-Shirt von Alex Zwei nicht annehmen. «Wirklich, Alex, das ist überhaupt nicht schlimm. Ich gebe dir meine Adresse, und du schickst es zurück, falls das dein Problem ist.»

Wenn es doch nur das wäre.

Als wir schwungvoll durch die Tür gehen, stoßen wir beinahe mit dem riesigen Türsteher zusammen, der eben die Rauferei aufgelöst hat. Er sieht uns eindringlich an, und ich erwidere den Blick. Bestimmt hat mich das Mädchen, das mich am Feuermelder erwischt hat, genau beschrieben. Ich bin kurz davor, auf die Knie zu fallen und meine Hände für die Handschellen auszustrecken. Doch Kym geht weiter.

«Schwere Kleiderpanne», sagt sie und wedelt mit der Hand vor meinem klatschnassen T-Shirt. Der Türsteher knurrt etwas und lässt uns durch.

«Ich warte hier auf dich», sagt Kym und reicht mir vor der Toilette das T-Shirt.

Falls ich vorgehabt hätte, mich rauszuschleichen und die Biege zu machen, besteht diese Möglichkeit nun nicht mehr.

Ich schließe mich in einer Kabine ein und schäle mich aus meinem nassen Bier-Shirt.

Kann ich es nicht einfach auswringen und ein Weilchen unter den Händetrockner halten? Im Club ist es so heiß, da trocknet es sicher ganz schnell. Aber in der Zwischenzeit kann ich schlecht mit den Armen vor der Brust herumlaufen – ich fühle mich so schon nackt, wenn alle hinsehen.

Das erinnert mich an das letzte Mal, als ich im öffentlichen Raum nackt war ...

Einen Augenblick lang betrachte ich wieder meinen toten Körper. Das Bild flackert nicht mehr undeutlich, es ist eine Erinnerung wie jede andere, klar konturiert; sie spiegelt etwas wider, das tatsächlich geschehen ist.

Und jetzt geschieht es von Neuem.

Ich sehe das pinke T-Shirt an, das letzte Puzzleteilchen, das nur darauf wartet, eingesetzt zu werden.

Wenn ich es anziehe, werde ich sterben.

Nach allem, was ich durchgemacht habe, nach all den Versuchen, den Dingen einen anderen Lauf zu geben, bin ich dennoch hier gelandet.

Am liebsten würde ich weinen, weil es so ungerecht ist.

Andererseits – soll ich vielleicht genau hier sein?

Um mich meinen Ängsten zu stellen. Meinem Tod.

Gerry hat gesagt, ich hätte – wie in einem Videospiel – ein Extraleben bekommen. Doch um ein höheres Level zu erreichen, genügt es nicht, am Leben zu bleiben, sondern am Ende muss der Big Boss besiegt werden. Es ging also von Anfang an nicht nur darum, dem Tod aus dem Weg zu gehen, mich irgendwo zu verstecken oder einen Stellvertreter zu finden. Ich musste in den Club gehen und mich damit konfrontieren.

Obwohl ich letztes Mal verloren habe, gibt es vielleicht noch die Chance zu gewinnen.

Die ganze Zeit habe ich mich darauf konzentriert, bloß nicht zu sterben. Und wenn man dem Tod nun dadurch ein Schnippchen schlägt, dass man lebt? Ich meine nicht nur die schiere Existenz oder das reine Überleben, sondern *echtes* Leben.

Thelma hat mir erklärt, dass der Tod umso weiter entfernt erscheint, je intensiver man lebt. Wenn man dem Tod zeigt, dass man keine Angst vor ihm hat – so hat sie mir versichert –, dann haut er wieder ab und sucht sich einen anderen.

Warum also nicht?

Eine bessere Idee habe ich sowieso nicht.

Nach kurzem Zögern ziehe ich das T-Shirt über den Kopf und atme den Geruch von neuem Stoff und Färbemittel ein.

Es ist nur ein T-Shirt, kein Zeichen für den Tod. Ich muss nicht automatisch sterben, nur weil ich es trage. Genau genommen ist vielleicht sogar das Gegenteil der Fall.

Wenn ich es anziehe, fange ich endlich an zu leben!

33 1/3 RICHTIG GUT ODER RICHTIG SCHLECHT?

Wisst ihr noch, was ich weiter vorne über Riesensprünge gesagt habe? Nichts in meinem Leben hat mir je mehr Angst eingejagt, als dieses T-Shirt anzuziehen. Auch wenn Gerry gesagt hat, es wäre nicht das Zeichen, fühlt es sich verdammt so an – vielleicht auch eher wie eine Zielmarke, ein Schild über meinem Kopf, auf dem steht: *Hier bin ich! Komm, hol mich!* Ich wusste immer schon, dass es einen Grund haben muss, warum ich Pink nicht mag, und dieses T-Shirt ist so was von pink, wie ein Neon-Leuchtstift, der im Dunkeln glüht und aus dem Weltall gesehen werden kann: PINK!

«Sieht gut aus!», sagt Kym, als ich endlich wieder auftauche.

Wieder sehe ich sie argwöhnisch an, ob sie sich über mich lustig macht.

«Dir steht es auf jeden Fall viel besser, als wenn er es anhätte!» Sie grinst. Als wir auf dem Rückweg im Gang noch zwei andere in diesem Band-T-Shirt treffen, geht es mir schon etwas besser. Vermutlich fühle ich mich weniger auffällig.

Doch in dem Moment, als wir in den Club und in die überwältigende Hitze zurückkehren, schrecke ich automatisch vor der Unmenge von Leuten zurück. Trotzdem folge ich Kym weiter nach vorn, versuche, ruhig zu bleiben und meine neuen Erkenntnisse im Blick zu behalten. Gleichzeitig frage ich mich, was nun wohl auf mich zukommt. Von wo schießt der nächste Baum durchs Fenster, wo taucht der nächste leere Aufzugschacht auf? In diesem Höllenloch droht von allen Seiten Gefahr.

Die Bühne ist fertig aufgebaut, alles ist für Tokyo Girl vorbereitet: das Schlagzeug, das im Schein der gedimmten Scheinwerfer glänzt; die Boxen mit dem TG-Logo auf dem stoffbespannten Lautsprechergitter und der breite, hohe Rückvorhang in Neonpink mit dem aufgesprühten schwarzen Schriftzug LIVE FAST DIE YOUNG. Ich gebe mir große Mühe, es nicht als persönliche Botschaft zu werten.

Der Saal bebt vor Aufregung. Vorfreude knistert in der Luft. Ich halte in der bebenden Masse ganz vorn Ausschau nach Tash und Val, doch ich kann sie nirgends sehen.

Wir sind noch relativ weit hinten, weil Kym tanzen möchte. Die DJane legt ein paar gute Platten auf, glaube ich jedenfalls; ehrlich gesagt, meine Nerven liegen dermaßen blank, dass ich eigentlich nur Lärm wahrnehme, kreischende Gitarren und unverständlichen Gesang, während jeder Basston wie eine Faust den direkten Weg in mein Herz findet.

Kym tanzt, als wäre sie allein auf einer Wiese oder auf dem Mond und als würde es sie nicht kümmern, wie andere das finden. Im Scheinwerferlicht wechselt ihr grünes Haar die Farbe, während sie um Alex Zwei herumwirbelt und lustige Grimassen schneidet, um uns zum Lachen zu bringen. Sie nimmt meine Hände, ich soll mitmachen.

Es ist komisch – sobald ich anfange zu tanzen, fühlt es sich gar nicht mehr an, als würde ich herumgeschubst, sondern vielmehr, als würde ich dazugehören. Allmählich dringt die Musik durch meine Angst zu mir durch, und ich erkenne die einzelnen Songs, die ich so liebe. Mit geschlossenen Augen konzentriere ich mich auf die Töne.

Irgendwann tanze ich mit – tanze *richtig* mit –, so wie ich es bisher nur zu Hause mit Tash gemacht habe oder allein und ungestört in meinem Zimmer, niemals in der Öffentlichkeit.

Mir ist heiß, ich schwitze und überlege bereits, Alex Zwei ein neues T-Shirt zu kaufen, weil er dieses sicher nicht zurückhaben will. Ich werde weiterhin geschubst, gestoßen und gedrückt, aber irgendwie fühlt es sich nicht mehr so schlimm an. Es hat ein Weilchen gedauert, bis ich das prickelnde Gefühl deuten konnte, aber ich würde glatt sagen, *ich finde gerade alles echt toll.* Endlich habe ich kapiert, was Tash mir so lange vorgebetet hat. Es fühlt sich abgedreht und bizarr an und viel intensiver als der Alltag. Unfassbar, dass ich es bisher verpasst habe. Und ja, es macht auch Angst, aber fühlt es sich möglicherweise gerade deshalb so fantastisch an?

So ist es richtig, mein Mädchen!, sagt Oma Yoda und wirbelt in ihrem Rollstuhl über der tanzenden Menge.

So sieht Gewinnen aus, Alex, Liebes. So besiegt man seine Furcht, hau rein und fang an zu leben, so RICHTIG! Und nicht nur heute, sondern dein Leben lang.

Sie hat recht, ich spüre es selbst. Erschrocken stelle ich fest, dass ich mir zur Abwechslung mal in Bezug auf ein *gutes* Gefühl ganz sicher bin. Aber ich weiß einfach, dass hier heute Abend nichts Schlimmes passieren wird. Es fühlt sich überhaupt nicht wie das Ende meines Lebens an, sondern im Gegenteil, als würde etwas Neues seinen Anfang nehmen – ein wahres Leben, voller Möglichkeiten, noch mehr Nächte wie diese zu erleben. Ich schäme mich für den Teil meines Lebens, den ich bis heute verschwendet habe, doch auch hier gilt: Besser spät als nie.

Thelma lag die ganze Zeit richtig. Die Geschichte mit der Leichenhalle, das war nur mein Unterbewusstsein, das mir einen Stups gegeben hat. Durch diesen Trick sollte ich endlich begreifen, dass ich *etwas unternehmen* musste, weil sich sonst nie etwas ändern würde. Es war sogar nötig, Tash so wütend zu machen, dass sie mir ein paar harte Wahrheiten an den Kopf geworfen hat. Es musste einfach richtig schlimm kommen, damit ich gezwungen war zu handeln. Es durfte keinen anderen Ausweg mehr geben als hierherzukommen, und ich musste am eigenen Leib erfahren, dass ich es ohne schreckliche Folgen tun konnte. Ich musste es fühlen und merken, was mir entgangen ist.

Das ist so Alex-mäßig, würde Tash sagen. Ich konnte

mich einfach nicht zu der Erkenntnis durchringen, dass ich mich meiner Angst stellen musste, wenn ich nicht immer nur zuschauen wollte. Dafür musste ich erst ein verwickeltes dramatisches Szenario erfinden, mit zweifelhaften Bestandteilen wie einem salsatanzenden Leichenbestatter und einem Extraleben. Egal! Immerhin bin ich auf diese Weise angekommen, nicht wahr?

Ich bin ganz schön stolz auf mich, das will ich gar nicht verhehlen. Thelma schuldet mir nächsten Samstag definitiv einen Ausflug (auch wenn ich selbst die Finger gekreuzt habe). Tash wird sich auch freuen ... irgendwann. Wenn sie mir nicht mehr unbedingt den Kopf abreißen will, ist sie sicher auch stolz auf mich.

Plötzlich geht das Licht aus.

Mir rutscht das Herz in die Hose, dann erst wird mir klar: Es ist das Signal, dass die Band gleich anfängt. Als die Menge ruckartig näher an die Bühne heranschwappt, werde ich enger an Kym und Alex Zwei gedrückt.

«Komm, wir gehen weiter vor», schreit Kym und grinst.

Ich zögere. Es schnürt mir die Brust zu.

Aber ich will mit ihnen zusammenbleiben und mitkommen, und wenn ich noch so viel Angst davor habe.

Als Kym und Alex Zwei vorwärts drängen und ich ihnen gerade folgen will, meldet sich mein lebenslang geschulter Instinkt, und ich husche rückwärts, während andere gerne die entstandene Lücke füllen.

Kym dreht sich um und sieht, wie ich davondrifte. Sie streckt die Hand aus, doch ich bin schon zu weit weg.

Ich grinse gekünstelt und zucke mit den Schultern.

Einen Augenblick lang sieht es so aus, als käme sie zurück, aber gegen den Schub nach vorn kommt sie nicht an. Das Letzte, was ich sehe, ist der allzu vertraute Ausdruck von Enttäuschung, dann wird sie von der Menge verschluckt.

Ich taumle weiter rückwärts, mit Tränen in den Augen und Wut im Bauch, gepaart mit Scham und Frust. Ich kann keinen klaren Gedanken fassen, wohin ich nun gehen soll, außer auf und davon.

Doch dann …

Fette Bässe erklingen und nageln mich fest. Es ist das Eröffnungsriff zu «Revenant Romantic», Tokyo Girls' neuestem Super-Hit. Der Saal explodiert!

Ehrfürchtig schaue ich zu. Es sieht mehr nach Kampf als nach Tanz aus, wie sich die Leute schubsen und am T-Shirt packen – als würden sie miteinander ringen –, wie sie mit fliegenden Haaren und rudernden Armen aneinanderklatschen.

Tokyo Girl spielt laut und schnell. Die Wut in diesen Songs habe ich schon immer verstanden, habe die Frustration geteilt, die jedes einzelne gequälte Stück antreibt, doch ich war noch nie live dabei, habe noch nie mitbekommen, wie die Musik im Augenblick zum Leben erweckt wird. Keine Ahnung, ob mein Herz vor Freude oder vor Schreck so laut schlägt.

Es ist wild, aber seltsamerweise auch tröstlich. Ich habe es schon einmal gesagt und wiederhole mich gerne: *Musik rettet Menschen!* Wenn alles verloren ist und dein Leben sich anfühlt, als würde es rasend schnell die Porzellanschüssel runtergespült, ist Musik manchmal das Letzte, das dich vor dem Ertrinken bewahren kann – eine rettende Hand, die dich aus dem Strudel wieder herauszieht.

Diese Band – diese Songs: sie bedeuten mir alles. Ich fasse es nicht, dass ich wirklich im selben Raum mit diesen Göttern bin und dieselbe Luft atme! Noch in der schrecklichen Erkenntnis des Erstickens in meinem letzten Augenblick erfüllt mich diese Musik mit Hoffnung. Unvorstellbar, dass ich heute Abend beinahe nicht gekommen wäre!

«Weißt du, ich kann mich einfach nicht entscheiden, ob diese Band richtig gut oder richtig schlecht ist», sagt eine Stimme in meinem Rücken ziemlich nah an meinem Ohr. «Vielleicht ist sie auch einfach so schlecht, dass sie schon wieder super ist. Was meinst du denn?»

Mir bleibt das Herz stehen.

Diese Stimme.

Selbst über dem dröhnenden Gesang von Tokyo Girl ...

... ist DIESE STIMME unverkennbar.

34 TANZ WEITER!

Es ist ziemlich dunkel. In der grellen Lightshow flackern die bunten Lichter über sein Gesicht, daher lässt sich schwer sagen, ob die Haut in diesem verräterischen Orangeton leuchtet. Aber der Ziegenbart und dieses Lächeln sprechen für sich …

«Hallo!»

Und diese *Stimme*!

NEIN! Ich schüttle den Kopf.

Das kann nicht sein! Unmöglich!

Nicht jetzt, nach alldem.

«Und, was denkst du?» Er weist mit dem Kopf auf die Bühne. «Diese Band, ist sie richtig gut oder richtig schlecht?»

Ich muss schlucken.

«Ich muss zugeben, ich neige dazu, sie schlecht zu finden.» Er lässt ein weiteres lebloses Lächeln aufblitzen. «So schlecht, dass ich sagen würde: *Bring mich fort von diesem scheußlichen Lärm!*»

Ich möchte etwas sagen, doch es bleibt mir in der Kehle stecken.

Ich muss atmen.

Schön langsam.

Aus …

… und ein.

«Sie ist richtig gut!», sage ich, drehe mich um und dränge mich in die Menge zurück.

Dann rede ich mir ein, dass er nicht wichtig ist, ein Niemand, nur ein irre unheimlicher Typ.

Doch mit dieser Lüge kann ich nicht einmal mich selbst täuschen.

Tokyo Girl spielt den Anfang eines neuen Songs, als er mich einholt. «Ooh, den finde ich toll, du auch?» Er fängt an zu tanzen.

«Haben Sie nicht eben gesagt, Sie finden die Band blöd?»

«Dieser Song gefällt mir!»

Ich will von ihm fort, doch er nimmt meine Hände und lässt es so aussehen, als würden wir miteinander tanzen und lachen. Um uns herum haben alle nur Augen für die Bühne, keinem fällt etwas auf.

«Zum Weglaufen ist es zu spät, Alex.» Er haucht seinen warmen Atem in mein Ohr. «Du hast deine Chance gehabt und sie nicht genutzt, sogar dann nicht, als die nette alte Dame sich freiwillig gemeldet hat!»

Mit diesen Worten löscht er die letzten glühenden Kohlen des Zweifels, und aller Kampfesmut verlässt mich.

«Ich wusste, dass ich Probleme mit dir bekomme», seufzt Gerry und schüttelt den Kopf. *«Ich bin bestimmt betrunken. Wahrscheinlich habe ich etwas Falsches gegessen. Träume ich etwa? Blablabla!* Du weigerst dich sogar zu glauben, was direkt vor deiner Nase ist. Du verschwendest Stunde um Stunde damit zu leugnen, was deine Sinne dir vermitteln. Ich könnte darauf wetten, dein Verstand hat den ganzen Tag alles dafür getan, dass du es vergisst und ‹vernünftige Erklärungen› findest. Na?» Als der Song zu Ende ist, johlt Gerry laut und lässt mich los, um zu klatschen und bewundernd zu pfeifen.

Ich erwäge wegzulaufen, doch wie schon so oft bin ich nicht in der Lage, mich zu bewegen.

«Ich habe dich davor gewarnt, dass es so kommen kann, Alex. Trotzdem bist du hier.» Er zeigt auf das pinke T-Shirt. «Und die Farbe steht dir *wirklich* nicht, Darling!»

Als ich ihn mit Schimpfwörtern bombardiere, lacht Gerry nur und tanzt weiter.

«Jemand muss sterben, Alex», ruft er mir zu, um die Musik zu übertönen. Dabei windet er sich um mich herum. «Das hast du gewusst.»

Ich fühle mich verarscht, und zwar viel schlimmer als in dem Moment, in dem der Feueralarm nicht losging. Schließlich dachte ich wirklich, ich hätte alles begriffen und müsste nur herkommen und mich meiner Angst stellen – um dem Tod zu zeigen, dass er keine Macht über mich hat. Das reicht aber nicht. Ich bin gescheitert.

Und nun muss ich sterben.

Eigentlich hätte ich mit mehr Angst gerechnet, doch jetzt, da es so weit ist, fühle ich mich nur wie betäubt und unglaublich müde. «Na los, bringen wir es hinter uns», sage ich zu Gerry.

Doch er grinst nur und tanzt weiter.

Er spielt mit mir wie Tashs Katze mit den Fröschen, die sie fängt. Einfach unerträglich.

Ich packe ihn am Arm und ziehe ihn zu mir heran. «Wenn Sie mich töten wollen, dann machen Sie schon!»

Er strahlt sogar noch mehr. «Dich töten? Ich töte nicht, Liebes. Ich sammle nur die Leichen ein.»

«Dann sammeln Sie mich ein.»

Er lacht.

«Warum haben Sie das überhaupt gemacht?», schreie ich Gerry an. «Wieso sollte ich es noch mal versuchen, wenn sowieso klar war, dass ich versage?»

«Oh, du hast nicht versagt, Darling. Im Gegenteil.» Endlich bleibt er stehen. «Du hast dich sehr gut geschlagen. Selbst wenn du am gleichen Ort gelandet bist, so bist du ein anderer Mensch geworden.» Als er grinst, leuchten seine Zähne im Scheinwerferlicht. «Du solltest mir dankbar sein, denn von nun an wird dein Leben eine andere Richtung nehmen.»

«Aber haben Sie nicht gesagt, dass ich sterben muss?»

«Nein. *Jemand* muss sterben, habe ich gesagt. Ich bin nicht deinetwegen hier.» Er schaut an mir vorbei in die wild stampfende Menge vor der Bühne. Dort sind Tash und Val irgendwo, Kym und Alex Zwei und wahrscheinlich auch Megastore Michael.

Plötzlich überkommt mich wieder diese Hitzewallung wie im Aufenthaltsraum von Ulmenblick, als wir Scrabble gespielt haben. Diesmal sehe ich alles genau vor mir …

In wenigen Augenblicken wird ein junger Typ mit verfilzten Dreadlocks auf die übereinandergestapelten Boxen neben der Bühne klettern. Ich sehe seine mageren Arme und das karierte Hemd, das er um den Bauch geknotet hat. Der große Türsteher, der die Rauferei beendet hat, ist jetzt für die Bühnensicherheit zuständig. Er packt den Jungen am Hemd und zieht es ihm versehentlich aus, während der Junge weiterklettert. Die Menge wird johlen, und er wird salutieren, weil er sich wie ein Held fühlt, und das nervt den Riesen vermutlich so sehr, dass er ihm hinterherklettert. Und von da an nimmt alles seinen katastrophalen Lauf.

Ich weiß es, weil ich mich vom letzten Mal daran erinnere.

Jetzt ist es natürlich zu spät für diesen Gedächtnisschub.

Es spielt sich vor meinem inneren Auge wie eine gespenstische Einblendung ab: Der Türsteher klettert auf die Boxen, um den Jungen zu verfolgen, doch er ist riesig und wiegt so viel mehr. Eine der Ketten, die den Turm sichern, reißt, und die fetten, schweren schwarzen Lautsprecher fallen auf die Menschen, die unten stehen. Das löst eine Panik und eine schreiende, wilde Flucht zu den Ausgängen aus …

Und so bin ich gestorben.

Diesmal bleibe ich aber – offensichtlich – am Leben.

Dennoch muss jemand sterben ...

«Sie haben mich reingelegt!» Ich höre mich an wie ein schmollendes Kind.

Gerry lächelt nur. «Ich bin Gevatter Tod, Darling – der Name kommt nicht von ungefähr.» Er schmunzelt.

Ich will ihm seinen dämlichen Bart aus dem Gesicht ziehen. Ihm das boshafte Lächeln von den glänzenden Zähnen schlagen.

«Also, wer soll es denn diesmal sein, Alex? Denk dran, du spielst jetzt live, es geschieht hier und jetzt, und du hast die Macht.» Er grinst. «Aufregend, oder?»

35 TOTER PUNKT

Ich dränge mich durch die Menge in Richtung Bühne.

«Das würde ich an deiner Stelle nicht tun», ruft Gerry mir nach.

Ich schenke ihm keine Beachtung.

«Eben hast du dich noch so gut geschlagen!» Ich höre das Lachen in seiner Stimme.

Aber ich muss Tash und die anderen finden und sofort nach draußen scheuchen.

Mittlerweile sollte ich es jedoch wissen: Ob man nur einsieht, was man tun müsste, oder ob man tatsächlich in der Lage ist, es zu tun, sind zwei verschiedene Dinge; zwischen ihnen klafft ein riesiger Abgrund.

Obwohl ich noch nicht einmal in der Nähe des brodelnden Moshpits bin, fällt mir das Atmen bereits schwer. Ich weiß noch, wie es beim letzten Mal war, als die Boxen zusammenbrachen und alle zu entkommen versuchten. Da war ich in die kreischend laute Massenflucht geraten und wurde von der schieren Wucht der hinausstürmenden Menschenmenge umgeworfen, als die Leute in dem Gewirr der Gliedmaßen stolperten und übereinanderstürzten. Ich spüre noch das Gewicht derjenigen, die über mich hinwegtrampelten und mir die Luft aus den Lungen drückten.

Auch jetzt schnürt es mir die Kehle zu, und jeder Atemzug wird mühsamer und flacher. Mein Sichtfeld verengt sich, als die Panik das Kommando übernimmt. Die Band klingt verzerrt und unkoordiniert.

Nein!

Doch nicht jetzt!

BITTE!

Ich kann nicht schlucken.

Meine Glieder werden schwer und schwach, sie kribbeln, als wären sie eingeschlafen.

Wenn ich nicht ins Massengedränge geraten will, darf ich jetzt nicht den Boden unter den Füßen verlieren.

Ich muss an Gerrys lauernde Miene denken.

Und an Tash. Und an Dad. Und an Thelma.

Und daran, wie gut es sich anfühlte, dieses T-Shirt anzuziehen und den Entschluss zu fassen, mich meiner Angst zu stellen.

Daran, wie ich mit Kym und Alex Zwei getanzt habe und eine echte Möglichkeit für ein neues Leben gesehen habe.

Das macht mich mit einem Mal schrecklich wütend.

Mir reicht's, ich habe genug von – MIR! Von meiner Angst.

Das wird so nicht mehr vorkommen.

Und heute schon gar nicht.

Ich habe es satt, zu kneifen, Dinge zu verpassen und Menschen, die ich mag, im Stich zu lassen.

Schluss damit!

Plötzlich füllt sich meine Lunge wieder mit Luft, und ich kann erneut alles sehen.

Dann blitzen aus den ineinander verflochtenen Körpern vor der Bühne Dreadlocks auf, und der magere, affengleiche Junge springt seitlich am Lautsprecher hoch – es geschieht genauso, wie ich es bildlich vor mir gesehen habe.

Ich dränge weiter, doch die Menge ist wie eine Mauer, eine wirbelnde Masse verschlungener Glieder – ein toter Punkt. Ich schreie sie an, Platz zu machen, weil der Boxenstapel gleich umfällt! Doch bei der Lautstärke der Bandperformance könnte ich genauso gut stumm sein.

Der Türsteher beugt sich über die Bühne und packt den Jungen, der an den Boxen emporklettert, am Hemd, doch kurz darauf hält er lediglich den Stoff in der Hand. Die Zuschauer johlen, und der Typ salutiert.

«Nein nein nein nein NEIN!»

Und dann sehe ich sie auf einmal – Tashs Kopf, der im Takt mit der Musik auf und ab hüpft – direkt unter dem Lautsprecherturm und doch so weit weg.

Ich fluche vor Wut und Frustration. Meine Augen brennen, so hilflos fühle ich mich.

«WEG DA!» Ich reiße an den Armen der Leute, will sie aus dem Weg drücken, doch das klappt nicht.

Dann kommt mir eine Idee. Als ich getanzt habe, bin ich besser vorangekommen, weil ich den Widerstand aufgegeben und mich dem Flow der Menge anvertraut habe.

Deshalb höre ich auf, die anderen zu bedrängen, und

tanze. (Was schwerer ist, als es klingt, wenn man seine Freunde davor retten will, von einer herunterfallenden Box erschlagen zu werden.) Es funktioniert, doch das geht alles viel zu langsam, denn so komme ich niemals rechtzeitig hin. Und selbst wenn, wie soll ich sie davon überzeugen, dort wegzugehen? Und was ist mit den anderen Leuten? Irgendjemand wird darunterstehen, wenn der Stapel umkippt.

Von der Seite der Bühne weist der Türsteher den Jungen mit Gesten an herunterzukommen, doch der Typ winkt ihm nur zu und schaukelt wie ein dünner King Kong an der Seite der Box.

Tokyo Girl spielt einen neuen Song. Da passiert es, ich erinnere mich! Das ist genau das Stück, das ich mir im Bus angehört habe, als ich das Gefühl hatte, zerquetscht zu werden, und Bruchstücke der Geschehnisse vor Augen hatte, ohne die Bedeutung zu verstehen.

Es wird passieren, bevor dieser Song zu Ende geht.

Tatsächlich: Als ich wieder hinsehe, beginnt der Türsteher mit der Kletterpartie.

36 MEINE LEUTE

Es ist wie mit dem Hund im Garten von Haus Ulmenblick. Ich sehe das Geschehen auf mich zukommen und kann nichts dagegen tun.

Die Lautsprecher geraten ins Trudeln, als der Türsteher sich daran hochzieht. Der Junge ist schon ganz oben angekommen und reckt triumphierend die Arme. Er tanzt wie ein Idiot und ahnt nicht, in welcher Gefahr er schwebt. Ich bin die Einzige, die erkennt, was gleich geschehen wird. Die Einzige, die helfen könnte und sich dennoch nicht mehr rührt.

Ich habe mir etwas vorgemacht, als ich glaubte, die Dinge verändern zu können.

Schließlich bin ich nicht Thelma oder Tash oder Kym oder Val – ich bin keine Retterin. Ich steige aus. Ich laufe weg und verstecke mich. Ich erstarre zur Salzsäule.

Letztes Mal war Val zur Stelle, um Tash zu retten. Diesmal …

VAL! *Die tolle Val, die sich in die Menge schmeißt!*

Ha! Ich wusste doch, dass ich mir eine Scheibe von ihr abschneiden sollte!

Mehr wie Val sein!

Neben mir tanzen zwei Jungs und versprühen Schweiß, während sie ihre Köpfe von links nach rechts und zurück schleudern. Ich packe den einen Jungen am Arm.

«Ich muss da hoch!» Ich schreie und zeige nach vorn. «Auf die Bühne. Kannst du mir helfen?»

Seine Züge sind erschlafft, sein Blick ist verschwommen, und ich weiß nicht, ob er geistig anwesend ist, ob er mich überhaupt verstehen kann.

Ich starte einen neuen Versuch bei seinem Kumpel. «Ich will auf die Bühne! Und mich dann, du weißt schon, in die Menge schmeißen.»

Lachend schüttelt er den Kopf und tanzt weiter.

«Ich helfe dir.»

Als ich mich umdrehe, entdecke ich ein vertrautes, lächelndes Gesicht.

Megastore Michael grinst. «Du hast es echt geschafft! *Und* dir schon ein T-Shirt besorgt. Ich dachte, du hast was gegen Pink?»

«Das ist eine lange Geschichte!»

«Sieht gut aus – steht dir doch!»

Verdammt – flirtet der mit mir? JETZT? Echt, bleibt mir hier nichts erspart?

«Ich muss da hoch! Hilfst du mir?»

«Du willst auf die Bühne? Sicher?»

«Bitte!» Für Erklärungen habe ich keine Zeit – der Song ist schon am Refrain angelangt.

Michael nickt. «Okay, halt dich fest.» Er schlingt die Arme um mich. Die Menge teilt sich, als wir voranstürmen. Und schon werde ich hochgehoben, über die Absperrung gehievt, und ich krabble auf den Bühnenrand.

Mein Knie trifft auf etwas Hartes, doch ich ignoriere den Schmerz und rapple mich auf. Während ich vage die Jubelrufe von unten höre, konzentriere ich mich voll auf Kenji – den schönen, gequälten, begabten Sänger von Tokyo Girl. Er umklammert das Mikro mit geschlossenen Augen und ahnt nicht, dass ich hier bin – im Gegensatz zu der Bassistin Mica, die hochgegelte blaue Haare hat und mir böse Blicke zuwirft. Einen Augenblick himmle ich die Musiker nur an, weil ich es nicht fassen kann, dass ich ihnen so nah bin … Doch dafür ist jetzt keine Zeit.

Wie immer setze ich auf meine Intuition, was den Plan angeht – soll heißen, ich habe keinen.

Ich erwäge, Kenji das Mikro wegzuschnappen und zu verkünden, dass die Boxen gleich runterfallen, aber würde mir überhaupt jemand zuhören? Und wenn, würde ich damit nicht eine furchtbare Panik auslösen?

Die Beschreibung dieser wenigen Sekunden dauert viel länger als das eigentliche Geschehen. Sobald ich aufrecht stehe, merke ich, dass eine Frau in einem schwarzen Security-T-Shirt auf die Bühne rennt, um mich aufzuhalten.

Ich muss verhindern, dass der große Türsteher weiter an den Lautsprechern emporklettert.

Nachdem ich Mica entschuldigend angegrinst habe, flitze ich hinter Kenji und schlängle mich zu der Seite der Bühne durch, wo der Große sich langsam an den Boxen hocharbeitet. Falls *jetzt* alles zusammenbricht, bin ich in

Sicherheit, stelle ich unvermittelt fest und frage mich, ob ich auf diese Weise heute überlebe.

Aber jemand muss sterben, Alex …

NEIN!

Ich verliere kostbare Zeit, weil ich um aufgereihte Gitarrenständer herumgehen muss.

Der Türsteher ist bereits zwei Meter hochgeklettert, doch ich könnte ihn noch erreichen. Ich muss nur seine Aufmerksamkeit auf mich lenken und ihn überreden, wieder abzusteigen, damit ich –

Von hinten schlingt jemand seine Arme um mich und reißt mich weg, sodass ich mit den Füßen in der Luft hänge.

«NEIN!», schreie ich, gestikuliere und versuche, die Frau, die mich von der Bühne schleppt, zum Zuhören zu bewegen. «DIE LAUTSPRECHER KIPPEN GLEICH UM! WIR MÜSSEN IHN DA RUNTERHOLEN!»

Sie gibt keine Antwort oder versteht mich in dem Höllenlärm der Band vielleicht nicht.

In der Menge werden Buh-Rufe laut, aber ich weiß nicht, ob sie mir oder ihr gelten.

«BITTE!», schreie ich zappelnd. Mittlerweile weine ich vor Verzweiflung.

Und dann …

Aus dem Augenwinkel sehe ich, wie sich am vorderen Bühnenrand etwas bewegt.

Ich drehe den Kopf, und da bietet sich mir ein unglaublicher Anblick.

Wie eine Horde ausgehungerter Rentner, die zur Tee-
zeit den Speisesaal stürmen …

… erobern die Zuschauer die Bühne.

Offenbar habe ich sie zu einer Masseninvasion angeregt.

Meine Leute.

Innerhalb weniger Sekunden sind mehr Zuschauer
als Musiker dort oben. Mit einem Mal sind die Leute
überall und tanzen, bevor sie sich in die Menge zurück-
werfen, während gleichzeitig der Strom von Menschen
anhält, der sich auf die Bühne hinaufbewegt.

Die Frau, die mich festhält, flucht.

Der große Türsteher hat es auch gesehen, blickt zu
dem Jungen auf dem Boxenstapel hoch und zurück zu
dem neuen Problem, das er wesentlich leichter erreichen
kann. Dann springt er ab, und die Lautsprecher hören
auf zu wackeln. Die Sicherheit ist wiederhergestellt.

Bevor ich in die Seitenbühne gezerrt werde, sehe ich
als Letztes eine einsame Gestalt hinten im Saal, die Richtung Ausgang geht.

Gerry bleibt an der Tür noch einmal kurz stehen,
schaut zu mir hoch und winkt. Er schüttelt den Kopf,
aber sein Lächeln kann er nicht verbergen, denn es
strahlt wie ein Suchscheinwerfer durch den Raum.

Ladies and Gentlemen, Gevatter Tod hat das Gebäude
verlassen.

37 DAS ENDE, MIT DEM NIEMAND GERECHNET HAT

«Was zum Teufel wolltest du da oben?» Tash sieht mich an, als würde sie mich nicht kennen.

Ich zögere mit der Antwort. Auch wenn ich mich nach Anerkennung dafür sehne, dass ich ihr das Leben gerettet habe, ganz zu schweigen von den vielen anderen Leuten, die heute Abend möglicherweise getötet oder verletzt worden wären, lasse ich es lieber stecken. Wie soll ich ihr das auch nur ansatzweise erklären? Und wie groß wäre die Chance, dass sie mir glaubt?

«Weiß nicht. Ich glaube, ich war vor Begeisterung einfach hingerissen.»

Eine wahrhaft lahme Erklärung, die Tash wohl auch durchschaut, doch sie sagt nichts dazu. Wahrscheinlich hat sie auch keine Lust auf das alte Thema.

Stattdessen schüttelt sie den Kopf. «Ich habe meinen Augen nicht getraut!»

Ich habe das Gefühl, ausgeschimpft zu werden. Wenn Val sich in die Menge wirft und auf ihr surft: wieso ist es dann Stoff für eine DU-AHNST-NICHT-WIE-COOL-VAL-IST-Geschichte, während ich nur Missbilligung ernte, wenn ich etwas Ähnliches veranstalte? Noch dazu, um anderen das Leben zu retten (auch wenn es niemand weiß)? Wie witzig ist das denn? Antwort: Gar nicht!

Wir warten vor dem Club, in dem ich jetzt lebenslang Besuchsverbot habe, auf ein Taxi. Wirklich schade, ausgerechnet jetzt, da er mir gerade ans Herz gewachsen ist.

Dank der spontanen Bühneninvasion, die ich – ja, ich! – ausgelöst habe, ist der Boxenturm tatsächlich nicht umgefallen. Ich habe daher auch keinerlei Beweise und konnte dementsprechend keine Erklärung für meine Aktion vorlegen. Zum Glück haben sie weder die Polizei noch Dad angerufen.

«Und, hast du die Band kennengelernt?», frage ich Tash.

«Danny hat heute Abend nicht gearbeitet», antwortet Val, die natürlich nie um eine Ausrede verlegen ist. «Du bist näher an sie herangekommen als wir.» Als sie betrübt grinst, muss ich lachen.

«Yeah, sie fanden mich bestimmt super!» Dann hole ich die CD aus meiner Tasche und reiche sie Tash. «Oh, ich habe dir übrigens das hier besorgt.»

«Die ist ja signiert!» Obwohl Tash sich große Mühe gibt, weiterhin sauer auf mich zu sein, kann sie sich das Lächeln nicht verkneifen.

«Ja, im Megastore gab es ein paar davon.»

«Da war ich heute auch schon», sagt Val. «Mir wurde gesagt, sie seien ausverkauft.»

«Tja, ich kenne da jemanden …»

«DU KENNST DA JEMANDEN?» Tashs Augenbrauen kriegen sich nicht mehr ein. «Wer ist dieser

Jemand, und was hat er bloß mit meiner Freundin gemacht?»

Ein Taxi fährt vor.

«Soll ich euch mitnehmen?», frage ich. «Dad ist nicht da, ihr könnt also gerne bei mir schlafen, wenn ihr wollt.» Ich sehe Val an. «Du natürlich auch.»

Sie zuckt mit den Schultern. «Klar, warum nicht?»

Heute sind einige sonderbare Dinge passiert, aber das schlägt alles, würde ich sagen.

38 EIN WUNDERBARES LEBEN

Ich kann mich nicht erinnern, dass ich es schon einmal so eilig hatte, zur Arbeit zu gehen. Aber ich freue mich schon die ganze Woche darauf, Thelma zu erzählen, was ich bei dem Gig erlebt habe.

Das Irre ist jedoch: Je mehr Zeit vergeht, umso weniger bin ich mir darüber im Klaren, was *wirklich* geschehen ist. Genau genommen habe ich mir ein Konzert angehört und zum Stürmen der Bühne angeregt. Zugegeben, was mich angeht, sind das aufsehenerregende Neuigkeiten, aber wen interessiert das sonst? Wäre die Box tatsächlich heruntergefallen und jemand zu Tode gekommen, wenn ich den Türsteher nicht abgelenkt hätte? Das werde ich wohl nie erfahren.

Es ist vielleicht nicht von Bedeutung, ob es die Leichenhalle und Gerry und all das wirklich gegeben hat und ob ich zuvor gestorben war oder nicht. Fest steht, dass ich genauso gut hätte tot sein können – so wenig, wie ich dem Leben bisher abgewonnen habe.

Doch das wird sich ändern. Heute Abend bin ich mit Kym und Alex Zwei verabredet. Ich habe ihm ein neues T-Shirt gekauft, das mir Megastore Michael aus Brighton mitgebracht hat. Er ist dorthin gefahren, um sich Tokyo Girl zum dritten Mal anzusehen. Er meinte, beim nächsten Mal würde er mir vorher Bescheid sagen, damit ich vielleicht mitfahren kann (vorausgesetzt, ich stürme nicht noch mal die Bühne). Und ehe ihr euch etwas dabei denkt: so ist es überhaupt nicht. Wir haben einfach den gleichen Musik- und Filmgeschmack, das ist alles. Wie gesagt, wenn man kotzt und der Typ dableibt, dann kann man auf ihn bauen, und das ist auch etwas. Also, yeah, ungefähr so ist es schon.

Aber wir wollen nicht vorgreifen. Bei mir ist keine magische Wunderheilung eingetreten, und es hat sich auch nicht alles einfach zum Guten gewendet. Sagen wir mal, ich arbeite daran. Es hat mich große Mühe gekostet, heute Morgen in den Bus zu steigen, kann ich euch sagen, und ich sitze auch ganz bestimmt nicht oben. Kleine Schritte, Leute.

Andererseits fühle ich mich wirklich anders. An diesem schönen Morgen hüpfe ich geradezu über den Kiesweg vor Haus Ulmenblick.

Diesmal ist Derek nicht zu meiner Begrüßung erschienen, aber Marianne steht am Empfang, als ich beschwingt hereinkomme.

«So früh warst du ja noch nie da», sagt sie voller Misstrauen.

«Das stimmt! Ich möchte noch zu Thelma, bevor wir mit dem Frühstück anfangen. Das geht doch, oder?»

Marianne runzelt die Stirn. «Oh, Alexandra. Ich fürchte, ich muss dir etwas Trauriges mitteilen.»

Ein Schauer läuft mir über den Rücken.

Ich weiß, was sie sagen wird.

«Thelma ist letztes Wochenende gestorben.»

Es ist wie ein Schlag in den Magen.

«Sie ist friedlich von uns gegangen», erklärt Marianne. «Sie ist einfach eingeschlafen und nicht wieder aufgewacht.»

Ich sehe sie an und höre, was sie sagt, unfähig, die Bedeutung ihrer Worte zu akzeptieren.

«Wann?», krächze ich.

«Am letzten Samstag. Carl war um halb elf bei ihr, um sie zu fragen, ob sie noch einen Kakao will. Er konnte sie nicht mehr aufwecken.»

Eine halbe Stunde, nachdem Gerry das Pandemonium verlassen hat.

Jemand muss sterben, Alex.

Ich weiß nicht, ob ich weinen oder jemanden umbringen will.

«Du hattest Thelma gern, sehe ich das richtig?»

Ich nicke und spüre eine Träne auf meiner Wange. «Ich habe sie letzte Woche erst kennengelernt, aber ...»

Ich wollte heute mit ihr in die Stadt, das hatten wir vereinbart.

Andererseits hatte ich die Finger hinterm Rücken gekreuzt, wisst ihr noch?

Marianne nimmt meine Hand in ihre. «Es ist schwer, Liebes, ich weiß, aber ehrlich gesagt, war es bestimmt ihr Wunsch. Thelma war schon sehr lange bereit zu gehen. Sie hat jetzt ihren Frieden.»

Obwohl ich weiß, dass sie recht hat, frage ich mich, ob es meine Schuld ist. Ich habe eine Entscheidung getroffen – diejenige, mich selbst und meine Freunde zu retten, aber alles und jedes hat Folgen, manchmal auch unvorhergesehene.

«Übrigens hat sie dir etwas hinterlassen», sagt Marianne. «Es liegt in ihrem alten Zimmer auf dem Bett.»

Tash geht mit mir zum Zimmer Zwölf. Ich weiß noch, wie ich letztes Mal hier entlanggegangen bin und wie wütend ich auf Thelma war, weil ich sie für den Streit mit Tash verantwortlich gemacht habe. Und wie einsam sie aussah, als ich gegangen bin.

«Geht's, Süße?»

Ich nicke und wische mir mit dem Handrücken über die Wange. (Eine Lügnerin, nach wie vor.)

Obwohl ich weiß, dass sie tot ist, erwarte ich, dass Thelma in ihrem Zimmer ist, und es tut sehr weh, als es nicht so ist. Gemütlich war es hier nie, aber heute sieht es brutal karg aus. Ich versuche, Oma Yoda heraufzubeschwören – so gern möchte ich das zahnlose Grinsen und das gerissene Funkeln in ihren Augen sehen –, doch Thelma hat uns verlassen.

Auf dem Bett liegt ein alter Einkaufsbeutel. Tash geht hin und nimmt ihn in die Hand.

«Wieso hat sie dir etwas hinterlassen?» Sie runzelt die Stirn, als sie mir die Tüte gibt. «Glaubst du, sie wusste, dass sie stirbt?»

Auf den Gedanken bin ich auch schon gekommen, und es gefällt mir nicht, wohin er führt.

Ein Umschlag, auf dem in eleganten, krakeligen Groß-
buchstaben mein Name steht, ist mit Klebeband auf der
Tasche befestigt.

«Meinst du, sie hat dir Geld geschenkt?», fragt Tash,
als ich mit dem Daumen unter die Lasche gleite.

Ich schüttle den Kopf, weil ich Thelmas Geld nicht
haben möchte.

In dem Umschlag steckt ein Brief in derselben zittri-
gen und zugleich feinen Handschrift.

Liebe Alex!

*Wir haben eine Vereinbarung geschlossen, und ich halte
stets mein Wort. Doch wenn du diese Zeilen liest, bin ich
wohl leider für immer verhindert, was vielleicht eine legi-
time Entschuldigung dafür ist, dass ich mein Versprechen
nicht halten kann. Hoffentlich verzeihst du mir. Allerdings
wissen wir nun beide, dass der Tod nicht automatisch das
Ende bedeuten muss, wie wir einst dachten. Im Gegenteil,
dein Beispiel gibt mir Hoffnung, dass mit dem Tod ein
neues Abenteuer beginnt! Bekomme ich womöglich noch
mein Extraleben? Wäre das nicht großartig?! Und wie gesagt, wenn dies nun wirklich das Ende ist, blicke ich auf
ein wunderbares Leben zurück. Danke, dass ich an meinem
letzten Tag so viel Spaß mit dir hatte. Das ist wahrlich kein
schlechter Weg, um zu gehen, oder, Liebes? Ich habe dir
einen Ausflug versprochen, wenn du zu dem Konzert gehst.
Wie wäre es also mit dem Trip nach New York, von dem*

du mir erzählt hast? Es tut mir wirklich leid, dass ich dich nicht persönlich begleiten kann, aber mit dem Beigelegten bin ich hoffentlich im Geiste dabei.

Deine gute Freundin,
Thelma

Ich muss mir erneut übers Gesicht wischen und stecke die Hand in die Einkaufstasche.

«Hilfe! Was ist denn da drin?», fragt Tash und schaut mir über die Schulter.

Ich fange an zu lachen.

«Alles okay?» Ich weiß nicht, was Tash mehr verstört: das Ding, das ich in der Hand halte, oder dass ich Rotz und Wasser heule. Und dabei lache, was im Übrigen echt wehtut.

Ich ziehe die Bluse aus der Tasche.

«Wow!», sagt Tash, was ehrlich gesagt die einzige angemessene Reaktion ist. «Wie viele Pailletten sind das denn? Versteh mich nicht falsch – das ist lieb gemeint und so, aber …»

Daraufhin fange ich wieder von vorne an.

Ich drücke die Bluse an meine Brust.

«Wieso hinterlässt sie dir so etwas? Ich meine, ich weiß ja, du stehst voll auf durchgeknallte Sachen, aber das geht ein bisschen zu weit – sogar für dich, Süße.»

Ich sehe Tash an und ziehe meine Jacke aus.

«Ernsthaft?»

«Keine Sorge, ich will sie nur anprobieren.» Ich ziehe die Bluse über mein T-Shirt und öffne Thelmas Schranktür, um mich im Spiegel zu betrachten.

Das Mädchen, das mir entgegenblickt, sieht genauso aus wie ich. Nein, noch besser, sie IST ich. Dennoch erkenne ich sie kaum. Der ängstliche Blick ist verschwunden, und das Mädchen lächelt. Da ist noch etwas … Ich warte und lausche, um mich zu vergewissern.

Nichts. Keine Stimmen. Kein Worst-Case-Szenario-Karussell. Einfach nur ich, in einer roten Glitzerbluse mit tausend Pailletten, die den Umriss von New York abbilden. (Es ist wirklich ein unfassbares Top.)

Während ich zwischen den beiden Schranktüren stehe, wirft jeder Spiegel das Bild des anderen zurück, und ich sehe mich in unendlichen Extraleben gespiegelt. Sie liegen in einer Zukunft mit grenzenlosen Möglichkeiten vor mir, wenn ich den Mut finde, sie zu nutzen.

Thelma hat mir ihr Leben angeboten, um meins zu retten, und möglicherweise ist schlussendlich genau das geschehen. Gerry hat mich am Leben gelassen und Thelma genommen. Oder eine betagte Frau ist an Altersschwäche gestorben, und ich bin zu einem Gig gegangen. Es ist wohl nicht so wichtig. Was zählt, ist nicht, was man glaubt, sondern was man tut, nicht wahr?

Ab jetzt werde ich mein Bestes geben, um mein Leben möglichst gut zu gestalten. Die Angst soll nicht mehr die Oberhand behalten, und auch kein Scheitern, kein Vorurteil oder der Mangel an Geld soll über mich bestimmen. Das bin ich Thelma schuldig – und allen anderen, die keine zweite Chance bekommen haben.

Wenn ich Glück habe, werde ich so alt wie Thelma. Dann sitze ich eines Tages in meinem Schwebestuhl und erinnere mich an ein gut gelebtes Leben und an alte Freunde, die mich gelehrt haben, keine Angst zu haben. Und dass man dem Tod am besten ein Schnippchen schlägt ... indem man lebt!

DANKSAGUNG

Eine Geschichte zu schreiben ist ein einsames Unterfangen, aber man braucht ein ganzes Team, um daraus ein Buch zu machen. Ich möchte mich bei allen bedanken, die zu der Herstellung des Buches beigetragen haben, das ihr in Händen haltet.

Ohne Jean-Claude Lin und sein Team im Verlag Freies Geistesleben gäbe es dieses Buch erst gar nicht. Ich fühle mich geehrt und bin ihnen sehr dankbar für die Unterstützung, die sie meinen Geschichten zukommen lassen (und mit *Warten auf Gonzo* für das beste Buchcover der Welt!).

Große Wertschätzung und enormen Respekt für Anne Brauner, die meine Worte entgegennimmt und etwas Besseres daraus macht. (Einfach immer der dreifache Wortwert!) Tut mir leid, Anne, dass ich dir das Leben schwer gemacht habe, indem ich ein Scrabble-Spiel eingebaut habe. Danke für deine Geduld, Wortgewandtheit und Freundschaft!

Ich bedanke mich auch bei meiner Agentin Jenny Savill für ihre unermüdliche Unterstützung und Ermunterung, und dafür, dass sie an die Geschichte hinter *DEAD WEIRD* (so lautet der Titel des englischen Manuskripts) geglaubt hat – sowie daran, dass ich sie zu Ende schreibe! An meine Schriftstellerfreunde, die wie ich um Worte ringen: Sara Grant, Paula Rawsthorne und Tom Palmer – Danke für eure Gesellschaft und die klugen Worte in diesem oft einsamen Autorenleben.

Eine besondere Erwähnung haben die Bibliothe-
karinnen und Bibliothekare, Lehrerinnen und Lehrer,
Buchhändlerinnen und Buchhändler, die Bloggerinnen
und Blogger verdient. Vielen Dank, dass ihr anderen von
diesen Büchern erzählt! Ohne eure Worte würden meine
auf den Regalen versauern und niemals den Weg zum
Leser finden. Und ohne Leser ist eine Geschichte nicht
vollständig. Also danke ich EUCH und meinen Lesern
in Deutschland – das rufe ich vor allem jenen zu, die ich
zu meiner Freude bei Reisen über den Kanal persönlich
kennengelernt habe.

Zum Schluss Liebe und Dank an meine Familie und
Freunde. Ihr wisst, wen ich meine und was ihr für mich
tut, aber vielleicht nicht, wie sehr ich euch dafür danke.

Mit den besten Wünschen für euch alle!

Barmouth, Wales, im März 2019   *Dave Cousins*

1. Auflage 2019

ⓔ auch als eBook erhältlich

Verlag Freies Geistesleben
Landhausstraße 82, 70190 Stuttgart
www.geistesleben.com

ISBN 978-3-7725-2841-5

Dave Cousins
15 kopflose Tage

301 Seiten
Steifbroschur
ISBN 978-3-7725-2778-4

Willst du zwei verrückte Typen kennenlernen?
Das sind sie: Laurence, 15 Jahre alt und 1,85 groß. Sehr bald wird er sich als seine Mum verkleiden und einen Toten im Radio auferstehen lassen.
... und Jay, sein sechs jahre alter Bruder. Er sieht aus wie ein Engel, glaubt aber, er wäre ein Hund. Er beißt jeden, der sich ihm in den Weg stellt.
Heute ist Dienstag – und die nächsten 15 Tage werden das Leben der Brüder komplett auf den Kopf stellen ...

VERLAG FREIES GEISTESLEBEN

Dave Cousins
Warten auf Gonzo

2. Auflage, 304 Seiten
geb. mit Schutzumschlag
ISBN 978-3-7725-2779-1

Oz ist immer für einen Lacher zu haben. Es ist wirklich nicht seine Schuld, dass manche Leute so humorlos sind … Doch bei einem seiner Scherze geht der Schuss nach hinten los, und er setzt eine Kette von Ereignissen in Gang, die in ein einziges Durcheinander münden. Man muss es tatsächlich erlebt haben, wie Oz versucht, den Schaden zu begrenzen – auf seine eigene, einzigartige Weise. Oder anders ausgedrückt: Jeder kann einen Fehler machen, aber um alles zu versauen, muss man ein Genie sein.

Auch seine größere Schwester Meg zieht Oz nicht aus dem Schlamassel. Und dann bekommt sie selbst ein Problem. Eines, das von Tag zu Tag größer wird …

VERLAG FREIES GEISTESLEBEN

ERNA SASSEN

Erna Sassen
Keine Form in die ich passe

224 Seiten
geb. mit Schutzumschlag
ISBN 978-3-7725-2863-7

Meine Coolness und meine komplizierten Gedankenge-spinste, meine Tricks und Ablenkungsmanöver, das alles verschwand wie Schnee in der Sonne. Und das blieb so. Wenn ich in P's Nähe war.

Wessen Erwartungen meint sie erfüllen zu müssen?
Warum glaubt sie sich eigentlich selbst nie?
Tess, theater- und empathiebegabt, rutscht in eine Krise, als der Traum zerplatzt, in dem sie restlos aufgegangen war: Kabarett und enge Freundschaft mit P. Aber Songs schreiben, das kann sie im Grunde viel besser selbst und allein.

VERLAG FREIES GEISTESLEBEN

Brigitte Werner
Crazy Dogs

480 Seiten
geb. mit Schutzumschlag
ISBN 978-3-7725-2648-0

Einfühlsam und ausdrucksstark erzählt Brigitte Werner den ungewöhnlichen Entwicklungsweg von Mirjam. Ein Roman über den Verlust der Kindheit und die schwierige Zeit des Erwachsenwerdens, über erste Liebe, Freundschaft und Vertrauen, Irrwege und Auswege. Und über die Erkenntnis, dass das Recht auf Individualität ein großes Geschenk ist, das man sich trauen sollte anzunehmen ...

VERLAG FREIES GEISTESLEBEN

SABINE KLEWE
Blutsonne

DIE SPUR DES HENKERS Düsseldorf. Eine Nebelnacht im Februar. Ein Mann dringt in das Haus von Elisabeth und Bertram Kassnitz ein, überwältigt das Ehepaar und entführt es. Am nächsten Morgen entdeckt ein Rheinschiffer die beiden: Aufgeknüpft an einem Baum.

Der spektakuläre Doppelmord schlägt hohe Wellen. Schon bald wird ein mutmaßlicher Täter verhaftet. Doch dann geschehen weitere Morde nach dem gleichen Muster. Scheinbar willkürlich werden Menschen überfallen und brutal hingerichtet. Jeder könnte der nächste sein. Die rasch gebildete »MK Henker« unter Leitung von Kriminalhauptkommissar Klaus Halverstett kennt nur ein Ziel: Der wahnsinnige Mörder muss gestoppt werden, bevor er wieder zuschlägt.

Auch Amateurdetektivin Katrin Sandmann interessiert sich für den Fall. Sie glaubt nicht, dass die Opfer wahllos ausgesucht wurden, denn sie hat herausgefunden, dass alle Morde an ehemaligen Richtplätzen geschahen. Doch bevor sie das Geheimnis lüften kann, kommt sie dem Killer zu nahe …

 *Sabine Klewe, Jahrgang 1966, lebt als freie Schriftstellerin in Düsseldorf. Sie studierte in London und an der Heinrich-Heine-Universität in Düsseldorf, wo sie viele Jahre als Lehrbeauftragte tätig war. Im August 2004 erschien mit »Schattenriss« der erste Band ihrer Krimireihe mit der charismatischen Amateurdetektivin Katrin Sandmann.*

Bisherige Veröffentlichungen im Gmeiner-Verlag:
Wintermärchen (2006)
Kinderspiel (2005)
Schattenriss (2004)

SABINE KLEWE

Blutsonne

Der vierte Fall für Katrin Sandmann

Original

GMEINER

Personen und Handlung sind frei erfunden.
Ähnlichkeiten mit lebenden oder toten Personen
sind rein zufällig und nicht beabsichtigt.

Besuchen Sie uns im Internet:
www.gmeiner-verlag.de

© 2008 – Gmeiner-Verlag GmbH
Im Ehnried 5, 88605 Meßkirch
Telefon 07575/2095-0
info@gmeiner-verlag.de
Alle Rechte vorbehalten
4. Auflage 2013

Lektorat: Claudia Senghaas, Kirchardt
Umschlaggestaltung: U.O.R.G. Lutz Eberle, Stuttgart
unter Verwendung eines Fotos von Pixelio.de
Druck: GGP Media GmbH, Pößneck
Printed in Germany
ISBN 978-3-89977-764-2

»A red sun rises, blood has been spilled this night.«
    The Lord of the Rings – The Two Towers (2002)

1

Der Nebel ist der Komplize des Mörders. Er deckt ihn, schirmt seine blutigen Taten gegen die Blicke unerwünschter Zeugen ab und verhilft ihm zur Flucht.

Es war Sonntagabend, kurz nach elf, und der Nebel war so dicht, dass man selbst in der einspurigen Wohnstraße nicht mehr bis zum gegenüberliegenden Bürgersteig sehen konnte. Ein dunkler Geländewagen glitt fast lautlos über den Asphalt. Behutsam tastete sich das schwere Fahrzeug an den parkenden Autos vorbei. Vor der Einfahrt von Haus Nummer siebzehn kam es kurz zum Stehen. Der Fahrer starrte durch die Windschutzscheibe, fixierte die weiße, wabernde Masse, die an dem kalten Glas leckte. Dann nickte er zufrieden, gab Gas und rollte vor den kleinen Bungalow. Nachdem er den Motor abgestellt hatte, blieb er sekundenlang abwartend sitzen. Durch die Nebelwand war schemenhaft ein gelblicher Lichtfleck zu erkennen. Ein erleuchtetes Fenster.

Jetzt stieß der Mann die Wagentür auf und stieg aus. Noch einmal blickte er sich um. Doch es gab nichts zu sehen. Der Nebel hatte die Nachbarhäuser mit den gepflegten Vorgärten und die parkenden Autos vollkommen verschluckt. Unsichtbar lauerten sie hinter dem Schleier aus bleichem Dunst. Der Mann zog den Reißverschluss seiner Jacke zu und klopfte auf die Taschen, um sich zu vergewissern, dass er alles dabeihatte. Dann streifte er ein Paar Gummihandschuhe über.

Lautlos schlich er zur Haustür und drückte auf die Klingel. Es dauerte nicht lange, bis geöffnet wurde. Eine junge Frau spähte neugierig nach draußen. Sie hieß Elisabeth Kassnitz, trug eine schwarze Bluse und einen kurzen grauen Rock. Ihr glattes blondes Haar hatte sie zu einem Knoten hochgesteckt.

»Sie?«

»Guten Abend, Frau Kassnitz. Entschuldigen Sie die Störung. Kann ich kurz reinkommen?«

Die junge Frau zögerte. »Es ist schon spät. Wir sind gerade erst nach Hause gekommen. Was wollen Sie denn?«

»Bitte.« Er sah sie eindringlich an.

Elisabeth Kassnitz biss sich nervös auf die Unterlippe. Schließlich zuckte sie mit den Schultern. »Also gut. Kommen Sie.« Sie ließ ihn eintreten. Behutsam schloss sie hinter ihm die Tür. Er folgte ihr durch einen schmalen Korridor ins Wohnzimmer. Eine riesige Fensterfront nahm fast eine komplette Wand des Raums ein. Dahinter waberte der Nebel. Rechts häufte sich kalte graue Asche in einem Kamin aus roten Ziegeln. Davor breitete sich eine Sitzgruppe aus schwarzem Leder aus. Auf dem Sofa saß ein Mann in Jeans, Hemd und Jackett, die Arme hinter dem Kopf verschränkt, und beobachtete die Fische, die in einem überdimensionalen Aquarium an der gegenüberliegenden Wand herumschwammen. Es war Bertram Kassnitz. »Und? War es die Schulte?«, fragte er, ohne sich umzudrehen.

»Nein. Wir haben Besuch. Es –« Elisabeth Kassnitz brach abrupt ab, als der Mann eine Pistole aus der Jackentasche zog und auf ihren Kopf richtete.

»Besuch?« Bertram Kassnitz fuhr herum, sah die Waffe und wurde bleich. »Was soll das? Was wollen Sie?«

Statt einer Antwort fischte der Mann ein Paar Handschellen aus der Tasche und drückte sie Elisabeth Kassnitz in die Hand. »Hier! Legen Sie die Ihrem Mann an! Und die Hände auf den Rücken!« Er gab ihr einen Schubs.

Elisabeth Kassnitz ging langsam auf ihren Mann zu. Die Handschellen in ihrer rechten Hand zitterten, das metallische Klimpern und das Knallen ihrer Absätze auf dem polierten Parkett erfüllten den Raum mit einem gespenstischen Rhythmus. Der Lauf der Pistole folgte ihren Schritten. Bertram Kassnitz erhob sich von der Couch und trat zur Seite. Unauffällig gab er seiner Frau ein Zeichen. Sein Blick wanderte zu dem Schürhaken, der neben dem Kamin hing. Sie nickte kaum merklich, trat hinter ihn und gab vor, an den Handschellen herumzunesteln. Vorsichtig bewegten sie sich ein Stück auf den Kamin zu. Gerade als Kassnitz die Hand nach dem Schürhaken ausstrecken wollte, traf ihn etwas an der Schläfe. Ein stechender Schmerz fuhr durch seinen Schädel. Benommen taumelte er, wankte, suchte nach Halt.

»Das ist kein Spiel, Schwachkopf! Versuch nicht noch einmal, mich zu verarschen!« Der Mann richtete die Waffe auf Kassnitz' Hinterkopf.

Der rang nach Luft. Krallte seine Hand in das Kaminsims. Ein Rinnsal Blut floss über sein schweißnasses Gesicht und tropfte auf den Kragen seines Hemdes. Jetzt schlug der Mann Elisabeth mit der Pistole gegen die Schulter. »Die Handschellen. Mach schon!«

Sie fuhr zusammen und verzog das Gesicht vor Schmerz.

»Los!« Er schlug noch einmal zu.

Elisabeth zuckte kurz. Wieder biss sie sich auf die Lippen. Sie gehorchte stumm, griff nach Bertrams Handgelenken. Ihre Finger zitterten so sehr, dass es ihr nur mit Mühe gelang, die stählernen Ringe zusammenzuschieben. Bertram war immer noch benommen, vor seinen Augen schwirrten winzige Punkte aus Licht, willenlos ließ er sich fesseln.

Der Mann packte Elisabeth am Nacken und zerrte sie zur Seite. »Jetzt das hier!« Er drückte ihr einen schwarzen Schal in die Hand. »Mund zubinden!«

Sie knebelte ihren Mann. Tränen liefen ihr über die Wangen. Ihre Lippen waren blutig gebissen. Immer wieder setzte sie an zu sprechen, sie musste doch etwas sagen, den Mann irgendwie von seinem Vorhaben abbringen! Aber sie brachte kein einziges Wort hervor. Als sie fertig war, legte der Eindringling auch ihr Handschellen an und band ihr einen Schal vor den Mund.

»Und jetzt marsch vor die Tür!«, befahl er schließlich und stieß die beiden vor sich her in den Korridor. Hilflos ließen sie sich aus dem Haus schieben. Draußen öffnete der Mann die Heckklappe seines Geländewagens und schubste das Ehepaar in den Kofferraum. Mit einer Wäscheleine band er ihnen die Beine zusammen. Zum Schluss warf er eine Decke über sie. Ein letztes

Mal blickte er sich um. Nichts zu sehen. Nur der Nebel wogte sacht.

Er stieg ein, startete den Motor und rollte langsam aus der Einfahrt.

*

»Schön, dass Sie sich so spät noch Zeit für mich genommen haben!« Marc Simons streckte lächelnd die Hand aus und strich sich mit der anderen eine blonde Haarsträhne aus dem Gesicht.

Katrin Sandmann erwiderte sein Lächeln. »Kein Problem. Ich wohne direkt um die Ecke. Außerdem haben Sie mich neugierig gemacht.«

Simons warf seinen Mantel über die Stuhllehne, dann nahm er breitbeinig Katrin gegenüber Platz. Der Bedienung, die gerade mit einem Tablett vorbeieilte, rief er zu: »Bringen Sie mir auch so einen!« Dabei deutete er mit dem Finger auf Katrins Weinglas. »Ich vertraue auf Ihren Geschmack.« Er grinste.

»Das dürfen Sie getrost tun«, versicherte Katrin. »Die haben einen wirklich feinen Hauswein hier.« Sie beugte sich über ihre Tasche und kramte einen Ordner hervor. »Ich habe ein paar Arbeitsproben von mir mitgebracht. Falls Sie mal reinsehen wollen?«

Marc Simons winkte ab. »Lassen Sie nur. Ich habe diesen Bildband gesehen. Wales. Stimmt's? Hat mir sehr gut gefallen. Die Stimmung. Das Licht. Dieser Blick für das Besondere im Alltäglichen. Genau das, was ich brauche. Natürlich treffe ich letztendlich die Auswahl. Was die Motive angeht, meine ich. Ist ja mein Projekt. Doch ich bin voller Zuversicht, dass Sie auch ein paar hübsche Ideen beisteuern werden.« Katrin schluckte. Simons ließ sich nicht beirren. »Düsseldorf, wie es keiner kennt. Ungewöhnliche Geschichten und spannende Fakten, dazu ein paar knackige Bilder. Natürlich aufgenommen von einer Fotografin aus Düsseldorf. Das Konzept gefällt mir immer besser. Ich habe auch bereits eine Menge interessante Informationen zusammengetragen. Wussten Sie zum Beispiel, dass bei der Schlacht bei Worringen Kölner und Düsseldorfer Seite an Seite gekämpft haben? Gegen den Erzbischof von Köln?«

Katrin nickte. »Ja, das haben wir in der Schule mal durchgenommen. Ich erinnere mich. Allerdings waren vermutlich nur eine Handvoll Düsseldorfer dabei. Wenn überhaupt. Besonders viele Einwohner hatte die Stadt damals nämlich noch nicht.«

Marc Simons zuckte mit den Schultern. »Macht nichts. Die Geschichte ist trotzdem klasse. Immerhin haben wir Düsseldorfer den Kölnern geholfen, sich von ihrem ungeliebten Stadtherrn zu befreien. So betrachtet, sind die uns was schuldig.« Er zwinkerte vergnügt. »Ich maile Ihnen in den nächsten Tagen alle Texte, die ich bisher fertig habe. Dann können Sie ja auch schon mal überlegen, was für Motive dazu passen würden. Oder besser noch: Sie kommen zu mir, und wir gehen alles gemeinsam durch. Haben Sie morgen Nachmittag vielleicht Zeit?« Er lehnte sich zurück und sah sie auffordernd an.

Die Kellnerin brachte Simons' Wein. Katrin nutzte die Unterbrechung. »Wenn Sie mich kurz entschuldigen wollen.« Sie stand auf und lief durch den Schankraum auf die Damentoilette zu. In ihr brodelte es. Das Projekt hatte sich wirklich interessant angehört. Düsseldorf einmal anders. Nicht die üblichen Attraktionen, sondern die Stadt mit neuen Augen gesehen. Aus ungewöhnlichen Perspektiven. Doch dieser Simons war ein eitler Pfau. Sie konnte sich beim besten Willen nicht vorstellen, wie sie wochenlang mit diesem Mann zusammenarbeiten sollte. Noch dazu, wo er offensichtlich vorhatte, sich auch in *ihre* Arbeit reinzuhängen. *Sie* war die Fotografin. Die Fachfrau. Es war ihr Beruf. Sie wusste schon, was sie tat.

Katrin zog die Tür zur Damentoilette auf, und im gleichen Augenblick blieb sie wie versteinert stehen. Ihr Herz hämmerte los wie eine Horde durchgegangene Pferde. Verdammt! Die Toilette lag im Kellergeschoss. Eine schmale, gerade Treppe führte hinunter. Krachend fiel die Tür hinter ihr ins Schloss. Katrin krallte sich an das Geländer. Hektisch schnappte sie nach Luft. Schweiß klebte an ihrem Körper, in ihren Schläfen pochte das Blut. Die Treppe fing an, sich zu drehen. Raus! Ich muss hier raus! Sie keuchte, tastete nach der Tür, doch sie bekam die Klinke nicht zu fassen. Schneller und schneller drehte sich die Treppe, wand sich wie ein alles verschlingender Wirbelsturm auf Katrin zu. Gleich würden die wirbelnden Stufen sie einsaugen und ersticken. Verzweifelt fuhr Katrin mit den Fingern über das Holz in ihrem Rücken. Sie wagte nicht, sich umzudrehen. Endlich, die Klinke! Sie stieß die Tür auf und schlüpfte zurück in den sicheren Schankraum.

Schwer atmend blieb sie stehen. Sie fasste an ihre Stirn, sie war kalt und nass. Mit zitternden Fingern kramte Katrin ein Taschentuch aus der Hosentasche und wischte sich über das Gesicht.

Die Kellnerin trat zu ihr. »Alles in Ordnung? Brauchen Sie einen Arzt?«

»Danke. Mir geht es gut. Mir war nur kurz schwindelig.« Mit unsicheren Schritten wankte Katrin zu ihrem Platz zurück. Glücklicherweise war der Schankraum L-förmig. Marc Simons saß um die Ecke. Er hatte von ihrer Panikattacke nichts mitbekommen. Sie hätte keine Lust gehabt, ihm zu erklären, warum sie höllische Angst vor Kellern hatte. Es ging ihn auch überhaupt nichts an. Obwohl er es vermutlich ungeheuer spannend gefunden hätte.

Ohne ein Wort glitt sie zurück auf ihren Stuhl.

Simons starrte sie fassungslos an. »Ist Ihnen auf dem Klo ein Geist erschienen? Sie sind schneeweiß.«

»Nur ein leichter Schwindel. Ist gleich vorbei.« Am liebsten wäre sie sofort gegangen. Der Stuhl unter ihr stach wie ein heißes Nadelkissen. Die Wände der Kneipe, die ihr eigentlich so vertraut waren, ihr sonst Sicherheit und Geborgenheit boten, bewegten sich drohend auf sie zu, bereit, sie zu zerquetschen. Sie wollte nach Hause. Allein sein. Sicher. Simons hielt sie jetzt vermutlich für ein zimperliches Mimöschen. Schwindelanfall. Wie in einem Jane-Austen-Roman. Fehlte nur noch, dass sie ein Fläschchen Riechsalz aus ihrer Handtasche kramte. Den Auftrag konnte sie bestimmt knicken. Dabei reizte er sie. Trotz der Aussicht, mit diesem arroganten Affen zusammenarbeiten zu müssen.

*

Kriminalhauptkommissar Klaus Halverstett gähnte. Dann lenkte er den Wagen in die Cecilienallee. Der Tag hätte nicht mieser beginnen können. Erst gestern hatte er wieder mit seiner Frau Veronika gestritten, weil sie der Ansicht war, er lebe nur für seinen Beruf. »Wann sind wir eigentlich das letzte Mal zusammen ausgegangen?«, hatte sie gefragt, und er war ihr die Antwort schuldig geblieben. Dann hatte die Kriminalwache um kurz nach sechs angerufen. Leichenfund im Rheinpark. Na wunderbar. Veronika hatte irgendetwas gemurmelt, von dem Halverstett nur die Wörter ›siehst du‹ und ›Scheißjob‹ verstanden hatte, doch das war genug gewesen, ihm den Morgen vollends zu verderben.

Vor ihm blinkte es blau. Hier musste es irgendwo sein. Halverstett glitt in eine der Parklücken und gähnte erneut. Dann stieß er die Wagentür auf und wuchtete seinen umfangreichen Körper aus dem Opel. Mist. Dieser Bauch machte ihm mehr und mehr zu schaffen. Schon wieder passten die Hosen kaum noch, und bei der kleinsten Anstrengung fiel ihm das Atmen schwer. Auch das war gestern ein Streitpunkt zwischen ihm und Veronika gewesen. »Du denkst nur noch an deine blöden Mörder! Und ans Essen natürlich! Das ist ja kaum zu übersehen!« Er hatte das Haus verlassen und die Tür hinter sich zugeknallt. Aufgewühlt war er durch den Nebel gestapft, hatte Gedanken im Kopf hin und her gewälzt, die ihn zutiefst erschreckt hatten. Es musste doch einmal Dinge gegeben haben, die ihn und Veronika verbunden hatten, irgendetwas mussten sie gemeinsam gehabt haben, irgendwelche Ideen, Träume, Ziele. Aber es war ihm nichts eingefallen. Als er sie vor fast dreißig Jahren kennengelernt hatte, hatte er nicht näher darüber nachgedacht. Veronika war schön gewesen, nicht einfach hübsch. Wunderschön. Und so lebendig. Überall, wo sie hinkamen, war sie sofort der Mittelpunkt, lachte, scherzte und wurde bewundert. Seine Freunde hatten ihn beneidet. Und er selbst war vor Stolz beinahe geplatzt. Sehr bald schon hatten sie allerdings gemerkt, wie verschieden sie waren, wie wenig sie sich zu sagen hatten, über den Alltag hinaus. Doch sie hatten sich arrangiert. Schließlich trugen sie gemeinsam Verantwortung für die Kinder. Und irgendwie hatte es funktioniert. Es ging ihnen gut. Erst jetzt, wo ihre zwei Söhne aus dem Haus waren, wurde die klaffende Lücke zwischen ihnen wieder sichtbar, der Abgrund, der sich zwischen Veronikas Leben und seinem auftat wie eine offene Wunde. Er hatte weggesehen, sich in die Arbeit gestürzt, um nicht hinschauen zu müssen. Doch Veronika gab sich damit offenbar nicht mehr zufrieden. Sie wollte es wissen. Und sie zwang ihn, sich ebenfalls damit auseinanderzusetzen. Er wagte nicht darüber nachzudenken, wohin das führen könnte. Zu ungeheuerlich schien ihm der Gedanke. Viel erschreckender als all die Leichen, als die Kaltblütigkeit und Brutalität, denen er im Laufe seines Berufslebens begegnet war.

Müde trabte Halverstett durch den Park auf das Rheinufer zu. Schon von Weitem sah er, dass die Kollegen gerade damit beschäftigt waren, einen Teil des Geländes unmittelbar an der Mauer oberhalb des Flusses mit rotweißem Band abzusperren. Zwei Streifenwagen standen auf einem der Spazierwege. Sonst war noch nicht viel zu sehen. Es wurde sehr langsam hell. Beinahe widerwillig. So als hätte der Tag heute ebenso wenig Lust, seinen Dienst anzutreten wie der Kommissar. Wenigstens hatte der Nebel sich verzogen. Beinahe jedenfalls. Ein paar letzte feuchte Schleier hingen noch in den Kronen der Bäume, so als hätten sie sich in dem kahlen Geäst verfangen.

Halverstett erreichte die Absperrung. Ein Uniformierter, den er nicht kannte, sprach ihn an. Er hielt eine Taschenlampe in der Hand. »Hier können Sie nicht durch. Polizeiabsperrung.«

Halverstett kramte seinen Ausweis hervor. »Sehr vorbildlich, Herr Kollege. Guten Morgen. Spusi schon da?«

Der Streifenbeamte schüttelte den Kopf. »Bisher ist niemand aufgekreuzt. Wir warten auch noch auf den Arzt.«

»Was?! Der Notarzt war noch nicht hier? Wo ist denn der Tote?« Halverstett blickte sich irritiert um, doch er konnte im Dämmerlicht außer drei geschäftig umhereilenden Polizisten nichts erkennen. »Wer hat denn dann den Tod festgestellt?«

Der Uniformierte räusperte sich verlegen. »Ich. Ähm, also wir. Wir haben sofort gesehen, dass da nichts mehr zu machen ist. Da haben wir gleich die Gerichtsmedizin angefordert.«

»Na wunderbar. Und jetzt rufen Sie trotzdem ganz schnell den Notarzt. Oder wollen Sie den Totenschein ausstellen?«

»Ähm. Nein, natürlich nicht. Wird sofort erledigt.« Er zückte sein Funkgerät, aber Halverstett war noch nicht fertig mit ihm. »Wer hat denn den Toten gefunden?«

»*Die* Toten, Herr Hauptkommissar. Es sind zwei.«

Halverstett seufzte. »Also, wer hat die Toten gefunden?«

»Ein Rheinschiffer.«

»Ein Rheinschiffer? Vom Schiff aus?«

Der Beamte nickte. »Ja. Genau. Hat es direkt per Funk gemeldet.«

»Wo ist der Mann jetzt?«

»Keine Ahnung. Vermutlich schon in Duisburg.«

Halverstett stöhnte. »Ihr habt den weiterfahren lassen? Verdammt! Ich brauche seine Aussage. Und zwar so schnell es geht! Verstanden?«

»Jawohl.« Der Streifenbeamte blickte verlegen zu Boden.

Halverstetts Blick streifte erneut suchend durch den Park. »Wo sind sie denn jetzt?«

»Wer?«

»Die Toten.«

»Ach so.« Ein schwaches Grinsen. »Sie suchen zu tief, Herr Kollege. Da oben.« Er schaltete die Taschenlampe an und schwenkte den Lichtkegel in die mächtige Krone eines Baumes, der direkt an der Mauer stand. Halverstett blickte hinauf, und seine Müdigkeit war wie weggeblasen.

»Ach du Scheiße.«

2

Katrin spürte, wie Manfred langsam wach wurde. Der Körper unter ihrer Hand regte sich, die Muskeln spannten sich an. Behutsam fuhr sie mit den Fingerspitzen über seinen Rücken, malte verschlungene Muster auf die nackte Haut. Manfred grunzte zufrieden. »Nicht aufhören«, murmelte er schlaftrunken, als Katrin kurz innehielt. Grinsend ließ sie ihre Hand weiterwandern, bis er sich umdrehte und sie in die Arme nahm.

Von irgendwoher erscholl gedämpft der Radetzky-marsch. Manfreds Handy. Katrin stöhnte und rollte sich zur Seite. Manfred tastete im Bett herum. Er fand das Telefon unter dem Kopfkissen. Schlaftrunken meldete er sich. Er lauschte kurz. Dann saß er plötzlich senkrecht im Bett. Sekunden später legte er das Handy weg.

»Ich muss los.« Nackt lief er durch Katrins Schlaf-zimmer und suchte seine Klamotten zusammen. »Die haben zwei Leichen gefunden.«

Katrin hatte bereits ihre Hose an. »Ich komme mit.«

»Quatsch. Was willst du da?«

»Wissen, was passiert ist. Was dachtest du denn?«

Manfred drehte sich zu ihr und hielt sie fest. »Ich halte das für keine gute Idee. Ich denke nicht, dass du schon so weit bist. Den Anblick von Leichen solltest du im Augenblick besser meiden, findest du nicht?«

Katrin schüttelte ihn ab. Klar, dass er jetzt wieder damit kommen würde. Aber sie hatte nicht vor, sich bevormunden zu lassen. »Ich weiß selbst, was für mich gut ist. Und Probleme mit dem Anblick von Leichen habe ich nicht. Ich habe schließlich einige gesehen in letzter Zeit.«

»Das meine ich ja.« Manfred stopfte Handy und Diktiergerät in seine alte Ledertasche. »Es waren vielleicht ein paar zu viel. Denk an deine Panikattacken!«

»Danke, dass du mich dran erinnerst!«, erwiderte Katrin wütend. »Hätte ich doch fast vergessen. Aber wenn du schon so genau Bescheid weißt, dann hast du vielleicht noch im Kopf, dass es Keller sind, vor denen ich Angst habe. Und zwar aus gutem Grund. Schließlich war ich tagelang in einem eingesperrt und wäre beinahe erfroren!«

Sie ging in die Diele und schlüpfte in ihre Turnschuhe. »Wenn du mich nicht mitnimmst, nehme ich mir ein Taxi. Ich lasse mich nicht wie ein kleines Kind behandeln.« Sie drehte sich zu ihm um. Sein besorgter Gesichtsausdruck stimmte sie milder. Er wollte sie schonen, sie beschützen. Aber sie wollte nicht geschont werden, nicht ständig daran erinnert werden, wie sehr ihr Leben aus den Fugen geraten war. Ein bisschen Normalität, das war alles, was sie sich wünschte. Sie nahm Manfreds Hände, zog ihn zu sich. »Wo haben sie denn die Leichen gefunden?«

Er seufzte. Dann grinste er. »Das ist es, was ich an dir liebe. Immer mit dem Kopf durch die Wand.« Er drückte ihr einen Kuss auf die Stirn. »Irgendwo am Rhein«, beantwortete er dann ihre Frage. »Direkt am Ufer. Ein Schiffer hat sie entdeckt.«

»Ein Schiffer?« Katrin runzelte die Stirn.

Manfred sah sie an. »Wenn ich Kalle am Telefon richtig verstanden habe, sind sie vom Wasser aus gut zu sehen. Jemand hat sie an einem Baum aufgeknüpft.«

»Oh, mein Gott.«

*

Benedikt Simons starrte aus dem Fenster. Er beobachtete einen alten Mann in einer ausgebeulten Cordhose, der sein Fahrrad aus dem Keller heraufgetragen hatte und jetzt im Begriff war, das Vorderrad abzumontieren. Vermutlich wollte er den Reifen flicken. Er hatte eine kleine Kiste mit Werkzeug neben sich stehen und eine Thermoskanne Kaffee. Jetzt schraubte er den Deckel auf, goss etwas in einen Becher und nahm einen Schluck. Aus der Kanne dampfte es einladend. Der Mann rieb sich die Hände, dann beugte er sich wieder über das Rad. Benedikt beneidete ihn. Wie gern würde er mit ihm tauschen. Es war eiskalt da draußen, und das Fahrrad sah alt und klapprig aus, doch der Mann wirkte zufrieden. Niemand hatte sein Leben zerstört, von heute auf morgen bis auf die Grundmauern eingerissen, und seine einzige Sorge war vermutlich dieses kaputte Fahrrad, das mit einem Flicken in einer halben Stunde wieder in Ordnung sein würde. Benedikt ballte die rechte Hand zur Faust. Das Leben war so verdammt ungerecht.

Sein Bruder trat hinter ihn und reichte ihm einen Pott Kaffee. »Wieder schlecht geschlafen?«

Benedikt nahm einen Schluck. »Gar nicht.«

»Nicht den Kopf hängen lassen.« Marc Simons klopfte ihm auf die Schulter. »Das wird schon wieder. Irgendwie. Wart's nur ab. Denen zeigen wir es.«

Benedikt zuckte mit den Schultern. Er hatte keine Lust, mit Marc darüber zu reden. Das hatte er bereits unzählige Male getan, ohne dass es ihm nachher besser gegangen wäre. Also wechselte er das Thema. »Wie war es denn bei dir gestern Abend? Wie ist diese Fotografin?«

Marc grinste. »Sehr nett und sehr hübsch.« Er setzte sich zu Benedikt an den Küchentisch und zwinkerte ihm zu. »Ziemlich jung noch. Keine dreißig. Ein bisschen spitzzüngig, aber das gefällt mir. Besser als so ein braves Mäuschen. Ich glaube, wir werden prima zurechtkommen.«

»Du nimmst sie also?«

»Klar. Die anderen, mit denen ich gesprochen habe, machen zwar auch geile Fotos, aber die haben nicht so einen süßen Hintern.«

»Vor allem der alte Mann nicht.« Benedikt lächelte schwach. »Du bist unmöglich, Marc.« Dann stellte er den Kaffee ab und ging auf die Tür zu. Er war nicht in der Stimmung, über hübsche Frauen zu sprechen. Falsches Thema. Er hätte nicht davon anfangen sollen. »Ich geh mal duschen. Vielleicht fühle ich mich danach ein bisschen besser. Und dann stürze ich mich in meine tägliche Lieblingsbeschäftigung.« Er grinste sarkastisch und deutete auf die Tageszeitung, die auf dem Tisch lag. »Stellenangebote durchpflügen.«

*

Schon von Weitem war die hell erleuchtete Stelle im Rheinpark gut zu erkennen. Manfred stellte den Wagen am Straßenrand ab.

»Darf man hier parken?« Katrin sah ihn stirnrunzelnd an.

»Nee.« Er schob die Tür auf und stieg aus. Achselzuckend folgte Katrin seinem Beispiel. War ja nicht ihr Knöllchen. Manfred hatte nicht auf sie gewartet, sondern war mit langen Schritten quer durch den Park auf die Polizeiabsperrung zugestiefelt. Jetzt diskutierte er mit dem Streifenbeamten, der dort stand und die Neugierigen im Zaum hielt.

»Sagen Sie Halverstett nur, dass ich hier bin. Er kennt mich. Das ist doch wohl nicht zu viel verlangt.«

Der Polizist blieb eisern. »Es gibt sicherlich nachher eine Pressekonferenz. Da werden Sie alles erfahren.«

Manfred schnaubte wütend und wandte sich ab. Katrin grinste. »Und nun?«

Ihr Freund machte eine vage Kopfbewegung. »Hier entlang.« Gemeinsam trotteten sie an dem rotweißen Band entlang Richtung Rhein. Hier standen weniger Schaulustige. Die Beamten waren alle beschäftigt. Keiner beachtete sie, als Manfred einen langen Schritt über das Band machte und Katrin ihm zögernd folgte.

Sie sahen den Baum bereits aus einigen Metern Entfernung. Er stand unmittelbar an der Mauer. Dahinter, ein wenig tiefer, lag dunkel schimmernd der Rhein. Einer der unteren Äste stand fast waagerecht vom Stamm ab. Kraftvoll streckte er sich nach Süden aus, so als wolle er den Weg in die Altstadt weisen. An dem Ast baumelten zwei Seile, deren untere Enden eine Schlinge zierte.

Unter dem Baum stand Kriminalhauptkommissar Klaus Halverstett und beobachtete missmutig, wie eine junge Frau sich an zwei reglos am Boden liegenden Gestalten zu schaffen machte. Links von Halverstett parkte ein Einsatzfahrzeug der Feuerwehr. Eine Frau mit kurzen roten Haaren und leuchtend heller Steppjacke stand neben Halverstett und unterhielt sich mit der Ärztin. Es war seine Partnerin Rita Schmitt.

Jetzt blickte Halverstett auf und entdeckte Katrin und Manfred. »Kabritzky!« Er marschierte auf sie zu. »Bist du wahnsinnig geworden? Du hast keine Sonderrechte! Hier trampeln schon genug Leute rum und zerstören Spuren. Du kriegst echt Ärger, wenn du nicht sofort verschwindest!«

Manfred zuckte zusammen. »Schon gut, Kollege«, sagte er und trat einen Schritt zurück.

»Wir sind keine Kollegen«, fauchte Halverstett. »So weit käme es noch! Und jetzt weg hier. Alle beide. Pressekonferenz heute Mittag.«

Katrin und Manfred wandten sich hastig ab.

»Der ist aber geladen heute.« Katrin warf einen Blick über die Schulter. Halverstett stand reglos an der gleichen Stelle und blickte ihnen hinterher. Seine Hände steckten tief in den ausgebeulten Taschen seines Mantels. Sein Gesicht war starr. »Hast du eine Ahnung, was mit ihm los ist?«

Manfred stieg über die Absperrung. »Nee. Weiß ich auch nicht. Steht vermutlich ganz schön unter Druck.

Zwei Gehängte im Rheinpark. Sieht mächtig nach Lynchjustiz aus. Findest du nicht?«

Katrin nickte nachdenklich. Ihr Blick wanderte zurück zu den zwei verwaisten Schlingen an dem nackten Ast, danach weiter über den Rhein. Von der Oberkasseler Brücke her näherte sich ein schwer beladener Frachtkahn. »Da ist noch etwas«, sagte sie bedächtig. »Aber ich kann es nicht greifen.«

Manfred half ihr über die Absperrung. »Weibliche Intuition?«

»Nein. Eher eine Erinnerung. Irgendwas, das ich im Kopf abgespeichert habe. Aber ich finde die Schublade nicht.«

»Na, dann mach dich mal auf die Suche.«

»Werde mir Mühe geben.«

*

Manfred setzte Katrin zu Hause ab und fuhr dann in die Redaktion des Morgenkuriers. Der Bericht über den Doppelmord würde der Aufmacher des kommenden Tages sein, und es gab noch jede Menge zu recherchieren.

Katrin stieg nachdenklich die Treppe hoch. Was war das nur, das ihr nicht einfallen wollte? Als sie den Schlüssel ins Schloss steckte, öffnete sich gegenüber die Wohnungstür.

»Frau Sandmann?«

Katrin drehte sich um. Vor ihr stand Agathe Wiese, ihre Nachbarin. Die Zweiundsiebzigjährige war noch sehr rüstig und hatte ein ausgesprochen lebhaftes Temperament. Katrin mochte sie, doch nicht immer fühlte sie sich ihrem Redefluss gewachsen.

»Guten Morgen, Frau Wiese.«

»Sie waren aber heute schon früh unterwegs.« Agathe Wiese blinzelte verschwörerisch. »Wieder auf Mörderjagd?«

Katrin riss erstaunt den Mund auf. Sie hatte nie mit ihrer Nachbarin über die Kriminalfälle gesprochen, in die sie in letzter Zeit, manchmal zufällig, manchmal jedoch auch ganz gezielt, verwickelt gewesen war. Doch schließlich hatte das eine oder andere ja auch in der Zeitung gestanden. »Ich, also …«, stotterte sie.

Ihre Nachbarin winkte ab. »Geht mich ja nichts an. Aber wenn Sie ein paar Minuten Zeit hätten. Ich hab auch frischen Kaffee aufgebrüht.«

Katrin zögerte. Eigentlich hatte sie sich im Auto ausgemalt, dass sie sich noch einmal ins Bett legen und richtig ausschlafen würde. Doch dann gab sie sich einen Ruck. Frau Wiese war bestimmt die meiste Zeit des Tages allein. Da konnte sie ihr ruhig mal eine halbe Stunde opfern.

»Gern«, antwortete sie, »Kaffee klingt gut.«

Sie folgte Frau Wiese in die Wohnung. Der verstorbene Herr Wiese hatte als Beamter bei der Stadt gearbeitet und war in seiner Freizeit als leidenschaftlicher Jäger durch die Wälder der Nordeifel gestreift. Agathe war sehr religiös. Die Wohnung stellte beide Passionen des Ehepaars Wiese zur Schau. Neben der Garderobe in der Diele hing ein gewaltiger Dreiender, darum gruppierten sich einige kleinere Trophäen. Rechts davon prangte ein Kruzifix, um das ein Rosenkranz drapiert war. Auf dem Schuhschränkchen hielt eine Madonna aus Olivenholz ihr Neugeborenes in den Armen. Auch im Wohnzimmer dominierte die Kombination aus Religion und Jagd. An der Wand hinter der grünen Sitzgruppe hing ein kitschig-buntes Madonnenbildnis, eingerahmt von Geweihen. Auf der gegenüberliegenden Seite, oberhalb des Fern-sehtischchens, schmückten einige verblichene Drucke die geblümte Tapete. Allesamt Jagdszenen. Katrin war bereits einige Male kurz in der Wohnung gewesen, und jedes Mal löste der Wandschmuck ein sanftes Schaudern in ihr aus. Und den beinahe unbezwingbaren Drang, ihre Kamera zu holen.

Zu ihrer Überraschung saß ein zweiter Gast im Wohn-zimmer. Eine Frau, etwa im gleichen Alter wie Agathe, doch drahtiger. Sie trug eine Jeans, ihr fast weißes Haar war extrem kurz geschnitten, und ihre wasserblauen Au-gen blickten Katrin wachsam an. Agathe stellte die bei-den vor. »Frau Sandmann, das ist Elfriede Thürnissen, Elli, das ist Frau Sandmann, die Detektivin, du weißt schon.«

Katrin kannte Frau Thürnissen flüchtig. Sie wohnte im Nachbarhaus und joggte jeden Morgen in aller Frü-he die Düssel entlang bis zum alten Volksgarten und wieder zurück. Katrin bewunderte sie dafür, vor allem, da sie selbst sich einfach nicht dazu aufraffen konnte, regelmäßig morgens ein wenig Sport zu treiben, auch wenn sie es sich noch so fest vornahm. Verwirrt gab sie Frau Thürnissen die Hand. Mehr und mehr hatte sie das

Gefühl, Teil eines Plans zu sein, den sie nicht so recht durchschaute. Agathe verschwand in der Küche.

Elfriede musterte Katrin kritisch von oben bis unten. »Bei Ihrem letzten Fall haben Sie ja ordentlich was abgekriegt, meine Liebe.«

Katrin schluckte.

»Ist Ihnen da nicht der Spaß am Detektivspielen vergangen?« Elfriede Thürnissens Blick schien sie zu durchbohren. Warum kam es ihr so vor, als werde sie einem Test unterzogen? Was hatten die beiden alten Frauen mit ihr vor? Das Ganze war vollkommen verrückt. »Ich bin keine Privatdetektivin«, korrigierte sie nun Frau Thürnissen. »Ich bin da nur zufällig in etwas reingeraten.«

»Zufällig. So, so.«

Agathe Wiese kam mit einem Tablett herein und stellte Tassen, Untertassen, eine Kaffeekanne und einen Teller mit diversen Teilchen auf dem Tisch ab. Katrin merkte, wie hungrig sie war. Agathe goss Kaffee ein. »Hast du Frau Sandmann schon von dem Fall erzählt, Elli?«

»Nein«, antwortete Elfriede, »ich hatte ja noch keine Gelegenheit.« Sie schüttete Milch in ihren Kaffee und rührte energisch in ihrer Tasse herum. »Für mich keinen Kuchen«, sagte sie, als Agathe ihr eine Nussecke auf den Teller legen wollte.

»Aber Sie sehen ganz ausgehungert aus, Frau Sandmann.« Agathe hielt Katrin den Kuchenteller hin. »Was möchten Sie haben? Bienenstich, Hefeschnecke oder vielleicht eine Nussecke?«

»Bienenstich wäre schön.« Katrin hielt ihr den Teller hin und versuchte, nicht zu gierig auszusehen. Während sie mit der Gabel ein Stück ablöste, fragte sie: »Was ist das für ein Fall, von dem Sie da geredet haben?«

Agathe lächelte sie an. »Ein Auftrag für Sie, mein Kind. Natürlich nur, wenn Sie wollen.«

»Klar will sie«, mischte Elfriede sich ein. Sie ließ den Kaffeelöffel klirrend auf die Untertasse fallen. »Junge Frauen sind von Natur aus neugierig. Außerdem kann sie meine arme Schwester nicht im Stich lassen. Wo ihr doch sonst keiner helfen will. Diese arroganten Schnösel. Aber die brauchen wir nicht mehr. Jetzt, wo Frau Sandmann uns hilft.«

3

»Beide haben sich offensichtlich gewehrt.« Maren Lahnstein, Leiterin des gerichtmedizinischen Instituts der Hein-
rich-Heine-Universität, sah kurz zu Halverstett, dann
beugte sie sich wieder über die tote Frau. »Hier, sehen
Sie: ein Hämatom an der Schulter. Die Verletzung wurde
ihr zugefügt, als sie noch lebte. Allerdings nicht lange vor
ihrem Tod. Auch hier.« Sie deutete auf die Beine. »Ab-
schürfungen. Ihre Strumpfhose war an mehreren Stellen
aufgerissen. Sie wurde ein Stück über den Boden geschleift.
Und bei ihm …« Maren Lahnstein hatte sich umgedreht
und beugte sich jetzt über den Mann. »Bei ihm haben wir
eine ähnliche Situation. Eine Verletzung an der Schläfe. Ein
Schlag mit einem schweren, kantigen Gegenstand.«

Halverstett beugte sich über die Wunde. »Könnte jemand mit einer Schusswaffe zugeschlagen haben?«

Maren Lahnstein nickte. »Durchaus möglich. Und
hier an den Beinen. Ganz ähnliche Schleifspuren wie
bei der Frau. Nur nicht so ausgeprägt. Er trug ja auch
eine Hose.«

Jemand räusperte sich im Hintergrund. Staatsanwalt
Fischer versuchte eine gute Figur zum blassen Gesicht
zu machen und deutete fachmännisch auf die braunrote
Strangmarke, die auf dem Hals des Mannes schräg nach
oben bis hinter die Ohren wanderte, wo sie sich deutlich

von der bleichen Haut des Opfers absetzte. »Ich nehme an, das ist die Todesursache?« Er sah die Ärztin an.

Maren Lahnstein nickte. »Typischer Erhängungstod. Kommt nur noch sehr selten vor. Bei Selbstmördern und Unfallopfern haben wir es meistens mit atypischen Fällen zu tun.«

»Suizid kann vollständig ausgeschlossen werden?« Fischer blickte konzentriert auf die Ärztin. Seine Hand fuhr nervös über seine Jacketttasche, wo das Päckchen Zigaretten auf ihn wartete.

Maren Lahnstein sah kurz zu Halverstett. Er meinte, ein schwaches Grinsen zu erkennen. Doch dann war ihr Blick wieder ernst. »Der Ast war mehr als drei Meter vom Boden entfernt. Weit und breit war keine Leiter zu sehen, wenn ich mich recht erinnere, oder sonst irgendein Hilfsmittel, um auf den Baum zu steigen. Dann noch die Verletzungen, die eindeutig darauf hinweisen, dass es vorher eine Art Kampf gab. Ja, ich denke, Suizid können wir ausschließen.« Sie blickte erneut zu Halverstett, der zerstreut nickte.

Staatsanwalt Fischer hielt es nicht mehr aus. »Ich muss jetzt. Ein dringender Termin. Er warf einen Blick auf seine Armbanduhr. Ist ja auch alles geklärt.« Er schenkte der Gerichtsmedizinerin das charmanteste Lächeln, zu dem er unter den gegebenen Umständen fähig war, und rauschte aus dem Raum.

Maren Lahnstein lächelte. Ihre Augen blitzten schelmisch. »Nicht sehr belastbar, der Herr Staatsanwalt.«

»Immer schon so gewesen. Aber davon sollten Sie sich nicht täuschen lassen. Ansonsten ist er knallhart, was seine Arbeit angeht. Und sehr kompetent. Das hier ist halt nicht jedermanns Sache. Meine auch nicht unbedingt, wenn Sie mich fragen.«

»Aber Sie stehen es mit sehr viel Würde durch.« Marens Lächeln wurde eine Spur wärmer. Ihr rotbrauner Pferdeschwanz wippte, als sie den Kopf zur Seite neigte.

»Es sind schließlich Menschen«, antwortete Halverstett. »Menschen, denen Schreckliches angetan wurde. Und ich will denjenigen finden, der dafür verantwortlich ist.«

»Das werden Sie bestimmt.«

Halverstett wandte sich ebenfalls zum Gehen. »Ich bin dann auch weg. Wann kann ich mit Ihrem Bericht rechnen?«

»Morgen früh.« Maren Lahnstein strich sich über den Kittel. »Ach, noch etwas, Herr Hauptkommissar. Ich habe heute Abend ein paar Gäste. Gute Freunde. Es gibt etwas zu feiern. Ich würde mich freuen, wenn Sie ebenfalls kämen. Pionierstraße zehn. So gegen acht?«

Halverstett, der bereits im Begriff war, die Tür aufzuschieben, hielt überrascht inne. »Ich?«

Maren Lahnstein lächelte immer noch. Ihr ebenmäßiges Gesicht leuchtete. »Ja. Sie. Sie sind ein sehr angenehmer Mensch. Ich unterhalte mich gern mit Ihnen. Und ich hätte Lust, einmal ein anderes Thema anzuschneiden. Nicht immer nur Gewalt und Tod. Also, darf ich mit Ihnen rechnen?«

Ehe er richtig wusste, was er tat, nickte Halverstett. »Gut. Wenn Sie darauf bestehen.« Ungelenk schloss er die Tür hinter sich und schlenderte den Gang entlang.

Seine Schritte waren mit einem Mal federleicht. Selbst der Gedanke daran, dass Veronika sicherlich wieder sauer sein würde, weil er jetzt auch seine wenige Freizeit mit Menschen verbrachte, mit denen er beruflich zu tun hatte, konnte seiner guten Laune nichts anhaben. Auf dem Weg zum Wagen erwischte er sich dabei, dass er gar nicht mehr an die beiden Toten in dem Obduktionssaal dachte, sondern nur noch darüber nachgrübelte, welche Blumen er Frau Doktor Lahnstein am besten mitbringen sollte.

*

»Na dann, auf gute Zusammenarbeit!« Marc Simons hob sein Sektglas. Seine Augen funkelten, und eine blonde Strähne hing ihm schon wieder tief in die Stirn.

Katrin nippte. Dann blickte sie sich neugierig um. Marc Simons' Wohnung sah ganz anders aus, als sie erwartet hatte. Die Wände des Wohnzimmers bestanden fast nur aus Bücherregalen, in denen sich Bildbände, Zeitschriften und Ordner eng aneinanderquetschten. Selbst auf dem Esstisch aus dunklem Holz, der unter dem Fenster stand, stapelten sich Bücher. Es waren fast alles Bände über Düsseldorfer Stadtgeschichte, soweit sie erkennen konnte. Die meisten stammten aus der Bücherei. Daneben lagen verschiedene Zeitungen, in denen manche Stellen mit Textmarker angestrichen waren. Marc Simons war ihrem Blick gefolgt. »Mein Bruder. Er hat die Zeitungen auf dem Gewissen.« Er grinste und nahm einen Schluck Sekt. »Er ist gerade auf Jobsuche.«

»Ach, Ihr Bruder wohnt auch hier?«

»Nur vorübergehend. Und bitte, Katrin, sag Marc zu mir. Von heute an werden wir eng zusammenarbeiten, da möchte ich nicht, dass so ein hässliches ›Sie‹ zwischen uns steht.«

Katrin sah ihn an. Als er sie wegen des Buchprojekts kontaktiert hatte, hatte sie sich ein wenig über ihn informiert. Offenbar hatte er bereits eine Menge interessante Dinge auf die Beine gestellt, auch wenn das meiste davon kurzlebig gewesen war. In den achtziger Jahren hatte er mit knapp siebzehn als Sänger einer Band mit dem absurden Namen ›Die aufgescheuchten Gockel‹ einen Hit gelandet. Danach war er in Südamerika herumgereist, hatte einen Roman geschrieben und bei verschiedenen Zeitungen gejobbt. Seine Lebensgeschichte hatte Katrin neugierig gemacht. Die Begegnung mit dem realen Marc Simons war jedoch ziemlich ernüchternd gewesen. Sie war sich nicht sicher, woran sie bei ihm war, doch im Augenblick war es ihr egal. Möglicherweise bildete er sich ein, er könne mit seiner Charmenummer bei ihr landen. Sollte er ruhig. Hauptsache, sie hatte den Job.

»Okay, Marc. Ganz, wie du meinst. Dann lass uns mal anfangen. Du sagtest, du hättest ein paar Ideen.«

Marc deutete zum Tisch. »Ganz wir Ihr befiehlt, Madame. An die Arbeit. Setzen wir uns. Ich habe ein paar Sachen aus der Stadtgeschichte rausgesucht, die ich ziemlich bemerkenswert finde.«

Sie setzten sich. Marc schob die Zeitungen zusammen und deponierte sie auf einem leeren Stuhl. Unter einer Ausgabe des Morgenkuriers tauchte ein Schlüsselbund auf, an dessen Ring ein kleines Gummischwein baumelte. Katrin grinste. »Sehr geschmackvoll.«

Marc drückte den Schweinekörper zusammen, und das Tier gab einen jämmerlichen Quietschton von sich. »Hübsch, nicht?«

Katrin verzog das Gesicht.

»Also, wenn es dir nicht gefällt, kann ich dich beruhigen: Das ist nicht mein Schlüssel.«

»Von deinem Bruder?« Katrin zog die Augenbrauen hoch. »Schon praktisch, wenn man mit jemandem zusammenlebt, dem man alle Peinlichkeiten in die Schuhe schieben kann.«

Marc lachte laut auf. »Da hast du recht. In diesem Fall habe ich aber einen anderen Schuldigen. Genauer gesagt zwei. Nämlich meine Nachbarn. Gisela und Karl-Heinz Schubert. Die sind im Augenblick bei Verwandten in München. Wenn sie verreisen, lassen sie mir immer die Schlüssel da, falls jemand dringend in die Wohnung muss. Warum der hier auf dem Tisch rumliegt, weiß ich allerdings auch nicht. Normalerweise hängt er neben der Wohnungstür.«

»Also doch der böse Bruder.«

»Klar.«

»Nicht ganz fair, ihn zu beschuldigen, wo er doch gar nicht da ist, um sich zu wehren. Wo steckt er denn? Lerne ich ihn auch mal kennen?«

»Schon möglich«, antwortete Marc ausweichend. Er ließ sich auf einen Stuhl fallen. »Er ist im Augenblick etwas menschenscheu. Hat ziemlich viel durchgemacht.«

Katrin horchte neugierig auf. Doch Marc ging nicht weiter ins Detail. Er drehte sein Sektglas zwischen Daumen und Zeigefinger. »Sollen wir loslegen?«

»Klar, an die Arbeit.« Katrin schnappte sich einen der Bildbände über Düsseldorf und fing an zu blättern, während Marc ihr seine Ideen erläuterte. Dabei schenkte er eifrig Sekt nach, von dem er allerdings selbst das meiste trank. Einmal reichte Marc ihr ein Buch, und als ihre Finger sich berührten, hatte sie das Gefühl, Marc zögere den Augenblick hinaus, lasse seine Fingerspitzen für den Bruchteil einer Sekunde länger auf den ihren liegen, als nötig gewesen wäre. Doch sie war sich nicht sicher. Sie beschloss, so zu tun, als habe sie nichts bemerkt. Vermutlich war ihre Wahrnehmung verzerrt, weil sie diesen Mann nicht durchschaute, weil sie nicht sicher war, was er eigentlich von ihr wollte. Der Sekt tat ein Übriges, ihr die Sinne zu vernebeln. Um diese Tageszeit stieg ihr der Alkohol sofort in den Kopf. Schließlich war es erst vier Uhr nachmittags. Außerdem war sie mit den Gedanken nicht ganz bei der Sache. Immer, wenn sie glaubte, ganz konzentriert bei der Arbeit zu sein, schoss ihr ein Bild ins Bewusstsein, das sie einfach nicht abschütteln konnte: die zwei Schlingen an dem Ast im Rheinpark, der kahle Baum und dahinter der stille Fluss als einziger Zeuge eines grausigen Verbrechens. Sie hatte überlegt, ob sie Marc davon erzählen sollte, den Gedanken aber sofort verworfen. Irgendetwas hielt sie davon ab, zu viel Vertrautheit zwischen ihnen herzustellen. Vielleicht war es nur ihre bittere Erfahrung mit jenem anderen Mann, dem, der sie entführt hatte, vielleicht aber auch ihr Instinkt, der ihr sagte, dass sie diesem Menschen nicht ohne Weiteres vertrauen durfte.

Sie schnappte sich einen Band über Düsseldorfer Stadtgeschichte und blätterte planlos darin herum. Plötzlich stockte sie. Auf einer Seite war ihr ein Name ins Auge gesprungen. Hastig blätterte sie zurück. Es dauerte eine Weile, bis sie den Absatz wiedergefunden hatte. Golzheimer Insel. Das war es. Verdammt. Warum war ihr das nicht schon heute Morgen eingefallen? Sie musste unbedingt Halverstett anrufen.

*

Hauptkommissar Halverstett vergewisserte sich mit einem Blick auf das Namensschild, dass sie vor der richtigen Wohnungstür standen. Er zog die Dienstwaffe und bedeutete den beiden Kollegen, auf der Treppe zu warten, dann nickte er Rita Schmitt zu. Sie drückte auf die Klingel. Der schrille Ton war im ganzen Treppenhaus zu hören. Sie warteten. Nichts rührte sich.

Rita klingelte noch einmal. Wieder nichts.

Plötzlich rief jemand von drinnen: »Komm rein. Ist offen. Du weißt doch, dass das Schloss kaputt ist.«

Vorsichtig drückte Halverstett die Tür auf. Ein langer, dunkler Korridor lag vor ihnen. Lautlos schlüpften sie hinein. Von hinten ertönten Stimmen. Sekundenlang zögerte Halverstett und horchte konzentriert, dann grinste er erleichtert. Ein Fernseher. Sie schlichen weiter, bis sie die Schwelle der Wohnzimmertür erreichten. Es roch nach abgestandener Luft und Schweiß. Auf dem Sofa saß ein stark übergewichtiger Mann und starrte auf einen Bildschirm in der Ecke des Zimmers. Er trug eine gestreifte Schlafanzughose, ein weißes Unterhemd und Pantoffeln.

Rita Schmitt machte einen Schritt ins Zimmer. »Polizei. Stehen Sie mit erhobenen Händen auf!« Sie richtete die Pistole auf den Mann. Der fuhr herum und starrte die beiden Polizisten mit offenem Mund an. Die Fernbedienung glitt ihm aus der Hand und polterte auf den Boden. Der Dicke drehte seinen Kopf hin und her, sah kurz zum Fernseher, wo eine amerikanische Krimiserie lief, dann zurück zu dem Mann und der Frau, dann wieder zum Fernseher. Er öffnete den Mund. Schloss ihn wieder.

»Nun machen Sie schon«, rief Rita Schmitt ungeduldig. »Stehen Sie auf.«

Der Mann nickte mechanisch und hievte seinen übergewichtigen Leib aus dem Sofa. Er schnaufte kurzatmig. Als er die Arme hob, konnte man sehen, dass sich kleine feuchte Ringe unter seinen Achseln gebildet hatten.

Rita Schmitt trat zu ihm. »Herr Hofleitner, Sie sind vorläufig festgenommen. Sie stehen unter dem Verdacht, Ihre Exfreundin und deren Ehemann ermordet zu haben.«

Hofleitners Kinnlade klappte herunter. Noch einmal sah er zurück auf den Fernseher, so, als bestünde Hoffnung, das Ganze könnte sich doch noch als Täuschung erweisen und wenn er zurückblickte, wäre der Spuk vorbei. Dann senkte er ergeben den Kopf. Willenlos ließ er sich die Handschellen anlegen und trottete an Rita Schmitts Arm aus der Tür.

4

»Hey, Tommy, jetzt lass die Mama mal los. Du siehst doch, dass ich telefoniere!«

Katrin hörte schmunzelnd zu, wie ihre Freundin Roberta versuchte, ihren Jüngsten in seine Schranken zu verweisen. Der Sekt, den sie bei Marc Simons getrunken hatte, hatte sie schläfrig gemacht, und sie gähnte herzhaft, während sie den gedämpften Stimmen am anderen Ende der Leitung lauschte. Endlich meldete Roberta sich keuchend zurück. »Er darf die Wäsche aufhängen. Mal sehen, was dabei rauskommt.«

Katrin bewunderte Roberta für ihre Geduld mit ihren drei Kindern. Sie selbst war schon mit den Nerven am Ende, wenn sie einen Nachmittag lang auf sie aufgepasst hatte. »Wenn du ihn gut anlernst, kann er das hier bei mir auch übernehmen.«

Roberta lachte. »Ich glaube nicht, dass du das wirklich willst.«

»Es käme auf einen Versuch an. Aber jetzt zu dem, was du mir erzählen wolltest. Irgendwas aus dem Kindergarten, hast du gesagt?«

»Nicht direkt.« Roberta zögerte. »Ich weiß ja gar nicht, ob ich dich damit belasten soll, aber –«

»Was heißt belasten? Du machst mich neugierig.«

»Ist keine so schöne Geschichte.« Roberta klang immer noch unsicher. »Vielleicht hätte ich gar nicht anrufen sollen. Eigentlich musst du dich ja schonen.«

»Was?!« Katrin stand auf und begann, in der Wohnung hin und her zu laufen. »Jetzt hört mal auf, mich wie ein Baby zu behandeln! Manfred will mich auch ständig schonen. Was ist denn los mit euch? Ich bin Opfer eines Verbrechens geworden, ich bin entführt worden. Aber deshalb habe ich nicht meinen Verstand verloren! Ihr braucht nicht für mich zu denken! Und ich will auch nicht in Watte gepackt werden.«

»Schon gut, Katrin. Bitte reg dich nicht auf. Ich meine es doch nicht böse. Was ich dir erzählen wollte, ist einfach nicht sehr schön.«

»Also?«

»Johannas ehemalige Erzieherin ist ermordet worden.«

»Was?!«

»Ja. Unfassbar, nicht? Sie war so nett. Hanna hing sehr an ihr. Hat sie noch manchmal besucht, als sie schon zur Schule ging. Seit wir hier in Neuss wohnen, natürlich nicht mehr.«

»Wie ist es passiert? Weißt du etwas darüber?«

»Eine Bekannte hat mich angerufen. Angeblich war es ihr Exfreund. War ein komischer Typ. Ich habe ihn ein paar Mal gesehen, wenn eine Feier im Kindergarten war. Der passte gar nicht zu ihr. Hat immer nur mit der Bierflasche in der Ecke gestanden. Die Jungen waren allerdings schwer beeindruckt von ihm, weil er Kranführer war oder so was. Letztes Jahr hat sie wohl einen anderen kennengelernt und Hals über Kopf geheiratet. Der ist auch umgebracht worden.«

»Der Mann auch? Bist du sicher? Das müssen die beiden aus dem Rheinpark sein.«

»Du hast schon davon gehört?« Roberta schien überrascht. Dann besann sie sich. »Na klar. Du hast einen Freund, der Journalist ist. Da sitzt du ja an der Quelle. Vermutlich weißt du mehr über die Sache als ich.«

»Ich war sogar am Tatort. Mit Manfred. Halverstett war allerdings ziemlich übellaunig und hat uns sofort wieder weggescheucht.«

»Das war sehr vernünftig von ihm. Das musst du dir wirklich nicht antun.«

»Roberta!«

»Schon okay. Ich habe nichts gesagt.«

»Wie heißt denn diese ehemalige Erzieherin?«

»Früher hieß sie Weber«, erklärte Roberta. »Aber sie hat ja geheiratet. Deshalb weiß ich nicht, wie sie jetzt heißt. Oder besser gesagt: hieß. Hast du am Tatort etwas gesehen? Stimmt es, dass man die beiden aufgeknüpft hat?«

Katrin dachte an den Ast mit den beiden Schlingen. Und sie dachte an das, was sie über die Golzheimer Insel wusste. Wenn der eifersüchtige Exfreund der Täter war, könnte das vielleicht passen. »Ja, das stimmt. Jemand hat sie aufgeknüpft. An einem Baum. Direkt an der Mauer oberhalb des Rheinufers. Erinnert dich das an etwas?«

»Sollte es?« Roberta klang bestürzt.

»Das Projekt in Geschichte. Wir haben in der Schule ein Referat darüber gehalten. Das Gelände, das heute

Rheinpark heißt, war früher eine Insel. Die Golzheimer Insel. Und was stand dort im Mittelalter? Auf einer kleinen Anhöhe, sodass es die Rheinschiffer vom Wasser aus gut sehen konnten?«

»Oh, Scheiße. Der Galgen.«

*

Klaus Halverstett stand vor der Haustür und fragte sich, was er eigentlich hier wollte. Er hatte einen langen Arbeitstag hinter sich, zu Hause wartete seine Frau, und dort oben in der Wohnung feierten Leute eine Party, von denen er niemanden kannte bis auf die Gastgeberin. Und auch die nur als Medizinerin im weißen Kittel. Er warf einen Blick auf den Strauß in seiner Hand. Bunte Frühlingsblumen. Dazu hatte die Verkäuferin ihm geraten. Obwohl er keinerlei Absichten in dieser Richtung hegte, kam er sich vor, als stünde ein Rendezvous mit seiner heimlichen Geliebten bevor. Wie albern. Jetzt ging ihm wirklich die Phantasie durch. Entschlossen klingelte er.

Maren Lahnstein erwartete ihn im Türrahmen. Sie trug ein enges schwarzes Kleid, und ihr langes rotbraunes Haar fiel offen auf ihre Schultern. Halverstett wurde zum ersten Mal bewusst, wie groß der Kontrast zu Rita Schmitt war, der Kollegin, mit der er täglich zusammenarbeitete. Auch sie hatte rote Haare, doch die waren kurz geschnitten und standen meistens in alle Himmelsrichtungen vom Kopf ab. Außerdem wirkte Rita immer etwas plump und unbeholfen, obwohl sie weder übergewichtig noch dumm war. Im Gegenteil, sie war eine kluge, erfahrene Kollegin, auf deren Urteil er viel gab. Doch sie hätte genauso gut ein Mann sein können. Er nahm sie gar nicht als Frau wahr. Ganz anders als Maren Lahnstein. Die hatte ihn gleich bei ihrer ersten Begegnung in der Gerichtsmedizin aus dem Gleichgewicht gebracht, und genau das machte ihm jetzt zu schaffen.

Verlegen überreichte Halverstett die Blumen und versuchte, die Ärztin nicht anzustarren. Sie bat ihn herein und führte ihn ins Wohnzimmer. Es war ein heller, spärlich, doch geschmackvoll möblierter Raum. Ein weißes Klavier stand an der linken Wand. Ein ebenso weißes Bücherregal rechts neben der Tür. Die lederne Sitzgruppe war ebenfalls weiß.

Ansonsten war der Raum leer. Ganz leer. Keine Gäste. Keine Party. Halverstett blieb überrascht im Türrahmen stehen.

»Wo sind die anderen?«, fragte er. Die Frage klang dämlich. Als Jugendlicher war er einmal auf einer Karnevalsparty gewesen. Er hatte sich verkleidet. Als Indianer. Er war der einzige Indianer auf der Party gewesen. Und nicht nur der einzige Indianer. Es gab auch keine Cowboys, Vampire oder Prinzessinnen. Alle anderen hatten sich gar nicht verkleidet. Er hatte irgendwas in der Einladung missverstanden. Den ganzen Abend lang hatte er sich unwohl gefühlt mit seiner grellbunten Kriegsbemalung und dem albernen Federschmuck auf dem Kopf, fehl am Platz, ein Fremdkörper. An diese Party musste er denken, als er auf der Schwelle zu Maren Lahnsteins leerem Wohnzimmer stand. Hatte er wieder etwas falsch verstanden? Falscher Tag? Falsche Zeit?

Maren Lahnstein lächelte. »Ich hatte Christoph und Anette noch eingeladen, ein befreundetes Ehepaar. Doch sie hatten irgendwelche Schwierigkeiten mit dem Babysitter. Sie müssen also mit mir allein vorliebnehmen.« Sie schien Halverstetts irritiertes Gesicht zu bemerken und fügte hinzu. »Ich wohne ja noch nicht so lange in Düsseldorf, gerade mal ein halbes Jahr. Ich kenne kaum jemanden hier.«

Halverstett stieß ein Geräusch aus, das wie eine Mischung aus ›Aha‹ und ›Oh‹ klang, und machte ein paar zaghafte Schritte in den Raum hinein. Er hätte gern noch gefragt, was es denn nun heute zu feiern gab, doch er kam sich blöd dabei vor. So, als könne er den Bullen nicht ablegen, der alles genau wissen muss.

»Trinken Sie auch ein Glas Wein?« Maren Lahnstein deutete auf die weiße Sitzgruppe. »Setzen Sie sich doch.«

»Ja, gern«, brummte Halverstett und ließ sich auf die Couch fallen. Ein Scotch wäre ihm lieber gewesen. Seine Nerven spielten verrückt. Heute hatte er einen Mann verhaftet, der vermutlich zwei Menschen eiskalt aufgeknüpft hatte. Als er mit seinen Kollegen in die Wohnung eingedrungen war, war er wie immer angespannt gewesen. Hoch konzentriert. Man wusste nie, was einen erwartete. Doch im Vergleich dazu, wie er sich im Augenblick fühlte, war das ein Sonntagsspaziergang am Rhein gewesen.

Maren Lahnstein kam mit zwei Gläsern Weißwein zurück und reichte ihm eins. »Also dann, Prost. Ich habe heute Geburtstag, und ich wollte den Abend nicht allein verbringen.«

Halverstett spürte, wie er rot wurde. »Oh, herzlichen Glückwunsch«, stammelte er.

Maren Lahnstein setzte sich in den Sessel links von ihm. »Was macht der Fall?«, fragte sie. »Ach nein, ich wollte ja über etwas anderes mit Ihnen reden, nicht immer nur über die Arbeit. Erzählen Sie mir was über Düsseldorf.«

»Ich bin eigentlich kein Düsseldorfer«, erklärte Halverstett und stellte das Glas auf dem Tisch ab. Seine Verunsicherung war mit einem Mal wie weggeblasen. Da hätte er die ganze Situation doch beinahe völlig missverstanden. Dabei wollte die Frau ganz einfach an ihrem Geburtstag nicht allein in einer fremden Stadt sein. Noch im Nachhinein brach ihm der Schweiß aus, wenn er daran dachte, was für alberne Ideen ihm durch den Kopf geschossen waren. »Ich bin aus Gruiten. Das ist ein kleines Dorf oberhalb des Neandertals. Dort bin ich aufgewachsen, und dort lebe ich immer noch. Nicht besonders aufregend, ich weiß. Aber ich fühle mich wohl auf meinem Berg.«

Maren Lahnstein lächelte. »Mich hat das Schicksal leider schon ziemlich häufig in der Gegend herumgescheucht. Geboren in einem Dorf in Schleswig-Holstein, studiert in Tübingen, verschiedene Jobs an Unis in ganz Deutschland und jetzt hier in Düsseldorf. Die Stadt gefällt mir. Allerdings habe ich bisher kaum etwas gesehen. Zu viel Arbeit.«

»Apropos«, fiel Halverstett ihr ins Wort. »Sie wollten doch wissen, was der Fall macht. Wir haben einen Mann verhaftet. Einen Peter Hofleitner. Er ist der Exfreund der ermordeten Frau. Als sie sich wegen Bertram Kassnitz von ihm trennte, ist er ziemlich ausgerastet. Hat seine Stammkneipe auseinandergenommen und gedroht, die beiden umzubringen.«

»Hat er gestanden?«

»Nein, im Augenblick sagt er gar nichts. Wir lassen seinen Wagen auf Spuren untersuchen. Irgendwie muss er die beiden ja zum Tatort transportiert haben. Er hat sie nämlich aus ihrem Haus entführt, und das liegt in Benrath. Ein ganz schönes Stück weg von der Stelle, wo er sie aufgeknüpft hat. Mit dem Auto mindestens zwanzig Minuten. Leider hat offenbar keiner von den Nachbarn irgendwas gesehen. Jedenfalls hat die Befragung bisher nichts ergeben. Aber es war ja auch so nebelig, dass man nicht einmal seine eigenen Schuhspitzen erkennen konnte.«

»Warum hat er sie nicht an Ort und Stelle umgebracht? Das war doch ziemlich riskant, sie erst noch durch die halbe Stadt zu kutschieren.«

»Keine Ahnung. Vielleicht hat der Rheinpark eine besondere Bedeutung für ihn. Womöglich hat er die Frau dort kennengelernt. Oder mit dem anderen erwischt. Das kriegen wir schon noch raus. Ich denke, er redet bald. Nur eine Frage der Zeit.«

»Sie sind sicher, dass er es war?«

Halverstett nippte an dem Wein. »Sicher sind wir erst, wenn wir das Geständnis haben. Oder einen eindeutigen Beweis. Aber es spricht viel dafür. Ein Alibi hat er jedenfalls nicht. Angeblich war er zu Hause und hat nichts mit der Sache zu tun. Das ist das Einzige, was wir aus ihm rausgekriegt haben, seither ist er stumm wie ein Fisch.« Er war jetzt in seinem Element. Ein Gespräch unter Kollegen. Das war es und sonst nichts. Was war er nur für ein Trottel. Was hätte eine Frau wie Maren Lahnstein auch anderes von ihm wollen können, einem spießigen, übergewichtigen Beamten, der mindestens zehn Jahre älter war als sie?

»Sind Elisabeth und Bertram Kassnitz nicht schon länger verheiratet gewesen?«, fragte Maren Lahnstein und schob sich die Haare hinter die Ohren.

Halverstett nickte. »Etwas über ein Jahr. Ich weiß, was Sie sagen wollen. Wenn er es war, hat er verdammt lang gewartet mit seiner Rache.«

*

Katrin kaute an ihrer Pizza und betrachtete die Fotos, die Elfriede Thürnissen ihr gegeben hatte. Eigentlich war Manfred heute mit Kochen dran. Aber bei ihm kam es häufiger vor, dass er viel länger in der Redaktion saß, als seine Arbeitszeit es vorsah. Wenn ihn eine Geschichte interessierte, vergaß er alles andere. Dafür hatte er auch keine Skrupel, gar nicht zur Arbeit zu erscheinen, wenn nichts Interessantes anstand. Am Anfang wäre er wegen dieser eigensinnigen Arbeitshaltung ein paar Mal beinahe geflogen, doch inzwischen genoss er gewisse Sonderrechte. Er hatte einfach einen zu guten Riecher. Auf den wollte der Chefredakteur auf keinen Fall verzichten.

Als Manfred um halb acht noch nicht zu Hause war, hatte Katrin sich resigniert eine Tiefkühlpizza in den Ofen geschoben. Dann musste er halt morgen ran. Aufgeschoben war nicht aufgehoben.

Manfred wohnte erst seit Dezember bei Katrin. Die meiste Zeit jedenfalls. Er besaß noch seine Wohnung in der Höhenstraße, doch die nutzte er fast nur noch als Lager für Wäsche und Bücher, die er gerade nicht brauchte. Gelegentlich brachte er auch Besuch dort unter. Katrin war zunächst skeptisch gewesen, als Manfred nach ihrer Entführung einfach mit zwei Koffern Klamotten und fünf Kisten Kram bei ihr aufgetaucht war und gesagt hatte, dass er erst mal hierbleibe, bis es ihr besser gehe. Doch er hatte sich gar nicht erst auf eine Diskussion eingelassen, und sie war viel zu erschöpft gewesen, um ernsthaft zu protestieren.

Aus diesem ›erst mal‹ waren inzwischen zwei Monate geworden, und Katrin hatte sich daran gewöhnt, dass Manfred neben ihr lag, wenn sie morgens aufwachte. Der Anblick seiner Zahnbürste in ihrem Bad hatte etwas Vertrautes, das sie nicht mehr missen wollte, ebenso wie seine Sammlung exotischer Gewürze, mit der er ihren eher mager ausgestatteten Küchenschrank aufgefüllt hatte. Manfred war bereits so sehr Teil ihres Lebens, dass sein Einzug in ihre Wohnung nur der letzte Schritt gewesen war, ein relativ kleiner Schritt gemessen an dem, was bereits hinter ihnen lag. Sogar das befürchtete Chaos war ausgeblieben.

Das Telefon klingelte. Es war Manfred. »Ich habe hier noch zu tun. Es gab eine Verhaftung. Dauert noch mindestens 'ne Stunde.«

»Ja, das habe ich mir schon gedacht. Hat er denn gestanden?«

»Wer?«

»Dieser Exfreund der Kindergärtnerin.«

»Woher weißt du das denn schon wieder?!«

»Ich habe auch so meine Verbindungen.« Katrin grinste. Sie stellte sich vor, wie Manfred am anderen Ende der Leitung die Augen verdrehte.

»Dann brauche ich dir ja gar nichts mehr zu erzählen, wenn ich nachher komme«, sagte er jetzt.

»Das könnte dir so passen! Ich bleibe auf, egal wie lang es dauert. Und ich will jedes Detail wissen. Bis dahin habe ich reichlich zu tun. Ich habe nämlich jetzt einen eigenen Fall.«

»Was?! Was für einen Fall?« Manfred klang entsetzt.

»Ich suche einen Vermissten.« Katrin genoss es, ihm die Einzelheiten in kleinen Bröckchen hinzuwerfen. Sie konnte seine Neugier geradezu knistern hören.

»Ich verstehe nicht.«

»Du kennst doch die Frau aus dem Nachbarhaus, Thürnissen heißt die. Ältere Dame, sehr kurze Haare. Sportlicher Typ. Joggt jeden Morgen die Düssel entlang.«

»Ja, ich glaube, ich weiß, wen du meinst.«

»Sie will, dass ich jemanden für ihre Schwester suche.«

»Aha. Und warum geht sie nicht zur Polizei?«

»Da war sie schon. Und bei drei Detekteien. Doch niemand will ihr helfen.«

»Und warum nicht?« Manfred klang irritiert.

»Weil der Vermisste ein Hund ist.«

*

Der Nebel war zurückgekehrt. Er war nicht ganz so dicht wie am Abend zuvor, doch er verhängte die Stadt gut genug, um dem Mörder ausreichend Deckung zu bieten.

Karl Binder stieg aus seinem Wagen. Fast zehn Minuten hatte er gebraucht, um in dem Einbahnstraßengewirr um den Schillerplatz einen Parkplatz zu finden, der halbwegs in der Nähe seiner Wohnung in der Humboldtstraße lag. Er hatte einen nervenaufreibenden Tag auf dem Präsidium hinter sich. Zeugenbefragungen zu einer angeblichen Vergewaltigung am Arbeitsplatz. Keine schöne Angelegenheit. Der Arbeitsplatz war ein Supermarkt in Derendorf, das Opfer ein junges Mädchen, eine Schülerin, die dort jobbte, und der Beschuldigte der Metzger, der hinter der Fleischtheke seinen Dienst tat. Angeblich hatte er sich im Kühlhaus an ihr vergangen, irgendwo zwischen Schweinehälften und Hähnchenschenkeln.

Binder schlug die Wagentür zu und schlenderte die Achenbachstraße entlang. Eigentlich war es ganz angenehm, dass er noch ein paar Schritte laufen musste, bevor er zu Hause ankam. Vielleicht ließen sich die unangenehmen Gedanken an seinen Job im Nebel abschütteln. In letzter Zeit fiel es ihm nicht mehr so leicht, seine Arbeit nach Dienstschluss aus dem Kopf zu löschen. Sie verfolgte ihn, fraß sich in sein Privatleben.

Eine Frau mit Pudel tauchte unvermittelt vor ihm aus dem Nichts auf, huschte vorbei und war Sekunden später wieder in der weißen Suppe verschwunden. Verrücktes Wetter. Binder konnte sich nicht erinnern, in Düsseldorf jemals einen solchen Nebel erlebt zu haben. Aber in letzter Zeit spielte das Wetter ja überall auf der Welt verrückt.

Er schlug den Kragen seines Mantels hoch und drückte seine Aktentasche enger an sich. Er war kein ängstlicher Typ, sonst wäre er nicht Polizist geworden, doch aus unerfindlichen Gründen machte ihn der Nebel nervös. Es war, als wäre man blind. Und gegen eine Gefahr, die man nicht sah, konnte man sich nicht wappnen. Endlich erreichte er die vertraute Hecke seines Vorgartens. Als er gerade den Schlüssel aus der Aktentasche fischen wollte, hörte er Schritte hinter sich.

»Nicht bewegen!«

Binder spürte etwas an seinem Hinterkopf. Den Lauf einer Waffe. Verdammt. Als hätte er es geahnt. Vermutlich hatte der Typ es auf sein Geld abgesehen. Das konnte er haben, Binder hatte nicht vor, den Helden zu spielen.

»Aktentasche fallen lassen!«

Hatte er es doch gewusst. Da war seine Dienstwaffe drin. Doch an die käme er jetzt sowieso nicht ran. Er ließ die Tasche langsam aus der Hand gleiten. Sie plumpste fast lautlos auf die Steinplatten. Der Fremde stieß sie mit dem Fuß weg. Dunkler Turnschuh. Nike. Vielleicht konnte er sich das Modell merken.

»Hände auf den Rücken!«

Binder, der gerade im Begriff war, die Arme zu heben, stutzte. Etwas stimmte nicht. Das war kein normaler Überfall. Jetzt hätte der Typ ihm eigentlich die Brieftasche aus der Hose ziehen müssen. Aber daran schien er gar nicht interessiert zu sein. Bevor Binder weiter darüber nachdenken konnte, klickten Handschellen um seine Handgelenke.

Verdammt! Was sollte das? Was wollte der Kerl von ihm?

Plötzlich fiel ihm der Fall ein, an dem die Kollegen vom KK 11 gerade arbeiteten. Er hatte sich im Paternoster kurz mit Klaus Halverstett unterhalten. Hatte der Mörder dem Ehepaar nicht auch Handschellen angelegt, bevor er es am nächsten Baum aufknüpfte? Und er hatte Halverstett noch erzählen wollen, dass er die Opfer kannte. Von einem anderen Fall. Womöglich gab es da einen Zusammenhang.

Scheiße! Binder wurde es heiß. Scheiße!

Er fuhr herum, bereit, um sein Leben zu kämpfen, doch in dem Augenblick traf ihn ein Schlag auf den Schädel. Seine Knie sackten weg, und alles versank in Dunkelheit.

5

Katrin räkelte sich im Schaukelstuhl. Rupert sprang auf ihre Oberschenkel, machte es sich bequem und schnurrte behaglich. Manfred saß an Katrins Schreibtisch und tippte einen Artikel in seinen Laptop. Katrin starrte hinaus in den Nebel. Plötzlich fiel ihr etwas ein.

»Kann ich morgen früh dein Auto haben?«

Manfred drehte sich um und sah Katrin erstaunt an. »Du willst was?«

Seit Katrin vor zwei Monaten mit ihrem eigenen Auto entführt worden war, war sie nicht mehr allein gefahren. Ihren alten Golf Cabrio, den sie besaß, seit sie den Führerschein gemacht hatte, hatte die Polizei zwar wiedergefunden, doch Katrin wollte den Wagen nicht mehr haben.

»Dein Auto. Du brauchst es doch morgen früh nicht, oder? Du hast gesagt, dass du erst nachmittags in die Redaktion musst.« Katrin kraulte Rupert am Hals.

»Klar kannst du. Verrätst du mir auch, was du vorhast?« Manfred stand auf und hockte sich vor Katrin auf den Boden. Rupert beäugte ihn misstrauisch, so, als fürchtete er, der Mann könne ihm seinen Platz auf Katrins Schoß streitig machen.

Katrin lächelte. Sie fuhr Manfred durch das zerzauste blonde Haar. »Keine Sorge. Ich habe nicht vor, auf Mörderjagd zu gehen. Wenn ihr recht habt, ist der Täter ja auch schon gefasst und hinter Schloss und Riegel.«

»Wenn ihr recht habt? Wie meinst du das?« Manfred fixierte Katrin misstrauisch.

»Roberta kennt diesen Hofleitner flüchtig. So, wie sie ihn mir beschrieben hat, ist er ein einfach gestrickter Zeitgenosse, der am liebsten mit einer Flasche Bier in der Hand vor dem Fernseher sitzt. Nicht gerade der Typ Mann, der einen Mord perfide bis ins Detail plant und seine Opfer zur Betonung seines Anliegens an einem historischen Richtplatz umbringt.«

»Was für ein historischer Richtplatz?« Manfred umfasste Katrins Unterschenkel. Der Schaukelstuhl schwang nach vorn, Rupert sprang erschrocken auf und hüpfte auf den Boden. Beleidigt verzog er sich auf die Fensterbank.

»Hey, musst du eine solche Unruhe verbreiten!«, rief Katrin und lachte. Dann rutschte sie zu Manfred auf den Boden.

»Hat doch wunderbar funktioniert«, gab Manfred zurück. »Rivale in die Flucht geschlagen, Prinzessin im Arm.«

»Von wegen Prinzessin.« Katrin kniff ihn in den Bauch.

»Autsch. Okay, Prinzessin mit Dornen. Jetzt hast du mir aber immer noch nicht verraten, was du mit dem historischen Richtplatz meinst.«

»Dort, wo die beiden gestern Nacht aufgeknüpft wurden, stand einmal der Galgen von Düsseldorf.«

Manfred riss die Augen auf. »Wirklich? Woher weißt du das?«

»In der Schule haben Roberta und ich mal ein Referat zu diesem Thema gehalten.«

»Ich wusste gar nicht, dass ihr beide schon als Teenager so morbide drauf wart.«

»Es gibt eine Menge Dinge, die du nicht über mich weißt.« Katrin sah ihn provozierend an.

Manfred grinste. »Aber ich werde sie herausfinden, wart's nur ab. Und jetzt zu dem Galgen. Stand er tatsächlich genau dort?«

»So ungefähr. Genau lässt sich das nicht mehr sagen. Dieses Gelände war im Mittelalter eine Insel, die außerhalb des Stadtgebiets lag. Der Galgen stand weithin sichtbar auf einem Hügel. Zur Abschreckung. Heute gibt es weder die Insel noch den Hügel, auf den Meter genau kann man also nicht sagen, wo der Galgen stand. Aber so ungefähr kommt es hin.«

»Das kann kein Zufall sein«, murmelte Manfred nachdenklich. »Und du hast recht. Wenn der Mörder diesen Ort bewusst ausgewählt hat, dann ist es eher unwahrscheinlich, dass es dieser Hofleitner war. Das passt nicht zu ihm.« Er sah Katrin in die Augen. »Und für so was hast du dich schon als kleines Mädchen interessiert?«

Katrin lachte. »Wir waren sechzehn oder siebzehn, als wir das Referat gehalten haben. Keine kleinen Mädchen mehr. Außerdem sind wir, ehrlich gesagt, eher gegen unseren Willen zu diesem Thema verdonnert worden. Es war das letzte, was übrig war. Düsseldorfer Rechtsgeschichte. Klang furchtbar trocken. Wollte keiner machen. Nachher haben uns dann alle beneidet, als wir von Galgenprivileg, Blutgerichtsstein und Hexenverbrennung erzählt haben.«

»Ich wusste doch, dass da etwas sehr Dunkles in dir schlummert.« Manfred rückte näher an Katrin heran. »Und was hast du nun morgen mit meinem Auto vor?«

Katrin deutete zum Fenster. »Siehst du das?«

Manfred drehte den Kopf. »Ich sehe, ehrlich gesagt, überhaupt nichts.«

»Genau das meine ich«, erläuterte Katrin. »Wenn es morgen früh noch so nebelig ist, gibt das ein paar wunderbare Motive. Ich will ein bisschen rumfahren und Fotos machen. Mit etwas Glück gibt es einen tollen Wintersonnenaufgang. Blutrote Sonne im grauen Dunst. Sieht wunderschön aus.«

»Blutrote Sonne. Klingt gefährlich. Gestern Abend, als das Ehepaar umgebracht wurde, war auch solcher Nebel. Eine ideale Nacht für einen Mord.«

Katrin grinste. »Dann sollte ich morgen als Allererstes überprüfen, ob Halverstett den wahren Täter eingesperrt hat.«

»Und wie?«

»Ganz einfach, ich fahre alle alten Richtplätze ab. Ich glaube, die meisten kriege ich noch zusammen.«

»Alle Richtplätze? Gibt es noch mehr?«

»Klar, jede Menge. Der Galgen ist in Düsseldorf im Laufe der Jahrhunderte umhergewandert wie ein Betrunkener, der den Heimweg nicht findet. Weil die Stadt immer weiter wuchs und der Richtplatz möglichst außerhalb des besiedelten Gebiets liegen sollte. Dieses Ding wollte schließlich niemand vor seiner Haustür stehen haben.«

»Ach nee, warum denn nicht? Ich dachte, im Mittelalter wären Hinrichtungen so 'ne Art Fußballweltmeisterschaft gewesen. Sind nicht alle dahin geeilt, um sich das anzusehen? Wenn man da in der Nähe des Galgens gewohnt hätte, hätte man doch seinen Fensterplatz in der ersten Reihe vermutlich noch teuer vermieten können.«

Katrin grinste. »Da hast du recht. Später bei der Guillotine war das tatsächlich so. Die stand in der Altstadt im Gefängnishof und war von den Dächern der gegenüberliegenden Straßenseite aus gut sichtbar. Den berühmten Serienmörder Peter Kürten hat man übrigens aus diesem Grund im Kölner Klingelpütz hingerichtet, wo der Richtplatz nicht einsehbar war. Man wollte einen Massenauflauf vermeiden.«

»Der Vampir von Düsseldorf wurde in Köln hingerichtet? Na so was.«

»Eigentlich war das sogar sehr sinnvoll«, erklärte Katrin. »Kürten war nämlich gebürtiger Kölner.«

Manfred runzelte die Stirn. »Du bist ein wandelndes Henkerslexikon. Ich bin schwer beeindruckt. Allerdings weiß ich jetzt immer noch nicht, warum niemand in der Nähe des Galgens leben wollte. Wenn ich bedenke, was du gerade erzählt hast, ergibt das doch keinen Sinn.«

»Du musst dir mal vorstellen, wie das im Mittelalter war: Wer zum Tod durch den Strang verurteilt war, der wurde an den Galgen gehängt, und das war's. Da blieb er dann hängen, bis er vollkommen weggefault war. Selbst

Verbrecher, die auf andere Art hingerichtet worden waren, wurden manchmal danach noch an den Galgen gehängt. Ihr Tod sollte schließlich andere Menschen abschrecken. Da hingen oft zehn oder zwanzig Leute gleichzeitig in unterschiedlichen Stadien der Verwesung. Dem Anblick möchte wohl niemand tagtäglich ausgeliefert sein, egal wie sehr er Hinrichtungen als solches schätzen mag. Von dem bestialischen Gestank ganz zu schweigen.«

»Pfui.« Manfred schüttelte sich. »Die waren echt ziemlich abartig drauf, unsere Vorfahren.«

»Na, dafür brauchst du nicht ins Mittelalter zurückblicken. Das trifft auf unsere Zeitgenossen leider immer noch zu. Guck dich doch mal in der Welt um.«

»Okay. Da hast du recht. Glücklicherweise sind zumindest in unseren Breiten die Strafen für Verbrechen deutlich humaner geworden.«

Katrin zuckte die Schultern. »Kommt drauf an. Aus unserer Sicht natürlich schon. Aber damals waren die Leute davon überzeugt, den Verurteilten damit einen Gefallen zu tun. Sie wollten ihnen durch drakonische Strafen die Zeit im Fegefeuer verkürzen. Je mehr sie noch vor dem Tod litten, desto weniger hatten sie im Jenseits abzubüßen. So was in der Art.«

»Wie pervers!« Manfred schnitt eine angewiderte Grimasse. »Ist das auch der Grund für die Folter gewesen? Leute quälen, um ihr Seelenheil zu retten?«

»Nein.« Katrin schüttelte den Kopf. »Das lag am Rechtssystem. Damals gab es keine Prozesse mit Indizien und Beweisen, so wie wir das heute kennen. Relevant für die Verurteilung war einzig und allein das Geständnis.

Also musste man den Verdächtigen auf Teufel komm raus dazu bringen, seine Tat zu gestehen.«

»Wie absurd.« Manfred stand auf und trat zum Fenster. Katrin folgte ihm. Schweigend blickten sie in den gespenstischen Nebel.

»Wie viele von diesen ehemaligen Richtplätzen gibt es denn in Düsseldorf?«, fragte Manfred schließlich.

»Das weiß wohl niemand so genau«, antwortete Katrin. »Aber es kommen einige zusammen. Schließlich waren viele Stadtteile in früheren Zeiten eigene Städte, die teilweise auch eine eigene Gerichtsbarkeit hatten.«

»Da ist was dran. Und jetzt meinst du, wenn hier ein Serientäter am Werk ist, der ein Faible für alte Richtplätze hat, dann arbeitet der all diese Orte ab?«

»Ja, so ungefähr. Ich hoffe natürlich, dass ich unrecht habe.«

»Das hoffe ich auch.«

»Dann drück mir mal die Daumen, dass ich nicht fündig werde. Sonst muss Halverstett mit seiner Mörderjagd wieder von vorn beginnen.«

∗

Marc Simons wurde von der Müllabfuhr aus dem Schlaf gerissen. Jeden Donnerstag hielt sie um Punkt sieben genau unter seinem Schlafzimmerfenster und leerte die großen Container des gesamten Häuserblocks. Sie war nie zu spät. Zuverlässiger als sein Wecker.

Genervt schwang er sich aus dem Bett und trat zum Fenster. Es war dunkel, und der Nebel hatte sich noch nicht gelichtet. Das gelbe Rundumlicht des Müllwagens zerschnitt die weiße Suppe unter ihm.

Nackt schlurfte Simons in die Küche. Sein Schädel brummte, und er brauchte dringend einen Kaffee. Benedikt saß bereits am Tisch. Er hielt einen dampfenden Pott zwischen seinen Händen und starrte ins Leere.

»Schon wach?« Benedikt drehte den Kopf und sah seinen Bruder überrascht an.

»Die Müllabfuhr. Donnerstag ist mein Frühaufsteh-tag.« Er langte nach der Kaffeekanne, doch sie war leer.

»Hast du nur eine Tasse gemacht, oder bist du schon seit Stunden wach?«

»Beides.« Benedikt stand auf. »Geh dich anziehen. Ich mach neuen.«

Marc trottete aus der Küche, schlüpfte in seine Klamotten und kehrte zurück. »Wo warst du eigentlich gestern Abend? Als ich ins Bett bin, warst du immer noch nicht da.«

»Du bist aber auch den ganzen Abend weg gewesen, wenn ich mich nicht täusche. Wo warst *du* denn?« Benedikt holte einen zweiten Kaffeepott aus dem Schrank.

»War unterwegs. Motive suchen. Für das Buch.«

»Im Nebel?«

Marc zuckte mit den Schultern. »Und du?«

»Musste raus. Ich habe gestern Abend bei Natalie angerufen. Wollte die Kleine sprechen. Aber Jule wollte nicht mit mir reden. Das ist alles so beschissen!« Er schlug mit der Faust gegen den Küchenschrank. Geschirr klirrte.

»Jule wollte nicht mit dir reden? Bist du sicher? Vielleicht hat Natalie das nur behauptet.« Marc setzte sich an den Tisch. Benedikt blieb stehen und wartete darauf, dass die Kaffeemaschine ihre Arbeit beendete.

»Ich habe gehört, wie sie Jule gefragt hat.«

»Scheiße.«

Benedikt goss Kaffee ein und stellte die Kanne zurück. »Das alles macht mich wahnsinnig. Nach dem Telefongespräch musste ich erst mal raus. Hier drinnen wäre ich durchgedreht. Ich bin wie bescheuert in der Gegend rumgelaufen. Am liebsten wäre ich rübergefahren in die schicke Villa meiner Noch-Schwiegereltern und hätte mir Jule geschnappt. Ich möchte nicht wissen, was sie der Armen alles über mich erzählen. Was die da mit ihr machen, ist doch Gehirnwäsche. Klar, dass die mich nicht sehen will.« Benedikt lief unruhig im Zimmer hin und her. »Und das Schlimmste ist, dass sie nicht zur Rechenschaft gezogen werden. Dass sie die gemeinsten Lügen über jemanden verbreiten dürfen, sein Leben zerstören dürfen, ohne dass es irgendwelche Konsequenzen hat.«

*

Als der Wecker klingelte, hatte Katrin das Gefühl, es sei noch mitten in der Nacht. Es war stockdunkel draußen, kein Geräusch war zu hören, nur das Rauschen einer Wasserleitung irgendwo im Haus. Schlaftrunken rollte sie sich aus dem Bett. Manfred stöhnte leise und drehte sich geräuschvoll auf die andere Seite.

Katrin lief zum Fenster. Beinahe hoffte sie, der Nebel möge sich verzogen haben. Dann könnte sie ruhigen Gewissens zurück ins Bett schlüpfen. Doch ihre Hoffnung wurde enttäuscht. Die kompakte weiße Masse füllte den Hof hinter ihrem Haus wie ein riesiger Bausch Zuckerwatte. Sie gähnte und wandte sich ab. Ohne das Licht anzumachen, tastete sie im Schrank nach frischer Kleidung. Sie fischte eine warme Hose heraus, einen dicken Pullover und die langen, karierten Kniestrümpfe, die sie so liebte und die Manfred so hässlich fand. Unter der Dusche wurde sie langsam wach.

Als sie sich in der Küche Tee kochte und ein Brot schmierte, stieg langsam die Vorfreude in ihr auf. Wann hatte sie das zum letzten Mal gemacht? Im Morgengrauen aufstehen und an einem besonderen Ort den Sonnenaufgang festhalten? Früher war das eine ihrer Leidenschaften gewesen. Einer der Gründe, warum sie ihren Beruf so liebte. Die Welt entdecken, während sie gerade aufwachte, wenn der Tag noch jung war und blinzelnd die Augen öffnete.

Katrin goss den Tee in eine kleine Thermoskanne und packte das Brot in Alufolie. Jetzt hatte sie noch keinen Hunger, doch in einer Stunde würde sie darüber herfallen. Sie schlüpfte in ihre Turnschuhe, nahm die Jacke vom Haken, schnappte sich ihre Kameratasche und das Stativ und verließ die Wohnung. Fünf Minuten später fuhr sie in Manfreds grünem Landrover den Hennekamp entlang. Hier war schon einiges los auf der Straße, die erste Welle des Berufsverkehrs hatte eingesetzt. Katrin schwamm ziellos mit den anderen Wagen

Richtung Nordosten. Sie hatte sich vorher gar nicht überlegt, wo sie fotografieren wollte. Also ließ sie sich einfach treiben.

Als sie sich der Grafenberger Allee näherte, fiel ihr das Gespräch vom Abend zuvor wieder ein. Die Richtplätze. Einer spontanen Eingebung folgend bog sie links ab und dann an der übernächsten Querstraße wieder rechts in die Humboldtstraße. Vielleicht war ein ehemaliger Richtplatz im Morgennebel ja ein schönes Motiv für Simons' Buch.

Katrin ließ den Wagen langsam durch die enge Straße rollen. Hier schien noch fast alles zu schlafen. Die eleganten, mehrstöckigen Wohnhäuser lagen still und dunkel hinter dem Nebelschleier, der sich zögernd lichtete. Nur gelegentlich war durch den weißen Dunst das gelbliche Licht eines erleuchteten Fensters zu erahnen.

Katrin fand kurz vor dem Schillerplatz eine Parklücke. Ohne Kamera stieg sie aus und schlenderte auf den Platz zu. Erst einmal musste sie die Gegend erkunden, die beste Perspektive ausmachen, das schönste Motiv finden. Im Augenblick war es sowieso noch zu dunkel, um zu fotografieren.

Der Schillerplatz war ein mit großen, alten Bäumen bestandenes, rechteckiges Gelände, auf dem sich mehrere Rasenstücke und ein Kinderspielplatz befanden. Die Spielgeräte waren über den ganzen Platz verstreut. Katrin blieb in einiger Entfernung stehen und betrachtete die Bäume, die ihre nackten Arme aus dem Nebel heraus in den grauen Morgenhimmel streckten, und musste an den Erlkönig denken. Schaudernd trat sie näher. Bei dem Wetter war es nicht schwer, sich vorzustellen, dass an diesem Ort einmal ein Galgen gestanden hatte.

Katrin schlenderte entlang der Schienen der Straßen-bahnlinie 708, die hier von der Uhlandstraße in die Hum-boldtstraße mündeten. Ein einsames hölzernes Schaukel-gerüst reckte wie ein Ertrinkender seine Balken aus der milchigen Suppe. Irgendjemand hatte die rechte Schaukel so oft um den oberen Querbalken gewickelt, dass sie für ein kleines Kind nicht mehr zu erreichen war. Die linke Schaukel war nicht zu sehen, Nebelschwaden hüllten sie ein. Plötzlich kam Bewegung in die weiße Wand, so als zöge jemand an einem Vorhang. Das ganze Gerüst kam zum Vorschein. Zwei X-förmige Stützen, ein Querbal-ken, zwei Schaukeln. Der Querbalken stand an beiden Seiten ein wenig über. Katrin hielt die Luft an. Auf der linken Seite baumelte etwas in der Morgenbrise, das auf den ersten Blick aussah wie eine dritte Schaukel.

Zögernd ging sie näher heran. Ihr Herz hämmerte, und ihre Beine waren bleischwer. Wieder glitt ein Nebel-schleier vor das Gerüst, das hängende Etwas verschwand. Katrin stand jetzt unter einer Platane, nur wenige Meter von der Schaukel entfernt. Sie legte ihre Hand auf den feuchten Baumstamm und starrte konzentriert gerade-aus. Langsam lichtete sich der Nebel wieder, gab zwei Beine frei, dann einen Oberkörper und zum Schluss ei-nen Kopf. Am Querbalken des Schaukelgerüsts hing ein Mann, aufgeknüpft mit einem dicken Seil, die Hände auf dem Rücken und die Fußgelenke mit einer dünnen Schnur aneinandergefesselt. Es war klar, dass der Mann nicht mehr zu retten war. Sein Gesicht war weißer als der

Nebel, die Zungenspitze hing starr im rechten Mundwinkel, und die Augen quollen aus den Höhlen und blickten ausdruckslos ins Nichts.

Katrin starrte ihn an, unfähig, sich zu rühren. Sie zitterte am ganzen Körper, ihre linke Hand krallte sich hilflos in den Baumstamm. Wie in Zeitlupe öffnete sie den Mund, doch ihr Schrei war stumm. Ihr Magen protestierte. Er wölbte und wand sich und drückte Säure in die Speiseröhre. Katrin keuchte, wandte sich ab und taumelte zurück zur Straße. Würgend blieb sie am Bordstein stehen. Bis auf ein wenig Schleim kam jedoch nichts. Ein Wagen rollte vorbei. Wenn der Fahrer bemerkt hatte, was mit ihr los war, so schien es ihn nicht zu interessieren, denn er verschwand in der Uhlandstraße, ohne anzuhalten.

Eine Reihe niedriger Holzpflöcke markierte den Zugang zum Schillerplatz. Vorsichtig ließ Katrin sich auf einem von ihnen nieder. Mit steifen, kraftlosen Fingern tastete sie in ihrer Jacke nach ihrem Handy. Nichts. Auch das noch! Sicherlich lag es in ihrer Handtasche, die sie heute Morgen absichtlich zu Hause gelassen hatte, um nicht so viele Einzelteile zum Auto schleppen zu müssen. Ratlos sah sie sich um. Sollte sie einfach irgendwo klingeln? Auf die nächste Straßenbahn warten und den Fahrer alarmieren? Am anderen Ende des Schillerplatzes lag die Herderstraße. Da war ein wenig mehr los, einzelne Autos glitten vorbei. Entschlossen stand Katrin auf und marschierte auf die Straße zu, den Blick starr auf den Boden gerichtet, um nicht erneut auf das Schaukelgerüst blicken zu müssen.

Der erste Wagen umrundete sie mit quietschenden Reifen und lautem Gehupe, als sie auf die Straße sprang und wild mit den Armen wedelte. Auch der zweite fuhr vorbei. Der Fahrer machte sich sogar noch die Mühe, das Fenster herunterzulassen und Katrin einen Vogel zu zeigen. Schließlich hielt ein rostiger, dunkelblauer Passat. Ein älterer Mann stieg aus und fragte in gebrochenem Deutsch, ob er helfen könne. Katrin musste dreimal ansetzen, bis sie ein verständliches Wort über die Lippen brachte.

6

Es dauerte sieben Minuten, bis der erste Streifenwagen vor Ort war. Danach trafen nach und nach immer mehr Fahrzeuge ein. Der Schillerplatz wurde gesperrt, die Feuerwehr leuchtete mit großen Scheinwerfern das Gelände aus, damit die Spurensicherung im Dämmerlicht nichts übersah. Der Notarzt konnte für den Mann, der an dem Schaukelgerüst hing, nichts mehr tun, doch er kümmerte sich um Katrin, wickelte sie in eine Decke und gab ihr etwas zur Beruhigung. Apathisch saß sie in einem Streifenwagen und beobachtete das Durcheinander um sie herum. Inzwischen hatte sich der Nebel so weit gelichtet, dass sie den gesamten vorderen Teil des Platzes gut überblicken konnte.

Nach etwa zwanzig Minuten traf die Gerichtsmedizinerin am Tatort ein, und noch mal zehn Minuten später sah Katrin Hauptkommissar Halverstett auf den Schillerplatz zugehen. Er sah sich den Toten an und sprach lange mit der Ärztin. Katrin beobachtete die beiden. Etwas an ihrer Haltung, an der Art, wie sie sich ansahen, war seltsam. Unpassend. Wären die Umstände nicht eindeutig gewesen, hätte Katrin nie vermutet, dass sich hier zwei Kollegen über die Todesart und den Todeszeitpunkt eines Mordopfers austauschten. Ihre Körper sprachen eine ganz andere Sprache. So, als teilten die beiden ein Geheimnis. Ein sehr privates Geheimnis.

Mit einem Mal fiel Katrin ein, dass Manfred gar nicht Bescheid wusste. Sie war als Erste am Fundort einer Leiche, und er lag friedlich im Bett und schlief. Instinktiv langte sie nach ihrer Handtasche, aber dann fiel ihr ein, dass die ja zu Hause lag. Und in ihr das Mobiltelefon. Sie würde darauf hoffen müssen, dass einer der Kollegen von der Zeitung Manfred Bescheid sagte.

Neugierig sah sie zu, wie zwei Männer von der Feuerwehr eine Leiter an das Schaukelgerüst stellten und den Toten herunterhievten. Am Rand der Polizeiabsperrung standen die ersten verschlafenen Schaulustigen. Ein Mann filmte die Arbeit der Polizei heimlich mit seinem Handy, ohne dass einer der Beamten etwas bemerkte. Wenig später kam Halverstett auf den Wagen zu. Er öffnete die Fahrertür und setzte sich neben sie.

»Guten Morgen, Katrin. Ich höre.«

»Guten Morgen.« Katrin wusste nicht so recht, wo sie anfangen sollte. »Ich wollte Fotos machen. Da habe ich ihn gefunden.«

Halverstett sah sie an. »Ist das alles?«

Sie schüttelte den Kopf. »Die Morde vorgestern. Ich weiß, Sie haben jemanden verhaftet …« Sie hielt inne, als Halverstett unwillig schnaufte.

»Entschuldigen Sie, Katrin, ich wollte Sie nicht unterbrechen. Erzählen Sie weiter.«

»Also, mir fiel gleich auf, dass das nicht irgendein Tatort war. Im Rheinpark. Und dann auch noch, um jemanden aufzuknüpfen.« Sie merkte, dass sie wirres Zeug redete, und riss sich zusammen. »Also, das Gelände, das jetzt Rheinpark heißt, hieß früher Golzheimer Insel.«

»Und dort stand der Galgen, ich weiß.«

»Oh.«

»Irgendjemand von der Geschichtswerkstatt Düsseldorf oder so hat im Präsidium angerufen.«

»Dann wissen Sie sicher, dass der Schillerplatz auch –«

»Wie bitte?« Halverstett fixierte sie ungläubig. »Stand hier etwa auch mal ein Galgen?«

Katrin nickte.

»Und deshalb waren Sie hier?«

Katrin nickte wieder. »Aber nicht wegen der Morde. Ich wollte Fotos machen, für ein Buch über Düsseldorf.«

Halverstett stöhnte leise. »Sie bringen mich noch um den Verstand, Katrin. Wie machen Sie das nur immer?«

In dem Augenblick sahen sie, wie an der Ecke zur Herderstraße ein kleiner Tumult entstand. Ein Mann diskutierte wild gestikulierend mit zwei leicht genervten Streifenbeamten. Es war Manfred.

»Na, der hat natürlich noch gefehlt.« Halverstett stieß die Wagentür auf und ging auf die Gruppe zu. »Ist schon okay. Er gehört zu der Zeugin.« Halverstett deutete auf den Streifenwagen. »Sie sitzt da drin. Am besten bringen Sie sie nach Hause. Steht ziemlich unter Schock. Und das nächste Mal passen Sie ein bisschen besser auf sie auf, ja?« Er blickte Manfred durchdringend an, doch um seine Lippen zuckte es. Manfred grinste und stürmte auf den Streifenwagen zu.

*

»Hört sich nach einem Irren an.« Roberta hatte die Kinder bei einer Nachbarin gelassen und war in die Karolingerstraße gekommen. Katrin lag mit geschlossenen Augen auf der Couch, in eine Decke gehüllt. Manfred hockte auf dem Boden vor ihr, und Roberta saß im Schaukelstuhl. Rupert lag auf der Fensterbank und schlief. Auf dem Teppich in der Nähe der Couch stand eine Teekanne. Eine leere Packung Kekse lag daneben. Es war Viertel nach drei. Der Nebel hatte sich vollständig gelichtet und einem fahlen Februartag Platz gemacht. Leichter Nieselregen fiel.

»Ganz so irre kann der aber nicht sein«, warf Manfred ein. »Ist schließlich gut durchdacht, was er da tut.«

»Wenn man mal davon absieht, dass es von vornherein irre ist, einen Menschen einfach umzubringen. Für mich ist das ein durchgeknallter Serienkiller. Gut durchdacht hin oder her.« Roberta stieß sich vom Boden ab, und der Schaukelstuhl geriet in Bewegung.

Katrin richtete sich auf. »Quatsch. Das ist kein Serienkiller.«

»Ach nee.« Manfred drehte sich zu ihr um. »Ich dachte, du schläfst.«

Katrin ignorierte seinen Kommentar und sprach weiter. »Ein Serienkiller sucht seine Opfer willkürlich aus. Er steht in keiner persönlichen Beziehung zu ihnen.«

»Und du glaubst, das ist hier anders?« Roberta hörte auf zu schaukeln und sah Katrin zweifelnd an.

Katrin setzte sich gerade auf das Sofa und wickelte sich die Decke um die Schultern. »Die Tatorte sind Richtplätze. Das heißt, die Opfer wurden gerichtet. Hingerichtet. Weil sie irgendwas verbrochen haben. Zumindest in den Augen des Täters. Also muss er sie gekannt haben. Von ihren Taten gewusst haben. Vielleicht hat er irgendwelche schrecklichen Dinge über sie herausgefunden. Oder sie haben ihm persönlich etwas angetan.«

»Eine Kindergärtnerin, ein Bankangestellter und ein Polizist?« Roberta schüttelte den Kopf.

»Warum nicht?«, gab Katrin zurück. »Warum sollten die keinen Dreck am Stecken haben? Nur weil sie so normal sind?«

»Dann hätte er sie aber auch ganz einfach anzeigen können, oder?«

Katrin ließ sich nicht aus dem Konzept bringen. »Vielleicht hat man ihm nicht geglaubt. Oder die Strafe, die das Gesetz in solchen Fällen vorsieht, war ihm nicht hart genug. Kann doch sein, dass es etwas war, das sie ihm angetan haben und das für ihn ganz furchtbar war, aber für den Rest der Welt nicht, und jetzt hat er sich gerächt.«

»Und das findest du nicht irre?«

»Doch!« Katrin stöhnte. »Aber es steckt System dahinter. Eine persönliche Beziehung zwischen dem Täter und den Opfern. Und das bedeutet, dass es auch eine Beziehung zwischen den drei Opfern gibt, irgendetwas müssen sie gemeinsam haben.«

Manfred setzte sich zu Katrin auf die Couch und nahm sie in den Arm. »Ich glaube, Katrin hat recht. Da befindet sich jemand auf einem persönlichen Rachefeldzug. Möglich, dass die drei gemeinsam etwas verbrochen haben. Und jetzt müssen sie dafür bezahlen.«

»Kann natürlich auch alles ganz anders sein«, meinte Katrin jetzt. »Wäre schließlich auch möglich, dass wir es mit zwei verschiedenen Tätern zu tun haben.« Sie beugte sich nach vorn und lugte in die Teekanne, die auf dem Fußboden stand. »Leer«, stellte sie fest.

Roberta stand auf. »Ich mach neuen.« Sie hob die Kanne vom Boden auf. »Wie meinst du das mit zwei Tätern?«, fragte sie dabei.

»Ganz einfach: Dieser Hofleitner ist *doch* schuldig. Und irgendein irrer Trittbrettfahrer hat sich an ihn drangehängt.«

»Oder jemand«, fiel Manfred ein, »der schon länger jemanden loswerden wollte und jetzt die einmalige Chance sah, das einem verrückten Serienkiller anzuhängen.«

Roberta seufzte. »Das ist mir zu kompliziert«, murmelte sie und verschwand in der Küche. Manfred sah Katrin an. »Du kommst ja wohl nicht auf die Idee, auf eigene Faust ein bisschen rumzuschnüffeln, oder?«

Katrin gab ihm einen Kuss auf die Nase. »Was dir so alles einfällt! Wie kommst du nur darauf?«

*

»Wenn du sie weiter so zuschüttest, werden sie ertrinken«, verkündete Rita Schmitt.

Halverstett zuckte zusammen und stellte die Kanne weg. Doch es war bereits zu spät. Die fünf kleinen Kakteen, die die Fensterbank ihres Büros auf der zweiten Etage des Polizeipräsidiums in Düsseldorf zierten, schwammen bereits bis zum Topfrand in kleinen Tümpeln.

»Was ist los?«, wollte Rita jetzt wissen. »Ist es wegen dieses irren Henkers, oder macht dir sonst noch was zu schaffen?«

Halverstett blieb mit dem Rücken zu ihr stehen. Das Verhältnis zwischen ihm und seiner Kollegin war ausgezeichnet, nie hatte ihn jemand bei seiner Arbeit so perfekt ergänzt, und dennoch, oder vielleicht gerade deswegen waren private Themen zwischen ihnen tabu. Niemals wäre er auch nur im Traum auf den Gedanken gekommen, ihr von dem Gefühlschaos zu berichten, das in seinem Inneren tobte. Der gestrige Abend hatte ihn vollkommen aus der Bahn geworfen. Er war jetzt seit fast dreißig Jahren mit der gleichen Frau verheiratet, und nicht ein einziges Mal hatte er auch nur mit dem Gedanken gespielt, sie zu betrügen. Es war ihm gar nicht in den Sinn gekommen. Veronika und er lebten zwar in vollkommen verschiedenen Welten, dennoch war sie die Partnerin an seiner Seite, die Mutter seiner Kinder. Er war sogar ganz froh über das Arrangement zwischen ihnen, das es beiden ermöglichte, ungestört eigene Wege zu gehen, und das zumindest bisher gut funktioniert hatte. Für eine Frau, die seine Gedanken und Gefühle mehr in Anspruch genommen hätte, hätte ihm sein Beruf gar keine Zeit gelassen.

Doch jetzt war mit einem Mal alles anders. Es war nichts passiert zwischen ihm und Maren Lahnstein, und dennoch fühlte es sich an, als wäre er fremdgegangen. Nein, es fühlte sich nicht nur so an. Er war fremdgegangen. Ohne diese andere Frau auch nur zu berühren. Er wusste es. Und er wusste, dass sie es wusste.

»Hey, Klaus, alles in Ordnung? Ist es wegen der Leitung der Mordkommission?«

Halverstett starrte aus dem Fenster. Die Mordkommission war inzwischen auf dreißig Mitarbeiter aufgestockt worden. Er hatte sich nicht um die Leitung gerissen. Aber natürlich hatte man sie ihm dennoch aufs Auge gedrückt. Schließlich war er einer der erfahrensten Beamten des KK 11. Dabei arbeitete er am liebsten ganz allein, nach seinem eigenen Rhythmus. Aber das ging natürlich nicht, vor allem nicht, wenn man die Arbeit einer so großen Gruppe von Ermittlern koordinieren musste. MK Henker. Er fragte sich, welcher Spaßvogel wohl auf diesen Namen gekommen war.

Das Blöde war, dass sie nicht den geringsten Anhaltspunkt hatten, ob und, wenn ja, wann und wo der Mörder wieder zuschlagen würde. Ihnen fehlte das Motiv. Am Nachmittag hatte er sich mit diesem Mann von der Geschichtswerkstatt unterhalten und sich von ihm sämtliche ehemaligen Richtplätze aufschreiben lassen. Eine gute Handvoll Plätze in ganz Düsseldorf kamen demnach als mögliche Tatorte in Frage. Halverstett hatte angeordnet, in den entsprechenden Gebieten vermehrt Streifen einzusetzen, doch das war im Augenblick alles, was er tun konnte. Wenn der Mörder wirklich vorhatte, weitere Verbrechen zu begehen, würde er sich davon bestimmt nicht abhalten lassen.

Rita Schmitt stand auf und stellte sich neben Halverstett ans Fenster. »Okay, ich werde dich heute nicht mehr mit dämlichen Fragen nerven, ist sowieso Zeit, Schluss zu machen, wir haben morgen einen langen Tag vor uns.« Sie gähnte. »Wenigstens hat der Nebel sich verzogen. Wie ich gehört habe, hat der Flughafen heute Nachmittag wieder seinen normalen Betrieb aufgenommen. Der dichteste Nebel in Düsseldorf seit Beginn der Wetteraufzeichnungen, haben sie im Radio gesagt. Und es ist noch nicht vorbei. Spätestens morgen Abend soll er wiederkommen. Als hätte unser Killer das Wetter bestellt.« Sie seufzte und sah Halverstett an. »Eins wüsste ich noch gern, bevor ich mich auf den Weg nach Hause mache: War es nicht voreilig, Hofleitner so schnell wieder laufen zu lassen? Ich bin nicht der Ansicht, dass es so klar ist, dass wir es in beiden Fällen mit dem gleichen Täter zu tun haben.«

»Klar ist gar nichts«, antwortete Halverstett, »aber nach dem zweiten Mord hätten wir keinen Haftrichter dazu gekriegt, den Haftbefehl aufrechtzuerhalten. Zumal wir absolut nichts gegen Hofleitner in der Hand haben bis auf ein Motiv und ein fehlendes Alibi. Wäre so schön einfach gewesen. Aber wann ist im Leben schon mal was schön einfach?« Halverstett begann, das überschüssige Wasser aus den Kakteentöpfchen vorsichtig wieder zurück in die Kanne zu gießen. Rita sah ihn neugierig an, aber er sprach weiter, ohne ihren Blick zu bemerken. »Außerdem sieht es doch wirklich ganz danach aus, als hätten wir es in beiden Fällen mit demselben Täter zu tun. Findest du nicht? Die Handschellen, der gleiche Knoten, das gleiche Seil ...«

»... das man in jedem Baumarkt kaufen kann.«

»... und in beiden Fällen die gleichen Turnschuhabdrücke in der Nähe des Tatorts«, fuhr Halverstett fort, als hätte er ihren Einwand nicht gehört.

»Ja, ein sehr verbreitetes Modell von einer viel getragenen Marke«, konterte Rita. »Aber gut, dass du es erwähnst. Fast hätte ich es vergessen. Wir müssen unbedingt noch Katrin bitten, uns ihre Schuhe vorbeizubringen. Die ist nämlich, wie du ja weißt, an beiden Tatorten herumspaziert. Gestern habe ich nicht darauf geachtet, aber heute Morgen trug sie mit Sicherheit Turnschuhe.«

7

In der Nacht von Dienstag auf Mittwoch begann es zu regnen. Als Katrin vormittags um halb zehn die Stufen zum Eingang des Stadtarchivs hinaufhastete, hatte es immer noch nicht aufgehört. In dem Gebäude waren mehrere Behörden untergebracht, zu denen bis vor einigen Jahren auch das Straßenverkehrsamt gehört hatte. Davon war jedoch nur eine verwaiste Reihe kleiner Ladenlokale zurückgeblieben, die sich auf dem Personalparkplatz drängten und über den verschmutzten, blinden Schaufenstern immer noch die minutenschnelle Prägung von Kennzeichen versprachen. Das ganze Gelände strahlte nicht die beschauliche Würde aus, die Katrin von einem Ort erwartet hätte, an dem alte Dokumente, Karten und Urkunden lagern, sondern eher protzige Hässlichkeit.

Die Frau an der Rezeptionstheke hieß Karentschek. Sie telefonierte gerade. Schweigend schob sie Katrin einen Anmeldebogen hin und reichte ihr einen Kuli. Nach kurzem Zögern schrieb Katrin, dass sie für einen Bildband über Düsseldorf recherchieren wolle, was immerhin nur halb gelogen war.

Frau Karentschek beendete das Telefongespräch. Kritisch studierte sie die Eintragungen. »Zu welchem Thema suchen Sie denn Informationen?«, fragte sie. »Ich muss das schon ein bisschen genauer wissen.«

Katrin überlegte fieberhaft. »Düsseldorfer Rechtsgeschichte. Todesstrafe. Galgen.«

Die Frau zog die Augebrauen hoch. »Da interessieren sich 'ne Menge Leute für in letzter Zeit.«

»Wirklich?«

»Wirklich.« Frau Karentschek musterte Katrin durchdringend. »Sind Sie von der Presse?«

»Nein. Es ist so, wie ich es aufgeschrieben habe. Ich recherchiere für ein Buch. Einen Bildband über Düsseldorf.«

»Und es hat nichts mit den Morden zu tun?«

»Den Morden?« Katrin wurde heiß und kalt.

»Die Erhängten im Rheinpark und am Schillerplatz. Deshalb war der Mann von der Zeitung hier. Irgendwas mit Richtplätzen. Er wollte auch was über Galgen in Düsseldorf wissen.« Mit sichtlichem Genuss beobachtete die Frau Katrins Reaktion, während sie ihre Erklärung fortsetzte. »Da staunen Sie, was? Wenn ich den Mann richtig verstanden habe, hat an beiden Tatorten früher mal ein Galgen gestanden. Mächtig gruselig, finden Sie nicht?«

Katrin tat erstaunt. »Das ist ja unglaublich. Von welcher Zeitung war denn der Journalist?«

»Weiß ich nicht mehr. Aber ich sag Ihnen was anderes.« Frau Karentschek beugte sich verschwörerisch nach vorn. »Die Polizei war auch schon hier. Zwei Beamte, ein Mann und eine Frau. Haben sich ein paar alte Zeitungsartikel angesehen. Und in denen ging es auch um Galgen.«

Katrin überlegte fieberhaft. »Und sonst? Hat sich noch jemand für das Thema interessiert? Ich meine, vor den Morden?«

»Das wollten die von der Polizei auch wissen. Ich konnte mich nicht genau erinnern. Also habe ich in den Unterlagen nachgesehen. Da war tatsächlich jemand da. Vor etwa vier Wochen. Der hat sich allerdings für ganz viele Dinge in Bezug auf die Stadtgeschichte interessiert. Die Artikel über die Galgen wollte er aber auch sehen. Und alte Stadtpläne.«

»Und? Wer war es?« Katrin hielt den Atem an.

Die Frau zögerte. »Das darf ich Ihnen nicht sagen.«

Katrin nickte. »Ich verstehe. Da könnte ja jeder kommen.«

»Eben. Ich habe Ihnen eigentlich sowieso schon viel zu viel erzählt. Am besten vergessen Sie das ganz schnell wieder. Möchten Sie jetzt die Artikel über die alten Richtplätze sehen?«

Frau Karentschek brachte die alten Zeitungen in den Leseraum. Einige ältere Ausgaben musste Katrin sich auf Mikrofilm ansehen. Neben den Zeitungsartikeln gab es ein paar Bücher über die Rechtsgeschichte Düsseldorfs. Aufgeregt studierte Katrin die Unterlagen. Außer ihr war niemand im Leseraum, es war totenstill, nur der Regen prasselte unermüdlich gegen die Fensterscheiben.

Schließlich hatte sie alle Richtplätze zusammen. Die Golzheimer Insel war der erste Ort in Düsseldorf gewesen, an dem ein Galgen gestanden hatte. Als die Stadt größer wurde, hatte man den Standort nach Osten verlagert, ungefähr dorthin, wo heute Kinder über den Schillerplatz tobten. Dann war der Richtplatz noch einmal verlegt worden. Diesmal weiter nach Norden. Wenn der Mörder chronologisch vorging, müsste er seine nächste

Tat eigentlich an diesem dritten Ort begehen, also irgendwo in der Nähe des Spichernplatzes. Der war gar nicht weit vom Stadtarchiv entfernt, dem Gebäude, in dem Katrin sich gerade befand.

Nachdenklich starrte sie aus dem Fenster. Dann fiel ihr etwas ein. Wenn der Mörder tatsächlich chronologisch vorgehen würde, wäre die Golzheimer Insel gar nicht der erste Tatort gewesen. Dann hätte er ganz oben im Norden von Düsseldorf anfangen müssen. Dort nämlich, auf dem Kreuzberg bei Kaiserswerth, hatte im Hochmittelalter das alte Hauptgericht Diebe und Mörder verurteilt, als das Dorf an der Düssel noch ein Weiler mit einigen wenigen Häusern gewesen war. Erst knapp hundert Jahre nach der Stadterhebung hatte Düsseldorf selbst das Galgenprivileg verliehen bekommen. Der Mörder ging also nicht chronologisch vor. Ihre Theorie war falsch.

*

Es war erst halb zwölf, als Katrin das Stadtarchiv verließ. Mittlerweile hatte es aufgehört zu regnen, und zwischen den dahinjagenden Wolken blinzelte gelegentlich ein Stück blauer Himmel hervor. Katrin beschloss, noch zu Leonore Hirschwedder zu fahren, der Frau, deren Hund verschwunden war, und mit ihr zu sprechen. Mit Straßenbahn und Bus war es eine halbe Weltreise vom Stadtarchiv im Norden Düsseldorfs bis nach Benrath ganz im Süden, aber so hatte Katrin reichlich Zeit, ihre Notizen über die Stadtgeschichte noch einmal in Ruhe durchzugehen.

Leonore Hirschwedder war ganz anders als ihre Schwester. Sie trug ein elegantes, dunkelgrünes Kleid, grüne Ohrringe und eine passende Kette. Ihr Haar war kastanienbraun gefärbt und sorgfältig frisiert. Verlegen lächelte sie Katrin an. »Sie haben sicherlich Wichtigeres zu tun, als einen entlaufenen Hund zu suchen.«

»Ist schon in Ordnung.« Katrin sah sich neugierig um. Das Haus, in dem Leonore Hirschwedder wohnte, passte perfekt zu ihr, oder umgekehrt, sie passte perfekt in das Haus. Teure, geschmackvolle Möbel, samtweiche Teppiche und Gemälde an den Wänden.

»Gefällt es Ihnen?« Leonore Hirschwedder lächelte. »Mein Mann und ich haben jedes Stück gemeinsam ausgesucht.« Sie fuhr liebevoll mit der Hand über eine Kommode aus dunklem Holz. »Leider hat er nicht lange genug gelebt, um all das in Ruhe mit mir genießen zu können. Bis er siebenundsechzig war, hat er gearbeitet, jeden Tag, ohne auch nur ein einziges Mal krank zu sein, dann ist er in Rente gegangen, und ein halbes Jahr später war er tot. Herzinfarkt.« Sie seufzte. »Eigentlich hat er sein Leben lang nur gearbeitet. Nach Feierabend noch hier im Haus und im Garten. Er musste immer etwas zu tun haben.« Sie ging vor in die Küche. »Kommen Sie, Frau Sandmann. Ich habe uns einen Kaffee gekocht.«

Die ganze Küche blitzte weiß und sauber. Auf dem Tisch lag eine mit Blumen bestickte Tischdecke, darauf ein Stapel Fotos. »Setzen Sie sich.« Frau Hirschwedder stellte Tassen auf den Tisch und goss Kaffee ein, dann nahm sie ebenfalls Platz. Sie schob Katrin die Fotos hin. »Das ist er.« Einen Augenblick lang glaubte Katrin, es handle sich um Porträts des verstorbenen Herrn Hirschwedder, doch dann sah sie, dass es Fotos von Flips waren, dem verschwundenen Rauhaardackel. So, wie die Bilder, die sie schon von Frau Hirschwedders Schwester bekommen hatte, sah sie sich auch diese geduldig an. Während sie den Stapel durchging, überlegte sie, wo und wie sie mit der Suche beginnen sollte. Warum verschwand ein Hund einfach so? War er gestohlen worden? Hatte jemand das Tier angefahren, und es lag verletzt in einem Gebüsch? Vermutlich wäre es am besten, erst mal die Umgebung abzusuchen und die Nachbarn zu befragen. Katrin legte den Stapel auf den Tisch. »Wann genau haben Sie Flips zum letzten Mal gesehen?«

Leonore Hirschwedder antwortete ohne zu zögern. »Am Sonntagabend. So gegen zehn. Da bin ich noch einmal mit ihm raus. Ich bin nicht weit gegangen. Es war ja so neblig. Flips ist ein bisschen herumgetollt, dann habe ich ihn plötzlich nicht mehr gesehen.«

»Wo war das?«

»Auf dem Bürgersteig direkt hier vor dem Haus. Er ist ein Stück die Hecke entlanggelaufen, und dann war er weg. Ich mache mir solche Sorgen wegen der Morde. Vielleicht hat dieser Kerl meinen Flips ja auch –« Sie brach ab.

Katrin starrte sie ungläubig an. »Welche Morde?«

Leonore Hirschwedder antwortete nicht sofort. Sie hatte eins der Fotos in die Hand genommen und betrachtete es. »Sie haben sicherlich davon gehört. Das Ehepaar Kassnitz. Die wohnen doch nur drei Häuser die Straße rauf, in Nummer siebzehn. Wohnten, sollte ich wohl sagen. Eine schreckliche Sache.«

Katrin war mit einem Mal hellwach. Wie gut, dass sie aus Gutmütigkeit diesen Auftrag angenommen hatte. Sie hatte es einfach nicht übers Herz gebracht, die alten Damen zu enttäuschen. Sie hatte ihnen zwar mehrfach erklärt, dass sie Fotografin war und keine Detektivin, doch vor allem Frau Thürnissen, Leonore Hirschwedders resolute Schwester, hatte sich davon nicht im Mindesten aus dem Konzept bringen lassen. Also hatte sie schließlich eingewilligt und auch den Vorschuss von zweihundert Euro angenommen, den die Damen ihr feierlich in einem Umschlag überreicht hatten. Und jetzt führte sie der verschwundene Hund direkt zu den Morden! Natürlich war nicht davon auszugehen, dass die beiden Fälle etwas miteinander zu tun hatten. Aber so hatte sie einen wunderbaren Vorwand, sich auf dem Grundstück des Ehepaars Kassnitz umzusehen und die Nachbarn zu befragen. »Kannten Sie die beiden näher?«

Leonore Hirschwedder schüttelte den Kopf. »Sie wohnten ja erst ein knappes Jahr hier in der Straße. Mit der Frau habe ich ein paar Mal gesprochen. Meistens über den Garten und wie viel Arbeit er macht. Sie war sehr nett. Immer fröhlich und gut gelaunt. Ihn habe ich kaum gesehen. Ich glaube, er hat in einer Bank gearbeitet. Sie glauben doch nicht, dass Flips' Verschwinden etwas mit diesem schrecklichen Verbrechen zu tun hat?«

»Nein.« Katrin stand auf. »Das glaube ich nicht. Trotzdem darf man natürlich keine Möglichkeit ausschließen. Danke für den Kaffee, Frau Hirschwedder. Ich werde mich mal an die Arbeit machen. Je früher, desto besser. Ich lasse Sie wissen, wenn es etwas Neues gibt.«

*

»Wenigstens hat er letzte Nacht nicht zugeschlagen«, Kriminalkommissar Mirko Erlanger ließ sich auf einen freien Stuhl fallen und schlug lässig ein Bein über das andere. Er war knapp dreißig, kam frisch von der Fachhochschule, und ein paar feuerrote Pickel zierten seine glänzende Stirn.

»War ja auch kein Nebel«, ergänzte sein Kollege Daniel Steinmeier. Er war weißblond, genauso jung wie Erlanger, und sein Singsang verriet, dass er irgendwo aus dem Süden Deutschlands stammte.

»Vielleicht ist er ja auch schon durch«, meinte Erlanger. »Ist doch möglich, dass er mit den dreien 'ne Rechnung offen hatte, und jetzt ist alles erledigt.«

»Wäre eigentlich fast ein bisschen schade, oder? Ich hatte noch nie einen echten Serienkiller. Vor allem keinen, der im Nebel Leute aufknüpft. Das ist doch mal was anderes.« Steinmeier räkelte sich grinsend.

Kriminalhauptkommissar Klaus Halverstett warf einen missbilligenden Blick in die Ecke, wo Erlanger und Steinmeier sich niedergelassen hatten. Dann erhob er die Stimme. »Guten Morgen, Kollegen! Nachdem nun alle eingetroffen sind, können wir mit der Besprechung beginnen. Gibt es Neuigkeiten? Mal abgesehen davon, dass heute Nacht niemand aufgeknüpft wurde?« Er fixierte Steinmeier kurz, dann ließ er seinen Blick durch den Raum schweifen.

Eine junge Frau mit schulternlangem dunklem Haar meldete sich. »Wir haben angefangen, die Fälle des Kollegen Binder durchzugehen. Sexuelle Nötigung, Vergewaltigungen, alles, womit er sich in den letzten Monaten beschäftigt hat. Wir arbeiten uns chronologisch durch, angefangen bei den Fällen, die noch nicht abgeschlossen sind, und dann immer weiter zurück. Bis jetzt haben wir nichts Auffälliges gefunden. Aber es dauert ewig, bis wir alles gelesen und alle beteiligten Personen befragt haben.«

»Achten Sie vor allem darauf, ob der Name Kassnitz in einem der Fälle auftaucht. Vielleicht als Zeuge oder als Nebenkläger. Es muss da einen Zusammenhang geben. Wer hat denn die Fälle noch bearbeitet? Haben Sie Binders Kollegen schon befragt?«

»Ja, haben wir. Aber beim KK 12 konnte niemand was mit dem Namen Kassnitz anfangen. Bleiben nur die Akten. Sind verdammt viele Fälle. Und wir sind nur zu viert. Vielleicht könnten wir Verstärkung bekommen?«

Halverstett nickte. »Ja. Ich denke, das ist wichtig. Schließlich wurde ein Kollege ermordet.« Zustimmendes Gemurmel. »Und wenn sein Tod etwas mit einem der Fälle zu tun hat, die er bearbeitet hat, dann sind womöglich auch andere Polizeibeamte in Gefahr. Herr Erlanger und Herr Steinmeier, würden Sie bitte Kollegin Wiechert helfen?«

Die beiden blickten Halverstett entgeistert an, ihre Kinnladen klappten synchron nach unten. Akten durcharbeiten war nicht das, was sie sich unter der Jagd nach einem Serienkiller vorstellten. »Aber«, setzte Steinmeier an, »aber wir …«

»Danke, Kollegen. Frau Wiechert wird Sie gleich nach der Besprechung in Ihre Arbeit einweisen. Was haben wir sonst noch?«

»Die Turnschuhabdrücke«, meinte ein älterer Polizist. »Es handelt sich um ein Modell aus dem letzten Jahr. Größe zweiundvierzig. Ich habe schon ein paar Mal versucht, die junge Frau zu erreichen, die gestern Morgen zuerst am Tatort war, aber sie hat sich noch nicht gemeldet.« Halverstett warf Rita Schmitt einen Blick zu, dann sah er den Kollegen an. »Da kümmere ich mich nachher drum. Ich kenne die Frau. Was ist mit den Handschellen? Dem Seil? Den Schals?«

»Die Handschellen sind leider keine große Hilfe.« Petra Maisner, eine resolute junge Frau mit kurzen blonden Haaren, hatte die Stimme erhoben. »Modell M-100 von Smith & Wesson. Das ist der Klassiker der US-Polizei. Kann man nahezu überall kaufen. Im Internet gibt es unzählige Versandhäuser, die Handschellen anbieten. Ich glaube nicht, dass wir da weiterkommen. Mit dem Seil sieht es nicht viel besser aus. Es ist aus dem Baumarkt. Wie wir bisher ermittelt haben, gibt es drei große Ketten, die diese Marke vertreiben. Aber vermutlich auch jede Menge kleinere Läden. Sollen wir versuchen herauszufinden, wo es in letzter Zeit verkauft wurde?«

»Ja. Alle Verkäufe der, sagen wir, letzen vier Wochen. Ich weiß, das ist eine Scheißarbeit, aber vielleicht haben wir ja Glück. Wir dürfen nichts unversucht lassen. Haben Sie genug Leute?«

Petra Maisner nickte. »Ja, wir kommen klar.«

»Und was ist mit den Schals?«

»Dreimal der gleiche. Schwarz, Etikett rausgetrennt. Achtzig Prozent Baumwolle, zwanzig Prozent Polyester. Wir suchen noch nach dem Hersteller.«

Die Besprechung dauerte noch eine halbe Stunde. Schließlich schickte Halverstett die Kollegen wieder an die Arbeit. Er blieb allein zurück und starrte in seine leere Kaffeetasse. Viel Neues gab es nicht. Jede Menge Spuren, aber die meisten führten ins Leere. Alles schien so beliebig. Bisher hatte niemand eine Verbindung zwischen den Opfern, dem Polizeibeamten und dem jungen Ehepaar, gefunden. Aber vielleicht gab es die ja auch gar nicht. Womöglich hatte der Täter seine Opfer doch zufällig herausgepickt. Oder er richtete wahllos Menschen, von denen er wusste, dass sie Dreck am Stecken hatten. Aber was für Dreck sollte das sein? Bisher hatten sie weder bei Elisabeth und Bertram Kassnitz noch bei ihrem Kollegen Karl Binder irgendetwas gefunden. Doch wenn sie nichts Verwerfliches getan hatten, wieso knüpfte der Täter sie dann an ehemaligen Richtplätzen auf? Dafür musste es einen Grund geben.

Halverstett stand auf. Er blickte Rita Schmitt an, die zurückgekehrt war und abwartend bei der Tür stand. Sie trug einen dunklen, grobmaschigen Strickpulli, der selbst gemacht aussah, Jeans und Turnschuhe. Turnschuhe, das war das Stichwort. Halverstett stand auf. »Sollen wir versuchen, Katrin zu erwischen?«

Rita nickte. »Irgendwo müssen wir ja anfangen.« Sie blickte aus dem Fenster. »Guck mal, die Sonne kommt raus. Hoffentlich bleibt das Wetter so. Falls dieser Kerl wirklich nur bei Nebel mordet, könnte uns die Sonne ein paar Tage Zeit rausschinden.«

Halverstett schnaubte. »Das glaube ich kaum. Wenn jemand morden will, dann tut er das. Dann lässt er sich nicht vom Wetter dazwischenpfuschen, zumindest nicht dauerhaft.«

*

Katrin drückte auf die Klingel. Ein dunkler Gong hallte hinter der gelb verglasten Tür durchs ganze Haus. Sie wartete gähnend. Sie war müde und durchgefroren, ihr Hals kratzte, und sie musste dringend aufs Klo. Außerdem war sie so mit Kaffee abgefüllt, dass sie glaubte, bei der nächsten Tasse müsse sie platzen. Das war jetzt das elfte Haus. An drei Türen hatte sie vergeblich geklingelt. Alle anderen hatten sie freundlich hereingebeten, als sie hörten, dass es um den verschwundenen Flips ging. Jeder schien Leonore Hirschwedder und ihren Hund zu kennen und zu mögen. Doch niemand hatte irgendetwas gesehen.

Es war einfach gewesen, das Gespräch auf die Morde zu lenken. Die meisten sprachen gern darüber, weideten sich offenbar an dem gruseligen Gefühl, dass das Verbrechen so knapp neben ihnen zugeschlagen hatte. Angst hatte niemand. Auch wenn sie das mit dem zweiten Mord an dem Polizisten ein wenig unheimlich fanden, so waren die meisten Nachbarn dennoch davon überzeugt, dass der Exfreund von Elisabeth Kassnitz dahinterstecken musste. Der sei auch einmal hier gewesen. Letzten Sommer, ein paar Monate, nachdem das Ehepaar eingezogen war. Damals sei Hofleitner laut fluchend aus dem Haus gekommen. Angetrunken sei er gewesen, habe jeden beschimpft, der ihm über den Weg lief. Fast alle Nachbarn hatten ihn gehört und gesehen, denn es war ein heißer Samstagnachmittag gewesen, und die meisten hatten in ihren Gärten gesessen und das schöne Wetter genossen.

Hinter der Tür von Haus Nummer dreizehn rührte sich immer noch nichts. Katrin beschloss zu gehen. Eigentlich war sie ganz erleichtert. Für den heutigen Vormittag hatte sie genug. Bevor sie angefangen hatte, an den Türen der Häuser zu klingeln, hatte sie diesen Teil von Benrath zu Fuß erkundet, um sich einen Eindruck zu verschaffen. Die Gegend wurde Musikantenviertel genannt, denn alle Straßen waren nach Komponisten benannt. Es war eine hübsche Wohnsiedlung mit vielen Einfamilienhäusern, manche drängten sich schmal und bescheiden aneinander, andere prahlten weiß getüncht und vornehm mit großem Garten und Doppelgarage. Das Ehepaar Kassnitz hatte in der Silcherstraße gewohnt, genau wie Leonore Hirschwedder. Hier hatte Katrin auch die Anwohner befragt. Natürlich würde sie sich auch noch die Nachbarstraßen vorknöpfen müssen, doch fürs Erste reichte es.

Katrin war schon die Stufen hinuntergegangen und auf halbem Weg durch den Vorgarten, als hinter ihr die Tür aufgerissen wurde.

»Hallo, was wollen Sie?«, brüllte eine Männerstimme.

Katrin fuhr herum. Auf dem Treppenabsatz stand ein älterer Mann in Bademantel und Pantoffeln und blinzelte kurzsichtig in ihre Richtung. Es blieb ihr nichts anderes übrig als umzukehren.

»Katrin Sandmann ist mein Name. Ich helfe Frau Hirschwedder, nach ihrem Hund zu suchen. Flips. Er ist verschwunden.«

»Was suchen Sie? Filz? Wozu suchen Sie Filz?«, rief der Mann.

Katrin stöhnte innerlich. Dann schrie sie. »Ich suche Flips. Einen Hund!«

»Ach so, warum haben Sie das nicht gleich gesagt?« Der alte Mann sah sie missbilligend an. Dann runzelte er die Stirn. »Wieso suchen Sie den Hund bei mir? Glauben Sie etwa, ich hätte dem Viech was angetan?«

»Nein, nein! Natürlich nicht. Ich befrage alle Nachbarn.«

Der Mann schien ihre Antwort gar nicht gehört zu haben. »Das hat die Alte bestimmt behauptet. Zimtzicke. Nur weil ich diese Köter mit ihrer Scheißerei nicht ausstehen kann, will sie mir das anhängen. Das könnte der so passen. Sehen Sie sich doch mal um. Man kann gar nicht mehr in Ruhe spazieren gehen. Alles zugeschissen.« Er trat auf Katrin zu, und sie fürchtete, er würde sie packen und schütteln. Doch er schob sich an ihr vorbei und schlurfte in seinen Pantoffeln den Gartenweg entlang bis zum Bürgersteig. Rasch wurde er fündig. »Da!« Er deutete auf einen Hundehaufen. »Das meine ich. Dreckspack! Ich habe mich schon tausend Mal beim Ordnungsamt beschwert. Und meinen Sie, die tun was? Nein. Aber wehe, ich würde mich bei der Hirschwedder vor die Tür hocken und mein Geschäft dort erledigen, da hätte ich direkt die Polizei auf dem Hals!«

Katrin blickte die Straße auf und ab. Irgendwie hatte der Mann sogar recht. Trotzdem wünschte sie sich meilenweit weg. Sie wollte nach Hause, es sich mit Rupert auf der Couch bequem machen und die Beine ausstrecken. »Ich verstehe Ihren Ärger«, sagte sie laut und betont. »Leider kann ich daran nichts ändern. Bitte entschuldigen Sie die Störung.«

Der Mann starrte Katrin einen Moment lang verblüfft an. Offenbar hatte er sie in seiner Wut über die Hunde ganz vergessen. Dann tippte er ihr mit dem Zeigefinger an die Brust. »Ich habe den Köter gesehen. Am Sonntag. Da war so ein großes, dunkles Auto. Ein Jeep.« Er sprach das Wort so aus, wie man es schreibt. J-e-e-p. »Der kam aus der Einfahrt von den Kassnitz'. Die hat jemand ja noch in der gleichen Nacht –« Er machte eine Bewegung mit der Hand, als würde er jemandem die Kehle aufschlitzen.

»Sie haben einen Wagen gesehen? Am Abend des Mordes?«

Der alte Mann antwortete nicht. Er fummelte an dem Gürtel seines Bademantels herum. Unbeholfen zerrten seine knotigen Finger an dem dunkelblauen Frotteestoff. Schließlich gab er es auf und fixierte Katrin.

»Was wollen Sie eigentlich hier?«, schrie er sie an. »Ich weiß nicht, wo der verfluchte Köter ist. Suchen Sie gefälligst woanders!« Er machte auf dem Absatz kehrt und watschelte zurück zum Haus. Katrin blieb auf dem Bürgersteig stehen und sah ihm ungläubig hinterher. Als er an der Haustür angekommen war, drehte er sich noch einmal um. »Der hatte ein Kölner Kennzeichen, dieser Jeep. Bestimmt hat der was damit zu tun. Mit dem Mord. Denen ist ja alles zuzutrauen.«

8

Manfred stand an der Spüle und schälte Kartoffeln, als Katrin nach Hause kam. Sie begrüßte ihn erstaunt, drückte ihm einen Kuss auf den Nacken, knallte ihre Handtasche auf den Tisch, warf ihre Jacke daneben und verschwand im Bad. Als sie kurz darauf wieder in die Küche trat, grinste Manfred sie amüsiert an. »Was war denn das? Erst bist du den ganzen Vormittag nicht zu erreichen, und dann rollst du hier ein wie ein Über-fallkommando. Alles okay? War deine Hundesuche erfolgreich?«

Katrin ließ sich auf einen Stuhl fallen. Sie hatte sich zwar auf ein paar ruhige Stunden auf der Couch gefreut, aber die Aussicht auf ein warmes Essen war auch nicht zu verachten. »Das kann man so oder so sehen. Und was machst du um diese Zeit hier?«

»Kochen. Oder wonach sieht es aus?« Manfred beug-te sich zu ihr. »Soll ich uns einen Kaffee machen? Du siehst verfroren aus.«

»Um Gottes willen, bloß keinen Kaffee!«

Katrin grinste innerlich, als sie Manfreds irritiertes Gesicht sah. »Alles in Ordnung?«, fragte er.

Katrin zog die Knie an und schlang die Arme um die Beine. »Ja, mir geht es gut. Ich hatte heute nur schon un-gefähr dreihundertfünfundsiebzig Tassen Kaffee, und ich kann das Zeug nicht mehr sehen, aber gegen einen schönen heißen, süßen Tee hätte ich nichts einzuwenden.«

»Aye, aye, Ma'am.« Manfred füllte den Wasserkocher und stellte ihn an. Währenddessen fragte Katrin ihn aus. »Warum bist du nicht in der Redaktion? Oder bei irgendeiner Pressekonferenz? Haben sie den Henker schon erwischt?«

»Frage eins: In der Redaktion ist der Teufel los. Alle fünf Minuten ruft einer an, der angeblich der Henker ist und uns ein Exklusivinterview geben will. Dabei kann man nicht in Ruhe arbeiten. Frage zwei: Im Augenblick steht keine Pressekonferenz an. Man hüllt sich in vornehmes Schweigen. Frage drei: Soviel ich weiß, nein. Wenn ich die verschwiegene Geschäftigkeit auf dem Präsidium richtig deute, tappt man völlig im Dunkeln.« Manfred stellte zwei Becher auf den Tisch. »Und wie war es bei dir?«

»Den Hund habe ich nicht gefunden, wenn du das meinst. Aber eine Spur im Henkerfall.« Katrin versuchte, möglichst beiläufig zu klingen.

Manfred ließ beinahe die Kanne fallen, die er gerade auf den Tisch stellen wollte. »Eine Spur im Henkerfall? Was soll das heißen? Ich denke, du warst bei dieser Hirschfrau, wie heißt sie noch?« Manfred goss Tee in die Becher.

»Hirschwedder. Und sie ist eine Nachbarin von Elisabeth und Bertram Kassnitz. Dafür kann ich doch nichts.« Mit einem triumphierenden Lächeln häufte Katrin Zucker in ihren Tee und fing an zu rühren.

»Das darf doch nicht wahr sein! Wusstest du das?«

»Ich hatte keine Ahnung. Indianerehrenwort.« Katrin hob die Hand zum Schwur. Manfred küsste ihre Handfläche. »Und? Was für eine Spur hast du gefunden?«

»Einen Kölner Geländewagen.«

Manfred sah sie fragend an.

»Ja«, bestätigte sie. »Einen Geländewagen mit Kölner Kennzeichen. Ein Nachbar hat ihn an dem Abend aus der Einfahrt von den Kassnitz' fahren sehen. Allerdings ist der Typ ein bisschen komisch. Ich weiß nicht, wie ernst man seine Aussage nehmen kann.«

»Das solltest du auf jeden Fall Halverstett sagen. Egal, ob der Typ komisch ist oder nicht.« Manfred nahm einen Schluck Tee und verzog das Gesicht, weil er noch zu heiß war. »Der hat übrigens angerufen. Er braucht deine Turnschuhe. Wegen der Abdrücke am Tatort. Und das nächste Mal nimmst du dein Handy mit, wenn du unterwegs bist. Ich habe mehrmals versucht, dich zu erreichen, aber immer nur die Mailbox erwischt. Du weißt, ich habe das gar nicht gern, wenn du so lange unterwegs bist, und ich habe keine Ahnung, ob alles in Ordnung ist.«

»Nun übertreib bitte nicht. Außerdem hatte ich das Handy dabei.« Katrin langte nach ihrer Handtasche.

Manfred rückte näher heran und legte den Arm um ihre Schultern. »Du bist entführt worden, und das ist gerade mal zwei Monate her. Ich kann das nicht so einfach wegstecken. Ich muss ständig daran denken. Jedes Mal, wenn du weg bist und ich kann dich nicht erreichen, kriege ich die Panik. Tut mir leid, aber ich komme nicht dagegen an, im Augenblick wenigstens nicht.«

Katrin ließ die Tasche los und fuhr ihm mit der Hand über die Wange. »Schon okay.« Sie wollte nicht darüber reden. Nicht jetzt. Alles, was sie sich wünschte, war, zu dem Leben zurückzukehren, das sie vor jenem fatalen Nachmittag im vergangenen Dezember geführt hatte. Am liebsten hätte sie alles, was mit ihrer Entführung zusammenhing, einfach aus ihrem Gedächtnis gelöscht, so als wäre es nie geschehen. Aber das war natürlich nicht möglich. Sie musste mit den Konsequenzen leben. Mit der kleinen Narbe am Handgelenk. Mit der panischen Angst vor Kellern. Mit Manfreds ständiger Sorge um sie. Und mit der Erinnerung.

Sie griff erneut nach der Handtasche und wühlte darin herum, doch sie fand das Handy nicht. Es war ein sehr kleines, funkelnagelneues Gerät, das Manfred ihr gekauft hatte. Ihr altes Handy war bei ihrer Entführung verschwunden und nie wieder aufgetaucht. »Merkwürdig«, murmelte sie. »Ich hatte es die ganze Zeit in der Tasche. Das weiß ich genau.«

»Vielleicht ist es in deiner Jacke?«

Katrin stand auf. »Ich sehe mal nach, aber das kann eigentlich nicht sein. Gestern, als ich den Toten am Schillerplatz gefunden habe, musste ich ein Auto anhalten, um die Polizei zu benachrichtigen, weil ich die Handtasche mit dem Handy nicht dabeihatte.« Sie durchsuchte die Taschen ihrer Jacke, die Schubladen der Dielenkommode und ihre Hosentaschen, doch das Telefon blieb verschwunden.

*

Am späten Nachmittag kam der Nebel wieder. Die letzten Sonnenstrahlen versanken hinter einem Schleier aus weißem Dunst. Dann, als die Dämmerung in der Stadt einfiel, wurde die weiße, feuchte Masse dichter und dichter.

Marc Simons lächelte. »Furchtbares Wetter draußen, komm rein.« Sie gingen in das Wohnzimmer mit den vielen Bücherregalen. Auf der Couch saß ein Mann, der Marc sehr ähnlich sah. Er hatte die gleichen blonden Haare, allerdings ordentlicher frisiert, und strahlend blaue Augen. Als er aufstand, um Katrin zu begrüßen, sah sie, dass er ein paar Zentimeter kleiner als sein Bruder war. »Hallo Katrin, ich bin Benedikt. Ich darf doch Katrin sagen?«

»Klar.« Sie reichte ihm die Hand.

»Ich hatte dir ja erzählt, dass mein Bruder im Augenblick hier wohnt«, erklärte Marc. »Ich hoffe, das stört dich nicht.«

»Natürlich nicht.« Katrin musterte Benedikt mit verhaltener Neugier. Sie hätte gern gewusst, was mit ihm los war. Benedikt sah attraktiv und intelligent aus. Was brachte einen Mann wie ihn dazu, ohne Arbeit und ohne Wohnung dazustehen und bei seinem Bruder unterzuschlüpfen?

Marc bot Katrin einen Platz auf der Couch an. »Was möchtest du trinken? Wasser? Bier? Wein?«

»Am liebsten einen Tee, wenn es geht.«

»Ich guck mal, was ich auftreibe.« Marc verschwand in der Küche.

»Sie müssen sehr gut sein. Als Fotografin, meine ich.« Benedikt lächelte sie an. Irgendetwas an diesem Lächeln stimmte nicht, doch Katrin wusste nicht, was es war. »Ich bin nicht die schlechteste, das stimmt. Aber es könnte besser laufen. Ich hatte in letzter Zeit viel anderes um die Ohren. Da ist das Fotografieren ein wenig zu kurz gekommen. Und was machen Sie so?«

Benedikt senkte den Kopf. »Eigentlich bin ich Masseur. Und ich wage zu behaupten, dass ich richtig gut bin. Ich hatte einen eigenen Massagesalon. Asiatische Entspannungsmassagen. Ist super gelaufen. Ich konnte mich vor Kunden kaum retten. Aber jetzt ist alles den Bach runter.« Er sah sie an. »Das Leben kann grausam sein. Wenn ihm danach ist, dann ändert es einfach die Fahrtrichtung, und zwar genau dann, wenn du am wenigsten damit rechnest. Wenn es dir gut geht. Dann kommt es plötzlich und sagt: Ich kann auch anders. Willst du mal sehen? Und zack, schon stehst du auf der Verliererseite.«

Marc kam aus der Küche zurück. »Ist Hagebutte in Ordnung? Den habe ich mal besorgt, als meine kleine Nichte zu Besuch war. Was anderes habe ich nicht.«

Katrin wandte ihren Blick nur widerwillig von Benedikt ab. Sie hätte gern mehr erfahren. Der Mann übte eine merkwürdige Faszination auf sie aus.

»Hagebutte ist prima. Danke.«

Marc stellte ihr eine Tasse hin. »Wir setzen uns am besten an meinen Schreibtisch. Dann zeige ich dir die Entwürfe am Rechner. Er verschwand erneut in der Küche, und Katrin blickte wieder zu Benedikt, doch der war inzwischen aufgestanden. »Ich lasse euch dann mal in Ruhe arbeiten.« Er lächelte Katrin an, und wieder fand sie sein Lächeln seltsam. Er wirkte wie ein Todgeweihter, der angesichts seiner schweren Krankheit Tapferkeit demonstrieren will, obwohl ihm eigentlich hundeelend ist. Er wünschte ihr einen schönen Abend, dann ging er hinaus und verzog sich in ein Zimmer am Ende des Flurs.

Marc kam zurück. Er brachte eine Kanne dampfenden Tee mit. Für sich selbst hatte er eine Flasche Bier geholt. »Dann mal an die Arbeit. Hast du schon mal darüber nachgedacht, was für Motive man nehmen könnte?«

Katrin nahm ihre Tasse und setzte sich auf den Stuhl, den Marc ihr an den Schreibtisch gestellt hatte. Er selbst nahm auf dem Drehstuhl Platz und fing an, Dateien auf dem Rechner zu öffnen. Katrin beobachtete ihn. Sie ließ sich Zeit mit der Antwort. Zwei komische Brüder waren das, Marc und Benedikt Simons. So ähnlich und doch so verschieden. Beide gut aussehend und charmant, doch der eine selbstbewusst bis an die Schmerzgrenze und der andere melancholisch und vom Leben enttäuscht. Sie spürte Marcs fragenden Blick.

»Natürlich habe ich darüber nachgedacht«, sagte sie schnell. »Ich war sogar schon unterwegs, um ein paar Bilder zu machen. Aber dann ist etwas dazwischengekommen.« Sie dachte an den toten Mann, an die Beine, die vor ihr im Nebel gegangen hatten, an das bleiche leblose Gesicht, und ihr wurde übel. Hastig nahm sie einen Schluck Tee. Er war sehr heiß, doch er tat gut.

»Was ist dazwischengekommen?« Marcs Stimme klang unerwartet sanft.

Katrin schüttelte den Kopf und starrte in ihre Teetasse.

»Du brauchst nicht darüber zu reden, wenn du nicht möchtest. Wenn du private Probleme hast, ist das deine Sache.«

Katrin stöhnte innerlich. Erst die Panikattacke in der Kneipe und jetzt das. Was sollte Marc nur von ihr denken? Eigentlich konnte es ihr egal sein, was er dachte, doch das war es nicht. Sie wollte als Fotografin von ihm ernst genommen werden, und das würde schwierig werden, wenn er der Meinung war, sie hätte Sorgen, die sie von der Arbeit ablenkten. Entschlossen sah sie ihn an. »Ich habe keine privaten Probleme. Es ist tatsächlich etwas dazwischengekommen. Etwas, das ich nicht einfach ignorieren konnte.« Sie machte eine Pause. Sein Gesichtsausdruck war schwer zu deuten. Sie räusperte sich. »Eine Leiche, um genau zu sein.«

Jetzt schien er doch überrascht zu sein. »Eine Leiche? Du hast eine Leiche gefunden?«

Katrin nickte. »Die Henkermorde. Du hast sicher davon gehört.«

Marc nickte. Sein Gesicht war plötzlich verschlossen. »Schlimme Sache«, murmelte er und sah dabei an ihr vorbei aus dem Fenster, wo der Nebel sich an die Scheibe presste.

»Der Polizist«, erklärte Katrin. »Der Mann, der am Schillerplatz aufgeknüpft wurde. Ich habe ihn gefunden. Und weiß du, was das Verrückte ist? Ich bin ganz bewusst dorthin gefahren. Weil es früher ein Richtplatz war. Die Stelle am Rhein, wo die beiden anderen ermordet wurden, war nämlich auch mal ein Richtplatz. Ich hatte natürlich nicht erwartet, eine Leiche zu finden. Ich dachte, der Platz sei vielleicht ein schönes Motiv für das Buch. Wegen seiner Geschichte.«

»Das waren mal Richtplätze? Du meinst, da stand ein Galgen und so?« Marc sah sie kurz an, dann glitt sein Blick zurück zum Fenster. Eine steile Falte furchte seine hohe Stirn. »Das ist wirklich irre«, murmelte er, »du hast aber keine Fotos gemacht? Von der Leiche, meine ich.«

Katrin starrte ihn entsetzt an. »Natürlich nicht!«

»War ja auch nur so ein Gedanke.« Er nahm einen Schluck Bier. Dann beschäftigte er sich wieder mit seinem Rechner. Er fixierte den Bildschirm »Und? Hast du noch andere Ideen? Andere Motive, meine ich.« Offenbar war das Thema Leichenfund damit für ihn erledigt.

»Bis auf die Richtplätze noch nichts Konkretes«, gab Katrin zu. »Aber ich werde mich in den nächsten Tagen damit beschäftigen.« Hoffentlich würde sie Zeit dazu finden! Schließlich musste sie Frau Hirschwedders verschwundenen Hund suchen. Und da war auch noch das, was der alte Mann erzählt hatte. Der Geländewagen mit dem Kölner Kennzeichen. Sie musste mit Halverstett reden. Der wartete zudem auf ihre Turnschuhe. Sie würde halt zweigleisig fahren müssen, bei der Detektivarbeit die Augen nach Motiven offen halten. Es war sowieso besser, sich einfach treiben zu lassen, statt verkrampft zu suchen. Schöne Motive kamen zu einem, sie ließen sich nicht jagen.

Marc schien zufrieden. »Okay. Du wirst schon was finden. Wir haben ja genug Zeit. Außerdem ist es sowieso besser, wenn du dich dabei von den Texten inspirieren lässt, die ich geschrieben habe. Das soll ja zusammenpassen. Ich zeige dir mal, was ich mir so vorgestellt habe.«

Sie studierten zwei Stunden lang die Textentwürfe und Skizzen, die Marc gemacht hatte. Er ging erstaunlich offen auf Katrins Verbesserungsvorschläge ein. Die Arbeit mit ihm machte ihr immer mehr Spaß. Nur gelegentlich blickte sie verstohlen auf die Tür am Ende des Flurs. Doch Benedikt ließ sich nicht mehr blicken.

*

Die Straßenbeleuchtung sprühte müde blassgelbe Strahlen über die Lichtstraße. Tagsüber ächzte die belebte Einkaufsstraße unter dem lärmenden Verkehr, doch jetzt schimmerten die alten, ergrauten Häuser still und milchig im Nebel. Die Straßenbahnschienen glänzten feucht, und ein Betrunkener überquerte mit unbeholfenen Schritten die Fahrbahn. Man konnte kaum dreißig Schritte weit sehen, weiter als am Sonntagabend, als jemand Elisabeth und Bertram Kassnitz brutal ermordet hatte, nicht weit genug allerdings, um zu erkennen, dass an der Ecke zur Engerstraße ein Geländewagen mit Kölner Kennzeichen parkte.

Ein pinkfarbener Panda hielt vor dem Haus Nummer zweiunddreißig. Carina Lennard stieg aus. Sie trug eine hautenge Jeans, Stiefel und eine rote Lederjacke. Als ihre Freundin Silke Scheidt ihr etwas zurief, lachte sie und schüttelte den Kopf, sodass ihre langen blonden Haare durcheinanderwirbelten. Sie beugte sich in den Wagen und nahm ihre Sporttasche vom Rücksitz. Nachdem sie sich von Silke verabschiedet hatte, knallte sie energisch die Wagentür zu.

Silke wartete, bis Carina die Haustür erreicht hatte. Ein Taxi näherte sich von hinten, der Fahrer hupte verärgert, weil der pinkfarbene Kleinwagen mitten auf der Fahrbahn stand. Er kurvte mit quietschenden Reifen um das Hindernis herum, warf einen wütenden Blick auf die junge Frau am Steuer und verschwand im Nebel.

Carina blieb kurz im Eingang des Mietshauses stehen und winkte, dann wandte sie sich ab. Als die Tür ins Schloss fiel, gab Silke Gas.

Carina wohnte im dritten Stock. Nachdem sie sich vor zwei Jahren von ihrem Freund getrennt hatte, war sie in die kleine gemütliche Wohnung mit Balkon gezogen, in der ihr statt eines ewig nörgelnden Filialleiters ein blauer Wellensittich Gesellschaft leistete. Sie war erschöpft. Zusammen mit Silke hatte sie wie jeden Mittwoch im Fitnessstudio trainiert. Danach waren sie gemeinsam Essen gegangen. Silke hatte darauf bestanden, sie nach Hause zu fahren, das tat sie immer. Sicher war sicher.

Der Mann glitt aus dem Schatten, als Carina die Wohnungstür aufschließen wollte. Er hatte auf dem Treppenabsatz eine halbe Etage über ihr gewartet. Jetzt presste er ihr die linke Hand vor den Mund. Mit der rechten hielt er ihr die Waffe an die Schläfe. »Keinen Mucks. Sonst drücke ich sofort ab.«

Carina ließ die Tasche fallen. Versteinert blieb sie stehen. Obwohl er ihr die Worte kaum hörbar zugeraunt hatte, hatte sie seine Stimme erkannt. Sie begriff sofort.

Grob stieß er sie an. »Heb die Tasche auf!«

Mit zitternden Fingern griff sie nach der Tasche und presste sie sich vor den Bauch. Er führte sie die Treppe hinunter. Sie machte jeden einzelnen Schritt wie in Trance. Als hätte jemand ihr Hirn ausgeschaltet. Etwas in ihr schrie: Wehr dich! Tu etwas! Wenn du nichts unternimmst, bringt er dich um!

Doch sie konnte nichts tun. Es war, als gehöre ihr Körper gar nicht ihr. Als sähe sie einem Ereignis zu, das sich irgendwo weit weg abspielte, das nichts mit ihr selbst zu tun hatte. Sie kannte das Gefühl von früher, dieses Aus-dem-Körper-Hinausschweben, dieses Fliehen an einen fernen Ort, weit weg, wo sie sicher war und nichts mehr spürte.

Absurderweise dachte sie an die Wäsche in der Waschmaschine, die anfangen würde zu knittern und zu stinken, wenn sie niemand herausnahm und aufhängte. Und an Coco, ihren Wellensittich. Wer würde ihn füttern?

Die Straße war menschenleer. Der Betrunkene war längst verschwunden. Aus der Kneipe an der Straßenecke drangen Licht und gedämpfte Musik. Sehnsüchtig starrte Carina auf die erleuchteten Fenster, doch noch immer war sie nicht in der Lage, etwas anderes zu tun, als mechanisch vorwärts zu gehen. Der Mann hielt ihr nicht mehr den Mund zu. Er hatte den linken Arm um sie gelegt. Von ferne sahen sie vermutlich aus wie ein Liebespaar.

Er blickte sich um, bevor er die Kofferraumklappe öffnete. Rasch legte er ihr die Handschellen an. Dann stieß er sie ins Fahrzeug, zog ihr die Stiefel aus und fesselte ihre Beine. Sie wimmerte leise, als er ihr den Schal vor den Mund band. Die Handschellen schabten an ihren Handgelenken, die Schnur schnitt in ihre Fesseln, und ihre Schulter tat weh, dort, wo sie im Kofferraum aufgeprallt war. Am liebsten hätte sie geweint, doch ihr Inneres war leer wie ein versiegter Brunnen.

Als der Mann die Klappe zuschlug, kamen ein paar Leute aus der Kneipe. Drei Männer und zwei Frauen. Sie verabschiedeten sich voneinander, dann bogen ein Mann und eine Frau in die Cranachstraße ab. Die anderen drei kamen genau auf den Geländewagen zu. Sie lachten und alberten herum. Keiner von ihnen warf einen Blick in den Kofferraum, als sie vorbeigingen, sonst hätten sie vermutlich Carina gesehen, die dort gefesselt und geknebelt lag, denn der Mann hatte in der Eile vergessen, sie mit der Wolldecke zuzudecken. Als die drei im Nebel verschwunden waren, stieg er ein. Er vergewisserte sich mit einem Blick unter den Beifahrersitz, dass er dabeihatte, was er brauchte, dann ließ er den Wagen langsam aus der Parklücke gleiten. Genau fünf Stunden und dreiundvierzig Minuten später war Carina Lennard tot.

*

Katrin stöhnte. Vor ihr hing der Tote im Nebel und streckte ihr die Zunge heraus. Sie wollte schreien, aber als sie den Mund aufriss, stob eine Wolke Fledermäuse aus ihrem Rachen. Hastig presste sie die Lippen aufeinander. Aber die Fledermäuse ließen sich nicht aufhalten. Sie flatterten in ihrem Mund herum, kratzten und schabten an ihrem Hals, bis sie es nicht mehr aushielt, ihnen erneut den Weg freigab. Zitternd krallte sie sich an einen Baumstamm, würgte, erbrach Fledermäuse, mehr

und mehr, ein stetiger Strom aus schwarzen, flattern-
den Ungeheuern, und über ihr lachte der Tote, laut und
höhnisch.

Katrin sackte zusammen, stürzte auf den kalten, feuchten Boden. Die Fledermäuse umschwirrten sie. Und immer noch drängten sich unzählige Tiere aus ihrem Mund,
suchten schwirrend einen Weg ins Freie.

Plötzlich hörte Katrin Schritte hinter sich. Sie fuhr
herum. Ein Mann stand über ihr, das Gesicht maskiert.
In den Händen hielt er einen Strick. Langsam beugte
er sich über sie. Da endlich fand Katrin ihre verlorene
Stimme wieder. Sie schrie.

»Wach auf! Wach auf, verdammt!«

Katrin öffnete die Augen. Manfred hatte das Licht an-
geschaltet. Er hielt sie bei den Schultern und schüttelte
sie. Mit zitternden Fingern tastete Katrin nach ihren Lippen. Keine Fledermaus. Nicht einmal ein winziger Flügel. Erleichtert ließ sie sich in Manfreds Arme sinken.

»Wieder ein Albtraum?«, fragte er besorgt.

Katrin nickte stumm.

»Möchtest du darüber reden?«

»Morgen vielleicht.«

Einen Augenblick lang saßen sie schweigend im Bett.
Die Traumbilder flatterten noch immer in Katrins Kopf
herum. Der Tote mit der blauroten Zunge, die Fledermäuse, der Maskierte mit dem Seil. Nach und nach wurden sie blasser, versanken im bleichen Nebel des Vergessens. Schließlich wand Katrin sich aus Manfreds Armen.
»Es geht mir jetzt besser. Schlaf weiter. Ich koche mir
einen Tee.«

»Ich kann dir einen Tee machen, wenn du möchtest.«
Er schlug die Bettdecke beiseite.

Katrin drückte ihn sanft aufs Kissen zurück. »Nein.
Schlaf weiter. Ich muss jetzt etwas tun. Mich ein bisschen bewegen.« Sie stand auf und löschte das Licht. Leise
schlüpfte sie aus dem Zimmer.

Sie trank den Tee im Wohnzimmer und studierte dabei die Notizen, die sie sich im Stadtarchiv gemacht hatte. Schicksale von Menschen, abgehandelt mit ein paar
kurzen Worten. Sie hatte sich etwas über ein Ehepaar
notiert, das 1863 exekutiert worden war, weil es seine
drei Kinder ›beseitigt‹ hatte. Was mochte die Eltern zu
einem solch grauenvollen Verbrechen veranlasst haben?
Oder den Mann, der eine junge Witwe ermordete, um
acht Äpfel und siebzig Pfennig zu erbeuten?

Die Strafen, die Verbrechern in früheren Zeiten gedroht hatten, waren oft viel grausamer gewesen als die
Verbrechen, die damit gesühnt werden sollten. Diebe
wurden gehängt, Räuber enthauptet und Einbrecher gerädert. Auf Kirchenraub stand Verbrennung bei lebendigem Leib.

Katrin schüttelte sich. Was für eine Tat mochten die
drei Menschen begangen haben, die der Unbekannte am
Sonntag und am Montag gerichtet hatte? Handelte es
sich um einen persönlichen Rachefeldzug, oder fühlte
sich hier jemand veranlasst, Recht zu sprechen, wo die
Justiz seiner Ansicht nach versagt hatte?

9

Um sechs Uhr morgens fand die Besatzung eines Streifenwagens die Leiche. Teilweise zumindest. Christoph Wintrop und Fritz Walther fuhren nicht gern zusammen Streife. Walther war knapp sechzig und redete am liebsten über Fußball, Wintrop hatte nicht das geringste Interesse an der Bundesliga. Die Sportarten, die er liebte, waren Tauchen und Segeln. Davon verstand Walther wiederum überhaupt nichts. Er hatte mal aus Höflichkeit ein paar Fragen gestellt, doch er konnte Wintrops Begeisterung für Korallenriffe und Seeluft einfach nicht nachvollziehen. So verliefen ihre Fahrten meist recht schweigsam. Hin und wieder stöhnte einer von ihnen über das Wetter oder über die miserable Bezahlung ihrer Arbeit, und der andere nickte zustimmend. Aber ansonsten wusste keiner von beiden, worüber er mit dem anderen reden sollte. Zum dreiunddreißigsten Mal in dieser Nacht rollte der Wagen mit den beiden Beamten langsam durch die Schulstraße. Wintrop saß auf dem Beifahrersitz. Auf der Höhe des Filmmuseums rief er plötzlich: »Halt, da liegt was!«

Walther setzte ein Stück zurück. »Ist doch nur 'ne Tasche.«

»Die lag aber eben noch nicht hier«, warf Wintrop ein.

»Sicher?«

»Sicher.«

»Dann gucken wir mal nach.« Walther schaltete den Motor aus und schnappte sich die Taschenlampe. Der Eingang zum Filmmuseum lag hinter einem Stück alter Mauer. Es handelte sich um einen Überrest des alten Gefängnisses, das einmal an dieser Stelle gestanden hatte. Genau im Durchgang lag eine weiße Sporttasche. Walther ging vorsichtig näher und lugte hinter die Mauer. »Scheiße! Verfluchte Scheiße!« Er drehte sich zu Wintrop um. »Wir brauchen Verstärkung. Kriminalwache. Spurensicherung. Gerichtsmedizin. Das volle Programm. Und dieser Halverstett will bestimmt auch Bescheid wissen. Der leitet doch die MK Henker. Obwohl ich nicht glaube, dass das hier der Henker war. Es sei denn, er hätte die Methode gewechselt.« Er grinste zynisch und ging zurück zum Streifenwagen, um über Funk die Kollegen anzufordern. »Guck dir das lieber nicht an«, warnte er seinen Partner, bevor er im Auto verschwand.

Doch Wintrop konnte nicht anders. Während Walther mit einem Beamten in der Leitstelle sprach, schlich er auf das Stück Mauer zu. Neugierig spähte er um die Ecke. Als der Lichtkegel das traf, was der Mörder von Carina Lennard übrig gelassen hatte, schrie sein Magen entsetzt auf. Die Taschenlampe in seiner Hand begann zu tanzen. Keuchend wandte er sich ab.

Der Notarzt kam als Erster. Er warf einen kurzen Blick auf die Tote, dann kümmerte er sich um Christoph Wintrop, der immer noch blass wie ein Geist auf der Bordsteinkante kauerte. »Wer tut so was? Wer zum Teufel tut so was«, murmelte er unentwegt vor sich hin. Er hatte eine Freundin, knapp dreißig, langes, blondes

Haar. Sie sah Carina Lennard ähnlich, zumindest im Dunkeln.

Viel mehr als das blonde Haar hatte Wintrop sowieso nicht gesehen. Es floss über den Rand eines großen Blumenkübels, der im Hof stand, wand sich zwischen den dürren, blattlosen Zweigen der Pflanzen hindurch, die ihn im Sommer begrünten. Carina Lennards Kopf klemmte im Geäst. Nur ihr Kopf. Ihr Körper lag am anderen Ende des Hofs in dem Durchgang, der zum alten Hafenbecken führte.

*

Hastig tippte Marc Simons auf der Tastatur seines Computers herum und schloss das Fenster mit den Pressemeldungen der Düsseldorfer Polizei, als er hörte, wie sein Bruder ins Zimmer trat. Er hatte gerade noch Zeit, den Zettel mit den Notizen unter die Zeitung zu schieben. Dann stand Benedikt neben ihm.

»So früh schon bei der Arbeit?«

Marc streckte sich demonstrativ. »Ich konnte nicht mehr schlafen. Da habe ich mir gedacht, ich könnte die Zeit auch sinnvoll nutzen. Jetzt muss ich allerdings weg. Was erledigen. Dauert aber nicht lang. Maximal eine Stunde.« Er fuhr den Computer herunter und schaltete ihn aus. »Soll ich Brötchen mitbringen, wenn ich wiederkomme?«

Benedikt ließ sich in den Sessel fallen. Er hatte dunkle Ringe unter den Augen, und sein Haar hing ihm strähnig in die Stirn. »Nicht für mich. Ich kriege nichts runter. Mir ist kotzübel.«

Marc musterte ihn mit gerunzelter Stirn. »Was ist los? Bist du krank?«

Benedikt schüttelte den Kopf. »Nein. Zumindest nicht so, dass ein Arzt mir helfen könnte.« Er lehnte den Kopf zurück und starrte an die Zimmerdecke. Dann besann er sich. »Wenn ich's mir recht überlege, sollte ich doch was essen. Vielleicht tut mir ein vernünftiges Frühstück gut.«

»Okay.« Marc schlüpfte in seine Schuhe. Abwartend blieb er im Raum stehen, doch Benedikt rührte sich nicht. »Machst du Kaffee und deckst den Tisch?«, fragte er schließlich.

»Klar.« Benedikt stand langsam auf.

Marc griff nach dem Schlüssel, der auf dem Tisch lag. »Ich nehme noch mal den Wagen, okay? Meiner springt immer noch nicht an.«

»Kein Problem.« Benedikt gähnte und verschwand in der Küche. Marc schnappte sich seine Jacke. Kaum hatte er die Tür hinter sich zugezogen, lief Benedikt zurück ins Wohnzimmer. Vorsichtig hob er die Zeitung an und warf einen Blick auf die Notizen, die sein Bruder darunter hatte verschwinden lassen. Sekundenlang starrte er schweigend auf das beschriebene Blatt. Dann legte er die Zeitung behutsam zurück und ging wieder in die Küche.

*

Katrin stieg ab und schob das Fahrrad über den schmalen Bürgersteig der Citadellstraße. An einer Laterne schloss sie es ab. Vor ihr drängten sich Schaulustige. Gesprächsfetzen drangen an ihr Ohr.

»Das war wieder dieser Henker, da könnte ich wetten.«

»Aber diesmal wurde doch niemand gehängt. Das war bestimmt ein Frauenmörder. Sie soll noch ganz jung gewesen sein. Und sehr attraktiv. Lange blonde Haare.«

»Wer sagt, dass die nicht gehängt wurde? Das erzählen die uns doch nur, damit keine Panik ausbricht.«

»Quatsch! Von wegen damit keine Panik ausbricht! Die Bullen haben keine Ahnung, was dahintersteckt. Die tappen im Dunklen. Aber das wollen sie uns natürlich nicht sagen.«

Katrin schob sich rasch an den Leuten vorbei. Sie schämte sich ein bisschen, dass sie sich kaum anders benahm als die übrigen Gaffer, doch sie redete sich ein, dass es bei ihr ja etwas anderes war. Sie hatte die zweite Leiche gefunden. Sie war eine Zeugin. Vielleicht fiel ihr etwas auf. Eine Besonderheit, eine Person, die sie am Schillerplatz ebenfalls gesehen hatte. Irgendetwas. Als sie von dem Mord gehört hatte, hatte sie sich sofort auf den Weg gemacht. Manfred hatte sie angerufen. Er war bereits am Tatort. Jetzt bog sie um die Ecke und sah die Mauerreste des alten Stadtgefängnisses. Hier war kein Durchkommen. Die Schulstraße war gesperrt. Streifenbeamte hielten die Neugierigen in Schach. Ein Leichenwagen parkte zwischen den Polizeiautos. Die Heckklappe war geöffnet, und Katrin konnte den Sarg sehen. Ob die Tote schon darin lag? Auf dem Bürgersteig gegenüber stand Kriminalhauptkommissar Halverstett und sprach mit einem älteren Streifenbeamten. Plötzlich sah er zu Katrin herüber. Entgegen ihren Befürchtungen winkte er sie zu sich.

»Kabritzky ist schon wieder weg, falls Sie den suchen, Katrin.«

»Oh. Ich – ich weiß, es geht mich nichts an, aber könnten Sie mir sagen, wie sie gestorben ist?«

Halverstett musterte sie. »Wie Sie schon sagten, es geht Sie nichts an.«

Katrin überlegte kurz. Sie musste wissen, ob ihre Theorie stimmte. Aufmerksam fixierte sie Halverstett.

»Sie ist geköpft worden.«

Der Kommissar runzelte die Stirn. Dann nickte er kaum merklich.

Katrin schluckte. Sie hatte richtig geraten. »Hier war das Stadtgefängnis«, erklärte sie.

»Ich weiß«, murmelte Halverstett. »Steht da auf dem Schild.« Er deutete auf die Mauer.

»Und im Hof des Stadtgefängnisses –«, fing Katrin an.

»Lassen Sie mich raten: Da stand die Guillotine.«

Katrin nickte stumm. Halverstett seufzte. »Ein Herr von der Geschichtswerkstatt hat mich aufgeklärt. Ich bin im Bilde. Und jetzt verschwinden Sie!« Er wandte sich wieder an den älteren Beamten. Katrin war schon ein paar Schritte gegangen, als er ihr hinterherrief: »Ich brauche übrigens noch Ihre Turnschuhe. Hat Kabritzky Ihnen das nicht ausgerichtet? Schade, dass Sie sie heute nicht anhaben, sonst hätte ich sie gleich mitgenommen. Die KTU muss die Abdrücke mit denen an den beiden anderen Tatorten abgleichen, und zwar dringend, die werden langsam grantig.«

Katrin schlug die Hand vor den Mund. Das hatte sie völlig vergessen. »Ich bringe sie nachher vorbei. Ehrenwort.« Halverstett nickte zerstreut, er hatte seine Aufmerksamkeit bereits dem Kollegen zugewandt.

Langsam schlenderte Katrin zurück zur Citadellstraße. Die Menschenmenge hatte sich immer noch nicht zerstreut. Und die Spekulationen nahmen immer sensationellere Ausmaße an. Einen Augenblick lang glaubte Katrin, Marc Simons zwischen den Schaulustigen gesehen zu haben, doch als sie ihm zuwinken wollte, hatte er sich bereits abgewandt.

Neben Katrins Fahrrad stand eine junge Frau. Sie war leichenblass und starrte in Leere. Als Katrin sie fast erreicht hatte, wankte sie plötzlich. Katrin sprang zu ihr und hielt sie fest, bevor sie umfallen konnte. Die Frau stöhnte leise und ließ sich von Katrin zu einem Hauseingang führen und auf die Stufe vor der Tür setzen. Katrin fasste in ihre Tasche. Dann fiel ihr ein, dass ihr Handy verschwunden war. »Bleiben Sie einen Augenblick sitzen. Ich rufe einen Arzt«, sagte sie zu der Frau.

»Nein, keinen Arzt.« Die Frau krallte ihre Hände um Katrins Arm, sodass Katrin die spitzen Fingernägel durch die Jacke spürte. »Es geht mir schon wieder besser. Nur ein kleiner Schwindel.«

Katrin musterte die Frau zweifelnd. Sie musste an ihre eigenen Schwindelanfälle denken, die Panik. Und die Angst, jemand könne zu viel Aufhebens darum machen. Sie setzte sich neben die Frau. »Dann bleibe ich einen Augenblick bei Ihnen. Ich heiße Katrin. Und Sie?«

Die Frau schien sie gar nicht gehört zu haben. Minutenlang musterte sie schweigend das glitzernde Kopfsteinpflaster. Doch schließlich antwortete sie: »Silke. Silke Scheidt.«

Als Katrin anfing zu frieren, bot sie an, Silke nach Hause zu bringen. »Wir nehmen ein Taxi. Ich möchte Sie nicht allein lassen.«

»Das ist nett.« Silke sah Katrin an, doch ein Lächeln brachte sie nicht zustande. »Es geht mir schon besser. Ich kann allein nach Hause fahren.« Sie stand auf. »Wirklich. Danke für die Hilfe, Katrin.« Mit energischen Schritten lief sie die Citadellstraße entlang. Sie hielt den Kopf hoch und die Schultern gespannt. Nur wenn man genau hinsah, merkte man, dass ihre Haltung etwas Verkrampftes hatte, das sie jeden Schritt ganz bewusst tun musste, um nicht umzufallen.

Katrin blickte ihr nachdenklich hinterher. Wie viele Menschen außer ihr selbst mochte es geben, die Schreckliches durchgemacht hatten und für die manche alltäglichen Verrichtungen, über die die meisten Menschen gar nicht nachdachten, eine gewaltige Tortur bedeuten? Die vor so banalen Dingen wie Kellertreppen kapitulieren mussten? Vielleicht war es bei dieser Silke die Menschenmenge gewesen, die sie so aus dem Gleichgewicht gebracht hatte. Vielleicht war sie aber auch krank. Katrin würde es nie erfahren.

Die Frau war jetzt um die Ecke verschwunden. Katrin wandte sich ab und ging zu ihrem Fahrrad. Sie fuhr durch die Orangeriestraße in Richtung Carlsplatz. Wenn sie schon in der Altstadt war, konnte sie auch gleich auf dem Markt einkaufen. Meistens war sie nämlich zu bequem, den weiten Weg in Kauf zu nehmen, und ging lieber in den Supermarkt in ihrer Nähe. Dabei liebte sie die Atmosphäre auf dem Platz und die vielen verschiedenen Düfte nach Kräutern, heißer Gulaschsuppe und frischem Fisch.

Als sie in die Benrather Straße bog, rollte vor ihr ein Geländewagen aus dem Parkhaus. Im ersten Moment dachte Katrin, es sei Manfreds Auto, und sie wunderte sich, dass er so vorbildlich geparkt hatte, statt bis direkt an den Tatort zu fahren, doch dann erkannte sie, dass dieser Wagen viel dunkler war. Außerdem hatte er ein Kölner Kennzeichen. Ein Kölner Kennzeichen! Katrin starrte auf das Nummernschild und trat fest in die Pedale. Ihr Herz hämmerte wild. Hastig prägte sie sich die Buchstaben und Zahlen ein. K-SP 454.

Der Geländewagen preschte über die Kasernenstraße hinweg. Als Katrin die Kreuzung erreichte, war die Ampel längst auf Rot gesprungen. Von dem Landrover war weit und breit nichts zu sehen. Klar. Was für eine Schnapsidee, mit dem Fahrrad ein Auto zu verfolgen. Wenigstens hatte sie das Kennzeichen. Sie hielt am Straßenrand und kramte Notizblock und Kuli aus der Handtasche.

Noch während sie die Nummer notierte, kamen ihr Zweifel. Die Frau, die am Filmmuseum ermordet worden war, war seit Stunden tot. Warum sollte der Täter so blöd sein, sich noch in der Nähe des Tatorts herumzutreiben? Es gab mit Sicherheit unzählige Geländewagen mit Kölner Kennzeichen. Einfach irrsinnig anzunehmen, dass dies hier derselbe gewesen war, den der schwerhörige Alte am Sonntagabend in der Nähe seines Hauses in Benrath gesehen hatte.

*

»Er hat fünf Mal angesetzt.« Maren Lahnstein deutete auf den blutigen Rumpf. »Hier, sehen Sie?«

Halverstett warf einen kurzen Blick auf die Stelle, an der noch gestern Carina Lennards Kopf mit dem Rumpf verbunden gewesen war, dann wandte er sich ab. »Was bedeutet das? Ist er zu schwach? Hatte er Hemmungen? Keine Erfahrung?«

Die Ärztin zuckte mit den Schultern. »Alles ist möglich. Jedenfalls hat er die ersten Male nicht fest genug zugeschlagen. Vermutlich war das Beil auch zu stumpf. Hier kann man schön sehen, was ich meine.« Ihr gummibehandschuhter Finger deutete auf ein paar Knochensplitter, doch Halverstett winkte ab. »Ersparen Sie mir die Details, bitte.«

Maren Lahnstein lächelte. »Schon gut. Das Ganze belastet Sie ziemlich stark, oder?«

Halverstett nickte stumm.

Sie streckte die Hand aus, ließ sie aber wieder sinken. »Also, der Täter ist vermutlich Rechtshänder, entweder nicht besonders kräftig oder nicht so entschlossen, wie er hätte sein müssen, um den Kopf mit einem einzigen Hieb vom Körper zu trennen. Außerdem hat er nicht darauf geachtet, dass das Beil scharf ist. Aus welchem Grund auch immer.«

»Hat sie sich nicht gewehrt?« Halverstett vermied es, auf den Kopf zu blicken, der auf einem Extratischchen neben der Leiche lag.

Maren Lahnstein verneinte. »Keinerlei typische Abwehrverletzungen. Nichts unter den Fingernägeln. Nur zwei Hämatome am Oberschenkel, aber die sind eindeutig schon ein paar Tage alt. Die Handschellen und die Kordel um die Fußgelenke haben natürlich auch Spuren hinterlassen. Aber keine sehr deutlichen. Nicht so wie bei den anderen dreien. Sieht aus, als hätte sie alles willenlos über sich ergehen lassen. Vielleicht stand sie unter Schock. Oder sie war nicht bei Bewusstsein. Wir untersuchen ihren Mageninhalt und ihr Blut auf Betäubungsmittel. Aber das dauert noch ein paar Stunden.« Maren Lahnstein zog die Handschuhe aus. »Da ist noch etwas. Es gibt Hinweise darauf, dass sie eine Zeit lang gefesselt war, bevor sie getötet wurde. Womöglich hat der Täter sie einige Stunden irgendwo gefangen gehalten, bevor er sie umbrachte. Oder im Kofferraum herumkutschiert. Sie sagten doch, dass der Fundort der Leiche einer von diesen Richtplätzen war. Also sind dort ständig Streifen vorbeigefahren. Möglicherweise hat der Täter den Ort eine Zeit lang beobachtet, bevor er den Mord beging, um den richtigen Zeitpunkt zu erwischen.«

»Und währenddessen lag sein Opfer gefesselt im Kofferraum seines Wagens?«

»So könnte es gewesen sein.« Vorsichtig berührte sie Halverstetts Arm. »Manchmal ist es ein Scheißjob«, sagte sie leise.

Halverstett griff ihre Hände, hielt sie einen Augenblick in den seinen, dann machte er sich los und marschierte ohne ein weiteres Wort aus dem Obduktionssaal.

*

Katrin stopfte ihre durchgefrorenen Finger tief in die Jackentaschen. Ratlos blickte sie sich um. Sie hatte in allen Häusern in der Nachbarschaft herumgefragt, auch auf den Quer- und Parallelstraßen, doch niemand hatte den Hund gesehen. Flips war wie vom Erdboden verschluckt. Bedächtig schlenderte sie auf das Grundstück des Ehepaars Kassnitz zu. Was, wenn das Tier hier in der Nähe von dem Geländewagen angefahren worden war und jetzt irgendwo im Gebüsch lag? Schwer verletzt oder sogar tot? Vorsichtig spähte sie in den Vorgarten. Alles still. Nur das rotweiße Absperrband der Polizei, mit dem der Zugang zum Grundstück versperrt war, wogte sacht. Es war Mittag, kurz vor eins, in der Ferne hörte sie ein paar Schulkinder, auf der Brucknerstraße war ein Gymnasium. Sie blickte sich kurz um, dann stieg sie rasch über das Band und huschte auf das Haus zu. Wenn sie erwischt wurde, konnte sie sagen, dass sie nach dem Hund suchte, und das stimmte ja auch.

Entlang der Einfahrt reihten sich immergrüne Nadelgehölze. Katrin drückte hier und da ein paar Zweige zur Seite und spähte ins Unterholz. Doch von Flips fehlte jede Spur. Was hatte sie auch erwartet? Sicherlich hatte die Polizei das Anwesen gründlich unter die Lupe genommen, ein verletzter Hund wäre ihr wohl aufgefallen. Katrin glitt um die Hausecke und lugte in die Fenster. Eine Küche, auf der Spüle warteten ein paar Tassen und Teller darauf, in die Spülmaschine geräumt zu werden. An einer Pinnwand aus Kork hafteten Notizen. Ein Einkaufszettel, ein Rezept, ein Bild, auf dem mit dicker Wachsmalkreide unbeholfen eine riesige Sonne und ein paar Blumen gemalt waren. Zwischen den Blumen stand ein Name, die Buchstaben waren rot und der letzte im Verhältnis viel zu groß. Jule, entzifferte Katrin. Dann lief sie zum nächsten Fenster. Ein Wohnzimmer, elegant eingerichtet. Ledersofa. Kamin. In einem riesigen Aquarium tummelten sich exotische Fische. Katrin fragte sich, wer die wohl im Augenblick versorgte.

Hinter dem Haus führte eine Treppe in den Keller. Katrin blieb zögernd stehen. Vielleicht war die Tür nicht abgeschlossen. Dann konnte sie sich das Haus von innen ansehen. Langsam ging sie auf die Treppe zu. Alles schien normal. Sie griff nach dem Geländer und setzte den Fuß auf die erste Stufe. Da sprang die Treppe plötzlich auf sie zu. Katrin erschrak. Sie wollte einen Schritt zurück machen, doch ihre Hand klebte am Geländer. Die Stufen wölbten sich ihr entgegen, türmten sich vor ihr auf wie eine steinerne Wand. Gleich würden sie über ihr zusammenbrechen. Katrin atmete in kurzen, schmerzhaften Stößen. Ihr Herz hämmerte. Weg! Ich muss hier weg, schrie es in ihr, doch ihre Füße hafteten reglos am Boden, und ihre Hand pappte an dem kalten Metall des Geländers, als wäre sie festgewachsen. Plötzlich rührte sich hinter ihr etwas.

»Was machen Sie denn hier?! Verschwinden Sie sofort! Hier gibt es nichts zu gaffen!«

Katrin fuhr herum. Die Erstarrung löste sich. Die Treppe kehrte an ihren Platz zurück, legte sich nieder, als könne sie kein Wässerchen trüben. Auf dem Gartenweg stand eine Frau in Schürze und Pantoffeln, die Hände in die Hüften gestemmt. »Schämen Sie sich nicht?«

Katrin versuchte, ruhig zu atmen. Ihre Hand hielt immer noch das Geländer umkrallt. Sie setzte eine arglose Miene auf. »Ich gaffe nicht«, verteidigte sie sich. »Ich suche Flips, den Rauhaardackel von Frau Hirschwedder.«

»Und den suchen Sie bei den Kassnitz' im Keller, ja?«

Katrin wurde heiß. »Ich dachte, er hätte sich vielleicht hier auf dem Grundstück verkrochen. Bei allen anderen Nachbarn habe ich schon nachgefragt.«

»Jetzt verschwinden Sie mal ganz schnell, bevor ich die Polizei rufe. Und lassen Sie sich ja nicht mehr hier blicken!«

Katrin trabte los. An der Einfahrt drehte sie sich noch einmal um. »Wer sind *Sie* eigentlich? Und was machen *Sie* hier? Das Grundstück ist doch von der Polizei abgesperrt.«

Die Frau schnaubte empört. »Nur nicht unverschämt werden, Fräulein!«, rief sie mit schriller Stimme. »Ich darf hier ein und aus gehen, solange ich will. Ich bin die Putzfrau. Schließlich muss sich ja einer um die Fische kümmern, bis alles geregelt ist.«

Katrin wandte sich ab und lief zur Straße. Ohne sich noch einmal umzudrehen, sprang sie über die Absperrung. Drei Jungen mit Schultaschen auf dem Rücken rannten feixend vorbei. Ein vierter folgte ihnen in gemächlichem Tempo. Er hielt den Kopf gesenkt und hatte eine Dose unter den Arm geklemmt. Als er auf Katrins Höhe war, erkannte sie, dass es Hundefutter war. Der Junge besaß einen Hund. Dann kannte er sicherlich auch Flips.

»Hallo! Ich sehe, du hast für deinen Hund eingekauft. Was ist es denn für einer? Auch ein Rauhaardackel wie der Flips von der Frau Hirschwedder? Den kennst du doch sicher?«

Der Junge blickte erschrocken hoch. Er hatte rote Haare und das ganze Gesicht voller Sommersprossen.

»Entschuldige«, murmelte Katrin. »Ich wollte dich nicht erschrecken. Ich suche Flips. Kennst du ihn?«

Der Junge blickte unsicher nach rechts und links, dann nickte er stumm.

»Und? Hast du ihn in den letzten Tagen gesehen?«

Er schüttelte heftig den Kopf, dann rannte er los und verschwand in dem Fußweg, der die Silcherstraße mit der Flotowstraße verband.

Katrin bemerkte, dass an der Mülltonne auf der gegenüberliegenden Straßenseite eine Frau stand und sie beobachtete. Sie hieß Tanja Breitner und hatte zwei Söhne, einen Kater und drei Meerschweinchen. Das wusste Katrin, denn sie hatte sie bereits nach Flips gefragt. Entschlossen überquerte sie die Straße und ging auf Frau Breitner zu. »Entschuldigung. Wissen Sie, was mit dem Jungen los ist? Ich habe ihn nur was gefragt, und er ist davongelaufen, als wäre der Teufel hinter ihm her.«

»Kümmern Sie sich nicht drum.« Die Frau lächelte. »Der Jan ist furchtbar schüchtern. Die anderen Kinder spielen nicht mit ihm, er hockt immer allein zu Hause. Kann einem schon leid tun, der Bursche. Ich habe ja auch zwei Jungs in dem Alter. Die sind allerdings ganz anders, das können Sie mir glauben. Zweimal habe ich den Jan zu uns eingeladen. Weil ich Mitleid hatte. Aber meine Söhne haben sich beschwert: Mit dem kann man gar nichts spielen. Der redet nicht. Der ist langweilig. Na ja, was soll man da tun?«

»Dann ist es ja ein Trost für den Jungen, dass er wenigstens den Hund hat.«

»Hund? Was für einen Hund? Der Jan hat keinen Hund. Das wüsste ich aber. Die Spielmann lässt keine Tiere in ihr Haus. Die hat so 'nen Putzfimmel, wissen Sie. Kein Wunder, dass der Junge so komisch ist. Vermutlich darf der nur auf Socken durchs Haus schleichen. Was wollten Sie denn vom Jan?«

»Ich hatte die –« Katrin stockte, ihre Gedanken überholten ihre Worte. »Ich suche doch den Hund von Frau Hirschwedder. Danach habe ich ihn gefragt.«

»Ach so.« Glücklicherweise gab sich Frau Breitner mit dieser Erklärung zufrieden. »Ich glaube nicht, dass das Tier wieder auftaucht. Wenn Sie mich fragen, den hat jemand geklaut, jede Wette. So, jetzt muss ich aber. Die Jungs kommen gleich aus der Schule, und das Essen ist noch nicht fertig.«

Katrin blickte nachdenklich in die Richtung, in der Jan verschwunden war. Was machte jemand, der kein Haustier besaß, mit einer Dose Hundefutter?

10

»Ach, Sie.« Silke Scheidt zog die Wohnungstür auf. »Sie geben wohl nie Ruhe.«

Katrin grinste. »Das sagt man mir nach.«

Silke führte Katrin ins Wohnzimmer, das klein und sehr aufgeräumt war, lediglich auf der Couch türmten sich Decken und Kissen. Es war sehr warm. »Ich hatte mich ein bisschen hingelegt«, erklärte Silke und schob die Kissen beiseite. »Setzen Sie sich doch.« Katrin hockte sich auf die Sofakante. »Ich wollte nicht stören. Nur einfach sehen, ob es Ihnen gut geht. Es hat mir keine Ruhe gelassen.«

»Wie haben Sie mich gefunden?« Silke hatte sich ebenfalls auf das Sofa gesetzt und in eine Decke gehüllt. Sie nahm eines der Kissen und umarmte es wie ein Kuscheltier, während sie sprach.

»Sie haben mir Ihren Namen gesagt. Sie stehen im Telefonbuch. Es gibt nur eine Silke Scheidt in Düsseldorf.« Katrin öffnete die Jacke. Schweißtropfen sammelten sich auf ihrer Stirn und im Nacken. Es waren mindestens fünfundzwanzig Grad in dem Zimmer.

Silke starrte auf den Boden. »So einfach ist das also. Telefonbuch und zack, schon steht jemand vor deiner Tür.«

»Wie bitte?«

»Ach nichts.« Silke kaute an einem Kissenzipfel. Sie sah Katrin nicht an.

»Kann ich noch irgendetwas für Sie tun?« Katrin wollte plötzlich weg. Die Hitze, die vielen Kissen und Decken um sie herum drohten sie zu ersticken.

»Es ist so schrecklich. Du rennst und rennst und rennst, doch es holt dich immer wieder ein. Carina hatte echt ein beschissenes Leben. Von Anfang an. Ihre Kindheit muss die Hölle gewesen sein. Und ihr Tod –«

Katrin horchte auf. »Carina?«

»Ja. Carina. Sie war meine Freundin.«

»War?«

»Irgendein Schwein hat ihr heute Nacht den Kopf abgehackt.« Silke brach in Tränen aus, laut und hemmungslos. Katrin streckte hilflos die Hände aus. Sie wusste nicht, was sie machen sollte. Schließlich nahm sie die junge Frau einfach in die Arme. Silke weinte wie ein kleines Mädchen, sie schluchzte, rang nach Luft und krallte sich in Katrins Jacke. Dann wurde sie ganz plötzlich still. Abrupt stieß sie Katrin weg und schnappte sich wieder das Kissen, an dem sie gekaut hatte. »Das ist alles so beschissen. Total beschissen.«

»Möchten Sie darüber reden?«

Silke schüttelte den Kopf. »Sie hat eine Schwester. Annika heißt die, glaub ich. Aber zu der hatte sie keinen Kontakt mehr. Die haben sich zerstritten. Ich glaube, es war wegen der alten Geschichte. Aber das weiß ich nicht genau. Die wohnt in Ratingen. Das müssen Sie sich mal vorstellen. Sie hatte eine Schwester, die keine halbe Stunde von hier entfernt wohnt, aber sie haben

nie miteinander gesprochen. Nicht einmal, nachdem …«
Silke vergrub ihr Gesicht im Kissen. »Ich möchte, dass
Sie jetzt gehen«, murmelte sie kaum verständlich in den
weichen Stoff.

Katrin stand auf. Ihr Pullover fühlte sich klatschnass
an, eine Mischung aus Schweiß und Tränen. »Sind Sie
sicher, dass ich gehen soll?«

Silke antwortete nicht. Katrin strich ihr vorsichtig
über das Haar. »Ich rufe morgen an«, versprach sie, dann
verließ sie die Wohnung und saugte erleichtert die kühle
Luft des Treppenhauses in ihre Lungen.

*

Manfred stopfte sich eine Gabel voller Nudeln in den
Mund. »Schmeckt phantastisch, findest du nicht?«

Katrin lachte. »Bescheidenheit ist nicht gerade eine
deiner hervorstechenden Eigenschaften.«

»Schmeckt es dir etwa nicht?«

»Doch, ist toll.« Katrin tunkte ein Stück Weißbrot in
die Soße. »Traumhaft lecker.«

»Na also. Warum soll ich nicht ein Essen genial finden, das ich selbst gekocht habe?« Manfred nahm einen
Schluck Wein. Danach betrachtete er das Glas. »Der ist
so gut, der könnte glatt auch von mir sein.«

Katrin verdrehte die Augen. Dann wurde sie ernst.
»Erzähl mir von der Pressekonferenz.«

Manfred stellte das Glas auf den Tisch. »Sie haben sich
ziemlich bedeckt gehalten. Angeblich wissen sie nicht,
ob der Mord zu der Serie gehört oder nicht. Ansonsten

nicht viele Details und nicht viel Neues. Jede Menge Spuren, aber kein konkreter Verdacht.«

»Wie hieß die Frau?«

»Warum willst du das wissen?«

»Hieß sie Carina?«

Manfred zog die Augenbrauen hoch.

Katrin nickte. »Also ja. Und ihr Nachname?«

»Lennard. Carina Lennard. Zweiunddreißig Jahre alt. Zahnarzthelferin. Keine Vorstrafen. Keine Besonderheiten. Und keine Angehörigen.«

»Doch. Eine Schwester. Annika.«

Manfred ließ die Gabel fallen. »Dann haben sie die auf der Pressekonferenz unterschlagen. Das kann nicht sein.«

»Doch. Es kann.«

Manfreds Augen verengten sich zu Schlitzen. »Was hast du eigentlich den ganzen Tag getrieben?«

Katrin seufzte. »Ich habe zwei verstörte Kinder kennengelernt. Eins war ungefähr zwölf, das andere etwa so alt wie ich.«

»Du sprichst in Rätseln.«

»Vieles davon ist auch rätselhaft. Den Jungen haben ich getroffen, als ich nach dem Hund gesucht habe.«

»Und? Irgendeine Spur?«

Katrin lächelte. »Kann sein, dass ich ihn gefunden habe. Morgen weiß ich mehr.«

Manfred riss ein Stück Brot ab. »Das ist alles? Mehr willst du nicht verraten?«

»Morgen.«

»Und das erwachsene Kind?«

»Silke. Eine Freundin von Carina Lennard. Sie hat mir auch von der Schwester erzählt. Sie war in der Altstadt. In der Nähe des Tatorts. Ist beinahe zusammengebrochen.«

Manfred schüttelte den Kopf. »Wie du das nur immer machst.« Er biss von dem Brot ab. »Na ja, solange du dich nur um entlaufene Hunde und verstörte Kinder kümmerst, soll es mir recht sein.«

Katrin verzog das Gesicht. Manfred hob abwehrend die Hände. »Schon gut, schon gut. Du kannst machen, was du willst. Aber sei vorsichtig.« Er kaute. »Hast du eigentlich die Turnschuhe schon im Präsidium vorbeigebracht? Halverstett hat vorhin noch mal angerufen. Er war ziemlich sauer.«

Katrin schlug die Hand vor den Mund. »Mist! Total vergessen. Ich hatte so viel zu tun.«

»Kein Problem.« Manfred grinste. »Diese Rita Schmitt war inzwischen hier und hat die Schuhe abgeholt.«

»Na, dann ist ja gut.« Katrin nahm einen Schluck Wein. »Eigentlich müsste ich Halverstett auch von Silke erzählen. Die hat so merkwürdige Andeutungen gemacht. Was für ein beschissenes Leben ihre Freundin hatte. Ich weiß nicht, ob's was mit ihrem Tod zu tun hat, aber da müsste die Polizei vielleicht noch mal nachhaken. Auch bei der Schwester. Mit der war sie allerdings seit Jahren verkracht, wenn man Silke glauben darf. Ach, das ist alles so verworren. Ein riesiger, komplizierter Knoten. Aber ich bin mir sicher, wenn man am richtigen Faden zieht, löst sich alles ganz einfach auf. Ich weiß nur nicht, welches der richtige Faden ist.« Sie sah Manfred an. »Warst du in den letzten Tagen im Stadtarchiv?«

»Nein. Wieso?«

»Nur so ein Gedanke. Irgendein Journalist war da und hat sich über ehemalige Richtplätze in Düsseldorf informiert.«

»Ach so. Das hatte ich nicht nötig.« Er schob seinen Teller weg. »Wir haben beim Morgenkurier selbst ein wunderbares Archiv. Da habe ich alles gefunden, was ich für meinen Artikel brauchte.« Er stand auf und begann, den Tisch abzuräumen. »Ist eigentlich dein Handy wieder aufgetaucht?«

Katrin schüttelte den Kopf. »Da sitzt der Böse drauf.«

»Hä?«

»Hat meine Oma immer gesagt, wenn sie was nicht gefunden hat.«

»Na dann wollen wir mal hoffen, dass es ihm bald unbequem wird und er dein Handy wieder freigibt.« Er reckte sich. »Und jetzt will ich den Rest des Abends nichts mehr hören von verschwundenen Hunden, Henkern oder verstörten Kindern. Einverstanden?«

»Sehr einverstanden.« Katrin stopfte sich das letzte Stück Brot in den Mund. Während sie kaute, kam ihr der Gedanke, dass sie all diese Dinge nicht loslassen würden, solange sie keine Erklärung gefunden hatte, auch wenn sie sich noch so sehr bemühte.

*

Mirko Erlanger schlug die Akte zu. Er gähnte. »Mann, ist das öde! Mir tanzen schon kleine Buchstaben vor den Augen herum. Außerdem kann ich die Scheiße nicht mehr hören: Der hat mich im Bus angegrapscht! Der hat mich in den Hintern gekniffen! Echt, manche Weiber sind total überempfindlich!« Er stand auf und fischte ein Päckchen Zigaretten aus der Jacke, die an der Garderobe hing.

Sein Kollege Daniel Steinmeier blickte rasch zur Tür.

»Brüll hier nicht so rum!«, fuhr er seinen Kollegen an.

»Hab ich vielleicht nicht recht?« Erlanger steckte eine Zigarette in den Mund und ließ das Feuerzeug aufschnappen. »Da draußen läuft ein irrer Killer rum, und wir müssen hier staubige Akten durchwühlen mit tausend kleinlichen Beschwerden von Frauen, die sich belästigt fühlen. Ich kann dir gar nicht sagen, wie mir das auf die Nerven geht.« Er zündete die Zigarette an und nahm einen tiefen Zug.

Steinmeier stand ebenfalls auf und öffnete das Fenster. »Na ja. Manche von den Fällen sind nicht ganz so lächerlich. Kannst ja mal *die* Akte hier lesen.« Er schob seinem Kollegen den Schnellhefter hin, der aufgeschlagen an seinem Platz lag. »Außerdem ist der Beamte, der diese Fälle bearbeitet hat, ermordet worden, und es ist nicht auszuschließen, dass es da einen Zusammenhang mit seiner Arbeit gibt. Wenn wir den finden, sind wir fein raus.«

Erlanger schnaubte verächtlich. »Das glaubst du doch selbst nicht.«

Steinmeier zuckte mit den Schultern. »Möglich ist alles. Und wenn wir was entdecken, können wir ja erst mal ein bisschen allein nachforschen, bevor wir den anderen Bescheid sagen.«

»Du träumst wohl von der großen Karriere.«

»Du nicht?« Steinmeier setzte sich wieder an seinen Schreibtisch und strich sich eine blonde Strähne aus dem Gesicht.

»Nicht am Schreibtisch hinter einem Berg von gammeligen Akten.« Erlanger schnippte die Asche auf den Boden. »Ich sag dir, Halverstett hat was gegen uns, deshalb hat er uns diese beschissene Arbeit aufs Auge gedrückt. Wenn das hier wirklich interessant oder wichtig wäre, säßen da andere Leute dran. Aber dem werde ich's zeigen. Der kann mich mal.« Erlanger setzte sich wieder an den Schreibtisch und drückte ein paar Tasten an seinem Computer.

»Was machst du da?« Steinmeier lugte zu Erlanger hinüber.

»Ich guck bei eBay rein. Ich wollte mir sowieso ein neues Handy kaufen. Dann habe ich die Zeit am Schreibtisch wenigstens sinnvoll genutzt.«

Steinmeier sah ihn an.

»Hey, was ist?«, blaffte sein Kollege. »Haste ein Problem damit?«

Steinmeier schüttelte den Kopf und musterte den Stapel ungelesener Akten. Dann blickte er auf die Uhr. Normalerweise wäre in einer halben Stunde Feierabend. Normalerweise. Aber für die MK Henker galten andere Regeln. Am Dienstag, nach dem zweiten Mord, hatte er gerade mal Zeit für fünf Stunden Schlaf gehabt. Heute Abend durfte er für acht Stunden nach Hause. Morgen war pünktlich um sieben bereits wieder Dienstbeginn.

Und am Wochenende würde es nicht anders sein. Er beugte sich wieder über die Akte. Sollte Erlanger ruhig meckern, er fand die Arbeit eigentlich ganz angenehm. Besser als Klinkenputzen, Dutzende von Anwohnern zu befragen, ob sie irgendwas gesehen hätten, sich blöde Sprüche oder weitschweifiges Geschwafel anzuhören.

*

Die Tür öffnete sich einen winzigen Spalt breit. Eine Kette schob sich ins Blickfeld, dann ein Augenpaar, dunkel, misstrauisch.

»Mein Name ist Katrin Sandmann. Kann ich kurz mit Ihnen sprechen?«

»Worum geht's?«

»Um Ihre Schwester.«

Ein Zögern. Die Augenbrauen zogen sich zusammen. Katrin befürchtete, dass Annika Lennard ihr die Tür vor der Nase zuknallen würde. Schließlich wollte sie laut Silke nichts mit ihrer Schwester zu tun haben. Doch dann hörte sie erneut die Stimme hinter der Tür.

»Sind Sie von der Polizei?«

»Nein.«

»Presse?«

»Nein. Eine Art Freundin.« Hoffentlich war das kein Fehler.

Ein Schnauben. »Eine Freundin von der sauberen kleinen Carina? Warum sollte ich mit der reden?«

»Nicht von Carina. Die Freundin einer Freundin.« Katrin räusperte sich. »Es ist ein bisschen kompliziert.

Kann ich es Ihnen drinnen erklären? Ich möchte nicht so durchs Treppenhaus schreien. Bitte!«

Stille. Dann schlug die Tür zu. Sekunden später öffnete sie sich wieder. Annika Lennard musterte sie misstrauisch, die Arme vor der Brust verschränkt. Katrin schluckte. Die Frau war etwa einen Kopf größer als sie selbst und unglaublich dick. Sie trug einen rosa Jogginganzug aus Frottee, und ihr dünnes blondes Haar war zu einem Pferdeschwanz zusammengebunden.

»Kommen Sie rein.« Annika trat zurück.

Die Diele war ein Dschungel, vollgestellt mit Kübeln voller künstlicher Pflanzen, Orchideen, Palmen und Blumen in allen Farben. An den Wänden hingen Setzkästen mit unzähligen kleinen Figürchen. Katrin registrierte Frauengestalten mit Flügeln. Annika folgte ihrem Blick. »Feen. Ich sammle sie.« Sie lächelte stolz. Im Wohnzimmer erschlug die Flut von Figuren Katrin beinahe. Manche waren aus Porzellan, andere saßen in Kissenform auf dem Sofa, wieder andere hielten die zahllosen Blumentöpfe in ihren Händen oder baumelten an der Decke. Mehrere Bilder mit Feen schmückten die Wände.

»Es sind inzwischen über fünfhundert.« Annika griff in eine Schale, die auf dem Tisch stand. Auch sie wurde von Feen getragen. Angefüllt war sie mit Schokoriegeln und Bonbons, alle in glitzerndes Papier gehüllt. »Greifen Sie zu«, forderte Annika sie auf, während sie ein Sahnebonbon aus der Goldfolie löste.

Doch Katrin schüttelte den Kopf. »Danke, ich habe gerade erst gefrühstückt.«

Annika steckte sich das Bonbon in den Mund. Katrin sah sich im Zimmer um und entdeckte weitere Schalen mit Süßigkeiten und eine Platte mit Keksen. Ihre Gastgeberin ließ sich auf die Couch fallen. Ihr Bauch unter dem rosa Stoff wippte auf und ab. »Was ist mit Carina?« Sie biss krachend auf das Bonbon.

Katrin setzte sich neben sie. »Sie wissen es noch nicht?«

»Was?«

Katrin zögerte. »Carina ist tot. Ich dachte, die Polizei hätte Ihnen Bescheid gesagt. Es tut mir leid.«

Annika starrte auf den Tisch. Ein Deckchen mit aufgestickten Feen machte sich unter der Schale mit den Bonbons breit. Sie waren rosa, hatten goldene Flügel und ebenso goldenes Haar. Annika fuhr mit dem Finger über einen der Flügel. »Ja, ich weiß. Einer von der Polizei war da und hat's mir gesagt. Aber den habe ich nicht reingelassen.« Der Finger stockte, verharrte in der Luft. Annika atmete tief ein, dann stieß sie ihre Hand in die Schale und förderte einen dicken Schokoriegel zutage. Rasch pulte sie das Papier ab und biss hinein. Schweigend aß sie den Riegel, dann blickte sie Katrin an. »Das musste ja so kommen.«

»Warum?«

»Sie war ein Miststück. Hat die Familie in den Dreck gezogen.« Sie stieß die Worte heftig hervor, wie ein trotziges Kind.

»Das ist schlimm. Was hat sie denn getan?« Katrin suchte nach Annikas Blick, doch die Frau hatte ihren Kopf gesenkt, hatte wieder nur Augen für die gestickten Feen auf der Tischdecke.

»Dreck erzählt.« Annika fischte einen weiteren Schokoriegel aus der Schale und riss mit fahrigen Fingern das Papier ab. Katrin wurde übel, sie wandte sich ab, musterte das Feenbild an der Wand gegenüber, doch sie lauschte erwartungsvoll. Als Annika fortfuhr, blickte sie widerstrebend zurück in ihre Richtung.

Annika sprach kauend, eine winzige Spur schokoladegetränkten Speichels rann ihren Mundwinkel hinunter. »Alles kaputt gemacht hat sie und Mama damit ins Grab gebracht.« Sie wischte sich den Mund mit dem Ärmel ihres Jogginganzugs ab. »Sie hat schlimme Dinge über Papa erzählt. Er wäre nachts in ihr Zimmer gekommen, als sie noch klein war, und hätte sie angefasst. Und bei mir hätte er das auch gemacht. So ein Quatsch. Das müsste ich ja wohl wissen!« Die letzten Worte stieß sie zwischen den Zähnen hervor.

»Sie hat behauptet, ihr Vater hätte sie missbraucht?«

»Dumme Ziege! Wollte sich wichtig tun. Natürlich hat sie erst den Mund aufgemacht, als Papa längst tot war. Vorher hätte sie das nicht gewagt. Auf keinen Fall. Papa hätte ihr was anderes erzählt!«

»Und das war alles erfunden?«

Klar. Carina hat schon als kleines Mädchen immer Lügengeschichten erzählt. Von wegen, sie sei adoptiert worden, und ihre wirklichen Eltern seien sehr reich und würden sie eines Tages holen kommen. War 'ne miese, intrigante Ziege. Wahrscheinlich wurde sie nicht damit fertig, dass ich Papas Liebling war. Ich war halt die Erstgeborene. Mich hat er immer mitgenommen. Zum Angeln. Oder wenn er mit dem Boot unterwegs war.«

»Das ist alles sehr furchtbar.« Katrin wusste nicht, was sie sagen sollte. Die große, dicke Frau kam ihr vor wie ein eifersüchtiges, bockiges Kind. Nicht das erste, das ihr in den letzten Tagen begegnet war.

Annika rollte das Papier von dem Schokoriegel zu einer Kugel. »Das ist noch nicht alles. Carina ist mit der Geschichte zu Mama gelaufen. Hat ihr vorgehalten, dass sie ihr nicht geholfen hat. Mama war schockiert. Sie habe doch nichts gewusst. Carina hat sie angeschrien, wie blöd man sein müsse, so was nicht zu merken. Sie hat gebrüllt und gebrüllt, und Mama hat gekreischt und geschluchzt und sich die Ohren zugehalten. Es war furchtbar.« Annika angelte ein weiteres Bonbon aus der Schale. Ihre Finger zitterten. »Ich habe Carina rausgeschmissen, ich hab ihr gesagt, sie soll abhauen und sich nie wieder blicken lassen. Seit dem Tag habe ich sie nicht mehr gesehen. Mama ist knapp zwei Jahre später gestorben. Krebs. Das haben die Ärzte gesagt. Aber ich weiß, dass es der Kummer war, den Carina ihr bereitet hat. Miststück.« Annika sammelte die Papiere ein, die auf dem Tisch lagen. Sie wuchtete ihren gewaltigen Körper aus dem Sofa und verschwand durch die Tür. Kurz darauf kehrte sie schnaufend zurück.

»Möchten Sie nicht doch etwas?« Sie deutete auf die Schale auf dem Tisch.

»Nein, danke.«

Annika ging in die Ecke des Zimmers. Dort stand ein Schaukelstuhl, auf dem mehrere Puppen saßen. Auch sie hatten Flügel. Sie nahm eine davon auf den Arm. Sie war aus abgewetztem Stoff, die Knopfaugen blickten ausdruckslos ins Leere, und die Flügel hingen schlaff von den Schultern. »Gucken Sie mal. Das ist mein Liebling. Ist sie nicht wunderschön? Die hat Papa mir geschenkt.« Sie strahlte.

»Ja. Sehr schön.« Katrin stand ebenfalls auf. Sie atmete schwer. Etwas saß in ihrem Hals. Sie brauchte dringend Luft. »Ich muss jetzt gehen.«

Annika nickte und strich der Feenpuppe über das Haar. »Ja, gehen Sie nur. War nett, dass sie mich besucht haben. Sie können gern mal wiederkommen. Aber dann müssen Sie was essen.«

Sie hielt die Puppe im Arm, während sie Katrin zur Tür brachte.

11

Die Sonne warf zaghaft ein paar wärmende Strahlen auf die kleine Schar Menschen, die sich um das Grab versammelt hatte. Nacheinander wurden die beiden Särge in das dunkle Loch hinabgelassen, erst Elisabeth Kassnitz, dann ihr Mann.

Roberta Wickert stand etwas abseits, den kleinen Strauß Blumen in der Hand, den Johanna zusammen mit ihr gekauft hatte. Ihre Tochter hatte die feste Absicht gehabt, mit zu der Beerdigung ihrer ehemaligen Erzieherin zu gehen, und Roberta hatte sie nur mit Mühe davon abhalten können. Sie freute sich, dass Johanna das Schicksal der Frau nicht gleichgültig war, doch sie hielt es für klüger, wenn sie nicht mehr Details erfuhr als unbedingt nötig. Sie selbst hatte ihrer Tochter nur erzählt, dass jemand Elisabeth Kassnitz getötet hatte. Ein paar schaurige Einzelheiten hatte Johanna am nächsten Tag in der Schule aufgeschnappt. Dieses Wissen musste nicht weiter vertieft werden. Die Neunjährige war auch so schon verstört genug.

Zwei Männer in dunklen Mänteln standen ebenfalls in einiger Entfernung und beobachteten das Geschehen. Zuerst hatte Roberta sie für Reporter gehalten, aber die beiden standen einfach nur reglos da. Sicherlich waren es Polizeibeamte. Sie hatte davon gehört, dass es Täter gab, die bei der Beerdigung ihrer Opfer auftauchten. Vielleicht hielten die beiden nach Verdächtigen Ausschau.

Ein winziger Schauder lief Roberta den Rücken hinunter. Sie musste an Katrin denken. Daran, wie knapp ihre Freundin erst vor wenigen Wochen einem Schicksal wie dem von Elisabeth Kassnitz entgangen war.

Ein korpulenter Mann näherte sich mit großen Schritten. Er hielt einen Strauß roter Rosen in der Hand und marschierte schnurstracks auf das offene Grab zu. Es dauerte einen Moment, bis Roberta ihn erkannte. Peter Hofleitner, Elisabeths ehemaliger Lebensgefährte. Rüde drängte er sich zwischen den Trauergästen hindurch, bis er ganz dicht am Grab stand.

»Was wollen Sie hier?!«, schrie eine Frau. »Machen Sie, dass Sie wegkommen!«

Hofleitner ließ sich nicht beirren. Er stand vor dem Grab, die Beine leicht gespreizt, und starrte hinunter auf die beiden Särge.

»Hey, ich habe gesagt, Sie sollen verschwinden!« Die Frau zerrte an seinem Ärmel.

In die beiden Polizeibeamten kam Bewegung. Langsam näherten sie sich. Roberta sah, wie sie ein paar kurze Worte wechselten. Die Frau hatte angefangen, hysterisch zu schluchzen. Ein junger Mann führte sie weg. Der Priester redete auf Hofleitner ein, doch der schien das Chaos um sich herum gar nicht wahrzunehmen. Die Trauernden begannen, leise zu tuscheln. Das war doch der Exfreund von der Elisabeth Kassnitz! Hatte die Polizei den nicht verhaftet? Was hatte der hier bei der Beerdigung zu suchen? Wie konnte man nur so pietätlos sein!

Roberta ging etwas näher heran. Die Polizisten waren jetzt bei Hofleitner. Sie hörte, wie einer der Beamten ihn ansprach. »Kommen Sie bitte mit.« Er tippte dem massigen Mann auf die Schulter. Hofleitner fuhr herum. Sein Gesicht war vor Wut verzerrt. In seinen Augen standen Tränen. »Sie war meine Frau«, schrie er den Beamten an. »Meine Frau, verstehen Sie? Ich kann hier so lange stehen, wie ich will.« Er stieß den Polizisten weg und wandte sich wieder dem Grab zu. Die Frau schluchzte immer noch. »Erwin! So tu doch etwas«, rief sie dem Mann zu, der ein wenig hilflos neben ihr stand. »Sorg dafür, dass dieses Monstrum verschwindet!«

Der Polizist fasste Hofleitner am Arm, hielt jedoch erschrocken inne, als er erneut unsanft weggestoßen wurde. Das Gemurmel unter den Trauergästen schwoll weiter an. Jemand verlangte, man müsse die Polizei rufen, woraufhin ihm ein anderer zuflüsterte, die sei doch bereits da. Schließlich warf Hofleitner die Blumen in das Grab. Im gleichen Augenblick nahmen die beiden Beamten ihn entschlossen zwischen sich und führten ihn weg. Diesmal wehrte er sich nicht.

*

»Ist Ihr Sohn zu Hause? Ich würde ihn gern sprechen?« Katrin lächelte Frau Spielmann an.

»Was wollen Sie denn von dem Jan?« Frau Spielmann musterte Katrin misstrauisch von oben bis unten. Sie hatte kurz geschnittene Haare, deren rote Färbung etwa einen Zentimeter zum Scheitel hin in eine Mischung aus Grau und Dunkelblond überging. Ihre Augen waren dunkel geschminkt. Die geblümte Bluse saß recht straff und betonte ihre üppige Oberweite.

Eine Stimme dröhnte aus dem Haus. »Was is'n los? Hat der Bursche schon wieder was ausgefressen?« Ein Mann erschien im Flur. Das Hemd hing aus der Jeans, und die Krawatte baumelte schlaff vor seiner Brust. Seine Haare waren ebenso kurz wie die Stoppeln auf seinem Kinn.

»Nein, nein«, rief Katrin. Sie war wirklich eine blöde Kuh. Das Letzte, was sie wollte, war, dass der Junge ihretwegen Ärger bekam. »Im Gegenteil, er hat mir geholfen.« Sie überlegte fieberhaft. »Gestern, mit meinen Einkäufen. Ich wollte mich bedanken.«

Der Mann zog skeptisch die Augenbrauen hoch. »Wie kommt mein Sohn dazu, Ihnen beim Einkaufen zu helfen? Sind Sie hier aus der Gegend? Ich kenne Sie gar nicht.«

Frau Spielmann stand neben ihrem Mann und drehte eine Haarsträhne über dem Ohr um ihren Zeigefinger. »Der Jan ist noch in der Schule. Er kommt erst um Viertel nach zwei.«

»Das geht die Frau gar nichts an, Petra. Wer weiß, was das für eine ist.« Er schob seine Frau zur Seite und fixierte Katrin. »Lassen Sie uns in Ruhe! Und unseren Sohn auch. Der soll sich nicht von Fremden anquatschen lassen. Wie oft habe ich dem das schon eingebläut?! Na warte, der soll mir mal nach Hause kommen!«

Katrin schluckte. »Es ist nicht so, wie Sie denken«, begann sie, doch der Mann fiel ihr ins Wort.

»Verschwinden Sie! Halten Sie sich aus unserem Leben raus. Wir wollen nichts mit Ihnen zu tun haben.« Er knallte die Tür zu, und Katrin trottete den schmalen, mit Steinplatten ausgelegten Weg zur Straße zurück. Was hatte sie dem armen Jungen da nur eingebrockt!

Sie schlenderte gemächlich die Straße hinunter und bog dann in den Fußweg. Es war kurz nach zwei. Sie würde warten und Jan abfangen. Das war das Beste. Fröstelnd blieb sie auf dem Spielplatz stehen, der genau auf halber Strecke zur Silcherstraße lag. Hoffentlich nahm Jan immer diesen Weg! Ein hauchfeiner Nieselregen hatte eingesetzt und legte sich wie ein feuchter Schleier auf ihr Gesicht. Katrin musterte die wenigen Spielgeräte, ein Klettergerüst in Form einer Raupe, eine Rutschbahn und eine einsame Schaukel. Unwillkürlich musste sie an jenen anderen Spielplatz denken, wo sie vor drei Tagen den Toten gefunden hatte. Eine Frau tauchte auf und musterte Katrin misstrauisch, während sie an ihr vorbeiging. Dreimal blickte sie sich mit unverhohlener Neugier um, bevor sie um die Ecke bog. Nachdem die Frau verschwunden war, tauchten ein paar Schulkinder auf. Jan war nicht dabei. Der Nieselregen wurde stärker, langsam sickerte er in Katrins Jacke. Endlich sah sie Jan den Weg entlangtrotten. Er zuckte zusammen, als er Katrin sah.

»Hallo, Jan.«

Er ging langsam weiter, scheinbar in den Anblick seiner Schuhe vertieft.

»Jan, ich muss mit dir sprechen, es geht um Flips. Oder möchtest du, dass ich erst mit deinen Eltern rede?« Katrin hasste sich selbst für diese kaum versteckte Drohung, aber irgendwie musste sie den Jungen davon abhalten, wieder vor ihr wegzurennen.

Jan blieb abrupt stehen. Er starrte sie an. Unter seinen Sommersprossen war die Haut ganz bleich.

Katrin sprach schnell weiter. »Du weißt, wo Flips ist. Hab ich recht?«

Jan reckte das Kinn vor. »Ich hab ihn nicht geklaut, ich hab ihn gefunden. Gerettet.« Trotzig sah er Katrin an. »Die hat sich doch gar nicht um ihn gekümmert.«

»Wer? Frau Hirschwedder?«

Jan nickte. »Anstatt richtig mit ihm spazieren zu gehen, ist sie immer nur bis zum Gartentor und hat ihn dann ein bisschen hin und her laufen lassen. Das ist doch Tierquälerei.«

»Und das hat sie immer so gemacht? Bist du dir sicher?«

Jan studierte erneut seine Schuhe. »Na ja, nicht immer. Aber sehr oft.«

»Frau Hirschwedder ist eine alte Dame. Sie kann vielleicht nicht mehr bei jedem Wetter mit dem Hund spazieren gehen.«

»Aber ich habe ihn nicht geklaut. Er kam zu mir. Von ganz allein. Dieser blöde Geländewagen hätte ihn beinahe erwischt. Und dann ist er zu mir gerannt. Was sollte ich denn tun?«

»Geländewagen?« Katrins Herzschlag setzte aus. Bisher hatte sie Halverstett nichts von dem Auto erzählt, weil sie den alten Mann, der ihn erwähnt hatte, nicht für besonders glaubwürdig hielt. Wer weiß, was der sich in seinem Wahn zusammengesponnen hatte. Aber wenn der Junge den Wagen auch gesehen hatte …

Jan schabte mit dem Fuß über die vom Regen aufgeweichte Erde. »Ich hatte doch Stubenarrest. Ich war den ganzen Nachmittag auf meinem Zimmer. Abends konnte ich nicht einschlafen. Also bin ich noch mal raus. Über das Garagendach. Das geht ganz einfach.« Er stockte. »Erzählen Sie das meinem Vater?«

Katrin schüttelte den Kopf. »Warum sollte ich?«

»Gut.« Jan nickte erleichtert. »Also, ich bin raus und ein bisschen rumgelaufen. Muss so gegen elf gewesen sein. Meine Eltern saßen vor dem Fernseher. Es war ja total neblig an dem Abend, deshalb habe ich diesen Wagen selbst erst im letzten Moment gesehen. Er kam die Straße runter. Flips wäre beinahe unter die Räder gekommen. Das Auto hat ihn berührt. Er hat aufgejault, ganz leise, und dann ist er direkt zu mir. Da habe ich ihn mitgenommen. Ich wollte, dass er in Sicherheit ist.«

»Hast du das Kennzeichen von dem Wagen gesehen?«

Jan sah sie überrascht an. »Das Kennzeichen? Warum?«

»Nur so. Hast du es gesehen?«

»K-SP 454.«

Katrin schnappte nach Luft. Der Wagen aus der Altstadt.

»Alles okay?« Jans grüne Augen bohrten sich in ihre.

»Ja, klar.« Katrin räusperte sich. »Du hast aber ein gutes Gedächtnis.«

»Ist doch nicht schwer, sich ein paar Zahlen und Buchstaben zu merken.«

Katrin lächelte. »Das sagst du so.« Ihre Gedanken stolperten übereinander. Sie sollte Halverstett anrufen. Diesmal wirklich. Und zwar so schnell wie möglich. Doch zuerst musste sie die Sache mit dem Hund zu Ende bringen. »Wo ist Flips?«

»Im Gartenschuppen.«

»Dann gehen wir ihn jetzt holen und bringen ihn Frau Hirschwedder.«

Jan senkte den Kopf. »Muss das sein?«

»Jan, der Hund gehört dir nicht. Außerdem kannst du ihn gar nicht draußen herumlaufen lassen. Er ist den ganzen Tag in dem Schuppen eingesperrt. So hat er es doch nicht besser als bei Frau Hirschwedder, oder?« Sie sah, dass seine Augen feucht schimmerten. »Vielleicht lässt sich ja eine Lösung finden«, begann sie. »Wenn Frau Hirschwedder Flips nicht mehr so oft ausführen kann, dann freut sie sich bestimmt über Hilfe. Du könntest hin und wieder mit ihm spazieren gehen, was meinst du?«

Jan strahlte. »Au ja.«

In dem Augenblick hörten sie jemanden rufen. »Jan. Jan, was machst du da? Du sollst doch nicht rumtrödeln! Das Essen ist fertig.«

Jan fuhr erschrocken herum. Dort, wo der Weg in die Flotowstraße mündete, stand seine Mutter. Wütend starrte sie Katrin an.

»Entschuldigung. Es war meine Schuld.« Katrin zwinkerte Jan zu. »Heute Nachmittag um fünf, hast du dann Zeit?«

Jan nickte.

»Kannst du mit dem Hund zu Frau Hirschwedder kommen?«

»Sind Sie auch da?«

»Natürlich. Keine Sorge. Sie wird dir nicht böse sein. Sie wird sich viel zu sehr darüber freuen, dass Flips wieder da ist.«

»Jan!« Die Stimme wurde schriller.

»Ich muss«, zischte der Junge. »Wir sehen uns heute Nachmittag.« Er stürmte davon. Katrin hoffte, dass er nicht allzu viel Ärger mit seinem Vater bekommen würde.

*

Als Kriminalhauptkommissar Klaus Halverstett die Wagentür hinter sich zuknallte, war er einfach nur müde. Er wollte sich ins Wohnzimmer setzen, ein Glas Wein trinken und aus dem Fenster durch den Garten hinab auf die Hügel über dem Neandertal blicken, wo er als Junge gespielt hatte. Keine Morde, keine entstellten Leichen, mitten aus dem Leben gerissene Existenzen, Stunden zuvor noch voller Träume, Pläne und Erinnerungen, Menschen, die er nur noch als leblose Körper kennenlernte. Für heute hatte er genug.

Im Flur stolperte er über einen Gegenstand. Er schlug mit dem Knie dagegen und wäre beinahe zu Boden gestürzt. Ein Koffer.

»Veronika?«

»Ich bin oben.«

Halverstett rieb sich sein schmerzendes Knie. »Was ist los? Verreist du?«

Veronika Halverstett erschien am Treppenabsatz. »Ich habe dir dreimal davon erzählt. Ich fahre nach Berlin. Meine Freundin eröffnet dort eine Galerie. Vielleicht stelle ich demnächst auch mal dort aus. Berlin. Verstehst du? Nein, du verstehst nicht. Du lebst nur für die Toten.« Sie machte kehrt und verschwand im Schlafzimmer.

Halverstett zuckte mit den Achseln. Er erinnerte sich dunkel, dass seine Frau ihm etwas von einer Vernissage erzählt hatte. Er hatte nicht richtig zugehört. Wie so oft. Er hatte versucht, sich für Veronikas Kunst zu interessieren, hatte sie auf Ausstellungen begleitet, war durch Museen hinter ihr hergetrottet. Er hatte sogar sein kleines Arbeitszimmer aufgegeben, damit sie dort ein Atelier einrichten konnte. Doch richtig verstanden hatte er ihre Begeisterung für Farben und Leinwände nie. Er fühlte nichts, wenn er ein Bild betrachtete. Es war für ihn nur ein willkürliches Gemisch aus Farben und Formen. Austauschbar. Ohne Leben.

Er wählte Whisky statt Wein. Die Flasche Glenfiddich stand ganz hinten im Wohnzimmerschrank. Seit Jahren hatte er sie nicht angerührt. Er nippte und starrte aus dem Fenster, beobachtete den Nebel, der in milchigen Schwaden aus dem Tal heraufgekrochen kam. Schon wieder Nebel. Nein. Er wollte nicht daran denken, nicht jetzt.

Er hörte Veronika im oberen Stockwerk Schranktüren zuknallen. Dann schepperten ihre Absätze über das

Laminat. Bedächtig nahm er einen weiteren Schluck und dachte an Maren Lahnstein. Die nüchterne und dennoch nicht gefühllose Selbstverständlichkeit, mit der sie Leichen aufschnitt, Gewebeproben entnahm und ihre Berichte in das Diktiergerät sprach. Und mit der sie seinen Arm gedrückt hatte, gestern Morgen, als er das Gefühl gehabt hatte, die ganze Henkergeschichte würde wie eine Woge über ihm zusammenschlagen und ihn mit sich reißen. Er dachte an Maren Lahnstein und musste lächeln.

12

»Du hast also deinen ersten echten Fall gelöst. Cool.« Roberta räkelte sich auf dem Sofa. Sie griff nach den Salzstangen und fing an zu knabbern. »Wie fühlt sich das an? Eine Arbeit anzufangen und richtig zu Ende zu bringen?«

Katrin verzog das Gesicht. »Na ja. Es ist schon ein gutes Gefühl. Aber verschwundene Haustiere wiederfinden ist nicht gerade mein Traumjob.«

»Es geht ums Fertigwerden.« Roberta fuhr mit dem Finger durch ihre blonden Haare. Sie hatte versucht, sie ein Stück wachsen zu lassen, das Experiment aber vor ein paar Tagen abgebrochen. Die Friseuse hatte sie wieder zu ihrer üblichen Kurzhaarfrisur gestutzt. »Ich arbeite den ganzen Tag, koche Fischstäbchen und Spaghetti, putze Klos und Nasen, wasche, bügle, kaufe ein. Aber fertig werde ich nie. Du hast keine Ahnung, wie frustrierend das manchmal ist.«

Katrin griff nach ihrer Teetasse. »Da hast du natürlich recht. Und ich bin wirklich stolz auf die Lösung, die ich gefunden habe. Frau Hirschwedder ist so froh, dass sie ihren Hund wiederhat, dass sie Jan sogar noch eine Belohnung zugesteckt hat. Außerdem führt er Flips jetzt dreimal die Woche aus.« Sie stellte die Tasse zurück auf den Tisch. »Was mir mehr Sorgen macht, ist diese Feenfrau.«

»Feenfrau?!« Roberta richtete sich auf. In dem Augenblick öffnete sich die Wohnzimmertür. »Mama. Ich hab Durst.« Tommy blickte mit großen Augen von Katrin zu Roberta und wieder zurück. Er hielt einen Teddy unter den Arm geklemmt, und der Schnuller steckte so im Mundwinkel, dass er trotz des Fremdkörpers zwischen den Lippen erstaunlich deutlich sprechen konnte.

»Tommy!« Robertas Blick war zur Uhr geschnellt. »Es ist nach neun. Du solltest längst schlafen.«

»Aber ich habe doch Durst.«

»Du hast ein großes Glas Saft zum Abendbrot getrunken.«

»Ich habe aber immer noch Durst.«

Roberta stand auf. »Einen Schluck Wasser. Und dann gehst du sofort wieder ins Bett.«

Tommy schob den Schnuller in den anderen Mundwinkel. »Saft.«

»Nein, Tommy. Du hast schon die Zähne geputzt. Wenn du wirklich Durst hast, muss Wasser reichen.« Roberta nahm ihn an der Hand. »Ich bin gleich wieder da«, sagte sie zu Katrin.

Die lächelte. »Lass dir Zeit. Gute Nacht, Tommy, schlaf schön.«

»Gute Nacht, Katrin.« Er trottete an der Hand seiner Mutter in die Küche. Katrin hörte gedämpfte Fragmente der Saft-Wasser-Diskussion, kurz darauf Schritte auf der Treppe. Seufzend lehnte sie sich zurück. So süß die Kinder ihrer Freundin auch waren, ihr Kater Rupert war ihr tausendmal lieber. Sie hätte nicht die Nerven, immer wieder solche Auseinandersetzungen auszutragen, und wahrscheinlich hätte Tommy bei ihr längst den Saft bekommen, nur damit sie rasch wieder ihre Ruhe hatte. Roberta kam zurück ins Zimmer. »Dieser Schurke.« Sie ließ sich aufs Sofa fallen und fingerte eine Salzstange aus der Tüte.

»Was hat er getrunken?«

»Wasser natürlich.«

»Ich bewundere dich.«

Roberta zog eine Grimasse. Dann wurde sie ernst. »Was für eine Feenfrau?«

»Die Schwester der Toten, die sie gestern Morgen in der Altstadt gefunden haben.«

»Die geköpft wurde?«

Katrin nickte. Dann erzählte sie Roberta von Silke Scheidt und von Annika Lennard. Von dem rosa Jogginganzug. Den Feen. Und den Schokoriegeln.

»Komische Frau«, murmelte Roberta. »Wie kann man nur seine ganze Wohnung mit Feen bestücken? Wirklich seltsam.«

»Das hatte etwas von einer anderen Welt, verstehst du?«, antwortete Katrin. »Einer Märchenwelt. Fern der grausamen Realität.«

Roberta runzelte die Stirn. »Du meinst, so als wolle sie der Realität entfliehen?«

»Ja, vielleicht.«

»Weil sie die nicht erträgt?«

»Hmm.«

»Heißt das, du glaubst, dass Carina Lennard die Wahrheit gesagt hat, was ihren Vater angeht?«

Katrin nickte. »Wäre doch möglich. Und ihre Schwester will davon nichts wissen. Sie hat sich ihre eigene Welt geschaffen, weil sie an der realen kaputt-gehen würde.«

»Ich weiß nicht. Das sind doch alles Spekulationen. Wir wissen gar nichts über die beiden.«

»Du hast die Frau nicht gesehen. Sonst würdest du verstehen, was ich meine. Irgendetwas will sie nicht an sich heranlassen, so viel ist klar. Ob es die Wahrheit über ihre Kindheit ist oder irgendetwas anderes, kann ich natürlich nicht sagen. Auf jeden Fall fand ich es furchtbar bedrückend in dieser Wohnung. Ich war froh, als ich wieder draußen war. Und gleichzeitig hatte ich das Gefühl, diese Frau im Stich zu lassen. Schon verrückt.«

»Ich finde es traurig, wie viele Menschen im Verborgenen leiden und niemanden haben, der ihnen hilft.« Roberta drehte die Salzstange gedankenverloren zwischen ihren Fingern. »Aber vielleicht ist diese Frau ja auch ganz glücklich, so wie sie lebt.«

»Ich weiß nicht …«

»Aber mit der Ermordung ihrer Schwester hat das nichts zu tun, oder?«

»Wohl kaum. Der Vater ist seit Jahren tot. Die Mutter auch. Die beiden Frauen haben seit einer Ewigkeit nicht mehr miteinander gesprochen. Ich glaube nicht, dass es da einen Zusammenhang gibt. Keinen direkten jedenfalls. Trotzdem ist diese Annika Lennard in gewisser Weise der Schlüssel zu ihrer Schwester. Zu ihrem Charakter. Und wenn ihr Tod keine grausame Willkür war, sondern ein persönliches Motiv dahintersteckt, dann könnte es schon wichtig sein zu wissen, was für ein Mensch Carina war.«

Roberta schenkte Tee nach. »Wir haben es mit vier verschiedenen Opfern zu tun, die sich offenbar nicht kannten und in unterschiedlichen Teilen der Stadt gewohnt haben. Außerdem hat dieser Mann erst ein Ehepaar, dann einen einzelnen Mann und danach eine einzelne Frau umgebracht. Drei hat er erhängt, eine geköpft. Die Opfer sind ein Bankangestellter, eine Erzieherin, ein Polizist und eine Zahnarzthelferin. Wo ist da der Zusammenhang?«

»Da gibt es unendlich viele Möglichkeiten.« Katrin zählte an den Fingern ab. »Erstens: Sie hatten alle das gleiche Hobby, waren im gleichen Segelclub, Naturschutzverein oder so. Dort haben sie gemeinsam etwas getan, das der Mörder für verwerflich hält. Oder das ihm persönlich geschadet hat. Zweitens: Ein Liebesreigen. Elisabeth Kassnitz hatte ein Verhältnis mit dem Polizisten Karl Binder. Und –«

Roberta schnaubte und verzog skeptisch das Gesicht. Doch Katrin ließ sich nicht beirren. »Ich spiele nur die Möglichkeiten durch. Lass mich ausreden. Also, die beiden haben ein Verhältnis, Carina hat derweil was mit Bertram Kassnitz.«

»Und was hat der Mörder damit zu tun?«

»Vielleicht ist er ein fanatischer Moralist. Oder er war in Carina verliebt. Immerhin hat er sich sie für den Schluss aufgehoben.«

»Wenn schon Schluss ist. Was, wenn er nicht aufhört zu morden? Dann passt diese Theorie nicht.«

»Es gibt ja noch mehr Möglichkeiten. Zum Beispiel diese: Die vier Opfer und der Mörder waren ursprünglich Komplizen. Haben gemeinsam etwas durchgezogen, vielleicht einen Versicherungsbetrug oder so. Und dann haben die anderen den Mörder über den Tisch gezogen. Und der sieht rot.«

»Nee, das glaube ich nicht. Da hat niemand einfach rot gesehen, weil er übers Ohr gehauen wurde. Dafür steckt da viel zu viel kühle Berechnung drin. Der Mörder muss das Ganze bis ins Detail akribisch geplant haben. Der war nicht einfach nur wütend. Der hat vier Menschen eiskalt hingerichtet und ist vermutlich fest davon überzeugt, dass sie es auch verdient haben. In seinen Augen müssen die etwas ganz Furchtbares verbrochen haben.«

*

»Ich habe sie heute gesehen.« Benedikt Simons stocherte auf seinem Teller herum. Er hatte keinen Appetit. Eine Schande eigentlich. Vermutlich schmeckte die Pasta hervorragend. Penne mit Pfifferlingen und Käsesoße. Marc hatte in letzter Zeit ein Faible für Haute Cuisine entwickelt und sich inzwischen zu einem recht passablen Koch gemausert. Vor drei Jahren, als Benedikt die kleine Massagepraxis eröffnet hatte, hatte Marc exklusive Häppchen serviert, alle selbst zubereitet. Die Gäste waren begeistert gewesen, und Marc war stolz wie ein Pfau mit seinen Platten umherstolziert. Jetzt sah er irritiert von seinem Teller auf.

»Wen?«

»Jule. Und Natalie.«

»Und? Wie ist es gelaufen?« Marc schaufelte weiter Nudeln in sich hinein, ein Streifen geschmolzener Käse hing an seinem Kinn. Benedikt sah rasch aus dem Fenster. Der Anblick brachte seine Magensäure in Aufruhr.

»Sie kamen aus dem Haus. Natalie hat Jule zum Kindergarten gefahren. Jule hatte den rosa Mantel an, den wir ihr letzten Winter gekauft haben. Den mit der Pelzkapuze. Sie sah so klein und zerbrechlich aus.« Er konnte nicht weitersprechen.

»Heißt das, du hast gar nicht mit ihnen geredet? Wie war es denn? Hat Jule nichts gesagt?«

Benedikt schüttelte den Kopf. »Ich habe sie vom Auto aus beobachtet. Sie haben mich nicht gesehen. Ich wollte nicht, dass Jule sich aufregt.«

»Warum sollte sie sich aufregen, wenn sie ihren Vater sieht? So'n Quatsch.«

»Du weißt doch, dass sie nicht mal am Telefon mit mir reden will.« Benedikt wandte sich vom Fenster ab und sah seinen Bruder an.

»Daran sind deine beschissenen Schwiegereltern schuld. Die haben Jule gegen dich aufgehetzt. Die konnten dich sowieso nie leiden. Ihre kostbare Tochter und der kleine Masseur aus einfachen Verhältnissen. Die haben doch nur auf eine Gelegenheit gewartet, dich fertigzumachen.« Marc kaute erregt.

Benedikt senkte den Kopf. Er wünschte sich, er hätte seinem Bruder nichts erzählt. Der verstand ihn sowieso nicht. Nicht so, wie er gern verstanden worden wäre. Marc brauste immer gleich auf vor Empörung, hielt ihn an zu kämpfen, sich zu wehren. Aber er wollte nicht mehr kämpfen, nicht so wie Marc jedenfalls.

Sein Bruder knallte die Gabel auf den Tisch. »Das ist alles so unfair! Du hast ein Recht, dein Kind zu sehen. Schließlich hast du nichts verbrochen. Alle behandeln dich wie einen Verbrecher. Und das alles, weil diese Schnepfe nicht bei dir landen konnte. Aber wart's nur ab. Das wird sich alles regeln. Die wird schon sehen, was sie davon hat!« Er beugte sich vor und klatschte seine Hand auf Benedikts Schulter. »Lass nicht den Kopf hängen. In ein paar Jahren lachst du darüber.«

Benedikt lächelte schwach. Er glaubte nicht, dass er je wieder lachen, dass sein Leben je wieder gut werden würde. Zu viel war geschehen, das nicht mehr rückgängig zu machen war. Sein Bruder meinte es gut, das wusste er, doch er hatte keine Ahnung, wie dreckig es ihm wirklich ging. Er begriff nicht. Niemand begriff. Und deshalb gab es auch nur eine einzige Lösung für sein Problem.

*

Kriminalhauptkommissar Klaus Halverstett stellte den Kaffeebecher auf der Fensterbank ab. Es war Samstagmorgen, kurz nach neun. Er hatte Glück gehabt. Obwohl die Nacht neblig gewesen war, hatte der Mörder nicht zugeschlagen, kein Anruf hatte ihn mitten in der Nacht aus dem Bett gejagt, nirgendwo wartete ein grausam zugerichteter Mensch darauf, dass er und seine Kollegen das Rätsel um seinen zu frühen Tod aufklärten. Noch nicht. Denn es bestand schließlich auch die Möglichkeit, dass irgendwo eine Leiche lag, die bisher niemand gefunden hatte. Halverstett hatte Streifenwagen an die Orte geschickt, an denen es weitere Morde geben könnte. Zu den Richtplätzen, die der Täter noch nicht benutzt hatte. Die Haftanstalt Ulmer Höh. Der Wittlaerer Galgenwerth. Der Spichernplatz. Doch was die älteren Richtplätze anging, waren die Ortsangaben dürftig. Das Stadtbild hatte sich zu sehr verändert. Man wusste nur ungefähr, wo sie sich befunden hatten. Das machte die Sache nicht gerade leichter.

Halverstett griff nach dem Becher. Bis jetzt war sein Telefon stumm geblieben. Aber er spürte, dass heute noch etwas passieren würde. Er trank den restlichen Kaffee und beobachtete, wie ein zerbeulter Opel vor die Schranke am Parkplatz rollte, scharf abbremste und dann zurücksetzte. Der Fahrer schien einen Augenblick zu zögern, dann gab er Gas, und der Wagen verschwand aus Halverstetts Blickfeld. Der wandte sich ab, setzte sich an seinen Schreibtisch und dachte an Veronika. Er hätte ihr gern eine schöne Zeit in Berlin gewünscht, ihr gesagt, dass er ihre Leidenschaft für die Kunst sehr wohl respektiere, auch wenn er nichts damit anfangen konnte. Doch als sie sich gestern Abend von ihm verabschiedet hatte, waren ihm die Worte im Hals stecken geblieben. Er hatte sich einen zweiten Whisky eingegossen und von einem Urlaub auf den Malediven geträumt. Oder in Australien. Irgendwo weit weg, wo jetzt Sommer war, die Sonne einem ein Lächeln aufs Gesicht zauberte und der im Nebel mordende Henker nichts weiter war als eine schemenhafte Erinnerung.

Die Tür wurde aufgerissen.

»Guten Morgen!« Rita Schmitt rauschte ins Zimmer, warf ihre Jacke über die Stuhllehne und machte sich an der Kaffeemaschine zu schaffen.

»Morgen.« Halverstett drückte den Plastikbecher mit der Hand zusammen und versenkte ihn im Müll. Er hatte für zehn Uhr die erste Besprechung des Tages der MK

Henker angesetzt. Es wurde Zeit, dass er sich auf seine Arbeit konzentrierte.

Rita war offenbar schon hellwach und voller Tatendrang. »Keine Hiobsbotschaften heute Morgen, so wie es aussieht?« Sie zählte Kaffeelöffel ab. Zu wenige für Halverstetts Geschmack. Die dünne Plörre würde mal wieder nach gar nichts schmecken.

»Nein. Bisher nicht. Alles ruhig so weit. Zu ruhig, wenn du mich fragst. Wir treten auf der Stelle, obwohl wir so viele Ermittlungsansätze haben. Was ist eigentlich mit Carina Lennards letzten Stunden? Haben wir die inzwischen rekonstruieren können?«

»Noch nicht. Sie ist wohl am Mittwoch ganz normal von der Arbeit nach Hause gegangen. Danach verliert sich ihre Spur. Vielleicht ist sie genau wie Bertram und Elisabeth Kassnitz zu Hause überfallen worden. Oder wie Binder unmittelbar vor der Haustür.«

»Als sie Feierabend hatte, war später Nachmittag. Das wäre ein bisschen zu früh gewesen. Da war es noch hell. Ich glaube nicht, dass der Täter so ein Risiko eingegangen ist. Wenn sie vor der Haustür überfallen wurde, dann später. Dann muss sie noch mal weggegangen sein.«

Rita starrte auf die gluckernde Maschine. »Wir haben bei ihren Unterlagen einen Vertrag mit einem Fitnessstudio gefunden. Vielleicht war sie da.«

»Hat das noch niemand nachgeprüft?«

»Wir haben den Vertrag erst gestern Abend gefunden. Du weißt doch selbst, was da für ein Chaos in der Wohnung war. Irgendwer wollte sich gleich heute Morgen drum kümmern.«

Halverstett nickte zerstreut. Carina Lennards Wohnung hatte einen erschreckenden Anblick geboten. Überall hatten sich Stapel mit alten Zeitschriften getürmt, Tüten mit leeren Flaschen die Wände gesäumt, jede Oberfläche, egal ob Tisch, Kommode oder Küchenarbeitsplatte war bis auf den letzten Zentimeter mit Kram bedeckt gewesen. Es war, als hätte diese Frau hinter einem schützenden Wall aus Unrat gelebt. Lediglich der Vogelkäfig war makellos sauber gewesen und beide Näpfe bis zum Rand gefüllt, der eine mit Wasser, der andere mit Körnern.

Sie hatten die Nachbarn befragt, doch keiner von ihnen hatte diese Seite der attraktiven jungen Frau gekannt. Sie galt als zurückhaltend, aber höflich, ordentlich und zuverlässig. Jedoch hatte niemand je ihre Wohnung betreten.

»Aber dafür war ich gestern noch mal bei der Schwester.« Rita lächelte triumphierend, während sie sich Kaffee eingoss. »Auch einen?« Sie hielt Halverstett die Kanne hin. Der schüttelte den Kopf.

»Und? Hat sie mit dir geredet?«

»Oh ja. Diesmal war ich nämlich allein. Das hat Wunder gewirkt. Die Frau ist ziemlich neben der Spur. Lebt in ihrer eigenen Welt. War schon richtig, dass wir der Presse nichts von ihr erzählt haben.«

»Und? Was hat sie über ihre Schwester gesagt?«

»Leider nicht sehr viel.« Rita schaufelte Zucker in ihren Kaffee. »Die beiden hatten seit Jahren keinen Kontakt mehr. Irgendein Streit. Es ging wohl um die kranke Mutter, die inzwischen verstorben ist. Ich hab's nicht so genau aus ihr rausgekriegt.«

Halverstett starrte auf Ritas Tasse. »Also weiß sie nicht, wen ihre Schwester kannte oder was sie am Mittwochabend gemacht haben könnte?«

Rita schüttelte den Kopf. »Sie wusste nicht einmal Carinas Adresse.« Sie nahm einen Schluck Kaffee und schnappte sich dann eine Mappe vom Schreibtisch. »Ich gehe schon mal in den Besprechungsraum.« Sie blickte auf ihre Uhr. »Kommst du gleich nach?«

Er nickte, und sie verschwand. Sie war noch keine drei Minuten weg, als es klopfte.

»Ja?«

Ein Mann um die dreißig schob sich zur Tür herein. Er trug das lange Haar zu einem Pferdeschwanz zusammengebunden, und seine Jeans hatte mehrere Risse am rechten Oberschenkel. Halverstett war sich nicht sicher, ob sie alt und verschlissen war oder neu und ein Vermögen wert. Bei der heutigen Mode war alles möglich. Das Hemd war jedenfalls sehr elegant und saß perfekt. Der Mann streckte die Hand aus. »Thomas Willman. Doktor Thomas Willman. Sind Sie Hauptkommissar Halverstett?«

Halverstett nickte. »Was kann ich für Sie tun?«

»Es geht um diesen Henker. Das heißt, eigentlich nicht. Oder nur vielleicht.«

»Immer der Reihe nach.« Halverstett deutete auf einen Stuhl. »Setzen Sie sich doch.«

Der Mann ließ sich nieder. »Also, das Ganze ist mir etwas unangenehm«, fing er an.

»Erzählen Sie einfach.« Halverstett war froh über die Ablenkung. Noch nie in seinem Leben hatten private Sorgen seine Arbeit überschattet. Wenn er im Dienst gewesen war, dann immer hundertprozentig. Dann war er einfach nur Polizist gewesen, und zwar ein verdammt guter. Genauso hatte er immer versucht, die Arbeit hinter sich zu lassen, wenn er sein Haus in Gruiten betrat. Und meistens war es ihm gelungen. Doch diesmal war alles anders. Und das lag nicht nur daran, dass Maren Lahnstein zugleich mit seiner Arbeit zu tun hatte und sein Privatleben durcheinanderwirbelte. Zum ersten Mal seit dreißig Jahren war er nicht mehr sicher, wie der Rest seines Lebens verlaufen würde. Plötzlich gab es Leerstellen. Neue Möglichkeiten. Und er hatte noch nicht entschieden, ob diese Ungewissheit eine riesige Chance oder die größte Katastrophe seines Lebens war.

Der Mann, der ihm jetzt auf dem Stuhl gegenübersaß, war vermutlich einer der unendlich vielen vermeintlichen Zeugen, die glaubten, etwas Wichtiges zu wissen, was sich aber dann als völlig bedeutungslos für den Fall herausstellte. Trotzdem musste er angehört werden. Wie die zweihundertsechsundachtzig anderen, die sie bisher befragt hatten. Zu den Zeugen gesellten sich die übrigen Spuren. Inzwischen gab es knapp tausend. Eine Heidenarbeit, die alle auszuwerten.

Thomas Willman begann zögernd zu erzählen. Immer wieder stockte er zwischendurch, suchte nach den richtigen Worten. »Also, ich bin Arzt. Notarzt. Vor etwa zwei Wochen, genauer gesagt, Donnerstag vor zwei Wochen hatte ich einen Einsatz in Kaiserswerth. Abends. Kurz nach dreiundzwanzig Uhr. Ein alter Mann sei auf der Straße aufgefunden worden. Offenbar bewusstlos. Als wir mit dem Notarztwagen eintrafen, war schon ein

Rettungswagen da. Der Sanitäter hatte den Mann bereits untersucht. Er war tot. Ich sah ihn mir gleich an und entdeckte, dass er schon länger tot sein musste. Er hatte Leichenflecke am Rücken, und die Totenstarre hatte bereits eingesetzt. Er lag an einer Straßenkreuzung auf dem Bürgersteig. Ich untersuchte ihn, so gut es ging bei dem schlechten Licht und dem Nebel –«

»Es war neblig?«, unterbrach Halverstett.

»Ja, ziemlich. Man konnte keine zwanzig Meter weit sehen.«

»Gut. Erzählen Sie weiter.«

»Also, ich untersuchte den Mann, fand aber nichts außer zwei Kopfverletzungen, eine am Hinterkopf – etwa hier –« Er deutete mit dem Zeigefinger auf die Stelle, wo das Gummiband seine Haare zusammenhielt, »– und eine an der Stirn, links, knapp über der Augenbraue. Inzwischen war auch die Polizei eingetroffen. Ich füllte den Totenschein aus und kreuzte bei der Todesursache ›ungeklärt‹ an.« Willman fuhr mit den Fingern über die Knopfleiste seines Hemdes. »Und dann fing der Ärger an.«

»Ärger?«

»Ja. Also ich gebe dem einen Beamten den Totenschein, und der guckt auf das Kreuz und sagt: ›Das meinen Sie doch wohl nicht ernst?‹ Ich sage: ›Natürlich meine ich das ernst.‹ Und da ist der völlig ausgetickt. Ich solle mich nicht so wichtig tun. Es sei doch wohl sonnenklar, was hier passiert sei. Alter Mann, Herzversagen, Tod. Die Verletzung am Kopf komme eindeutig von dem Sturz. Ob ich wüsste, wie viel Arbeit ich ihm damit aufhalse.«

Halverstett hatte sich vorgebeugt. Die Empörung hatte ihm vorübergehend die Sprache verschlagen. Er wusste, dass es unter den Kollegen schwarze Schafe gab, die sich gern um die Arbeit drückten. Die es für überflüssig hielten, bei einem alten Mann, der auf der Straße gestürzt war, mit viel Aufwand die Todesermittlungsmaschinerie anlaufen zu lassen. Aber persönlich war ihm noch nie ein solcher Fall untergekommen. Das lag ja auch nahe, denn er wurde nur benachrichtigt, wenn die Polizisten vor Ort korrekt vorgingen. »Wie hieß der Beamte?«, fragte er scharf.

»Weiß ich nicht mehr.« Willman fuhr wieder über die Knopfleiste. »Jedenfalls hat er mir keine Ruhe gelassen. Ich habe mir den Mann dann noch mal angesehen. Keine Spuren von Gewalteinwirkung. Bis auf die zwei Kopfverletzungen. Die waren auch nicht sehr tief. Als Todesursache kamen die nicht in Frage. Da hatte der Polizist recht. Es kam mir zwar etwas komisch vor, dass die eine am Hinterkopf und die andere auf der Stirn war, aber ich habe dann nachgegeben. Ich bin noch nicht so lange dabei, wissen Sie. Ich wollte mir keinen Ärger aufhalsen. Ich dachte, wenn der Mann meinetwegen obduziert wird und es war doch ein natürlicher Tod, dann bin ich blamiert.«

Halverstett war aufgestanden. »Ist Ihnen das schon mal passiert?«

Der Mann schüttelte den Kopf. »Nein. Aber ich habe davon gehört. Kollegen habe mir erzählt, dass so was vorkommt.«

»Und warum kommen Sie damit zu mir?«

Der Arzt sah Halverstett an. »Na, wegen des Steins. Ich habe davon in der Zeitung gelesen.«

»Wegen des Steins?«

»Es stand doch in der Zeitung, dass alle Morde dieses Henkers an ehemaligen Richtplätzen stattgefunden hätten. Und der Mann lag an der Kreuzung Alte Landstraße – Zeppenheimer Weg. Da steht doch der alte Blutgerichtsstein.«

*

Der Mann von der Kriminaltechnik reichte ihr die Tüte.

»Haben sie Ihnen was genützt?«, fragte Katrin. Der Polizist war ihr unsympathisch. Er trug seine schwarzen Haare mit Gel zurückgekämmt, und als sie ihn angesprochen hatte, hatte er ihr auf diese siegessichere Art zugezwinkert, die sie partout nicht leiden konnte.

»Das kann man so oder so sehen. Kommt drauf an. Näheres darf ich Ihnen nicht verraten.« Er fuhr sich durch die gegelten Haare. »Tatverdächtig sind Sie jedenfalls nicht.« Er grinste anzüglich. »Zumindest nicht, was diese Morde angeht.«

Katrin übersah sein Grinsen und blickte sich suchend um. »Ich hätte noch gern mit Herrn Halverstett gesprochen. Ist er heute im Präsidium?«

»Der ist unterwegs, soviel ich weiß. Aber Sie können ja mit einem der Kollegen reden.« Er öffnete die Tür und ging voran. »Mal sehen, wer da ist.« Am Ende des Flurs stießen sie auf ein Büro, dessen Tür aufstand.

Eine junge Frau saß an einem Schreibtisch und blätterte in einer Akte. Der Mann sprach sie an: »Na, Ruth, heute ganz allein?«

Die Frau blickte auf. Sie hatte kleine, dunkle Augen und schulterlanges braunes Haar. »Die anderen haben offenbar alle etwas Wichtigeres zu tun. Halverstett hat irgendeine neue Spur. Aber jemand muss sich ja um die hier kümmern.« Sie tippte auf die Akte.

»Du Ärmste. Komm doch nachher auf einen Kaffee rüber.«

»Werd's mir überlegen.« Ihr Blick blieb an Katrin hängen. »Kennen wir uns nicht? Ich meine, ich hätte Sie schon gesehen. Aber zu uns gehören Sie nicht, oder?«

Bevor Katrin etwas erwidern konnte, sprach der Polizeibeamte. »Das ist Katrin Sandmann. Sie hat den Toten am Schillerplatz gefunden. Den Kollegen Binder. Sie wollte noch etwas zu ihrer Aussage ergänzen. Könntest du das aufnehmen?«

Katrin sah, wie in den Augen der Polizistin kurz etwas aufflackerte. Sie warf einen Blick auf die Akte auf ihrem Schreibtisch, dann nickte sie. »Okay, kommen Sie rein, Frau Sandmann.« Sie stand auf und reichte Katrin die Hand. Ihr Händedruck war nicht mehr als eine kurze Berührung. »Mein Name ist Wiechert. Setzen Sie sich doch.«

Der Beamte von der Kriminaltechnik hob die Hand zum Abschied. »Vergiss den Kaffee nicht«, erinnerte er Ruth Wiechert. Dann schloss er die Tür hinter sich. Katrin hätte am liebsten eine Grimasse geschnitten, doch sie beherrschte sich.

Die Polizistin nahm wieder Platz. »Kann ich Ihnen etwas anbieten?«

»Nein, danke. Ich wollte nur kurz etwas erzählen. Ich weiß auch gar nicht, ob es wichtig ist. Wenn Herr Halverstett schon eine neue Spur hat, muss er das vielleicht gar nicht mehr wissen.«

»Sagen Sie doch einfach, worum es geht.« Die Frau blickte wieder auf die Akte, und Katrin hatte das Gefühl, unerwünscht zu sein. So knapp wie möglich erzählte sie von dem Geländewagen, den der alte Mann und Jan Spielmann in der Tatnacht am Sonntag gesehen hatten. Sie erwähnte auch, dass sie den gleichen Wagen in der Altstadt nach dem Mord an Carina Lennard aus einem Parkhaus hatte fahren sehen. Ruth Wiechert machte sich auf einem Zettel Notizen. »Aber an dem zweiten Tatort haben Sie den Wagen nicht gesehen?«

»Nein.«

»Und mit dem Kennzeichen sind Sie ganz sicher?«

»Ja. Ich habe es mir aufgeschrieben.«

»Der alte Mann hat das Kennzeichen nicht gesehen?«

»Nein. Aber der Junge.«

»Dieser Jan, ja?«

»Ja.«

»Und wie heißt der alte Mann?«

»Keine Ahnung. Aber er wohnt ganz in der Nähe von dem Ehepaar Kassnitz. Ich könnte Ihnen das Haus zeigen.«

»Wieso haben Sie eigentlich die Anwohner befragt?« Die Polizistin musterte Katrin skeptisch.

»Ich habe einen verschwundenen Hund gesucht.« Katrin hatte die Frage erwartet. Vermutlich hielt diese Frau sie für eine Wichtigtuerin. Sie hätte doch warten sollen, bis Halverstett wieder da war. »Von einer Bekannten. Einer älteren Dame, die ganz in der Nähe wohnt. Da hat sich das so ergeben.«

Ruth Wiechert schrieb etwas auf. »Und? Haben Sie den Hund gefunden?«

Katrin glaubte, ein ironisches Blinzeln in Ruth Wiecherts Augenwinkeln zu sehen, doch sie war sich nicht sicher. Diese Frau war wie eine Front aus Misstrauen und Ablehnung. »Ja, ich habe den Hund gefunden. Werden Sie der Sache mit dem Auto nachgehen?«

»Ja, natürlich. War sonst noch etwas?« Ruth Wiechert klopfte mit dem Stift auf den Tisch.

Katrin dachte an Silke Scheidt und an Carina Lennards merkwürdige Schwester. Aber was gab es da schon zu erzählen? Nichts, was eindeutig mit dem Fall zu tun hatte. Diese Polizistin glaubte ihr schon so kaum. Außerdem war klar, dass sie die lästige Besucherin so schnell wie möglich loswerden wollte. Katrin hätte lieber mit Halverstett geredet. Aber auch der war in letzter Zeit merkwürdig abweisend, verhielt sich anders als sonst.

Resigniert schüttelte sie den Kopf. »Nein, das war's. Nur der Wagen.«

13

»Wie lange brauchst du da oben?« Manfred starrte aus
dem Wagenfenster auf die Häuserfront, so als wüsste
er, hinter welchem Fenster die Frau wohnte, die Katrin
besuchen wollte. Es war Samstagnachmittag. Manfred
hatte Katrin vom Präsidium abgeholt und nach Gerresheim gebracht, wo Silke Scheidt wohnte.

»Kann ich nicht so genau sagen. Vielleicht ist sie ja
gar nicht da. Ich will nur wissen, ob es ihr gut geht. Außerdem habe ich das Gefühl, dass sie etwas weiß. Über
den Mord an ihrer Freundin, meine ich.«

»Okay, ich bin hier vorne bei dem Italiener und warte auf dich. Wenn du kommst, können wir was essen.
Was meinst du?«

»Gute Idee.« Katrin drückte ihm einen Kuss auf die
Wange und schob die Wagentür auf. »Bis später.«

Es dauerte fast vier Minuten, bis Silke Scheidt den
Türöffner betätigte. Katrin stand fröstelnd vor dem Haus
und musterte das Gelände der Glashütte, das von hier
aus zu sehen war. Längst ruhte die Arbeit in dem riesigen, graublauen Ungetüm aus Rohren, Förderbändern
und Schornsteinen, das einmal die zweitgrößte Glashütte der Welt gewesen war. Früher hatten sich entlang
des Zaunes Paletten mit Einmachgläsern und Flaschen
gereiht, zerbrechliche Ware, und doch nicht halb so zer-

brechlich, dachte Katrin, wie die junge Frau, die ihr jetzt die Tür öffnete. Silke sah blass, mager und übernächtigt aus. Katrin verbarg nur mühsam ihren Schrecken. »Ich wollte sehen, wie es Ihnen geht.«

»Nicht so gut.«

»Kann ich reinkommen?«

Silke zögerte. »Ich weiß nicht. Ich möchte eigentlich lieber allein sein.«

»Wie Sie wollen.« Katrin blieb abwartend stehen.

»Also gut. Ein paar Minuten.«

Das Wohnzimmer war immer noch so unerträglich warm, wie Katrin es in Erinnerung hatte. Aber nicht mehr so aufgeräumt. Auf dem Boden lag ein Pizzakarton. Die Pizza darin war kaum angerührt. Benutzte Taschentücher malten ein unregelmäßiges Muster auf den weinroten Teppich. Der Berg aus Kissen und Decken auf der Couch schien noch gewachsen zu sein. Katrin zog die Jacke aus. »Ich war bei Carinas Schwester.«

Silke war unter eine Decke gekrochen. »Und?«

»Eine merkwürdige Frau.«

»Wird sie sich um die Beerdigung und all das kümmern?«

Katrin setzte sich behutsam auf die Kante der Couch. »Ich weiß nicht. Sie schien nicht besonders interessiert am Schicksal ihrer Schwester.«

»Das kann man wohl sagen«, stieß Silke hervor.

»Wie meinen Sie das?«

»Vor einem Jahr, da ging es Carina richtig schlecht. Sie war am Ende. Da hat sie Annika angerufen. Aber die wollte nichts von ihr wissen.«

»Was war denn los?«

Silke wandte das Gesicht ab und starrte aus dem Fenster. »Sie haben die Ermittlungen eingestellt. Obwohl ich ihnen gesagt habe, dass er sie am Telefon bedrängt hat. Nicht genügend Beweise für eine Anklage. Das ist alles so zum Kotzen!« Tränen schimmerten in Silkes Augen. Sie griff nach einem Päckchen Papiertaschentücher und wischte sie mit fahrigen Bewegungen weg. Dann schleuderte sie das zerknüllte Taschentuch auf den Boden. Sie sah Katrin an. »Zu meinem vorletzten Geburtstag schenkte mir eine Kollegin einen Gutschein für eine Massage. Das war so vor anderthalb Jahren. War echt toll. Mit viel Öl, Entspannungsmusik, und der ganze Raum duftete nach irgendwas Exotischem. Der Masseur war ein sehr sympathischer, einfühlsamer Mann. Total nett. Zumindest dachte ich das. Ich ging öfter hin. Kein billiges Vergnügen, aber wunderbar entspannend. Und ich habe Carina davon erzählt. Sie hat es dann auch ausprobiert und war ganz begeistert.« Silke hielt inne und putzte sich die Nase. Sie starrte auf das Taschentuch, während sie fortfuhr. »Irgendwann hat mir Carina erzählt, dass etwas nicht in Ordnung sei. Sie konnte sich manchmal gar nicht mehr an die ganze Massage erinnern. Da waren Gedächtnislücken. Merkwürdige vage Erinnerungen. Und dann haben wir begriffen, was los war. Vor der Massage, wenn man noch warten musste, bis man dran war, gab es immer was zu trinken, Saft, Tee oder Kaffee, was man wollte. Carina erzählte mir, dass ihr danach manchmal ein bisschen schwindelig war. Dieser Kerl muss was reingetan haben, um sie zu betäuben, vermutlich K.-o.-Tropfen. Ich habe mich informiert, die sind geschmack- und geruchlos. Und sie löschen die Erinnerung. Wenn sie dann weggetreten war und nackt vor ihm auf der Liege lag – konnte er mit ihr machen, was er wollte.« Silke presste die Hände vors Gesicht. »Dieses Drecksschwein.«

Katrin schluckte. »Das ist ja grauenvoll. Haben Sie den Masseur nicht angezeigt?«

»Doch. Natürlich. Carina hat sich sogar untersuchen lassen, obwohl es eine furchtbare Tortur für sie war. Ich meine, nach dem, was sie erlebt hat –« Silke warf einen Blick auf Katrin, die ihr mit einer Kopfbewegung zu verstehen gab, dass sie verstand. »Aber die Ärztin konnte nicht mit Sicherheit feststellen, ob Carina vergewaltigt worden war. Wenn, dann ist er sehr vorsichtig vorgegangen. War ja auch nicht schwer, bei einem Opfer, das sich nicht wehren kann. Was auch immer er genau getan hat, Carina war sich sicher, dass er sie nicht nur massiert hat. Die Polizei hat den ganzen Massagesalon auf den Kopf gestellt, aber keine Beweise gefunden. Keine Betäubungsmittel, Drogen oder benutzte Kondome. Der Typ war ziemlich wütend und hat ein paar Mal bei Carina angerufen. Bei mir auch. Mich beschimpft. Bedroht. Ich habe mich nicht einschüchtern lassen. Aber Carina hat es nicht ausgehalten. Sie hat die Anzeige zurückgezogen. Hat gesagt, dass wohl alles ein Irrtum war. Sie war total verunsichert, weil sie sich ja an nichts Konkretes erinnern konnte. Erst war ich stinksauer. Aber später habe ich sie verstanden. Sie konnte diese ständigen Demütigungen einfach nicht ertragen. Dieses Gefühl, wenn einem niemand glaubt. Schließlich hatte sie das alles schon einmal durchgemacht.«

»Und es ist nicht möglich, dass sie sich tatsächlich getäuscht hat?«

Silke schüttelte heftig den Kopf. Dann zuckte sie mit den Schultern. »Ich weiß nicht. Wenn ich es mir genau überlege, wäre es natürlich möglich, dass sie überreagiert hat. Vielleicht sind da irgendwelche alten Ängste hochgekommen, als sie so hilflos und nackt auf der Liege lag. Das Gefühl, ausgeliefert zu sein, irgend so was. Aber ich glaube das nicht. Carina hatte ja Erinnerungen, wenn auch nur ganz vage.« Silkes Stimme wurde leiser. »Als sie mir davon erzählt hat, habe ich es geglaubt«, flüsterte sie.

»Hat dieser Masseur ganz allein gearbeitet, oder hatte er Personal? Vielleicht jemanden, der seine Termine gemacht hat? Eine Putzfrau für den Massagesalon?«

Silke zuckte die Achseln. »Eine Putzfrau hatte er bestimmt, aber die habe ich nicht gesehen. Manchmal war eine junge Frau am Empfang, aber nur vormittags. Hin und wieder war wohl auch ein Mann da, der die Getränke serviert hat. Ich glaube, das war sein Bruder. Dem bin ich aber nie begegnet. Carina hat mir von ihm erzählt.«

»Was ist aus dem Masseur geworden?« Katrin dachte an Benedikt Simons. Seine Trauer darüber, dass er seine Arbeit nicht mehr ausüben konnte. Seine Enttäuschung angesichts der Ungerechtigkeit der Welt. Konnte er …?

»Der Mistkerl musste seinen Salon aufgeben, soviel ich weiß. Ihm ist die Kundschaft ausgeblieben. Immerhin ein kleiner Trost.«

»Wie heißt der Mann?«

Silke starrte Katrin an. »Warum wollen Sie das alles wissen?«, fragte sie abrupt. »Ich habe Ihnen schon viel zu viel erzählt. Ich weiß doch überhaupt nicht, wer Sie sind. Am Ende schreiben Sie für irgendein Klatschblatt, oder dieser Dreckskerl hat Sie zum Spionieren hergeschickt. Gehen Sie jetzt!«

Katrin stand auf. »Ich bin nicht von der Zeitung. Bitte glauben Sie mir. Ich bin einfach so an der Sache interessiert. Ich möchte Ihnen helfen.«

Silke hatte ein weiteres Taschentuch aus dem Päckchen gezogen. Sie wickelte es um ihre Finger, während sie sprach. »Bitte gehen Sie. Ich möchte allein sein.«

»Okay. Ich bin dann jetzt weg. Wenn Sie Hilfe brauchen, können Sie mich jederzeit anrufen.« Katrin fingerte eine Visitenkarte aus ihrer Handtasche und legte sie auf die Armlehne der Couch. »Jederzeit.« Sie zog die Wohnungstür hinter sich zu und schlüpfte in ihre Jacke. Auf dem Weg in die Pizzeria sah sie immer wieder Benedikt Simons' verzweifeltes Gesicht vor sich. Sie versuchte sich vorzustellen, wie dieser Mann eine bewusstlose Frau vergewaltigte, doch der Gedanke erschien ihr absurd.

*

Die Sonne schickte ein paar bleiche Strahlen durch die dünne Wolkendecke, weiße Schwaden tanzten über die Gräber. Die Feuchtigkeit stand wie eine schwere Wand in der Luft. Irgendwo in der Ferne riefen Kirchenglocken zur sonntäglichen Messe. Bis auf eine ältere Dame, die auf dem nassen Boden kniete und altes Laub entfernte, war der Friedhof menschenleer.

Halverstett stand neben Staatsanwalt Fischer, die Hände tief in den Manteltaschen vergraben, und lauschte dem gleichmäßigen Schaben der Schaufeln. Fischer steckte sich bereits die dritte Zigarette an. »Verdammt, verdammt, ich glaub das einfach nicht«, murmelte er immer wieder. »Was machen wir, wenn es doch ein natürlicher Tod war? Die Angehörigen sind vollkommen schockiert. Die machen mir die Hölle heiß. Und wenn es Mord war, dann haben wir die Presse auf dem Hals. Dann werden wir mal wieder als Stümper beschimpft. Bestenfalls. Was für eine Scheiße.«

Halverstett zog es vor, nicht zu antworten. Das Kratzen der Schaufeln war verstummt. Sie waren auf den Sarg gestoßen. Er trat einen Schritt zurück, um den Männern Platz zu machen, die jetzt anfingen, dicke Gurte in das Loch hinabzulassen. Ungeduldig trat er von einem Fuß auf den anderen. Am liebsten hätte er die Arbeiter zu mehr Eile angetrieben, so sehr drängte es ihn danach, einen Blick in den Sarg zu werfen. Er wusste selbst nicht genau, warum. Es war fast so, als müsse er den Toten mit eigenen Augen sehen, um zu begreifen, was der Arzt ihm gestern erzählt hatte. So unwahrscheinlich es auch war, dass dieser Mann tatsächlich ein weiteres Opfer des Henkers war, er musste Gewissheit haben. Er wagte gar nicht, an die Möglichkeiten zu denken, die sich daraus ergaben. Wenn dieser Mann unentdeckt ermordet werden konnte, wie viele weitere Opfer mochte es geben? War der Henker womöglich schon seit Wochen, seit Monaten zugange, ohne dass es jemand gemerkt hatte? Nein. Alle anderen Opfer waren ohne jeden Vertuschungsversuch auf offener Straße hingerichtet worden. Der Täter wollte, dass man sie fand. Dass man die Morde entdeckte. Warum in diesem Fall nicht? War er gestört worden? Hatte er womöglich geplant, den Toten so vor dem Blutgerichtsstein zu drapieren, dass auf den ersten Blick klar gewesen wäre, dass es sich nicht um einen natürlichen Tod handelte? Möglich war es. Er musste mit der Frau sprechen, die den Mann gefunden hatte. Womöglich hatte *sie* den Täter aufgescheucht. Halverstett blickte zu Fischer, der gerade die Zigarette ausdrückte und unter einen Busch schnippte. »So, ich mach mich mal auf den Weg. Sehen wir uns morgen in der Rechtsmedizin?«

Fischer blickte auf die Uhr. »Ich habe einen Termin bei Gericht. Ich weiß noch nicht, ob ich es schaffe. Wann soll er denn obduziert werden?«

»So bald wie möglich. Frau Doktor Lahnstein hält morgen irgendwo einen Vortrag, sie ist nicht in Düsseldorf. Aber die Kollegen kümmern sich drum.«

»Sie wissen ja bestens Bescheid.« Fischer warf Halverstett einen durchdringenden Blick zu.

Der zuckte mit den Schultern. »Gehört zu meinem Job.« Auf keinen Fall hätte er dem Staatsanwalt erzählt, dass er gestern Abend fast zwei Stunden mit der Ärztin telefoniert hatte. Und dass er noch viel mehr von ihr kannte als ihre beruflichen Pläne für den kommenden Montag. Und dass *sie* viel mehr von *ihm* wusste, als Fischer je erfahren würde.

*

»Da! Da ist das Schild, Ehrenfeld. Da musst du raus.«
Katrin dirigierte Manfred durch den Kölner Stadtrand.
Schließlich hatten sie das kleine graue Mietshaus in einer Seitenstraße der Venloer Straße gefunden. Manfred
parkte und machte den Motor aus.

»Was hast du dem Typ denn erzählt?«

Katrin stopfte den Stadtplan ins Handschuhfach.
»Dass es um seinen Wagen geht. Nichts Wichtiges, nur
ein paar Fragen.«

»Und der war gar nicht misstrauisch? Wollte nichts
Näheres wissen?«

»Nö, der klang vollkommen unbedarft.« Sie stieg aus
und blickte auf die Uhr. »Zwei Minuten vor elf. Mann,
sind wir pünktlich.«

Manfred grinste. »Das hättest du mir nicht zugetraut,
was?«

»Dir?! Wenn's nach dir gegangen wäre, säßen wir jetzt
noch am Frühstückstisch.«

»Nicht am Tisch. Im Bett. Es geht nichts über ein
Frühstück im Bett.«

Katrin verdrehte die Augen. »Genau das meine
ich.«

Manfred lachte. Dann ging er auf die Haustür zu
und studierte die Klingelschilder. »Okay, wie heißt der
Mann?«

»Willst du mitkommen?« Katrin runzelte die Stirn.

»Dieser Typ hat womöglich vier Menschen umgelegt.
Glaubst du, da lasse ich dich einfach so allein reinspazieren? Außerdem habe *ich* den Fahrzeughalter ermittelt.«

»Auf Wegen, die du mir nicht verraten willst.«

»Die Kontakte eines Journalisten sind seine Lebens-grundlage.«

»Ich ahnte es. Okay, dann komm meinetwegen mit. Ich glaube allerdings nicht, dass er der Täter ist. Die Polizei hat seit gestern das Kennzeichen, und es sieht ganz so aus, als hätte sich bisher niemand die Arbeit gemacht, ihn auch nur zu befragen. Offenbar ist diese andere Spur, die Halverstett hat, viel interessanter. Womöglich haben sie den Mörder schon längst und halten die Information lediglich zurück, bis sie ganz sicher sind.«

»Möglich wär's. Dann haben wir wenigstens die Gelegenheit, einen netten Kölner kennenzulernen.«

Katrin zog die Augenbrauen hoch und sah ihn von der Seite an, dann drückte sie auf die Klingel neben dem Namenschild ›A. Häckner‹. Der Summton ließ nicht lange auf sich warten. Alex Häckner wohnte im Erdgeschoss. Er erwartete sie in Jeans und schwarzem T-Shirt an der Tür.

»Frau Sandmann? Ich bin der Alex. Ich sehe, Sie haben Verstärkung mitgebracht. Kommen Sie rein.«

Katrin stellte Manfred vor, dann betraten sie die Wohnung. Die Einrichtung sah funkelnagelneu aus, so als sei Alex Häckner erst kürzlich eingezogen. Stahl und schwarze Holzflächen blitzten, die wenigen Gegenstände, die herumlagen, ein Männermagazin und ein Notebook, sahen aus, als seien sie für Werbeaufnahmen mit viel Sorgfalt dorthin drapiert worden. Alex bot ihnen einen Platz auf dem schwarzen Ledersofa an. Er bemerkte Katrins interessierten Blick und lächelte stolz.

»Gefällt Ihnen die Wohnung? Schick, nicht wahr?«

Er setzte sich auf einen Designerstuhl, der so dürre Beine hatte, dass er aussah, als müsse er unter dem Gewicht einer Person sofort zusammenbrechen, und verschränkte die Hände hinter dem Kopf.

»Früher habe ich ja auch in Düsseldorf gewohnt«, erzählte er. »Derendorf, um genau zu sein. Das war *so* grauenvoll da. Ich bin froh, dass ich weg bin. Düsseldorf ist echt nicht mein Ding. Sie müssen sich mal vorstellen, im Bad hatte ich diese grässlichen gelben Kacheln, diese alten schmierigen Dinger, die kennen Sie doch sicher, und wenn einer irgendwo im Haus auf dem Klo war, konnte ich das bis in mein Schlafzimmer hören. Die Hölle, sag ich Ihnen. Und dann die Küche, eine Spüle, die war geradezu vorsintflutlich. Und der Wasserhahn hat getropft, dass es einen wahnsinnig gemacht hat. Nee, Düsseldorf ist echt nicht meine Stadt. Das hier«, er breitete die Arme aus, »das nenne ich 'ne vernünftige Wohnung. Ich bin echt froh, dass ich nach Köln gezogen bin.«

Katrin warf Manfred einen Blick zu. Er zwinkerte ihr zu. Sie lächelte Alex an. »Nun ja, da haben Sie ja echt Glück gehabt. Nun zu dem Auto.«

»Ja, natürlich.« Alex beugte sich vor. »Was ist damit?«

Manfred setzte zum Sprechen an, doch Katrin legte die Hand auf seinen Oberschenkel. »Sie sind öfter in Düsseldorf?«, fragte sie.

Alex schüttelte den Kopf. »Nee, Gott sei Dank nicht.«

»Ach, ich dachte, ich hätte Ihren Wagen am Donnerstag in der Altstadt gesehen. K-SP 454. Das ist doch Ihr Kennzeichen?«

»Klar. Landrover. Toller Wagen.«

»Stimmt, ich fahre auch einen«, mischte Manfred sich ein.

»Sie waren also am Donnerstag nicht in Düsseldorf?«, hakte Katrin nach.

»Gott bewahre.« Alex grinste. »Warum wollen Sie das überhaupt wissen?«

»Ich suche einen Zeugen. Ich bin angefahren worden, als ich mit dem Fahrrad unterwegs war. Der Fahrer ist einfach abgehauen.« Katrin spürte, wie Manfred sie überrascht ansah. Sie drückte seinen Oberschenkel, um ihn zu warnen. Hoffentlich machte er keinen Fehler und ließ ihre Lügengeschichte auffliegen.

Doch Alex schien nichts bemerkt zu haben. »Mit meinem Wagen?«, fragte er. Er schien ehrlich überrascht zu sein.

»Nein. Aber Ihr Wagen kam gleich danach vorbei. Der Fahrer müsste eigentlich was gesehen haben.«

»Ach so.« Alex grinste wieder. »Wie gesagt, ich war nicht in Düsseldorf.«

Katrin setzte an, zu sprechen, doch Alex hob die Hand. »Aber mein Auto war dort. Genauer gesagt, es ist schon seit ein paar Wochen dort. Ich brauche es im Augenblick nicht, ich bin sowieso immer mit dem Firmenwagen unterwegs, und da habe ich den Landrover einem Freund geliehen.«

Katrin und Manfred beugten sich gleichzeitig vor. Alex' Grinsen wurde breiter. »Und jetzt wollten Sie sicher wissen, wie der Freund heißt.«

Katrin nickte stumm.

»Ist ein alter Kumpel von mir, der ein bisschen in Schwierigkeiten steckt. Er heißt Benedikt Simons.«

Katrin krallte ihre Hand in Manfreds Bein. Also doch! Manfred schrie leise auf, doch Alex bekam von alledem nichts mit. Er war aufgestanden, um einen Zettel zu holen und etwas zu notieren. »Hier. Ich habe Ihnen die Telefonnummer aufgeschrieben. Wenn der Benedikt was gesehen hat, hilft er Ihnen bestimmt.« Er reichte Katrin den Zettel. Bevor sie gingen, zeigte Alex ihnen noch die graue Designerküche. »Echt, das ist so ein Unterschied gegenüber Düsseldorf«, erklärte er. »Da liegen Welten zwischen.«

Jetzt konnte Manfred sich das breite Grinsen nicht mehr verkneifen. An der Tür drehte er sich zu Alex um. »Letztens habe ich auch 'ne tolle Küche gesehen. Die war sogar noch eine Klasse besser als Ihre. Und wissen Sie, was das Erstaunliche daran war? Sie befand sich mitten in Düsseldorf, in einer ganz unscheinbaren Wohnung in Bilk. Ist das nicht unglaublich?«

Alex starrte ihn mit offenem Mund an. Bevor Manfred noch mehr sagen konnte, zerrte Katrin ihn schnell aus der Wohnung.

14

»Du musst sofort im Präsidium anrufen.« Manfred steuerte den Wagen auf die Autobahn.

»Ich kann das immer noch nicht glauben. Benedikt Simons ist so – so – ich kann es nicht erklären, aber ich traue ihm das einfach nicht zu.«

»Sei nicht so naiv, Katrin.« Manfred hupte einen Kleinwagen an, der mit neunzig Stundenkilometern auf der linken Spur entlangzockelte. »So was sieht man keinem an. Das müsstest *du* doch wissen.«

»Danke für den Hinweis!« Katrin verschränkte wütend die Arme. »Fehlt nur noch, dass du behauptest, ich sei selbst schuld, dass ich entführt worden bin.«

»So habe ich das nicht gemeint.« Der Kleinwagen räumte die linke Spur, und Manfred gab Gas. »Reg dich nicht so auf.«

»Ich rege mich nicht auf.« Katrin starrte aus dem Seitenfenster. Bäume und Schilder rasten an ihr vorbei. Bis Düsseldorf waren es achtunddreißig Kilometer.

Manfred ignorierte ihre letzte Bemerkung. »Also, rufst du jetzt an?«, drängte er.

»Sofort?«

»Natürlich sofort. Was dachtest du denn?«

»Mein Handy ist verschwunden, schon vergessen?«

»Nimm meins.«

»Von mir aus.« Katrin hob Manfreds Ledertasche auf ihren Schoß und kramte das Handy hervor. Immer noch wütend tippte sie die Nummer des Polizeipräsidiums in die Tasten. Kriminalhauptkommissar Halverstett war nicht zu sprechen, aber die Frau in der Telefonzentrale versprach ihr, sie mit einem anderen Mitarbeiter der MK Henker zu verbinden. Schließlich meldete sich eine Frauenstimme: »Ja, hier Wiechert?«

Katrin schnaubte genervt. Ausgerechnet. »Hier ist Katrin Sandmann. Wir haben gestern miteinander gesprochen.«

»Ach ja. Tag, Frau Sandmann. Was gibt es denn?« Ruth Wiechert hörte sich ebenfalls nicht sehr erfreut an. Katrin erzählte ihr von Benedikt Simons, von dem geliehenen Wagen, von Carinas Freundin Silke Scheidt und von der Anzeige wegen sexueller Nötigung. Ruth Wiechert war nicht überzeugt. »Aber die Anzeige wurde doch zurückgezogen. Und das schon vor einem Jahr, wie Sie sagen. Wieso sollte dieser Simons sich jetzt plötzlich an der Frau rächen wollen?«

»Er hat alles verloren. Musste den Massagesalon dichtmachen. Im Augenblick ist er arbeitslos und lebt bei seinem Bruder.«

»Ich weiß nicht, ob das als Motiv ausreicht. Und was sollten die anderen Opfer damit zu tun haben?«

»Karl Binder hat beim KK 12 gearbeitet. Da werden doch Sexualdelikte bearbeitet. Vermutlich hat er die Anzeige aufgenommen.« Katrin hatte das Gefühl, dass Ruth Wiechert ihr aus Prinzip nicht glauben wollte, egal was sie ihr sagte. »Was das ermordete Ehepaar damit zu tun hat, weiß ich auch nicht, aber da gibt es bestimmt einen Zusammenhang.«

»Also, Frau Sandmann, man hat mir von Ihnen erzählt. Sie halten sich offenbar für klüger als die Polizei.« Katrin schluckte. Daher wehte der Wind. Ruth Wiechert fuhr fort. »Ich halte gar nichts davon, wenn Amateure sich in unsere Arbeit einmischen. Sie haben diesen Wagen gesehen, und jetzt wollen Sie unbedingt, dass er etwas mit den Morden zu tun hat. Sie werden es nicht glauben, Frau Sandmann, aber wir sind für unsere Aufgabe bestens ausgebildet. Natürlich sind wir dankbar für Hinweise aus der Bevölkerung, aber ansonsten machen wir unsere Arbeit am liebsten selbst. Und das aus gutem Grund. Danke für Ihren Anruf und einen schönen Sonntag noch.«

Katrin knallte das Handy in die Tasche.

»Alles okay?« Manfred musterte sie besorgt.

»Nein, nichts ist okay. Könnt ihr mich nicht einfach alle in Ruhe lassen?«

Manfred blickte wieder auf die Straße. »Ganz wie du möchtest.« Zehn Minuten später setzte er Katrin auf der Karolingerstraße ab. »Ich fahre in die Redaktion. Ich weiß noch nicht, wann ich wieder zurück bin. Sollen wir heute Abend was machen? Ins Kino gehen vielleicht?«

»Du glaubst doch nicht wirklich, dass ich heute nach allem, was passiert ist, Lust habe, ins Kino zu gehen!« Katrin knallte die Wagentür zu. Ihr Schädel hämmerte, und ihr Nacken fühlte sich an, als habe jemand Stacheldraht um ihr Rückgrat gewickelt. Sie hatte soeben die Identität eines brutalen Mörders ermittelt, doch niemand außer ihr schien die Sache ernst zu nehmen.

*

»Herr Wollenberg?« Halverstett zückte den Dienstausweis. Der Mann, der ihm die Tür geöffnet hatte, verzog das Gesicht.

»Sind Sie für die Exhumierung meines Vaters verantwortlich?«

Halverstett nickte. »Ich würde gern ein paar Dinge mit Ihnen besprechen.«

Markus Wollenberg zögerte, dann trat er zur Seite. »Das war keine sehr schöne Überraschung am Sonntagmorgen.«

»Tut mir leid, Herr Wollenberg. Wir haben den ganzen Samstag versucht, Sie zu erreichen. Leider duldet die Sache keinen Aufschub.«

Wollenberg ging vor in ein geräumiges, makellos aufgeräumtes Wohnzimmer. »Bitte nehmen Sie Platz.« Er deutete auf das braune Ledersofa, machte es sich im Sessel bequem und lockerte seine Krawatte. Auffordernd blickte er Halverstett an. »Und?«

»Es haben sich Ungereimtheiten ergeben, was das Ableben Ihres Vaters angeht«, begann Halverstett vorsichtig.

»Ungereimtheiten?« Wollenberg schnaubte. »Was soll das heißen? Ich denke, er hatte einen Herzinfarkt.«

»Das ist bedauerlicherweise nicht genau untersucht worden. Der Notarzt und die Beamten vor Ort sind davon ausgegangen, weil es am wahrscheinlichsten war. Ihr Vater ist gestürzt und hat leichte Verletzungen am Kopf davongetragen. Als es passierte, sah alles danach aus, als habe er einen Herzinfarkt oder einen Schlaganfall erlitten und sei infolge dessen gestürzt.«

»Und was hat sich inzwischen geändert?«

»Der Ort, an dem Ihr Vater starb, passt in eine Mordserie. Deshalb müssen wir sichergehen, dass dieser Todesfall nicht auch dazugehört.«

»Der Ort? Sie vermuten, dass mein Vater ermordet wurde, weil er an einer Straßenecke starb? Ich verstehe nicht.«

Halverstett hob beschwichtigend die Hand, als Wollenberg sich vorbeugte. »Ich erkläre es Ihnen. Sie haben vielleicht davon in der Zeitung gelesen. Der Mann wird ›der Henker‹ genannt.«

»Oh, mein Gott.« Wollenberg wurde blass. »Aber das kann doch nicht sein! Mein Vater wurde nicht erhängt.«

»Wir halten es für möglich, dass der Täter gestört wurde. Bisher wissen wir auch noch gar nicht, ob der Tod Ihres Vaters wirklich in die Serie gehört. Vielleicht ist es einfach ein Zufall.«

»Der Blutgerichtsstein«, flüsterte Wollenberg. »Das meinten Sie mit dem Ort.« Es war keine Frage, und Halverstett antwortete nicht. Einen Moment lang schwiegen beide, dann fragte er: »Hatte Ihr Vater irgendwelche Feinde? Menschen, die sich aus irgendeinem Grund an ihm hätten rächen wollen?«

Wollenberg schüttelte den Kopf. »Nein.«

»Er war nicht mehr berufstätig, nehme ich an?«

»Nein, schon lange nicht mehr. Er hatte auch so ein gutes Auskommen. Er besaß mehrere Wohnobjekte.«

»Die Sie jetzt geerbt haben?«

»Was wollen Sie damit sagen!?« Wollenbergs Schultern strafften sich.

»Nichts, bitte beruhigen Sie sich. Ich sammle einfach Informationen. Er hatte also viele Mieter?«

»Ja.«

»Und? Da gab es doch sicher auch mal Ärger. Nörgler. Säumige Zahler.«

»Sicher. Mein Vater hat öfter darüber gestöhnt, wie viel Arbeit diese Häuser machen, wie viel es kostet, alles instand zu halten und wie unverschämt manche Mieter sind. Aber ein konkreter Fall ist mir nicht in Erinnerung.«

»Haben Sie die Unterlagen hier?«

Wollenberg nickte. »Sie glauben doch nicht, dass einer der Mieter meinen Vater umgebracht hat?«

Halverstett zuckte die Achseln. »Ich glaube gar nichts. Ich gehe einfach die Möglichkeiten durch. Deshalb möchte ich Sie bitten, mir die Unterlagen zu geben. Sie bekommen Sie so bald wie möglich wieder.«

Wollenberg stand auf. »Wann erfahre ich, woran mein Vater gestorben ist?«

»Das hängt von verschiedenen Umständen ab. Er wird morgen früh in der Gerichtsmedizin untersucht. Wenn die Todesursache eindeutig ist, bekommen Sie im Laufe des Tages Bescheid.«

Wollenberg verließ den Raum und kam wenige Minuten später zurück. Halverstett nahm die zwei Aktenordner entgegen, die der Mann ihm reichte. »Das sind alle Unterlagen vom letzten und vom laufenden Jahr. Ich brauche sie so schnell wie möglich wieder.«

»Keine Sorge.« Der Kommissar ging auf die Tür zu. Die Klinke in der Hand, drehte er sich noch einmal um.

»Haben Sie eigentlich eine Ahnung, was Ihr Vater in Kaiserswerth wollte?«

Wollenberg schüttelte den Kopf. »Darüber habe ich mich auch schon gewundert. Erst dachte ich, vielleicht hat er jemanden im Krankenhaus besucht. Das liegt ja gleich an der Kreuzung. Aber soviel ich weiß, hat er das nicht getan. Er kannte auch niemanden, der in Kaiserswerth wohnt. Ist ja ein ganzes Stück zu fahren da raus, hier von Düsseltal. Nein, ich habe keine Ahnung, was er dort wollte.«

Als Halverstett vor die Haustür trat, klingelte sein Handy. Es war Rita Schmitt. »Es ist zehn vor vier. Bist du pünktlich zur Besprechung da? Es gibt Neuigkeiten.«

Bevor er nachfragen konnte, hatte sie die Verbindung unterbrochen.

*

»Hallo, Katrin.« Benedikt Simons zog die Tür auf. Sein Hemd war zerknittert, und seine Haare standen wirr vom Kopf ab. Offenbar hatte er geschlafen. »Kommen Sie rein.« Er schlurfte voran ins Wohnzimmer.

Katrin blickte sich suchend um. »Wo ist Marc? Wir wollten uns um vier treffen.«

Benedikt zuckte die Achseln. »Noch nicht da, wie es aussieht. Keine Ahnung, wo der wieder steckt. Da müssen Sie wohl mit mir vorliebnehmen.« Kein Lächeln. Keine einladende Geste. Katrin musterte verunsichert die Couch, die aussah wie ein ungemachtes Bett. Zwei eingedrückte Kissen und eine halb heruntergerutschte Wolldecke verrieten, dass Benedikt eben noch hier gelegen hatte. »Ich wollte nicht stören«, sagte sie. Ihre Gedanken schossen zu Silke Scheidt und Carina Lennard, und ihr wurde unbehaglich. Sie war mit der Absicht hergekommen, Benedikt unauffällig auf den Zahn zu fühlen, aber sie hatte sich fest darauf verlassen, dass Marc ebenfalls da sein würde. Am liebsten wäre sie sofort wieder gegangen. Andererseits war die Gelegenheit günstig, mit Benedikt allein zu sprechen. Sicherlich würde sein Bruder in wenigen Minuten auftauchen, und wie sie ihn kannte, würde er das Gespräch sofort an sich reißen.

Benedikt hatte die Decke von der Couch genommen und begonnen, sie umständlich zu falten. »Sie stören nicht«, versicherte er wenig überzeugend. »Soll ich uns was Warmes zu trinken machen? Kaffee? Tee?«

»Gern.« Sie folgte ihm in die Küche und sah zu, wie er zwei saubere Tassen im Schrank suchte. »Haben Sie schon von dem Mord gehört?«, fragte sie. »Die Frau in der Altstadt?« Der Einstieg war nicht sonderlich elegant, aber Katrin war nichts Besseres eingefallen. Außerdem drängte die Zeit.

Benedikt brummte etwas, während er Kaffeepulver in den Filter schaufelte.

»Schrecklich, finden Sie nicht?«, sagte Katrin ins Blaue hinein, ohne seine Antwort verstanden zu haben.

Benedikt antwortete nicht. Er schaltete die Kaffeemaschine ein und räumte die Dose mit dem Kaffeepulver zurück in den Schrank. Dann sah er Katrin an. »Soll ich Ihnen was verraten? Ich kannte die Tote.«

Katrins Überraschung war echt. Sie hätte nicht erwartet, dass Benedikt von sich aus davon anfangen würde.

Außerdem war jetzt endgültig klar, dass er der Masseur war, der Carina Lennard, wenn man ihr glauben wollte, betäubt und sich an ihr vergangen hatte. Katrin spürte ein Prickeln in der Magengegend.

Marc Simons' Küche war eng und nicht sonderlich ordentlich. Die Einrichtung war ein buntes Sammelsurium aus Antiquitäten, modernen Geräten und Geschmacklosigkeiten. Unter dem kleinen Küchenfenster stand ein winziger weißer Tisch, um den sich drei unterschiedliche Stühle versammelten, ein uralter Holzstuhl, mit bunten Farbklecksen besprenkelt, der offensichtlich schon öfter beim Anstreichen als Leiter hatte herhalten müssen, ein schwarzer Plastikstuhl mit einem Chromgestell und ein Eichenstuhl mit Armlehnen und geblümtem Polster. Benedikt setzte sich auf den Plastikstuhl und bedeutete Katrin, sich einen der beiden anderen auszusuchen. Sie machte es sich auf dem Polsterstuhl bequem und blickte ihr Gegenüber erwartungsvoll an. Ihr Herz klopfte, und ihre Handflächen waren feucht. Einerseits wünschte sie sich, dass Marc nicht ausgerechnet jetzt zurückkommen und ihr Gespräch unterbrechen würde, andererseits hoffte sie, er möge recht bald kommen, damit sie nicht zu lange mit diesem Mann allein war. Sie glaubte, eine Sekunde lang den Anflug eines Lächelns in Benedikts Mundwinkeln zu erkennen, doch es machte sofort wieder dem müden, verbitterten Gesichtsausdruck Platz. »Wollen Sie wissen, woher ich sie kannte?«, fragte er.

Katrin nickte stumm. Jedes Wort, das sie versucht hätte, über die Lippen zu bringen, hätte vermutlich hysterisch geklungen. Bilder tauchten vor ihren Augen auf, die sie nur mühsam verdrängen konnte. Erinnerungen an Situationen, in denen sie mit einem Mörder allein gewesen war. Die Panik. Die Todesangst. Sie schluckte heftig und versuchte, sich auf die Gegenwart zu konzentrieren, auf die enge Küche, das Gluckern der Kaffeemaschine. Benedikt Simons hatte keinen Grund, ihr etwas anzutun. Schließlich ahnte er nicht, was sie alles über ihn und seine Opfer wusste. Außerdem würde Marc jeden Augenblick hier sein.

»Sie hieß Carina Lennard und war eine Kundin von mir. Kam regelmäßig zur Massage. Eine nette, junge Frau. Sehr hübsch. Sehr sympathisch. Eine Freundin hatte ihr meinen Massagesalon empfohlen. Frau Scheidt. Silke Scheidt.« Er stand auf, um den Kaffee zu holen. Während er eingoss, erklärte er: »Ich glaube, sie hatte sich in mich verliebt, Carina, meine ich, nicht Silke. Sie hat nichts gesagt, aber man merkt so was. Sie verstehen, was ich meine?« Er stellte die Kanne zurück und öffnete den Kühlschrank.

Katrin nickte, obwohl Benedikt sie nicht sehen konnte. »Ja, ich glaube, ich weiß, was Sie meinen«, antwortete sie mit trockener Kehle.

»Jedenfalls habe ich so getan, als würde ich nichts merken. Ich bin verheiratet, müssen Sie wissen. Habe eine kleine Tochter. Jule.« Jetzt lächelte er.

Katrin zuckte zusammen. Jule. Der Name kam ihr bekannt vor. Irgendwo hatte sie ihn in den letzten Tagen gehört. Oder gesehen. Wo nur? Sie wusste es nicht mehr. »Ein schöner Name.«

Benedikt stellte Milch auf den Tisch. »Brauchen Sie Zucker?«

Katrin schüttelte den Kopf. »Danke, nein.«

Er setzte sich wieder. »Irgendwann waren ihre Annährungsversuche dann nicht mehr misszuverstehen«, fuhr er fort. »Also sagte ich ihr klipp und klar, dass ich kein Interesse habe. Das hat sie wohl in den falschen Hals gekriegt.« Er verstummte, trank einen Schluck Kaffee. Katrin hielt den Atem an. Benedikt setzte die Tasse ab. »Zwei Wochen später stand die Polizei bei mir vor der Tür. Mit einem Durchsuchungsbeschluss. Dieses Miststück hatte mich angezeigt. Wegen sexueller Nötigung. Schlampe!« Seine Finger ballten sich zu Fäusten, sein Blick wurde hart. Dann sah er rasch zu Katrin und lächelte entschuldigend. »Tut mir leid, dass ich mich so ausgedrückt habe, aber diese Frau hat meine Existenz zerstört. Verstehen Sie das?«

»Ja. Natürlich. Was ist dann passiert?«

»Einen Monat danach hat sie die Anzeige zurückgezogen. Einfach so. Sie hätte sich geirrt, oder so was in der Art. Aber da war es schon zu spät. Die Geschichte hatte sich bereits rumgesprochen. Kunden sagten ihre Termine ab. Meine Frau zog zu ihren Eltern und reichte die Scheidung ein. Ich musste den Massagesalon aufgeben. Und dann konnte ich nicht mal mehr die Miete für meine Wohnung zahlen.« Er senkte den Kopf. »Gott sei Dank hat Marc mich aufgenommen, sonst säße ich jetzt auf der Straße. Ich habe meine Tochter seit Monaten nicht mehr gesehen. Sie will nicht einmal am Telefon mit mir reden. Wer weiß, was die ihr alles über mich erzählt haben. Meine Frau denkt, ich bin ein perverses Schwein. Ich bin am Ende. Und das alles, weil diese – diese …«

Wieder verkrampften sich seine Hände. Er starrte auf die Tischplatte, als wolle er sie durchbohren. »Weil diese Frau –« Er stieß das Wort hervor wie einen Fluch. »Weil diese Frau nicht bekommen hat, was sie wollte.«

Minutenlang war er still. Katrin versuchte, ihre Gedanken zu ordnen. Sie wusste nicht, was sie glauben sollte. Was, wenn Carina gelogen hatte? Wenn sie doch die notorische Lügnerin war, für die ihre Schwester sie hielt, die Märchen erzählte, um ihren Willen zu bekommen? Oder um im Mittelpunkt zu stehen? Wenn sie doch nur mit Carina selbst hätte reden können! Doch das war leider nicht mehr möglich.

Benedikt hob den Kopf. Seine Augen waren rot und schimmerten feucht. »Ich begreife einfach nicht, warum sie mir das angetan hat«, flüsterte er.

*

Es war kurz nach vier, als Halverstett in den Besprechungsraum hastete. Die anderen warteten bereits. Selbst Erlanger und Steinmeier waren pünktlich. Das Gerücht, dass man einen Durchbruch erzielt habe, hatte sich wie ein Lauffeuer verbreitet.

Ruth Wiechert saß unruhig auf der Kante ihres Stuhls, als müsse sie jederzeit zur Flucht bereit sein. Rita trat auf Halverstett zu und flüsterte ihm etwas zu. Er nickte.

»Schön, dass ihr auch an diesem gemütlichen Sonntagnachmittag so vollzählig erschienen seid«, begrüßte er die Mordkommission. »Ich habe soeben mit dem Sohn des Mannes gesprochen, der heute Morgen exhumiert wurde.

Er besaß mehrere Häuser. Ich habe hier zwei Aktenordner, die durchgesehen werden müssen. Vielleicht gab es
Ärger mit einem der Mieter.« Er blickte in die Runde.
Mirko Erlanger sah kurz zu seinem Freund Daniel, dann
senkte er den Kopf. Doch es half nichts.

»Herr Steinmeier, Herr Erlanger? Ich habe gehört,
dass die Fälle von Karl Binder soweit durchgesehen sind.
Dann könnten Sie das doch übernehmen, oder?«

Mirko Erlanger wollte etwas erwidern, doch Steinmeier trat ihn warnend vors Schienbein. »Klar machen
wir das.«

Halverstett wandte sich ab. »Was gibt es sonst?«

Ruth Wiechert hob die Hand. »Wir hatten eine Zeu-
genaussage bezüglich eines Pkw aus Köln. Der Halter ist
bereits überprüft. Zwei Kollegen waren eben dort.«

»Was für ein Pkw? Um welchen der Todesfälle geht
es?«, unterbrach Halverstett.

»Um zwei Fälle, um genau zu sein.« Ruth Wiechert
blätterte nervös in der Spurenakte, die vor ihr auf dem
Tisch lag. »Es wurde ein schwarzer Geländewagen gesichtet, in der Nähe von zwei Tatorten. Einmal in Benrath, vor dem Haus von Bertram und Elisabeth Kassnitz,
an dem Abend, an dem sie getötet wurden, und dann
in der Altstadt, am Morgen nach der Ermordung von
Carina Lennard.«

»Und es war zweimal der gleiche Wagen?« Halverstett runzelte skeptisch die Stirn. »Wer will den denn
gesehen haben?«

Die Polizistin räusperte sich umständlich. Ihre Wangen leuchteten feuerrot. »Also, am Sonntagabend wurde

der Wagen von zwei Zeugen gesehen, von einem älteren Mann, einem Herrn Eisenmaier, und von einem Jungen, Jan Spielmann. Bei unserer ersten Befragung der Nachbarn sind uns die beiden durchgegangen. Der Junge war in der Schule, und der Alte war beim Arzt. Herr Eisenmaier ist sich sicher, dass das Auto aus Köln war, Jan hatte sich das vollständige Kennzeichen gemerkt.« Ruth Wiechert zögerte. »Und in der Altstadt hat die junge Frau den Wagen gesehen, die den Toten am Schillerplatz gefunden hat.«

»Was? Katrin?« Halverstett starrte seine Kollegin ungläubig an. »Wieso ist er ihr aufgefallen?«

»Sie hatte wohl kurz zuvor mit dem Jungen gesprochen. Es ging um einen verschwundenen Hund.«

»Wie bitte?« Seine Augen verengten sich. »Wann hat sie das ausgesagt?«

»Gestern Nachmittag.« Ruth Wiechert klang kleinlaut. »Heute Morgen rief sie dann noch mal an. Da war ich gerade im Begriff, den Halter des Geländewagens zu ermitteln.« Ihre Gesichtsfarbe wechselte von Rot zu Weiß, und sie blickte unsicher in Halverstetts Richtung. Der wartete mit unergründlichem Gesicht auf den Rest der Geschichte. »Also, ich habe dann gleich zwei Kollegen zu dem Halter geschickt. Es handelt sich um einen gewissen Alexander Häckner, wohnhaft in Köln. Laut seinen Angaben hat er den Wagen seit Wochen nicht selbst gefahren. Er hat ihn an einen Freund verliehen, der hier in Düsseldorf wohnt. Und gegen diesen Freund wurde vor etwas über einem Jahr Anzeige erstattet wegen sexueller Nötigung.«

Halverstett horchte auf. »Und?«

»Ist nichts draus geworden. Die Frau hat die Anzeige nach ein paar Wochen wieder zurückgezogen. Aber die Sache ist dennoch interessant: Karl Binder hat den Fall bearbeitet. Und das angebliche Opfer hieß Carina Lennard.«

Halverstett schlug mit der Faust auf den Tisch. »Warum sind wir nicht früher auf diesen Fall gestoßen? Was ist mit Binders Fällen? Sind *Sie* die nicht durchgegangen?«

Ruth Wiecherts Unterlippe zuckte. »Ja, ich habe das zusammen mit ein paar Kollegen gemacht. Wir haben uns von dem Tag seiner Ermordung an nach hinten vorgearbeitet. Die betreffende Akte lag auf meinem Schreibtisch. Ich war gerade bis zum Mai vergangenen Jahres gekommen. Da war der Fall ›Carina Lennard‹ noch nicht dabei. Binder hat im vergangenen Jahr Hunderte von Anzeigen bearbeitet, und wir waren einfach zu wenige Leute für die vielen Akten.«

»Dann hätten Sie Unterstürzung anfordern sollen.« Halverstett fixierte sie aufgebracht. Dann riss er sich zusammen. »Okay. Diesen Kerl sehen wir uns genauer an. Das könnte unser Mann sein. Wissen Sie, wo wir ihn finden?«

Ruth Wiechert nickte. »Er heißt Benedikt Simons und wohnt im Augenblick bei seinem Bruder. Bankstraße. Das ist in Derendorf. Brauchen wir das SEK?«

Halverstett zögerte kurz, dann schüttelte er den Kopf. »Nein. Ich denke, das wird nicht nötig sein.« Er wandte sich an Georg Müller, einen älteren Kollegen, der die Akte führte. »Wenn ich zurückkomme, möchte ich alle wichtigen Spuren auf meinem Schreibtisch haben. Die alte Akte von Binder über diesen Simons. Die Sache mit dem Geländewagen. Alles. Sorgst du dafür?«

Müller nickte. »Ist so gut wie erledigt.«

Halverstett marschierte aus dem Raum. Mirko Erlanger sah Daniel Steinmeier an. »Und wir dürfen uns jetzt diese miefigen Mietakten ansehen. Na toll.«

Ruth Wiechert, die dabei war, mit fahrigen Händen ihre Unterlagen zusammenzuschieben, blickte auf. »Denken Sie dran, der Mann heißt Benedikt Simons. Vielleicht stoßen Sie ja auf den Namen.«

»Ja. Aber vielleicht stoßen wir auch auf den Weihnachtsmann. Man weiß ja nie.« Erlanger schnappte sich die beiden Ordner und stürmte aus der Tür. Daniel Steinmeier stand auf. »Nehmen Sie's nicht persönlich. Er meint es nicht so.« Dann verschwand auch er.

Ruth Wiechert blieb allein zurück. Einen Augenblick lang stand sie reglos vor ihrem Tisch. Nur ihre Finger zitterten. Halverstett musste sie für eine Idiotin halten. Dabei hätte sie ihm so gern gezeigt, wie viel sie drauf hatte. Viel mehr als diese alberne Möchtegerndetektivin, auf die er so große Stücke hielt. Im Grunde waren doch alle Männer gleich. Wenn eine Frau jung war und ein hübsches Gesicht hatte, konnte sie sich alles erlauben. Egal wie bescheuert es war. Aber eine wie sie, die nicht so attraktiv war, wurde einfach nicht wahrgenommen, da konnte sie so viel leisten, wie sie wollte. Doch wehe, sie machte einen Fehler. *Das* übersahen sie natürlich nicht.

Ruth griff nach den Papieren. Anstatt sich zu grämen, sollte sie froh sein, dass sie so glimpflich davongekommen war. Wenn sie die Aussage dieser Katrin Sandmann ernster genommen hätte, dann wäre Benedikt Simons bereits gestern verhaftet worden. Der Gedanke versetzte ihr einen Faustschlag in die Magengrube. Nicht auszudenken, was passiert wäre, wenn er in der letzten Nacht erneut zugeschlagen hätte.

*

Die Tür schwang auf. »Kriminalpolizei. Wir suchen Benedikt Simons.«

Der Mann riss erstaunt die Augen auf. »Was ist los?« Er hob die Hände, als er die gezogenen Waffen sah.

Mehrere Beamte schoben sich an ihm vorbei in die Wohnung und durchsuchten alle Räume. Klaus Halverstett und Rita Schmitt blieben vor dem Mann stehen. »Sind Sie Benedikt Simons?«

»Ich heiße Marc Simons. Benedikt ist mein Bruder. Er ist nicht da. Ich weiß nicht, wo er steckt.«

»Können Sie das irgendwie beweisen?«

Der Mann zögerte. Dann deutete er mit dem Kopf auf eine Jacke, die an der Garderobe hing. »Da ist mein Führerschein drin.«

Rita Schmitt griff in die Tasche. Sie warf einen kurzen Blick auf das Foto, dann zeigte sie es Halverstett. Der nickte. »In Ordnung, Herr Simons. Sie können die Hände runternehmen. Wir müssen mit Ihnen reden.«

Simons führte sie in die Küche. Wortlos setzte er sich an den Tisch und verschränkte die Arme. Hauptkommissar Halverstett zog den Stuhl zu sich heran, auf dem Katrin eine Stunde zuvor gesessen hatte. »Und Sie wissen wirklich nicht, wo Ihr Bruder steckt?« Er fixierte sein Gegenüber skeptisch.

Simons schüttelte den Kopf. »Ich habe keine Ahnung. Und ich weiß auch nicht, was der Zirkus hier soll.« Er blickte in Richtung der Beamten, die seine Wohnung nach Benedikt durchsucht hatten und jetzt im Begriff waren, sich unverrichteter Dinge wieder zu verziehen. »Ist es etwa wegen der alten Geschichte? Die Frau hat die Anzeige zurückgezogen. Sie war in Benedikt verknallt und wollte ihm eins auswischen, weil er nichts von ihr wissen wollte.«

»Und jetzt ist sie tot.«

Simons' Augen blinzelten nervös. Doch er hatte sich schnell wieder gefangen. »Ja und? Wollen Sie das etwa auch meinem Bruder anhängen?«

»Im Augenblick möchten wir nur mit ihm sprechen.« Rita Schmitt, die bisher schweigend am Kühlschrank gelehnt hatte, trat vor. Sie tauschte einen kurzen Blick mit Halverstett, der kaum merklich nickte, dann ergänzte sie: »Ihr Bruder kannte nämlich nicht nur Carina Lennard, sondern auch den Polizisten, der am Schillerplatz aufgeknüpft wurde, Karl Binder. Er hat den Fall bearbeitet, als Carina Lennard vor einem Jahr Anzeige erstattete. Und Bertram Kassnitz, das erste Opfer, war der Sachbearbeiter bei der Bank, bei der Ihr Bruder seine Konten hatte. Er war derjenige, der ihm den Geldhahn zugedreht hat. Seine Frau Elisabeth arbeitete als Erzieherin in dem Kindergarten, den seine Tochter Jule besucht. Ich denke,

Sie verstehen jetzt, warum wir Ihren Bruder dringend sprechen müssen.«

Simons wandte den Blick von Rita ab und sah aus dem Fenster. »Sie wissen genau, dass das gar nichts beweist«, belehrte er sie trotzig.

»Haben Sie gewusst, dass Ihr Bruder all diese Menschen kannte?« Halverstett stand auf.

»Lassen Sie mich in Ruhe«, murmelte Simons. »Ich kann Ihnen nicht weiterhelfen.«

»Wenn Sie wissen, wo er ist, und Sie es uns nicht sagen, könnten weitere Menschen zu Tode kommen.« Rita Schmitt sah zu Halverstett, der zuckte mit den Achseln und wechselte das Thema.

»Wir brauchen ein Foto Ihres Bruders, und zwar ein möglichst aktuelles.«

Simons erhob sich schwerfällig. »Ganz wie Sie meinen.«

Sie folgten ihm ins Wohnzimmer, wo er sich an einigen Schubladen zu schaffen machte. Schließlich zog er einen Umschlag hervor, blätterte den Stapel Aufnahmen durch, der sich darin befand, und reichte Rita eine. »Hier. Ist schon vier oder fünf Jahre alt. Was Neueres habe ich nicht.«

Rita warf einen Blick auf das Bild, auf dem ein unrasierter, braungebrannter Mann mit einem blonden Zopf zu sehen war. »Trägt er die Haare immer noch so lang?«

Simons schüttelte den Kopf.

Sie steckte das Bild ein.

»Falls Ihr Bruder auftaucht oder Sie etwas von ihm hören«, sagte der Kommissar, »dann erwarte ich, dass

Sie uns das mitteilen.« Er marschierte ohne ein weiteres Wort aus dem Zimmer. Rita Schmitt zögerte, dann folgte sie ihrem Kollegen. An der Tür hielt sie abrupt inne und drehte sich noch einmal um. »Was haben Sie eigentlich für eine Schuhgröße?«

Simons hielt ihr den Fuß hin. »Dreiundvierzig. Sie können gern nachsehen.« Rita beugte sich vor und entzifferte die Nummer, die auf der Unterseite des Schuhs eingestanzt war. »Tragen Sie manchmal auch Turnschuhe?«

»Nur zum Sport.«

»Und Ihr Bruder?«

»Fragen Sie ihn doch selbst.«

Rita Schmitt verschränkte die Arme.

Simons zuckte die Schultern. »Ich weiß es nicht genau, ehrlich. Aber ich glaube, er hat kleinere Füße als ich.«

Rita Schmitt nickte und verließ die Küche. Halverstett wartete an der Wohnungstür.

»Hätten wir ihn nicht mit aufs Präsidium nehmen sollen?«, fragte sie ihn im Treppenhaus. »Der weiß doch was. Früher oder später hätte er bestimmt ausgepackt.«

»Nein. Wir lassen ihn observieren. Ich bin mir sicher, dass sein Bruder Kontakt zu ihm aufnimmt. Wenn das nicht sowieso schon längst geschehen ist. Er wird uns zu ihm führen.« Er zog die Haustür auf. »Und wir fahren jetzt zu Frau Sandmann. Ich habe das Gefühl, dass sie unserer etwas schnippischen Kollegin Ruth Wiechert nicht die ganze Geschichte erzählt hat.«

15

Katrin lehnte sich erschöpft zurück. »Ich kann wirklich nicht mehr, Frau Wiese. Drei Stück Kuchen sind das Äußerste, was ich schaffe.«

»Agathe, Kindchen, Sie sollen mich doch Agathe nennen.«

»Gut, Agathe. Ich bin satt.«

»Verstanden.« Die alte Frau schob den Kuchenteller beiseite und warf einen Blick auf die dritte Person im Raum. »Und, was sagst du, Elli? Habe ich dir zu viel versprochen? Flips ist wieder da, und das gesund und munter. Hab ich dir doch gleich gesagt, dass unsere Katrin das schafft.«

Elfriede Thürnissen grinste und zwinkerte Katrin zu. »Jetzt willst du also die Lorbeeren ernten?«, warf sie ihrer Freundin Agathe mit gespielter Empörung vor. »Wessen Idee war es denn, Frau Sandmann zu engagieren? Und wer hat sich geziert wie 'ne alte Jungfer auf dem Feuerwehrball? Wer hat gemeint, man könne der viel beschäftigten, jungen Frau so was nicht zumuten? Die hätte genug um die Ohren und für so was keine Zeit?«

»Ja, ja.« Agathe winkte ab. »Du hast gewonnen. Es war zwar meine Idee, aber ich hätte sie vermutlich nie in die Tat umgesetzt.« Agathe wandte sich an Katrin. »Was werden Sie jetzt tun? Haben Sie schon einen neuen Fall?«

»Also eigentlich bin ich ja Fotografin«, fing Katrin an, aber Elfriede unterbrach sie. »Ach, Quatsch, vergeudetes Talent. Sie müssen zur Polizei gehen. Oder noch besser, Sie werden Privatdetektivin. Bei der Polizei kriegen Sie mit spätestens fünfundvierzig einen fetten Beamtenhintern, und kein Mann dreht sich mehr nach Ihnen um.«

»Elfriede!« Agathe hatte entsetzt die Hand vor den Mund geschlagen. »Wie redest du denn mit Katrin?«

»Die versteht mich schon.« Wieder zwinkerte sie in Katrins Richtung. »Und sicherlich steckt sie mitten in den Ermittlungen zu den grauseligen Henkermorden. Hab ich nicht recht, junge Frau? So was lassen Sie sich doch wohl nicht entgehen?«

»Na ja«, gab Katrin zu. »Ich verfolge da tatsächlich eine Spur.«

»Wusste ich's doch!«, rief Elfriede triumphierend. »Diese Frau hat Mumm!«

»Deshalb muss ich jetzt auch los«, fuhr Katrin fort. »Es gibt noch viel zu tun.«

»Selbstverständlich, Kindchen.« Agathe stand auf, um Katrin zur Tür zu bringen.

»Haben Sie eigentlich eine Waffe?«, wollte Agathe wissen, als Katrin schon fast zur Türe hinaus war. »Wenn man so gefährliche Verbrecher jagt, ist das doch sicher besser.«

Katrin schüttelte den Kopf. »Nein. Und wenn ich ehrlich bin, graust es mir davor, so ein Ding auch nur in den Händen zu halten.«

»Dann passen Sie gut auf sich auf, Katrin.« Agathe schloss die Wohnungstür, und einen Moment lang stand Katrin nachdenklich im Treppenhaus. Sie dachte an die Simons-Brüder, an Silke, Carina und ihre seltsame Schwester. Und wie schwierig es war, aus all den widersprüchlichen Dingen, die diese Menschen ihr erzählt hatten, die Wahrheit herauszufiltern. Sie ging in ihre Wohnung, suchte ihren Kater und fand ihn auf der Fensterbank im Wohnzimmer. Schnurrend begrüßte er sie. »Manchmal wünsche ich mir, ich könnte mit dir tauschen«, flüsterte sie ihm zu. »Kein Gestern, kein Morgen, und die einzige Sorge dreht sich darum, dass der Futternapf immer gut gefüllt ist.« Sie blickte auf die Platanen, die rechts und links der Düssel standen, und dann fiel ihr etwas ein.

*

»Also, was haben wir?« Halverstett lehnte sich zurück und sah Rita Schmitt an, die den Dienstwagen souverän durch die engen Einbahnstraßen von Derendorf lenkte.

»Eine Anzeige wegen sexueller Nötigung«, antwortete sie, während sie nach draußen starrte, wo es langsam dämmerte.

»Die wieder zurückgezogen wurde.«

»Fragt sich, warum.« Rita gab Gas, um noch schnell über eine Kreuzung zu sprinten, bevor die Ampel von Gelb auf Rot umschlug.

»Vielleicht stimmt ja, was der Bruder sagt, und die Frau wollte Simons tatsächlich eins auswischen«, meinte Halverstett. »Menschen tun die verrücktesten Dinge, wenn sie sich abgewiesen oder verletzt fühlen.«

»Kann schon sein«, antwortete Rita wenig überzeugt. »Wir sollten mit der Freundin reden. Dieser Silke Scheidt. Vielleicht kann die ein bisschen Licht in die Sache bringen.«

»Dann machen wir das zuerst.«

»Nicht erst zu Katrin?« Rita trat auf die Bremse. »Dann muss ich nämlich hier abbiegen.«

Halverstett nickte. »Erst diese Scheidt. Dann Katrin. Du weißt, wo sie wohnt?«

»Steht auf einem der Zettel in meiner Handtasche. Sie deutete auf den Rücksitz. Der Kommissar fischte das Blatt aus der Handtasche, während Rita sich auf den Verkehr konzentrierte. »Nachtigallstraße«, verkündete er schließlich. »Das ist irgendwo in Gerresheim, glaube ich.«

Rita Schmitt nickte. »Okay, ich weiß Bescheid.«

»Gut«, setzte Halverstett erneut an. »Wir haben also eine nicht geklärte Anzeige. Wir haben einen Mann, dessen Existenz wegen dieser Anzeige aus den Fugen geraten ist. Er musste seinen Massagesalon aufgeben, seine Frau hat ihn verlassen, sein Konto ist gesperrt. Vier Menschen, die direkt oder indirekt an dieser Existenzzerstörung mitgewirkt haben, sind ermordet worden. Hingerichtet.«

»Was ist mit dem fünften? Diesem Wollenberg?«

»Wir wissen nicht einmal, ob der wirklich ermordet wurde. Warten wir die Obduktion ab.«

»In Ordnung. Was haben wir noch?« Der Wagen rollte auf eine Kreuzung zu. Rita Schmitt zögerte, dann bog sie ab.

»Abdrücke von Turnschuhen, und zwar nicht die von Katrin Sandmann. Und auch nicht die von Benedikt Simons' Bruder. Der hat zu große Füße.«

»Aber in der Wohnung waren keine Turnschuhe«, warf Rita ein.

»Dann hat er sie an.«

»Falls er der Täter ist.«

»Was ich gerade herauszufinden versuche.« Halverstett seufzte missmutig. »Wir drehen uns im Kreis.«

»Ja, schon gut. Das Auto haben wir noch.«

»Genau, den Landrover, der dem Freund aus Köln gehört.«

»Und der in der Nähe von zwei Tatorten gesehen wurde.«

»Das behauptet zumindest Katrin. Wir müssen schleunigst mit ihr reden.« Halverstett ballte die Hand zur Faust.

»Was jetzt? Doch erst Katrin?« Rita stieg auf die Bremse. »Kannst du dich vielleicht mal entscheiden?«

Halverstett sah aus dem Fenster. Nachdenklich musterte er die Kleingärten, an denen sie im Schneckentempo vorbeizockelten. Um die Jahreszeit sahen sie trostlos und kahl aus. Katrin hatte nicht nur mit dieser Silke Scheidt gesprochen, sondern auch mit den Zeugen, die den Wagen gesehen hatten. Und sie kannte die Simons-Brüder. Wer weiß, was sie sonst noch alles herausgefunden hatte.

»Zu Katrin«, sagte er schließlich.

Rita lächelte und wendete den Wagen. Glücklicherweise war auf der Torfbruchstraße nicht viel los. Zwanzig Minuten später klingelten sie an Katrins Wohnungstür.

*

Mirko Erlanger gähnte. Dann zerquetschte er das Zigarettenpäckchen in seiner Rechten. »Mensch, ist das öde.« Er rieb sich die Augen. »Das ist ja noch schlimmer als die Akten mit Binders Fällen.«

»Nimm's gelassen. Immerhin dürfen wir im Warmen arbeiten. Ich möchte nicht mit den Jungs vom MEK tauschen. Die sitzen jetzt in irgendwelchen kalten Autos und starren stundenlang auf eine Haustür. Das stelle ich mir öde vor.« Daniel Steinmeier sah seinen Kollegen an. »Wenigstens gibt's inzwischen 'nen Eins-a-Verdächtigen.«

»Und wir sind nicht vor Ort.« Erlanger zündete die Zigarette an.

»Wir haben verdammt Schwein gehabt, dass die Akte mit der Anzeige dieser Carina Lennard nicht in unserem Stapel war, sondern in dem von der blöden Wiechert. Sonst wäre nämlich aufgeflogen, dass wir nicht gerade wie die Weltmeister gelesen haben.«

Mirko Erlanger grinste. »War echt 'ne starke Show, wie die Torte rot angelaufen ist, als sie Halverstett von ihrer schlampigen Arbeit erzählt hat.« Er legte die Zigarette weg und stellte sich in Positur. »›Ich war gerade bis zum Mai vergangenen Jahres gekommen.‹« Er sprach mit schriller Stimme und fuchtelte mit den Händen in der Luft herum. »›Da war der Fall ›Carina Lennard‹ noch nicht dabei. Binder hat im vergangenen Jahr Hunderte von Anzeigen bearbeitet, und wir waren einfach zu wenige Leute für die vielen Akten.‹« Erlanger feixte. »Schade, dass er sie nicht richtig zur Sau gemacht hat.«

Steinmeier runzelte die Stirn. »Ich dachte, du wärst scharf auf die.«

»Die Wiechert?!« Erlanger steckte sich den Finger in den Hals und tat, als würde er sein Mittagessen herauswürgen. »Nicht mal, wenn wir allein in der Antarktis wären. Haste gesehen, was die für 'nen fetten, wabbeligen Hintern hat?«

Daniel Steinmeier lachte. Mirko war jetzt richtig in Fahrt. »Da ist mir die kleine Blonde vom Betrugsdezernat lieber. Haste die mal gesehen? Das ist ein Sahneschnittchen. Heißt Puschel oder Muschel oder so.« Er grinste, griff nach seiner Zigarette und zog daran. »Kannst dir ja wohl ausmalen, wie sie von den Kollegen genannt wird.«

Mit einem Mal pfiff Steinmeier. »Ich glaube, ich hab was. Sieh dir das an.«

Mirko Erlanger blinzelte durch den Zigarettenqualm auf den aufgeschlagenen Ordner. »Was ist das?«

»Eine Kündigung«, rief Steinmeier aufgeregt. »Und zwar für eine Wohnung in der Rembrandtstraße. Schicke Gegend.«

»Und? Möchtest du Nachmieter werden?«

»Haha. Die Kündigung ist vom dreizehnten Oktober letzten Jahres. Begründung: seit drei Monaten keine Miete gezahlt.«

»Lass mich raten: Der Mieter heißt Benedikt Simons.«

»Hundert Punkte.« Steinmeier streckte sich. »Das heißt, wir können eigentlich mit dem Ordner-Durchblättern aufhören.«

»Und das heißt, dass dieser Reinhold Wollenberg ermordet wurde.«

»Na ja. Ein Beweis ist das noch nicht.«

»Aber ein Anlass, den Rest des Abends freizunehmen. Es ist fast sieben. Wir wissen, wer unser Täter ist. Wir haben den entscheidenden Zusammenhang zwischen dem mutmaßlichen Opfer Nummer eins und dem Täter gefunden. Ich hau jetzt ab. Sagst du Halverstett Bescheid?«

Steinmeier zuckte die Schultern. »Wie du meinst. Ich dachte nur, wir sollten vielleicht doch noch kurz die übrigen Unterlagen durchsehen.« Er griff zum Telefon. »Nur so zur Sicherheit.«

Erlanger klopfte ihm jovial auf die Schulter. »Nicht so viel denken, Kleiner, dann läuft das Hirn zu schnell heiß.«

*

Kriminalhauptkommissar Klaus Halverstett sah Katrin durchdringend an. »Und ab sofort bleiben Sie zu Hause und halten sich aus den Ermittlungen heraus, haben Sie verstanden?«

Katrin nickte stumm. Was blieb ihr auch anderes übrig? Sie kam sich vor wie ein kleines Schulmädchen. Dabei hatte sie entscheidend dazu beigetragen, dass die Polizei die Identität des Henkers endlich kannte.

Zu dritt saßen sie an Katrins Küchentisch, Rita Schmitt, Halverstett und sie. Rita hatte Rupert auf dem Schoß und kraulte ihn unter dem Hals. Vor ihr stand ein dampfender Pott Rotbuschtee. Halverstett hatte Kaffee vorgezogen. Er blickte auf seine Notizen. »Habe ich irgendwas vergessen?«, murmelte er. »Nein, ich glaube, für den Augenblick ist das alles«, beantwortete er seine eigene Frage. »Oder?« Er sah Rita an. Die nickte.

»Wie hat Marc es denn aufgenommen?«, wollte Katrin wissen.

»Er war ziemlich wortkarg«, meinte Rita. »Ich bin mir sicher, dass er nicht alles erzählt hat, was er weiß. Aber das werden wir schon herausfinden.«

»Glauben Sie, dass er seinen Bruder decken will?«

»Schon möglich.« Rita nahm einen Schluck Tee, und Rupert hob empört den Kopf, als sie aufhörte, ihn zu kraulen. Sie lachte. »Was für ein süßes Tier.«

»Trotzdem musst du dich jetzt von ihm losreißen.« Halverstett hatte seine Notizen in der Manteltasche verstaut. »Bevor wir Feierabend machen können, müssen wir noch mal aufs Präsidium. Und Sie, Katrin, kommen morgen Vormittag vorbei. Ihre Aussage muss schriftlich festgehalten werden.«

»Ich begreife das immer noch nicht. Benedikt Simons ist so – so ein ruhiger, passiver Mensch. Ich kann mir nicht vorstellen, wie der jemanden umbringt.«

»Von wem kann man sich das schon vorstellen?« Halverstett stand auf. »Ich habe Ihr Wort? Sie mischen sich nicht mehr ein?«

»Was mache ich, wenn Silke Scheidt sich bei mir meldet? Ich hatte ihr meine Hilfe angeboten.«

Halverstett nickte. »Ich denke, das geht in Ordnung. Aber wenn sie Ihnen irgendetwas erzählt, das für die Ermittlungen wichtig ist, will ich sofort davon in Kenntnis gesetzt werden.«

»Glauben Sie, dass sie in Gefahr ist?« Katrin nahm Rupert entgegen, als Rita Schmitt sich ebenfalls erhob.

»Ich hoffe nicht. Doch wir können das nicht ausschließen. Sie hat Carina Lennard zu der Anzeige ermutigt. Mich wundert es, dass sie nicht eins der ersten Opfer war. Im Augenblick gehe ich davon aus, dass Simons andere Sorgen hat. Aber das kann man nie wissen. Ihre Wohnung wird jedenfalls observiert.«

Katrin begleitete die beiden Beamten zur Tür. Halverstett reichte ihr eine Karte. »Auf der Rückseite steht meine private Handynummer, sollte Ihnen noch etwas einfallen. Bitte keine Alleingänge mehr, sondern anrufen. Klar?«

»Und wenn es eilt?«

Halverstett verzog das Gesicht. »Katrin! Haben Sie denn immer noch nicht genug? Sie bleiben schön hier zu Hause und lassen uns unsere Arbeit tun. Ist das klar?«

»Ja.« Katrin senkte den Kopf und steckte ihre Nase in Ruperts Fell. Sie dachte an das, was ihr eingefallen war, als sie sich von Agathe Wiese verabschiedet hatte.

»Wo steckt eigentlich Kabritzky?«, fragte Halverstett. »Es wäre mir lieber, wenn der ein Auge auf Sie hätte.«

Jetzt war es an Katrin, das Gesicht zu verziehen. Der Gedanke, den sie eben noch gehabt hatte, versank im Nebel des Vergessens. »Ich brauche keinen Babysitter.«

Halverstett wollte etwas erwidern, doch Rita zog ihn am Ärmel. »Komm, lass uns gehen.« Sie zwinkerte Katrin zu. »Wenn Sie mal in Urlaub fahren und niemanden für den Kater haben, ich nehme ihn gern.« Sie fuhr Rupert ein letztes Mal über das Fell, dann schob sie ihren Kollegen sanft die Treppe hinunter.

*

Es war Montagmorgen, neun Uhr. Im Besprechungszimmer der MK Henker ging es hoch her. Ruth Wiechert diskutierte lebhaft mit Georg Müller über ein Detail in der Akte. Sie stand vor ihm, die Hände auf den Tisch gestützt, und Mirko Erlanger, der Müller gegenübersaß, studierte abschätzend ihre Rückansicht. Ein Kollege reichte eine Thermoskanne und Tassen herum, jemand hatte Kuchen mitgebracht, die Reste des sonntagnachmittäglichen Kaffeebesuchs der Schwiegereltern. Kriminalhauptkommissar Klaus Halverstett brauchte eine Weile, bis er für Ruhe gesorgt hatte. Mit verschränkten Armen saß er vor seinem Tisch und sah in die Runde. »So, können wir jetzt endlich anfangen?«

Allmählich verstummten die letzten Gespräche. Ruth Wiechert huschte eilig zu ihrem Platz, Daniel Steinmeier langte noch einmal nach dem fast geleerten Kuchenteller.

Halverstett räusperte sich. »Leider gibt es nach wie vor keine Spur von Benedikt Simons. Offenbar weiß er, dass wir hinter ihm her sind.«

»Sicher hat sein Bruder ihn gewarnt. Den hätten wir besser eingebuchtet.«

»Herr Erlanger, danke für Ihren Beitrag. Aber ich bin noch nicht fertig.« Halverstett reichte dem Kollegen, der ihm am nächsten saß, einen Stapel Blätter. »Gib die bitte rum.« Dann wandte er sich wieder an alle. »Noch haben wir ihn nicht, aber das ist eine Frage der Zeit. Die Kollegen vom MEK observieren das Haus, in dem Marc Simons wohnt. Der hat die Wohnung übrigens seit gestern Abend nicht verlassen. Sein Telefon wird abgehört. Bisher ohne Erfolg. Außerdem lassen wir das Haus von Benedikt Simons' Schwiegereltern observieren, wo seine Noch-Ehefrau und seine Tochter im Augenblick leben. Das befindet sich interessanterweise auch in Benrath, in der Haydnstraße, also ganz in der Nähe vom Haus unserer ersten beiden Opfer.«

»Oder besser gesagt, unserer Opfer Nummer zwei und drei.« Diesmal war es der ältere Kollege, dem Halverstett die Blätter gereicht hatte, der sich einschaltete.

»Das steht noch nicht fest, Walter. Die Obduktion von Reinhold Wollenberg hat vor einer halben Stunde begonnen. Rita ist dabei und gibt uns Bescheid, sobald es erste Ergebnisse gibt. Bis dahin sprechen wir von den vier Opfern, die feststehen.« Halverstett blickte den Kollegen scharf an, der beschwichtigend die Hände hob und nickte. Dann sprach er weiter. »Ich weiß, wir haben alle seit einer Woche zu wenig Schlaf und zu viel zu tun. Dieser Fall geht jedem von uns an die Nieren. Hinzu kommt, dass die Presse uns im Nacken sitzt. Ich brauche die Schlagzeilen wohl nicht zu wiederholen. Der Henker ist natürlich ein gefundenes Fressen für die. Doch darunter sollte die Qualität unserer Arbeit nicht leiden. Gerade jetzt, wo die Identität des mutmaßlichen Täters feststeht, darf uns kein Fehler unterlaufen. Wenn wir der Staatsanwaltschaft die Unterlagen übergeben, will ich, dass alles hieb- und stichfest ist. Deshalb sind wir noch lange nicht fertig.« Er sah in die Runde. »Auf dem Blatt, das Sie inzwischen alle haben, sind die wichtigsten Informationen noch einmal zusammengefasst. Von dem Foto, das Marc Simons uns gestern Abend gegeben hat, ist für jeden ein Abzug dabei. Ich möchte, dass alle noch offenen Spuren abgeklärt werden. Gleich kommt Marc Simons, um seine Aussage zu machen, und danach nehmen wir uns die Wohnung vor. Vielleicht gibt es noch ein Stück von dem Seil, das Benedikt Simons benutzt hat, oder weitere Handschellen oder zumindest eine Rechnung oder einen Kassenbon. Wir werden alles auf den Kopf stellen, und wenn dort irgendetwas in der Wohnung ist, womit wir den Kerl festnageln können, dann finden wir es.«

Ruth Wiechert meldete sich. »Was ist denn mit dem Auto? Dem Geländewagen, den Simons im Augenblick fährt?«

»Gut, dass Sie mich daran erinnern. Den hat eine Streife noch gestern Nacht entdeckt, am Kolpingplatz, gar nicht weit von der Wohnung in der Bankstraße entfernt. Er wird gerade untersucht.«

»Das heißt, Simons ist ohne Auto unterwegs«, bemerkte Georg Müller.

»Oder mit dem Wagen seines Bruders«, warf Ruth Wiechert ein.

Halverstett schüttelte den Kopf. »Marc Simons fährt einen schwarzen Smart. Der steht seit gestern Abend unangetastet in der Bankstraße.«

»Dann sind Benedikt Simons' Bewegungsmöglichkeiten ja arg eingeschränkt.« Müller sah in die Runde. »Ich meine, er kann nicht mal eben sein nächstes Opfer im Kofferraum zum Tatort kutschieren.«

Ruth Wiechert sah ihn an. »Kann aber auch sein, dass er den Wagen nicht mehr braucht, weil er längst über alle Berge ist. Wir haben zwar am Flughafen die Passagierlisten der letzten achtundvierzig Stunden überprüft, aber wenn er sich mit dem Zug abgesetzt hat, haben wir erst mal schlechte Karten.«

Halverstett räusperte sich. »Ich glaube nicht, dass Simons die Stadt verlassen hat.«

»Warum?« Ruth musterte ihn stirnrunzelnd. »Er weiß doch vermutlich, dass wir hinter ihm her sind.«

»Dieser Mann ist auf einem Rachefeldzug. Er tötet alle Menschen, von denen er glaubt, dass sie sein Leben zerstört haben. Ich fürchte, er wird nicht aufhören, nur weil die Polizei inzwischen seine Identität kennt. Dafür ist er viel zu sehr davon überzeugt, dass er im Recht ist.«

16

»Schön, dass du dir die Zeit genommen hast, Roberta.«

»Ist doch selbstverständlich.« Roberta Wickert zog den Mantel aus und legte ihn über die Stuhllehne. Die Kellnerin näherte sich. »Eine heiße Schokolade für mich, bitte.«

»Mit Sahne?«

»Ja, gern. Das volle Programm.« Roberta setzte sich und sah Manfred fragend an. »Was ist los? Du klangst so besorgt am Telefon.«

»Ich bin auch besorgt. Katrin ist in letzter Zeit furchtbar launisch und impulsiv. Außerdem vergisst sie ständig Dinge. Oder sie verliert sie. Halverstett ist tagelang hinter ihren Turnschuhen hergelaufen, dabei wurden die dringend für die Ermittlungen gebraucht. Und ihr Handy ist seit einer Woche wie vom Erdboden verschluckt.«

»Vielleicht hat sie's einfach nur verlegt? Habt ihr mal probiert, die Nummer anzurufen? Vielleicht klingelt es dann hinter irgendeiner Kommode.«

»Haben wir schon versucht. Aber es hat nichts genützt. Entweder ist es ausgeschaltet, oder sie hat es irgendwo anders liegen gelassen. Es geht ja auch nicht um das Telefon. Es geht um Katrin. Sie ist so merkwürdig. Unberechenbar.«

Roberta grinste. »Das war sie eigentlich immer schon. Und dass sie im Augenblick ein bisschen durch den Wind ist, ist doch wohl mehr als verständlich.«

»Eben. Und deswegen sollte sie sich meiner Ansicht nach schonen. Aber sie macht genau das Gegenteil. Ist wieder mal auf Mörderjagd. Sie hat sich in diese Ermittlungen gestürzt, als hinge ihr Leben davon ab.«

»Wie meinst du das? Ist das nicht ein bisschen übertrieben?«

»Na ja«, lenkte Manfred ein. »Nicht gerade, als hinge ihr Leben davon ab, aber doch mit viel zu viel Engagement, wenn du mich fragst. Erst hat sie ja angeblich nur nach diesem verschwundenen Hund gesucht, aber jetzt steckt sie mitten in den Ermittlungen zu dem Henker-Fall. Ich glaube nicht, dass das gut für sie ist.«

»Vielleicht lenkt sie sich damit ab. Sie möchte vermutlich nicht ständig an ihre Entführung denken. Wer will das schon?«

Manfred löffelte Schaum aus seinem Milchkaffee. »Aber wenn sie sich gar nicht damit auseinandersetzt und es einfach nur wegdrängt, ist das bestimmt nicht gut.«

Die Kellnerin brachte Robertas Schokolade. Roberta umfasste die heiße Tasse. »Ich könnte mir denken, dass es Katrin hilft, wenn sie so aktiv ist. Vielleicht ist Mörder jagen ihre Art, sich mit der Entführung auseinanderzusetzen, weil es ihr das Gefühl gibt, die Kontrolle wiederzuhaben.«

»Ich weiß nicht.« Manfred verzog skeptisch das Gesicht. »Ich halte das nicht für eine so gute Idee. Außerdem ist es verdammt gefährlich. Das sollte sie eigentlich wissen.«

»Ich denke, das weiß sie auch.« Roberta lächelte. »Da kannst du dir sicher sein.« Ihr Blick wurde wieder ernst. »Ich verstehe, dass du dir Sorgen machst. Mir ist auch nicht wohl bei der Sache. Doch ich denke, du musst akzeptieren, dass sie so ist, wie sie ist. Stur, hartnäckig und fest entschlossen, den Dingen auf den Grund zu gehen. Ich fürchte, daran wird sich nichts ändern.« Sie schlürfte an ihrer Schokolade. »Also im Grunde genau wie du, oder?«

Manfred verzog das Gesicht. »Das ist was ganz anderes.«

»Ach, weil du ein Mann bist? Oder warum?«

»Nein, natürlich nicht. Oder vielleicht doch. In gewisser Weise jedenfalls. Frauen sind nun mal gefährdeter. Außerdem ist es mein Beruf, Dingen auf den Grund zu gehen. Sie ist Fotografin.« Trotzig rührte er in seinem Kaffee.

»Wer weiß, wie lange noch.« Roberta grinste. »Jetzt, wo sie ihren ersten offiziellen Fall gelöst hat, macht sie vielleicht eine Detektei auf.«

»Sehr witzig.«

»Eben. Nimm's mit Humor, Manfred. Oder bist du neidisch, weil sie dir immer eine Nasenlänge voraus ist?«

»Quatsch!« Manfred warf wütend den Löffel auf den Tisch. »Das stimmt doch gar nicht! Begreifst du nicht, dass ich mir wahnsinnige Sorgen mache? Katrin fordert ständig das Schicksal heraus. Das kann nicht ewig gut gehen!«

Roberta legte ihm beschwichtigend die Hand auf den Arm. »Schon gut. Ich verstehe dich ja. Aber offenbar ist es Katrins Berufung, Verbrecher aufzuspüren. Ob es uns passt oder nicht. Stell dir vor, sie wäre Kampfpilotin oder Hochseilartistin: Wäre das ungefährlicher? Das Leben ist nun mal lebensgefährlich. Du kannst sie nicht in Watte packen. Freu dich lieber über ihren Erfolg. Und hab unauffällig ein Auge auf sie.«

Manfred drückte ihre Hand. »Vermutlich hast du recht. Mir sitzt diese Woche, als ich gedacht habe, ich sehe sie nie wieder, noch immer in den Knochen.« Er griff nach seiner Tasse und nahm einen großen Schluck. »Vielleicht stellt sie mich ja als Assistenten ein, wenn sie eine Detektei aufmacht.«

»Oder als Tippse.« Roberta lachte.

Manfred verdrehte die Augen. »Das könnte euch so passen.«

Roberta wurde ernst. »Stimmt es, dass die Polizei weiß, wer der Henker ist?«

Manfred nickte. »Eben auf der Pressekonferenz hieß es, es gäbe einen dringenden Tatverdacht und die Verhaftung stünde unmittelbar bevor.«

»Und sie haben nicht gesagt, wer es ist?«

»Nein. Aber ich weiß es.«

»Ach?«

»Von Katrin.« Manfred schnitt eine Grimasse.

»Hat sie etwa …?«

»Sagen wir mal, sie hat der Polizei auf die Sprünge geholfen. Es ist der Bruder von dem Typ, mit dem sie dieses Düsseldorf-Buch macht.«

»Wie bitte?« Roberta ließ die Tasse sinken, die sie gerade an die Lippen gesetzt hatte. »Wie hat sie denn das schon wieder hingekriegt?«

»Frag mich nicht.« Manfred hob abwehrend die Hände. »Das ist es ja, was mich beunruhigt, dass sie offenbar einen siebten Sinn für so was hat.«

»Na immerhin ist die Gefahr ja jetzt gebannt.«

»Noch nicht. Die Polizei weiß oder vermutet zumindest, dass dieser Simons der Täter ist, aber sie hat keine Ahnung, wo er steckt. Und solange der noch frei rumläuft, ist alles möglich.«

*

Katrin streckte sich. Dann stand sie auf und trat ans Fenster. Seit zwei Stunden saß sie jetzt am Computer und bearbeitete die Fotos einer goldenen Hochzeit. Kein Auftrag, der künstlerisch besonders anspruchsvoll war, dafür aber lukrativ. Die Feier hatte in einem der exklusivsten Restaurants von Düsseldorf stattgefunden. Hundertzwanzig Gäste, Sechs-Gänge-Menü und ein erstklassiges Musikprogramm. Ihr Auftraggeber hatte nicht mit der Wimper gezuckt, als sie ihm einen ziemlich hohen Preis für ihre Arbeit genannt hatte. Vermutlich hätte sie noch mehr verlangen können.

Draußen war es dämmrig, so als wäre schon bald wieder Abend. Dabei war es elf Uhr vormittags. Das Telefon klingelte. Katrin drehte sich langsam um. Erst beim sechsten Klingeln hob sie ab.

»Katrin Sandmann? Sind Sie das?«

»Wer will das wissen?«

»Hier ist Silke Scheidt.«

»Oh, hallo. Ich habe Ihre Stimme gar nicht erkannt. Wie geht es Ihnen?« Katrin nahm das Telefon mit zum Schaukelstuhl.

»Ich habe Angst.«

Katrin dachte an Benedikt Simons. »Ist etwas passiert?«

»Nein. Alles in Ordnung. Aber mir ist etwas eingefallen. Gestern, nachdem diese zwei Polizeibeamten da waren. Deshalb konnte ich es denen auch nicht sagen. Weil es mir erst nachher eingefallen ist. Ich hatte es vollkommen vergessen.«

»Was hatten Sie vergessen?«

»Ich habe ihn gesehen. Vor etwa zwei Wochen. Ich weiß nicht mehr genau, wann.«

Katrin horchte auf. »Wen haben Sie gesehen? Benedikt Simons?«

»Woher kennen Sie den Namen?« Silke klang mit einem Mal panisch.

»Bitte beruhigen Sie sich! Ich kenne seinen Bruder. Deshalb hatte ich gleich den Verdacht, Sie könnten ihn meinen, als Sie mir die Geschichte von dem Masseur erzählten. Also, Sie haben ihn gesehen?«

»Als ich abends nach Hause kam.« Silke hörte sich wieder ruhiger an. »Ich hatte meine Eltern besucht, und es war ziemlich spät geworden. Als ich aus meinem Wagen stieg, stand er plötzlich vor mir. Ich habe ihn im Dunkeln kaum erkannt. Er sah irgendwie anders aus. Aber dann hat er mich angegrinst, und ich wusste, dass er es war.« Silke stockte.

Katrin hielt den Atem an. Hatte Benedikt an dem Abend vorgehabt, Silke umzubringen? Was war dazwischengekommen? »Was ist dann passiert?«

»Gar nichts. Zwei Männer kamen aus der Imbissbude, die unten bei mir im Haus ist. Ich kenne die beiden flüchtig, und wir haben uns kurz unterhalten. Als ich mich umdrehte, war Simons weg. Ich bin dann schnell in meine Wohnung.«

Katrins Gedanken hasteten in alle Richtungen gleichzeitig. Offenbar war Silke knapp einem Anschlag entgangen. Doch sie schien sich dessen nicht wirklich bewusst zu sein. »Wann genau war das?«

»Ich weiß es nicht mehr. Ich müsste meine Eltern fragen, wann ich bei ihnen war. Aber das ist doch nicht wichtig, oder?«

»Haben Sie ihn seither noch einmal gesehen?«

»Ich bin nicht sicher. Letzte Woche hatte ich einmal das Gefühl, er säße in einem Wagen vor meiner Haustür und beobachte mich. Aber als ich genauer hingesehen habe, war doch niemand da. Vermutlich habe ich mir das eingebildet.«

»Haben Sie Polizeischutz?«

»Der Kommissar, der gestern hier war, hat so was gesagt. Aber im Augenblick gehe ich sowieso nicht aus dem Haus. Sie glauben doch nicht, dass –?«

Katrin überlegte fieberhaft. »Sie sollten diesen Kommissar anrufen. Er hat Ihnen doch sicher eine Telefonnummer dagelassen?« Sie wollte Silke lieber nicht sagen, dass sie den Kommissar auch kannte. Das hätte die Frau nur noch mehr verwirrt. »Am besten tun Sie das sofort, ja?«

Silke Scheidt schwieg.

»Silke? Haben Sie mich gehört?«

»Ja. Ich rufe gleich an, versprochen.«

Plötzlich durchzuckte Katrin ein Gedanke. »Einen Moment noch. Sie sagten eben, Simons hätte anders ausgesehen? Wie anders?«

»Ich weiß nicht. Die Haare irgendwie. Und was er anhatte. Aber ich hatte ihn ja über ein Jahr nicht gesehen. Außerdem war es dunkel.«

»Aber Sie sind sicher, dass er es war?«

»Na ja, sicher war ich erst, als er so komisch grinste. Da hatte ich das Gefühl, er hätte dort auf mich gewartet. Ich weiß auch nicht, warum.«

Katrin hatte ein ungutes Gefühl, als sie auflegte. Dann war plötzlich der Gedanke wieder da, der ihr gestern Nachmittag bereits gekommen war. Sie überlegte kurz, ob sie Halverstett Bescheid sagen sollte, aber dann beschloss sie, der Sache selbst auf den Grund zu gehen.

*

»Schon Viertel nach zehn.« Rita Schmitt sah ihren Kollegen an.

Der nickte. »Wir fahren besser rüber. Komm.«

Bevor sie das Präsidium verließen, steckte Halverstett den Kopf in das Büro, das direkt an sein eigenes grenzte. »Marc Simons ist nicht zur Vernehmung erschienen. Wir fahren hin. Sollte er doch noch auftauchen, funkt mich bitte an, ja?«

Drei Minuten später steuerte Rita Schmitt den Wagen Richtung Derendorf. Sie hatte ihre lila Strickmütze tief in die Stirn gezogen und starrte konzentriert durch das kleine Sichtloch in der Scheibe, das sie zuvor mit ihrem rechten Handschuh frei geschrubbt hatte. Das Gebläse lief auf vollen Touren, doch der dunstige Belag kroch nur zögernd hoch, gab millimeterweise die Sicht auf die Straße frei.

»Dann kannst du mir ja noch mal in Ruhe erzählen, wie es bei der Obduktion war«, meinte Halverstett. »Es liegt also mit Sicherheit Fremdverschulden vor?«

»Ja. Wie ich bereits sagte. Wollenberg ist mit einem stumpfen Gegenstand auf den Hinterkopf geschlagen worden. Die Stirn hat er sich vermutlich beim Sturz verletzt. Außerdem hatte er Spuren an den Handgelenken, die darauf hinweisen, dass er gefesselt wurde. Und zwar einige Zeit vor seinem Sturz.«

»Also ist er gar nicht an der Straßenecke niedergeschlagen worden.«

Rita nickte grimmig. »Genau.«

»Verdammt, so eine Schlamperei! Das hätten die doch vor Ort sehen müssen! Hätten wir das früher gewusst, wären wir vielleicht schon eher auf die Spur von diesem Simons gekommen. Inzwischen wissen wir ja, dass Wollenberg sein ehemaliger Vermieter war.«

»Der ihn rausgeschmissen hat, als er die Miete nicht mehr zahlen konnte«, ergänzte Rita. »Aber noch gibt es keine Beweise dafür, dass Simons für Wollenbergs Tod verantwortlich ist. Es gibt so wenige Parallelen zu den anderen Fällen. Keine Handschellen, nur die Spuren an den Handgelenken. Keine eindeutige Hinrichtung. Das Ganze wirkt im Vergleich zu den anderen Morden zu dilettantisch.« Sie blickte ihren Kollegen zweifelnd an.

Halverstett nickte. »Du hast recht. Doch das muss nichts heißen. Wenn Benedikt Simons der Täter ist, war Wollenberg sein erstes Opfer. Da war sein Plan vielleicht noch nicht so ausgefeilt. Oder er hatte Skrupel. Konnte den Mord nicht so eiskalt durchziehen wie die späteren Taten. Es gibt jede Menge Möglichkeiten.«

»Vielleicht ist Simons ja auch Wollenbergs Tod dazwischengekommen«, meinte Rita. »Todesursache war nämlich tatsächlich ein Herzinfarkt, vermutlich ausgelöst durch den Schock. Die Kopfverletzung war nicht lebensbedrohlich.«

»Ja, das könnte sein. Außerdem sieht es sehr danach aus, als wäre er gestört worden. Wer weiß, wie der Fundort ausgesehen hätte, wenn Simons sein Werk hätte vollenden können.«

»Wozu war denn so ein Blutgerichtsstein gut? Wie hätte es denn aussehen sollen?«

»Der Mann von der Geschichtswerkstatt hat mir erzählt, dass ein zum Tod Verurteilter auf dem Weg zur Hinrichtungsstätte an den Stein gestoßen wurde, um symbolisch anzudeuten, dass er aus der Gesellschaft ausgeschlossen war. Keine Ahnung, wie Simons das inszenieren wollte.«

Rita bog in die Klever Straße. »Du wolltest doch mit dieser Zeugin reden, der Frau, die ihn gefunden hat.«

Halverstett seufzte. »Die ist leider immer noch in Urlaub. Nicht zu erreichen.«

»Glaubst du, dass Marc Simons in Gefahr ist?«, wollte Rita jetzt wissen.

»Ich weiß nicht. Wenn Benedikt sich in die Ecke gedrängt fühlt, ist vermutlich jeder in Gefahr. Auch sein eigener Bruder. Auch wenn der bisher zu ihm gehalten hat.«

»Was wir ja noch nicht wissen. Vielleicht hat er tatsächlich keine Ahnung gehabt.« Rita steuerte in eine Parklücke. Als sie ausstieg, hielt sie nach den Beamten des MEK Ausschau, die das Haus observieren sollten, doch die waren nirgendwo zu entdecken, ganz so, wie es ihre Tätigkeit vorsah.

Niemand öffnete auf ihr Klingeln. Per Funk rief Halverstett Verstärkung, und zehn Minuten später standen sie in der Wohnung. Niemand war dort.

»Verdammt! Das gibt es doch nicht!« Halverstett griff zum Handy und tippte eine Nummer in die Tasten. »Ich denke, niemand hat das Haus verlassen!«, brüllte er wütend. Er lauschte sekundenlang. »Es ist aber niemand da«, rief er schließlich in das Gerät und unterbrach die Verbindung. »Ich fasse es nicht! Wie konnte das passieren?«

»Über den Balkon ist er jedenfalls nicht abgehauen«, meinte Rita. »Dritte Etage, unten ist ein gepflasterter Hof.«

»Aber er hätte durch den Keller in den Hof gekonnt.«

»Und von dort über die Mauer? Ich dachte, die Rückfront des Hauses wird auch überwacht.«

»Dachte ich auch.« Halverstetts Wut brannte ihm im Magen. Marc Simons hätte sie vermutlich zu seinem Bruder geführt. Jetzt waren beide Männer verschwunden. Er wandte sich an einen der Kollegen, die die Wohnungstür aufgebrochen hatten. »Nehmt alles auseinander. Ihr wisst, wonach wir suchen.«

In dem Augenblick trat ein anderer Polizist ins Wohnzimmer. »Guck mal, was ich gefunden habe!« Triumphierend präsentierte er mit seinen behandschuhten Fingern ein Paar schwarze Turnschuhe. »Größe zweiundvierzig. Ich wette, das sind die richtigen.«

»Sofort zur KTU.« Mit grimmiger Miene sah Halverstett sich im Wohnzimmer um. Er öffnete die Schublade einer Kommode und studierte den Inhalt. Stifte, Briefumschläge und Briefmarken. Ein Stapel Papier, eine Druckerpatrone. Sein Handy klingelte. Er lauschte mit gefalteter Stirn. »Schicken Sie eine Beamtin zu ihr«, sagte er schließlich. »Sie soll bei ihr oben in der Wohnung bleiben. Sicher ist sicher.«

»Was ist los?« Rita Schmitt, die gerade die Bücher studierte, die sich auf Marc Simons' Wohnzimmertisch stapelten, sah ihn fragend an.

»Silke Scheidt hat im Präsidium angerufen. Offenbar hat sie uns gestern nicht alles erzählt. Simons war vor zwei Wochen schon mal bei ihr. Hat ihr vor der Haustür aufgelauert. Sie ist wohl nur durch Zufall einem Anschlag entgangen.«

»Wird Zeit, dass wir diesen Mistkerl erwischen.« Rita beugte sich wieder über die Bücher. Sie schlug einen Band auf und begann zu lesen. »Hör dir das an«, rief sie plötzlich. »›Mit dem Galgenprivileg erhielt Düsseldorf 1371 seinen ersten Richtplatz nördlich der Altstadt. Bis ins

17. Jahrhundert lag dieser Platz auf einem kleinen Hügel direkt am Rheinufer zwischen der Stadtwindmühle und dem Dorf Golzheim.‹ Hier liegen lauter solche Bücher rum. Jetzt wissen wir, wo Simons seine Informationen über die Richtplätze herhat.«

*

Zögernd stand Katrin vor der Haustür. Sie erinnerte sich nicht mehr, wie Marc Simons' Nachbarn hießen. Dabei war sie sicher, dass er den Namen erwähnt hatte. Sie studierte die Klingelschilder. Dierkens? Kawalewski? Schubert? Mist. Es fiel ihr nicht ein. Sie fröstelte. Es war eiskalt, auf dem Weg von der Straßenbahnhaltestelle bis hierher waren ihre Zehen eingefroren, und ihr Gesicht war fast vollkommen taub geworden. Am liebsten wäre sie einfach wieder umgekehrt. Was für eine Schnapsidee! Da wurde die Tür aufgerissen. Eine Frau tauchte auf. Was für ein Glück! Hastig murmelte Katrin ein ›Guten Tag‹ und huschte ins Treppenhaus. So war es noch viel besser. Auf ihr Klingeln hätte vermutlich sowieso niemand reagiert. Rasch stieg sie in den dritten Stock. Dabei wurde ihr langsam wieder warm.

Meine Nachbarn, hatte Marc gesagt. Das hatte so geklungen, als würden sie auf der gleichen Etage wohnen. An der Tür stand ›Schubert‹. Katrin zermarterte sich das Gehirn, aber sie war sich nicht sicher, ob Marc diesen Namen genannt hatte. Sie beschloss, es einfach zu probieren.

Behutsam klopfte sie an die Tür. Alles blieb still. Sie klopfte erneut, diesmal etwas fester. Angestrengt horchte sie. Aus dem Inneren drang ein schwaches Geräusch. Schritte? Noch einmal klopfte sie. »Hallo? Ich bin es. Katrin. Bitte machen Sie auf!«

Immer noch blieb alles still. Katrin wollte sich gerade abwenden, als die Tür sich einen winzigen Spalt breit öffnete. Benedikt Simons sah sie misstrauisch an.

»Hallo Benedikt! Ich wusste doch, dass ich Sie hier finde. Ich muss mit Ihnen reden. Es geht um Marc.«

Benedikt antwortete nicht, sondern zog nach einem kurzen Zögern die Tür auf. »Weiß jemand, dass Sie hier sind?«, fragte er, nachdem er die Tür wieder geschlossen und den Schlüssel umgedreht hatte.

»Nein, ähm, ja, mein Freund, ich habe ihm einen Zettel hingelegt, aber er kommt erst gegen Mittag nach Hause.« Ein winziges heißkaltes Kribbeln lief Katrin den Rücken hinunter. Angstvoll sah sie Benedikt an. Der nickte und führte sie ins Wohnzimmer. Auf der geblümten Couch lag eine karierte Wolldecke, die aus Marcs Wohnung stammte. Auf dem Tisch stand eine Bierflasche, der Fernseher lief, ein Düsseldorfer Regionalsender. Benedikt schaltete das Gerät ab. »Wie haben Sie mich gefunden?«

»Der Schlüssel mit dem Schwein dran. Als ich zum ersten Mal bei Marc war, hat er mir von den Nachbarn erzählt, die in München bei Verwandten sind. Ich dachte, das sei ein gutes Versteck.«

Benedikt blieb mitten im Raum stehen. Seine Haltung hatte etwas Lauerndes. Katrin atmete tief durch. »Ich glaube nicht, dass Sie der Henker sind.«

Benedikt sah sie an. Sein Blick war schwer zu deuten. »Warum nicht?«

»Es gibt viele Anhaltspunkte. Einer davon ist, dass jemand Silke Scheidt aufgelauert hat, jemand, den Silke für Sie gehalten hat, aber erst auf den zweiten Blick. Sie hat gesagt, Sie hätten irgendwie anders ausgesehen. Ich glaube, es war Marc, und da sie Marc nicht kennt, hat sie angenommen, dass Sie es sind.«

»Was noch?«

»Welche Schuhgröße haben Sie?«

»Dreiundvierzig, warum fragen Sie?«

»Der Mörder hat Größe zweiundvierzig.«

»Marc.« Benedikts Gesicht zeigte zum ersten Mal eine Regung. Sein Blick schoss zur Zimmertür, so als stünde dort sein Bruder. Dann sah er zurück zu Katrin. Er schien immer noch skeptisch. »Ist das alles? Ich glaube nicht, dass Sie damit die Polizei überzeugen können.«

»Ihr Bruder hat manchmal bei Ihnen ausgeholfen, stimmt's? Er hat die Getränke serviert. Wer weiß, was er noch getan hat.« Katrin hielt abwartend inne, doch Benedikt reagierte nicht. »Ich denke, Sie sind einfach nicht der Typ Mensch, der so etwas tun würde. Sie sind so – so zurückhaltend. Ihr Bruder – Marc, er ist ganz anders. Er ist jemand, der sich nimmt, was er haben will, egal wie, habe ich recht?«

Jetzt kam Bewegung in Benedikt. Unruhig ging er im Zimmer auf und ab, warf hin und wieder einen Blick auf Katrin, die abwartend vor der Couch stand. Schließlich murmelte er etwas und marschierte auf den Schrank zu. Er öffnete ein Fach, in dem eine Sammlung von Flaschen stand. Mit fahrigen Bewegungen schob er sie hin und her, bis er gefunden hatte, was er suchte. Katrin sah zu, wie er zwei Gläser mit einer bernsteinfarbenen Flüssigkeit füllte. Dann lief sie zum Fenster und warf einen Blick hinaus, versuchte zu erkennen, ob irgendwo ein Polizeiwagen vor dem Haus stand. Doch sie entdeckte nichts. Benedikt trat zu ihr und reichte ihr ein Glas. »Hier. Ich brauche jetzt einen, leisten Sie mir Gesellschaft?«

Katrin streckte zögernd die Hand aus. »Ich vertrag das Zeug eigentlich nicht.«

»Das Zeug ist ein richtig guter Weinbrand.« Benedikt lächelte schwach. »Tun Sie mir den Gefallen. Bitte.«

Sie nahm das Glas entgegen. Er lächelte ihr aufmunternd zu. »Prost.«

Das Getränk brannte in ihrer Kehle, doch Benedikt animierte sie, das Glas zu leeren. Wohlige Wärme schoss in ihren Magen. Sie spürte, wie die Spannung von ihr wich. Als sie beide ausgetrunken hatten, nahm Benedikt die Gläser und stellte sie auf dem Tisch ab. Dann setzte er sich in einen der Sessel und vergrub das Gesicht in den Händen. »Ich habe mich lange dagegen gesträubt, es zu glauben. Er ist mein Bruder, verstehen Sie? Die ganze Zeit hat er so getan, als würde er mir helfen, dabei war ich nur seinetwegen überhaupt in dieser beschissenen Lage!« Seine Worte waren schwer zu verstehen, kaum mehr als ein Flüstern, gedämpft durch die Hände, die er nicht vom Gesicht nahm. »Ich habe die ganze Zeit gedacht, dass diese Frau mir eins auswischen wollte. Doch in Wahrheit hat Marc –« Er stockte.

Katrin setzte sich auf die Couch und legte ihre Hand auf sein Knie. Die Wärme war aus ihrem Magen gewichen, stattdessen pochte es in ihren Schläfen, und ein stechender Schmerz lähmte ihren Nacken, als sie daran dachte, wie sie mit Marc in seinem Wohnzimmer gesessen und Sekt getrunken hatte. Wie naiv sie gewesen war! »Er hat uns alle getäuscht«, sagte sie. »Doch das ist jetzt vorbei. Wir müssen mit der Polizei reden.«

Benedikt nahm die Hände vom Gesicht. Seine Augen waren feucht. »Er ist verschwunden.«

Katrin nickte, was ihr ein erneutes Stechen in den Nacken jagte. »Umso wichtiger, dass die Polizei so schnell wie möglich erfährt, dass sie nach dem Falschen fahndet.«

Benedikt seufzte. »Ich weiß nicht, ob ich das kann. Er ist mein Bruder.«

»Er hat fünf Menschen getötet.«

Benedikt zuckte zusammen und starrte Katrin an. »Fünf?«

»Gestern hat die Polizei einen Mann exhumieren lassen, der schon vor drei Wochen starb. Es sieht so aus, als sei der Marcs erstes Opfer gewesen.«

Benedikt stöhnte auf. »Oh, mein Gott.«

»Begreifen Sie jetzt? Wir müssen schnell handeln. Er könnte jederzeit wieder zuschlagen.«

Benedikt nickte bedächtig, doch er rührte sich nicht.

Katrin fasste mit der Hand an ihren schmerzenden Nacken. Ihr Magen bäumte sich gegen den Alkohol auf, und etwas Watteähnliches machte sich in ihrem Kopf breit. Am liebsten hätte sie sich auf der Stelle schlafen gelegt.

Benedikt sah sie fragend an. »Alles in Ordnung?«

»Nur ein steifer Nacken. Stress, nehme ich an.«

»Lassen Sie mal sehen.« Er stand auf. »Legen Sie sich hin, auf den Bauch.«

Katrin zögerte. Bilder schwammen in ihrem Kopf herum, doch sie waren unscharf. Silkes tränenverschmiertes Gesicht. Annika Lennard mit der zerschlissenen Feenpuppe im Arm. Der tote Karl Binder am Schillerplatz mit der lila verfärbten Zunge im Mundwinkel. Die Bilder drehten sich. Sie spürte, wie sie sanft auf das Sofa gedrückt wurde. Hände streiften ihr die Jacke von den Schultern, glitten unter ihren Pullover, strichen über ihren schmerzenden Nacken. Dann wurde es dunkel.

17

»Eins, zwei, drei, vier. Siehst du? Ich weiß genau, welche Karten zusammengehören. Ist ja auch babyleicht. Willst du mitspielen?« Jule Simons sah Halverstett mit großen Augen an. Doch bevor der antworten konnte, schaltete sich ihre Mutter ein. »Julchen, gehst du bitte rauf in dein Zimmer, ja? Wir spielen nachher noch was zusammen, aber jetzt muss die Mama sich mit diesen Leuten unterhalten, das ist ganz wichtig.«

»Ich will aber hierbleiben. Außerdem habe ich das Spiel noch nicht fertig.«

»Du gehst jetzt bitte in dein Zimmer.«

»Nein.«

»Sofort!« Natalie Simons' Stimme klang schrill. Nur mühsam behielt sie die Beherrschung.

»Ihre Eltern sind nicht zu Hause?«, fragte Rita Schmitt.

»Sie sind auf einer Feier. Der siebzigste Geburtstag von einem Freund. Irgendwo bei Stuttgart. Sie wollten eigentlich nicht hinfahren. Aber ich habe nicht zugelassen, dass sie meinetwegen zu Hause bleiben. Morgen Nachmittag kommen sie wieder.« Sie wandte sich erneut ihrer Tochter zu. »Und du gehst jetzt hoch.«

»Ich will aber nicht.«

Energisch packte Natalie Simons Jules Arm und zog sie vom Stuhl. Das Kind kreischte laut auf. »Au, Mami, du tust mir weh.« Jule strampelte und schrie, als ihre Mutter sie aus dem Zimmer trug.

Halverstett warf Rita einen Blick zu, die sich auf den frei gewordenen Stuhl setzte und nickte. »Die ist mit den Nerven am Ende.«

»Kein Wunder.« Halverstett blieb stehen und musterte die Blumenbeete vor dem Fenster. Er versuchte, sich vorzustellen, wie es sich anfühlen musste, wenn das eigene Heim zum Gefängnis wurde. Zur Falle. Ob Natalie Simons überhaupt noch aus dem Haus ging?

Oben krachte laut eine Tür. Jule schrie immer noch wie am Spieß. Dazwischen hörte man Natalie Simons hysterisch brüllen. Rita sprang auf. »Soll ich mal nachsehen?«

Doch Halverstett hielt sie zurück. »Das macht sie nur noch nervöser. Warten wir lieber.«

Es dauerte fast zehn Minuten, bis die junge Frau zurück ins Wohnzimmer kam. Ihre Haare waren zerzaust, und ihr Kopf war hochrot. »Tut mir leid«, murmelte sie, »aber im Augenblick liegen mir die Nerven blank.« Sie setzte sich neben Rita. Dann sprang sie wieder auf. »Ich habe Ihnen gar nichts angeboten. Möchten Sie etwas trinken? Einen Kaffee?«

Halverstett schüttelte den Kopf. »Nein, danke, setzen Sie sich wieder.«

Sie sank zurück auf den Stuhl und strich ihre schulterlangen Haare glatt. »Und Sie sind sich sicher, dass Benedikt das war?«

»Es sieht leider so aus, ja.« Halverstett setzte sich jetzt ebenfalls. Die Essecke füllte einen kleinen Erker an der linken Seite des Wohnzimmers. Von hier aus hatte man uneingeschränkte Sicht auf den gepflegten Vorgarten. Eine Art Theke, die etwa hüfthoch war, trennte diesen Bereich von dem übrigen Teil des Raums ab. Die Theke selbst hatte Jule offenbar zu ihrem Revier erklärt. Eine Barbiepuppe, Filzstifte und Legosteine breiteten sich darauf aus. »In dem Wagen, den er in den letzten Wochen gefahren ist, haben wir Blut und Gewebespuren von drei seiner Opfer gefunden.«

»Ich begreife das nicht.« Natalie starrte auf ihre Hände. »Manchmal kann ich nicht einmal glauben, was er mit dieser Frau gemacht hat, dass er sie betäubt und – und – und jetzt soll er all diese Menschen getötet haben? Warum? Mir tut es so leid um diese Frau Kassnitz, Jules Erzieherin. Das war eine so nette Frau. Sie hat mir beigestanden, als ich mich von Benedikt getrennt habe, hat sich sehr liebevoll um Jule gekümmert. Die beiden hatten ein ganz besonderes Verhältnis zueinander. Wieso hat Benedikt ihr das angetan? Ich erkenne ihn nicht wieder. Das ist nicht der Mann, den ich geheiratet habe.«

Rita Schmitt räusperte sich. »Wir würden gern von Ihnen wissen, ob Ihr Mann irgendeinen Platz hat, an dem er sich verstecken könnte. Oder einen Freund, der ihm Unterschlupf gewähren würde.«

Natalie verhakte ihre Finger und schüttelte den Kopf. »Ich weiß nicht. Sein bester Freund ist eigentlich Marc. Sein Bruder. Ist er denn nicht dort?«

»Leider nicht. Er ist verschwunden. Marc übrigens auch.« Rita warf Halverstett einen Blick zu. Der nickte zustimmend.

»Sind die beiden zusammen untergetaucht?«

»Das wissen wir nicht«, antwortete Rita. »Gibt es sonst niemanden, bei dem er sein könnte?«

»Nicht, dass ich wüsste. Aber was weiß ich schon. Benedikt ist ein Fremder. Ich kenne ihn nicht mehr.«

»Was ist mit diesem Alexander Häckner, von dem er den Wagen geliehen hat?«

»Ist ein alter Schulfreund. Aber Benedikt mag ihn nicht einmal besonders. Alex hat immer an ihm geklebt wie eine Klette, hat ihn bewundert, ihm dauernd irgendwas geschenkt. Ich weiß auch nicht, warum. Benedikt war das eher lästig. Ich glaube nicht, dass er ihn ins Vertrauen ziehen würde.«

»Ist Marc auch mit Alex befreundet?«, wollte Halverstett wissen.

»Nein, ich glaube nicht. Marc ist ja zwei Jahre jünger. Aber ich weiß es nicht genau.«

»Ach, da fällt mir was ein«, rief Rita. »Wir haben Bilder von Marc und Benedikt, aber die sind alle ein paar Jahre alt. Haben Sie ein neueres Foto von Ihrem Mann, das sie uns geben können? Vielleicht auch eins von Marc?«

Natalie stand auf. »Ja, die muss ich nur oben holen. Dann kann ich gleich mal nach Jule sehen. Sie ist so verdächtig still.« Sie verzog den Mund, doch ihr Lächeln erreichte ihre Augen nicht.

Es dauerte wieder ziemlich lange, bis Natalie Simons zurückkam. Sie legte zwei Fotos auf den Tisch. »Die sind von Marcs vierzigstem Geburtstag im letzten Jahr. Es sind die aktuellsten, die ich habe.«

Rita studierte die beiden Bilder. »Sehen sich recht ähnlich die beiden«, stellte sie fest.

»Ja, das stimmt. Benedikt sieht nur ein wenig solider aus als Marc. Das war es, was mir so an ihm gefallen hat. Er hat so eine Zuverlässigkeit ausgestrahlt.« Sie nahm eins der Fotos und blickte es gedankenverloren an. Rita wurde blass. Hastig sah sie zu Halverstett, der rasch nach dem zweiten Foto griff. »Das ist Marc?«, fragte er.

»Ja.«

Halverstett nahm ihr das andere Foto aus der Hand und warf einen Blick darauf. Dann stieß der einen Fluch aus und griff zum Telefon.

*

Die Fledermäuse! Sie flatterten wieder durch ihren Bauch, schlugen mit ihren Flügeln gegen die Magenwände. Dabei stießen sie grässliche, schrille Laute aus, die in ihrem Inneren widerhallten. Katrin hielt sich die Ohren zu, doch es nützte nichts. Das Kreischen war in ihr, rollte ihre Kehle hoch und stürzte sich aus ihrem Mund. Jetzt hatten auch die Fledermäuse den Weg ins Freie entdeckt, heftig flatternd krochen sie durch ihren Rachen, krallten sich mit ihren winzigen Pfoten in ihre Zunge. Sie wollte schreien, doch nur das fremde, schrille Kreischen quoll ihr über die Lippen, das nicht zu ihr gehörte, sondern zu diesen furchtbaren, flügelschlagenden Geschöpfen. Ihr Mund war jetzt zum Bersten voll.

Sie würgte, schnappte gierig nach Luft. Das Kreischen wurde immer lauter. Unerträglich.

Katrin riss die Augen auf. Keine Fledermäuse. Aber ein schriller Ton. Ein Telefon. Sie versuchte, sich zu orientieren, doch es war dämmrig, und sie konnte kaum etwas sehen. Der Ton erstarb. Katrin setzte sich auf. Ihr war plötzlich kalt. Sie fuhr mit den Händen über ihre Arme. Sie waren nackt. Hastig blickte sie an sich herunter. Sie trug ihre Hose. Sogar die Stiefel hatte sie noch an. Doch ihr Oberkörper war unbekleidet. Sie blickte sich panisch in dem Zimmer um, versuchte, sich zu erinnern. Die fremde Wohnung. Benedikt. Was war passiert?

Ihr Pullover lag über der Sofalehne. Während sie ihn anzog, überlegte sie fieberhaft, doch es gelang ihr nicht, die verschwommenen Bilder in ihrem Kopf zu einem sinnvollen Ganzen zusammenzusetzen. Ihr Blick fiel auf den Tisch. Ein Handy lag dort. Katrin stutzte. Es sah genau aus wie ihr eigenes, das seit einer Woche verschwunden war. Zögernd griff sie nach dem Telefon. Wie lange mochte sie hier auf dem Sofa gelegen haben? Zehn Minuten? Zwei Stunden? Noch länger? Sie hatte jedes Zeitgefühl verloren. Hatte Manfred ihre Nachricht gefunden? War er überhaupt schon zu Hause?

Unter dem Handy lag ein Zettel: ›Sie haben es letzte Woche bei meinem Bruder liegen gelassen. Es hat mir gute Dienste geleistet. Danke. B.‹

Katrin starrte die Worte ungläubig an. Ihre Gedanken wollten ihr immer noch nicht gehorchen. Quälten sich unendlich langsam und ungeordnet durch ihren Kopf. Benedikt hatte ihr Handy benutzt? Wozu?

Benedikt. Marc. Sie musste die Polizei rufen! Oder hatte Benedikt das schon getan? Vielleicht war er deshalb verschwunden. Er war auf dem Präsidium. Sie erinnerte sich plötzlich. Er hatte ihr den Rücken massiert. Und dabei musste sie eingeschlafen sein. Erleichtert atmete sie auf. Alles war in Ordnung. Kein Grund zur Panik. Sie griff nach ihrer Jacke, stand auf und lief in die Diele. Die Wohnungstür war abgeschlossen. Sie rüttelte. Nichts zu machen. Mist! Wieso hatte er sie eingeschlossen? Das ergab keinen Sinn. Langsam ging sie zurück ins Wohnzimmer. Am besten, sie würde Manfred anrufen. Der konnte sie sicherlich hier rausholen.

Katrin betrachtete das Mobiltelefon, das sie immer noch in der Hand hielt. Sie erinnerte sich jetzt, dass ihre Mutter angerufen hatte, als sie am vergangenen Montag bei Marc gewesen war und mit ihm über dem Konzept für das Buch gebrütet hatte. Danach musste sie das Handy auf dem Tisch liegen gelassen haben. Bei dem Gedanken, wie sie dort mit Marc gesessen hatte, ohne zu ahnen, dass er ein mehrfacher Mörder war, wurde ihr wieder übel. Sie hatte sogar mit ihm über den Henker gesprochen, ihm erzählt, dass sie den Toten am Schillerplatz entdeckt hatte. Kein Wunder, dass er so einsilbig reagiert hatte. Wieso war ihr das nicht gleich aufgefallen?

Er war ihr von Anfang an unsympathisch gewesen. Schon in der Kneipe, als sie sich zum ersten Mal getroffen hatten. Ihr Instinkt hatte sie also nicht getrogen. Sie sollte sich demnächst noch mehr auf ihn verlassen.

Plötzlich stockten ihre Gedanken. Ihre Hände wurden eiskalt, ihr Herz hämmerte. In der Kneipe. Verdammt! Sie war so eine Idiotin! Dumm. Blind. Gemeinsam mit Manfred hatte sie die Notizen durchgesehen, die er sich bei den Pressekonferenzen im Polizeipräsidium gemacht hatte. Details zum Tatablauf, natürlich nicht alle. Ein paar Kleinigkeiten blieben immer unter Verschluss, damit das Geständnis des Täters, wenn es denn irgendwann eins geben sollte, anhand ebendieser Kleinigkeiten auf seine Glaubwürdigkeit hin überprüft werden konnte.

Die Obduktionsergebnisse. Der Todeszeitpunkt. Verdammt! Wie hatte sie das nur vergessen können! Elisabeth und Bertram Kassnitz waren am Sonntagabend gegen halb zehn aus ihrem Haus entführt worden. Der Tod trat bei beiden zwischen zehn Uhr und zehn Uhr zwanzig ein, bei Bertram Kassnitz ungefähr fünf Minuten früher als bei seiner Frau. Katrin hatte sich um neun Uhr mit Marc in der Kneipe verabredet, er kam etwas später, also gegen zehn nach neun. Als sie sich vor der Kneipe voneinander verabschiedeten, war es kurz nach halb elf gewesen, Katrin erinnerte sich, dass sie auf die Uhr gesehen hatte. Marc konnte die Tat nicht begangen haben, denn er war die ganze Zeit mit ihr zusammen gewesen, sie selbst war sein Alibi.

Katrin stöhnte. Benedikt hatte sie reingelegt. Sie hatte sich an der Nase herumführen lassen wie ein kleines Mädchen. Fassungslos setzte sie sich zurück auf das Sofa. Nach und nach wurde ihr bewusst, in welcher Gefahr sie geschwebt hatte. Sie hatte sich von einem Mörder den Rücken massieren lassen, sich vollkommen in seine Gewalt begeben.

Der Weinbrand. Als er ihr das Glas reichte, hätte sie es doch ahnen müssen! Genau wie bei Carina. Der hatte er auch etwas ins Glas getan. Deshalb war sie so benommen gewesen. Sie legte das Handy neben sich und fuhr sich mit den eiskalten, schweißnassen Händen über die Oberschenkel, um das Zittern in den Griff zu kriegen. Sie musste die Polizei anrufen. Halverstett würde ihr den Kopf abreißen. Ihretwegen war Benedikt entkommen. Das hatte sie davon, dass sie auf eigene Faust losgezogen war. Sekundenlang starrte sie auf das Telefon, das stumm auf dem Sofa lag, wartete darauf, dass ihre Finger sich so weit beruhigten, dass sie die Tasten betätigen konnte.

Plötzlich hörte sie ein Geräusch. Erschrocken lauschte sie. Alles war still. Womöglich hatte sie sich getäuscht. Da wieder! Ein dumpfes Poltern. Katrin starrte auf die Tür, hinter der das Schlafzimmer liegen musste. Benedikt? War er doch noch in der Wohnung?

Vorsichtig schlich sie näher. Da war es wieder. Sie drückte die Klinke hinunter, die Tür war nicht verschlossen. Vor der Heizung, eingequetscht zwischen Bett und Schrank, lag Marc, Füße und Hände gefesselt, einen schwarzen Schal vor dem Gesicht. Katrin stürzte zu ihm und riss ihm den Knebel vom Mund.

»Die Polizei! Schnell! Katrin, du musst die Polizei rufen! Benedikt – ich wollte es einfach nicht wahrhaben. Er ist – er hat –«

»Ich weiß.« Katrin begann, an dem Knoten zu zerren.

»Lass das, ruf erst die Polizei«, rief Marc.

Katrin setzte sich neben ihn. »Die suchen doch schon nach ihm.«

»Er ist noch nicht fertig, er wird weiter morden. Er hat etwas von den Hexen erzählt, die als Nächstes dran sind.«

»Scheiße.« Sie griff nach ihrem Handy. In der Hosentasche fand sie den Zettel mit Halverstetts privater Nummer. Dem brauchte sie nicht lange alles zu erklären, er würde sofort verstehen.

Nachdem sie telefoniert hatte, holte sie eine Schere aus der Küche und schnitt die Fesseln durch. Gemeinsam saßen sie auf dem großen Ehebett mit der geblümten Tagesdecke. Marc rieb sich die Handgelenke. »Er hat mir irgendwas über den Schädel gezogen, ich hatte keine Chance.«

»Seit wann liegst du hier?«

»Gestern Nachmittag. Er war ein paar Mal hier, hat mich sogar zur Toilette gebracht und mir danach schön säuberlich die Beine wieder verschnürt. Hin und wieder hat er mir was zu trinken eingeflößt. Ich fürchte, da war was drin, um mich ruhig zu halten, aber ich hatte solchen Durst. Wie hast du mich eigentlich gefunden?«

Katrin senkte verlegen den Kopf. Dann erzählte sie ihm, was passiert war. Sie war noch nicht ganz fertig, als es an die Tür klopfte. »Aufmachen! Polizei!«

Katrin lief in die Diele. »Wir sind hier eingesperrt!«

»Weg von der Tür!«

Eine Minute später wimmelte es von Polizisten in der kleinen Wohnung. Halverstett tauchte auf und setzte sich zu Katrin und Marc auf das Bett. Erneut berichtete

Katrin, was passiert war. »Eins verstehe ich immer noch nicht«, sagte sie schließlich. »Marc hat Schuhgröße zweiundvierzig, Benedikt dreiundvierzig. Und die Abdrücke am Tatort waren Größe zweiundvierzig. Wie passt das zusammen?«

»Wir haben die Schuhe zu den Abdrücken heute Vormittag in Ihrer Wohnung gefunden.« Halverstett sah Marc an. »Schwarze Turnschuhe. Sind das Ihre?«

Marc nickte. »Die habe ich seit einer Ewigkeit nicht mehr angehabt.«

»Ich vermute, Ihr Bruder hat sie getragen, wenn er die Morde begangen hat. Man kann sich durchaus in einen Schuh quetschen, der eine Nummer zu klein ist.«

»Er wollte den Verdacht auf mich lenken?« Marc sah entsetzt aus.

»Nein, das glaube ich nicht. Er wollte einfach nur, dass wir ihn aufgrund der Schuhgröße als Täter ausschließen. Deshalb hat er sich auch keine Mühe gegeben, seine Spuren zu verwischen.« Alle drei schwiegen kurz.

»Ich wollte es einfach nicht glauben«, sagte Marc dann. »Ich hatte Benedikt im Verdacht, seit ich das mit dem Mord an dem Polizisten erfahren hatte. Karl Binder. Den Namen kannte ich noch. Ich wusste genau, wie sehr Benedikt diesen Mann verabscheute. Nachdem Binder und seine Leute den Massagesalon auf den Kopf gestellt hatten, blieb die Kundschaft aus. Obwohl sie keine Beweise gefunden hatten. Als die Nachricht von dem Mord im Radio kam und Benedikt gar nicht reagierte, wurde mir mit einem Mal ganz anders. Ich habe Benedikt nicht darauf angesprochen, aber ich habe angefangen, Nachforschungen anzustellen. Ich war sogar im Stadtarchiv wegen der Richtplätze.«

»Ach, dann warst du der Journalist, von dem mir die Frau erzählt hat«, rief Katrin.

Marc nickte. »Alles deutete auf Benedikt als Täter hin, aber ich wollte es nicht wahrhaben. Genauso wenig, wie ich auch nur eine Sekunde geglaubt habe, dass er dieser Frau etwas angetan hat. Das glaube ich nach wie vor nicht. Aber was die Morde angeht …« Er verstummte.

Halverstett sprach in die Stille. »So, ich möchte mich noch kurz allein mit der jungen Dame unterhalten. Würden Sie uns bitte entschuldigen?«

Marc humpelte zur Tür und verschwand.

»Ich weiß«, Katrin starrte auf ihre Stiefelspitzen, während sie sprach. »Ich hätte nicht hierher fahren dürfen. Das war total idiotisch.«

»Lebensmüde.«

»Ich war so sicher, dass Marc der Henker ist.«

»Nichts ist sicher. Außerdem ist das Sache der Polizei.«

»Ja.«

»Geben Sie mir Ihre Hand.«

Katrin sah überrascht auf.

»Ihre Hand. Machen Sie schon.«

Zögernd streckte sie die Hand aus.

»Keine Alleingänge mehr, versprechen Sie es.«

»Ich verspreche es.«

»Was versprechen Sie?«

»Ich verspreche, dass ich keine Alleingänge mehr mache.«

Halverstett sah sie streng an. »Ich gehe davon aus, dass Ihr Wort etwas wert ist.«

Katrin nickte. Ein dicker Kloß saß ihr im Hals. Sie kam sich dämlich vor, und dabei hatte sie sich eingebildet, besonders clever zu sein.

»Wir haben uns auch von ihm reinlegen lassen«, sagte Halverstett. »Gestern Abend hätten wir ihn verhaften können. Er hat sich als sein Bruder ausgegeben, und wir haben es nicht gemerkt.«

»Die beiden sehen sich ziemlich ähnlich.«

»Trotzdem hätte das nicht passieren dürfen. Wir hätten uns von diesem angeblichen Marc Simons den Personalausweis zeigen lassen sollen und nicht einen jahrzehntealten Führerschein. Das war absolut dilettantisch.« Halverstett seufzte.

In dem Moment betrat Rita Schmitt das Zimmer. »Kann ich kurz stören? Ich habe hier die Liste aller Leute, die heute das Haus betreten oder verlassen haben.«

»Ich nehme an, Benedikt Simons ist nicht dabei.«

»Niemand, der ihm auch nur annähernd ähnlich sieht.«

Halverstett seufzte. »Lass trotzdem mal hören.«

Rita warf einen kurzen Blick auf Katrin, doch Halverstett nickte.

»Gut. Es haben das Haus betreten: neun Uhr siebzehn, der Briefträger, kommt nach vierzig Sekunden wieder heraus, zehn Uhr siebenundfünfzig, zwei Personen, ein Mann und eine Frau –«

»Ja ja, das waren wir. Lass den Vormittag weg. Katrin, wann sind Sie gekommen?«

Katrin öffnete den Mund, doch Rita war schneller. »Zwölf Uhr dreiundzwanzig, junge Frau, braune Haare, beigefarbene Steppjacke.«

»Okay«, sagte Halverstett. »Alle, die danach das Haus verlassen haben.«

Rita studierte den Zettel. »Also, da war eine Frau, die ging, als Katrin kam.«

»Die können wir vergessen. Das ist zu früh.«

»Bleiben noch drei Personen. Vierzehn Uhr drei, Ehepaar mit Kinderwagen, Frau blond, roter Mantel, Mann schwarze Haare, graue Jacke, Kinderwagen türkis. Und vierzehn Uhr siebenundfünfzig: Frau, dunkelblauer Mantel, Hut, große Plastiktüte.«

Halverstett stand auf und blickte aus dem Fenster. »Und hinten raus? Über die Höfe?«

»Nichts.« Rita Schmitt zuckte mit den Schultern. »Das Ehepaar ist eben wieder zurückgekommen. Die habe ich gesehen.«

Katrin sprang auf und öffnete den Kleiderschrank. Sorgfältig musterte sie die gefaltete Wäsche. »Sehen Sie«, rief sie. »Hier liegen Bügel mit Röcken auf dem Boden. Keine Frau verreist und lässt ihre Röcke wochenlang auf dem Schrankboden zerknittern. Da hat jemand was gesucht.«

Halverstett fuhr herum und begutachtete den Schrankinhalt. Dann wandte er sich an Rita. »Frag nach, in welche Richtung die Frau mit dem Hut gegangen ist!«

Während Rita telefonierte, sahen Halverstett und Katrin sich schweigend an. Katrin hoffte, dass ihre Eingebung richtig war, vielleicht konnte sie so ihren Patzer von vorhin ein bisschen wiedergutmachen. Hätte sie Halverstett angerufen, statt selbst in die Wohnung zu fahren, wäre Benedikt längst verhaftet. Wenn er weitere Morde beging, war sie dafür verantwortlich. Sie biss sich auf die Lippe.

Rita beendete das Gespräch. »Sie ist mit einem weißen Mercedes weggefahren. Dem Kollegen ist übrigens aufgefallen, dass sie sehr merkwürdig gelaufen ist, so als hätte sie Probleme mit den Beinen.«

»Oder als trüge sie zum ersten Mal in ihrem Leben hochhackige Schuhe.« Halverstett ballte die Hand zur Faust. »Ruf die Kollegen an, die vor dem Haus in Benrath stehen. Sie sollten auf eine Frau mit einem weißen Mercedes achten.«

In dem Augenblick wurde Marc am Schlafzimmer vorbei zur Tür geführt.

»Halt!«, rief Halverstett. »Herr Simons, Ihre Nachbarn, haben die ein Auto?«

»Die Schuberts?« Marc runzelte die Stirn. »Ja, einen weißen Mercedes, glaube ich. Warum?«

»Danke, das war's schon. Wir sehen uns auf dem Präsidium.« Halverstett warf Rita Schmitt, die gerade ihr Handy zusammenklappte, einen Blick zu. Ihr Gesicht war blass. Katrin durchzuckte eine schreckliche Ahnung. Angstvoll sah sie die Polizistin an.

»Wir sind zu spät«, erklärte Rita. »Die Frau im weißen Mercedes ist vor einer halben Stunde vor dem Haus in Benrath aufgetaucht. Sie hatte offenbar einen Schlüssel. Die Kollegen haben sie für eine Verwandte gehalten. Vor ein paar Minuten ist der Mercedes aus der Einfahrt gerollt und in Richtung Koblenzer Straße verschwunden. Es saß nur die Frau drin. Aber man konnte natürlich nicht sehen, ob was im Kofferraum war.«

»Haben die Kollegen das Haus durchsucht?«

Rita nickte. »Gerade eben. Keine Spur von Natalie und Jule Simons.«

Halverstetts Körper spannte sich an. »Leite die Fahndung nach dem Wagen ein. Hast du das Kennzeichen?«

Rita nickte erneut.

»Und ich will, dass alle bekannten Richtplätze observiert werden. Okay?«

Katrin suchte Halverstetts Blick, aber der hatte sich bereits abgewandt. »Es tut mir so leid«, sagte sie, doch niemand schien sie zu hören.

Als sie vor die Haustür trat, bog gerade Manfreds Geländewagen um die Ecke. Sie rannte ihm entgegen. Er bremste ab, stieg aus und nahm sie in die Arme. »Ich hab alles verbockt«, murmelte sie unter Tränen. »Wenn sie sterben, ist es meine Schuld.«

18

Der Nebel war zurückgekommen. Gierig streckte er seine bleichen, dürren Finger nach der Stadt aus, glitt durch die Straßen, schlängelte sich zwischen den Häusern hindurch, bis er den letzten Winkel erobert hatte.

Die Hundeführer, die mit ihren Tieren den Gallberg im Nordosten von Düsseldorf absuchten, stolperten blind durchs Gestrüpp. Der Schein ihrer Taschenlampen irrte ziellos durch den weißen Dunst. Experten hatten erklärt, der Name Gallberg habe sich mit großer Wahrscheinlichkeit aus dem älteren Wort Galgenberg entwickelt. Auch hier musste es also früher einmal einen Richtplatz gegeben haben. Alle anderen Orte in der Stadt, die irgendwie mit Rechtsprechung zu tun hatten, wurden ebenfalls unter die Lupe genommen und von der Polizei überwacht. Selbst das Amtsgericht in der Altstadt und das Oberlandesgericht in der Cecilienallee wurden von oben bis unten durchforscht. Letzteres befand sich direkt am Rheinpark, in Sichtweite des Ortes, an dem einst Düsseldorfs erster Galgen gestanden hatte und wo eine Woche zuvor das Ehepaar Kassnitz aufgeknüpft worden war.

Doch obwohl Hunderte von Polizeibeamten nach ihnen suchten, Benedikt, Natalie und Jule Simons blieben spurlos verschwunden, so als hätte der Nebel sie verschluckt. Auch der weiße Mercedes wurde nicht gesichtet.

Kriminalhauptkommissar Klaus Halverstett schob die Unterlagen auf seinem Schreibtisch hin und her. »Irgendwas übersehen wir, aber ich weiß einfach nicht, was es sein könnte.«

Rita Schmitt, die gerade Marc Simons' Aussage abtippte, sah ihn an. »Ich weiß, was du meinst. Ich habe auch das Gefühl, dass die Lösung zum Greifen nah ist, doch ich kriege sie einfach nicht zu fassen.«

»Haben wir wirklich an alle Richtplätze gedacht? Auch die, die nicht so offensichtlich sind?«

»Ich denke ja. Aber es gibt so viele Orte, die in Frage kommen. Außerdem wäre es möglich, dass er in eine Nachbargemeinde ausweicht. Was, wenn er sich einen Richtplatz in Neuss oder Ratingen sucht? Oder noch weiter weg? Wenn Simons es wirklich darauf anlegt, seine Frau und seine Tochter an einem Richtplatz umzubringen, dann schafft er das auch. Da haben wir gar keine Chance, das zu verhindern. Wir können nicht überall sein.«

Halverstett stand auf und starrte in den Nebel, der sich immer dichter über den Parkplatz vor dem Präsidium legte. Inzwischen war es fast fünf, und die Dämmerung hatte eingesetzt. Die Wahrscheinlichkeit, die drei rechtzeitig zu finden, wurde immer geringer. »Ich versuche die ganze Zeit, mich in ihn hineinzuversetzen. Was würde ich tun? Wie würde ich meine Frau und meine Tochter umbringen wollen, von denen ich glaube, dass sie mich verraten haben?«

Sein Handy klingelte. Maren Lahnstein.

»Wie sieht es aus?«

»Nicht gut.« Halverstett drückte seine Stirn an die kühle Fensterscheibe, froh, ihre Stimme zu hören, verunsichert, da Rita jedes Wort mithörte, das er sagte, und gereizt, weil es der falsche Augenblick war.

»Ich habe gehört, dass er seine Frau und seine Tochter entführt hat. Glauben Sie, er würde ihnen wirklich etwas antun?«

»Davon müssen wir ausgehen, ja.«

»Dann will ich nicht länger stören. Ich wollte Ihnen nur sagen, dass ich an Sie denke.«

Halverstett schloss die Augen. Sekundenlang verschwanden der Parkplatz, sein Büro, sogar der Henker und seine Opfer aus seinem Leben. Leere hüllte ihn ein wie eine warme Decke. Vergessen.

Als er zu einer Antwort ansetzte, hatte sie die Verbindung bereits unterbrochen.

*

Das heiße Wasser tat gut. Es strömte ihren Rücken hinunter und wärmte sie, doch es spülte nicht die Schuldgefühle weg, die sie auffraßen wie ein ausgehungertes Monster, das sie von innen her verschlang. Katrin drehte den Wasserhahn zu und stieg aus der Dusche. Sie wickelte sich in das große rosa Badetuch und tappte barfuß in die Küche, wo Manfred den Tisch gedeckt hatte.

»Ich dachte schon, du wärst unter der Dusche eingeschlafen. Hat es gutgetan?«

»Sehr.« Katrin ließ sich auf einen Stuhl fallen.

»Willst du dir nichts anziehen? Nicht, dass du dich erkältest.« Er sah Katrins Blick und zuckte mit den Schultern. »Ganz wie du meinst.« Schwungvoll knallte er ein Holzbrett auf den Tisch und platzierte darauf eine große Pfanne mit Bratkartoffeln. »Hunger?«

»Ich glaube schon.«

»Das hat nichts mit Glauben zu tun.« Manfred füllte die Teller. »Bitte versuch, nicht an diese Henkergeschichte zu denken. Wenigstens für eine halbe Stunde. Mach dich nicht verrückt.«

Katrin griff nach der Gabel. »Du hast gut reden.«

»Ich weiß, dass du dir Vorwürfe machst.« Manfred schob sich eine Ladung Bratkartoffeln in den Mund und verzog das Gesicht, als er sich die Zunge verbrannte. »Du hast dich ja auch ziemlich blöd benommen. Aber passiert ist passiert. Du kannst es nicht ungeschehen machen. Noch gibt es keine neuen Horrormeldungen. Vielleicht findet die Polizei sie ja rechtzeitig. Okay? Und jetzt wechseln wir das Thema.«

»Ganz wie du meinst.«

»Vorhin hat übrigens deine Mutter angerufen. Ob wir am Samstag zum Essen kommen.«

»Ach ja.« Katrin schlug sich mit der Hand vor die Stirn. »Sie hat letzte Woche schon mal angerufen. Als ich bei – na ja, jedenfalls hat sie angerufen. Ich hatte versprochen zurückzurufen. Aber ich bin nicht dazu gekommen.«

»Ich habe zugesagt.« Manfred kaute. »Ist dir doch recht?«

Katrin nickte abwesend.

Den Rest der Mahlzeit bemühten sie sich, über belanglose Dinge zu sprechen. Sie machten sogar Urlaubspläne. Katrin wollte nach Irland, Manfred lieber irgendwohin, wo es wärmer und sonniger war. Am Ende warfen sie eine Münze, und Manfred tröstete sich damit, dass es in Irland wenigstens gemütliche Pubs und gutes Bier gab, egal, wie heftig es draußen regnete.

Katrin schlüpfte in Jeans und Pullover, während Manfred die Küche in Ordnung brachte. Danach machten sie es sich im Wohnzimmer bequem. Manfred setzte sich auf die Couch, Katrin legte den Kopf auf seinen Schoß und streckte die Beine aus. Sie schloss die Augen.

»Geht es dir besser?«, fragte Manfred.

Sie nickte stumm.

»Soll ich dir was vorlesen?« Er angelte ein Buch aus dem Regal, das hinter der Couch stand. »Was haben wir denn hier? Grimms Märchen. Wie wär's damit?«

»Keine Horrorgeschichten bitte«, murmelte Katrin. »Hast du nichts Netteres im Angebot?«

»Doch sicher. Allerdings hast du hier bei jeder Geschichte ein garantiertes Happy End. Ein unschlagbarer Vorzug. Also, überleg es dir.«

»Ja, neben Teufeln, Rabeneltern und Menschenfressern. Wunderbar.«

»Hexen, nicht zu vergessen. Aber die werden ja verbrannt.«

Katrins Kopf schoss hoch. »Sag das noch mal!«

»Schon gut, schon gut. Ich suche was anderes raus. Wo hast du denn die Liebesromane stehen?«

»Ich meine es ernst. Sag es noch mal.«

»Hexen? Hexen werden verbrannt. Was ist los?«

Katrin sprang auf. »Ich muss Halverstett anrufen. Hexen! Benedikt hat von Hexen gesprochen. Marc hat es mir erzählt. Die Hexen seien als Nächstes dran.« Sie rannte in die Küche, wo ihr Handy lag. Halverstett meldete sich nicht. Katrin sprach auf die Mailbox. Unruhig lief sie hin und her. »Verdammt! Warum geht der nicht dran?«

Manfred war ebenfalls in die Küche gekommen. »Ich verstehe nicht ganz. Was ist los?«

»Benedikt hat gesagt, die Hexen sind als Nächstes dran. Er hat es wörtlich gemeint. Es gibt einen berühmten Fall von Hexenverbrennung in Düsseldorf. In Gerresheim, um genau zu sein. Damals war das ja noch eine eigenständige Stadt. Dort hat die letzte Hexenverbrennung im Rheinland stattgefunden. Zwei Frauen, eine junge und eine ältere. Es gibt einen Gedenkstein an der Stelle, an der es angeblich passiert ist.«

»Ach du Scheiße. Komm!«

»Was hast du vor?«

»Hinfahren! Wir können die Polizei von unterwegs anrufen, aber bis wir alles erklärt haben, ist es vielleicht zu spät, mach schon, zieh deine Schuhe an!«

»Ich habe Halverstett mein Wort gegeben.«

»Was hast du versprochen?«

»Keine Alleingänge mehr.«

»Du bist doch nicht allein.«

Katrin stöhnte, dann schlüpfte sie in ihre Stiefel. Während Manfred über die Kruppstraße heizte, versuchte Katrin, dem Polizisten in der Leitstelle die Sache zu erklären. Der versprach, die Information weiterzuleiten, doch er machte deutlich, dass in den letzten Stunden unzählige derartige Hinweise eingegangen waren, die offenbar alle zu nichts geführt hatten. Wieder versuchte sie, Halverstett auf seinem Handy zu erreichen, doch ohne Erfolg.

Manfred bog mit quietschenden Reifen in den Hellweg. »Woher weißt du das eigentlich alles? Das mit den Hexen, meine ich. Hast du dieses Geschichtsreferat damals in der Schule auswendig gelernt?«

»Quatsch. Ich habe in der letzten Woche jede Menge Texte über Düsseldorf gelesen. Schließlich wollte ich mit Marc Simons zusammen einen Bildband herausgeben, schon vergessen? Ein paar Dinge bleiben einem im Gedächtnis haften.«

»Wann war denn diese Hexenverbrennung?«

»Irgendwann im achtzehnten Jahrhundert. Ein junges Mädchen, das vermutlich geistig verwirrt war, hat sich selbst und seine Nachbarin der Hexerei bezichtigt. Diese Nachbarin hat natürlich versucht, das Mädchen zu bewegen, die Behauptung zurückzunehmen. Aber das hat sie nicht getan. Unter der Folter hat dann auch sie schließlich gestanden.«

»Wie furchtbar. Erinnerst du dich auch noch, wo genau dieser Gedenkstein steht?«

»Dreherstraße Ecke Schönaustraße, du brauchst einfach nur geradeaus zu fahren, dann stoßen wir direkt darauf. Hoffentlich ist es noch nicht zu spät!«

Vier Minuten später bremste Manfred vor dem kleinen Rasenplatz, auf dem die steinerne Skulptur stand, die an die Verbrennung der beiden Frauen erinnern sollte. Katrin sprang aus dem Wagen. Der Platz war leer, die kahlen Bäume reckten sich stumm in den Himmel.

Manfred schritt unruhig die Wiese ab. Sein Blick schweifte hin und her, doch mittlerweile war es vollkommen dunkel, und die Straßenbeleuchtung war dem Nebel nicht gewachsen. »Dort drüben ist ein Park.« Er deutete auf die andere Straßenseite. »Vielleicht sind sie da.«

Katrin hörte nicht zu, reglos stand sie vor dem Stein und entzifferte die Inschrift.

›Die Würde des Menschen ist unantastbar. Für Helene Mechthildis Curtes und Agnes Olmanns, in Gerresheim verbrannt am 19. August 1738 nach dem letzten Hexenprozess am Niederrhein, und für alle Gequälten und Ausgestoßenen.‹

»Katrin? Der Park!« Manfred zog sie am Ärmel.

Langsam hob sie den Kopf. »Riechst du was?«

Manfred ließ den Arm sinken. »Rauch. Er riecht verbrannt. Scheiße, wo kommt das her?«

Katrin blickte sich um. »Nicht aus dem Park jedenfalls, das Feuer müsste man sehen, auch durch den Nebel.«

»Eins der Häuser?«

Sie rannten los. Der kleine Platz, der den Beginn der Schönaustraße markierte, war von Mietshäusern gesäumt. Die meisten waren einförmig rotbraun verklinkert. Ein Stück die Schönaustraße hinunter blitze etwas Farbe an den Fronten, grün, rosa und orange. Hektisch liefen sie die Straße entlang, ließen ihren Blick über die Fassaden gleiten.

Dann sahen sie es. Qualm schlängelte sich aus einem Kellerfenster.

»Dieser Scheißkerl!« Manfred stürzte zur Haustür und presste die Hand auf alle Klingeln gleichzeitig. Katrin zog ihr Handy aus der Tasche und informierte hastig die Feuerwehr. Die Tür öffnete sich. Qualm waberte die Kellertreppe hoch.

Manfred sah Katrin an. »Lauf durchs Haus und sag den Leuten Bescheid! Ich sehe im Keller nach.« Er stürmte los.

»Pass auf dich auf!«, rief Katrin ihm hinterher, dann schlug sie mit der Faust gegen die erste Wohnungstür. Eine alte Frau öffnete. »Ich kaufe nichts.«

»Es brennt. Im Keller. Bitte verlassen Sie sofort das Haus.«

Die alte Frau riss entsetzt die Augen auf, doch Katrin hatte keine Zeit für lange Erklärungen. Immer zwei Stufen auf einmal nehmend rannte sie die Treppe hoch. In der ersten Etage öffnete niemand. In der zweiten traf sie eine Frau mit zwei kleinen Kindern an, die kaum Deutsch verstand. Erst als die junge Mutter den Qualm roch, begriff sie, brüllte ihren Kindern etwas zu und hastete die Treppe hinunter. Ganz oben wohnte ein älteres Ehepaar. Es brauchte unendlich lange, um zu begreifen, und noch viel länger, um die Treppe hinunter aus dem Haus zu laufen. Katrin rannte voraus. Als sie an der Haustür ankam, hörte sie von ferne das Martinshorn. Die Feuerwehr war unterwegs.

In dem Augenblick tauchte Manfred an der Kellertür auf. Er trug eine bewusstlose Frau über der Schulter. Natalie Simons. Kaum hatte er sie auf der Stufe im Hauseingang abgesetzt, sprang er wieder auf. »Kümmere dich um sie. Ich muss das Kind suchen.«

Aber er kam nicht weit. Auf der zweiten Stufe knickte er um und schrie laut auf. Katrin stürzte zu ihm. »Alles in Ordnung?«

»Mein Fuß!« Manfred versuchte aufzutreten, stöhnte leise und lehnte sich kraftlos gegen die Wand.

Katrin stand am Treppenabsatz und krallte sich an Manfreds Arm. Hinter ihr kam Natalie Simons zu Bewusstsein und wimmerte leise. »Hilfe! Hilfe, wo bin ich? Jule? Wo ist Jule?«

Manfred versuchte erneut, einen Schritt zu gehen, doch sein Bein rutschte unter ihm weg. Erschöpft ließ er sich auf der Treppe nieder und rieb sich den Knöchel. »Verflucht! Ich schaffe es nicht. Mein Bein. Ich kann nicht auftreten.«

Katrin hört ihn kaum, sie starrte auf die Kellertür, die sie hämisch angrinste. Ihr Herz hämmerte. Ihre Hände waren schweißnass und zitterten. Die Stufen fingen an zu tanzen, lockten aufreizend, verhöhnten sie.

»Jule!«, schluchzte Natalie hinter ihr. »Wo ist Jule?«

Katrin fasste nach dem Geländer und schloss die Augen. Vielleicht schaffte sie es, wenn sie nicht hinsah. Langsam, unendlich langsam tastete sie sich hinunter. Ihre Beine waren bleischwer, sträubten sich gegen jede Bewegung. In ihrem Kopf rauschte es, ihr ganzer Körper zitterte, Schweiß lief ihr den Rücken hinunter, und sie krallte sich an das Geländer, als hinge ihr Leben davon ab. Bei jedem Schritt glaubte sie, ins Unendliche zu stürzen, von der geifernden Treppe verschlungen zu werden. Doch nichts passierte.

Endlich spürte sie keine Stufe mehr. Sie war unten. Sie hatte es geschafft. Die Luft war unerträglich stickig, sie konnte kaum atmen. Zögernd ließ sie das sichere Geländer los und zog sich den Schal vors Gesicht. Sie musste die Augen öffnen, doch sie wagte es nicht. Noch einen Schritt. Angsterfüllt tastete sie nach der Tür und schob sich hindurch. Hitze schlug ihr entgegen, lähmte sie, brannte in ihrer Lunge. Schnell öffnete sie die Augen. Es war dämmrig, von links kam flackerndes Licht. Hastig streifte sie die Jacke ab und lief den Gang entlang.

»Jule! Jule!« Ihre Stimme klang gedämpft durch den Schal, heiser und fremd. Während sie rannte, stieß sie Türen auf, warf einen Blick in die Räume. Von dem Mädchen keine Spur. Die Luft wurde immer schlechter, sie merkte, wie ihr Kopf schwer, ihre Bewegungen immer unbeholfener wurden.

Weiter und weiter taumelte sie den Gang entlang, stolperte über eine Kiste mit alten Zeitungen und schlug gegen die Wand, die überraschend kühl war. Schließlich erreichte sie einen großen Raum, der in lauter kleine Parzellen unterteilt war. Schlichte Wände aus Holzlatten trennten die einzelnen Bereiche. Der hintere Teil stand in Flammen, die hölzernen Trennwände brannten lichterloh. Das Feuer fraß sich durch das Holz, das jämmerlich ächzte, und näherte sich mit atemberaubender Geschwindigkeit der Tür.

Ganz vorn zeichneten sich die Konturen einer schmalen, kleinen Gestalt vor dem flackernden Licht der Flammen ab. Jule. Ihre Hände waren zusammengebunden und über ihrem Kopf an die Latten des ersten Verschlags gefesselt. Das Mädchen hing schlaff davor, es war bewusstlos. Katrin stürzte zu ihm. Sie versuchte, den Knoten zu finden, doch der Qualm war zu dicht, um etwas zu erkennen. Kurzentschlossen trat sie mit dem Fuß kräftig gegen die Latten. Holz splitterte. Noch einmal trat sie zu. Jetzt brach die Latte. Katrin zog Jule zu sich und hob sie hoch. Sie war viel schwerer, als sie gedacht hatte. Nur mit Mühe schaffte sie es, den schlaffen Körper zurück durch den Gang zu tragen. Sie konnte sich kaum noch auf den Beinen halten, in ihrem Schädel pochte es, die Kellerwände drehten sich, ihre Beine knickten ein. Der Boden war hart, ein stechender Schmerz brannte sich in ihre Stirn, als sie mit dem Gesicht aufschlug. Dann spürte sie nichts mehr.

19

Etwas drückte auf ihr Gesicht. Katrin schnappte nach Luft und versuchte, das Ding von ihrem Mund wegzuschieben, doch es ließ sich nicht bewegen. Sie wachte auf. Ein Paar braune Augen sahen sie an.

»Da sind Sie ja wieder.«

Der Fremde nahm das Ding von ihrem Gesicht. Er trug einen weißen Kittel. Jetzt erkannte sie das Innere eines Rettungswagens. Sie versuchte, sich aufzurichten. »Was ist denn –?«, setzte sie an, doch ihre Stimme war zu schwach.

»Es ist alles in Ordnung.« Der Mann drückte sie sanft zurück auf die Liege. »Sie haben eine leichte Rauchvergiftung. Halb so wild. Das Mädchen und seine Mutter hat es schlimmer erwischt, aber es besteht keine Lebensgefahr. Sie sind auf dem Weg ins Krankenhaus.«

Katrin atmete tief durch. Langsam kam sie zu sich, spürte ein Ziehen im linken Bein, einen stechenden Schmerz an der Stirn, als der Sanitäter ihr ein Pflaster auf die Platzwunde klebte. Von draußen drangen Geräusche zu ihr. Ein Scheppern. Laute Rufe. Eine Stimme, die ihr bekannt vorkam.

»Natürlich kann ich da rein. Versuchen Sie mal, mich daran zu hindern!« Manfred tauchte an der Tür auf. Als er Katrin sah, lächelte er erleichtert. »Du machst vielleicht Sachen!« Er versuchte, in den Wagen zu klettern, doch sein verstauchter Knöchel machte ihm einen Strich durch die Rechnung.

»Warte«, rief Katrin, »ich komme raus.« Ihre Stimme klang annähernd wieder nach ihr selbst. Sie sah den Sanitäter an, der nickte und ihr aufhalf.

»Aber seien Sie vorsichtig.«

Mit seiner Hilfe krabbelte sie aus dem Wagen. Manfred schloss sie in die Arme. Sekundenlang blieben sie einfach so stehen, Feuerwehrmänner rannten an ihnen vorbei, ein Polizist brüllte Befehle, doch sie nahmen nichts davon wahr. Katrin hätte Manfred am liebsten nie wieder losgelassen, doch in dem Augenblick hielt ein Wagen dicht neben ihnen. Klaus Halverstett und Rita Schmitt sprangen heraus. Sie wechselten ein paar Worte mit einem Streifenbeamten, der aufgeregt auf sie einredete, dann ging Rita auf einen der Feuerwehrmänner zu, um mit ihm zu sprechen. Halverstett rief ihr noch etwas zu und näherte sich dann Katrin und Manfred.

Katrins Knie wurden weich.

Halverstett blieb wortlos vor ihnen stehen und musterte sie. »Setzen wir uns in meinen Wagen«, sagte er schließlich und marschierte voraus.

»Die Sache geht auf meine Kappe«, sagte Manfred, als sie beide auf der Rückbank saßen. »Ich habe Katrin überredet. Schließlich ging es darum, das Leben dieses Mädchens und seiner Mutter zu retten.«

»Habe ich irgendwas gesagt?« Halverstett starrte aus dem Fenster. Dann drehte er sich um. »Ich hatte gerade ein anderes Gespräch, als sie versucht haben, mich zu erreichen, Katrin. Ich bin froh, dass sie sich auf eigene Faust auf den Weg gemacht haben. *Diesmal!*« Er schwieg.

»Irgendeine Spur von Benedikt Simons?«, fragte Manfred in die Stille.

Halverstett schüttelte den Kopf.

Rita Schmitt öffnete die hintere Wagentür. »Ihre?« Sie hielt eine beigefarbene Steppjacke ins Auto, Katrin griff mechanisch danach. »Sie haben der Kleinen das Leben gerettet.« Einen Moment lang sah Rita Katrin an, als wolle sie noch mehr sagen, dann wandte sie sich an ihren Kollegen. »Da will dich jemand sprechen, Klaus.«

Halverstett nickte und stieß die Wagentür auf. »Lassen Sie sich von einem Streifenwagen nach Hause bringen. Und Sie, Kabritzky, sollten den Fuß versorgen lassen.« Er stieg aus und beugte sich noch einmal in den Wagen. »Morgen früh auf dem Präsidium. Alle beide. Sie wissen ja, wo Sie mich finden.« Er knallte die Tür zu und stapfte davon.

Katrin blickte auf Manfreds Fuß. »Vielleicht solltest du den wirklich nachsehen lassen. Womöglich ist er gebrochen.«

»Quatsch, der ist nicht gebrochen. Aber wenn es dich beruhigt, humpel ich mal da rüber.« Er deutete auf den Rettungswagen.

»Warte, ich helfe dir.« Katrin machte Anstalten, die Wagentür zu öffnen.

»Nein, bleib sitzen und ruh dich aus. Ich schaffe das schon.«

Manfred wand sich aus dem Auto und verschwand, Katrin blieb allein zurück und starrte auf das Durcheinander vor der Windschutzscheibe. Das Feuer war offenbar gelöscht, die Feuerwehrmänner rollten die Schläuche ein. Ein paar Gestalten in weißen Anzügen verschwanden im Haus, die Spurensicherung machte sich an die Arbeit. Neugierig beobachteten die Menschen das Geschehen, drängten sich an die Absperrung oder starrten aus den geöffneten Fenstern der Nachbarhäuser.

Katrins Handy klingelte. Es dauerte einen Augenblick, bis sie es aus der Jackentasche gefischt hatte.

»Ja? Hallo?«

»Ich hätte dir den Hals umdrehen sollen, als ich die Gelegenheit dazu hatte.«

*

Sekundenlang war Katrin wie gelähmt. Sie presste das Telefon ans Ohr, unfähig, etwas zu sagen oder zu tun.

»Hat es dir die Sprache verschlagen, du kleines Miststück?«

Allmählich setzte ihr Verstand ein, auch wenn ihr die Worte unbeholfen über die Lippen kamen. »Benedikt! Wo stecken Sie?« Während sie sprach, blickte sie aus dem Wagen, suchte fieberhaft ein bekanntes Gesicht. Rita Schmitt stand etwa zehn Meter von ihr entfernt und sprach mit einem Mann von der Feuerwehr. Doch sie sah nicht in ihre Richtung.

Benedikt lachte höhnisch. »Das wüsstest du wohl gern. Aber du bist doch so clever, vielleicht findest du es ja heraus.«

»Wie kommen Sie darauf, dass ich es herausfinden könnte?«

Wieder lachte er. Katrin hielt das Gerät von ihrem Kopf weg. Sein Lachen war furchtbarer als seine Worte. Es hatte etwas unbeschreiblich Grausames, Unmenschliches. Sie sah Jule vor sich, wie sie ohnmächtig an dem Holzverschlag gehangen hatte, hilflos den Flammen ausgeliefert. Er war ihr Vater. Wie hatte er das tun können?

»Du hast doch auch die Hexen gefunden.«

Katrin schluckte. Beinahe hätte sie das Handy fallen lassen. »Was?«, flüsterte sie ungläubig.

»Du hast die Hexen gefunden, Miststück, und jetzt, jetzt musst du mich finden. Sonst ist es nie vorbei.«

»Woher wissen Sie …?« Die Worte kamen automatisch, obwohl sie die Antwort kannte. Er war hier gewesen. Er hatte beobachtet, wie sie und Manfred das Haus gefunden hatten. Vielleicht war er immer noch in der Nähe. Angstvoll sah sie sich um, so als könne er jeden Moment neben dem Wagen auftauchen. Doch in dem Wirrwarr von Polizisten, Feuerwehrleuten und Schaulustigen konnte sie nichts Verdächtiges erkennen. Wieder blickte sie zu Rita Schmitt, winkte ihr zu, doch die Frau sah auf einen Zettel, den der Feuerwehrmann ihr gereicht hatte.

»Also, beweis mir, was du drauf hast, Engelchen. Du hast genau eine Stunde.« Die Verbindung wurde unterbrochen.

Katrin nahm benommen das Handy vom Ohr, starrte fassungslos nach draußen, ohne wirklich etwas zu sehen. Warum tat er das? Was wollte er von ihr? Aus der Menschenmenge löste sich eine Gestalt, ein Feuerwehrmann, der noch Schutzkleidung und Helm trug. Sein Gesicht war hinter der Schutzbrille nicht zu erkennen.

Zielstrebig marschierte er auf den Wagen zu, in dem Katrin saß. Panik flutete durch ihren Körper. Das musste er sein! Sie wollte schreien, aber kein Laut drang aus ihrem Mund. Sie wollte die Tür aufstoßen, wegrennen, doch sie saß starr auf der Rückbank des Wagens, als hätte sie jemand dort festgeklebt. Schon hundert Mal hatte sie solche Szenen im Film gesehen, sich geärgert, weil sie es unglaubwürdig fand, wenn die Opfer sich nicht wehrten, sondern alles hilflos mit sich geschehen ließen. Und jetzt sah auch sie ihrem eigenen Untergang entgegen, als wäre er ohnehin nicht mehr zu verhindern.

Kurz vor dem Wagen blieb der Mann stehen und zog den Helm vom Kopf. Jetzt endlich schrie Katrin und hämmerte gegen das Wagenfenster, weil sie in ihrer Angst den Türgriff nicht fand, und sie hörte auch nicht auf, als sich ein schokoladenbraunes Gesicht und lange dunkle Locken aus dem Kopfschutz herauspellten.

Zusammen mit Rita Schmitt, die den Schrei ebenfalls gehört hatte, stürzte der Feuerwehrmann auf den Wagen zu. Es dauerte fünf volle Minuten, bis Katrin halbwegs verständlich erzählen konnte, was soeben geschehen war.

»Er hat gesagt, Sie müssten ihn finden?« Rita sah Katrin ungläubig an. »Haben Sie denn eine Idee, wo er stecken könnte?«

»Keine Ahnung.« Katrin blickte dem Feuerwehrmann hinterher, der Katrin der Polizistin überlassen hatte, nachdem klar war, dass keine akute Notsituation vorlag. Noch immer saß ihr der Schock tief in den Knochen, auch wenn sie sich im Nachhinein ein wenig albern vorkam.

»Hat er gesagt, dass er wieder anruft?«

»Nein. Nur, dass ich eine Stunde habe, um ihn zu finden.«

»Na wunderbar.«

»Was ist mit weiteren Opfern? Silke Scheidt. Geht es ihr gut?«

Rita Schmitt nickte. »Die steht unter Polizeischutz. Ich habe gerade noch mit der Kollegin gesprochen, die bei ihr ist. Alles in Ordnung.«

»Das ist total irre.« Katrin lehnte sich zurück. »Ich habe keine Ahnung, was er vorhat. Wie kommt er nur darauf, dass ich es wissen könnte?«

»Es ist ein Machtspiel, nehme ich an.« Rita winkte Halverstett, der in ihrem Blickfeld aufgetaucht war. »Sie haben ihm die Tour vermasselt, jetzt muss er Ihnen und sich selbst beweisen, dass er trotzdem der Bessere ist.«

Nachdenklich starrte Katrin auf das Telefon in ihren Händen. »Ich verstehe, dass jemand ausrastet, wenn durch eine falsche Anschuldigung sein ganzes Leben aus den Fugen gerät. Aber so viel Hass …?«

*

Benedikt Simons starrte die Straße entlang. Eine kurze Sackgasse, rechts einförmige, schmale Reihenhäuser, links zwei Wohnblocks. Am Ende der Straße führten ein paar Stufen hinunter zu einer kleinen Kolonie mit Schrebergärten. Links dahinter, jenseits des Brückerbachs, schimmerte die hell erleuchtete Glaskuppel des botanischen Gartens der Universität durch den Nebel wie ein Fremdkörper aus einer anderen Welt. Von ferne hörte er das gleichförmige Rauschen der Schnellstraße. Unmittelbar über seinem Kopf stieß eine Krähe einen empörten Schrei aus und flatterte davon.

Er musterte das größere der beiden Mietshäuser. Bedächtig glitt sein Blick von Fenster zu Fenster. Manche warfen behagliches Licht auf die finstere Straße, manche starrten schwarz und ausdruckslos ins Leere wie blicklose Augenhöhlen. Hier irgendwo musste es passiert sein. Bei dem Gedanken an die beiden jungen Männer, die ein ähnliches Schicksal wie er selbst erlitten hatten, rollte eine warme Woge der Solidarität durch seinen Körper. Natürlich lag der Fall ganz anders, denn für die zwei war es am Ende glimpflich ausgegangen. Sie waren noch einmal davongekommen. Für ihn dagegen gab es kein Zurück mehr.

Ob Katrin ihn fand? Sicherlich. Schließlich hatte sie ihn verstanden, in gewisser Weise jedenfalls. Sie wusste, was er durchgemacht hatte wegen dieser …

Sein Atem ging schneller. Unbändige Wut kochte in ihm hoch, wie jedes Mal, wenn er an sie dachte. Rasch fasste er in seine Jackentasche. Das kühle, harte Metall der Pistole strahlte etwas Beruhigendes aus. Er hatte die Macht. Er allein.

Allmählich atmete er ruhiger. Er würde Katrin noch einmal anrufen. Ihr einen kleinen Hinweis geben, damit sie ihn auch wirklich fand. Sie musste ihn finden. Und sie musste die Erste sein.

20

Sie saßen wieder im Wagen, Halverstett, Rita, Manfred und Katrin.

»Hast du versucht, ihn zurückzurufen?«, wollte Manfred wissen.

»Keine Chance, Nummer unterdrückt.« Katrin hielt das Telefon immer noch in der Hand.

»Ich halte es für möglich, dass er noch einmal anruft. Offenbar möchte er, dass Sie ihn finden.« Halverstett betrachtete nachdenklich das Lenkrad. »Oder zumindest, dass Sie ihn suchen. Falls er anruft, versuchen Sie, so lange wie möglich mit ihm zu sprechen. Bringen Sie ihn zum Reden. Jedes Detail könnte wichtig sein. Und achten Sie auf Hintergrundgeräusche. Haben Sie irgendwas gehört, als Sie mit ihm gesprochen haben? Andere Menschen? Verkehrslärm?«

»Nein. Nichts. Es war ganz still.«

»Also war er in einem Gebäude?« Rita Schmitt legte die Stirn in Falten.

Katrin überlegte. »Nein«, antwortete sie schließlich. »Da war ein Rauschen, eine Art Windgeräusch. Ich glaube, dass er irgendwo im Freien war. Aber an einem Ort, wo nicht viele Menschen sind. Im Augenblick zumindest nicht.«

»Alle Richtplätze in Düsseldorf und Umgebung werden observiert«, sagte Halverstett. »Alle zumindest, von denen wir wissen. Wir haben die umliegenden Gemeinden inzwischen einbezogen. Ratingen, Mettmann, Neuss. Dort fahren wenigstens verstärkt Streifen. Aber ich bin mir nicht sicher, ob wir ihn überhaupt an einem Richtplatz suchen müssen. Katrin, hat er nichts gesagt, das irgendwie doppeldeutig war? Ein versteckter Hinweis gewesen sein könnte? Irgendwas, das Ihnen aufgefallen ist?«

»Ich weiß es nicht. Wenn er tatsächlich einen Hinweis in seinen Worten versteckt hatte, dann habe ich ihn nicht verstanden.«

»Vielleicht ist es ja irgendwas, über das ihr vorher gesprochen habt«, meinte Manfred. »Hat er mal einen besonderen Ort erwähnt, an den er sich zurückziehen würde, wenn es hart auf hart kommt? Einen Lieblingsplatz? Ein Versteck?«

»Nein, über so was haben wir nicht gesprochen. Nur darüber, wie schlecht es ihm geht und dass er nicht mehr weiterweiß.«

Einen Augenblick lang sprach niemand. Als Katrins Handy klingelte, fuhren alle vier zusammen. Mit zitternder Stimme meldete sie sich.

»Katrin! Schön, dass ich dich endlich erreiche! Könnt ihr mir am Samstag vielleicht was mitbringen?«

Katrin stöhnte innerlich. Sie gab den anderen ein Zeichen, während sie hastig das Gespräch beendete. »Mama? Es ist gerade sehr ungünstig. Ich erwarte einen wichtigen Anruf. Ich melde mich später, okay?« Noch bevor ihre Mutter etwas erwidern konnte, unterbrach sie die Verbindung.

Es dauerte nur wenige Sekunden, bis es erneut klingelte. Manfred zog die Augenbrauen hoch und grinste. »Mal sehen, wer es diesmal ist.«

Katrin hielt das Telefon ans Ohr.

»Na, Engelchen, wo steckst du denn?«

Obwohl sie sicher im Polizeiwagen saß, umgeben von drei Menschen, die auf sie aufpassten, durchfuhr Katrin erneut ein heißkalter Schrecken, als sie seine Stimme erkannte. Sie hob die Hand, die anderen hielten den Atem an. »Benedikt. Ich habe leider keine Ahnung, wo Sie stecken.«

»Das ist bedauerlich. Niemanden scheint es zu interessieren, was mit Männern wie uns passiert.«

»Natürlich interessiert es mich. Ich finde schrecklich, was Sie durchmachen mussten.« Katrin blickte unsicher in Halverstetts Richtung, der aufmunternd nickte.

»Ich weiß, Engelchen. Gleich, als ich dich zum ersten Mal sah, wusste ich, dass du anders bist.«

Katrin wusste nicht, ob er es ernst meinte oder sich über sie lustig machte. »Kann ich Ihnen irgendwie helfen?«

»Finde mich.«

»Helfen Sie mir, Sie zu finden.«

»Ich bin nicht der einzige Mann, dem so eine miese Schlampe das Leben zerstört hat. *Wir* sind die Opfer, verstehst du, Katrin? Es wird Zeit, dass die Gesellschaft das begreift. Eine Frau muss nur hergehen und sagen, dass ein Mann ihr was angetan hat, irgendwas, und schon steht der arme Kerl mit einem Bein im Knast.«

Katrin schluckte. Nur mit Mühe bezwang sie den Drang, ihm zu widersprechen. »Ich – ich würde Ihnen gern helfen. Doch dazu muss ich wissen, wo Sie sind. Bitte, Benedikt, sagen Sie mir, wo ich Sie finden kann!«

Er lachte bitter. »Genug geredet, Engelchen. Jetzt bist du dran.«

Katrin presste das Telefon ans Ohr, doch er hatte die Verbindung unterbrochen. So gut es ging, wiederholte sie, was er gesagt hatte, Wort für Wort.

»Und das war's?«, fragte Halverstett ungeduldig. »Was für ein Spiel treibt der da? Ich glaube, der will uns zum Narren halten!« Wütend schlug er mit der flachen Hand auf das Armaturenbrett. Der Scheibenwischer sprang an. Halverstett fuchtelte ungeduldig an einigen Schaltern herum, bis er den richtigen gefunden und das hektische Hin und Her des Wischers beendet hatte.

»Vielleicht hat er einfach den Verstand verloren«, Rita fuhr nachdenklich mit den Fingern über die Mütze, die auf ihrem Schoß lag.

»Da war etwas«, meinte Katrin. »Etwas, das er gesagt hat, das anders war.«

»Was meinen Sie?« Halverstett drehte sich nicht zu ihr um, sondern beobachtete seine Kollegin, die immer noch ihre Mütze glatt strich.

»Er hat das Wort ›wir‹ benutzt. Oder besser gesagt ›uns‹: ›Niemanden scheint es zu interessieren, was mit Männern wie uns passiert‹.«

»Und was schließen Sie daraus?«

»Ich weiß nicht. Aber er hat es so merkwürdig betont. Als wolle er damit etwas sagen.«

Halverstett schüttelte den Kopf. »Ich kann mir keinen Reim darauf machen.«

»Moment!«, rief Manfred plötzlich. »Mir fällt da was ein. Es gab vor ein paar Jahren einen Fall. Ich erinnere mich jetzt. Zwei junge Männer wurden wegen Vergewaltigung zweier Frauen zu mehrjähriger Haft verurteilt. Einige Zeit später stellte sich dann heraus, dass sie unschuldig waren. Die Frauen hatten sie freiwillig mit in ihre Wohnung genommen und sich eine Nacht lang mit den Männern vergnügt. Am nächsten Tag kam ihnen wohl dann die Idee, die beiden anzuzeigen. Ein Jahr saßen die beiden Männer im Gefängnis, bis das Urteil aufgehoben wurde.«

Halverstett fuhr herum. »Und das war hier in Düsseldorf?«

Manfred nickte.

Der Kommissar startete den Wagen. »Einen Versuch ist es wert. Wissen Sie, wo genau sich das abgespielt hat?«

Manfred zückte sein Handy. »Ich erinnere mich, dass in den Meldungen immer von Wersten die Rede war. Dort ist die Wohnung, in der es passiert sein soll. Ich rufe eben einen Kollegen wegen der Adresse an.« Er tippte eine Nummer ins Telefon, während Halverstett Gas gab. Rita gab die Information per Funk weiter. Drei Minuten später rasten sie mit Blaulicht die Vennhauser Allee entlang.

Manfred stopfte das Handy in die Tasche. »Fahrenheitweg«, rief er. Rita hatte bereits den Stadtplan in der Hand. Kurz vor dem Ziel stellten sie Blaulicht und Si-

rene wieder ab und rollten fast lautlos durch die Wohnsiedlung am südlichen Rand von Düsseldorf. Katrins
Handy klingelte.

»Ja?« Ihre Stimme zitterte.

»Das war's, Engelchen. Die Stunde ist um.«

»Moment! Ich bin gleich bei Ihnen. Bitte warten
Sie!«

Er lachte wieder, doch diesmal klang es eher wie ein
hysterisches Heulen. »Sie hat es so gewollt, verstehst
du?«, rief er. »Sie hat mich angemacht, jedes Mal, wenn
sie da war. Das hättest du sehen sollen, wie sie ihre großen
blauen Augen aufgerissen und mich mit diesem Hunde-
blick angesehen hat. Sie wollte es so.«

»Wie bitte?«, flüsterte Katrin. Eine dumpfe Angst biss
sich in ihren Magenwänden fest.

»Mensch, tu nicht dümmer, als du bist, du kleines
Miststück! Carina meine ich. Carina Lennard. Sie hat
mich angebaggert. War scharf auf mich. Also hab ich's
ihr besorgt. So einfach ist das. Alles klar? Konnte ja nicht
ahnen, dass die Drecksschlampe nachher die Unschuld
vom Lande spielt.«

»Aber …?«

»Aber was?«, brüllte er.

»Aber Sie haben sie doch betäubt!« Seine Worte waren
wie eine Lawine über sie hereingebrochen. Bis vor zwei
Minuten hätte sie ihre rechte Hand dafür verwettet, dass
er Carina Lennard nie angerührt hatte.

»Ha! Natürlich hab ich ihr vorher was gegeben! Ich
wollte doch keinen Ärger, wenn sie die Sache nachher
rumerzählt. Ich weiß doch, wie diese Schlampen drauf

sind! Erst machen sie dich an, und nachher haben sie's angeblich nicht gewollt.« Er schnaubte wütend. »Ich sehe schon, du kapierst es auch nicht. Am Ende seid ihr Fotzen doch alle gleich blöd.«

Katrins Hand zitterte so sehr, dass sie das Handy kaum noch halten konnte. Manfred legte den Arm um sie. »Wir sind gleich da«, flüsterte er ihr zu.

Sie brachte es nicht einmal fertig zu nicken. Fassungslos fixierte sie die Rücklehne des Wagens. Als es direkt neben ihrem Ohr knallte, begriff sie gar nicht, was passierte.

Manfred riss ihr das Telefon aus der Hand. »Hallo? Hallo?«, schrie er in das Gerät, doch niemand antwortete.

Rita Schmitt und Klaus Halverstett hatten den Schuss ebenfalls gehört. Der Kommissar gab Gas. Vierzig Sekunden später waren sie am Ziel. Anwohner rannten bereits aus ihren Häusern, als Halverstett und Schmitt die Wagentüren aufstießen. Manfred und Katrin folgten ihnen so schnell wie möglich. Katrin konnte kaum laufen, unsicher krallte sie sich an Manfreds Arm, der mit schmerzverzerrtem Gesicht neben ihr herhumpelte. Die ersten Streifenwagen, die Rita von unterwegs benachrichtigt hatte, bogen gerade um die Ecke.

Benedikt Simons saß mit gespreizten Beinen vor der Hauswand. Die Waffe lag vor ihm im Gras, direkt neben einem kleinen schwarzen Mobiltelefon. Obwohl es fast stockdunkel war, konnte man gut erkennen, dass er sich den Lauf in den Mund gehalten haben musste. Der hintere Teil seines Schädels war vollkommen zerfetzt.

Katrin starrte jedoch nicht auf den Toten, sondern auf die Wand über ihm. Auf dem hellen Untergrund stand ein einziges Wort in großen, ungelenken Buchstaben. Er musste es dort hingeschrieben haben, bevor er sie zum letzten Mal angerufen hatte.

Unschuldig.

Die Übelkeit kam unvermittelt. Katrin schaffte es gerade noch, sich abzuwenden. Manfred hielt sie fest, während sie gleichzeitig schluchzte und würgte.

*

»Eigentlich wären wir jetzt auf dem Weg zu meinen Eltern. Gediegenes Abendessen im Kreis der Familie.« Katrin streckte ihre nackten Zehen ins Wasser, und eine Welle kräuselte sich um ihren Fuß.

»Und? Wäre dir das lieber?«

»Meer, Strand, sechsundzwanzig Grad im Schatten, und das im Februar. Im Augenblick möchte ich an keinem anderen Ort der Welt sein.«

Manfred schlang die Arme um sie. »Freut mich zu hören. Schließlich war ein wenig Überzeugungsarbeit nötig, dich hierherzukriegen.«

»Okay, ich gebe zu, ich bin manchmal etwas eigensinnig.«

»Bockig wie ein altes Maultier, trifft es wohl besser.«

»Meinetwegen.« Katrin nahm seine Hand, und sie schlenderten durchs seichte Wasser. »Ich begreife immer noch nicht, wie ich mich so täuschen konnte, wie ein Mensch sich so verstellen kann.«

»Er hat sich nicht verstellt. Er hat jedes Wort geglaubt, das er gesagt hat.«

»Aber er hat zugegeben, Carina Lennard betäubt und vergewaltigt zu haben. Ganz zu schweigen von all den Morden. Und trotzdem hat er vor seinem Tod das Wort ›unschuldig‹ an die Wand geschrieben. Das ist doch irre.« Katrin blieb stehen und fixierte einen Punkt am Horizont, wo ein silbriger Schatten über dem Wasser die Konturen eines Schiffs erahnen ließ. Darüber stand die Sonne, deren Farbe allmählich von Orangegelb zu Tiefrot wechselte.

»Für *uns* ist es irre. Für ihn war das, was er Carina angetan hat, kein Verbrechen. Sie hat ihn gereizt. Provoziert. Also hat er ihr gegeben, was sie wollte. In seinen Augen war er das Opfer, nicht sie.«

»Und als dann sein ganzes Leben aus den Fugen geriet, hat er sich an allen gerächt, die bei seinem Niedergang die Finger im Spiel hatten.«

»Nicht gerächt. Er hat sie gerichtet.«

Katrin schüttelte den Kopf. »Das ist so schwer zu begreifen.« Sie wandte ihren Blick von der blutroten Sonne ab, die langsam ins Meer eintauchte, und ging weiter. »Ich möchte eigentlich gar nicht mehr darüber nachdenken. Aber es gibt auch Lichtblicke. Silke Scheidt hat mich angerufen. Annika Lennard hat sich bei ihr gemeldet. Sie will sich jetzt doch um die Beerdigung ihrer Schwester kümmern.«

Manfred drückte Katrins Hand. »Und jetzt habe ich Hunger.«

Katrin lachte. »Dagegen kann man glücklicherweise etwas tun.«

»Laufen wir am Strand entlang bis zum Hafen?«

»Schaffst du das denn mit deinem verstauchten Fuß?«

»Wenn du dem alten, humpelnden Mann nicht davonläufst, wird es wohl gehen. Als Entschädigung für mein Leid entern wir dann das gemütliche kleine Restaurant, wo es diese köstlichen Krustentierchen gibt und diesen sensationellen Weißwein. Was meinst du?«

»Du steckst voller genialer Ideen in letzter Zeit.«

»Dann lass sie uns in die Tat umsetzen, solange die kreative Phase anhält.«

Sie rannten los, salziges Wasser spritzte ihre Beine hoch, und ein alter Mann, der im Schatten seines Bootes ein Netz flickte, blickte ihnen kopfschüttelnd hinterher. »Noch zu jung, um Sorgen zu haben«, dachte er, und ein wehmütiges Lächeln stahl sich auf sein Gesicht.

ENDE

Danksagung

Wieder danke ich allen, die mit ihrem Wissen, ihren Ideen und ihrer Geduld zur Entstehung dieses Buchs beigetragen haben.

Für die vielen spannenden Informationen zur Stadtgeschichte danke ich vor allem dem Team im Düsseldorfer Stadtarchiv sowie Dieter Jaeger von der Geschichtswerkstatt Düsseldorf und ganz besonders der ›Stadtstreicherin‹ Antje Kahnt, die mir mit vielen kleinen Geschichten und Anekdoten die Vergangenheit der Stadt plastisch gemacht hat.

Franziska Kelly danke ich für die zahlreichen spannenden und schockierenden Hintergrundinformationen darüber, wie Gewalttäter ›ticken‹.

Polizeihauptkommissar Klaus Dönecke danke ich wie immer, dass er mir die Gepflogenheiten der polizeilichen Ermittlungsarbeit wieder ein Stückchen nähergebracht hat.

Und last but not least ein ganz lieber Dank an meine unendlich wichtigen Testleser Annelie Kreuzer, Christine Klewe, Frank Klewe, Nina Hawranke und Martin Conrath, ohne die dieses Buch nicht so geworden wäre, wie es ist.

Weitere Krimis finden Sie auf den
folgenden Seiten und im Internet:
www.gmeiner-verlag.de

Sabine Klewe
Wintermärchen
978-3-89977-713-0

>»Ein spannender, kurzweiliger Kriminalro-
man mit einem Schuss Romantik.«
Radio Neandertal

Ein plötzlicher Wintereinbruch stürzt das Rheinland ins
Chaos. Ausgerechnet an diesem Nachmittag gelingt Mario
Brindi die Flucht aus der Klinik für Psychiatrie und Psycho-
therapie in Viersen-Süchteln. Er hat acht Frauen entführt
und brutal gequält. Am gleichen Abend verschwindet die
Fotografin Katrin Sandmann spurlos. Sie wurde zuletzt in
einem Parkhaus in der Düsseldorfer Altstadt gesehen. Was
ist geschehen? Hat Brindi sich bereits sein neuntes Opfer
gesucht? Ist Katrin in seiner Gewalt? Die Polizei glaubt nicht
an einen Zusammenhang zwischen den beiden Ereignissen.
Doch dann entdeckt ein Spaziergänger im Wald die grauenvoll zugerichtete Leiche einer jungen Frau.

Wir machen's spannend

Sabine Klewe
Kinderspiel
978-3-89977-653-9

»Sabine Klewe schreibt mit leichter Hand, in flüssigen Worten ...« *Rheinische Post*

Fast zeitgleich werden in Düsseldorf zwei Leichen gefunden. Anwaltsgattin Claudia Heinrich beging offensichtlich Selbstmord und Bierbrauer Andreas Schäfer hatte einen tragischen Arbeitsunfall. Nichts deutet darauf hin, dass es zwischen den beiden Vorfällen einen Zusammenhang geben könnte. Dann aber stirbt noch jemand. Und diesmal ist es eindeutig Mord. Haben die drei Todesfälle womöglich doch etwas miteinander zu tun? Ist es bloß ein Zufall, dass alle drei Opfer erstickt sind oder treibt in Düsseldorf ein wahnsinniger Serienmörder sein Unwesen? Amateurdetektivin Katrin Sandmann begibt sich wieder auf Spurensuche, und ihre Ermittlungen führen sie zurück in das Jahr 1977 und zu einem grauenvollen Verbrechen, das nie gesühnt wurde ...

Wir machen's spannend

Unsere Lesermagazine

2 x jährlich das Neueste aus der Gmeiner-Bibliothek

Alle Lesermagazine erhalten Sie in Ihrer Buchhandlung oder unter www.gmeiner-verlag.de.

24 x 35 cm, 32 S., farbig; inkl. Büchermagazin »nicht nur« für Frauen

10 x 18 cm, 16 S., farbig

GmeinerNewsletter

Neues aus der Welt der Gmeiner-Romane

Haben Sie schon unsere GmeinerNewsletter abonniert?

Monatlich erhalten Sie per E-Mail aktuelle Informationen aus der Welt der Krimis, der historischen Romane und der Frauenromane: Buchtipps, Berichte über Autoren und ihre Arbeit, Veranstaltungshinweise, neue Literaturseiten im Internet und interessante Neuigkeiten.

Die Anmeldung zu den GmeinerNewslettern ist ganz einfach. Direkt auf der Homepage des Gmeiner-Verlags (www.gmeiner-verlag.de) finden Sie das entsprechende Anmeldeformular.

Ihre Meinung ist gefragt!

Mitmachen und gewinnen

Wir möchten Ihnen mit unseren Romanen immer beste Unterhaltung bieten. Sie können uns dabei unterstützen, indem Sie uns Ihre Meinung zu den Gmeiner-Romanen sagen! Senden Sie eine E-Mail an gewinnspiel@gmeiner-verlag.de und teilen Sie uns mit, welches Buch Sie gelesen haben und wie es Ihnen gefallen hat. Alle Einsendungen nehmen automatisch am großen Jahresgewinnspiel mit attraktiven Buchpreisen teil.

Wir machen's spannend